GURR

I. B. Zimmermann

MONA

Verliebt, verlobt, beschworen

Das zweite Buch aus der Mona-Reihe

TW: Das Buch beinhalten Beschreibungen von in unserer Gesellschaft vorgelebtem Konsum von Alkohol und Tabak.
Kapitel 10 beinhaltet das Thema Blut, keine Beschreibung.
Zwei Sexszenen und Erotik im Detail: Ende Kapitel 12 & das gesamte Kapitel 16
Kapitel 14 beinhaltet die Erwähnung einer toxischen Beziehung.
Kapitel 20 beinhaltet übergriffiges Verhalten von Eltern.
Kapitel 29 beinhaltet in ernstem Tonfall das Thema Hexenverbrennung
Mehr Informationen auf: www.kritzelpixel.de/mona

FSC
www.fsc.org
MIX
Papier aus verantwortungsvollen Quellen
FSC® C014496

Klimaneutral
Druckprodukt
ClimatePartner.com/14044-1912-1001

Penguin Random House Verlagsgruppe FSC® N001967

1. Auflage
Originalausgabe

Covergestaltung: I. B. Zimmermann, unter Verwendung von Motiven von Envato Elements (dinabelenko, LightFieldStudios, nguluidu), Shutterstock (YuliaLisitsa)
Illustrationen: I. B. Zimmermann, Shutterstock (spaxiax, Croisy, Gorbash Varvara), Envato Elemets (aiyari, barsrsind, Oxana-Milka, mibuch, seregam) iStockphoto (Oleksandr_Masnyi, ONYXprj, patanasak, BreakingTheWalls, samuii, olegbreslavtsev, At-lantica, Inside Creative House, Jonathan Erasmus, Kintarapong, Rawpixel, Deagreez, -1001-)
Übersetzung ins Chinesische auf S. 89: PeachyFranny
Layout/Satz: Uhl + Massopust, Aalen
Druck und Bindung: GGP Media GmbH, Pößneck
Printed in Germany

ISBN 978-3-517-30319-2

I. B. Zimmermann

MONA

Verliebt, verlobt, beschworen

Dieses Buch widme ich meiner **Community**.

Danke, dass ihr mir meinen
Lebenstraum ermöglicht!

JOURNAL

STELL DIR VOR, ALLE MYTHEN UND SAGEN ENTSPRINGEN EINEM WAHREN KERN. AN DER KASSE IM SUPERMARKT BEDIENT DICH EIN ZOMBIE, DEIN BESTER FREUND IST EIN VAMPIR, DER MIT SEINEM WEROLFKUMPEL EINE BAND HAT, EINE ELFE SCHREIBT DIE SONGTEXTE UND EINE SKELETTIN TANZT DAZU!

OH, UND DU? DU ARBEITEST ALS HEXE FÜR EIN MUSEUM, UM AUF EINE VERFLUCHTE MUMIE AUFZUPASSEN!

ICH HEIßE MONA
UND DAS IST MEIN LEBEN!

UND DANN WILLST DU NUR MAL EBEN EINEN DÄMON BESCHWÖREN, MIT DEM DU DANN NICHTS AHNEND EINFACH VERHEIRATET BIST...

MONA - BAND 2

ILLUSTRATION VON I.B.ZIMMERMANN
MEHR AUF INSTAGRAM.COM/HONYKUGEL

Kapitel 1
Der Höllenfürst

19.11.2018

Seine Hand schwebte über dem Smartphone. Er bräuchte nur die Kurzwahl zu betätigen … Ein unzufriedenes Seufzen untermalte seine innere Blockade und genervt von seiner eigenen Unentschlossenheit lehnte sich Balthasar im Bürostuhl zurück.

Es war lächerlich. Seit Minuten schon rang er mit sich, legte sich die Worte zurecht … und doch hielt ihn ein seltsames Gefühl davon ab, sie endlich anzurufen. Sein Blick glitt zur hellen Zimmerdecke und der dort leicht schwankenden Lampe mit dem hübschen runden Drahtschirm. Das Ticken einer Uhr erinnerte ihn an den baldigen Feierabend – ob er einfach bei Mona nach dem Rechten schauen sollte? Sonst platzte er ja auch ungewollt beschworen in ihr Leben, wenn sie ihn brauchte – unangekündigt zu klingeln schien ein Fortschritt zu sein.

Draußen im Gang knallte es, die Erschütterung ließ Putz aus der Aufhängung der Deckenlampe rieseln, dann schimpfte jemand direkt vor der Bürotür. So konnte er sich unmöglich konzentrieren. Langsam fuhr sich Balthasar mit den Händen über das Gesicht und knurrte gereizt. Zum wiederholten Mal in den letzten fünf Minuten kamen mehrere Stimmen zusammen und zankten so hitzig, dass er es bis in sein Office hörte, da half nicht einmal die isolierte Tür.

»Jetzt mach schon Platz, du alte Schabracke!«, giftete es deutlich hörbar. Es handelte sich dabei um das laute Organ von Procel, der die benachbarte Abteilung der Geheimnisse leitete.

»Grab dir 'nen Gang, deinen himmlischen Gestank will hier eh niemand im Flur stehen haben«, hörte Balthasar seine Sekretärin Frau Tetete zurückquäken. Als ehemalige Schlangengottheit und ehrenwerte Naga ließ sie sich von einem gefallenen Engel wie Procel nicht kleinkriegen, Rangunterschied hin oder her.

»Schieb endlich deinen schuppigen Arsch um die Ecke, du blockierst meine Bürotür, elender Regenwurm!«

»Der Einzige mit 'nem Regenwurm in der Hose bist du!«

Seit gut vierhundert Jahren jeden Tag das gleiche Spiel, doch irgendwie waren sie heute lauter denn je.

Als Balthasar mit voller Wucht die Tür aufriss, brauchte er nichts zu sagen, sein brennender Blick sprach wohl für sich. Frau Tetete und Herr Procel glotzten ihn erschrocken an, und dann befreite sich der dünne Exengel wie durch ein Wunder mühelos aus dem Würgegriff der Schlangenfrau. Stolpernd hechtete er den tiefschwarzen Tunnel hinunter, während Frau Tetete geduckt in die andere Richtung kroch. Balthasar starrte noch eine Weile missgelaunt in die Finsternis und atmete tief den schweren Rauch der Magmakessel ein, um den Kopf frei zu kriegen, ehe er wieder in sein weißes, piekfeines Büro voller Pflanzen und schwedischer Möbel zurückkehrte.

Ächzend ließ sich Balthasar in seinen Bürostuhl fallen und starrte zurück zu seinem Smartphone. Mit verdunkeltem Bildschirm lag es unschuldig auf einer Akte. Den ganzen Tag über hatte es sich nicht gerührt, auch gestern nicht. Wenn er es nicht war, der sich erkundigte, hörte er keinen Mucks von Mona. Der

Gedanke, in wie viele Schwierigkeiten sie in den vergangenen Monaten geraten war, entwickelte sich zu einer waschechten Sorge. Von ihrem Pech blieb sie doch unmöglich mehrere Tage lang verschont.

Sorgen. Er und Sorgen. Seit Jahrzehnten hatte er sich in seinem Desinteresse am Leben gesonnt, und die letzten Jahre der irdischen Wirrungen waren an ihm vorbeigegangen – doch wegen Mona verfolgte er sogar Berichte über den Klimawandel mit Unbehagen. Zumindest aus Monas Perspektive war die Welt der Sterblichen ein ständiger Kampf ums Überleben.

Zähneknirschend griff er nach dem Handy. Er wollte nicht wieder auf Monas Twitterprofil starren und warten, dass sie ein neues Foto von Ben beim Ballspielen oder von Boris am Keyboard postete, um zu wissen, dass alles in Ordnung war. Vor drei Wochen war sie von einem Vampir bedroht worden, der ihretwegen sogar ein Kind entführt hatte – da durfte man sich wohl Sorgen machen. Er musste sofort ihre Stimme hören, Mona selbst am liebsten sehen. Ohne die spontanen Beschwörungen fehlte die Hexe in Balthasars Leben. Er begriff, dass es ihm gefiel, in ihre Realität gesogen zu werden, und seufzte leise.

Es war wie ein Spiel, er wusste nie, in welches Schlamassel er das nächste Mal beschworen wurde. Natürlich konnte Mona auf sich selbst aufpassen. Um ihren Alltag zu bewältigen, benötigte sie weder ihn noch brennende Hände. Sie kümmerte sich um Vampire, Werwölfe und Skelette, nicht mit ihrer magischen Begabung, sondern mit Worten. Es war also weniger Sorge um ihre Sicherheit als vielmehr Sehnsucht nach ihrer Liebenswürdigkeit, die ihn so nervös machte.

Balthasar klappte seinen Laptop zu und stand wieder auf, um ans Fenster zu treten. Das nervige Geräusch des Freizeichens erklang, und er wartete geduldig bis zur Mailbox, legte auf, nur um direkt erneut anzurufen. Draußen herrschte Finsternis, und nur der glühende Boden verriet, dass es sich bei der Schwärze nicht um eine Wand handelte. In der Hölle existierte kein Himmel. Die Unterwelt entsprach der Vorstellung einer invertierten Realität. Das, was der Mensch als Weltall bezeichnet hätte, bestand hier aus festem Gestein, durchzogen von Lava – und dort, wo in der irdischen Dimension die Erde eine Kugel bildete, befand sich an diesem Ort ein Hohlraum – die Hohlerde. Wie im anderen Sonnensystem die Planeten bewegten sich hier die runden Aushöhlungen durch die Schicht aus Fels, gezogen von ihrer Verbindung zur Erde. Beben, Vulkanausbrüche und ein leichter Regen aus Staub und Steinen waren für diese Dimension deshalb normal. Heute blieben die Aschewolken jedoch ruhig, und der Boden vibrierte beinahe entspannend. Wartend richtete Balthasar seinen Blick hinaus in die Kraterlandschaft.

Endlich erstarb das dröhnende Geräusch der tutenden Telefonleitung in seinen Ohren. Ein Rascheln. Ein Räuspern.

»Ja?«, erklang Monas Stimme.

Balthasar ertappte sich bei einem erleichterten Durchatmen.

»Hallo Liebling«, begrüßte er sie. Ihr Laut am anderen Ende der Leitung hörte sich verdächtig nach einem verlegenen Seufzen an und ließ ihn schmunzeln. »Geht es dir gut?« Er versuchte, nicht zu fordernd zu klingen.

»Mhh, schon. Bin heute müde. Kopfschmerzen und so.«

»Oh. Schlecht geschlafen?«

»Eigentlich nicht. Aber es wird ja auch immer kälter und dunkler draußen, da ist man schon mal müde.« Wie auf ein Kommando dehnte ein unterdrücktes Gähnen ihre Worte. »Und ohne meine Hexenkräfte fehlt etwas, weißt du?«

»Verstehe. Bald hast du es durchgestanden, das Amt kann sich mit dem Prozess nicht ewig Zeit lassen.«

»Kann sein«, er hörte sie durchatmen, »weiß auch nicht.«

»Bei dem Wetter sind wir doch alle müder. Wir hatten nicht mal einen richtigen Herbst.« Balthasar erkannte, dass er gerade Smalltalk betrieb, und schloss gefrustet die Augen.

»Ich hab nichts gegen Kälte, Pullovertragen und Kakaotrinken. Sollte ich später mal machen, glaub ich. Wär sicher nett.« Er vernahm ein leises Ächzen von ihr. Vermutlich war seine Frau noch nicht lange wach, daran hätte er denken sollen.

»Kommst du sonst zurecht?«

»Andere haben auch keine Hexenkräfte, muss ja gehen, von daher.«

»Ich hab selbst mal hundert Jahre ohne magische Kräfte verbracht, nur die Unsterblichkeit konnte ich nicht ablegen. Man gewöhnt sich nach einer Weile an die Machtlosigkeit. Schafft eine neue Perspektive«, erklärte er und ärgerte sich sofort über seinen Vergleich. Es war ihm aufgefallen, dass er Mona mit seinen tausendjährigen Weisheiten nur wenig weiterhalf.

Das Rauschen in der Leitung sprach Bände, und er räusperte sich. Wenn die Gesellschaft den Altersunterschied eines Paares kritisierte, meinte sie vermutlich genau solche Kommunikationsschwierigkeiten.

»Ich weiß, das macht es nicht besser«, fügte er schnell hinzu. Er wollte den Verlust ihrer Hexenkräfte nicht kleinreden. »Im Notfall besorgen wir dir einfach einen Zauberstab, hm?«

Da war wieder ihr helles Kichern. »Ob das erlaubt ist?«, murmelte sie.

»Zauberin Mona die Große – klingt gut.«

»Pfff, na ja! Als Kind wollte ich immer zum Zirkus.«

»Na, siehst du?« Er erwiderte Monas Lachen und merkte, wie sehr ihm dieser Klang gefehlt hatte. »Hauptsache, es geht dir gut … und es ist ja auch nichts weiter passiert?« Balthasar verließ seinen Platz am Fenster und setzte sich auf sein Sofa, um die Füße hochzulegen. Vielleicht konnte er sie diesmal etwas länger am Telefon behalten, zumindest bellte kein Werwolf dazwischen wie vorgestern.

»Nope, keine magischen Katastrophen, nur die alltäglichen, aber deshalb bin ich jetzt auch bei Boris. Hier kann mir eigentlich nichts passieren.«

Balthasar stutzte. »Der wohnt doch eh nebenan?«

»Ehh … nein, ich bin ein paar Tage bei seinen Eltern in ihrem Haus!«

»Villa!«, ertönte es aus dem Hintergrund und er konnte Mona schnauben hören.

»Ja, dann halt Villa … aber eigentlich Haus«, fügte sie flüsternd hinzu.

»Oh.« Mehr brachte er für den Moment nicht zustande. Er hatte ihr selbst angeboten, für die Zeit bei ihm zu bleiben, doch das hatte sie abgelehnt. Ihr »lieber nicht« hatte also ihm gegolten, nicht den Umständen.

»Ich hab das Zimmer von Boris' Schwester gekriegt, die wohnt ja nicht mehr hier, na ja, und sie besitzt zum Glück ein normales Bett. Das ist echt gemütlich. Klar, die Fenster sind abgeklebt, aber dann bleibt mein Schlafrhythmus wenigstens intakt, und ich kann abends mit Boris raus. Er ist immer noch beurlaubt, und das bleibt wohl so, bis sich alles geklärt hat. Also passt er auf mich auf, wegen – du weißt, ich und mein Pech und falls Nosdrof … Na ja, wie dem auch sei, wir üben gerade für seinen Eignungstest, und ich bin mir sicher, dass er den bestehen wird. Das wirft vielleicht auch ein gutes Licht auf meinen Fall.«

»N-nett, dass er sich so um dich kümmert«, brachte sich Balthasar ein und diesmal gefiel ihm das liebenswürdige Seufzen am anderen Ende der Leitung ganz und gar nicht.

»Ja, oder? Außerdem will ich nicht, dass er wegen mir auch noch seinen Job verliert. Seine Eltern sind auf jeden Fall begeistert, dass er sich so für seine Freunde eingesetzt hat, deshalb sind wir auch hier.« Während Mona erzählte, konnte Balthasar hören, wie es im Hintergrund klapperte, als arbeitete sie an etwas. Dumpfe Stimmen und Lachen verrieten, dass Ben und Vlad ebenfalls zu Besuch waren. Ein nagendes Gefühl von Unzufriedenheit ließ Balthasar sein »Mhm« halb knurren und er spürte, wie er sich anspannte.

»Boris hat Bolognese gemacht, nur mit Gemüse, damit ich mitessen kann. Vampire und Sojagranulat, ha! Was es alles gibt. Ich mach gerade die Nudeln dazu. Wusste gar nicht, dass er so gut kochen kann. Seine Eltern bestehen auf feste Nahrung. Krass, oder?« Ihr Lachen erklang. »Hatte mir erst Sorgen gemacht, was er damit meint. Fester zubeißen oder so!« Den Ausdruck zu ihrem Kichern konnte sich Balthasar nur vage vorstellen, den Anblick hatte er bisher selten erlebt und auch das erzeugte wieder so ein unzufriedenes Gefühl.

»Klingt gut. Dann bist du ja umsorgt«, würgte er hervor und knirschte mit den Zähnen.

»Ja, es ist nett hier, vor allem nie ruhig, und Boris lenkt mich ab. Wir haben den anderen im Garten geholfen, das war echt anstrengend. Vielleicht fühl ich mich deshalb so schlapp. Keine Ahnung. A-aber jetzt hab ich nur geplappert, wie geht's dir?« Monas Stimme kippte eine Oktave höher.

»Kann ich dich nach der Arbeit besuchen?«, platzte es aus Balthasar heraus, der etwas ganz anderes hatte antworten wollen.

»Ehh …«

»Wir müssen auch noch über Nosdrof sprechen, und ich wollte eh gleich Schluss machen, also Feierabend, hier ist heute nichts mehr los.« Das war nicht sein erdachtes »*Ich würde dich gern sehen und den Abend mit dir verbringen*«, doch er wollte sie nicht wieder mit seinen Wünschen überfallen. Unzufrieden sank er tiefer ins Sofa. Nach diesem Tag, vor allem aber diesem Gespräch, kam ihm ein früher Feierabend gelegen.

»K-klar.« Die Unsicherheit in ihrer Stimme schnürte ihm kurz die Kehle zu.

»Gut. Bis heute Abend, Liebling.«

»Ehhh, ja. Sicher. B-bis später!«

Kaum hatte er aufgelegt, pfefferte er sein Smartphone neben sich auf das Polster und starrte an die Decke. Hoffentlich hielt sie ihn nicht für sozial völlig inkompetent oder grob. Er hatte das Gespräch nicht einfach abwürgen wollen, aber noch ein Wort über Boris mehr und er wäre geplatzt.

»Scheiße!«, entfuhr es ihm laut, während im selben Moment seine Bürotür aufschwang.

»Mh, das ist heute die wohl netteste Begrüßung von allen«, stellte Phillip mit einem Glucksen fest. Balthasars Kollege stand in der Tür und flackerte ihm entgegen.

»So schlimm?«, murmelte Balthasar eher feststellend als fragend und wies seinen Freund mit einer Geste an, näher zu kommen. Der Raum erhellte sich merklich, als Phillip eintrat und die Tür hinter sich schloss. Er hatte keinen Kopf, dafür aber eine mehr schlecht als recht über seinem Hemdkragen schwebende Glühbirne, die thaumaturgisch leuchtete. In ihr flackerte die verzerrte Fratze eines kleinen scheinenden Totenschädels in grellem Cyan, der jedem Discolicht die Show stahl.

Von Jahrhundert zu Jahrhundert ließ sich der Akephalosdämon etwas anderes einfallen, denn sein eigentliches Gesicht befand sich auf seinem Bauch. Für gewöhnlich trug er einen geschnitzten Kürbis als Schädel, und kurz nach Halloween griff er auch mal zur Weihnachtsbeleuchtung, da wunderte Balthasar die Fadenlampe doch sehr.

»Schick, nicht?«, meinte Phillip, der den Blick wohl bemerkt hatte. »Spezielle Anfertigung, zeigt sogar thaumaturgische Rückstände von vor Wochen an.«

»Der Albtraum deines Schlafzimmers.«

Phillip waren eventuell die Gesichtszüge entglitten, zumindest verschoben sich die Falten seines Hemdes ein wenig, als er stammelte: »D-daran hatte ich gar nicht gedacht …«

»Vielleicht stehen die Damen ja darauf. Gibt sicher kein Schlafzimmer, das eine solche Sauerei vorzuzeigen hat wie das deine. Durchaus beeindruckend.«

»Pff, ich hab eine Putzhilfe!«

»Und wie oft kommt sie zum Putzen?«

»Oft genug, wenn du verstehst, was ich …«

Balthasar schenkte ihm ein Augenrollen und Phillip kicherte frech.

Balthasars Dämonenfreund war das genaue Gegenteil von ihm, und trotzdem – außer Mona stand ihm niemand so nahe.

Akephalosdämonen waren kopflose Unterweltwesen, die in unzähligen Mythologien auftauchten und zu den Wiedergängern gehörten. Eine Art Untoter, der zu einem Teufel geworden war. Wie fast jeder seiner Art war auch Phillip einst ein Geköpfter gewesen, in seinem Fall jedoch zu Unrecht. Zumindest hatte

Balthasar das so empfunden. Das damit verbundene Abenteuer hatte die zwei tatsächlich zu Freunden gemacht. Untypisch für einen Unschuldigen wollte Phillip ein Teufel bleiben, und nach kurzer Eingewöhnung an seine neue Existenz hatte er übereifrig seinen Dienst unter Lord Ba'al begonnen. Gut, als Seele im Himmel oder gar in einer unkontrollierbaren Wiedergeburt hätte er nur schlecht seiner Leidenschaft frönen können. Und für die brauchte er keinen Kopf – obendrein waren dämonische Kräfte sehr hilfreich, wenn man sich der Wollust verschrieben hatte. Das hatte ihn ja schließlich seinen Schädel plus Hals gekostet. Es war zwar ein wenig extrem,jemandem den Kopf abzuhacken, nur weil er die Frau des Landrats verführt hatte. Und die Grundschullehrerin und die Schankfrau vom »Goldglück« und die Tochter des Bürgermeisters und die Geliebte des Papstes ... die Liste war lang.

Trotzdem – Balthasar überlegte ernsthaft, Phillip nach seinem Rat in Sachen Liebe zu fragen. Der stets schick in Anzüge mit Fliege und Weste gekleidete Dämon mochte ein durch die Betten der Unterwelt steigender Teufel sein, doch er kannte sich auch mit inniger Romantik aus, selbst wenn das nicht seine bevorzugte Beziehungsart war.

»Ich erleuchte dir ja gerne deinen Raum, aber ...«

»Gleich!«, knurrte Balthasar, der mit sich rang, ob er Mona noch eine Nachricht schreiben sollte. Unzufrieden mit ihrem Telefonat entschied er sich lediglich für ein schwarzes Herz.

»Sag mir, dass du gute Neuigkeiten hast!«, verlangte er resigniert und rieb sich mit der Hand über die Nasenwurzel. Seine Laune war heute auf dem Tiefpunkt angekommen.

»Nosdrofs Seele befindet sich in der Wäscherei.« Der große, schmale Phillip stieg mit seinen langen Beinen einfach über den kleinen Sofatisch und ließ sich neben Balthasar nieder.

»Immerhin.«

»Aber es wird dauern, bis seine Seele versteht – und man mit ihm reden kann. Du weißt, wie schwierig das oft mit jahrhundertealten Vampiren ist, wenn die anfangen zu reflektieren ... uff!«

»Er muss ja gar nichts verstehen, nur reden reicht schon.«

»Gesetze«, flötete Phillip ermahnend, und Balthasar ächzte laut.

»Sonst dauert das doch auch nicht ewig und drei Tage.«

»Ich tue, was ich kann. Zurzeit ist viel los. Die Seelen stehen Schlange. Seit Social Media haben die Menschen so viel mehr Gelegenheiten zu sündigen ...« Phillip seufzte. »Ich bin aber zuversichtlich, dass der Antrag für ein Verhör bald durchgeht, schließlich war auch die Dämonenwelt von seinen Machenschaften betroffen. Du kannst also deiner Gemahlin ausrichten, dass der Fall bearbeitet wird.«

»Da wird sie sich aber freuen«, zischte Balthasar sarkastisch und richtete sich etwas auf.

»Du wolltest gute Neuigkeiten und ...«

»Ja, ja, ja!« Balthasar griff in seine Jacketttasche, auf der Suche nach einer Zigarre, doch er fand nichts außer Fusseln. Er wollte weniger rauchen, denn seine Sucht war die Gewohnheit, und auch die konnte lästig werden. Außerdem hatte er Mona noch nicht gefragt, ob es ihr missfiel. Sie empfand ja schon sein Auto als Störfaktor.

»Pass auf, wenn du weiterhin so säuerlich auf den Sofatisch starrst, fängt er wieder Feuer«, ermahnte Phillip und deutete auf die Brandflecken neben dem Aschenbecher.

»Haha!«, gab Balthasar trocken zurück.

»Das reicht dir nicht, oder? Du willst Nosdrofs Fall selbst in die Hand nehmen … Machst du dir immer noch Sorgen, dass er mit seinen Brüdern gehandelt hat?«

Mit dieser Schlussfolgerung traf sein Freund leider ins Schwarze, und Balthasar schob als Antwort nur den Unterkiefer vor. Darüber würde er nicht diskutieren. Wenn es um Monas Sicherheit ging, wollte er nichts dem Zufall überlassen. Eigentlich war es nicht an Balthasar zu ermitteln, er sühnte Verbrechen, doch für Nosdrof würde er eine Ausnahme machen.

»Magst du vielleicht mit in die Bar?« Offenbar hatte Phillip die Stimmung richtig gelesen, eventuell zeigte seine neue Lampe auch Schwingungen auf, jedenfalls war Balthasar dankbar für den Themenwechsel. »Wir waren ewig nicht mehr aus, seit du beschlossen hast, dieses Ding mit der Sesshaftigkeit und der Ehe durchzuziehen.«

»Ich hab das nicht beschlossen! Ich hatte keine andere Wahl!« Balthasar schnippte die Glühbirne an und das Objekt tänzelte kurz rotierend im Kreis. Aus Phillips Bauchgegend kam ein Lachen.

»Als ob. Natürlich hattest du eine Wahl. Nur wegen eines Pakets auf unsere wöchentlichen Lästerrunden zu verzichten, die Barnächte, das Verbrennen von Aktien, der Lavajacuzzi – Mann, wir waren ewig nicht dort!«

»Ich hatte zu tun«, murmelte Balthasar und fischte eine halb abgebrannte Zigarre aus dem Aschenbecher.

»Mit diesem dreisten Hexengör?«

Der Zigarrenstummel fing augenblicklich Feuer. »Wie kannst du es wagen?« Balthasar hatte sich energisch erhoben, aber der Akephalosdämon gluckste nur vergnügt und streckte sich auf dem Sofa weiter aus.

»Oh, das ist sooooo süß, das weißt du, oder?«

»Sie ist kein …«

»Ja, ich weiß, ich wollte doch nur sehen, wie du – ach komm, jetzt setz dich wieder, in Dreiteufelsnamen.« Phillip griff nach Balthasars Arm und zerrte ihn zurück auf die Couch. »Ich würde auch lieber mit einem Partner kuscheln, statt abends dem Gejammer von Zerberus zu lauschen. Neulich hat ihn jemand zugeparkt. Das Geheule hab ich bis ins Büro gehört. Natürlich war das sein Thema Nummer eins beim Stammtischabend, und dann haben sich seine Köpfe auch noch zerstritten. Du hast also nichts verpasst.«

»Dank deiner Sprachnachrichten bin ich doch eh immer auf dem Laufenden.« Balthasar rieb sich die Hände, um die Zigarrenasche loszuwerden, und schenkte Phillip einen mahnenden Blick.

»Na, seit man die in zweifacher Geschwindigkeit abhören kann …«, setzte sein Kollege an.

»Fünfzehn Minuten, Phillip! Fünfzehn Minuten! Das ist Folter!«

»Wette, wenn sie von deiner Frau wären, würdest du sie dir zweimal anhören!« Er ließ seine Glühbirne kreiseln, was einem Augenrollen ähnelte.

»Wenn es nur so wäre«, begann Balthasar und fuhr sich gestresst durch die schwarzen Locken. Sie waren länger geworden und zeigten ihm, wie viel Zeit doch vergangen war, seit er und Mona sich kennengelernt hatten. »Ich bin mir nicht mal sicher, ob sie und ich zusammen sind. Ich habe ihr nie vermittelt, dass ich mir das vorstellen könnte. Bisher konnte ich mir das auch noch nicht vorstellen.«

»Hat dich übel erwischt, hm?« Phillip grunzte vor Freude und Balthasar konnte ein feines Lächeln nicht unterdrücken.

»Ja. Schon. Aber ehrlich gesagt weiß ich nicht, ob sie das will.

Sie ist so – sie weicht mir ständig aus. Wir reden nicht richtig. Alles, was ich über sie weiß, ist durch Beschwörungsunfälle entstanden.«

»Mal mit Blumen versucht?«

»Ich muss erst wissen, ob sie das will! Flirten ist das eine, Romantik mit einem Dämon – die Option habe ich ihr nie geboten, keine Ahnung …«

»Fragen?«

»Bei dir klingt das alles so einfach. Ich will nicht, dass sie sich unwohl fühlt.«

»Reden und zuhören?«

»Klugscheißer!«

»Du weißt, ich bin bekannt für meine guten Ideen!« Phillip kicherte und verwies mit wackelnden Schultern und einem Deuten auf seine leuchtende Glühbirne.

»LEDs sind viel umweltfreundlicher«, merkte Balthasar beim Blick auf die alte Fadenlampe an und erntete ein genervtes Keuchen.

»Wenn ich gewusst hätte, dass du wegen ein bisschen Liebe so schlechte Laune hast, hätte ich dir die Infos gemailt.«

Balthasar rang sich ein geknurrtes »Tut mir leid« ab. »Ich würde gerne mehr Zeit mit ihr verbringen, aber die Ermittlungen und … obendrein steht ihr ein Hexenprozess bevor, das übliche Chaos eben.«

»Davon hattest du gar nichts erwähnt?« Phillip flackerte gleißend hell auf.

»Scheiße, willst du mir die Netzhaut verbrennen?«

»Och, hab dich nicht so! Erzähl!«, drängelte der Akephalos und machte es sich auffällig bequem auf dem Sofa, als erwarte ihn eine Gutenachtgeschichte.

»Seit wann interessiert dich das alles so brennend? Früher hast du mich nie nach meinen Liebschaften ausgefragt.«

»Weil dein Sexleben langweilig war … aber die Hexe, die klingt spannend.«

Balthasar rümpfte die Nase.

»Also? Was für ein Prozess?«

Für einen Moment haderte Balthasar, ob er wirklich mit Phillip darüber sprechen wollte, aber andernfalls würde der ihn die nächsten Tage damit wieder und wieder nerven. »Sie haben ihre Hexenkräfte gesperrt, weil sie wegen Nosdrof und Mandys Rettung, das Menschenkind, du weißt schon – nun, Mona hat einige Regeln gebeugt, angeblich. Dabei ist das doch genau ihr Job: Hexerei gegen Unvolk einsetzen, zum Schutze der Menschen. Ich versteh's nicht.«

»Lädst du mich zur Verhandlung ein? Was wohl die Richterin zu einem Erzdämon im Zeugenstand sagen wird?« Phillip lachte schallend, und sein Leuchtmittel kreiselte freudig in seinem Hemdkragen herum.

»Geht nicht. Ich bin nicht vorgeladen.«

»Bitte?« Erstaunt hielt der Dämon inne. Auf Balthasars abweisendes Schulterzucken hin flackerte er erneut übertrieben hell auf.

»Scheiße, wenn du das nicht abstellst …«

»Sag schon! Lass dir nicht alles aus der Nase ziehen!«, bettelte Phillip, doch Balthasar war wieder mit seinem Handy beschäftigt – Mona hatte ihm noch immer nicht geantwortet. Ob er ihr eine zweite Nachricht schicken sollte? Sah das zu verzweifelt aus? Aufdringlich? Eine Hand erschien vor seinem Gesicht, Phillip wedelte ihm mit seinen knochigen Fingern vor den Augen herum, und Balthasar antwortete mit einem Knurren.

»Die leugnen mich«, gab er in Gedanken zurück, während er nach einem passenden Sticker suchte, um Mona noch eine zweite Nachricht zu schicken. Ein kleiner hüpfender Kesselsticker, aus dem Dampfwolken in Form von Herzen blubberten, leuchtete ihm entgegen. Auf die Grafik hatte er ohne nachzudenken getippt, nicht ahnend, dass sie sofort gesendet wurde. »Na super.«

»Hallo? Unterwelt an Höllenfürst? Wer? Wer leugnet dich?«

»Na, das Amt!«, fauchte Balthasar zurück. »Die haben alle dämonischen Aktivitäten aus den Aussagen und Akten gestrichen. Sogar unser Pakt sieht jetzt aus wie … wie eine echte Ehe, verdammt noch eins.«

Phillip gluckste verdächtig vergnügt. »Menschen sperren einen Erzdämon aus einem Gerichtssaal aus, na so was.«

»Das ist nicht lustig! Mona macht das eine Scheißangst.«

»Verstehe … Also habt ihr aktuell keinen Pakt mehr?«

»Ja, das sagte ich doch«, gab Balthasar laut zurück.

»Kein Grund, so gereizt zu sein!«

Ein leises Klingeln rettete den Akephalosdämon vor einer Standpauke. Endlich. Es leuchtete eine Nachricht von Mona auf dem Smartphone auf, und Balthasar öffnete sofort den Chat. *Ob er mit ihnen zu Abend essen wolle.* Er tippte ein hastiges »Ja« zurück und spürte, wie er anfing zu grinsen.

»Oh, das ist soooooo süß!« Phillip reckte neugierig die Glühbirne, als könne er nicht ohnehin seine gesamte Umgebung schon auf magische Weise wahrnehmen.

»Halt die Lampe und rück mir nicht auf die Pelle!«

»Hast du denn heute kein nettes Wort für mich übrig?«

»Doch, wenn du mir hilfst, das Nosdrof-Problem schnell zu lösen. Ich muss wissen, ob es vorbei ist, und ich brauche Aussagen, die Mona entlasten. Sie muss ihre Hexenkräfte zurückkriegen, den Pakt und sie soll vor allem wieder nach Hause.« Mit neuem Elan erhob sich Balthasar, und Phillip sank mit einem Seufzen zurück auf die Couch. Eilig steckte Balthasar das Smartphone ein, nahm seinen Mantel von der Garderobe und ging zur Tür.

»Wo willst du denn auf einmal hin?« Phillip griff sich seinen falschen Kopf und warf ihn hoch, um ihn wieder aufzufangen.

»In so eine verdammte Vampirvilla und Gemüsebolognese essen.«

»Klingt doch spaßig.« Der Akephalos zuckte mit den Schultern, während er mit seiner Lampe jonglierte.

»Nicht, wenn du dir anhören musstest, wie toll sich Boris um sie kümmert und was sie alles die ganze Nacht machen und wie gerne sie dort ist«, fauchte er zurück.

»Blutsauger-Konkurrenz?«

»Weiß ich nicht. Aber es – das stört mich«, gab Balthasar zu.

»Auch Erzdämonen sind gegen Eifersucht nicht gefeit.«

»Scheiße.«

»Damit haben wir vorhin gestartet. Wie schlimm ist er denn?«

Balthasar strich Asche von den Schultern seines Mantels. »Hm? Wer?«, murmelte er in Gedanken. Er überlegte fieberhaft, ob er sich für Mona etwas anderes anziehen sollte. In einem Nadelstreifenanzug mit Weste und Manschettenknöpfen zwischen Boris, Ben und Vlad würde er sich entsetzlich fehl am Platz vorkommen, aber er wollte auch so schnell wie möglich zu ihr.

»Na, dieser Boris!« Phillip betonte den Namen extra und amüsierte sich gackernd über seine Betonung. Er ahnte ja nicht, wie sehr er mit diesem Lachen eben jenem Vampir ähnelte.

»Er ist ziemlich nett eigentlich und …«

Phillip gab ein ächzendes Geräusch von sich. »Klingt übel.«

»Komm zum Punkt! Ich will gehen, falls dir das entgangen sein sollte.«

»Na ja, er ist nett.«

»Und?«

»Pff. Na ja, du bist eher …«, begann der Dämon scherzhaft, beendete jedoch seinen Satz nicht. Seine Glühbirne flackerte kurz und Balthasar konnte nur erahnen, dass er für Phillip genauso entsetzt dreinschaute, wie er sich gerade fühlte.

»Das hab ich nicht so gemeint. Du bist nicht umsonst mein bester Freund«, sagte Phillip sofort und hob beschwichtigend die Hände.

»Aber es ist die Wahrheit, oder? Ich bin fürchterlich«, wetterte Balthasar und knöpfte sich vor lauter Ärger den Mantel unnötig hoch zu, nur um die Knopfleiste direkt wieder aufzureißen.

Phillip gab ein nachdenkliches Summen von sich, vielleicht brannte ihm auch die Birne durch. »Du bist aus der Übung. Ich erinnere mich an einen sehr charmanten Gott, der jeden Tag in den eigenen Tempel wanderte, um die Menschen auf ihrem Weg dorthin zu begleiten. Dabei hatten sie selbst den Tempel erbaut und sich die Geschichten über dich ausgedacht.«

»Kommt davon, wenn man sich zeigt und eine Dürre beendet. Ich war dafür verantwortlich, deshalb hab ich …«, setzte Balthasar an und schloss unglücklich über sich die Augen, rieb sich wie so oft heute die Stirn. »Was hat sich verändert, Phillip?«

»Einfach alles? Wir haben keine Wunder mehr, dann deine hässliche Scheidung, irgend so ein Messias reißt sich die Welt unter den Nagel, Religionen, bli bla blubs, die zweitausend Jahre Unterwelt als Höllenfürst, Isolation, Depression, Resignation, Dämonentum und …«

»Ich will kein Dämon sein«, fiel Balthasar ihm ins Wort und kam sich vor wie ein trotziges Kind.

»Dann solltest du damit aufhören, hm?«

Irritiert öffnete Balthasar den Mund, schloss ihn jedoch wieder. Genau das hatte er Mona versprochen – sich nicht zu verhalten wie das Klischeebild eines Teufels. Sie hatten darüber diskutiert, wer und was er war. Er mochte ein Erzdämon sein, aber er war sicherlich nicht böse, darauf hatte er bestanden. Doch seit diesem Abend im Auto nagten die Zweifel an ihm. Wie viele Jahre hatte er seine Existenz nicht mehr hinterfragt? Und wenn er kein Dämon war, was war er dann? Ein Gott … und sie ein Mensch. Das brachte andere Probleme mit sich. Es blieb ihnen gar keine Wahl, als sich dem zu stellen, wenn sie denn wollte. Was hatte sie gesagt? Sie würde ihn wieder heiraten. Auf diese Aussage verließ er sich.

»Hör auf, Löcher in die Luft zu starren!«

»Mh?«

»Hölle, Satan, Sakrament noch mal! Ba'al! Sieh zu, dass du loskommst! Bitte kümmere dich um deine Frau. Seit Jahrhunderten grummelst du dich von einer Einsamkeit zur nächsten, das ertrag ich nicht. Ich empfehle Worte. So mit Mundbewegungen und Sprechen. Soll helfen, hab ich gehört. Aaaaber, was weiß denn ich, ich hab nicht mal einen richtigen Mund!«

Resigniert seufzte Balthasar, zwinkerte aber dann seinem alten Freund zu – dieser reagierte mit einem Flackern und scheuchte ihn mit einem »Los jetzt!« hinaus.

Montag

19.11.2018

Die drei Brüder Nosdrof tauchten im 17. Jahrhundert auf. Sie waren bekannt für ausschweifende Partys und haben es auch mit der Geheimhaltung bezüglich Vampirismus nicht sehr genau genommen. Haben sich von den Menschen abgegrenzt, wir müssen unter Ihresgleichen recherchieren.

Mona noch mal wegen Anwalt fragen.

Freitag Termin mit Hades zum Cafe, gar keine Lust
Absagen!

Die Häutung von Frau Tetete ist am Wochenende – mit einplanen.

Wenn die wieder überall ihre Schuppen rumliegen lässt …

Kapitel 2

Biss zum Abendbrot

Der Schock stand Boris in sein bleiches Gesicht geschrieben. Balthasar hatte auch gar kein Interesse daran, seinen Unmut zu verstecken, und das aufgesetzte Lächeln hatte nicht das Ziel, freundlich zu wirken. Er konnte den düster geschminkten Vampir schlucken sehen, regungslos verharrte er vor ihm, die Tür in seiner Hand zitterte leicht, ehe sich Boris' Mundwinkel nach oben bewegten.

»Balthasar, hallo!«, kiekste er mit hoher Stimme und machte dann einen Schritt zurück. »W-wie schön!« Sofort drehte er sich um und brüllte ein eher panisch klingendes »Mona?« in den Hausflur.

Das beinahe villenähnliche Haus lag einsam nahe eines kleinen Sees und war nur über einen holprigen Schotterweg zu erreichen. Mit Missfallen hatte Balthasar den Staub und die Schlammspritzer an seinem glänzend lackschwarzen Wagen gemustert. Der verregnete Herbst hatte sich in einen schmoddrigen Winter verwandelt und die Schlaglöcher der Landstraßen mit feuchtem Schmutz gefüllt. Vampire wohnten gerne abgelegen, fern der Städte, meist in uralten Häusern, umso überraschender war die Residenz der Hohnenzollern: Ein höchst modernes Haus erstrahlte in Weiß und gab mit perfekt rund geschnittenen Buchsbäumen in der Einfahrt an. Da hatte ihn auch der pinkfarbene Flamingo neben den Mülltonnen nicht irritiert, bis der Vogel den Kopf gedreht hatte, um ihm zuzuzwinkern.

Eilige Schritte kündigten Mona an, die im Flur des oberen Stockwerks auftauchte und dann gleich mehrere Stufen übersprang. Als sie Balthasar entdeckte, blieb sie wie eingefroren auf der letzten Treppenstufe stehen und fixierte ihn. Er lächelte sie an, und nach einem kurzen Blickaustausch setzte sie sich wieder langsam in Bewegung. Verhalten tapste sie auf ihn zu und gesellte sich zu Boris. Hinter ihr her wuselte ein fluffiger, großer Wolf, der nun neugierig seine Schnauze zwischen Vampir und Hexe schob und Balthasar freudig schwanzwedelnd ansah.

»Wuff!«, machte Ben und hechelte.

»Ja, dir auch hallo«, knurrte Balthasar, konnte sich aber ein Grinsen nicht verkneifen. Mona wippte nervös auf ihren Füßen und brachte gerade so ein stimmloses »Hi« heraus. Ohne noch etwas zu sagen, beugte Balthasar sich zu seiner Frau und gab ihr einen Kuss auf die Wange.

Sofort verschwand Boris aus seinem Augenwinkel, den Werwolf mit energischen In-die-Seite-Stupsen von Mona lösend. Leises Winseln erklang. Balthasar wusste nicht, wie er den leicht säuerlichen Ausdruck des Vampirs deuten sollte. Vielleicht handelte es sich hier wirklich um Konkurrenz. Wer würde nicht irgendwann Monas Liebenswürdigkeit verfallen, vor allem, wenn man so viel Zeit miteinander verbrachte? Da war wieder dieser Stich in seine Magengrube, er fühlte sich verdächtig nach Neid an.

»D-du warst ja echt schnell hier«, bemerkte Mona.

»Als ob ich mir deine Nudeln mit Sauce entgehen lassen würde.« Er grinste vielsagend und beobachtete, wie sich leichte Röte auf den Wangen seiner Frau ausbreitete. Verlegen richtete sich ihr Blick gen Boden. »Darf ich eintreten?«, fragte Balthasar heiser.

Sie stutzte, hob rasch den Kopf. Mit geweiteten Augen stammelte sie: »Ehh natürlich, klar. Sofort! Komm rein! Bitte, meine ich! Also wenn du, also … du kannst da deine Schuhe und … gib mir deinen Mantel!«

Er tat, wie ihm geheißen, und kurze Zeit später führte Mona ihn den Flur entlang in eine große, moderne Küche mit Esstisch. Dass ein Raum so viel Edelstahl verkraftete, überraschte Balthasar. Hier könnte ein Brand ausbrechen, die Möbel würden höchstens schmelzen. Auf dem Tisch standen schon Töpfe, Schüsseln und Teller bereit. Bei der riesigen Menge an Bolognese bezweifelte Balthasar, dass das schneeweiße Holz sauber bleiben würde. Er hätte sich erkundigen sollen, wen sie alles zum Essen erwarteten. Vlad fläzte an der Ecke auf einem Stuhl und schenkte ihm ein lässiges Kopfnicken, neben ihm bekam eine rosafarbene junge Elfe große Augen und musterte ihn von Kopf bis Fuß. Sie flatterte aufgeregt mit ihren Flügeln und verteilte eine ordentliche Portion rosa Glitter in der Luft. Sofort musste Vlad niesen.

»I-ihr habt euch ja noch gar nicht kennengelernt«, nuschelte Mona und wuselte um ihn herum. »Ehh … das ist Balthasar und das sind Vlad und Beniko. Beniko ist Bens Freundin, ich glaub, das hatte ich mal erwähnt.« Hatte sie nicht, aber er nickte den beiden Übernatürlichen wohlwollend zu, die er zumindest vom Sehen kannte.

Im Raum roch es nicht nur nahrhaft nach Tomaten, Paprika und Gewürzen, ein Hauch Gras, Zucker und Zimt mischte sich ebenfalls dazu. Und als Ben seine Schnauze winselnd über den Tischrand schob, bemerkte Balthasar auch die feine Note nassen Hund.

»Wuff!«

»Gleich, Schmusibusi, ich mach dir einen Teller zurecht, ja?«, erklärte die Zuckerelfe und stand auf. Die Wolke aus rosa Staub folgte ihr, so auch der schwanzwedelnde Ben. Er schubste die junge Frau an und bellte, als sie einen Napf in die Hand nahm.

Selten hatte Balthasar andere so locker mit einem Werwolf umgehen sehen. Es war nicht selbstverständlich, dass diese Fluchwesen ihre Natur frei ausleben durften. Für gewöhnlich hockten Hexen, Vampire, Elfen und Werwölfe nicht gemeinsam am Tisch, schon gar nicht mit einem Erzdämon. Er bekam eine leise Ahnung, wieso Mona dieser Freundeskreis so guttat und spürte selbst, wie er sich entspannte. Niemand hier fürchtete sich vor ihm. Er musste seine wahre Natur nicht verstecken, und das fühlte sich richtig an.

Ohne weitere Worte setzte sich Balthasar, und seine Frau schenkte ihm sofort etwas zu trinken ein. Offenbar gab es heute Früchtetee, damit konnte er sich arrangieren. Eine Karaffe mit einem deutlich dickflüssigeren roten Getränk stand am anderen Ende des Tisches bei Vlad, der an einem Glas voll davon schlürfte, während er auf ein Smartphone starrte.

»Dann sind ja alle da!«, erklang eine helle Stimme, und eine hübsche Frau betrat den Raum. Es handelte sich eindeutig um Boris' Mutter, die Ähnlichkeit war unheimlich. Von der feinen Nase zu den geschwungenen Lippen, sogar die Wangenknochen – lediglich die Fältchen an ihren Augen deuteten darauf hin, dass sie ein verwandelter und kein geborener Vampir war. Ihre hüftlangen blonden Haare schienen zu schweben, und ihre strahlende Erscheinung verdeckte nahezu den Mann, der nach ihr eingetreten war.

»Ach du liebe Güte!«, ließ dieser verlauten, als er Balthasar erblickte. Seine braune Lockenmähne stand in alle Richtungen ab, und die unterschiedlich grünen Augen hätte Balthasar überall wiedererkannt.

»Laurentius, lange nicht gesehen!« Er schenkte dem Vampir ein Lächeln und Boris' überraschtes »Ihr kennt euch?« entlockte ihm ein zufriedenes dunkles Lachen. Neugierig reckte Monas bester Freund den Hals, schaute zwischen Balthasar und seinem Vater hin und her.

»Setz dich, Kind. Zappel nicht so rum«, ermahnte die Frau, die Balthasar als Irma kannte, nun da ihm bewusst wurde, wer Boris' Eltern waren. Erst jetzt bemerkte er, dass Mona ihn mit offenem Mund anstarrte.

»Oh, es gab da mal einen Vorfall in Rom, einen Magieraufstand, und wenn es um Zauberer ging, war Laurentius lange Zeit unser Ansprechpartner«, erklärte er. An ihrem Gesichtsausdruck veränderte sich nichts, auch wenn sie nun nach einer Schüssel mit Bohnensalat griff, um sich aufzutun. Jeder hatte Platz genommen, und Teller und Töpfe wurden über den Tisch gerückt.

»So etwas kannst du?« Boris' Stimme überschlug sich, und es war Balthasar fast unangenehm, dass die halbe Tischrunde ihn aufmerksam musterte.

»Es war nur ein Tempel. Früher hat man solche Sekten eben noch verschwinden lassen, das Gebiet wurde vorher evakuiert«, erklärte er leise und versteckte sich hinter einem frischen Glas mit Früchtetee.

»Aber ein ganzes Stadtviertel im Erdboden versinken zu lassen?« Er konnte in Boris' Gesicht ablesen, wie der sich das Spektakel lebhaft vorstellte. Nervös schielte Balthasar zu Mona, doch die starrte wie hypnotisiert auf ihren Teller, in dem sie mit ihrer Gabel Kreise zog, statt zu essen. Auch auf sein Räuspern hin rührte sie sich nicht. War er ihr erneut unangenehm? Er hätte sich nicht zum Erzählen verleiten lassen sollen, andererseits hatte ihn die Stille am Esstisch ganz unruhig gemacht – normalerweise war es Mona, die geschickt für Themen sorgte, wenn es ungemütlich wurde, aber Bohnensalat war wohl spannender als Balthasar.

Die meisten am Tisch hatten sowohl Balthasar als auch Boris' Vater gelauscht, welcher sein Zusammentreffen mit dem Erzdämon recht ausgeschmückt zum Besten gegeben hatte. An all die erzählten Details konnte sich Balthasar nicht mehr erinnern, vor allem nicht an den Riesen, den Laurentius angeblich in Schach gehalten hatte. Er wusste nur noch, dass die Sekte, um die er sich hatte kümmern müssen, ihn angebetet und das Zerschlagen ihrer kleinen fanatischen Gruppe furchtbar viel Papierkram zur Folge gehabt hatte.

»Schon cool«, gab Vlad nachdenklich von sich. Da er die ganze Zeit an seinem blutigen Getränk gehangen und auf sein Handy gestarrt hatte, wusste Balthasar nicht, wie viel er auf dieses *Cool* geben konnte. Auch Ben-Ben hatten während des Essens nur Augen füreinander gehabt. Immerhin verstand er nun, woher dieser Spitzname stammte und erinnerte sich, dass Mona ihm sehr wohl von den beiden erzählt hatte.

»Tja, ich war eben ein Gott, der sich um seine Sekten gekümmert hat«, nuschelte Balthasar nachdenklich. So gesehen war ihm sein jetziges Leben lieber, zumindest für den Moment. Nur noch den schlechten Ruf des Dämonischen loswerden.

Man löste sich vom Tisch, und Elfe und Werwolf verabschiedeten sich sofort zum Gassigehen. Auch Boris erhob sich, griff nach den leeren Schüsseln. Seine Mutter drückte ihm einen dankbaren Kuss auf die Wange, als sie aufstand.

»Mama«, maulte der Vampir und schob sie etwas beiseite.

»Denk daran, alles gleich einzuweichen, ja, Spatz?«, flötete ihre weiche Stimme, und er verdrehte die Augen, wofür er sich von seinem Vater ein lautes »Na, na, na« einfing.

»Ja, sicherlich, das mache ich doch immer, den Tadel kannst du dir sparen.«

Offenbar änderten auch zweitausend Jahre Unlebenszeit nichts an dem ewigen Bild des kleinen Sohnemanns. Gerade Vampireltern hingen an ihren Sprösslingen, wuchsen doch geborene Blutsauger deutlich langsamer heran als normale Menschen. So konnte sich Boris nicht gegen die Umarmung seiner Mutter wehren, aber das feine Lächeln auf seinen Lippen verriet, wie er wirklich darüber dachte. Verdammt – Balthasar musste dringend aufhören, sich Gedanken über diesen Vampir zu machen. Er war sogar ihm sympathisch, wenn er da mithalten wollte, hieß es gehörig an seinem Charakter zu arbeiten, oder er würde Mona bald an diese blonde Zecke los sein. Aber im Gegensatz zu ihm saß sie steif auf ihrem Stuhl und schenkte den Blutsaugern keinerlei Beachtung. Sie fühlte sich unwohl, der nervös wippende Fuß unter dem Tisch verriet ihr Stresslevel, dafür kannte er sie inzwischen gut genug.

Irgendetwas hatte er wieder falsch gemacht – Balthasar ging fieberhaft ihre letzten Gespräche durch. Hätte doch Laurentius nicht so haltlos übertrieben! Nun klang es durchaus, als sei Balthasar ein übermächtig fürchterlicher Erzdämon, der ganze Städte dem Erdboden gleichgemacht hatte.

Die Hohnenzollern verabschiedeten sich mit einer leichten Verbeugung. Man wollte noch einen Drink im Salon einnehmen. Balthasar konnte sich lebhaft vorstellen, worum es sich dabei handelte, und er hatte kein Interesse daran, einem Vampirehepaar beim gegenseitigen Beißen zuzusehen. Der Grimasse nach, die Boris zog, ging es ihm ähnlich.

Nur noch Mona saß vor einem halb leergegessenen Teller, und stocherte auffällig unmotiviert in den Nudelresten herum. Sie machte einen trägen Eindruck.

»Satt?«, fragte er, bekam jedoch nur ein müdes »Mhhh« zurück.

Nun schälte sich auch Vlad aus seinem Korbstuhl.

»Spitzenpasta, Moni«, meinte er anerkennend und klopfte Mona beim Gehen auf die Schulter. Sie schaute ihm lächelnd nach, dann sanken ihre Mundwinkel wieder.

»Nudeln … das kannst du wirklich gut«, versuchte Balthasar es erneut, und dieses Lächeln wirkte direkt etwas aufrichtiger auf ihn.

»Hab ich in Italien während des Studiums gelernt.«

»Dachte ich mir fast.«

Aus dem Flur erklang ein lautes Bellen, und sie hörten Beniko lachen. Für die zwei wurde es wohl Zeit zu gehen, aber Balthasar verspürte kein Interesse, sich zu verabschieden. Mit seiner Hexe schien etwas nicht zu stimmen, und er wartete nur darauf, dass Boris mit dem Abwasch fertig wurde, um endlich mit ihr alleine zu sein.

Auch der Vampir warf immer mal wieder einen Blick über die Schulter, der ganz offensichtlich Mona galt. Ehe jedoch erneut aus Unsicherheit das Gefühl von Eifersucht in Balthasar aufsteigen konnte, brachte ihn ein Wimmern aus dem Konzept. Mona war mit dem Kopf auf die Tischplatte gesunken und seufzte.

»Liebling?«

»Bauchweh«, nuschelte sie und stieß dabei hörbar Luft aus.

»Grüner Bohnensalat kann ganz schön auf den Magen schlagen.«

»D-das ist es nicht, e-es ist …« Sie hob langsam den Kopf und schielte zu Boris. Ihre Blicke trafen sich, und Mona hob ihre Augenbrauen. Ein kleines Gestenduell entbrannte, mit dem offensichtlich ohne verbale Kommunikation etwas vermittelt werden sollte. Beide schienen sich jedoch mit ihrem Gewackel und Schultergezucke nur zu verwirren. Das auffällige Nicken in Balthasars Richtung entlockte Boris ein Stöhnen. Erst jetzt verstand der Vampir offenbar. Sofort drehte er sich weg und schnappte sich ein paar bereits abgewaschene Teller, um sie unnötigerweise in den offenen Nebenraum zu tragen, vermutlich stand dort der Küchenschrank. Balthasar lehnte sich nahe zu seiner Hexe und starrte sie fragend an. Mona reckte etwas den Hals, bis sie so dicht an seinem Ohr war, dass er ihren Atem auf seiner Haut spüren konnte.

»I-ich glaub, ich krieg meine Tage.«

Kapitel 3

Ein ganz normaler Einkauf

Dinge, an die Balthasar nicht gedacht hatte, die menschlich waren, banal, aber in Monas Situation neu und überfordernd: Ohne Hexenkräfte keine Flüche und ohne Flüche konnte der biologische Fluch des Unterleibes tun und lassen, was er wollte. Für gewöhnlich verfluchte sich die Hexe einmal im Monat und war damit sowohl unfruchtbar als auch verschont von Regelblut und Krämpfen – wie sie ihm erklärte, hatte sie das völlig vergessen.

Balthasar hatte sie nach Hause gefahren, denn eine blutende Hexe in einer Villa voller Vampire – übernatürliche Freundschaften hin oder her, das war keine gute Idee. Deshalb hatte sie sich so unwohl gefühlt. Außerdem lag niemand gerne gekrümmt vor Schmerzen in einem fremden Bett. Balthasar schämte sich ein wenig für seine heimliche Freude über ihre missliche Lage.

Sie hatte *ihn* um Hilfe gebeten. Dabei war es ihr schon unangenehm gewesen, wenn er ihr irgendeine Tür aufsperren oder ein Marmeladenglas öffnen sollte. Er betrachtete diese Entwicklung als ein gutes Zeichen des wachsenden Vertrauens – aber damit folgte natürlich auch Verantwortung. Große Verantwortung.

»Normale Binden …«, wiederholte Balthasar gedankenverloren, worum Mona ihn gebeten hatte, und schaute einmal von links nach rechts das Regal mit den Hygieneartikeln entlang. Ein wahrer Regenbogen an Verpackungen strahlte ihm entgegen, die Vielzahl an Marken und Möglichkeiten für Personen mit Regelblutung füllte einen gesamten Gang in der Drogerie. Hier sah nichts »normal« aus.

»Super-ultra-soft«, las er vor und besah sich verwirrt die sehr ähnliche Packung direkt daneben. »Ultra-giga-maxi-weiche Haftbinden? Was ist der Unterschied?« Die violette Box mit dem verlegenen Teddybär darauf versprach auch einen angenehmen Duft. Bei der damit verbundenen Vorstellung lief Balthasar ein seltsamer Schauer über den Rücken, den er so noch nicht kannte. Und überhaupt, was waren bitte Haftbinden? »Ah. Die haben Flügel … Verstehe … Aber die grünen da haben gleich drei Flügel.« Er blieb eine Weile an den übermäßig vielen X vor dem L hängen, zählte die Buchstaben und schüttelte den Kopf.

Vor sich hin murmelnd zog er eine andere Packung aus dem Regal, nur um sie sofort wieder zurückzuschieben. Die Binden waren so riesig, er konnte sich nur schwer vorstellen, dass irgendjemand so etwas freiwillig in seine Unterwäsche kleben wollte, dann doch lieber gleich Windeln. Sein suchender Blick fand zur anderen Hälfte des Regals, in der kleinere Packungen mit besonders diskreter Sicherheit warben.

»Tampons …«, murmelte er. »Wieso eigentlich Binden und keine Tampons?« Vielleicht hatte sie das gemeint, doch je mehr von den vielen bunten Versprechen der Werbeindustrie Balthasar las, desto unsicherer wurde er, was Mona genau verlangt hatte. Von normal war hier nirgends die Rede. Aber auch die kleinen Stoffrollen machten es ihm nicht einfach, denn hier gab es von dick bis dünn, lang, *super silk touch*, extra saugstark und »für die leichten Tage« eine unüberschaubare Bandbreite. Und um Satans willen, was war denn das? Er griff zu einer kleinen Packung, auf der man mit der ultimativen Lösung warb: die Periodentasse. Völlig überfordert las er sich die Rückseite mit der Anleitung durch – das wäre doch eigentlich ideal. Immerhin war seine Hexe ständig bedacht auf Mülltrennung, biologische Produkte, alles musste vegan sein, und das hier versprach mit dem Abfall Schluss zu machen. Andererseits – was hatte sie gesagt? Normale Binden. War das ein allgemeiner Begriff oder eine konkrete Anweisung? Mit einem erneuten Blick über das Regal aus Plastikverpackungen voller Umweltsünden wurde ihm mit einem Mal ganz heiß. Sie konnte unmöglich diesen überteuerten Berg an Abfall gemeint haben.

Doch es ging noch schlimmer. Aus den Augenwinkeln entdeckte er eine kleine pinkfarbene Verpackung. Geworben wurde mit einem einzeln in Plastik verpackten Plastikhandschuh, natürlich grell magentafarben. So sollte Frau nicht einmal in die Verlegenheit kommen, ihren Tampon anfassen zu müssen, damit könne man das Ding diskret entsorgen. Wohl vor allem, weil *Mann* in Ohnmacht fallen könnte, sollte er ein solches benutztes Produkt im Hausmüll entdecken.

»Unfassbar, wie fragil Menschen sind, machen aus allem ein Tabu«, murmelte Balthasar und las sich die männlich klingenden Herstellernamen kopfschüttelnd durch. Was diese Herren wohl erleiden würden, wenn sie feststellten, dass nicht nur Frauen menstruierten? Aber eines musste Balthasar vor sich zugeben, auch er war ähnlich schlecht informiert wie die Entwickler des Handschühchens. Wie viele Jahrhunderte war es her, dass er einen Uterus besessen hatte? Vielleicht wurde es mal wieder Zeit. Doch damals hatte er sich dem Luxus hingegeben und auf die Periode verzichtet, offenbar ein Fehler. Ob Mona damit ein Problem hätte? Er als *sie*? Noch ein Thema, über das er mit ihr unbedingt reden musste. Balthasar hatte nicht immer die Kontrolle darüber, womit er sich identifizierte, und somit auch nicht über die Gestalt, die er annahm. Er nannte es fluide göttliche Inspiration und genau solche Momente konnten der Auslöser für eine Veränderung sein. Inspiriert durch ein Thema, eine Person, das Leben selbst. Er hatte Mona nie nach ihrer sexuellen Orientierung gefragt, soweit waren sie in ihren Gesprächen nie gekommen – sie würde ihn doch nicht ablehnen, wenn er nicht … »Ganz toll, Ba'al. Denk dich nicht noch unsicherer«, murmelte er.

Resignierend holte er sein Smartphone aus der Manteltasche und drückte die 7. Damit war Mona auf der Kurzwahl hinter all seinen wichtigen Geschäftskontakten und gleichzeitig besetzte sie so die Zahl der Hexerei. Gäbe es doch nur eine magische Formel, um ihn aus diesem Schlamassel zu befreien. Gleich würde sie ihn mit einem Vortrag über sein Unwissen bezüglich moderner Methoden für die Periode triezen. Aber es half ja nichts. Das Freizeichen erklang fünfmal, ehe Mona ein müdes »Mhhhh« verlauten ließ.

»Liebling … dieses Regal in der Drogerie … angenommen, du wärst jetzt hier …«, begann er langsam, doch Mona fiel ihm direkt ins Wort.

»Normale Binden, Balthasar. Nichts Kompliziertes. Einfach die normalen Binden!«

»Aber was ist denn *normal*? Weil die extra gigantischen Supersauger sind hier noch das Harmloseste …«

Ihr Augenrollen fühlte er durch die Leitung hindurch, aber zu seiner Erleichterung erklang auch ein leises Lachen.

»Da wird eine Ecke sein, in der alles weiß ist. Richtig?«, erklärte sie. Nervös wanderte sein Blick über die Vielzahl an Farben und Aufdrucken. Wusste der Teufel, warum man zwanghaft niedliche Maskottchen auf Hygieneartikel drucken musste. Oder nein, er wusste es eben nicht.

Direkt neben einem ungewöhnlich glücklich dreinschauenden Hund, der sich verlegen eine Binde auf die Nase geklebt hatte, waren viele Packungen in weiß aufgereiht. Tampons, Binden, Slipeinlagen. Der Aufdruck war simpel und schlicht.

»Normale Binden für die normalen Tage …«, las er vor. »Oh … das hattest du wörtlich gemeint.« Für seinen Geschmack lachte Mona etwas zu lange. Missmutig griff er zu einer Packung *normale Binden* und warf sie in den Einkaufskorb.

»Eine Packung reicht? Und die sind nicht biologisch abbaubar …«, gab er zu bedenken.

»Eine Packung reicht! Und ja, ist alles okay so. Danke.« Sie klang zufrieden mit seiner Anmerkung, und Balthasars Anspannung ließ endlich nach. Nicht auszudenken, hätte er das Falsche gekauft – an diesem Tag musste er perfekte Arbeit leisten, sie hatten gerade begonnen, eine völlig neue Vertrauensebene aufzubauen.

»Dann bis gleich …«, verabschiedete er sich und machte noch einen Umweg durch den Gang mit den Süßigkeiten. Eine Entscheidung, die er sofort bereute, denn es leuchteten ihm schon wieder mehrere Gänge voller farbenfroher Versprechungen entgegen. Auch hier strahlte ihn ein Teddybär mit Engelsflügeln an, der ähnlich verlegen dreinschaute wie der auf der Tamponpackung. Für einen Moment überlegte Balthasar, ob man ihm hier wirklich Schokoriegel verkaufen wollte. Die Menschheit hatte einen furchtbaren Geschmack. Zwar hatte Mona ihm keine weiteren Anweisungen erteilt, vermutlich, weil ihr gerade übel war und die Schmerzen wenig Raum zum Nachdenken ließen – aber er war sich sicher, in ein paar Stunden wollte sie Schokolade oder Kekse, vielleicht auch Kuchen, eventuell eine Packung Chips. Er zumindest verspürte plötzlich einen Heißhunger auf Zucker, und so entschied er sich für alle vier Möglichkeiten.

Und dann führte ihn sein Weg in die Abteilung für Spirituosen. Das ganze Regal hätte Balthasar nicht mal für einen leichten Schwips ausgereicht, aber darum ging es ihm nicht.

Kurz vor der Kasse erwarteten ihn wieder leuchtend bunte Packungen mit seltsamen Bezeichnungen von XL bis super-gefühlsecht. Diesmal erzählten sie auch noch etwas über Geruch und Geschmack.

»Vanille, würg«, murmelte er und schüttelte den Kopf. Kondome standen den Binden in Sachen absurder Werbung in nichts nach, und gerade wollte er zu einer Packung greifen, da spielte sich eine Szene vor seinem geistigen Auge ab. Wenn er damit nach Hause kam, wie sollte er Mona das erklären? Ihre letzte Nacht war eher holprig verlaufen, und die Hexe setzte sich schon bei Kleinigkeiten unter Druck. Er hatte sehr wohl bemerkt, wie aufgeregt sie gewesen war und wie unsicher, so gut sie das auch überspielen konnte. Nein, vor dem Sex stand erst mal ein Gespräch an. Im Gegensatz zu dem, was Mona vermutlich über ihn dachte, hatte er seit Monaten keinen Sex mehr gehabt. Spätestens der Gedanke, direkt aus dem Beischlaf beschworen zu werden, weil Mona ihn brauchte – es gab wohl kaum eine bessere Verhütungsmethode als dieses Szenario. Es blieb bei Binden, Alkohol und Mental-Health-Food.

Die emotionale Achterbahn an der Kasse war ein Schauspiel vom Feinsten. Natürlich war es ein Fehler gewesen, den Mantel mit Pelzkragen zu tragen, überhaupt den Anzug, diese Schuhe – in einem Rossmann wirkte Balthasar wie der Pate in einer Krabbelgruppe. Seine Aura alleine reichte aus, und vier Leute vor ihm ließen ihn vor. Seltsamerweise wurde es auch hinter ihm sofort leer. Missmutig packte er seine Einkäufe aufs Band: Neben zwei der teuersten Rumflaschen eine Packung *normale Binden* und ein ganzer Berg an Süßkram samt Mohnschnecken. Hoffentlich reichte das. Die Zigaretten unweit der Kasse lockten mit ihren abstoßenden Bildern von Lungenkrebs und blutigen Geschwüren, aber Mona würde er an diesem Tag bestimmt nicht mit Rauch quälen. Stattdessen griff Balthasar zu einer Tüte mit Lakritze. Und weil sich das Kassenband immer noch nicht bewegte, liebäugelte er mit Karamellbonbons und Kaugummi. Wieso musste der ganze ungesunde Mist direkt hier hängen – und was dauerte da überhaupt so lange?

Die müde Frau an ihrer Station fertigte den wohl langsamsten Rentner seit der Erfindung von Slow Motion ab. Wie viele 1-Cent-Stücke konnte ein Mensch besitzen? Und beim Abzählen der einzelnen Münzen schien sich der Herr rückwärts zu bewegen. Trotz des verdächtig untoten Eindrucks verrieten Atmung und die roten Wangen, dass es sich um einen Lebenden handelte.

»Lassen Sie sich nur Zeit …« Der Sarkasmus in der Stimme der Kassiererin war überdeutlich, doch der Mann nickte dankbar, schenkte ihr ein Lächeln, während er den nächsten Plastikbeutel mit Kleingeld aus seiner Tasche zog. Es klimperte laut, als der Sack voll Münzen auf dem Tresen landete. Balthasars Augen wanderten zu den Einkäufen des Rentners. Nichts weiter als ein großer brauner Plüschhund, dessen grelle Plastikverpackung ein

Spielerlebnis der Extraklasse versprach. *»Drück mich, ich wackel mit dem Schwanz! Fütter mich, dann freu ich mich! Der Superschnuppi für die ganze Familie. Superwitzig! Super zu handhaben! Superkuschelig!«*

»Super …«, murmelte Balthasar und seufzte lange.

»Seit mein Fido verstorben ist …«, begann der alte Mann heiser. Die Dame an der Kasse verdrehte die Augen.

Gefühlt eine halbe Stunde später lag das letzte Cent Stück auf einem Berg, und Balthasar atmete durch. Doch zu früh gefreut.

»Da fehlen zwei Euro!«, kam es schnippisch. Oh, am liebsten hätte er ihr den Hals umgedreht. Zwei Euro, was waren denn schon zwei Euro im Vergleich zu den vergangenen dreißig Minuten Hölle, Leid und Qualen? Und warum hatte die Kasse nebenan direkt geschlossen, als Balthasar sich zu ihr umgesehen hatte?

»Aber … mein Fido …«, murmelte der alte Herr verwirrt und blickte traurig auf den Berg an Kleingeld, dann zu dem flauschigen Plüschtier.

»Kein Geld, kein Hund!« Die Frau griff bereits nach der Verpackung und zerrte sie an sich, da räusperte sich Balthasar. Sie bemerkte ihn offenbar erst jetzt, wie einen düsteren Schatten, den man aus den Augenwinkeln die ganze Zeit ignoriert hatte. Vor seinem Anblick schrumpfte die dürre Gestalt auf ihrem Hocker zusammen. Sie zuckte heftig, als Balthasar ihr die pechschwarze Kreditkarte unter die Nase hielt.

»Ich bezahle den Fido – und das hier.«

Ein verdächtig untotes Geräusch entkam ihr, als sie nach dem Hündchen die zwei Flaschen Rum, eine Packung Binden und diverse Süßigkeiten über die Theke zog.

Kurze Zeit später verließ der alte Herr mit seinem Plüschtier fröhlich den Laden.

»Das funktioniert einfach immer …«, kicherte seine blasse Stimme und bei jedem Schritt klimperten seine Taschen, die wohl alle randvoll mit Cent Münzen waren.

Balthasar tat so, als hätte er es überhört. Irgendwann sah er den Zausel sowieso wieder, und dann durfte der an einer höllischen Kasse stehen und warten.

Balthasar eilte genervt über die Straße. Je mehr Zeit er mit Mona verbrachte, desto mehr verspürte er den Drang, sich durchschnittlich zu kleiden und menschlich zu verhalten. Außerdem kam er sich reichlich unpassend vor, im Armani-Anzug mit einer hässlichen Plastiktüte aus der Drogerie bis zu seiner Hexe zu laufen. Der Beutel mit dem Aufdruck eines Maskottchens im Arztkittel passte zu dieser Straße, Balthasar wohl auch – wäre er denn wirklich ein Mafioso gewesen.

Über das zwielichtige Viertel, in dem Mona wohnte, mussten sie sich auch noch mal unterhalten. Offenbach alleine war schon schlimm genug. Seine Verpflichtung, sie zu beschützen, würde sich erheblich vereinfachen, würde sie bei ihm wohnen – bei diesem Gedanken blieb er kurz stehen. So ernst war es ihm inzwischen. Erstaunlich, wie schnell sich das Leben ändern konnte. Aber selbst, wenn sie diese Art feste Bindung wünschte, Mona liebte ihre Wohnung. Und das besondere Lokal direkt darunter schien ihr viel zu bedeuten, so oft, wie sie dort mit ihren Freunden zugegen war. Zugegeben, ihr Freundeskreis war unterhaltsam, und die Bar mit dem seltsamen Namen war nun mal das Zentrum ihrer kleinen Welt. Inzwischen flackerten einige weitere Buchstaben der alten Neonschrift. Bald würde vom Hiptro-C-ock wirklich nur das C-ock übrig sein, und das brachte Balthasar glatt zum Schmunzeln, als er an dem Lokal vorbeiging und zur Haustür schritt.

Hastig kramte er den mit Anhängern überladenen Schlüsselbund von Mona hervor. Kurzzeitig verhedderte er sich in den Plüschwürfeln und einem Skelettanhänger aus Holz. Er bekam erst den falschen Schlüssel zu fassen, bis er endlich eintreten und der Nachbarin in die Arme laufen konnte.

Kapitel 4

Killerhaie und Mohnschnecken

»Ach, Sie sind des!«, krächzte es ihm entgegen.

Sie war klein, im Vergleich zu Balthasar richtig winzig, trotzdem nahm die alte Dame aus Monas Etage den gesamten Gang vor den Briefkästen ein. Ihre Aura war drall wie ein Fass, und zur rettenden Treppe musste er sie passieren.

»Guten Abend …«, murmelte Balthasar heiser und beendete damit seiner Auffassung nach die Höflichkeiten. Doch kaum reckte er den Hals etwas und wollte an der wackeligen Dame vorbei, breitete sie sich in die gleiche Richtung aus. Eine Wand aus Mütterchen, Haarnetz und Trockenshampoogeruch hatte sich gebildet, Balthasar war gefangen. Der Blick neugieriger, wässriger Augen heftete sich erst an seinen Anzug, wanderte zu der Tüte in seinen Händen über die vielen Ringe bis hoch zum Mantel und bohrte sich dann gierig in seinen Kopf. In ihr brodelten die Fragen nur so, er konnte es regelrecht von ihren wandernden Falten ablesen. Sie wollte wissen, womit er sein Geld verdiente, weshalb er und seine Frau nicht zusammenlebten, ob der Pelz echt war, was sich in der billigen Tüte befand – vor allem ging es ihr darum, welche dieser Fragen zu möglichst brisantem Tratsch führte.

Das Geschwätz eines Lästermauls hatte die Macht, ganze Nationen zu spalten. In dem Moment, als Balthasar durch die Tür getreten und ihr begegnet war, hatte er bereits verloren. Was auch immer er sagte, tat, jede Regung in seinem Gesicht – sie würde ihm einen Strick daraus drehen. Jetzt hatte er nur noch die Kontrolle darüber, welche Art von Tratsch sein Erscheinen in Bewegung setzte und welche Auswirkungen das auf Mona haben würde. Sie lebte hier. Sie würde sich hinterhältigen Fragen stellen müssen, und er wäre schuld.

Balthasar hatte schon viele Höllenportale geöffnet, die meisten davon besaßen Zähne, eine lange Zunge, einen tiefen dunklen Schlund, und es war nicht er, der davor erzitterte, sondern die Opfer. Doch als sich die falschen Beißer der älteren Dame öffneten, sie Luft holte und dabei die Röte ihres Rachens offenbarte, wurde es ihm ganz flau.

»Richtig kalt geworden, finden Sie nicht?«, leitete sie die Fahrt in die Hölle ein. Er verspannte sich sofort. Sie eröffnete ein einzigartiges Schachspiel mit einem scheinbar harmlosen Bauern, und fieberhaft ging Balthasar seine Optionen durch. Jede Antwort würde zu weiteren Fragen oder gar Schlussfolgerungen führen, deren Entwicklungen seine Zukunft dominieren konnten.

»Ja«, hörte er sich sagen. Nicht zu viel, nicht zu wenig. Bedauerlicherweise zwang es die Nachbarin zum Nachdenken. Erneut rückte sie gedanklich eine Spielfigur vor, analysierte den Verlauf, um ihr Opfer schnellstmöglich schachmatt zu setzen. Langsam wackelte sie mit dem Kopf – tat sie nur so tattrig, vielleicht war das eine Taktik?

»Von wegen globale Erwärmung, alles nur Schwindel, sage ich Ihnen. Ein abgekartetes Spiel. Kommt ja alles von diese Ökos. Die wollen uns nur manipulieren! Tja, denn wer des mit die Wetter glaube tut, der wird sicher auch keinen Pelz mehr kaufe, gell?« Der Unterton erzählte von einer schnellen Niederlage in nur fünf Zügen, wenn Balthasar nicht eine elegante Lösung fand. Er schluckte, strich sich mit einer Hand nervös über den Pelzkragen seines Mantels. Bei dieser Geste zitterten ein paar Nerven auf dem Gesicht der Alten. Sie gierte auf einen falschen Schritt ins Diskussionsgewässer. Der Pelz machte ihn zu einem reichen, ignoranten Tierquäler. Wählte er jedoch die Verteidigung des Klimawandels, würde ihn auch sein Armani-Anzug nicht mehr vor dem Stigma eines ökoschwurbeligen Linksversifften retten. Nun, das wäre wohl das beste Urteil, vor allem für Mona, die offen und laut ihre Ideale lebte. Die Herkunft der seidenweichen Haare, die seinen Nacken streichelten, würde die alte Dame erschrecken. Nicht jeder bekam als Zeichen der Hochachtung die Augenbraue eines Zyklopen überreicht, das war auch für einen Erzdämon eine echte Ehre. Das Zeitfenster für eine Antwort war beinahe verstrichen. Schlimmer noch als der Titel des Tierquälers war der des reichen Mannes ohne Anstand.

»Ja.«

Erneut nichtssagend. Wie zu erwarten gefiel der älteren Dame diese Antwort nicht, trotz der zwanghaft gehobenen Mundwinkel. Er kämpfte gegen das dämonische Glühen seiner Augen an, bemühte sich um so viel falsche Menschlichkeit, wie ihm möglich war.

Ihre Lippen wurden ganz spitz, als sie wieder zum Schlag ausholte. »Ich möchte Sie gar nicht lang von Ihrem Feierabend abhalte«, flötete sie heuchlerisch freundlich. »Sicher wartet Ihre Angetraute bereits sehnsüchtig auf Sie. Muss ja schwierig sein, wenn man so unterschiedliche Arbeitszeite hat.« Die Andeutungen zwischen den Zeilen nahmen einen beinahe bedrohlichen Klang an. Zähneknirschend zog Balthasar ein Feld vor, er hatte bereits all seine Bauern geopfert, nun war der Läufer dran. Gerade formulierte er einen Satz, öffnete die Lippen, da parierte die Nachbarin gekonnt, schlug ihn mit ihrer Königin und deutete auf die Einkaufstüte mit dem skurrilen Bärchen im Arztkittel.

»Ach, die große Drogerie an der Ecke … ist voll dort zurzeit, nicht wahr? Alle haben die Grippe, richtig schlimm ist des. Schlimm, schlimm. Sind Sie und ihr Mädchen wohlauf?«

»Ja«, wiederholte er, sich gefangen fühlend.

»Langer Tag, hmmmmm?« Alte Tratschweiber wussten, wie sie zu spielen hatten, auch gegen einen Erzdämon. Jetzt half nur ein verzweifelter letzter Zug. Es ging um Mona. Was für ein Bild mochten die Damen und Herren des Tratschimperiums dieser Straße wohl von seiner Hexe haben? Sie war tätowiert, düster angezogen – teilweise so knapp, sogar Balthasar war sich über die Länge ihrer Miniröcke manchmal unsicher –, sie arbeitete bei Nacht, lebte alleine, feierte in der Bar mit ihren übernatürlichen Freunden. Der erste Blick auf Mona hatte dieser Frau bereits alles verraten. Und egal wie richtig oder falsch sie damit lag, es war Balthasars einziger Joker.

»In der Tat!« Er hob die Tüte an. »Rum, Zigaretten, Gleitgel und Kondome!«

In den wässrigen Augen der Alten leuchtete es auf, aber der Moment reichte für eine Lücke in ihrem dichten Netz aus klebrigem Tratsch.

»Deshalb entschuldigen Sie mich bitte, wie Sie sagten … Feierabend. Sie verstehen!«, murmelte Balthasar heiser, fügte ein »Auf Wiedersehen« hinzu und verließ endlich den Eingangsbereich, nein, das Schlachtfeld. Die Treppe hinauf in den dritten Stock ließ er in Windeseile hinter sich, nahm gleich zwei Stufen auf einmal. Irgendwas sagte ihm, dass er sich besser nicht mehr umdrehen sollte, und so verschwand er schnellstmöglich in Monas Wohnung, drückte die Tür ins Schloss und lehnte sich erst mal dagegen.

»Hallo …«, murmelte es leise aus einem Deckenberg heraus. Das Leiden in ihrer wackeligen Stimme brachte sogar Balthasar kurzzeitig aus dem Konzept. Zusammengekrümmt, ein dickes Kissen umklammernd lag Mona auf ihrem schwarzbezogenen Bett, und der verschmierte Kajal untermalte das Bild des Elends. Schwimmende dunkelgrüne Augen, der Schmollmund – es hatte sie übel erwischt. Balthasar setzte sich sofort zu ihr und packte die Einkäufe aus. Bei der ganzen Schokolade, vor allem bei den Mohnschnecken, hellte sich ihre Miene deutlich auf.

»Danke …«, nuschelte sie, da hatte sie bereits in das Backwerk gebissen. Auf sein dunkles Lachen hin hob die Hexe irritiert die Brauen.

»Isch wasch?« Sie hatte sich das halbe Gebäck in den Mund gestopft und sah aus wie ein hungriger Hamster. Es fiel ihm ausgesprochen schwer, sie jetzt nicht zu küssen. Aber die Umstände und auch die zuckergussverschmierten Lippen hielten ihn davon ab.

»Du hast da was an der Wange, mein Mohnschneckchen!«

Er sah, wie sie sofort rot anlief und sich mit dem Ärmel über das Gesicht wischte. Jetzt sah sie wirklich aus wie ein aufgeregtes Nagetier, das sich gerade putzte, und Balthasar kämpfte mit einem Lachkrampf.

Die Nachbarn hatten ihr Urteil gefällt, mochten die Nase rümpfen und sie für verdorben halten – sie hatten gar keine Ahnung, was ihnen entging. Sie war zauberhaft. Mona war laut und lebendig, sie lebte, so frei es ihr möglich war, und das in einer Welt, die versuchte, jedem seine Freiheit zu entreißen. Tattoos, wilde Freunde, Feierei in Bars, Konzerte, knappe Kleidung – wer das als falsch ansah, hatte das Leben nicht verstanden.

Phillip hatte wohl recht – es hatte Balthasar schwer erwischt, und während Mona ihren Paktunfall vermutlich als ihr Pech verbuchte, fühlte er sich wie der größte Glückspilz im Universum.

Die zuckergussverschmierte Gestalt aus Decke und Jogginghose erhob sich und schlurfte ins Badezimmer. Amüsiert setzte sich Balthasar vor den Fernseher und schaltete die Playstation an. Es gab einige neue Filme auf Netflix, deren Titel geradezu nach Schokolade, Tee mit Rum, Wärmflasche und Regelblut verlangten. Bei einem Blick auf ihre Watchhistory war ihr Geschmack auch schnell gefunden.

»Sharknado Drölf?«, fragte Mona leise. Sie war nach einer Dusche und reichlich Gepolter im Bad zurückgekehrt und augenblicklich wieder mit dem Kissenberg auf dem Bett verschmolzen.

»Nicht gut?«

»Ist das der mit dem Nazimeteor und den Riesenwürmern?«

»Nein, diesmal sind es auf Nanogröße geschrumpfte Killerhaie, die wie Viren durch den Körper wandern und die Leute von innen heraus auffressen.«

»Cool… den hab ich noch nicht gesehen. Richtig schön stumpf«, murmelte sie zufrieden.

Aus der Küche ertönte das leise Pfeifen des Kessels. »Ich hab uns Tee gemacht…«, erklärte Balthasar und erhob sich wieder. Zum Glück besaß die Hexe alle Kräuter, die es brauchte, um ihr Leiden zu lindern, und die exzellent zu einem Schuss Rum passten. Als er mit einem Tablett aus der Küche kam, fand er Mona in ein Kissen fluchend vor. Fest drückte sie ihr Gesicht in den

Stoff und sprach ein paar wimmernde Beschimpfungen gegen die Evolution aus. Da hatte sie durchaus recht, kein Gott war dafür verantwortlich, dass etwas so Spezielles wie ein Mensch sich entwickelt hatte, das konnte man sich nicht ausdenken. Und noch dazu badete ein Teil der kreativen Evolutionsleidtragenden einmal im Monat im eigenen Blut, trotz all den Jahrtausenden an Mutationen.

Seufzend setzte sich Balthasar neben Mona, stellte den Tee ab und zog an dem Knäuel aus Decken und Kissen. »So schlimm?«

Mona wimmerte leise, warf sich zurück auf ihr Kopfkissen und starrte mit knirschenden Zähnen ins Leere.

»Das … sind die ersten zwölf Stunden … da kommt das in Krämpfen … Intervalle halt … Hatte vergessen, wie furchtbar das ist! Hab schon mit fünfzehn im Internet einen Fluch dagegen gefunden.« Ein Schniefen.

»Morgen ist es besser, Liebling.«

»Ich hab so die Schnauze voll«, maulte sie, passend dazu eine ordentliche Portion Mohnschnecke im Mund. Trotzig funkelten ihre Augen, als würde sie gleich anfangen zu weinen.

»Wie kann ich dir helfen? Hast du schon einen Termin mit deinem Anwalt wegen der Anhörung?«

»Nein!«, gab sie direkt zurück.

»Aber Mona …«

»Nicht jetzt, okay? Können wir … können wir einfach den Film gucken? Ich will nicht über die Verhandlung reden!«

»Aber dein Anwalt weiß Bescheid über alles? Ich kann dir sonst was zusammenschreiben, damit du nichts tun musst und …«

»Nein, alles gut!« Mona wurde nun deutlich lauter, ihre Stimme zitterte und Balthasar wusste, dass er nicht weiter zu ihr durchdringen würde.

»Gut … ich will nur sichergehen, da sie mich raushalten wollen, was höchst bedenklich …«

»Balthasar!«

»Schon gut. Ich habe verstanden.« Er unterdrückte das resignierte Seufzen. Es ging um ihr Wohlbefinden, und mochte Mona ihre Sturheit dabei auch im Weg stehen, sie konnten an einem anderen Tag darüber streiten – nicht ausgerechnet heute. Wenn das Amt die dämonische Aktivität, vor allem Balthasars Handeln, im Fall Nosdrof tatsächlich leugnete, dann stand Mona alleine mit dem Chaos, das sie auf dem Jahrmarkt angerichtet hatten, vor Gericht – und dieser Gedanke machte ihm durchaus Angst. In der heutigen Zeit konnte er schlecht in den Saal stürmen, sie befreien und mit ihr ein Leben in Verbannung und Dämonentum aufbauen. Auch ein Erzdämon konnte suspendiert werden, außerdem – Mona ohne ihre Freunde – auf der Flucht vor der Kirche? Er verstand ihren Wunsch nach Stabilität, denn diese Sehnsucht hatte sie bei ihm geweckt.

Die nun durch seine Fragen verursachte Unruhe sah er ihr deutlich an. In sich zurückgezogen saß sie auf dem Bett und mied seinen Blick. Das konnte er so schnell nicht wieder gutmachen – aber bei einem anderen Problem würde er ihr kurzzeitig helfen können. Behutsam legte Balthasar ihr eine Hand auf den Bauch, schob seine Finger dabei unter ihren Pullover.

Mona riss die Augen auf.

»Wie hast du das gemacht?«, platzte es aus ihr heraus. Verwundert griff sie zu seinem Arm, drückte seine Hand und starrte ihn fragend an.

»Nun, ich bin ein Dämon … Schmerzen geben und nehmen ist quasi Teil unseres Wesens, weißt du? Eine der wenigen erlaubten, eigentlich göttlichen Kräfte.«

»Das ist ja super!«, kiekste sie.

»Aber es sind Krämpfe … heißt, sowie ich die Hand wieder wegnehme und wieder ein Krampf kommt …«

Sofort sackten Monas Mundwinkel nach unten, und ihr Blick wanderte zu seiner Hand auf ihrem Bauch.

»Ich … ich … werd sie … da einfach so lange lassen … ja?«, murmelte er, sich schlagartig seines Schicksals bewusst. Doch ihre großen Kulleraugen mit den hochgezogenen Brauen, von unten zu ihm aufblickend, dieser kleine, drollige Schmollmund … Er räusperte sich – für diesen Blick war er bereit, sehr viel mehr auf sich zunehmen.

Kurze Zeit später und nach einem Streit über bequeme Kissen und Sitzpositionen, den Mona selbstredend gewann, saß Balthasar im Bett, die Hexe an ihn gelehnt, und er hatte seine Hände vor ihrem Bauch gefaltet. Auf dem Fernseher flimmerte der Beginn von *Sharknado Drölf*, eröffnete mit einem spektakulär hässlichen CGI-Intro voller Minihaie den Trashfilmabend. Die kleinen Haie schwebten gespiegelt, gedreht und gekippt durch ein Labor– dabei verdächtig nach einer geklauten GIF-Datei aussehend. Im Zimmer duftete es lieblich nach Tee und Alkohol, während auf dem Bildschirm kreischende Labortechniker im Kreis liefen.

»K-kannst du einfach so hierblieben?«

Irritiert hob Balthasar die Brauen. Monas Kopf hatte sich zu ihm gedreht, und sie sah ihn fragend an. Vor lauter Chaos hatte sie vermutlich keine Zeit gehabt, über ihre Lage nachzudenken.

»Ich habe Feierabend, ich kann so lange bleiben, wie ich will.«

»Und du … du willst?«

Zur Bestätigung schlang er einen Arm etwas fester um sie,

behielt aber brav die andere Hand auf ihrem Bauch. So war sie gezwungen, ihren Kopf an seine Brust zu lehnen, und er freute sich, dass sie sich an ihn schmiegte.

»Ich weiß einfach gar nicht, was genau du in der Hölle eigentlich machst«, murmelte sie leise. »Und wann du da arbeitest und wie.«

»Es ist gar nicht so anders als deine Nachtwache.«

»Du passt auf die Dämonen auf, richtig?«

»Verwaltung, Planung, Koordination, manchmal ein bisschen Folter.« Er spürte, wie sie zusammenzuckte. Unweigerlich lachte Balthasar auf. »Bei meiner Zuständigkeit handelt es sich um durch Sünden geformte Dämonen. Folter ist kein Leid, es ist eher … scheiße, für Menschen klingt das sicher seltsam, aber wir sehen das ganz locker.« Er fühlte auf einmal eine Form von Scham in sich aufsteigen. Immer verteidigte er seine Menschlichkeit, und dann bewies er ihr wieder das Gegenteil.

»Willst du mir etwa sagen, dass die da unten alle ein bisschen kinky sind?« Ihre Stimme quietschte, und Mona hatte sich aufgerichtet, um ihn ansehen zu können. Auf sein spontanes schallendes Gelächter hin lief sie rot an wie eine Tomate, und auch wenn ihm das furchtbar leidtat, er konnte für eine ganze Weile nicht aufhören zu lachen.

»N-nein!«, presste er schließlich heraus.

»Ach, und was dann?« Sie klang ein wenig eingeschnappt, und Balthasar gab sein Bestes, um sich wieder einzukriegen.

»Eigentlich hast du gar nicht so unrecht«, gab er zu.

»Ehh?«

»Kreaturen, die kaum Leid empfinden und nicht sterben können, die haben in den Augen von euch Menschen einen etwas ruppigen Umgang mit Bestrafung, verstehst du?«

»Andere Kultur?« Sie klang immer noch misstrauisch.

»Andere Wesen, Mona. Und auch wenn es wirklich so etwas wie Qual für Dämonen gibt, so ist das ein sehr seltenes, vor allem illegales Mittel, genau wie bei euch Menschen.«

»Mhhh.«

»Stellt dich nicht so zufrieden?«

»Weiß nicht. Also, es klang halt … als du zum Beispiel gemeint hast, dass du den Schleimer einfach gesprengt hast …«

»Der hatte dadurch ein paar Tage Zeit zum Nachdenken und hat sich dann entschuldigt.«

»Ehh …«

»Vielleicht ist Folter das falsche Wort, mehr so eine Art Rüge? Ihr Menschen habt uns diese Formulierungen angedichtet, nur mal so.«

Mona blinzelte ein paarmal und starrte ihn weiterhin prüfend an. Sie fällte gerade wieder ein Urteil über ihn, und Balthasar spürte, wie seine Hände schwitzig wurden.

»Ich will dir wirklich vertrauen«, murmelte sie. »Deshalb frage ich.«

»Das ist völlig in Ordnung. Frag mich alles, was du wissen willst. Aber bedenke, Dämonen sind sehr divers. Manche waren mal Elfen, ein paar enthornte Einhörner haben wir auch zu bieten, und ich – wie du weißt – bin eigentlich ein Gott.«

Damit hatte er offensichtlich wieder etwas Falsches gesagt, denn jetzt bekam er Monas unzufriedenen Schmollmund zu sehen. Eine fünfundzwanzigjährige Frau und ein Geschöpf des Urknalls – über dieses Thema hätte er gerne an einem passenderen Tag mit ihr gesprochen. Genau wie er hatte sie sich darüber sicher schon den Kopf zerbrochen. Ihr Altersunterschied war kosmisch und ihre Wesen grundverschieden.

»W-wie ist das eigentlich so?« Monas kritische Miene lockerte sich, und ihr Blick wanderte zurück zum Fernseher.

»Wie ist was?«

»Du warst doch nicht immer so wie jetzt …« Sie machte es sich wieder an seiner Brust bequem und angelte nach der Tüte mit den Mohnschnecken.

»Du meinst, bevor ich ein Mensch war?«

Leichtes Nicken.

»Tja nun, so ohne Konzept der Existenz hab ich das gar nicht gemerkt. Ohne Gehirn denkt es sich schlecht.«

Zum Glück reagierte Mona mit einem gelösten Lachen, und Balthasar spürte die Anspannung von sich abblättern. Ihm war gar nicht aufgefallen, wie sehr ihn dieses kurze Gespräch doch verkrampft hatte.

»Ihr Menschen reduziert das Dasein immer auf eure Wahrnehmung, ich schätze … es ist unerklärlich, für den Moment.«

»42.«

»Was?«

»Die Antwort auf die Frage nach dem Leben, dem Universum und dem ganzen Rest.«

»Ja, irgendwie schon.« Balthasar kam nicht umhin, ihr durch die schwarzen Haare zu streicheln. Ihr Humor war einfach unbezahlbar.

»Aber nicht alle Götter sind kosmisch, oder? Man kann auch zum Gott aufsteigen, war doch so?«

»Möchtest du das?«

Einmal mehr drehte sich der dunkle Haarschopf zu ihm um, diesmal streckte ihm Mona jedoch ihre Zunge entgegen.

»So mächtig, wie du bist, blüht dir das ohnehin irgendwann mal«, erwiderte er mit einem Grinsen.

Der freche Ausdruck auf Monas Gesicht fror kurzzeitig ein, erinnerte stark an eines der vielen Katzenbilder aus dem Internet, wenn man die Tierchen beim Putzen erschreckte und ein Stück Zunge noch herausschaute. Balthasars Brust bebte vor unterdrücktem Kichern und schon schloss sich ihr Mund wieder. Röte legte sich auf ihre Ohren.

»N-nun, Liebling«, er räusperte sich, »deine Feuerbälle haben Potenzial, ich hab dich in Aktion gesehen, das hätte ich nicht besser machen können.« Er wollte auf keinen Fall, dass das Gespräch erneut in die falsche Richtung abdriftete, und anscheinend schmeichelten seine Worte ihr genug, dass sie grinste.

»Vielleicht wollte der Vampir ja wirklich deine Kräfte und gar nicht die von Sonotep«, scherzte er.

»Ich weiß halt auch echt nicht, was er da hätte holen wollen bei seinem Einbruch.«

»Ihr habt auf eurem Museumsflyer dick und fett gedruckt, dass dem Pharao die Macht eines Gottes innewohnt, hm?«

Mona ächzte leise und verdrehte die Augen. »Schon, aber die hat er nie gekriegt. Um die haben seine Eltern nur gebeten, aber er ist vorher gestorben. Deshalb ist seine Mum ja so sauer geworden.«

»Und die war noch mal wer?«

»Mamotar.«

»Mamotar«, wiederholte Balthasar und knirschte mit den Zähnen.

»Und sein Vater Papotep, wobei der – hey, was gibt es denn da zu lachen?«

Balthasars Stimme bebte ein wenig, aber er versuchte, ernst zu bleiben. »Klar, Mamotar und Papotep mit ihrem Sonotep. Ganz *normale* ägyptische Namen.«

»Du bist der Ägypter, du musst doch mehr wissen!«

»Das ist wie lange her? Viertausend Jahre? Weißt du, dass ihr alle unsere alte Sprache völlig falsch aussprecht? Klar, da könnte man … Aber bei den alten Königen denke ich eher an Menschen wie … Königin Amamenhet oder König Sepaptah, wenn wir von solchen … Namen … sprechen …«, Balthasar wurde mit jedem weiteren Wort leiser. »W-was sagtest du, soll er für eine Macht erhalten haben?«, hakte er alarmiert nach, während sich eine Erinnerung aus der Vorzeit in sein Gedächtnis drängelte. Ein Königspaar, ein unglücklicher Königssohn, ein Geschenk, ein Wunder – Balthasar hoffte inständig, dass es er sich irrte.

»Ach, irgendwas Göttliches eben.«

»Und bei seinen Grabbeilagen war nichts dergleichen?«

»Mann, nein, die haben ihm sogar ’ne Badekugel oder so was beigelegt.« Sie gab ein grunzendes Lachen von sich.

»Bitte was?«

Langsam beugte sich Mona vor, darauf bedacht, dass seine Hand nicht verrutschte. Nach einigem Strecken erreichte sie ihr Smartphone und lehnte sich wieder zurück. Ihre Finger wirbelten durch tausende Fotos der letzten Monate, ehe sie ihm ein Bild eines ausgesprochen unordentlichen Arbeitszimmers vor die Nase hielt.

»Das ist sein Zeug«, meinte sie dazu, und während Balthasar verwirrt auf die Ansammlung an Schmuck schielte, raschelte wieder die Tüte mit den Mohnschnecken.

»Badekugel«, murmelte er.

»Das goldene runde Ding.«

»Badekugel«, wiederholte er keuchend und nahm Mona dann das Smartphone ab, um heranzuzoomen.

»Schon ganz hübsch und viel schwerer, als sie aussieht, hab sie fast fallen gelassen«, erklärte sie, er nickte, hörte nur halb zu. Das war definitiv keine Badekugel, sondern ein Spielball der Göttlichen, dem ein waschechtes *Wunder* innewohnte, und sowohl Balthasars Erinnerung als auch die Hieroglyphen auf dem Gegenstand ordneten das wertvolle Stück Magie eindeutig einem Gott zu: *Ba'al.*

Das Wunder des Sonotep beinhaltet ein freies Machtwunder. Damit konnte man alles auslösen, natürlich wie übernatürlich, was man sich wünscht.

Bestimmt ist das Wunder soweit zerfallen, dass es sich an jeden bindet, der es auslöst. Alt genug ist es. Es muss noch in der Kugel ruhen – vermutlich dachte Nosdrof, ich beschütze es persönlich, weil ich aufgetaucht bin.

Antrag an das Amt stellen, mir das Relikt im Rahmen der Ermittlungen und hinsichtlich des Hintergrundes auszuhändigen.

Kapitel 5
Einspruch

26.11.2018

Eine Woche später, an einem kalten Montag, tief in der Nacht kurz nach elf Uhr. Mona stand ganz allein im Schein einer flackernden Straßenlaterne und hielt festumklammert eine Aktentasche in ihren Armen. Vor ihr lag der Platz des Hexengerichts mit seiner grauweißen Betonfassade. Nur drei der unzähligen Fenster leuchteten. Großkrotzenburg mochte mit seinen vielen Badeseen und dem Main ein durchaus schöner Ort sein, aber das konnte Mona zu dieser finsteren Stunde nicht beurteilen. Gerade war ihr ohnehin eher nach Großkotzen vor Nervosität als nach Sightseeing. Ihr war schleierhaft, warum man ausgerechnet in diesem lauschigen Dorf das Hexengericht Hessens angesiedelt hatte.

Das recht sparsam gestaltete Gebäude thronte wie ein großer Schatten in der Dunkelheit und erhob sich über einen offenen Platz. Ein schwach glühendes Pentagramm auf dem Eingangstor zeigte die Zugehörigkeit, und daneben führte ein Schild zum Sportverein für Hundefreunde. Veraltete Straßenlaternen flackerten, und die Lampe direkt neben Mona summte in einem unangenehmen Ton.

Es war leicht windig, und Mona fröstelte in ihrem grauen Baumwollmantel, den Leggins und dem schwarzen Kleid mit weißem Kragen, das sie in eine artige, stilechte Hexe verwandelte. Auch wenn sie zurzeit keinerlei Kräfte besaß, so wollte sie wenigstens danach aussehen, ein letztes Mal vielleicht.

Mona rührte sich nicht. Der unheilvolle Termin, der über ihr Leben entscheiden würde, war für die Geisterstunde angesetzt worden, da der Anwalt, der die Interessen der Kirche vertrat, bereits verstorben war. Ähnliches hätte auch beinahe Monas Verteidigung ereilt, denn der Guru hatte einen kleinen Auffahrunfall gehabt, und so waren Ben und Boris gerade auf dem Weg, ihn von der Schnellstraße abzuholen.

Nervös schielte Mona auf die Uhr ihres Smartphones. Eine ungelesene Nachricht leuchtete noch immer auf dem Sperrbildschirm. »*Meld dich, wenn du mich brauchst*«, hatte ihr Balthasar ans Herz gelegt. Er war nicht vorgeladen – und das war mehr als merkwürdig. Mona konnte sich keinen Reim darauf machen, wieso sie Balthasar nicht befragen wollten, ihn leugneten. Vielleicht war es besser, wenn er nicht auf der Bildfläche erschien, schon gar nicht hier – sie schielte zu der Kirche auf der anderen Seite des Platzes.

Wind rauschte durch die nächtliche Schwärze, erfasste die Laubbäume und wehte Mona den Herbst in Form eines großen Eichenblatts um die Nase.

»Dreck«, grummelte sie. Dann gurrte es zu allem Überfluss so laut hinter ihr, dass sie mit einem leisen Quieken zusammenzuckte. Über die Schulter blickend entdeckte sie eine dicke, graue Taube mit einem weißen Streifen um den Hals.

»Hast du mich vielleicht erschreckt. Ein Glück, dass ich nicht mehr hexen kann, sonst stünde ich jetzt in Flammen.«

Zur Antwort erklang wieder ein Gurren, und der Kopf des Vogels neigte sich fragend zur Seite. Kleine Füßchen tippelten näher und veranlassten Mona zu einem nervösen Schritt zurück, aber die Taube steuerte weiter direkt auf sie zu.

»Ehh, entschuldige?« Für einen Moment tanzten sie und der Federball im Kreis. »I-ich hab nichts. Kein Brot oder so! Wirklich! Und so was ist ja eh nicht gut für eure Mägen, nicht?« Der Blick zweier dunkler Vogelaugen bohrte sich in sie hinein und brachte Mona zum Schwitzen. War sie so aufgeregt, dass eine Taube sie unter Druck setzen konnte? Offensichtlich.

»Was willst du denn von mir?«

Dieses Gurren klang fordernd, und Mona hätte schwören können, dass das Tier ihre Tasche fixierte.

»Ach so.« Sie seufzte. Diese Vögel hatten wohl eine bessere Nase, als angenommen, denn ja – Mona führte tatsächlich etwas Essbares mit sich.

»Ehh … Wenn dich das nicht stört, ich hab noch was von den Hundekeksen für Ben. Die sind weich genug, denke ich, ist Hafer drin, sollte gehen, oder?«, murmelte sie und kramte umständlich in ihrer kleinen Tasche, dabei die Akten mit einem Arm balancierend. Endlich bekam sie die Tüte zu fassen und schnippte dem hungrigen Vogel einen winzigen Keks entgegen. Mona sah ihn nicht einmal auf dem Boden aufkommen, die Taube hatte sich sofort draufgestürzt, und das Gurren erinnerte erschreckend an einen Dämon. Leicht amüsiert griff sie wieder tief in die Tüte, um ein paar der Kekse zu zerbröseln.

Direkt hackte etwas nach Monas Füßen, und sie machte entsetzt einen Hüpfer zur Seite. Noch eine Taube, deutlich schlanker und in strahlendem Weiß, neigte neugierig den Kopf. Irritiert blickte Mona um sich und fand sich mit einem Mal umzingelt von Federvieh, das langsam aus allen Richtungen näher tippelte. Ihre drallen Körper warfen im Licht der flackernden Straßenlaterne unheimliche, lange Schatten, und als für einen Moment die Glühbirne der Laterne ganz erlosch, flatterte etwas aufgeregt um Mona herum. Es berührte sie an der Schulter, am Kopf, sogar am Allerwertesten.

Quietschend verteilte sie den Rest der Tüte und stolperte mehrere Schritte nach hinten. Ein Knäuel aus Federn stürzte sich auf die Hundekekse und es gurrte gierig aus weißen bis schwarzgrauen Hälsen.

»Hoffentlich ist das gut für euren Magen«, nuschelte Mona und hockte sich entgegen ihrer Instinkte zu dem aufgeregten Haufen Tauben. Das Gurren der Vögel klang jetzt fast vergnügt. Diese Sorglosigkeit war beinahe ansteckend, und Mona ahnte, dass dies der Grund war, warum so viele Menschen es genossen, Tauben zu füttern. Vielleicht sollte sie auch mal wieder im Park spazieren gehen und eine Tüte Körner mitnehmen. Bald würde sie ja genug Zeit dafür haben, so als arbeitslose Exhexe.

Auf ihr resigniertes Seufzen hin hob der dicke graue Vogel mit dem weißen Streifen den Kopf und fixierte sie abwechselnd mit dem linken und dem rechten Auge.

»Ach, alles gut, es ist nichts. Ich bin nur ein wenig nervös.« Jetzt unterhielt sie sich schon mit einer Taube, aber das war noch das Normalste in ihrem Leben. Als jedoch der Vogel aus dem flatternden, gurrenden Federknäuel heraustapste und direkt vor ihren Füßen eines der Leckerlis ablegte, wurde es Mona doch ein wenig mulmig.

»Ehh … D-danke … Das ist … lieb von dir«, sagte sie und nahm den angebrochenen Keks mit einem zittrigen Lächeln an. Hoffentlich erwartete das Tier nicht, dass sie hineinbiss.

»Ich heb mir das für nachher auf. Du weißt schon, Stress schlägt auf den Magen?«

Ein wohlwollendes Gurren.

»Na komm, hüpf wieder zu den anderen. Ich muss jetzt auch los und mein Urteil abholen, fürchte ich.«

Den Hals reckend blickte die Taube an ihr vorbei in Richtung des Gerichts und Mona drehte ebenfalls den Kopf. Schwarz und erhaben reckte sich das Gemäuer in den Nachthimmel und auf dem Boden hockend fühlte sie sich auf einmal furchtbar unbedeutend und machtlos. In allen Aussagen hatte das Amt, nach Monas Vermutung wohl auf Druck der Kirche hin, den Dämon ausgestrichen. Somit lag alle Verantwortung auf Mona und ohne Boris, Ben und ihren Anwalt fühlte sie sich nicht imstande, sich diesem Desaster zu stellen.

»Ich weiß nicht was ich machen soll … Ich fürchte, mein Urteil steht schon längst fest … A-aber das ist okay. Hauptsache, Mandy geht es gut, und daran halte ich mich einfach. Sie zu retten war richtig, und ohne meinen Dämon wäre das nicht möglich gewesen, egal, ob das Amt das wahrhaben will oder nicht.«

Sie hatte es wirklich versucht, sie wollte nicht länger den Kopf in den Sand stecken, aber … gerade hatte sie sich mit ihrer Magie angefreundet, und nun würden sie ihr diese Macht nehmen. Mona fühlte sich wie paralysiert. Wieso überkam sie immer diese lähmende Furcht, wenn sie in Schwierigkeiten steckte? So würde sie nie ihre Probleme angehen und lösen können. Dabei hatte es so gutgetan, Mandy zu helfen … es hatte sich richtig angefühlt – aber nun musste sie sich dieser seltsamen Anklage stellen, als wäre sie der Bösewicht und nicht Nosdrof. War sie nicht eine Hexe? Hätte sie Mandy nicht retten sollen? All diese Widersprüche formte eine spürbare Blockade. Mona wollte es einfach nur noch hinter sich bringen, völlig gleich, mit welchem Ausgang – und ein Teil von ihr wünschte sich eine dämonische

Lösung, sollte man sie verurteilen. Geläutert und verdammt war ihr der Freifahrtschein in die Hölle sicher und das klang im Augenblick sehr verlockend.

Immerhin wäre sie dann das Amt los. Keine Hexe mehr zu sein bedeutete auch keinen Zwangsdienst mehr. Ein panischer Ausweg, aber unter Panik waren alle hilfreichen Gedanken willkommen. Eine Lösung konnte sie nicht herbeizwingen, das Gericht entschied über ihre Zukunft – ihr Leben.

Langsam drehte sich Mona wieder zu der Taube, die von einem Bein auf das andere tippelte. »Weißt du, nachher ist mir sicher schlecht, nimm du das lieber. Bei dir ist das besser aufgehoben«, meinte sie, legte den Hundekuchen zurück vor den flauschigen Ball und nutzte die Gelegenheit, um einmal über das weiche Federkleid zu streicheln. So nahe war sie einer Taube noch nie gekommen, und irgendwie hatte dieser Moment eine seltsam beruhigende Wirkung auf sie.

Es gab so viele kleine und große Wunder auf der Welt, Mona brauchte keine Hexerei, um sie zu erleben. Einen besseren Gedanken, um sich daran zu klammern, würde sie auf die Schnelle wohl nicht finden. Zumindest pochte ihr Herz nur noch halb so aufgeregt.

»Hoffe, dass die da drin keinen Scheiterhaufen für mich aufbauen.« Sie lachte hohl, erhob sich und straffte ihre Schultern. »Augen zu und durch, Mona.«

Moderne Hexenprozesse zeichneten sich vor allem durch ihren Mangel an Fackeln und Holzkreuzen aus. Sie lagen fest in der

Hand der Hexenden selbst – ein Zugeständnis nach der grausigen Vergangenheit mit ihren unfairen, unlogischen Schuldverfahren. Mona hatte dennoch eine unnatürliche Furcht vor Scheiterhaufen, wütenden Fäusten und Mistgabeln – vor allem jetzt, da ihr Flammen erstmals gefährlich werden konnten, was sie beim gestrigen Kerzenanzünden schmerzlich festgestellt hatte. Aber man hatte die Justiz reformiert, förmlich eingedeutscht, und das würde ihr das erste Mal in ihrem Leben zugutekommen.

Von außen betrachtet ähnelte nicht nur das Gerichtsgebäude dem der unmagischen Normalsterblichen, auch die Ermittlung und die damit verbundene Anzeige liefen in etwa gleich ab – nur dass man sich keine Zeit mit dem Prozess lassen konnte. Mona hatte ihre Kräfte wegen ihrer Verfehlungen freiwillig aufgegeben und konnte diese nur binnen weniger Wochen wiedererlangen, ehe sie in diesem Leben ihre Hexerei verlor. Es galt, sich mit dem Urteil zu beeilen.

Selbstverständlich arbeitete das Amt nur deshalb so umsichtig und rasch, weil exakt dieser Fall bereits einmal eingetreten war. Seit der erfolgreichen Klage einer unschuldig ihrer Kräfte beraubten Hexe in den 70ern und der enormen Schadensersatzsumme, die sie erstritten hatte, bemühte sich die magische Justiz um zeitnahe Bearbeitung. Leider hatte dies auch eine direkte Anhörung und einen sofortigen Prozess zur Folge. Kaum Zeit für anständige Ermittlungen, Beweissicherung und Aussagen.

Mona empfand den gesamten Vorgang ihres Strafverfahrens als extrem unfair. Nur bei sehr großen Vergehen, zum Beispiel dem Verdacht auf Mord, setzte man Hexenkräfte aus. Sie hatte doch nur einen Jahrmarkt durcheinandergebracht.

»Also haben wir an die 23 unrechtmäßig abgetrennte Gliedmaßen, die man keinem Untoten mehr zuordnen konnte. Bedauerlich, wirklich. Auch war die Zerstörung eines historischen Hau-Den-Lukas ein herber Verlust für die Historie. Obendrein landete dieser wertvolle Gegenstand mitten in dem kostbaren, unersetzlichen Stand *Entchen angeln*, der seit über zwanzig Jahren im Familienbesitz der Lechzers war. In Folge einer Massenpanik gab es insgesamt drei leichte Knochenfrakturen, sieben Prellungen und fünf Quetschungen. Es erreichten uns offizielle Beschwerden hinsichtlich eines wildgewordenen riesigen Werwolfs …«

Mona wurde immer kleiner auf ihrem Stuhl, je mehr der geisterhafte Staatsanwalt aufzählte. Drohend bebten seine angespannten Brauen, waren so tief gesunken, dass man seine Augen kaum erkennen konnte. Der dicke Schnurrbart und die spitz gezwirbelten Haare am Kinn waberten gespenstisch, als sei es im Zimmer leicht windig. Der Geist schwebte alleine an seinem Tisch, ansonsten gab es Sicherheitspersonal und die große, hagere Hexenrichterin, die weit über ihr Pult gebeugt den Anwalt über ihre Halbmondbrille hinweg ansah. Ihre Haut war so hell, dass sie dem Geist Konkurrenz machte.

»Dazu sind sieben der fliegenden Kühe ebenfalls auffällig geworden und haben …«, setzte der Anwalt gerade an.

»Ernest! Es geht um den Fall von Frau Hass, das mit den vampirischen Rindern hatten wir vor einem Monat«, warf die Richterin genervt ein. Diese Anmerkung hatte sie in den letzten zehn Minuten mehrfach angebracht, denn leider besaßen Geister kein aktives Gedächtnis, und so verfing er sich immer wieder in seinem vor dem Ableben verhandelten Fall.

»Frau Hass? Ach ja richtig. Der Hau-Den-Lukas also –«

»Ernest, das hatten wir schon. Du warst bei dem verlorenen Glasauge des Besitzers vom Stand der … ist das überhaupt so wichtig? Es wird spät. Sind denn inzwischen die Zeugen da?« Die Richterin reckte ihren Hals noch weiter und Mona glaubte sich mit einem Streckzauber konfrontiert, oder vielleicht einer zentaurenhaften Giraffenmischung.

»Nein, Richterin Samalec, bisher ist nur Frau Sabine Sabinsen eingetroffen, sie wartet draußen«, informierte sie ein Mann, der im Schatten offenbar Protokoll führte und den Mona jetzt erst wahrnahm. Die Miene der Richterin hellte sich merklich auf.

»Bittet sie schon mal rein!«

Mona stöhnte leise. Ausgerechnet ihre neue zuständige Sachbearbeiterin. Zwar hatte Mona mit ihrer Aufnahme des Vampirs Vlad bei ihr punkten können, aber der hinterlassene Eindruck mit der Dämonenbeschwörung in Frau Sabinsens Büroräumen war sicher nicht so leicht wieder geradezurücken. Nervös schaute sie über die Schulter zu der schmächtigen Holztür. Einer der Ordnungshexer straffte sofort den Rücken, und Mona drehte sich schnell zurück. Wo blieben denn nur Boris und Ben?

Da ihre Aussagen vorlagen, würde der für heute erzwungene Termin ihretwegen auf keinen Fall verschoben werden. Ob Mona wollte oder nicht, man würde noch innerhalb einer Stunde zu einem Ende kommen, denn der so unangenehm langsam sprechende Geisteranwalt konnte nur bis ein Uhr spuken. Da störte es sie gar nicht, dass ihr Verteidigungsguru ebenfalls durch Abwesenheit glänzte, er wäre eh nicht zu Wort gekommen. Wie viel Pech konnte ein Mensch eigentlich haben? Tief in ihrem Inneren wollte ein Schluchzen hinaus, doch Mona blieb tapfer und starrte auf den hässlichen Holztisch vor ihr.

Alles an und in diesem Zimmer erinnerte an Großmütterchens Nähstube, inklusive gehäkelter Platzdeckchen und Schmuckstickereien auf den Vorhängen, es roch nach Holzpoliermittel und das drohende Ticken einer alten Standuhr vermittelte das sich nähernde Urteil. Mona war schuldig – in allen Anklagepunkten, lediglich der Grund konnte sie davor bewahren, ihre Kräfte gänzlich zu verlieren. Mit jeder Faser ihres Körpers wünschte sie sich Balthasar herbei, und wären sie noch verbunden gewesen, hätte er wohl jetzt auf ihrem Schoß gesessen.

»Frau Hass …«

Mona zuckte heftig zusammen und hob den Kopf. Die Richterin wandte sich ihr zu und schob die Halbmondbrille ein wenig über ihre dünne Nase nach oben, um auf einen ihrer Zettel zu blicken.

»Bezüglich der vorgetragenen Punkte, minus der mit den Rindern, ich bitte Sie, das zu entschuldigen, bekennen Sie sich noch immer, wie bei Ihrem Verhör ausgesagt, für all diese Vorfälle verantwortlich?«

Ein Verfahren im Schnelldurchlauf. Mona kannte nur die gestellten Gerichtssendungen aus dem Vormittagsprogramm und überlegte fieberhaft, an welchem Punkt der Verhandlung sie sich nun befanden.

»Ehh, also bis auf das mit dem Glasauge … doch, also schon, irgendwie«, stammelte sie.

»Ha! Schuldig! Das sind sie immer, diese Blutsauger«, plärrte Ernest der Geist.

»Hexe«, merkte Richterin Samalec an und versetzte den Anwalt in ein nachdenkliches Grübeln.

»Sicher?«

»Ja doch.«

Noch nie hatte Mona jemanden so sehr die Augen verdrehen sehen. Für einen Moment schienen die Augäpfel der Richterin weiß, und sogar der Geist schluckte bei dem Anblick und verstummte. »Also … wo waren wir? Frau Hass, Sie bekennen sich also zu all diesen Vorwürfen schuldig?«

»A-aber ich musste doch Mandy retten!«, platzte es aus Mona heraus. Sie krallte sich fest in den Sitz ihres Stuhls und spürte, wie ihre Fingernägel langsam nachgaben.

»Die Umstände des Falls sind uns bekannt. Es steht außer Frage, dass Sie handeln mussten, doch den Notdienst hatten Sie ja bereits verständigt. Danach haben Sie dennoch eigenständig gehandelt, und wie Sie wissen, müssen Sie magisches Wirken mit größeren Konsequenzen rechtfertigen. Dieses Vorgehen gilt es hier zu beurteilen.«

»Sie ist doch noch ein kleines Kind – ich musste …«

»Sicher, Frau Hass, sicher. Nur ist dabei Schaden entstanden, das Urteil wird entscheiden, zu wessen Lasten, und das wiederum wird entscheiden, ob Sie eine Strafe zu erwarten haben. Auch die Polizei darf nicht alles, und Sie sind eben nur eine Bewährungshexe, keine Fachkraft für magische Großeinsätze. Anklage wurde erhoben, wie zu Beginn vorgetragen, weil einige Ihrer Methoden zur Rettung der Mandy Sanddorn Ihren Zuständigkeitsbereich überschreiten. Aus Zeitmangel versuchen wir das Gesamtbild zu erfassen, deshalb bitte ich Sie, mir die vorgetragenen Punkte zu bestätigen. Danach dürfen Sie sich rechtfertigen, und ich werde nach Vernehmung der Zeugenaussagen urteilen.«

»M-mein Anwalt, er …«, begann Mona leise und schielte neben sich. Der Stuhl war leer, und auch der erhoffte dramatische Filmmoment des genau im rechten Augenblick hereinstürmenden charismatischen und perfekt vorbereiteten Anwalts ließ auf sich warten. Als ein Knirschen durch die Tür ging, erschrak Mona entsprechend heftig.

Durch einen dünnen Spalt reckte sich ein schmaler Kopf, der erst nur aus einem altmodischen Hut zu bestehen schien, und schaute sich um. Als sich eine lange, spitze Nase dazugesellte, erkannte Mona ihre Sachbearbeiterin. Frau Sabinsen quetschte sich mit einem gestammelten »Entschuldigen Sie« in das Zimmer und wackelte eilig auf einen freien Stuhl. Die Richterin räusperte sich.

»Nun, mit oder ohne Anwalt, ich bitte Sie klar und deutlich zu antworten.«

»A-all die aufgezählten Konsequenzen sind durch mein Handeln entstanden.«

»Sehr gut. Danke! Und nun bitte ich Sie, mir aus Ihrer Sichtweise zu schildern, wie es zu Ihren Entscheidungen im Rahmen von Mandy Sanddorns Rettung kam. Insbesondere der Part mit dem Werwolf auf dem Festplatz. Dann werden wir die vorhandenen Zeugen befragen.«

Nervös schluckte Mona und griff zu ihrem Wasserglas, um prompt mit zittrigem Arm ein paar Tropfen auf ihre Akten zu verteilen, ehe sie überhaupt zum Trinken kam. Ihre Kehle fühlte sich immer noch schmerzhaft trocken an.

»Ehh«, begann sie leise und ärgerte sich über diese Angewohnheit. Jedes *Ehh* diente einzig und allein dem Zweck, nicht zu stottern, und so hatte sich der Laut in ihren Sprachgebrauch eingebrannt.

Der Blick der Richterin, das Ticken der Wanduhr, die verrinnende Zeit. Mit ihrem zweiten »Ehh« schaffte Mona es, den richtigen Beginn für ihre Verteidigung zu finden. So hoffte sie zumindest.

»Mandy Sanddorn war schon einige Zeit verschwunden, und ich hab schnell handeln müssen. Die Polizei war verständigt, aber wegen Halloween war der thaumaturgische Notdienst überlastet.

V-vielleicht hätte ich mehr Druck machen sollen, d-doch zu dem Zeitpunkt wusste ich nicht – ich ging davon aus, d-dass sie einfach weggelaufen war.« Mona hatte Mühe, ihre Erzählung um die dämonische Hilfe herumzubauen, und lenkte dafür den Fokus mehr auf die Entscheidung, einen Aufspürzauber mit werwölfischer Unterstützung zu nutzen. Zwei so harmlose Dinge, die ohne das Chaos auf dem Festplatz wohl keinerlei Bedeutung gehabt hätten. »I-ich habe mich danach Nosdrof gestellt u-und ihn mit Hilfe von Boris von Hohnenzollern und Bernhard Valet abwehren können. Nosdrofs eigene Magie hat den Kahn letztlich gesprengt.« Das war die Geschichte, die sie sich hinsichtlich Nosdrofs Ableben überlegt hatten, ohne den Dämon zu benennen, aber auch nicht lügen zu müssen. Nun – ursprünglich hatte sie sehr wohl von Balthasars Hilfe berichtet, doch nachdem sich davon nichts mehr in den Berichten fand, hatte Mona zu große Angst, diesen Umstand zu korrigieren, vor allem ohne Anwalt.

»D-dann hab ich Mandy zu ihrem Vater gebracht und – ja, das war's.«

»Nicht Ihr Zuständigkeitsgebiet, und überhaupt ist das Vampirisieren von Tieren …«

»Ernest!«, polterte die Richterin nun deutlich lauter. »Entschuldigen Sie. Es wird spät, er verliert an Substanz und Konzentration. Nun, vielen Dank, Frau Hass für Ihre Erläuterung, sie deckt sich mit Ihrer ersten Aussage. Da sich unsere Stunde dem Ende nähert, würde ich Frau Sabinsen noch in den Zeugenstand rufen.«

Mona spürte, wie sich sämtliche Haare an ihrem Körper aufstellten. Und als die Sachbearbeiterin an ihr vorbei zum Tisch neben der Richterin tapste, rutschte Mona das Herz nicht nur in die Hose, es drohte im Boden zu versinken.

26.11.2018

MONTAG

HEUTE GEHTS LOS
DER ANWALT TRIFFT
UNS DORT. ER HAT MIR
GERATEN DEN DÄMON
AUF KEINEN FALL ZU
ERWÄHNEN. WENN DAS
HEUTE ABEND AUCH
SCHIEF GEHT...

Gunther Hansen Dorsch
Guru und Anwalt
für Heim-, Garten- und Hofunvolk

"Zwergen Sie nicht mich anzurufen." ;-)

IST HÖLLENBRAUT EIN JOB?

- ✓ JACKE, FESTE SCHUHE
- ✓ KLEID AUS DER REINIGUNG HOLEN
- ✓ ISS BLOß NICHTS WAS FLECKEN MACHT
- ✓ DAS ZEUG GEGEN STRESS-DURCHFALL AUS DER APO

gutes Karma
geb ich besser
gleich auf

Kapitel 6
Die Warnung

Phillips Glühbirnenschädel wackelte gefährlich, während er versuchte, mit Balthasar Schritt zu halten.

»Also, ich weiß nicht wie verlässlich die Informationen dieses Dämons sind«, schnaufte es aus der Bauchgegend des Akephalosdämons, und er wedelte mit seinem Klemmbrett herum, »aber es klang ungewöhnlich – und weil du ja gerade – nach so was – suchst – Satan noch eins – Ba'al, könntest du nicht so rennen?«

»Ich hab es eilig«, knurrte Balthasar und wich nur mit Mühe einem winzigen Teufelchen aus, das gerade aus einem Büro in den Tunnel getreten war.

»Na, hör'n Sie mal«, beschwerte sich eine Piepsstimme, die in einen Schrei überging, als der kleine Teufel in Balthasars vor Wut leuchtende Augen blickte.

Es ging tief hinunter in den Höllenkomplex, auch wenn diese Richtungsangabe hinsichtlich einer Hohlerde äußerst verwirrend war. Denn strenggenommen nahmen sie den Fahrstuhl *hinaus*, um zu den Verhörräumen zu gelangen, in etwa, als flöge man mit einer Rakete ins Weltall.

Aufgrund von Schutzsiegeln war die Fortbewegung via Feuersäule in die unteren Ebenen nicht möglich, und was straffällige Dämonen am Flüchten hinderte, zwang Balthasar und Phillip zur Nutzung des wohl fürchterlichsten Aufzugs in der Geschichte der Aufzüge.

Erst beim Erreichen jenes höllischen Gefährts bekam Phillip wieder die Möglichkeit durchzuatmen. Keuchend hielt er sich die Rippen. »Mein Zwerchfell …«

»Bisschen mehr Sport würde dir nicht schaden«, meinte Balthasar seinen Freund musternd.

Dessen Lampe glühte sofort hellweiß auf. »Entschuldige? Lass deine Launen bitte nicht wieder an mir aus. Ich weiß, du willst zu deiner Frau …«

»Weißt du, wie spät es ist? Wieso hat man mich nicht viel früher in Kenntnis gesetzt?«, wetterte Balthasar. Er öffnete die Gittertüren des Fahrstuhls, trat auf den Rost und griff sofort zu der Kette, die die freischwebende Plattform über dem unendlich tiefen, schwarzen Schlund hielt. Knöpfe gab es keine, nur eine Kurbel, um zu den gewünschten Stockwerken zu gelangen. Die feinen Klänge eines eingängigen Klavierstücks dudelten echohaft im Tunnel des Lifts, und eine helle Stimme erklang begrüßend: »*Nebenhölle – drittes Untergeschoss – Strafverfolgung für Kleingeister.*«

»Weiß nicht, die hatten es sehr eilig. Wohl vor allem, weil er so vorlaut ist.« Phillip zuckte mit den Schultern, was seine Birne hüpfen ließ.

»Was hat er denn verbrochen?«

»Orgie in einem Schullandheim.«

»Scheiße.«

»Ja, nein, nicht so. Das war mit den Lehrkörpern.«

Balthasar schnaubte. »Seit wann ist das eine Straftat? Die sind alt genug.«

»Ohne zu verhüten.«

»Scheiße.« Von dem Tag, den Umständen und sich selbst genervt, betätigte Balthasar die Kurbel. Phillip schritt wie auf

Eiern bis zur Mitte der Plattform, reckte die Brust, um nicht nach unten zu sehen.

»Der Incubus soll heute noch eingeäschert werden.«

»Was?«, fauchte Balthasar. »Dann kommen wir erst in Monaten wieder an eine Aussage von ihm! Verfluchter Dreck, wer ist dafür überhaupt zuständig?«

»Ein niederer Herr der Fliegen, den hab ich auch schon auf meiner Beobachtungsliste«, erklärte Phillip und schwankte kurz, als sich der Fahrstuhl mit einem Ruckeln in Bewegung setzte, nur um danach für einen Moment in den freien Fall überzugehen. Prompt flog ihm sein Klemmbrett weg, und er griff schnell zu der rostigen Eisenkette. Ein Höllenlärm brach los, der Wind des Absturzes, das Rasseln der Kette, der Krach verfingen sich im Echo des Tunnels.

»Bei Satansgroßmutter, wie ich das hasse!«

»Du wolltest ja unbedingt mit«, meinte Balthasar mit einem Augenrollen.

»Schon vor hundert Jahren haben die Menschen Kabinen erfunden! Kabinen! Kästen, in denen man sicher an mehreren Seilen …« Weiter kam der Akephalos nicht, denn ruckartig hielt der Höllenaufzug an. Die Plattform schleuderte es kurz in dem breiten, finsteren Tunnel hin und her wie eine Feder, weshalb sich der Dämon nun zitternd an Balthasar klammerte.

»Mein Freund, ich schätze deine Nähe, aber …« Mehr brauchte es gar nicht, und Phillip löste sich wieder von ihm, räusperte sich herabspielend und biss fest die Zähne zusammen. Balthasar hörte sie trotzdem klappern.

So unangenehm die Fahrt im freien Fall sein mochte, so schnell waren sie an ihrem Ziel angelangt. Mit einem glockenähnlichen Läuten kam das Gefährt zum Stillstand, auch wenn die Plattform durch die plötzliche Bremsung noch einmal hochgeschleudert wurde und dem kreischenden Phillip glatt die Glühbirne davonflog.

»*Unterhölle – Verlorenensektor – Abteilung für Be- und Entgeisterung – Unisexunterwäsche*«, erklang die Bandansage, und nun hörten sie auch wieder das Gedudel der Fahrstuhlmusik. Zittrig sammelte Phillip sein Leuchtmittel vom Boden auf und wankte in den Gang.

Nun hatte sogar Balthasar etwas Mitleid und klopfte ihm auf die Schulter. »Wohin jetzt?«

»A-abgang A-4, direkt b-bei den Zellen der Kleingeister«, würgte Phillip hervor. Zum Glück befanden sie sich gar nicht weit von diesem Bereich entfernt, und seinem Freund zuliebe ging Balthasar sogar ein wenig langsamer.

Der Irrgarten aus felsigen Gängen, durchzogen von dem ein oder anderen Lavafluss, erinnerte doch sehr an das Bild der christlichen Hölle. Immerhin waren die Tunnel hier deutlich größer als in Balthasars Komplex, und es gab reichlich Platz für das bunte Treiben der Dämonen.

Ohne Mühe passierten Balthasar und Phillip einen dicken, drallen Geleebrocken mit Zähnen und Augen, der fröhlich pfeifend eine Spur aus Säure im Gang hinterließ. Sein vergnügliches Liedchen erinnerte an Feierabend.

An diesem Ort landeten alle kleineren Geister, die sich einen Fehltritt erlaubt hatten, von Mensch bis Dämon. Bevor das emotionale Ungleichgewicht gelöst und die Seele gewaschen werden konnte, musste sie eines loswerden: schlechtes Qi.

Schuld, ob bewusst wahrgenommen oder nicht – außer Balance geraten trug jede Seele sie mit sich herum und musste sie erst ablegen, ehe sie heilen konnte. Durch Schuld wurde aus einem Engel ein Teufel – und aus einem Gott ein Erzdämon. Solange Balthasar sich selbst als Höllenfürst sah, würde sich an seiner Rolle wohl nichts ändern.

Nicht alle ehemaligen Gottheiten fristeten ihr Dasein zwischen Magmaseen und Kohlebergen. Ohne die Macht, Wunder zu wirken, besaßen die Göttlichen nicht länger das, was die Menschen so an ihnen verehrten. Sie waren bessere Magier, nichts weiter. Viele Göttliche hatten das Universum verlassen, die meisten suchten sich neue Rollen, und seit Religionen wie das Christentum in der Welt erstarkt waren, rückte der Begriff Dämon mehr und mehr in den Vordergrund.

Diese Bezeichnung hatte Balthasar beinahe dankbar angenommen. Eines musste man dem sogenannten Herrn im Himmel lassen: Früher war die Hölle ein Ort des Leidens gewesen, mit der Reform wurden aber Seelen tatsächlich aktiv geläutert und geheilt. Deshalb hatte Balthasar diesen Posten übernommen, nicht ahnend, was für einen Ruf der ihm einbringen würde. Sicher, die aus Todsünden geformten Dämonen waren durchaus gefährlich, aber genau darum hatte er sich ja zu kümmern. Seit tausenden von Jahren behütete und beschützte er Himmel und Hölle mit seinem Dienst – und das freiwillig, denn es waren die Schuldgefühle, die Balthasar hier gefangen hielten und die Sorge, seine Macht ohne seine Einschränkungen wieder zu missbrauchen. Er leistete hier Wiedergutmachung. Doch dank Mona stellte er diese Rolle in Frage, und gleichermaßen würde er für ihren Pakt liebend gerne ein Erzdämon bleiben. Vielleicht konnte er ja beides haben.

Umso schwerer fiel es ihm, Mona jetzt nicht beistehen zu dürfen. Bald saß sie in ihrer Anhörung, und er durfte nicht in Erscheinung treten. Dabei wollte er sie fahren, sie abholen, das Gebäude anzünden, wenn sie ihr auch nur ein Haar krümmten. Bei aller Liebe war das bezaubernde Gefühl auch gefährlich – für sie würde er Grenzen überschreiten, und vielleicht war es ganz gut, dass er das als Dämon nicht konnte.

Mit entsprechender Frustration baute er sich vor dem Incubus auf, als sie endlich den Abgang erreichten. Auch das war wörtlich zu verstehen. Die Zelle war nicht mehr als ein Loch, das schräg in den Boden hineinreichte, wie eine höllische Rutsche, an deren Ende Lava wartete. Noch spannte sich ein Gitter über der Grube aus Feuer und Glut, doch das würde sich bald ändern.

»Du wolltest mit mir sprechen?«, fauchte Balthasar und ließ seine Augen aufleuchten.

Vor ihm hockte ein roter, halbnackter Dämon mit fledermausartigen Flügeln und einem langen Schweif, der sich peitschend auf und ab bewegte. Er ließ seinen Nacken knacken und zeigte spitze Zähne, die dringend eine Spange oder zumindest eine Zahnbürste gebraucht hätten.

»Sprichst du auch?«, fragte Balthasar, doch der Dämon blickte aus schwarzen Augen unter zusammengezogenen Brauen regungslos zu ihm auf. Seine wilden Locken standen ihm zu Berge und erinnerten Balthasar dunkel an eine japanische Zeichentrickserie, in der sich die Charaktere ähnlich finster und nichtssagend angestarrt hatten. Drei Folgen lang hatte er diese Farce ertragen, ehe Mona über ihren Regelschmerzen endlich eingeschlafen war.

»Okay, dann geh ich eben wieder«, nuschelte er und wollte sich gerade zum Gehen wenden, da röchelte der Incubus laut: »Nein.«

»Ach?«

»W-wartet! I-ich hab's gleich!« Der Dämon schielte nun ein wenig, schien angestrengt nachzudenken und murmelte vor sich hin, ehe er einen Zeigefinger erhob. »Ah! Ja! Jetzt!« Ein langes Räuspern. »Oho! Der hohe Fürst der Hölle persönlich, so viel sind wir Euch also schon wert? Das ehrt mich, ehh, uns!«, säuselte eine helle Stimme exaltiert, es klang ein wenig abgelesen.

»Wer ist *wir*?« Balthasar beugte sich vor, um mehr zu erkennen.

»Das wüsstet Ihr gerne, nicht? Haha! Ihr Götter habt eure Macht verloren und bald nicht mal mehr den Fuß über Himmel und Hölle.«

»Du meinst sicherlich Hand«, unterbrach ihn Balthasar.

»Oh … Verzeihung! Nicht mal mehr die Ha-hand' über Himmel und Hölle. Uns werden die letzten Wunder gehören«, vollendete der Incubus seinen Vortrag verschwörerisch, und seine Zähne blitzten auf.

Phillip ließ ein Schnauben verlauten, und seine Glühbirne kreiselte hörbar in seinem Stehkragen herum. »Uiii toll, eine Verschwörung – wisst ihr, wie viele es davon hier unten gibt?«

Doch Balthasar hob die Hand und gebot ihm zu schweigen.

»Ja, aber die muss ich mir für gewöhnlich nicht anhören, richtig? Das hier ist an mich gerichtet, ist es nicht so?«, fragte er mit einem Knurren in Richtung des Dämons, und an dessen schiefem Grinsen las er ab, dass hinter dieser Drohung mehr verborgen lag, als ihm lieb war. Eine Botschaft – vielleicht von einem schlechten Schauspieler überbracht, aber wirkungsvoll. Von Wundern hatte auch Nosdrof gesprochen und an Sonoteps Geschichte hing tatsächlich eine ganz besondere Form von Wunder – eines, das Balthasar selbst verschenkt hatte.

»Hast du mir noch mehr zu *verraten*, oder bist du doch nur

einer von den kleinen Geistern?«, forderte er den Incubus heraus und sah mit Genugtuung etwas Wut im Gesicht seines Gegenübers aufflammen.

»Ein Wunder habet Ihr retten können, aber es ist nicht das einzige! Kümmert Euch um Eure Angelegenheiten, sonst werden wir wieder Euer *Wunder* jagen.« Dann verstummte die halbnackte Gestalt, und ein erleichtertes Kichern hallte durch den kleinen Kerker, weniger belustigt über seine Worte, sondern vermutlich eher froh darüber, seinen Text einigermaßen fehlerfrei aufgesagt zu haben.

»Bist du dir überhaupt der Bedeutung deiner Worte bewusst?«, hakte Balthasar nach und beobachtete, wie sich eine nachdenkliche Falte auf der dunkelroten Stirn bildete.

Ohne weitere Nachfragen drehte sich Balthasar um, griff Phillip am Arm und zog ihn ein Stück weit mit sich.

»W-was?«, stammelte dieser überrumpelt.

»Zeitverschwendung!«

»A-aber willst du ihn nicht noch etwas ausquetschen? Er hat dich gerade bedroht!«

»Hat er das?« Balthasars Gedanken verknoteten sich. Sie würden wieder *sein* Wunder jagen. Die Nosdrofs wussten also, dass es sich bei Sonoteps goldenen Ball um ein Artefakt, gesegnet von Ba'al, handelte. Zumindest ging Balthasar davon aus, dass die anderen Nosdrofbrüder involviert waren. Konnte von dem Mirakel überhaupt noch genug übrig sein, dass es sich lohnte? Vielleicht ein Rest – manchmal brauchte es nicht mehr als einen Funken Göttlichkeit. Aber wieso drohten sie ihm? Glaubten die Nosdrofs etwa, er würde es persönlich beschützen – nur weil er zufällig zur Rettung des Artefakts beschworen wurde? Deshalb war der nun in der Hölle schmorende Nosdrof so scharf auf

Monas Pakt gewesen, damit er an ihm vorbei an diesen verflixten Ball der Macht kam.

Balthasar musste das Relikt unbedingt zerstören, denn nur dann hätten er und seine Hexe endlich ihre Ruhe. Damit rechneten die Vampire vermutlich nicht, denn viele ehemals göttliche Wesen würde ein solch freies Wunder wohl in Versuchung führen – solche Magie zu vernichten kam einem Verbrechen gleich. Aber Balthasar hatte alles, was er brauchte.

»Ich muss ins Museum«, murmelte er leise.

Phillips Bauchgegend röchelte erschrocken. »Was, was, was? Jetzt warte mal!«

Doch Balthasar schritt erneut in einem Tempo davon, bei dem sein Freund so schlecht mithalten konnte.

Er war sich nicht sicher, wie er die Drohung des Incubus verstehen sollte, aber die Ermittlungen konnte er ohnehin nicht stoppen. Und seine eigenen – nun die musste er ja nicht offiziell vermerken. Er würde den Teufel tun und vor den Nosdrofs klein beigeben, zumal er mehr Verantwortung trug als nur für seine Hexe. Die goldene Kugel hatte einst ihm gehört, er selbst hatte sie mit einem Wunder für den ägyptischen Prinzen versehen – und er hätte sie gleich zerstören sollen, als er durch Mona von ihr erfahren hatte. Aber wie ein braver Erzdämon hatte er einen Antrag gestellt, dass man ihm das Relikt aushändigte. Da fror eher sein Büro zu, als dass das Amt ein schnelles Bewilligt unter das Ersuchen eines Teufels stempelte.

Also würde auch er in das Museum einbrechen müssen – glücklicherweise war das zurzeit lediglich von einer Wache geschützt.

Eine Stunde später stand Balthasar mit erhobenen Händen und angekratztem Ego direkt vor den Ausstellungsräumen des Sonoteps und blinzelte geblendet in das gelblich-grüne Violett einer thaumaturgischen Taschenlampe. Ein antiker Speer war gegen seinen Hals gerichtet, was ihn weniger sorgte; es war vielmehr das Wesen, das ihn auf frischer Tat ertappt hatte.

»Bärbel, nehme ich an?«, nuschelte er und reckte etwas den Kopf, als die Speerspitze sich höher schob.

Er hatte die Skelettin als freundlich und charmant in Erinnerung, aber ihre Aufgabe als Nachtwächterin nahm sie offensichtlich sehr ernst. Zudem reagierten solche Fluchwesen empfindlich auf höllische Energien, und Balthasars kleiner Tarnzauber war sofort nach seinem Erscheinen aufgeflogen. Da benutzte er einmal selbst eine Beschwörung, um auf die Feuersäule zu verzichten – seufzend griff er zum Hemdkragen, lockerte seine Krawatte und räusperte sich. Das ganze Ritual für die Katz.

»Könnten wir vielleicht kurz, im Sinne der Freundschaft …?«, versuchte er es, und tatsächlich senkten sich sowohl der grelle Strahl der Taschenlampe als auch der Speer.

Elegant warf Bärbel ihre langhaarige hellblaue Perücke in den Nacken. Ihre Wirbelsäule rasselte, und sie schob ihren Unterkiefer abwägend nach vorne. Sie trug, ähnlich wie Mona sonst, die Jacke der Nachtwächteruniform über einem kleinen Kleid, das in ihrem Fall gänzlich aus rosafarbenem Tüll bestand.

»Es geht hier um die magische Sicherheit, die höllische, die weltliche, aber vor allem um die von Mona.«

Diese Worte zeigten Wirkung, sofort fiel der Speer klappernd zu Boden und zwei schlanke Knochenarme erhoben sich. Die darauf folgenden Bewegungen, erstaunlich fließend für eine

Skelettin, ließen Balthasar erst mal verwirrt starrend ihren Knochen folgen, ehe er verstand, dass sie offenbar mit ihm kommunizieren wollte.

»Die Scharade, richtig, da war was.« Er rieb sich genervt die Schläfen. Dafür blieb ihm nun wirklich keine Zeit. Er hob seinen Arm zur Beschwörung und schnippte einige Male, bis sich Magie in Form eines violetten Balls in seiner Hand verdichtete. Dämonen durften nur wenig Zauberei in der Menschenwelt wirken, aber das Bearbeiten von Flüchen zählte zu Balthasars Zuständigkeitskreis.

Bärbel hielt derweil inne und legte fragend ihren Schädel gefährlich schief, als würde er ihr gleich vom Halswirbel rutschen.

Endlich hatte sich ausreichend Zauberkraft in Balthasars Hand gebildet. »Wenn du bitte nähertreten würdest?«, bat er die Skelettdame, doch die schob mit den Daumen die unteren Augenlider ihrer Puppenaugäpfel nach oben und schenkte ihm somit einen misstrauischen Blick.

»Du glaubst doch nicht, dass ich einer Freundin meiner Frau schaden würde, oder?«

Zähneknirschen. Das mahlende Geräusch von Kochen auf Knochen erfüllte den finsteren Gang, dessen Notbeleuchtung unter so viel übernatürlicher Magie zusammenzubrechen drohte. Schließlich kam Bärbel doch einen großen Schritt auf ihn zu. So konnte Balthasar den Energieball in seiner Hand nur mit einem Fingerschnipsen direkt in ihre Brust schicken. Sogleich glühte das Skelett auf, vielmehr ihr Innerstes, bis sich die Zauberkraft ausbreitete und für einen Moment den Umriss eines schlanken Körpers bildete, ehe sich das Leuchten in den Schädel der Skelettin zurückzog.

»这里发生什么了?«, flüsterte eine tiefe, warme Stimme, und Bärbel schlug sich mit der Hand vor den Mund. Ein lautes Klappern.

»Viel besser so. Hör mal, ich brauche Informationen, und dafür muss ich in die Ausstellung. Auch wäre alles hilfreich, was du über Sonotep und seinen Fluch weißt.«

»这件事你为什么不去问你的妻子?« Sie klang fragend.

»Ah, entschuldige, mein Chinesisch ist etwas eingerostet, aber klar, dass du nach den vielen Jahrhunderten ohne sprachliche Übung gerade mit Deutsch ein wenig brauchst, ähm …«

»你作为神难道不应该会说这世上的所有语言吗?«

Zumindest das hatte Balthasar grob verstanden. »Tja, das stimmt, als Höllenfürst wäre es mir möglich, alle Sprachen zu sprechen, alles zu wissen, alles zu können, aber wo bliebe denn da der Spaß? Ich hab mir ziemlich viele Regeln gesetzt, gerade für die Erfahrung der Menschlichkeit und …«

Bärbel unterbrach ihn, hob eine Hand und schenkte ihm ein gruselig asynchrones Augenrollen. »我们没办法继续这样交流, 能不能破个例?«

»Oh, ja, Ausnahmen. Sicher, du hast recht, gerade wäre es definitiv besser, ich würde dich richtig verstehen«, gab er zu und hörte sie kichern.

»*Dann würde ich erst mal gerne wissen, wieso ich überhaupt sprechen kann?*«, fragte Bärbel erneut, und weil er es so wollte, verstand Balthasar diesmal jedes Wort. Ein seltsames Gefühl. Sich eine Fähigkeit zu schenken erzeugte automatisch eine Leere, das Fehlen der gesammelten Erfahrung riss an der Persönlichkeit.

»*Geht es dir gut, mein Lieber?*«, hakte Bärbel besorgt nach.

»Ja«, log er und seufzte. »Ich … habe deinen Fluch ein wenig aufgeladen … nicht zu viel, keine Sorge. Nennen wir es einfach eine Beschleunigung. Du wirst in einiger Zeit eh an Substanz zunehmen, da fällt mein kleiner Eingriff kaum auf.«

Verzückt schlug Bärbel ihre Hände zusammen und hüpfte auf ihren Stöckelschuhen hin und her. »*Mehr Substanz? Du magst dir nicht vorstellen, wie viel Make-up in meinem Schrank darauf wartet, ausprobiert zu werden.*«

Das sanfte Lachen der tiefen Stimme war ansteckend, und Balthasar ertappte sich bei einem Schmunzeln. Es ließ sich erahnen, dass Bärbel die Geste erwiderte, denn mit einem schnurrenden Tonfall fuhr sie fort: »*Aber der Herr Erzdämon, wie kann ich dir helfen? Du sagtest, du bist wegen Mona hier. Oder bist du am Ende doch eingebrochen, um mit einer alten Skelettin zu flirten?*« Ein seltsam langsames Zwinkern.

»Leider nein. Es geht mir um ein Relikt.« Eilig schritt er an Bärbel vorbei in den aufwendig gestalteten Flur der Ausstellung. Hier hatte man sich wirklich viel Mühe gegeben, eine originale Grabkammer nachzubauen, und wären nicht sämtliche Hieroglyphen so entsetzlich falsch gewesen – wie die Mutter-Vater-Kind-Sonne-Wolke-Monster-Buntstiftunfall-Zeichnungen eines Kleinkindes –, Balthasar hätte sich beinahe ein wenig zu Hause gefühlt.

»Das hier!« Er deutete auf die Kugel in ihrer Vitrine und beobachtete, wie die Skelettin um den Glaskasten herumtippelte.

»*Wäre mir ja zu protzig, und wenn sogar ich das sage …*«

»Könntest du mir das aufschließen?«

Sie schaute ihn für einen Moment unbeweglich an, als würde sie abwägen, nachdenken, doch dann griff ihre schlanke Skeletthand in die Nachtwächterjacke und holte einen Schlüsselbund hervor. Nur mit Mühe schaffte sie es, den winzigen Schlüssel zwischen ihren Knochen zu halten, aber kaum setzte sie am

Schloss an, rutschte ihr das Ding wieder aus den Fingern. Es gab gute Gründe, wieso sie Schleifen, Schmuck, sogar Kleidung meist mit Heißkleber befestigte – Bärbels Fingerknochen hatten weniger Kontrolle als gebrochene Essstäbchen.

»Dürfte ich?«, bot Balthasar an und bekam sofort den Schlüsselbund in die Hand gedrückt. Ein hässlich schabendes Geräusch später öffnete sich die Vitrine, Bärbel langte an ihm vorbei hinein, drückte einen versteckten Knopf, und mit einem Summen erloschen die Alarmanlage und der dazugehörige Siegelzauber.

»*Nur zu!*«, forderte sie ihn auf, und Balthasar schnappte sich sofort das verflixte Artefakt.

»Dreck«, fluchte er und entlockte Bärbel damit erneut ein Lachen.

»*Süß, das sagt sie auch immer.*«

»Wer?«

»*Deine Frau.*«

»Mag sein.«

»*Und?*«, flötete Bärbels weiche Stimme.

Der goldene Ball fühlte sich kalt an, in diesem Fall eine magische Kühle. Eigentlich hätte er gerade auf ihn reagieren müssen.

»Leer, völlig leer.« Balthasar konnte ein leises Stöhnen nicht unterdrücken und rieb sich fahrig die Stirn.

»*Was sollte denn drin sein?*«

»Ein von mir erschaffenes göttliches Mirakel von vor viertausend Jahren.«

»*Na, das ist ja ewig her! Hat sich vermutlich entladen*«, meinte Bärbel mit einem Zucken ihrer Schulterknochen, doch er schüttelte den Kopf.

»Natürlich hat die Kugel sich entladen, aber solche mächtigen Wunder verschwinden nie völlig. Das geschieht nur, wenn sie ihren Zweck erfüllen.«

»Mh. Gut zu wissen. Also das hatte Nosdrof stehlen wollen, verstehe. Jetzt ergibt das alles einen Sinn. Aber ein Wunder? Was ist denn daran so besonders? Passieren die nicht immer mal wieder?«

»Schon, aber natürliche Wunder steuert niemand, die passieren einfach. Und die erzeugten dürfen nur einen Wirkungsradius von wenigen Metern haben, sonst könnten sie zu viel Unheil anrichten.«

Das Klappern von Bärbels Rippen klang ausgesprochen irritiert, vielleicht lag es auch an ihrem Stirnrunzeln. Neben ihrer Stimme hatte sich inzwischen ein wenig Ausdruck entfaltet, ihr Schädel verzerrte sich leicht.

»Wir reden hier nicht von Alltagswundern wie einer sprechenden Katze oder singenden, klingenden Bäumchen. Es geht um göttliche Wunder. Die sind so groß, dass sie das Universum verändern können – und deshalb aktuell verboten, da niemand mehr in die Zukunft blicken kann. Verdammte Moiren, haben sich einfach die Akasha-Chroniken geklaut und sich damit eingeschlossen. Ohne das Schicksal zu kennen ist ein großes Wunder zu gefährlich. Jesus ist wohl das letzte gewesen, und er erhält eine Religion am Leben, die ihre Macht einzig und alleine aus dem Glauben bezieht. Da siehst du, was passieren kann. Wenn Nosdrof also nach verschwundenen Wundern sucht … ja, er könnte eine Bedrohung für mehr als Himmel und Hölle werden.«

»Und dieses Wunder kann was?«

»Kommt drauf an. Zu Anfang konnte es unendliche irdische Macht verleihen, entladen vermutlich nur eine Kleinigkeit bewirken. Reichtum, Schönheit, der Klischeekram eben.«

»Aber die Kugel ist leer, sagst du?«

»Das *Wieso* macht mir Sorgen. Nur Sonotep selbst oder ein Gefäß, das mächtig genug ist, um Göttliches zu verkraften, könnten das Restwunder aufgenommen haben. Und er hat angedeutet, Mona hätte ihm sein Wunder gestohlen …« Balthasar schluckte. Seine schlimmsten Befürchtungen hatten sich bestätigt. Die Worte des Vampirs hatte er nie so wörtlich interpretiert gehabt, ein grober Fehler. Erstmals seit hunderten von Jahren spürte er ein Gefühl von Panik. »Mona hat die Kugel berührt, nicht? Sie … sie hat mir davon erzählt …«

»Du meinst, sie hat das Wunder aufgenommen?«

»Eher direkt ausgelöst. Eine Junghexe, die bei ihrem ersten Versuch mit einer richtig miesen Beschwörung einen Gott herbeirufen kann?«

»O nein, wie entzückend, du bist ihr Wunder?«, kiekste Bärbel und klimperte durch wildes Schädelwackeln mit ihren Wimpern.

Balthasar ließ ein Schnauben verlauten und wollte gerade zu einem »Unsinn« ansetzen, da manifestierte sich dieser Gedanke in seinem Kopf.

Monas Wunder. War er das?

So kitschig es klingen mochte – hin und wieder hatte er seine Frau selbst als ein kleines Wunder betrachtet, oder zumindest als unverschämtes Glück. Er hatte nie die Chance erhalten, sich so verlieben zu dürfen. Was Gefühle anging, entdeckten die Menschen gerade in den letzten Jahrzehnten ihre sensiblen Seiten, lernten, sich zu öffnen, aufeinander zu hören, gesunde Beziehungen aufzubauen. Nichts an seiner ersten Ehe konnte er mit dem vergleichen, was er für Mona empfand. Für ihn fühlte sich das alles tatsächlich nach einem Mirakel an. Darüber hinaus war ihm ein Leben geschenkt worden, und gelebt hatte er seit Jahrhunderten nicht mehr. Doch die Vorstellung, dass vielmehr *er* das Wunder seiner Hexe war, wo sie ihn vermutlich unter ihrem Pech verbucht hatte – er wusste nicht, wie er sich damit fühlen sollte.

»*Hallo? Erde an Erzdämon?*«

»Scheiße …«

»*Ich kann mich auch irren, aber zumindest glaubt Nosdrof, dass Mona das Wunder besitzt, nicht? Seine Worte lassen keinen Zweifel, Boris hat es zwar etwas ausgeschmückt, aber …*«

»Ja, er hat für den Einbruch zu viel riskiert. Teure, dunkle Magie ausgegeben ohne Ende. Er war sich sicher, dass die Kugel Macht besaß, und er war sich auch sicher, dass Mona sie ihm gestohlen hat.«

»*Kann man Wunder messen?*«

»Geräte, die so etwas können, sind verboten.«

»*Stehlen ist auch verboten*«, gab Bärbel mit einem melodischen Pfeifen an, und Balthasar stöhnte sofort begreifend.

»Verdammt … klar, wieso hab ich nicht daran gedacht? Wer nach Wundern sucht, organisiert sich zuerst eine anständige Wünschelrute.«

»*Na, wenigstens weißt du jetzt, woran ihr arbeiten müsst. Wir alle würden uns über Fortschritte freuen, nicht? Mh, aber – es geht ihr gut, oder?*«

»Wem?«, fragte Balthasar irritiert nach, der bereits nach seinem Smartphone gegriffen hatte, um sich eine Notiz für seinen Freund Peter zu machen. Inspektor Plumbombo war Spezialist für Schwarzmarkthandel mit Relikten – und eine funktionierende Wünschelrute gehörte genau in seinen Zuständigkeitsbereich.

»*Mona natürlich.*«

»Oh, ja. Klar.«

»*Das klingt nicht sehr überzeugt?*« Bärbel reckte ihre Halswirbel, und hätte sie Augenbrauen besessen, sicher wären sie nun weit gehoben gewesen. So aber streckten sich ihre Augen lediglich zu großen Ovalen. Balthasar fühlte sich ertappt. Sie konnte nicht wissen, womit er zurzeit zu kämpfen hatte, oder etwa doch? Bärbel gehörte zu Monas besten Freundinnen. Vielleicht plagten die Hexe ähnliche Sorgen wie ihn, und sie hatte über ihre ehelichen Kommunikationsschwierigkeiten gesprochen.

»Sie ist tapfer, wie immer.« Er knirschte mit den Zähnen.

»*Mhm?*«

»Na ja … Ich frag mich nur manchmal, wie ehrlich sie zu mir ist. Jetzt, da sie mich nicht mehr bei jedem Schock automatisch beschwört, scheint sie mir seltsam sorglos. Lächelt nur und zuckt mit den Schultern. Es ist merkwürdig, mit ihr zu sprechen. Also, ich erwarte ja nicht, dass sie mir vertraut und … jedenfalls sind Boris und Ben für sie da. Es geht ihr wohl gut.«

»*Hach, junge Liebe, so chaotisch.*« Ihr Hals schlackerte hin und her, das untote Grinsen ihres Schädels wirkte gespenstisch echt.

»Chaotisch – ja, kann man so sagen.«

»*Ich vermute mal, dass Mona für gewöhnlich keine Hilfe annimmt und versucht, ihr vom Pech verfolgtes Leben alleine zu regeln? Zumindest hat sie sich auch bei Ben und Boris durchringen müssen, um Hilfe zu bitten. Tja, und du und sie – gerade versucht sie, stark zu sein. Wenn sie sich bei dir erst fallen gelassen hat, vielleicht gelingt ihr das dann nicht mehr? Außerdem fällt sie nur ungerne anderen zur Last.*«

»Last? Mona ist doch keine Belastung!«, fauchte er.

Auf Bärbels kreiselnde Augen und das Schnalzen ihrer geisterhaften Zunge hin schluckte er. Es brauchte keinen zweiten Wink mit dem Zaunpfahl, in diesem Moment begriff er. Zwar hatte Balthasar seiner Hexe zu verstehen gegeben, dass sie ihn um Hilfe bitten konnte, aber nur, weil er sich gerne vorbereiten würde – nicht, weil er für sie da sein wollte. Ständig hatte er sich beschwert über ihre Problemchen, sie sogar zum Weinen gebracht. Deshalb dieser Satz, kurz nachdem sie ihre Kräfte verloren hatte: *Aber du bist mich dann doch los.*

»Ich bin so ein Narr«, murmelte er mit einem Seufzen.

Der Abend mit ihr im Bett, einen sinnfreien Film schauen, ihr in ihrer unangenehmen Lage beistehen – das hatte ihm gefallen. Ohne Beschwörung, ohne Pakt, sich einfach kümmern, weil sie ihm wichtig war. Vermutlich hatte Mona ihn nur gezwungenermaßen um Hilfe gebeten, aber hatte er gerade damit nicht bewiesen, dass er es ernst mit ihr meinte, dass er dafür kein Bündnis brauchte? Wenn es ihr so schwerfiel, sich von anderen helfen zu lassen, wieso verließ sie sich dann, ohne mit der Wimper zu zucken, auf Boris? Der durfte sie umsorgen, so viel er wollte. Ein Kloß bildete sich in Balthasars Kehle. Der blonde Süßholzraspler war höflich, zuvorkommend und hilfsbereit, bei ihm kam sich Mona sicher nicht wie eine Last vor. Er war ihr ein Freund, etwas, wozu Balthasar bisher nicht die Gelegenheit gehabt hatte.

Bärbel klackerte seltsam, vielleicht ein Räuspern. »*Ich störe dich ja nur ungern dabei, verzweifelt die Wände anzustarren, aber es interessiert mich, nun, da ich fragen kann, was aus Nosdrof wurde?*«

»Hat mir einen Explosionszauber entgegengeschleudert, den ich gespiegelt hab, und dann ist sein Kahn explodiert. Jetzt hängt er für eine Weile in einem höllischen Waschgang. Also ja, wir sind ihn los. Aber seine Brüder sind mit in das Schlamassel involviert.«

»*Was meinst du? Wonach suchen sie jetzt?*«

Nachdenklich drehte Balthasar die Kugel in seinen Händen.

»Es gibt so viele Legenden und Märchen über Wunder, ich wüsste selbst nicht, wo anfangen … aber … entschuldige, kannst du das kurz halten?«

»*Oh wie hübsch, ich spiegel mich darin!*«, merkte Bärbel an, als sie Sonoteps Goldball entgegennahm. Spielerisch ließ sie die bleichen Fingerknochen darauf kreiseln, und ein heller Klang erfüllte den Raum.

Balthasar griff zu seinem Smartphone und wählte die Kurzwahl zu seiner Frau. Einmal mehr brachte das dröhnende Freizeichen seine Nerven zum Glühen. Das Bild, wie Mona verzweifelt in ihrer winzigen Handtasche nach ihrem Handy wühlte oder es unter tausend Kissen ihres Bettes suchen musste, kannte er, aber gerade versöhnte ihn diese drollige Vorstellung nicht.

»*Das kannst du lange versuchen.*«

»Was? Wieso?«

»*Schau mal, wie spät es ist?*«

Irritiert nahm Balthasar das Smartphone vom Ohr.

»Verdammte Dreckscheiße! Ihre Anhörung hat schon angefangen? Sie sollte mich doch vorher anrufen, damit ich sie wenigstens fahren kann!«

»*Boris hat das übernommen, er muss ja auch dorthin.*«

Balthasar seufzte tief. »Klar hat er das.«

Kapitel 7

Im Namen des Unvolks

Frau Sabine Sabinsen hatte etwas Zeitloses an sich. Zum ersten Mal bekam Mona die Gelegenheit, sie genauer zu betrachten, denn als Angeklagte fühlte sie sich verpflichtet, mit erhobenem Haupt ihrem Schicksal entgegenzusehen – und das war in diesem Fall ihre Sachbearbeiterin. Somit fiel ihr das natürlich gehaltene Make-up von Frau Sabinsen ins Auge, welches vom Lidstrich bis zum Lippenstift beneidenswert perfekt saß. Keine Hand zog so synchrone Linien. Vermutlich hatte sie dafür gezaubert oder sogar gehext? Mona vermochte es nicht einzuschätzen. In der Taubenfrau konnte alles verborgen liegen – ein Dämon, eine Hexe, eine Fee.

In dem Bewusstsein, dass sie sich diesen Gedanken nur hingab, um aus der Realität zu fliehen, griff Mona nach ihrem Wasserglas. Blubberwarme Kohlensäure brannte ihr in der Speiseröhre und holte sie wieder ins Hier und Jetzt.

»Das ist richtig, aber ich hatte Frau Hass den Fall des Vladimir Strauss anvertraut, da ihr Umgang mit Herrn von Holzenschnollern von großem Verständnis für Vampire zeugte«, erklärte die Taubenfrau gerade, antwortete offenbar auf eine Frage.

»Wer?«, wollte Richterin Samalec wissen und blinzelte irritiert. Sie und die Sachbearbeiterin teilten sich beide die Eigenschaft eines langen Halses, und als sich die Richterin reckte, zog Frau Sabinsen nach, als handle es sich um einen Wettstreit.

»Herr von Hohnenbollern.«

»Sie meinen Boris von Hohnenzollern.«

»Sag ich doch! Na, wie dem auch sei, Frau Hass hat innerhalb kürzester Zeit eine Wohnung sowohl für Herrn Strauss als auch Herrn von Hohneirgendwas gefunden und kümmert sich sogar täglich um ihre Aufsichtspflichten, obwohl sie das nicht müsste.«

»Liegt das nicht vielmehr an der intimen Beziehung, die Frau Hass zu diesen Herren führt?«, mischte sich der geisterhafte Anwalt ein, hob dabei triumphierend den Zeigefinger, wohl glücklich, diesen Punkt endlich anbringen zu können. Mona fühlte einmal mehr an diesem Abend ihr Herz rumpeln. Hitze breitete sich auf ihren Wangen aus, ein Brennen in ihrem Kopf – und sofort senkte sich ihr Blick zu ihren Fingern.

Frau Sabinsen schnalzte mit der Zunge. »Eine wünschenswerte Freundschaft unter dem Unvolk, sehr richtig erkannt. Im Gegensatz zu vielen Vorurteilsbehafteten Hexenden der alten Zeit beweist Frau Hass einen guten Umgang mit Vampiren, Werwölfen, Tauben und Dä …«

»So, so, ach wirklich!«, quietschte Richterin Samalec schrill dazwischen. Auffällig räuspernd wühlte der Geisteranwalt in seinen Akten, als habe er gar nicht zugehört. Mona hatte mit vielem gerechnet, nicht jedoch damit, dass Frau Sabinsen ihr wohlgesonnen war. Und hatte sie nicht sogar ihren Nachnamen richtig ausgesprochen? Auch die Richterin wirkte entsetzt über diese Aussagen, als hätte sie einen völlig anderen Verlauf erwartet.

»D-da wir das nun geklärt h-haben: Ihnen ist der Ablauf bekannt. Wie beurteilen Sie Frau Hass' Handlungen im Lichte Ihrer Erfahrung mit ihr?«

Diese Frage ließ Mona stutzen. Es erschien ihr falsch, dass eine Sachbearbeiterin für Unvolk in so einem Fall zu Rate gezogen wurde. Allerdings besaß das sehr beschränkte Amt für Hexerei nur wenige Mittel. Hexende waren selten und die Welt überfordert mit den wirklich gefährlichen magischen Verbrechen. Umso mehr verwunderte Mona dieser übertrieben aufgebauschte Fall.

Erneut reckte sich der lange Hals der Richterin. Im Gegensatz zu Frau Sabinsens schmaler Hakennase blähten sich bei ihr knubbelige Nasenflügel auf. Doch die Sachbearbeiterin zeigte sich unbeeindruckt.

»Wenn Sie es so deutlich brauchen: *Ja* – auf Ihre Frage hin, ob sich Frau Hass gemäß den Gesetzen verhalten hat. Aufspürzauber und Spürhunde, in dem Fall ein Werwolf, das ist doch normaler Alltag für eine Hexe, oder geht es Ihnen eigentlich um die Dämo …«

»Jajaja, nein, nein! Nein, es geht um ihre Eigeninitiative.«

»Sollte eine Hexe der dritten Instanz die nicht zeigen? Kindesentführung, Vampire, wir können von Glück reden, dass Frau Hass so viel Hexenkraft besitzt. Sie steht ja auch nicht umsonst im Register des Notdienstes. Sogar dem Amt ist dieser Vampir entkommen, wir hätten viel früher schalten müssen. Und überhaupt, wo war der thaumaturgische Notdienst an dem Abend?«

»Kam zu spät wegen Halloween«, warf Mona schnell ein und wurde mit einem hohlen Räuspern der Richterin ermahnt. »Verzeihung.« Doch diese Tatsache durften sie nicht unter den Tisch fallen lassen. Sie hatte um Hilfe gebeten. Wäre Mandy etwas zugestoßen, hätte man Mona ihr Nichthandeln genauso vorgeworfen.

»Ja … mag sein, aber … ihr Rang gibt ihr nicht die Freiheit zu handeln wie eine ausgebildete Einsatzkraft.«

»Sie haben mich doch nur gefragt, ob sie meiner Meinung

nach richtig gehandelt hat. Für eine Hexe der dritten Instanz sage ich: Ja, hat sie. Es ist verdammt viel Erfahrung für so einen Rang nötig.«

»Den Frau Hass noch nicht lange bekleidet!«

»Na, die Prüfungen für diese Stufe sind hart, dann hätten Sie das gar nicht bewilligen dürfen. Wie lange sind Sie schon auf Stufe drei, Frau Samalex? Es sind vierzig Jahre, nicht?«

»Samalec!«

»Ach so?«

Diese Art Gespräch hatte sich Mona eigentlich von ihrem Anwalt erhofft, nicht von einer Zeugin. Gerade wurde ihr bewusst, dass Frau Sabinsen nur deshalb so mit der Richterin sprechen konnte, weil sie eine Art Druckmittel besaß: Sie wusste wie alle auch über die dämonische Aktivität Bescheid, doch anders als das Gericht wollte sie diese nicht unter den Teppich kehren. Und so sprach sie frei heraus den einzigen Verteidigungspunkt an, den Mona vorbereitet hatte: das Ignorieren ihres Rangs. Ein Rang, den sie von Frau Sabinsen selbst erhalten hatte, etwas, was die Taubenfrau bei ihrem letzten Termin bezüglich Vladimir Strauss angeblich vergessen hatte – oder doch nicht?

Auch wenn Mona es immer noch kaum glauben konnte, so hatte das Amt sie wegen Balthasar hochgestuft. Zu hoch. Das Bündnis mit einem Dämon galt meist der Machterweiterung, und folglich mussten im Falle von Hexenden Ränge angepasst werden, doch Mona hatte nicht einfach einen Pakt mit einem normalen Dämon geschlossen – Balthasar war ein Exgott. Dafür hatte man im System keine Vorkehrungen getroffen, niemand beschwor sich einen Erzdämon und brachte ihn zu einem Bündnis. Damit hatte Mona den Rahmen der Richtlinien gesprengt, und das war dem Amt mit Sicherheit ein Dorn im Auge.

So betrachtet – andere Hexende der dritten Instanz leiteten Großeinsätze, doch Mona wurde vom Gericht gerade wie eine Junghexe der neunten Stufe beurteilt. Das konnte rechtlich nicht ganz sauber sein. Ging es ihnen in Wirklichkeit um ihren dämonischen Kontakt? Ja – sie wollten ihr den Pakt wegnehmen! Den Pakt und den falschen Rang! Da kam dieser Konflikt natürlich gelegen. Sonst würden sie einer Hexe nicht wegen einem Aufspürzauber und einer Rettungsaktion die gesamten Kräfte entziehen wollen.

Ohne Berufungsmöglichkeiten, mit ordentlich Eile, einem Geisteranwalt, der nur eine Stunde Zeit ermöglichte – ob Monas Anwalt überhaupt verhindert war? Wo blieben Boris und Ben? Ging es ihnen gut? Konnte das alles ein großer Zufall sein? So viel Pech sollte nicht einmal Mona treffen. Plötzlich machte sie sich ernsthafte Sorgen um ihre zwei Freunde. Mehr und mehr fühlte sich das Verfahren an wie eine Falle.

Das seltsame Schweigen der Richterin, sogar des Geisteranwalts sprachen für sich. Ihnen war dieser Umstand bewusst. Betretene Gesichter, niemand mochte Mona in die Augen sehen – Räuspern, Murmeln. Wenn sie ein Urteil fällen wollten, mussten sie Balthasar berücksichtigen, denn Frau Sabinsen war nicht bereit, den Dämon zu verschweigen. Wie mutig. Wie unerwartet. Nie hätte Mona es gewagt, dem Gericht so das sprichwörtliche Messer an die Kehle zu halten – mit welchem Nachdruck auch? Ein warmes Gefühl der Taubenfrau gegenüber eroberte Monas Herz, ebenso wuchs ihre Ehrfurcht … was gab Frau Sabinsen wohl so viel Selbstsicherheit? Taubenfrauen. Ein ewiges Rätsel.

Jetzt war Mona tatsächlich gespannt auf ihren Richterspruch, denn völlig gleich, wie das Amt seinen Kopf aus der Schlinge ziehen wollte: Entweder sie gaben zu, dass eine ihrer vom Vatikan geweihten Hexen mit einem Erzdämon verheiratet war, nur deshalb ihren Rang besaß und abseits dessen behandelt werden sollte wie jemand der neunten Instanz. Das hieß aber auch, dass sie nicht allein für das Chaos auf dem Jahrmarkt verantwortlich war. Also hätten sie in dem Fall Balthasar anklagen müssen – einen Höllenfürsten. Oder sie gestanden Mona ihren Rang der Stufe drei zu – dann mussten sie aber die Rettungsaktion um Mandy tolerieren.

Und so schaute sie der Richterin mit fest zusammengepressten Lippen ins Gesicht, bis diese endlich mit den Mundwinkeln zuckte und verlegen ihre Zähne zeigte.

Viel irritierter noch als alle anderen schien Frau Sabinsen, die zwischen den Anwesenden hin und her sah.

»Ich verstehe wirklich nicht, wieso wir hier eigentlich sitzen! Obendrein war Frau Hass dem Amt gegenüber stets kommunikativ und zugänglich. Ich arbeite gerne mit ihr. Noch einmal: Ja, für mich hat sie verständlich gehandelt und liebe Güte, ein paar blaue Flecken und ein paar kaputte Imbissbuden sind bei so einem Einsatz zu verschmerzen. Herrgott, es ging um ein Kind, Vampire, Däm …«

Der Geisteranwalt zischte laut und begann unverständlich zu jammern, Mona erwartete fast ein Kettenrasseln.

»Jajajajajaja!«, ging Richterin Samalec wieder dazwischen, ihre Stimme leierte wie ein alter Dudelsack.

Erst jetzt drehte sich ihre Sachbearbeiterin leicht zu Mona. Die grauen Augen fixierten sie kurz. Ein Zwinkern. Verwundert blinzelte Mona, doch da wandte sich die Taubenfrau schon wieder um.

Nein, das war keine Verwirrung, keine vergessliche Beamtin, die sich Namen nicht merken wollte – sie sprach mit voller Absicht, wusste um die Umstände, die Auswirkungen – für Mona.

Unter ihrem kugelrunden Hut gurrte es leise. Die daraufhin folgende Stille war so elementar, dass man eine Nadel nicht nur hätte fallen hören, der Aufprall hätte einem Donnerschlag geglichen. Nicht einmal die Standuhr tickte, lediglich der Sekundenzeiger ermahnte zur Eile – die Stunde war so gut wie vorbei und eine Entscheidung stand an.

Richterin Samalec öffnete die fülligen Lippen und krächzte leise, ehe sie einen verständlichen Ton zustande brachte.

»Hat der Anwalt der Kirche noch Fragen an die Zeugin?«

»Ihre Kenntnisse über den Fall der Frau Hass sind umfassend«, bemerkte der Geist sofort und schwebte ein wenig empor, um auf sie herabzublicken. »Ganz so, als wären Sie dabei gewesen!« Damit hatte er allerdings recht, im Protokoll und auch in den Aussagen war der Dämon im Konflikt ausgeschwärzt worden. Und wäre es Mona gewesen, die diesen Aspekt angesprochen hätte und nicht Frau Sabinsen – alles wäre anders verlaufen. Fragen zu ihrem Pakt, das Wieso, das Weshalb, das Wie – eigentlich kam ihr der Umstand zugute, dass die Kirche mehr Angst vor dem Zugeständnis hatte als davor, Mona aus ihrer Beschwörung einen Strick zu drehen. Deshalb auch Ehedokumente und keine Paktpapiere, bei denen zwar im Prozess noch der Dämon erwähnt worden war. Aber auf dem endgültigen Wisch, den Mona unterschrieben hatte, war von einem Dämon nirgends mehr die Rede gewesen. *Was für ein armseliger Haufen*, schoss es Mona durch den Kopf.

Frau Sabinsen zuckte mit den Schultern. »Wir sind immer überall dabei. Besonders in Großstädten.« Das Gurren unter ihrem Hut war laut und hatte Substanz. Mona konnte die Richterin zusammenfahren sehen, es knarzte, als sie mit ihrem Stuhl ein wenig nach hinten rückte.

Natürlich – die Tauben. Kein Mainfest ohne Tauben und kein Taubenschwarm ohne Taubenfrau. Eine Gänsehaut breitete sich auf Monas Armen aus, als sie sich erinnerte, mit wem sie vor der Verhandlung gesprochen hatte – nur ein paar Vögel, aber in ihrem Fall so viel mehr als das.

Der Geist stemmte unzufrieden die Hände in die Hüften. »Aber haben Sie denn auch die Rinder gesehen?«

»Ernest!«, fauchte Richterin Samalec genervt und wedelte aufgeregt mit einer Akte. »Genug jetzt, damit wären alle Zeugen vernommen. Die Aussagen von Boris von Hohnenzollern und Bernhard Valet liegen uns vor, werden berücksichtigt und …«

»Was ist denn mit dem Ehemann von Frau Hass?«, hakte Frau Sabinsen nach, und das leichte Vergnügen auf ihren Lippen entging wohl auch der Richterin nicht.

»Mein Urteil!«, schrie sie beinahe schon, um Frau Sabinsen zu unterbrechen. »Mein Urteil lautet. Wie … wie Sie ausführten, als Hexe der Stufe drei hatte Frau Mona Ursula Kassandra Hass, geborene Nosferatuh mit h – ähm … sie hatte Entscheidungsgewalt über einen so einfachen Aufspürzauber und einen Werwolf, und nichts anderes sonst ist an dem Abend passiert, das es zu beurteilen gilt.« Ihre Stimme überschlug sich. Lieber sprachen sie Mona frei, als das Wort *Dämonen* auch nur im Protokoll auftauchen zu lassen. »Und ich betrachte ihre Handlungen als gerechtfertigt.« Zum Ende hin wurde sie immer heiserer und musste zu ihrem Glas Wasser greifen. Ein leises Röcheln erklang, ehe sie fortfuhr. »F-Freispruch«, stammelte die Richterin mit letzter Kraft und erhob gerade so vor der Umrundung des Minutenzeigers ihren kleinen Hammer, um auf den Tisch zu schlagen. Der Effekt eines Aufschlags blieb aus, dafür fluchte der Geist, verschwand augenblicklich zum Ende der Geisterstunde, ein Kuckuck schoss aus der Uhr, brüllte erbost in den Raum, woraufhin der Richterin vor Schreck glatt ihr Hämmerchen wegflog, und dann – dann knallte es doch noch.

Monas Hexenkräfte hatten sich so schlagartig entladen, dass sie zum ersten Mal in ihrem Leben wirklich in Flammen stand. In warmen, weichen, tanzenden, freudigen, violetten Flammen, die weder ihre Kleidung noch den Stuhl anknabberten, sondern sich einfach nur glücklich an ihre Haut schmiegten.

Ein Gurren. An Mona vorbei trapste die dicke graue Taube mit dem weißen Streifen um den Hals und schielte sie von der Seite an, ihr folgte Frau Sabinsen, die Mona freundlich zunickte.

Gleich morgen würde sie den größten Sack an Vogelfutter kaufen und sich damit in den Stadtpark begeben, gleich, nachdem sie Boris und Ben angezündet und zur Schnecke gemacht hatte. Nein, sie machte sich keine Sorgen um Vampir und Werwolf – um einen Menschen ja, aber der eine Mann war zweitausend Jahre alt und der andere zäher als ein Elefant. Was sie auch aufgehalten hatte, es handelte sich dabei besser um eine wirklich große Sache.

Etwas verloren, vielmehr aufgelöst stand Mona vor der Flügeltür des Gerichts und starrte in die Dunkelheit. Die Straßenlaternen waren inzwischen alle erloschen, und winterliche Kälte blies ihr um die Nase. Doch frieren würde sie so schnell nicht mehr, das Knistern ihrer Hexenkräfte lag noch immer auf ihrer Haut und wärmte sie sowohl physisch als auch psychisch. So oft hatte sie sich ihr Talent weggewünscht, war verzweifelt über die unkontrollierbaren Flammen gewesen, aber ohne sie hatte Mona sich die letzten Wochen wie ein halber Mensch gefühlt.

»Ich hab euch vermisst«, flüsterte sie und drückte sich selbst einen Kuss auf den rechten Handrücken. Nie wieder würde sie an ihrer Gabe zweifeln. Es wurde Zeit, sich den Ängsten zu stellen, endlich Kontrolle zu üben und vor allem diese Siegel loszuwerden. Mona hatte sich ihr Leben lang isoliert und absonderlich gefühlt, fast schon eingesperrt – und was hatte sie ihrer Hexerei angetan? Sie genauso mit magischen Tattoos versiegelt und weggesperrt. Kein Wunder, dass ihre Flammen immer so wütend ausgebrochen waren.

Erleichtert atmete Mona durch und griff zu ihrem Smartphone. Mit einem Seufzen hob sie es in die Luft, aber an den fehlenden Balken und den Worten *Kein Netz* änderte sich nichts.

»Na, super! Vorhin ging das doch noch, was soll der Mist?« Sie hatte so gar keine Lust, zurück ins Gericht zu gehen und dort um ein Telefonat zu bitten. Nachdenklich schob sie ihren Unterkiefer vor und sah sich um. Müsste der Pakt nicht wieder aktiv sein? Denn sollte dies so sein, dann bräuchte sie nur ein wenig mehr Hilflosigkeit. Besser noch als der wohl schnellste Weg nach Hause war der damit verbundene Erzdämon. Sie würde alles dafür geben, jetzt in seine Arme zu hüpfen. Aber leider beflügelte dieser Gedanke ihr Herz in die andere Richtung. Mit Vorfreude würde sie ihn sicher nicht beschwören.

»Dreck, Dreck, Dreck!« Doch ehe sich ihr Frust in einem inneren Hilferuf manifestieren konnte, durchbrach ein lautes Motorenknattern die nächtliche Stille.

Irritiert musste Mona beobachten, wie Boris auf einem alten Motorrad vorfuhr, dicht gefolgt von einem hechelnden Werwolf.

Kapitel 8

Die Frauen des Ba'al

»Ich kann kaum zum Ausdruck bringen, wie untröstlich ich bin«, jammerte Boris und drückte Mona fest an seine Brust. Nach Luft schnappend ruderte sie mit den Armen und versuchte, sich zu befreien.

»Alles gut, alles gut. Ist ja nicht deine Schuld«, erklärte sie erstickt.

Sie standen vor Monas Wohnungstür, und eigentlich hatten sie sich schon zweimal verabschiedet. »Wir konnten nicht ahnen, dass der Guru so reagieren würde«, meinte sie erneut beschwichtigend, doch Boris schluchzte untröstlich wirkend und drückte sie noch ein wenig fester.

»Das hätte alles ruinieren können! Bitte vergib mir!«

»Wenn überhaupt ist das meine Schuld«, nuschelte Mona gegen Boris' schwarze Lederjacke und stemmte sich dann mit aller Kraft gegen die Vampirumarmung. Endlich kam sie frei.

»Aber nicht doch, Moni!«

»Na, ich hab den Typen doch angeheuert.«

»Wir haben gemeinsam nach einem Anwalt gegoogelt.«

»Ja, schon … Mann, es gibt so wenig Rechtsbeistand für Unvolk. Vielleicht hätten wir diesen Feuerflieg nehmen sollen, oder wie der hieß …« Mona rieb sich ihren verspannten Nacken. Wenn sie das Balthasar erzählte – würde er lachen oder sie ausschimpfen? Sein Angebot, ihr einen Verteidiger zu stellen, hatte sie abgelehnt. Sie musste endlich aufhören, wie selbstverständlich alles alleine regeln zu wollen, aber der Gedanke an einen teuren und vermutlich sündhaften Anwalt hatte sie zum Schwitzen gebracht.

»Ich bin so froh, dass sich alles geklärt hat«, flüsterte Boris weinerlich und setzte zu einem erneuten Drücker an, unter dem sich Mona gerade so wegducken konnte. »Wäre ich nur für dich da gewesen! Mich haben sie bloß beurlaubt! Sie hätten mich anklagen müssen! Aber was kriege ich? Eine läppische Entschuldigung meines Mitwirkens!«

»Mach dir keinen Kopf. Am Ende hätte der Guru es nur ruiniert, vielleicht hätten sie dich auch verhört … es war ganz gut so, wie es lief, hm?«

Monas Anwalt für Übersinnliches hatte in der Tat einen kleinen Auffahrunfall gebaut, und hätte er sich einfach auf Boris' Motorrad gesetzt, wären sie alle pünktlich erschienen – doch leider handelte es sich bei dem Guru um einen ganz besonderen Christen. Er hatte Boris und Ben eine Stunde lang mit Weihwasser, einem Kreuz aus Silber und Bibelversen in Schach gehalten und sich geweigert zu kooperieren.

»Wir arbeiten demnächst mal an deiner Christenallergie, ja?«

Verwirrt legte Boris den Kopf schief, und Mona musste schmunzeln. Der kirchliche Noceboeffekt saß tief, hatte sich an das Vampirgift geheftet und an den Werwolfsfluch, aber das 21. Jahrhundert hatte seine Mittel dagegen entwickelt.

»Kreuze können mich verbrennen Mona«, murrte Boris skeptisch.

»Kennst du den Kanal von *MeiLäb*? Die hat ganz gute Videos darüber gemacht. Wegen der vermeintlichen Wirkung, dem Noceboeffekt und so.«

»Bitte was?«

»Ehh, nicht so wichtig. Also … ich bin ganz schön k.o.«, erklärte sie und sah, wie er nachdenklich nickte.

»Dann lass ich dich jetzt alleine, aber wenn du etwas brauchst …«

»Melde ich mich!«

Boris drückte ihr einen dicken Kuss auf die Wange, schlang noch einmal seine Arme um sie und löste sich dann mit einem geseufzten »Gute Nacht« von ihr. Hastig kramte Mona nach ihrem Schlüssel und stürmte in ihre kleine Wohnung, ehe es sich diese Glucke von einem Vampir anders überlegte. Im Bemuttern übertraf Boris so schnell niemand, und Mona war froh, dass sie, nun wieder mit Hexenkräften ausgestattet, selbst für ihre Sicherheit sorgen konnte.

Eigentlich hatte sie direkt auf ihr Bett sinken wollen, um endlich Balthasar zu schreiben, doch das Leben gönnte ihr keine Atempause. Monas Handy vibrierte, und aufgeregt fischte sie es aus ihrer Tasche. Mit dem frustrierten »Boah, Moni« am Ende der Leitung hatte sie jedoch nicht gerechnet, eher auf jemand ganz anderen gehofft.

»Amelie?«, kiekste sie.

»Ja, wer denn sonst? Du wolltest vor Stunden anrufen? Meine beste Freundin wird verknackt und ich erreich sie nicht! Weißt du, was ich mir ausgemalt habe? Du heulst mich seit einer Woche voll, und wenn's dann erst wird …«

»Sorry, sorry, sorry! Es war nur so viel, und dann war plötzlich der Tag der Verhandlung und …«

»Bla, bla, bla! Sag schon! Was ist passiert?«

»I-ich hab meine Kräfte wieder.«

»Besser ist das!«

»Bist du etwa extra wach geblieben?«, murmelte Mona schuldbewusst und setzte sich langsam auf ihr Bett, um sich mit einer Hand die Schuhe auszuziehen. Ihre Matratze lag nahe ihrer Wohnungstür auf einer Art Bettgestell, so winzig war Monas Wohnung. Wenigstens konnte sie so nach langen Arbeitstagen direkt durch die Tür ins Bett fallen.

»Wie soll ich denn schlafen, wenn du ewig und drei Tage so 'ne Panik geschoben hast? *Meine Kräfte, meine Kräfte, verhaften die mich? Scheiterhaufen, Tod und Verderben und der Pakt, der Pakt, der Pakt*«, äffte Amelie Mona erschreckend gut nach, klang gleich ein wenig schriller. Amelies Stimme war eigentlich perfekt geeignet für eine Actionheldin, denn sie schaffte es, durch ihre Betonung alles cool klingen zu lassen. Man erwartete alle zwei Sätze ein »*Yippie-Ya-Yay, Schweinebacke*«.

»Ich war ganz schön am Rotieren«, gab Mona zu und starrte an ihre schwarz gestrichene Zimmerdecke.

»Hast du ihn denn jetzt wieder?«

»Ehhh?«

»Deinen Dämon.«

»I-ich weiß nicht. Meinen Pakt haben sie bei der Verhandlung schön unter den Tisch fallen lassen.« Sofort kribbelte Nervosität auf Monas Kopf, und sie setzte sich wieder auf.

»Na, ist vielleicht besser so«, gab Amelie schnoddrig zurück.

»W-wieso?«

»Ein Erzdämon, ich bitte dich, das ist zu krass, um sich daran zu gewöhnen. Viel schlimmer noch, der Kerl ist ein Gott. Weißt du eigentlich, auf wen du dich da eingelassen hast, Schätzchen?«

»Amelie, nicht schon wieder«, ächzte Mona, doch ihre Freundin schnaubte laut.

»Nein, nix da. Ich hab mir deine ganze *Liebt er mich, liebt er mich nicht*-Phase gegeben, da kannst du mir jetzt auch mal zuhören! Im Gegensatz zu dir hab ich mich nämlich schlaugemacht.«

»Oh, bitte sag es nicht.«

»Wikipedia.«

»Amelie!« Mona konnte gar nicht so sehr die Augen verdrehen, wie sie wollte. Es gab gute Gründe, weshalb sie die Recherche bezüglich ihres Göttergatten vermieden hatte, alleine durch ihr Studium wusste sie genug, um gar nichts zu wissen. Die Geschichte der Göttlichen war so durchwachsen und widersprüchlich, das half ihren Zweifeln an ihren Gefühlen ihm gegenüber wirklich nicht weiter.

Balthasar hatte Interesse an ihr, über den Pakt hinaus, das war alles, was sie zurzeit wissen wollte. Daran klammerte sich Mona seit Wochen verzweifelt, aber sie kannte sich, schon eine Kleinigkeit würde ihr diese gerade erst gewonnene Sicherheit wieder zunichtemachen.

»Wusstest du, dass er mit Aphrodite verheiratet ist?«

Das war keine Kleinigkeit.

»W-was?«

»Also, als Ba'als Gattin gilt Astarte und die hab ich dann recherchiert. Ey, da gibt's viel Zeug zu, sag ich dir. Die Namen Astarte, Aphrodite und Venus überschneiden sich ständig, und man ist sich heute beinahe einig, dass es sich dabei um drei Namen für die gleiche Gottheit handelt.«

»I-ich glaub, das wüsste ich?«

»Moni, das sind Götter. Gö-tt-ee-r. Wir Sterblichen waren doch für die immer schon Spielkram. Mann, schau dir an, was Zeus alles so getrieben hat. Offene Beziehungen und so.«

Vor Schock glitt Mona fast das Smartphone aus den Händen.

Ihr vorhin noch euphorisches Glücksgefühl über die Verhandlung, die Rückkehr ihrer Kräfte war so drastisch ins Gegenteil gekippt, dass ihr beinahe übel wurde.

»Ich mach mir Sorgen, Moni«, vermeldete Amelie ernst, und Mona ahnte, dass ihr all diese Sachen schon eine ganze Weile auf der Seele brannten.

»Versteh ich«, hörte sich Mona sagen und zog die Beine mit aufs Bett, um ihr Kinn auf ihre Knie zu stützen.

»Du weißt gar nichts, oder?«

»E-er hat ein paar Sachen erzählt, aber ...« Fieberhaft kramte Mona in ihrem Kopf, überlegte, worüber sie gesprochen hatten, doch da fanden sich kaum tiefgehende Gespräche, was durchaus auch ihre Schuld war.

Aphrodite? Daran würde sie sich erinnern. Die Göttin der Liebe, der Fruchtbarkeit, perfekt, schön, von allen geliebt. Gerade erst begriff Mona wirklich, mit wem sie es zu tun hatte. Ihr Erzdämon war ein Altgott, der so weit jenseits ihrer Realität stand, dass ihr der Flirt mit ihm auf einmal schrecklich lächerlich vorkam.

»Nich' heulen.« Amelie klang reumütig und selbst ein wenig zittrig.

»Tu ich nicht«, gab Mona mit bebenden Lippen zurück.

»Ich will einfach, dass du glücklich bist. Nach Torben ging es dir so schlecht, ihr habt euch überhaupt nicht gutgetan.«

»Hast ja recht. I-ich hab mich einfach nur ... i-ich ... weißt du, er ist anders.«

»Klar, so als Exgott und so.« Es rauschte kurz in der Leitung, als Amelie seufzte.

»Nein, das meine ich nicht. Er ist furchtbar lieb zu mir.« Daraufhin musste Mona sogar schmunzeln. Ein Gedanke an ihn und sein Lächeln reichte, dass ihr Herz sofort wieder glücklich trommelte.

»Uff.«

»Nein, hör mir zu. Er hat sich die letzten Wochen echt sehr bemüht und sehr gekümmert. Egal, worum es ging, ich konnte mich auf ihn verlassen. Vielleicht ist er zu alt für mich und ja, natürlich auch anders, aber das ändert nichts daran, wie gut er zu mir ist und was ich für ihn empfinde. U-und er mag mich ja zumindest. I-ich weiß halt nicht, wie sehr und ob es ausreicht.«

»Ich werde weiter recherchieren!«, beschloss Amelie spontan, klang beinahe heroisch, und Mona gab nur ein verwundertes »Ehh?« von sich.

»Ist ja eh schon zu spät, du bist verknallt. Scheiße, ich will einfach, dass du vorsichtig bist, und ich will die Erste sein, die ihn zusammenfaltet, wenn er etwas anstellt, ja?«

»Das ist … das ist lieb … Eh …«

»Aber Moniii?«

»Jahhh?«

»Sorry für den Downer grad. I-ich …«, stammelte Amelie auf einmal betreten. Sie polterte immer ehrlich, direkt voran durch jede Tür, auch in Gesprächen. Manchmal war diese Energie zu viel des Guten, zumindest für andere, aber nicht für Mona.

»Alles gut! Bei so was verlass ich mich auf dich, Amelie. Wer rückt mir denn sonst den Kopf zurecht?«

»Kerle machen mich einfach so wütend! Ich such mir jedenfalls 'ne Freundin! Gar keinen Bock auf den Rotz!«

Mona lachte auf und schüttelte den Kopf. »Würde auch für mich einiges einfacher machen, aber die Rothaarige vom Burgerladen hat nie auf den Flirt reagiert.«

»Hättest dich einfach mehr ins Zeug legen sollen. Blumen, Mona, Blumen!«

»Wer weiß … A-aber, Amelie … Es ist spät, i-ich glaub, ich geh jetzt baden und dann schlafen. Wir reden morgen wieder?«

»Aber nicht noch mal vergessen!«, ermahnte ihre Freundin sie mit einem erschreckend echt klingenden Knurren, das arg an Ben erinnerte.

»Versprochen! M-magst du morgen vielleicht mit in die Bar? Feiern?«

»Mit den – du weißt schon – den Dingens?«

»Mhm«, bejahte Mona und kreuzte ihre Finger. Bisher hatte sich Amelie immer gegen ein Treffen mit dem Unvolk gesträubt.

»Na gut!« Begeisterung klang anders, aber Mona lachte glücklich auf.

»Super! Klasse! I-ich schreib dir dann noch mal!«

»Na klar. Dann geh ich jetzt pennen. Lieb dich!«

»Ich dich auch!«

Nachdem Amelie aufgelegt hatte, brauchte Mona einen Moment, ehe sie das Smartphone sinken ließ und sich der Länge nach auf ihr Bett legte. Sich reckend und streckend starrte sie für eine Weile völlig erschlagen in die Dunkelheit ihrer Wohnung. Von draußen schien eine Straßenlaterne in ihr Zimmer, und vorbeifahrende Autos spiegelten sich in den Scheiben der Häuser gegenüber. Stille beherrschte den Raum, gelegentlich gurgelte der Heizkörper unter ihrem Fenster, und dann war da noch ein Geräusch, das sie erst nach einer Weile identifizieren konnte: ein ruhiges Atmen.

»Seit … seit wann bist du schon hier?«, flüsterte sie und drehte den Kopf. Im Türrahmen zur Küche, gleich neben Monas Bett, stand ihr Erzdämon, lehnte gegen das schwarz gestrichene Holz, und seine Augen glühten schwach in der Dunkelheit des Zimmers.

»Eine Weile«, erwiderte er lässig und trat aus dem Schatten in die fahle Beleuchtung der Straßenlaterne. Einmal mehr wünschte sich Mona, im Erdboden zu versinken.

»Über wen habt ihr geredet?«

Das fragte er nicht ernsthaft? Monas Herz setzte für einen Moment lang aus, und heiß knisternde Panik eroberte explosionsartig ihren Körper. Sie fühlte, wie ihr rechtes Augenlid nervös zitterte. Das musste er doch mitgekriegt haben? Hastig richtete sie sich wieder auf, rieb sich den Nacken, ließ ein verlegenes Schmunzeln zu, zuckte gezwungen mit den Schultern. »Och, nur … nur ein F-Freund.«

»Mhm …« Er klang nachdenklich und starrte sie mit zusammengezogenen Brauen an. Der dunkle Rollkragenpullover stand ihm unverschämt gut, auch die einfache schwarze Hose dazu, elegant und wie aus dem Ei gepellt. Mona ließ sich schon wieder von seiner Erscheinung ablenken – wie armselig. Seinen Blick zu deuten gestaltete sich diesmal allerdings sehr schwierig. Das Feuer in den Dämonenaugen flimmerte deutlich schwächer als sonst, überhaupt sah er unzufrieden aus, das überlegene Lächeln fehlte. Hatte er denn nicht eins und eins zusammengezählt? Es war so offensichtlich. Sie hatte fest mit seinem Spott und seiner Dreistigkeit gerechnet. Worauf wartete er eigentlich? Sollte er sich jetzt nicht wie ein hungriger Wolf auf sie stürzen?

Vielleicht war ihm Monas Zuneigung auch unangenehm. Natürlich, dem Gott ging es um Spaß – nicht um eine Beziehung oder anderen anhänglichen Quatsch. Er wollte Vergnügen und keine Gefühle. Mona schluckte, merkte, wie trocken ihr Mund und ihr Hals waren.

»Du hast deine Kräfte wieder.«

»J-ja«, erwiderte Mona heiser.

»Gut.«

Er klang kühler als erwartet, und sie fühlte sich beinahe schuldig. War er wütend, weil sie sich nicht gemeldet hatte? Wäre doch bloß das Netz nicht ausgefallen, dann läge sie vermutlich jetzt in seinen Armen und hätte niemals Amelies Horroranruf entgegengenommen.

»I-ich bin grad erst heim, B-Boris hat mich gefahren und …«

»Der Pakt funktioniert wohl auch wieder«, stellte er stirnrunzelnd fest, und sie wich seinem Blick verlegen aus.

»Mhm.«

»Weiß nur nicht, ob ich dir bei deinem Problem helfen kann.«

Mona brauchte einen Moment, ehe sie verstand. Sie hatte ihn beschworen, vermutlich als Amelie über Balthasars Ehefrau gesprochen hatte. Den Schock hatte Mona bis tief in ihre Knochen gefühlt.

»M-mein Problem«, setzte sie fahrig an.

»Falls es da überhaupt eines gibt. Ich meine, du hast ja ziemlich viel Zeit mit Boris verbracht, er ist ganz offensichtlich gerne bei dir«, begann er, und nun war es an ihr, irritiert die Stirn zu runzeln.

»Ehhhh …«

»Ich bin mir sicher, dass du dir wegen ihm keine Sorgen machen musst.«

»Mhh?«

»Weißt du, um ehrlich zu sein – ich dachte, wir … ach, das ist ja auch egal. Was ich sagen will, er wird schon seine Gründe haben, wieso er so gut zu dir ist, hm? Denkst du nicht auch?«

Mona schnappte mehrfach nach Luft wie ein erstickender

Hecht an Land. Liebend gerne wäre sie ins Wasser gehüpft und in die Untiefen eines Sees abgetaucht.

»Du verstehst das ganz falsch…«, entkam es ihr mehr gehaucht als gesprochen. Wieder musterte er sie mit kritischem Blick, ließ sich dann neben sie auf das Bett sinken und hob fragend eine Augenbraue.

»Es… ging… nicht… um… ihn«, versicherte sie, lächelte nun krampfhaft, hoffte, er würde sich selbst etwas zusammenreimen.

Balthasars Blick wanderte über ihr Gesicht, seine Augen hatten sich leicht verengt. Ein wenig Feuer war zurückgekehrt, die Iriden schienen wieder in Flammen zu stehen. Sicher konnte er mit einem bloßen Augenaufschlag hypnotisieren, wenn er es wollte. Gleich würde es eh aus ihr herausplatzen. Seit sie mit Amelie darüber gesprochen hatte, was sie empfand, lag es ihr auf der Zunge.

»Also du und… Boris… ihr seid nicht, du bist nicht…«

Mona brachte nur noch ein vehementes Kopfschütteln zustande, und ehe sie etwas sagen konnte, sprachen wohl ihre zitternden Lippen für sich.

Ein Lächeln breitete sich auf seinem Gesicht aus, und er beugte sich vor. Der große Mann nahm ohnehin genug von Monas Bett ein, es reichte, sich vorzulehnen, und schon war er über ihr. Sie sank zwangsweise in die Kissen.

»Ihr habt über mich gesprochen«, sagte er verwundert. Mona schluckte. Sie meinte, Erleichterung in seinem Gesicht zu erkennen, aber vielleicht spielte die Dunkelheit ihr auch einen Streich.

»Ihr habt über mich gesprochen!« Diesmal klang der Satz wie eine zufriedene Feststellung. Ein Gefühl der Befreiung flutete Monas verkrampften Magen. Er freute sich über ihre Zuneigung. Kein *Aber*, kein *Das ist mir zu viel.* Im Gegenteil. Jetzt tanzten die Funken in seinen Augen nicht mehr, sie loderten regelrecht, und Mona schenkte ihm ein verliebtes Lächeln. Sie spürte die Grübchen in ihren eigenen Wangen. Vorsichtig hob sie die Hand und fuhr ihm über die Stirn, strich dabei eine seiner schwarzen Locken hinter sein Ohr.

Auf einmal drückte ganz viel Erzdämon Mona auf die Matratze, und im nächsten Moment lagen seine Lippen auf den ihren. Seine bisherige Zuneigung war im Vergleich schon nahezu verhalten gewesen – Mona meinte, gleich verschlungen zu werden. Er schnappte so gierig nach ihren Lippen, sie hatte alle Mühe mitzuhalten. Seine warme Zunge drückte sich zu ihrer, und diesmal erwiderte sie den Kuss nicht mehr so zögerlich wie bei ihrer letzten Beinahe-Nacht.

Ein zufriedenes Seufzen entkam ihm, als Monas Hände wie von selbst zu seinem Rücken glitten, und der Kuss wurde sofort zärtlicher, weil er unbedingt mit ihrer Zunge spielen wollte, während sich sein Blick in sie hineinbohrte. Genießend schloss Mona die Augen, nur um sie direkt wieder aufzureißen. Da war eine Hand nicht nur unter ihren Mantel, sondern auch unter ihr Kleid gewandert, bis über ihren Bauch, dann höher – und sie trug nichts drunter. Überfordert murrte Mona in den Kuss, und Balthasar löste sich etwas von ihr.

»Nicht gut?« Seine Stimme war so heiser, der Klang verursachte ihr eine Gänsehaut.

»Doch … schon … aber …«

»Ja?«

»Können wir das langsamer … angehen? Der … der Tag war lang und i-ich …«

»Langsamer? Ich will dich doch nur küssen.«

»Nur küssen?« Ihre Stimme brach mitten im Satz.

»Bisschen anfassen vielleicht.«

»Mhhh …«

»Den Busen?«

»Nur … nur da? A-aber das Kleid behalte ich an!«

»Deal!«

War sie jetzt neben dem Pakt auch noch einen Deal mit dem Teufel eingegangen?

Kapitel 9

Besteste beste Freunde

27.11.2018

Den ganzen Nachmittag des nächsten Tages fühlte sich Mona wie Pudding. Balthasar hatte sie in den Schlaf geknutscht, und das wäre ihr wirklich peinlich gewesen, doch Mona fühlte sich jenseits aller Emotionen. Einerseits war da das Glück über seine offensichtliche Eifersucht, andererseits brannte ihr das Gespräch mit Amelie wie Feuer in den Eingeweiden. Sie musste unbedingt mit ihm darüber sprechen, nur wann und vor allem wie, ohne sofort zu weinen? Aber – das eilte ja nicht, sie brauchte erst mal Zeit, um den Schock zu verdauen und sich ihre Fragen zurechtzulegen. Da war ein Abend mit der ganzen Bande in der Bar und alkoholischen Getränken genau nach ihrem Geschmack.

Heute hatten das T und das R der Leuchtreklame endgültig aufgegeben. Über dem Lokal flimmerte auch das O bereits bedenklich, und es war nur eine Frage der Zeit, bis Monas Lieblingsbar einen neuen Spitznamen brauchen würde. Kurz vor Mitternacht hatten sich die sechs Freunde im Cocks auf ein paar Getränke getroffen, um Monas Sieg zu feiern. Regnerisch und kalt füllte der beginnende Winter die Lokale der Stadt, doch um den Stammtisch der übernatürlichen Gruppe wollte sich niemand streiten. Es war die ruhigste Ecke der Bar, direkt an einem verdunkelten Fenster, neben dem Regal mit all den gruseligen

Dekogegenständen, die man sonst nur an Halloween zu sehen bekam. Trotz des Verbots roch es in dem Gedränge des Nachtclubs nach Rauch, und nur der Architektur des Gebäudes war es zu verdanken, dass der Lärm der vielen Stimmen nicht überhandnahm.

Die Flamme der dicken weißen Kerze auf dem Tisch flackerte ausweichend, Mona spielte schon die ganze Zeit nervös mit dem Feuer. Gleich würden ihre Freunde auf Amelie treffen, und je nachdem, wie das verlief, gab es vielleicht wieder eine Verhaftung.

»*Du dich nicht sorgen, hm? Das wird reizend! Aber sicher!*«, klapperte eine sanfte, tiefe Stimme. Bärbels Schädel ruhte auf dem Tisch, die Freunde hatten sie auf ein kleines rotes Samtkissen gebettet. Vor ihr ein leeres Glas mit Schirmchen und Strohhalm. Zwar konnte sie nach wie vor nichts trinken, aber eines beherrschte sie seit letzter Nacht: verbale Kommunikation. Die Geisterstunde ermöglichte es der Skelettfrau endlich zu sprechen, und inzwischen gelangen ihr einfache deutsche Sätze. Ein violettes Glühen in ihrem Knochenkopf verlieh ihr genug thaumaturgische Macht, um sich nach Mitternacht bis in die Früh alles von der Seele zu reden. Und da hatte sich so einiges angestaut.

Der Barbesitzer Sven trat an den Tisch, brachte die neuen Getränke und verteilte Blut, Zucker und Alkohol unter der übernatürlichen Truppe.

»Darf's noch was sein?«, schnurrte er mit auffällig fragendem Blick in Vlads Richtung. Der Vampir zwinkerte ihm zu. »Bin noch satt!«, sagte er grinsend und griff konträr zu seiner Aussage nach seiner frischen Flasche Fritzblut mit einem Schuss Ingwer. Vermutlich ging es hier um härteren Stoff.

Mit einem verlegenen Kichern verließ Sven den Tisch und

nahm die leeren Gläser mit. Boris kommentierte die unterschwelligen Beißgeschäfte zwischen den beiden nur mit einem Augenrollen.

»Wenn Amelie kommt... sie weiß zwar über einiges Bescheid... aber... ich will sie nicht gleich ... ehhh«, begann Mona, wusste nicht, wie sie es ausdrücken sollte.

»Verschrecken?«, nuschelte Vlad.

»Neeee ... etwas, das Amelie verschreckt, muss man erst noch erfinden. Ich will nur, dass ihr euch nicht verstellt. Seid einfach so, wie ihr immer seid. Amelie ist allergisch gegen Schleimer, Smalltalk und, na ja ... so Zeug halt.«

Boris lachte hell auf und tätschelte Mona die Hand. »Liebes, schau uns an, sehen wir aus, als könnten wir uns verstellen?«

Ihr Blick wanderte von der nackten Brust des Herrn Vladimir Strauss im luftigen Schnürhemd und Lederrock über Beniko, deren bonbonfarbene Flügel duftenden Elfennstaub verteilten, weiter zu Ben, der gerade auf einem Entchen herumkaute, und blieb bei Boris hängen, der aussah wie der Leader einer Metalband – und auf dem Tisch summte ein Schädel leise eine Melodie.

»Ihr seid einfach großartig«, stellte Mona einmal mehr fest, drückte sich jedoch selbst die Daumen.

Keine fünf Minuten später schwang die Tür zum Lokal auf, und Mona sprang hoch wie ein Flummi. Hinter ihr reckten sich Werwolf, Elfe und die zwei Vampire neugierig, Mona konnte ihre Stühle knarzen hören. Bärbel schwebte wohl gleich einen ganzen Meter hinauf, denn ihr violettes Glühen strahlte auf wie eine Deckenlampe. Diese durchaus erwartete Reaktion ignorierend fiel Mona ihrer Freundin in die Arme.

»Dass du es so spät einrichten konntest, bist die Beste!«, nuschelte sie in Amelies Haare.

»Ist ja Wochenende! Was soll's!«, kam es in einem schnoddrigen Tonfall und mit einem grimmigen Grinsen. Amelie war einen Kopf kleiner als Mona, aber ihre Ausstrahlung besaß wahre Größe, und das biss sich in einem solchen Extrem mit dem ein Meter fünfzig großen Kraftpaket, dass man bei ihr zweimal hinsah.

Ihre Haut war tief dunkelbraun, wirkte im Licht der Bar fast schwarz. Die kritischen Augen leuchteten voller Entschlossenheit in dem hübschen Gesicht, als sie die übernatürlichen Gestalten am Tisch eine nach der anderen genau musterte. Sie trug ihre voluminösen schwarzen Locken in einer eleganten Hochsteckfrisur, ein perfekter High Bun fixiert mit einer Klemme, die aussah wie ein Messer. Die prallen Muskeln hatte sie ihrem liebsten Hobby und inzwischen auch Nebenjob zu verdanken: Wrestling. Ihr berühmt berüchtigter Spitzname »*Elie Fee*« brachte gestandene Wrestler zum Zittern und ihre heutige Aura einen zweitausend Jahre alten Vampir zum Schlucken.

Ihre Arme in die Hüften gestemmt baute sich Amelie auf wie ein Riese.

»Das ist meine beste Freundin Amelie. Und das hier sind, ehh … Vlad, Beniko, Ben, Bärbel und Boris!«, stellte Mona vor. Den fröhlich zwinkernden Schädel mit den falschen Wimpern beäugte Amelie für einen stillen Moment irritiert. Sicher, sie war auf Monas Freunde vorbereitet, aber ein untotes Fluchrelikt hinterließ bei jedem einen gemischten ersten Eindruck. Aus Amelies skeptischer Miene wurde jedoch ein breites Grinsen.

»Cooler Lidschatten!«, kommentierte sie das aufwendige Skullpaint. Bärbel konnte zwar nicht rot anlaufen, doch das Glühen im Inneren des Knochenkopfes nahm eine rötliche Farbe an. »*Och* …«, machte sie verlegen. »*Danke*.«

Ben-Ben gaben Amelie die Hand, wobei sie bei der Elfenfrau nur zögerlich zugriff, der kritische Blick galt vor allem dem Glitzer, den sie ganz bestimmt nicht auf ihrer teuren Lederjacke haben wollte. Vlad musterte sie auch misstrauisch, speiste ihn mit einem Nicken ab, und dann stand Boris vor ihr, weil der Mann alter, vielmehr uralter Schule immer gleich aufsprang, wenn jemand Neues zugegen war, dem er sich vorstellen konnte. Passend dazu zierte sein Gesicht ein breites Lächeln, welches seine spitzen Eckzähne freigab. Ein verboten attraktives Funkeln in den blauen Augen leuchtete auf, und die Art, wie er seine Brauen hob und die Grübchen spielen ließ, war irgendwo zwischen Boybandcharme und Disneyprinz anzusiedeln. Er versuchte Eindruck zu schinden, genau das, was Mona hatte verhindern wollen.

»Das ist eine von den Zecken, richtig?«, fragte Amelie an Mona gewandt und deutete auf den nun irritierten Boris.

»Bitte was?«, stammelte er.

»Hatte ich mir irgendwie anders vorgestellt«, gab sie zu und musterte ihn ganz genau. »Aber ich denke, auch Models können Metalheads sein, krass.« Sie reichte ihm die Hand, die Boris perplex und mit sichtbar wenig Druck kurz schüttelte.

»Krass«, wiederholte er. Amelie hatte ihm sämtlichen Wind aus den Segeln genommen.

»Mona meinte, du beißt nicht, ja? Noch krasser!«

»In der Tat, zumindest teilweise, so weit es eben möglich ist. Ich lebe von gestrecktem Fabrikblut und … Hilfsmitteln.«

»Voll stark!«

»Das hatte ich dir auch erklärt«, maulte Mona und nahm derweil ihrer Freundin die Jacke ab.

»Hab nicht so genau zugehört.«

»Ehhh …« Zu mehr kam Mona nicht, denn Amelie fläzte sich nun neben die anderen auf die Sitzbank. »Also, Fee, Werwolf, Hippievampir und Skelettin«, stellte sie fest.

»Elfe«, korrigierte Beniko kichernd und flatterte mit den Flügeln, worauf Vlad sofort mit einem heftigen Niesen reagierte.

»Ah, sorry!« Ein wenig verdattert schaute Amelie schon drein, als Ben sich zu ihr beugte, um an ihr zu schnüffeln, aber alles in allem machte sie den gewohnten gefestigten Eindruck. Jedoch zuckten Menschen wie sie nicht mal mit der Wimper, wenn hinter ihnen ein Auto explodierte. Allerdings bedeutete Amelies überdurchschnittliche Coolness nicht gleich, dass sie auch mit der Bande warm werden würde.

Mit einem Seufzen starrte Mona zu ihrem Drink, der für diesen Abend wahrlich nicht stark genug war, und sie beschloss, noch einmal an die Bar zu gehen, um sich etwas anderes zu bestellen.

»Was magst du haben, Amelie?«

»Ne Cola mit Schuss!«

»Alles klar. Sonst noch jemand was?«

Allgemeines Kopfschütteln. »Na dann.« Langsam erhob sich Mona und hoffte, dass sie ihre Freundin für einen Moment mit den anderen allein lassen konnte. Denn neben dem Bedürfnis nach Whiskey gab es da ein paar Fragen, die sie Sven stellen wollte – schließlich war sie wieder für Vlad zuständig, die zwei Herren pflegten seit einiger Zeit einen recht regen Austausch –, und ihr war aufgefallen, dass Vlad die letzten Tage nicht in seiner Wohnung verbracht hatte.

»Fehlt was?«, fragte Sven, als Mona an den Tresen trat.

»Eine Cola mit Rum, und ich brauch noch was … Starkes … irgendwas für einen Abend voller Chaos.«

»Ich hab hier Tee, der zumindest für den Moment alle Sorgen …«

»Nein, nein, ich dachte eher an einen Whiskey.«

»Sumpfig oder scharf?« Seine Augenbrauen wackelten, und er fuhr sich elegant mit einer Hand durch die kurzen vanilleblonden Haare.

»So, dass ich danach nichts mehr schmecken kann.«

Sven lachte heiter auf und verschwand für einen Moment unter dem Tresen. »Könnte dir auch den Geruchssinn wegbrennen.«

»Klingt gut.«

Als er wieder hinter der Theke auftauchte und eine staubige Flasche mit unchristlichen Symbolen hervorholte, war Mona geneigt, ihre Bestellung noch einmal zu überdenken. Dem alten Glasgefäß entkam ein erschreckend menschliches Seufzen, als er den Deckel lüftete.

»Untoter Whiskey, aber keine Sorge, nennt man nur so. Die Flasche ist das Besondere.«

»Besessen, nehme ich an?«

»Yepp!«

»Ich tu mal so, als hätte ich das nicht gehört.«

»Danke Ihnen, Frau Bezirkshexe.«

Mona stöhnte, ließ sich auf einen Barhocker sinken und den Kopf gleich mit. Sie lehnte die Stirn für einen Moment auf die kühle Platte. Vor ihr glühten bunte Flaschen, beleuchtet durch tonnenweise LEDs und den ein oder anderen Spuk. Seit einiger Zeit gehörten auch Geister zu Svens Kundschaft, und nach Mitternacht war der Laden so voll wie nie zuvor.

»Bezirkshexe«, wiederholte sie leise. Das drohte ihr, sollte das Amt weiterhin den Dämon in ihrer Akte leugnen und sie auf Einsätze schicken. Zwar hatte ihr das den Hals gerettet, aber als Hexe mit ihrem Rang würde sie weit mehr leisten müssen, als auf eine Mumie zu achten. Und wenn sie ehrlich war, reizte sie dieser Gedanke. Es hatte ihr große Freude bereitet, Boris zu helfen, Fluchreliktrechte zu recherchieren – wie im Wahn hatte sie neulich, statt zu schlafen, einen elendslangen Blogeintrag über das Unrecht gegenüber dem Unvolk verfasst und sogar einige zustimmende Tweets dazu erhalten. Dabei hasste Mona Papierkram. Besser, sie schlug sich die Sache wieder ganz schnell aus dem Kopf.

»Bezirkshexe«, murmelte sie noch einmal und verzog den Mund. Dafür hatte sie gerade gar keine Zeit, was Mona wollte, war Normalität – oder?

»Wir könnten es schlechter treffen.«

Verwundert hob sie den Kopf und starrte Sven fragend an.

»Ich mache zurzeit eine Ausbildung zum Zauberer und nun, unser aktuell zuständiger Bezirkszauberer ist ein wenig … seltsam«, erklärte er.

»Seltsam? Sind wir das nicht alle?«

»Magst du recht haben, aber er ist ziemlich … irgendwie esoterisch?«

»Wie meinst du das?«

Sven schnappte nach Luft und schien nachzudenken, wie er es formulieren sollte, während er einem hübschen, geschwungenen Glas einen Zuckerrand verpasste und es danach mit reichlich Rum füllte, ehe etwas Cola dazu fand.

»Kennst du diese Menschen, die vom Weltuntergang faseln? Aus den Filmen? Man sieht sie an Straßenecken mit ihren Schildern und so weiter?«, fragte er schließlich und schnitt nebenbei eine Limette in Scheiben.

»Ehhh, schon? Denke ich?«

»Er hat von seinem großen Meister erzählt, von unendlicher Macht und solchem Zeug. Bin echt geneigt, die Ausbildung wieder abzubrechen, das klang mir alles zu abgedreht.«

»Großer Meister?«, hakte Mona alarmiert nach.

»Ja. Sie arbeiten wohl an einem richtigen Wunder der Magie, oder so was.«

»W-Wunder.« Zum Glück hatte Sven ihr bereits den Whiskey eingeschenkt, so konnte sie direkt zu dem kleinen Glas greifen und sich einen Schluck genehmigen.

»Sachte, sachte, den sollte man genießen.«

»Dreck«, krächzte Mona. In letzter Zeit sprachen ihr magische Wesen viel zu oft über Wunder, und sie ahnte, dass das kein Zufall war. Später musste sie Balthasar davon berichten, er suchte seit der Drohung des Incubus fieberhaft nach Anhaltspunkten, und dieser Bezirkszauberer klang vielversprechend.

»Ich sagte ja, der ist stark.«

»Das meine ich nicht. Ich rede von … h-hast du mehr Infos zu diesem großen Meister?«

Doch Sven schüttelte den Kopf und zuckte mit den Schultern. »Musste mich beim Bezirkszauberer eben für Kurse anmelden und war erst bei einem bisher.«

»Geh nicht mehr hin!«, bat sie den Barkeeper, und er blickte sie fragend aus seinen graublauen Augen an.

»A-aber jetzt, wo ich ein magisches Artefakt habe, d-das ist meine Chance.«

»Ja, aber such wen anderen. Glaub mir, das ist nur zu deinem Wohl.«

Sven zog einen Schmollmund, nickte aber langsam und schob ihr die fertige Rumcola rüber. Geknickt ließ er ein Seufzen verlauten. Tatsächlich würde der kreative Barkeeper einen guten Zauberer abgeben. Mona empfand ihn als ausgesprochen talentiert. Der jugendliche Sven wirkte auf den ersten Blick wie ein Türsteher, er war drall, kräftig und besaß einiges an Speck, vermutlich dank seiner Fruchtcocktailexperimente – dazu die Sonnenbrille, die er meistens trug. Zur Magie gehörte umfassende alchemagische Arbeit, und was er an Cocktails, aber auch Gebäck kreierte, grenzte bereits an Zauberei.

»Wie kam das eigentlich? Du und Zauberer?«, wollte Mona wissen. »Es gibt nur wenige Relikte, die magische Gene aktivieren können.« Neugierig musterte sie den nun errötenden Mann. Verlegen gruben sich seine leicht schiefen Vorderzähne in die Unterlippe. Wie aus Reflex griff er zu längst trockenen Gläsern, um sie mit einem heftig quietschenden Baumwolllappen noch einmal zu bearbeiten.

»Also … das ist wegen Vlad. Der war ja mal Zauberer, hat es zumindest versucht, aber das war nichts für ihn, und – dann hat er von meinem Traum gehört und mir seinen Zauberstab geschenkt.«

Mona hustete – und nicht, weil der Whiskey ihr tatsächlich den Mund verbrannte. Im Zusammenhang mit dem Barkeeper und dem Vampir hatte sich gerade ein völlig anderes Bild in ihrem Kopf manifestiert. Verlegen räusperte sie sich.

»Das ist toll! Na, dann kann er dir doch erst mal beim Üben helfen, hm? Er weiß sicher am besten, wie man mit seinem Zauberstab umgeht.«

Für einen Augenblick sahen sich beide mit blanker Miene an, ehe Mona und Sven gleichzeitig losgackerten.

»Sorry«, quiekte sie kichernd.

»Oh, du hast ja keine Ahnung!« Er rang lachend nach Luft und wischte sich eine Träne aus dem Augenwinkel. Um den Moment zu überspielen, setzte Mona erneut das Whiskeyglas an und verzog direkt den Mund.

»D-das hatte ich dich eigentlich fragen wollen«, krächzte sie, da sich der Whiskey sofort bis zu ihren Stimmbändern vorgekämpft hatte.

»Was?«

»Ehhh … du und Vlad, ich will nur sichergehen …«

»Es geht mir gut. Uns geht es gut.«

»Es ist nur …«

»Ja, ja. Versteh ich schon. Bezirkshexe!« Sie streckte ihm die Zunge raus und bereute die Geste sofort, denn an der Luft brannte der Whiskey noch viel schlimmer auf den Schleimhäuten. »Er beißt mich nur zum Vergnügen«, fuhr Sven fort. »Nicht, um sich zu ernähren. Und er denkt darüber nach, völlig auf die Mischprodukte umzusteigen, weil … na ja … Es finden sich zwar viele Spender, aber ich muss zugeben, dass es mich etwas eifersüchtig macht, wenn er hier abends nicht nur an meinem Hals … du weißt schon. Das sieht er wohl auch so. Und darüber hinaus benutzen wir nette kleine Gummis in Regenbogenfarben.«

»Das zwischen euch ist also was Ernstes?«, meinte Mona freudig, und er reagierte mit einem strahlenden Lächeln, schüttelte jedoch den Kopf.

»Wer weiß? Er ist ein mehrere hundert Jahre alter Vampir, und ich kam mich kaum damit abfinden, mit dreiunddreißig als erwachsen zu gelten. Wir mögen uns, alles andere kommt oder eben nicht. Die Zeit wird es für uns herausfinden.«

»Das – das ist schön!« Sie seufzte und ertappte sich sofort

bei einem sehnsüchtigen Gedanken an Balthasar. Es war verlockend, all ihre Sorgen in den Wind zu schießen und sich auf ihn einzulassen, ganz egal, ob sie nun eine Beziehung führen würden oder nicht. Wie hatte er es formuliert? Sie könnten sehr viel Spaß miteinander haben, und das wollte sie. Das Leben einer Hexe war lang. Selbst wenn es nicht funktionierte, es blieb eine halbe Ewigkeit, darüber hinwegzukommen und jemand anderen zu finden.

Vor ihr gluckerte die besessene Flasche auffällig mehrstimmig, als Sven ihr eine ordentliche Portion Whiskey nachschenkte.

»Ehhh …«

»Du siehst aus, als würdest du das brauchen, und wenn du die da überleben willst …?«

Er nickte zum Tisch und der wild schnatternden Runde. Mit einem grimmigen Grinsen erhob sich Mona, nuschelte ein Dankeschön und schlurfte dann mit den Getränken zurück zu ihren Freunden. Inzwischen hatten sich einige von Benikos Haarspangen in Amelies Locken verirrt, und die zwei hingen über einem Smartphone, um sich über den Look der Zuckerelfe auszutauschen.

»Moni, wusstest du, dass es auch so eine Art Metal-Dekora-Style gibt?«, empfing Amelie sie sofort, und Mona reckte neugierig den Hals.

Ihre beste Freundin hatte sich wohl schneller als erwartet mit der Gruppe anfreunden können, und Mona konnte sich zumindest etwas entspannen.

»Wo ist eigentlich dein Mann?«

Oder auch nicht. Ohne zu antworten, kippte sie auf Amelies Frage hin erst mal das ganze Glas Whiskey hinunter und genoss die zwei Minuten Hustenanfall, hoffend, dass sie nicht darüber reden mussten. Aber natürlich schaute Amelie immer noch fragend drein, nachdem sie Mona auf den Rücken geklopft und ihr etwas von ihrer Cola eingeflößt hatte.

»K-kann nicht«, brachte Mona heiser heraus.

»Wir treffen uns so oft, wieso kann er eigentlich nie? Das Essen bei uns war doch ganz nett? Oder sah er das anders?«, wollte nun Boris wissen, und sie fühlte Stress aufflammen. Ihre Ausrede sollte sie lieber besser durchdenken, sonst würde Balthasar gleich neben ihr stehen und sie auffliegen. Sie hätte sicher nur zu fragen brauchen, und er wäre heute auch erschienen.

»Bei ihm ist grade die Hölle los,, und ich wollte ihn nicht … nicht noch mehr fordern?« Sie neigte dazu, Lügen in eine Frage zu verpacken, und Amelie sah durch ihre Fassade wie ein Röntgengerät.

»Moni?«, zischte sie mit zusammengekniffenen Augen.

»Das nächste Mal!« Sie hätte ihn nur zu gerne zum heutigen Abend eingeladen, aber nach all den Schockmomenten der letzten Wochen hatte sie hier auf Ablenkung gehofft. Die Aussicht, das Anhängsel eines mit Aphrodite verheirateten Gottes zu sein, hatte die gewonnene Selbstsicherheit zunichtegemacht. Ehe Mona sich weiter auf ihn einließ, musste sie mit ihm reden – leider hatte sie keine Ahnung, wie sie den Mut dafür finden sollte. War sie überhaupt bereit dazu, seine sterbliche Affäre zu sein? Das galt es herauszufinden, denn danach musste sie ihre Fragen, vor allem ihre Wünsche formulieren.

»Aber kommst du dann auch zu meinem Geburtstag alleine?«

»Ehhh«, gab Mona langsam von sich und runzelte verwirrt die Stirn. Daran hatte sie schon gar nicht mehr gedacht und spürte erneut den bohrenden Blick ihrer Freundin. »Vielleicht?«

»Aber du kommst?«

»Natürlich«, antwortete Mona wie aus der Pistole geschossen, denn es fühlte sich an, als setze Amelie ihr gerade eine an die Kehle.

»Dann ist ja gut, wollte nur sichergehen.«

Die Runde starrte Amelie nun neugierig an, und sie seufzte. »Ey, sorry, aber zu der Party sind halt Sterbliche eingeladen die – also, sie würden sich vor euch vermutlich einscheißen. Sonst hätte ich euch jetzt auch gezwungen zu kommen.«

»Da verpass'n die aber was, wir haben immerhin 'ne Band«, verkündete Vlad mit einem Wink über den Tisch und eröffnete damit ein neues Gesprächsthema. Nichts taten Ben und Boris lieber, als ihren Metal zu teilen, daran änderten auch die schmollenden fülligen Lippen der Elfe nichts, als der Werwolf seinen Arm von ihren Schultern löste, um nach seinem iPod zu suchen. Amelie bekam das ganze Rundumpaket, inklusive einer Kostprobe, auf die ein Großteil der Bar sicher hätte verzichten können.

Die inzwischen auf den Tisch gesunkene, angetrunkene Mona wurde für alle unsichtbar, und leider gab ihr das reichlich Zeit zum Nachdenken. Sie brauchte wohl wieder eine Pro- und Contraliste, nur der Titel bereitete ihr Bauchschmerzen.

27.11.2018

DIENSTAG

ICH KANN PRO- UND CONTRALISTEN
NICHT MEHR SEHEN . . .

NUR DIE GELIEBTE SEIN, OK?

JA ODER NEIN

KEIN BINDUNGSSTRESS

ICH BIN IHM NICHT SO WICHTIG,
DASS MEIN TÄGLICHES CHAOS IHN
WIRKLICH NERVEN KANN.
ALSO KANN ICH ICH-SELBST SEIN.

KANN ICH AUCH ANDERE PARTNER
HABEN? ABER WILL ICH NICHT.

BIN ICH DANN ERSETZBAR?

HAT ER NOCH MEHR AFFÄREN?
HAT ER MEHR ALS EINE GÖTTIN?

WENN MICH APHRODITE NICHT MAG?
ICH BIN NUR EIN MENSCH.

EIFERSUCHT. DAS FÜHLT SICH
SO SCHEIßE AN.

EIGENTLICH WILL ICH IHN
ALLEINE FÜR MICH, IST DAS
EGOISTISCH? NE ODER?

ICH LIEBE IHN.
ICH WILL WICHTIG SEIN.
ICH WILL, DASS ER GLÜCKLICH IST,
ABER WÄRE ICH DAMIT
GLÜCKLICH AFFÄRE ZU SEIN?

ABER ICH BIN STERBLICH,
ER SOLL SICH NICHT AN EINE
STERBLICHE BINDEN MÜSSEN

unsterblichkeit
ist voll gruselig!

Kapitel 10

Beißgeschäfte

Der Abend in der Bar wurde zur Nacht. Gerade, als Mona ihr Bullet Journal sowie das Smartphone verstaut hatte und sich erhob, um endlich nach Hause zu gehen, hielt sie eine kalte Hand an ihrer Schulter auf.

»Könntest du wohl ein bisschen deiner kostbaren Zeit für mich erübrigen?«, säuselte Boris.

Sofort sank sie wieder zurück auf die Sitzbank und blickte ihn fragend an. Beniko, Ben und Amelie waren auf der Tanzfläche verschollen, Vlad flirtete am Tresen, Bärbels Schädel schlummerte zwischen leeren Dosen (er wäre vorhin beinahe abgeräumt worden, weil sie den extravaganten Cocktailgläsern des Lokals ähnelte mit ihrer Schleife), und Mona hatte offensichtlich den richtigen Zeitpunkt für einen Abschied auf Französisch verpasst.

»Es ist nämlich so«, begann Boris, und ein Schmunzeln offenbarte seine Grübchen.

»Jahhh?«, erkundigte sie sich, doch er hüstelte nur, und sein Blick wanderte suchend über den Tisch. Rumdrucksen – so kannte sie Boris gar nicht, normalerweise war sie es, der man Informationen aus den Rippen leiern musste und ihn geradezu bremsen. Seine Unterlippe bebte, und er faltete bereits die zweite Serviette zu einer leicht unförmigen Fledermaus. Nicht das schon wieder.

»Tja nun …«, begann er, verstummte erneut, und Mona stöhnte. So fühlten sich die anderen also in einer Unterhaltung mit ihr. Ob sie dabei auch so unschuldig süß aussah? Hoffentlich, denn der Rest war furchtbar anstrengend, zumindest für Monas gerade gereizte Nerven. Sie wollte so dringend nach Hause und einfach nur ein heißes Bad nehmen. Stattdessen starrte sie nun in Boris' hübsches Gesicht. Verlegenheit stand ihm, er erinnerte auf verdrehte Weise an ein junges Schulmädchen, mit seinen hochgezogenen Schultern und dem sich genierenden Gehabe, fehlten nur die Zöpfe.

»Boris, du weißt, ich kann mich an deinem engelsgleichen Gesicht nicht sattsehen, aber … komm zur Sache!«, forderte sie gereizt klingender als beabsichtigt.

Er schnappte leise nach Luft, um weitersprechen zu können. Lag da ein wenig Röte auf seinen Ohren? Mona schwante Schlimmes.

»Moniiiii?« Wann immer er so anfing … so schnell würde Mona wohl heute nicht ins Bett kommen. »Ich habe meinen Verlauf für den Eignungstest erhalten, für mich wird es eine endgültige schriftliche und eine praktische Prüfung geben.«

Seufzend ergab sich Mona dem Thema, denn ihrem besten Freund bedeutete seine mit diesem Test verbundene Freiheit alles.

»Na dann, schieß los!« Natürlich war ihr das ebenso wichtig wie ihm. Nicht auszudenken, wenn er durchfiel. Am Ende überlegte sich das Amt das mit seiner Anstellung als Nachtwächter noch einmal, schließlich bekleidete er diese Stelle seit siebzig Jahren. Gerade hatte Mona ihre chaotische Realität akzeptiert – eine Trennung von ihrem übernatürlichen Alltag, gar ihrem besten Freund, kam nicht in Frage.

Um den zweitausend Jahre alten Boris auf den neusten Stand

zu bringen, hatte sich die kleine Clique in den letzten Wochen mit modernen Methoden der Durstkontrolle und neu entwickelten Erste-Hilfe-Maßnahmen auseinandergesetzt. Hauptsächlich ging es darum, sich nicht zu verbeißen und frühzeitig alle Warnsignale zu deuten. Sie hatten einige Ratgeber und Videotutorials durchgearbeitet und den Algorithmus von Monas *YouTube*-Startseite völlig zerstört. Täglich sprangen ihr Highlights wie *Wann ist zu Knoblauch zu greifen?* entgegen. Oder auch: *Wie löse ich eine Kiefersperre? – Unfälle vermeiden: Erkenne Medikamente am Geruch. – An Blutergüssen lutscht man nicht. – Oh weh, Schnitt im Zeh! Ein Fall für »Beiß dich selbst«.*

»Boris?«, hakte sie wieder nach, da ihr Freund erneut schwieg und nun seine Fingernägel überinteressiert musterte.

»I-ich bräuchte da deine Hilfe«, gab er schließlich zu.

»Wir üben doch schon seit Wochen!«

»Nein, nicht. So nicht. Es geht um etwas – etwas *anderes.*« Verschwörerisch hatte er seine Stimme gesenkt und war ihrem Ohr näher gekommen. Sofort biss ihr der Zimtgeruch des Vampirs in die Nase. Sie teilte kurz seinen intensiven Blick, fühlte dabei ihre Sorgen wachsen. Ihr Freund würde gleich eine Bombe platzen lassen, da war sie sich sicher.

»Du weißt, ich tue alles für dich, nur … ich bin müde«, versuchte Mona es, erhielt dafür aber nur ein schuldbewusstes Grinsen.

»Für die Prüfung ist es vonnöten, dass ich – nun, ich müsste einen Bluttest ablegen. Einen vollständigen!« Blonde Augenbrauen hoben sich, wackelten, und Mona verstand sofort.

»Oh, oh, das ist nicht gut«, nuschelte sie. Ihr Vampirfreund war randvoll mit Ambrosianektar, und trotz der vielen Proteste in den letzten Jahren war diese Substanz höchst illegal. Nicht dass sie Abhängigkeit erzeugte oder schadete, im Gegenteil, doch alles, was die Macht hatte, einem Untoten wieder Leben einzuhauchen, blieb besser unter Verschluss. Solange den Zombies ihr Ableben nicht bewusst wurde, vegetierten oder vielmehr verwesten sie entspannt in den Tag hinein. Nie war die Zeile »*Life's more painless for the brainless*« passender gewesen.

Die *offizielle* Forschung an dem mystischen Wunderkraut steckte dank der Kirche noch in den Kinderschuhen, wobei andere Länder längst weiter waren. In der chinesischen Naturheilkunde arbeitete man seit einigen Jahren an einem Mittel, um Vampirkräfte zu zügeln und ihre Leiden zu lindern, eben genau das, was Boris bereits selbst praktizierte, oder besser gesagt, womit er experimentierte. Nur einmal hatte Mona den Fehler gemacht, sein Badezimmer aufzusuchen. Über die Ausstattung wäre so mancher *Hanfling* neidisch geworden. Die Bewässerungsanlage hatte sicher ein Vermögen gekostet – und die Laborausrüstung erst!

Wie sollte sie ihm bei dem Bluttest helfen, ohne sich strafbar zu machen? Aber das feine Grinsen auf seinem Gesicht verriet ihr, dass er selbst bereits einen Plan verfasst hatte. Die schuldbewusste Miene machte Mona jedoch skeptisch.

»Boris?« Wenn sie ihn heute Nacht noch einmal zum Sprechen bewegen musste …

»D-darf ich dich beißen?«

»Wie bitte?«

Wer einen Hund besaß und schon einmal zu einem zerstörten Kissen, wahlweise Schuhschrank, heimgekehrt war, kannte jenen Blick. Boris musste ihn von Ben haben. Aber auch die größten Dackelaugen der Welt würden sie nicht dazu bringen, sich von einem Vampir anzapfen zu lassen.

»Du bist eine Hexe, in deinen Adern fließt ganz besondere Magie, nur das kann Ambrosia neutralisieren …«

»Was? Das soll reichen?«

»Genau genommen handelt es sich um eine List d-durch eine kleine Hexerei.«

»Boris! Damit … damit vertusche ich ein Verbrechen«, zischte Mona, ihre Stimme gerade so unterdrückend, sprang jedoch trotzdem auf.

»Der Konsum ist nicht verboten, nur der Besitz!« Er hob schulmeisterlich seinen Zeigefinger. Den durfte er sich gerne sonst wo hinschieben, Mona schenkte ihm ihren säuerlichsten Ausdruck, und sofort verfiel er wieder in seinen »Tu mir nichts«-Modus.

»Können wir dich nicht aushungern?«

Er räusperte sich trocken. »I-ich muss … ich muss bereits morgen Abend nach Sonnenuntergang …«, gab er stammelnd zu, und nun wollte sie ihm wirklich an die Gurgel.

»Dreck, dein Ernst? Und das fällt dir heute ein?«

»Vergib mir, leider erhielt ich erst diesen Abend meine Post und die Papiere. Natürlich hat das Amt es eilig, mich auf Gifte und unerlaubte Beißaktivitäten zu testen, eben weil es mir ja ein Leichtes wäre, mich mit etwas Zeit zu entgiften, deshalb … lassen sie uns kaum Spielraum.«

Resigniert ließ sich Mona zurück auf ihren Stuhl sinken. Mit dieser Art Untersuchungen kannte sie sich mal wieder nicht aus, sie hatte nur altägyptische Grabflüche, vor allem Fluchwesen, im Studium untersucht. Wenn sie über die letzten Monate eines gelernt hatte, dann, dass ihre Kenntnisse der übernatürlichen Bürokratie mehr als mangelhaft waren, aber das hatte sie sich selbst eingebrockt. Wer studierte auch Flüche, wo doch jeder einzigartig war und ein eigenes Studium benötigte? Dieses Fach war der Garant ihres Abschlusses gewesen, denn niemand versagte in einem Gebiet, in dem nicht einmal Althexende durchblickten.

»Also brauchst du mein Blut«, fasste sie zusammen.

»Das ist korrekt.«

»Das hilft dir sicher? Ganz sicher? Hundertprozentig sicher?« Nur widerwillig schenkte sie ihm ein Lächeln, was Boris sofort ein Strahlen entlockte.

»Tausendfach hundertprozentig. Mit jenen Praktiken habe ich schon Erfahrung sammeln können, doch Hexenblut ist teuer und ich dachte …«

»Schon klar. Du bist mein bester Freund.«

»Ja, und du … Moni, du bist meine beste Freundin. Du weißt, ich beiße andere ungern, vor allem Fremde, obendrein muss es sich um frisches Blut handeln … und die Hexerei von der spendenden Person ausgesprochen werden.«

»Moment! J-jetzt gleich?«

Sein eifriges Nicken brachte Monas Herz direkt zum Stolpern. Sie war leicht angetrunken, übermüdet, reizüberflutet von dem Abend, obendrein von einem Vampir gebissen zu werden – eine Gänsehaut rann ihr über den Rücken, und Boris ahnte wohl, dass sie diese Bitte überforderte.

»Du wirst nichts merken, es dauert auch nicht lang, versprochen … ich bin gut!«

»Du klingst wie mein Ex …«, nuschelte Mona und hörte ihn gekünstelt lachen. Mit einem unglücklichen Ächzen stand sie auf, griff nach ihrer Tasche.

»Moni …«

»Ja, ja schon gut, dann aber nicht hier, lass uns hochgehen, okay?«

»Du weißt gar nicht, wie viel mir das bedeutet!«

»Doch, natürlich. Es geht hier um mehr als eine Gefälligkeit, es geht um deine Zukunft. Da werde ich mich nicht querstellen, aber … kein Wort zu Balthasar, ist das klar?« Vor ihrer Nase tauchte ihr eigener erhobener Zeigefinger auf, und sie ließ sofort den Arm sinken.

»Sicher, sicher, aber wieso?«

Mona fletschte die Zähne. Zwar zeichnete sich Boris oftmals durch höfliche Bescheidenheit aus, schien generell keine der typisch toxischen männlichen Eigenschaften zu besitzen, doch wie er auf Balthasars Eifersucht reagieren würde, wusste Mona nicht. »Einfach weil darum.«

Vermutlich ahnte er, worum es ihr ging, so hob Boris nur wieder die Brauen.

»Ich sag nur schnell Amelie, dass wir gehen, und bring Bärbel zu Ben.«

»*Ich würde das sehen gerne*«, flüsterte der weiße Schädel auf dem Tisch, vielleicht hatte sie ihren Schlaf nur vorgetäuscht.

»Das wird keine Show«, gab Mona zu bedenken, auch wenn sie kurz mit Boris einen Blick austauschte.

»Natürlich nicht! Du liebe Güte! Ich hatte nicht vor, dich zu verführen oder mich an deinen Nacken zu wagen! Ich möchte ungern von einem Erzdämon eingeäschert werden.« Er kicherte, hatte Monas Andeutung sehr wohl verstanden, und seine Ohren verfärbten sich rosig.

Bärbel pfiff hohl durch ihren Schädel hindurch, wie auch immer ihr das überhaupt möglich war, und jetzt spürte sogar Mona die Röte auf ihren Wangen brennen.

Da saßen sie nun auf Monas altem Bett, inmitten zerknitterter Wäsche mit Totenkopf-Rosenprint, wie es sich für eine Gothicwohnung gehörte, und starrten sich an. Vor ihnen, auf dem großen ledernen Reisekoffer am Fußende, thronte Bärbel. Sie besaß die Fähigkeit, sich leicht zu drehen, und schaute zwischen Hexe und Vampir hin und her.

»Ich fühl mich beobachtet«, murmelte Mona und schenkte dem Schädel einen vorwurfsvollen Blick.

»*Irgendjemand muss ja Ringrichterin spielen*«, gluckste die Skelettin vergnügt, und obwohl Mona ihre Neugierde durchaus nachempfinden konnte, hatte sie das Gefühl, gleich bei etwas sehr Intimem wie ein Tier im Zoo begafft zu werden. Andererseits wäre ihr noch mulmiger zumute gewesen, hätte sie *das* mit Boris alleine vollziehen müssen. Sie vertraute ihm völlig, aber die Nähe gruselte sie.

Vor ihnen auf einem Kissen lag ein zerknitterter weißer Zettel, auf dem er eine Hexerei vermerkt hatte, und auch die klang alles andere als harmlos.

»Bei den heißen Tropfen der Hexe Leidenschaft?«, las Mona vor, und auf ihren Blick hin blieb dem Blutsauger sein Lachen glatt im Halse stecken.

»Nun – dieser Spruch bezieht sich auf … ach, was sag ich, es gab nichts anderes. Für gewöhnlich handelt es sich bei solchen Gefälligkeiten um – muss ich das näher erläutern?«

»Alles muss die Welt sexualisieren, sogar Hexerei. Dreck!« Sie klatschte in die Hände und richtete sich etwas gerader auf, was im Schneidersitz gar nicht so einfach war. »Wie wollen wir es machen?«

»Ich brauche dafür lediglich deinen hübschen Arm, bevorzugt den linken.«

Alarmiert zuckte Mona zurück, als er gerade nach ihrer Hand greifen wollte. »Ehhh ... würde ich ... würde ich mit dem anderen dann nicht mehr schreiben können, solltest du ... oder ...«

»Oh nein, nicht doch. Es würde sich nur seltsam anfühlen, der Schlangenfrau auf deinem rechten in ihren Busen zu beißen.«

»Ah. Ja. Sicher.« Beschämt ließ sie wieder locker, und Boris konnte ihren Arm zu sich ziehen.

»Ich mach das auch nur ungern.«

»Mhm.«

»Hexen schmecken zu streng, eure Magie ist zu intensiv, aber das warme Blut alleine ... es wird Wochen dauern, bis ich den Hunger wieder in den Griff kriege!« Er seufzte theatralisch, diesmal passte es jedoch zu dem damit verbundenen Drama. Knurrte einem Vampir der Magen, machte ihn das nicht direkt gefährlich, doch eine gewisse Sucht ging mit dem Unleben als Blutsauger einher, die vermutlich nur Menschen mit ähnlichen Erfahrungen nachempfinden konnten. Vampire waren zu vielem bereit, wenn dabei ein kräftiger Schluck für sie raussprang. Ja, sicherlich, die meisten blieben in der Tat standhaft, und Verbrechen passierten selten, aber der dafür nötige Kraftaufwand überstieg Monas Vorstellungskraft.

Sie spürte eine gewisse Nervosität, die hoffentlich nicht zu Balthasars Erscheinen führen würde, denn Boris legte gerade seine Lippen an Monas Arm. Sein Atem war so kalt wie seine Haut, so stark hatte sie das noch nie wahrgenommen. Aber offenbar war diese Kühle etwas anderes als seine übliche Leichenkälte, ihr Arm kribbelte nun wie betäubt, und sie spürte den Griff seiner Finger nicht mehr. Als er den Mund öffnete, schloss Mona sofort die Augen.

In der Tat fühlte sie nichts, weder seine Zähne noch den Verlust ihres Blutes, aber ihr Herz pumpte auch so aufgeregt, dass sie nicht wusste, ob das hohle Gefühl in ihren Gliedern vom Biss oder ihrer Aufregung stammte. Bärbels »*Und Zug und Zug und Zug*« war nicht gerade hilfreich, die Skelettin amüsierte sich offenbar köstlich.

Erst als Boris hustete, öffnete Mona vorsichtig ein Auge und schielte ihn von der Seite an. Er hatte sich den Handrücken auf seinen Mund gepresst und schien mit sich zu kämpfen. Nervös zog Mona ihren Arm zurück, aber da schüttelte er schon den Kopf.

»Sch-schlimmer als Chili«, keuchte er.

Mona bereute derweil ihren Blick auf ihre Haut. Quer über die Beine des Engels an ihrem Arm war ein leichter Blutfilm verschmiert, vermutlich hatte Boris seine Zunge benutzt, um den Biss zu schließen oder die Sauerei zu beseitigen. Zu ihrem Glück waren das die einzigen Spuren. Sein Mund war sauber, allerdings standen ihm die Tränen in den Augen.

»So übel?«, kiekste Mona irritiert, und er nickte.

»H-hab ich noch nie erlebt …« Seine Stimme klang so belegt wie nach einem Jalapeño-Wettessen, sogar die Lippen waren leicht angeschwollen, die rotgeränderten Augen, dazu der gequälte Ausdruck.

»Scharfe Hexe«, kommentierte Bärbel kichernd.

»Bisschen zu scharf.«

»M-meine Feuerkräfte sind halt … na ja …«, setzte Mona an, ahnte, dass es mit ihrer unkontrollierbaren Magie zusammenhing. »Aber – aber … ehh, die Hexerei!«, fiel es ihr zum Glück direkt ein, und sie griff zu dem Zettel.

»*Brennen soll die Fremde. Bei den heißen Tropfen der Hexe Leidenschaft. Nur das Blut ihrer Bande soll fließen in Leib und Herzen. Ver-*

hext!« Sie schnipste. Nichts passierte. Nicht einmal ein Kribbeln, aber das war für Hexerei nicht unüblich. Wer Tamtam, Fanfaren und Feuerwerk wollte, musste sich um Zauberei bemühen. Von Boris hörte sie ein lautes Schniefen. Ihm lief doch tatsächlich Rotz aus der Nase, die Augen tränten, wobei Mona sich bei dieser Flüssigkeit nicht so sicher war – sie war durchsichtig, schleimig, wie bei einem Sterblichen – Vampire nahmen ja durchaus Wasser zu sich, dennoch …

»Ehh … hat es funktioniert?«

»Hastdumilch?«, nuschelte er kaum verständlich.

»Was?«

»Milch!«

So scharf war sie also. Mona robbte sofort vom Bett und eilte in die Küche, stolperte dabei beinahe über ihre rumliegenden Zeitungen. Hoffentlich war dem alten Herrn Milch aus Mandeln genehm, denn in dem Haushalt der Ökohexe war nur die Venusfliegenfalle auf ihrer Fensterbank noch Fleischfresser.

Sie griff beherzt zu einer frischen Packung, schnappte sich ein paar Hygienetücher und stürmte zurück ans Bett, in dem Boris inzwischen zusammengesackt war. Seinem Würgen nach hatte er alle Mühe, Monas Blut bei sich zu halten.

»Wehe, du kotzt mir aufs Laken«, beschwerte sie sich, war jedoch besorgt. Offenbar verbrannte ihre Magie ihm gerade den Magen, das fehlte noch – Boris im Krankenhaus, kurz vor einem Bluttest, wegen eines Rituals mit einer Hexe. Was, wenn er ernsthaft krank wurde? Was, wenn das Amt ihn deshalb einsperrte? Mona verspürte ein panisches Kribbeln und konzentrierte sich sofort auf das Hier und Jetzt. Mühsam zwang sie sich, die Milch bewusst zu öffnen, bemerkte erstmals, dass jemand dem Mädchen auf der Verpackung wirklich große Brüste verpasst hatte, von dem knappen Dirndl ganz zu schweigen. Ein bisschen makaber für diese Art Produkt, doch der Fokus half. Sich mit der direkten Umgebung auseinanderzusetzen bewahrte ihre Nerven vor dem Durchdrehen. Wenigstens das war aus ihrer Therapie noch hängen geblieben und funktionierte bei Kleinigkeiten tatsächlich recht zuverlässig. Ihren Ehemann konnte Mona zwischen all dem Chaos ausnahmsweise mal nicht gebrauchen.

Zittrig nahm Boris die Milchpackung entgegen und setzte an. Zumindest von dieser Flüssigkeit landete eine ordentliche Ladung auf Monas Bett, sie floss an seinen Mundwinkeln herunter, während er gierig den ganzen Karton leer trank. Ein leises Röcheln erklang, und er sank erneut in die Kissen. Sein Mund öffnete sich, aber mehr als ein unzufriedener Laut kam ihm nicht über die Lippen, immerhin behielt er die Blutmilchmischung für sich.

»Hunger …«, murmelte Boris.

»Ehhh …«

»Dein Blut hat mir meinen armen Hals verätzt, und doch will ich mehr.« Ein heftiges Husten packte ihn, ehe er weitersprechen konnte. »Es … es hat also funktioniert«, krächzte er. »Das werden unangenehme nächste Tage, ich werde Vlads Dosenvorräte anknabbern müssen.«

Bärbel lachte klappernd über das Wortspiel, gab dann jedoch einen kleinen Schrei von sich.

»Was denn jetzt noch?« Mona säuberte sich derweil ihren Arm mit einem frischen Desinfektionstuch.

»*I-ich glaube, mein Körper ist gerade wo reingefallen …*«, antwortete sie, klang nun wieder sehr amüsiert. Kichernd drehte sie sich einmal im Kreis.

»Bitte? Aber wie? Hast du dich nicht angebunden?«

»*Verzeihung. Vergessen.*«

Boris gab ein unterdrücktes Lachen von sich. »Ehrlich, es wird nie langweilig mit euch«, erklärte er. »Aber ich bin durchaus froh, neuen Optionen entgegenzusehen, wenn ich«, er musste sich räuspern, schniefte, »wenn ich meine Freiheit wiedererlangt habe. Das Museum treibt mich noch in den Wahnsinn. Nichts für ungut, liebste Bärbel.«

»W-w-was?« Mona hatte sich unnötigerweise den Schädel ihrer Freundin geschnappt und sie hochgehoben. Nicht dass das etwas an ihrem im Museum nun irgendwo rumliegenden Körper ändern konnte, aber die Überforderung, der Alkohol – gerade meinte Mona, dem von Boris erwähnten Wahnsinn ein ganzes Stück näher zu sein.

»Wie du ja sicher bemerkt hast, siebzig Jahre als Nachtwächter, das war nicht umsonst eine Strafe, und ich würde gern … nun, ich sehne mich nach mehr.« Wieder zog er die Nase hoch. »Eklig, müsst ihr Menschen so was öfters machen?« Wie automatisch griff Mona zu ihrem Taschentuchspender, der am Fußende auf dem Koffer stand.

»Danke«, säuselte Boris und putzte sich geräuschvoll das Riechorgan. »Nun … wie dem auch sei. In der Neuzeit habe ich noch nicht studiert, es reizt mich durchaus, jetzt, da ich vielleicht die Möglichkeit erhalte«, erklärte er und erhob sich. Nachdenklich musterte er einen Moment lang die Sauerei, die er hinterlassen hatte, aber sein versöhnliches Grinsen konnte Mona nicht erwidern.

So oder so, ob er nun durchfiel oder die Prüfung bestand, sie würde ihn verlieren. Auf diese Angst war sie nicht vorbereitet gewesen.

»Moni.« Er klang mitfühlend. »Es ist beruhigend, das Museum

in deinen fähigen Händen zu wissen, außerdem dürfte ich jemand Neuen einlernen, wenn ich völlig rehabilitiert bin. Es würde sich nicht viel ändern.«

»K-kannst du sie mitnehmen? Schaust du, ob du ihr Skelett findest?«, nuschelte Mona nur monoton und überreichte ihm Bärbel. Sogar die glühenden Augen des Schädels schauten mitleidig drein, denn ihre Puppenlider waren leicht verrutscht. Boris schnappte wieder nach Luft, um etwas zu sagen, aber Mona schüttelte eilig den Kopf.

»I-ich will jetzt endlich baden … spät und so.«

Sie hatte nicht das Recht, Widerworte zu äußern oder ihrem Freund gar ein schlechtes Gewissen zu machen. Ob er ahnte, wovor sie sich fürchtete oder nicht, war ganz alleine Monas Problem. Nach siebzig Jahren Strafdienst hatte er alle Chancen dieser Welt verdient, und sie wünschte sich nichts mehr, als eines Tages ebenfalls die Option dazu zu haben – wie auch immer das mit ihren instabilen Kräften möglich sein sollte. Träume und Pläne hatte sie schon lange aufgegeben, ließ sich vom Leben regelrecht treiben – von einer Katastrophe in die nächste. Doch zurzeit war das Museum ihre Rettung, ihr Zuhause, dort fühlte sie sich wohl, geborgen, denn sie konnte leisten, was von ihr verlangt wurde, sie liebte die mythohistorischen Kulturen, konnte auf ihre Freunde zählen – sofort fuhr ein Stich durch ihr Herz.

Ohne Boris würde sich alles verändern.

Seine lange Umarmung zum Abschied, der zarte Kuss auf ihre Wange, den sie zittrig erwiderte, blaue sorgenvolle Augen forderten sie regelrecht auf, sich ihm zu öffnen, aber sie widerstand und lächelte ihn an.

»Viel Glück morgen«, flüsterte sie ihm zu, drückte dann auch

Bärbel ihre Lippen auf den Schädel und schloss die Tür hinter ihren Freunden.

Nach den letzten Stunden fühlte sie sich ausgelaugt und leer. Gerade hatte sie ihren Frieden geschlossen, Halt gefunden. Würde Ben sie auch verlassen? Seinem besten Freund folgen? Wohin würde es Bärbel verschlagen, wenn sie erst ihre Rechte erkämpft hatte? Sie schwärmte so oft vom Reisen, sammelte Postkarten und Fotobände. Mona sah sich mit einem Mal alleine in dem Museum.

Unglücklich schlurfte sie ins Bad, schnippte so lange, bis alle Kerzen brannten. Dazu war sie in der Lage, zu mehr nicht. Tricks und Spielereien mit Feuer. Was hatte sie ihre Mitstudierenden beneidet.

Um sicher vor der Kirche zu sein, hatte Mona ihr Studium schnell hinter sich bringen wollen – nun rächten sich ihre Versäumnisse. Ziellos hatte sie sich vor dem Wissen verschlossen, panisch den Kopf in den Sand gesteckt, in ihrem Fall ägyptischen. Bis zu den Pyramiden war sie vor der Realität ihrer Kräfte, ihres Lebens geflohen, um möglichst wenig hexen zu müssen.

Nicht dass Mona keine Wünsche und Sehnsüchte gehabt hätte, sie verbot sich das Träumen, denn die Chancenlosigkeit war zu schmerzhaft. Sollte das Amt mitbekommen, dass sie ihre Feuerkräfte nicht kontrollieren konnte, würden sie Mona sofort läutern. Abgesehen davon war es ihr Mangel an Konzentration, der Mona stets ins Unglück führte.

Trotzdem – inzwischen schwirrten viele Gedanken um die Rechte für Fluchrelikte wieder und wieder in ihrem Kopf herum. Der Umgang mit der Unvolkkultur, die Diskriminierung war ihr ein Dorn im Auge. Wie gerne wollte sie sich für ihresgleichen stark machen, vor allem für all jene, die so wie sie und ihr kleiner

Freundeskreis sogar in der sonderbaren Welt des Magischen zu den Sonderlingen gehörten. Aber mit ihrem lausigen Abschluss bekam sie gerade mal einen Platz als Mumienputze.

Wie sollte sie mithalten, wenn sich die Welt für alle anderen weiterdrehte und ihre eigene daran zerbrach? Denn so fühlte sich Mona in dieser neuen Realität. Innerhalb von zwei Tagen zerschlug sich ihre Wirklichkeit. Aber eigentlich kannte sie es nicht anders, hatte immer seit ihrer Kindheit das Gefühl gehabt, dem Leben hinterherzurennen, ohne je eine Chance zu haben, es auch zu erreichen.

Wie sollte sie ihren Freunden folgen? Und wie als Mensch neben einer Ehefrau wie Aphrodite bestehen? Über all das musste sie unbedingt Klarheit erlangen, sonst brannten ihr bald die Nerven durch – vor allem galt es, in Erfahrung zu bringen, wie begründet ihre Sorgen waren. Dafür musste sie mit ihren Freunden sprechen, ihrem Erzdämon, aber gerade sah sie nicht, wie sie die nötige Kraft für solche Gespräche schöpfen sollte.

Kapitel 11
Die Shampooflasche

Mona hatte nach dem kaputten Abend nur ein abschließendes Bad nehmen wollen. Ein dritter Whiskey aus ihrem eigenen Schrank – längst nicht so gut wie der von Sven, aber stark genug – hatte ihre Gedanken vernebelt und ihr beinahe die Sorgen genommen. Der Tag war vorbei, sie konnte gerade ohnehin nichts mehr ändern, es war also völlig unnötig, vor dem Baden das Smartphone zu checken. Doch für die junge Generation der modernen Technik war diese Handlung ein Automatismus geworden, den Mona nun schrecklich bereute.

Sechs ungelesene Mitteilungen. Fünf mit Buchstaben formulierte Seufzer, ein Augenrollen, zwei Enttäuschungen und insgesamt sieben dramatische Andeutungen. Monas Mutter untermalte ihre emotionalen Nachrichten mit mehreren Punkten an seltsam gewählten Stellen innerhalb der Sätze und hinterließ eine weinerliche zwanzigminütige Sprachnachricht zur Krönung ihrer elterlichen Vorwürfe. Die Woche war so lang gewesen, Mona hatte vergessen, sich zu melden, vergessen zu antworten, und fatalerweise einen von den lustigen Tweets ihres Vaters geliked.

»Vielleicht magst du ja lieber mit ihm darüber reden … was mit dir los ist … Mona … mein Kind … diese Stadt, dieser Beruf … so viel alleine … wir sorgen uns doch nur … Ich erreiche dich nicht … nicht mal mit dem Pendel … Hast du noch den Bergkristall?«

Während Mona sich aus ihren Klamotten schälte und das Badewasser in die Wanne rauschte, rauschten die Gedanken durch ihren Kopf, jede Möglichkeit, jede Formulierung genauestens abwägend. Es wäre so einfach, könnte sie ihrer Mutter die Einzelheiten über Mandy erzählen und wie das Drama um Nosdrof sie unter Druck gesetzt hatte, dazu die Anhörung, der Beinaheverlust ihrer Kräfte. Aber wie sollte sie ihren Eltern vermitteln, dass sie nicht nur in Lebensgefahr geschwebt hatte, sondern auch noch mit einem Erzdämon verheiratet war?

Nein, das war nicht das entspannende Bad, von dem sie den ganzen Tag geträumt hatte. Wie zum Trotz ließ sie das Dutzend brennender Kerzen aufflackern und verstärkte die Feuer magisch, sodass sie das Deckenlicht löschen konnte. Weiße und violette Flammen tauchten das Bad in ein schummeriges Licht. Sie schaltete auf ihrem Smartphone eine Playlist mit Klaviermusik ein und kippte eine halbe Flasche Fliederduft in den rauschenden Wasserstrahl des Duschhahns. Sofort schäumte die Seife dicht auf. Die sanften Klänge des Pianisten flochten sich in das Gurgeln des Badewassers. Mona zwang sich zum Durchatmen, lenkte ihre Gedanken auf eine bunte Blumenwiese mit Schmetterlingen und duftendem Frühlingswind. Auf die Gefahr hin, am nächsten Morgen von dramatischen Sprachnachrichten ihrer Eltern geweckt zu werden, verzichtete sie auf eine halbgare Antwort. Mona wollte den heutigen Tag nur noch abhaken, vergessen, nie wieder daran denken. Für ihre Mutter brauchte es ohnehin erst eine glaubhafte Geschichte, vor allem Balthasar betreffend. Sie hatte keine Ahnung, wie sie diese Ehe geschickt verpacken und nicht gleichzeitig zur größten elterlichen Enttäuschung des Jahrtausends werden sollte.

Mona sank tief ins Badewasser. Kerzenlicht, der angenehme

Duft nach Flieder und die Hitze kämpften mit aller Macht gegen den Stress der vergangenen Stunden an. Und ihre Chancen standen gut, bis …

Nerven waren keine Drahtseile, sondern leicht zu strapazierende Fäden, dünn und alles andere als reißfest – insbesondere, wenn man alleine war. Die letzten Wochen hatten jeden einzelnen Strang ihres Nervensystems überlastet, der Abend sie mehrfach fast über die Schwelle getrieben – und dieser winzige Augenblick brachte das gesamte Konstrukt zum Reißen: Ihre Shampooflasche fiel vom Beistelltisch der Badewanne und rollte einmal quer durch den Raum. Zwischen Frustration, Aufgabe und Verzweiflung fauchte Mona auf, und im selben Moment schwappte ihr eine Welle Seifenwasser entgegen.

»Mona, das ist ein Armani-Anzug!«

Erschrocken keuchte sie auf. Ihr Erzdämon erschien doch tatsächlich direkt gegenüber in der Wanne. Ächzend hing er mit den Beinen über den Rand und rieb sich eine Portion Schaum vom Kinn.

»Was tust du denn hier?«, kiekste sie überfordert und rutschte so weit in ihre Ecke der Badewanne wie nur möglich. Das Wasser schwappte über, rann auf die Fliesen, tränkte den Läufer mit Seife.

»Was ich hier mache? Na, offensichtlich hast du wieder Pro … oh … Hallo!«

Monas Augen weiteten sich, seine auch, schnell hielt sie sich die Hände vor die Brüste und ließ ein verärgertes Schnauben verlauten. »Entschuldige mal!«

»Nichts, was ich nicht schon kenne!« Auf Balthasars Gesicht breitete sich ein Grinsen aus, Monas Mundwinkel wanderten jedoch nach unten, so auch ihre Augenbrauen.

»Unverschämtheit!«

»Nette Quietscheente«, kommentierte er den schwarzen Plastikvogel, der langsam auf ihn zugetrieben war. Es fiepste, als er die Ente mit den Teufelshörnern zusammendrückte, und zu Monas Überraschung entlockte es ihm ein Lachen. »Also, was ist die Art deines emotionalen Notfalls?«

Einen Moment lang starrte sie ihn an, schnappte zweimal nach Luft, ohne etwas zu sagen. Gründe gab es zahlreiche, ihm ihr inneres Dilemma zu erklären würde Stunden brauchen und sie wusste nicht, ob er ihr zuhören würde, wollte, es ertrug, wenn sie sich ihm wirklich öffnete. Und – nun – der tatsächliche Anlass für seine Beschwörung war ihr obendrein schrecklich peinlich.

Seifenschaum knisterte, einzelne Bläschen platzten, und sie beobachtete, wie das Wasser langsam seinen Anzug hochkroch. Als der Dämon fragend eine Augenbraue hob, schnappte Mona hastig nach Luft, reckte das Kinn, nickte über den Wannenrand hinweg zu der kleinen blauen Flasche am Ende des Badezimmers.

»M-mein Shampoo ist … vom … Tisch gerollt.«

Ein undefinierbarer Blick bohrte sich in Monas Kopf. Die Quietscheente drehte eine kleine Runde im Badewasser zwischen ihnen, und unangenehme Stille breitete sich aus. Langsam holte Balthasar Luft, und sie fürchtete schon ein Donnerwetter.

»Dein Shampoo … ist dir vom Tisch … gerollt«, flüsterte er heiser, sein Mund bewegte sich kaum, als er sprach, so als müsse er fest die Zähne zusammenbeißen, um ruhig zu bleiben.

»Das … das war nicht wirklich … also i-ich … ehhh … der Tag war … der Abend war furchtbar … furchtbar anstrengend und … Ich hatte mich auf den Duft gefreut.«

Er brach so plötzlich in schallendes Gelächter aus, dass Mona heftig zusammenzuckte. Baff über seine Reaktion glotzte sie ihn wieder an, wusste nicht, ob sie das erleichterte oder wütend machte.

»D-das ist nicht witzig! Ich hab mich sehr zusammengerissen, früher hätte ich dich schon zwanzigmal beschworen! Mein Tag war wirklich dreckig!«

»Ah, daher das Bad.«

»Haha!«

»Na ja, den Anzug wollte ich eh in die Reinigung geben.« Er deutete auf sein durchweichtes Jackett mit den feinen Nadelstreifen über einem dunklen, fast schwarzen Grau. Das blutrote Innenfutter war auch nass, und als er sich erhob, Mona von oben anzwinkerte, verpuffte ihr Ärger.

»Tut mir wirklich leid!«, nuschelte sie.

Balthasar schritt tropfnass durch das Bad, bückte sich, hob das Shampoo auf und warf es ins Badewasser. Die Seife spritzte auf und Mona quietschte.

»Danke … ich … es … dieser Tag war … richtig … so richtig meh. Oder die Woche vielmehr! Weißt du, wegen der Hexenverfolgung war ich so oft bei Boris und Vlad. Ich … war so selten alleine. Und dann die Anhörung … und ich muss ständig noch an Mandy denken und … heute, der Abend im Club … also … das war alles etwas sehr stressig. Boris hat mich gebissen und …«

»Er hat was?«

Mona horchte erschrocken auf. Das hatte sie nicht erzählen wollen, aber in ihrem Kopf hatten sich die Gedanken in einen unbändigen Strom verwandelt. »L-lange Geschichte. Er brauchte etwas Hexenblut!«

»Ach, und dann muss es deins sein?«

»Ich bin seine beste Freundin!«

In seinem Blick wechselte sich leichte Wut mit Resignation ab. Sie konnte sehen, dass er sehr gerne etwas erwidert hätte, sich aber zurückhielt.

»Und weiter?«, würgte er zähneknirschend hervor.

»Ehh«, begann sie wackelig. »Nur mal wieder die üblichen Sorgen wegen meiner Kräfte und meiner Zukunft und meinem Leben und meinem Alles, und dann kam noch eine SMS von meiner … ach … ist ja auch egal. Und dann wollte ich eigentlich nur – hey! Moment! Was soll das?«

»Mh?«, kam es von Balthasar nur knapp, der sich gerade aus seinem Hemd schälte. Das nasse Jackett hing bereits über Monas Ankleidestuhl neben dem Waschbecken.

»Was das soll?« Ihre Stimme hatte ein neues, deutlich höheres Spektrum erreicht.

»Was denn?« Der Dämon warf den tropfenden Stoff in den Korb vor die Waschmaschine, griff dann zu seinem Gürtel. Es klickte, als er die Schnalle öffnete. Mit offenem Mund beobachtete Mona, wie er sich langsam auszog. Ungläubig verfolgte sie die Hose, die zu Boden sackte, brauchte einen Moment, ehe sie passende Worte fand.

»D-du … kannst dich … doch nicht einfach hier entkleiden?« Ihre Stimme überschlug sich.

»Du bist doch auch nackt. Und ich bin total durchweicht.« Er klang etwas vorwurfsvoll.

»Ja, aber … aber … aber ich war auch baden und … wuasistdas?« Mona zeigte mit zitterndem, ausgestrecktem Arm auf seinen inzwischen blanken Hintern.

»Was?«

»Das da … das da hinten!«, stammelte sie.

Er folgte ihrem Blick, schaute über seine Schulter an sich herunter. Sofort lachte er amüsiert. »Mein Schwanz!«

»Hahaha, sehr witzig. Den meinte ich nicht, sondern ... das da ... an ...«

»Jaaaa ... das ist mein Schwanz. Alle Dämonen haben so was.«

Mona schluckte hohl. Um seine rechte Pobacke hatte sich eine schlanke Rute gelegt, sie hatte einen Farbverlauf von seinem Hautton zu schwarz, und am Ende befand sich die typische kitschige Herzspitze, die man Teufeln gerne auf Zeichnungen verpasste. Anscheinend war das keine menschliche Fantasie, sondern nackte Realität. Mona fühlte, wie sie rot anlief, als der Dämonenschwanz sich einmal kurz demonstrativ bewegte.

»Fertig mit Gaffen?«

»Ja ...«, erwiderte sie trocken und starrte weiter wie hypnotisiert auf den um seinen Hintern geringelten – nein, sie wollte das Wort nicht mal ausformuliert denken.

»Irgendwie hatte ich die länger in Erinnerung«, nuschelte sie, dachte an ihre Ausbildung und diverse Skizzen von Dämonen.

»Es kommt nicht immer auf die Größe an.«

Aber da sich Balthasar nun auch seiner Schuhe und Socken entledigt hatte und sich splitternackt zu Mona umdrehte, machte sie sehr wohl große Augen.

»Ehh«, fiepte sie leise und hielt sich die Hände vors Gesicht.

»Ach, die Größe passt dir wieder, oder was?«

»Entschuldige, das ist Belästigung?«, merkte sie halbernst an, um ihre unerwartete Scham zu überspielen. Sie hatte schon genug nackte Männer in ihrem Leben gesehen, wieso war das bei ihm nur so anders für sie?

»Wer hat mich denn in die Wanne beschworen und ist selbst ganz nackig?«, kam es zynisch zurück. Balthasar griff zu einem

Handtuch, trocknete sich ab und verknotete das Badetuch zu Monas Erleichterung um die Hüften.

»Jahh, schon klar …«, keuchte sie.

»Das ist ausnahmsweise mal keine Anmache, Liebling.«

»Schon gut. Schon gut. Verstanden!«

»Mach mir was zu essen!«

»Bitte?« Ihre Hände klatschten auf das Badewasser, so rasch hatte sie den Kopf gehoben, um ihn böse anzustarren. Was zugegebenermaßen schwer war bei dem Anblick. Sie wusste gar nicht, wohin sie schauen sollte.

»Ich wollte gerade essen gehen … das kann ich ja so durchweicht wohl schlecht.«, erklang es selbstverständlich, und er zuckte mit den Schultern.

»Jetzt reicht's!« Ihre Stimme quiekte leicht. »Duuuu lehnst dich ganz schön weit aus dem Fenster, Mister Erzdämon!«

»Mhm.« Das Vergnügen auf seinen Lippen brachte Monas Hand zum Brennen, und sie formte damit einen Feuerball, den sie sogleich mit ihrer Faust erstickte.

Balthasar pfiff anerkennend durch die Zähne.

»Das mit dem Pakt ist immer noch nur zur Hälfte meine Schuld!«

»Mhm.«

»Also hast du keinen Freifahrtschein, dich zu benehmen, wie es dir passt!«

»Mhm.«

»Du magst hier vielleicht nackt rumlaufen, aber ich werd den Teufel tun und dich bedienen!«

»Mhmm.«

»Mhm was?«, schimpfte sie gereizt, konnte sich jedoch mit ihrem Finger herumwedelnd selbst nur schwer ernst nehmen.

»Was?« Er klang abgelenkt, als habe er ihr überhaupt nicht richtig zugehört.

Natürlich war sie festen Schrittes aus der Wanne gestiegen, hatte ihn erhobenen Hauptes und mit geradem Rücken gemaßregelt – doch die Wirkung verpuffte, wenn man dabei nackt war. Sie seufzte resigniert.

»Ich dachte, wir sind schon weit genug, dass dir ein bisschen bloße Haut nicht so viel ausmacht? Die da … hatte ich schon ein paarmal in den Händen!« Er deutete auf ihre Brüste, und Mona starrte für einen Moment perplex nach unten. Wo er recht hatte, hatte er recht.

»Es ist nur …«, begann sie.

»Schon klar. Du hast dir das anders vorgestellt. Aber sieh's doch mal so, wir haben uns entblößt, und du weißt jetzt auch, wie mein Schwanz aussieht.«

Mona wusste nicht ganz, welchen von beiden er meinte.

»Wir können auch wieder in die Badewanne«, schlug er vor.

Sie atmete tief durch, der Gedanke war in der Tat verlockend. Aber sie wollte nicht unbedingt mit ihm in die Wanne, dann doch lieber ins Bett. Wären nicht diese verflixten Siegel und die ganzen Konsequenzen – oh und ja, seine Vielleicht-Ehe mit der Göttin der Liebe. Zum Glück knurrte genau in diesem Moment Balthasars Magen.

»Du hast ja wirklich Hunger …«, nuschelte Mona überrascht.

»Ich werde auch müde, gelangweilt, durstig und geil, falls dich das interessiert.«

Ihr platzte ein Lachen heraus, und sie schüttelte den Kopf.

»Also, was ist jetzt mit Essen?«, hakte er nach.

»Mach's dir selbst!«

Kapitel 12

Geliebte eines Gottes

Der Erzdämon stand am Herd, mit nicht mehr bekleidet als einem Handtuch und einer Schürze. Das beleidigt dreinblickende Einhorn auf dem Kittel passte irgendwie zu ihm. Wie zum Trotz verzichtete er auf die Wechselklamotten, die Mona ihm angeboten hatte. Sie selbst trug ja auch nur ihren Bademantel.

Aus dem Handtuchstoff um seinen Hintern schaute die kleine Teufelsrute hervor, und sie konnte nicht anders, sie musste das Ding einfach beobachten. Es bewegte sich hin und wieder, wippte bei jeder Bewegung mit und ringelte sich gelegentlich. In Mona entwickelte sich ein unangenehmes Verlangen, vielmehr Neugierde – da war so ein kindlicher Drang, zupacken zu wollen.

»Ist das eigentlich unbequem? I-in der Hose? Beim Sitzen?«

»Starrst du mir schon wieder auf den Arsch?«

»Ich … bin nur neugierig.«

Er blickte über die Schulter und schenkte Mona einen undefinierbaren Blick. Das zufriedene Schmunzeln auf seinen Lippen trieb ihr die Röte ins Gesicht.

»Ich finde enge Jeans ungemütlich, falls es das ist, was du wissen möchtest. Aber ich kann welche für dich anziehen, wenn dir das gefällt.«

Auf sein heiseres Lachen hin verdrehte sie die Augen. Wie immer hatte seine einnehmende Persönlichkeit einen beruhigenden Effekt auf sie. Das Gezanke, die Witze, die Blicke, die sexuelle Spannung – das alles wirbelte ihre Gefühle gehörig durch, und sie wusste nicht, wo ihr der Kopf stand. Vorhin war sie gestresst und frustriert gewesen, hatte eine Mehr-Contra-als-Pro-Liste über eine offene Beziehung geführt, aber jetzt, da sie hier in der Küche saß und ihm beim Gemüseschnippeln zusah, waren ihr die ganzen Contras völlig egal. Und da der Dämon vergnügt vor sich hin pfeifend am Tresen stand, schien auch er sich wohlzufühlen.

Balthasar hatte sich die Reste aus ihrem Kühlschrank geschnappt, das meiste wäre eh nur noch ein paar Tage verwertbar gewesen. Gegen eine Pfanne mit Reis und Auberginen hatte Mona nichts, auch wenn er ihr das dunkelviolette Gemüse mit einem provokativen Zwinkern unter die Nase gehalten hatte. Mona saß müde auf den Küchentisch gelehnt, ergab sich dem Drang, ihm auf den Hintern starren zu müssen, und fand zu ihrem Leidwesen Gefallen an dieser irrwitzigen Situation. Balthasar summte ein altes Broadwaystück vor sich hin und schien ganz in seinem Element. Im Gegensatz zu ihr veranstaltete er beim Zubereiten der Zutaten auch kein totales Chaos.

»Du kochst gerne, was?«, murmelte Mona und nippte an einem Glas mit Eistee.

»Ja, schon. Die Entwicklung der Küche, die vielen verschiedenen Länder und ihre Speisen … es war mir immer das zweitliebste Genussmittel.«

Fast hätte sie nach dem liebsten gefragt, doch das konnte sie sich lebhaft vorstellen.

In der Pfanne knisterte es, als Balthasar das Gemüse hinzugab, und der Duft von allerlei Kräutern breitete sich langsam in der Küche aus. Sie erschnupperte Majoran und Kurkuma. Tatsächlich kochte auch Mona sehr gerne, denn die einzig tollpatschigen Missgeschicke an Herd und Ofen waren Verbrennungen, und so etwas konnte sich eine Feuerhexe nicht zuziehen. Messer waren ihre größten Feinde, aber ihrer Magie sei Dank schnitt sich Gemüse mit etwas Hexerei von selbst. Eine Abkürzung zum Kochen gab es nicht, die Prozesse des Erhitzens und Garens nahm einem keine Magie der Welt ab. Alles brauchte seine Zeit.

Es zischte leise, als der Dämon die Kokosmilch zu Reis und Aubergine kippte, dann drehte er die Herdplatte auf die niedrigste Stufe, packte einen Deckel auf die Pfanne und setzte sich Mona gegenüber an den Tisch.

»Liebling …«, kam es fragend, wie immer völlig selbstverständlich klingend.

»Ja?«

»Die tätowierten Chakren auf deinem Bauch, diese Siegel – ich dachte … wir sollten mal darüber sprechen. Ich hab noch nie so viele gesehen …«

Mit ihrem leicht erschrockenen Ausdruck hatte er wohl nicht gerechnet, und so blinzelte er sie verdutzt an. Schnell senkte Mona den Blick zum Tisch, schnappte sich eine alte Serviette, um sie zu falten und zuckte mit den Schultern.

»Ich bin eine Feuerhexe … das weißt du doch.«

»Dann war das nicht freiwillig?« Er klang entsetzt, aber Mona schüttelte hastig den Kopf.

»Ich wollte das so. Meine Kräfte haben früher viel Chaos angerichtet. Vor allem in Kombination mit christlichen Symbolen und Orten … ich war vier Jahre alt und hatte bereits aus Versehen zwei Kirchen angezündet.«

Für das Geständnis mit zitternder Stimme lachte Balthasar

ihrer Meinung nach ein wenig zu dreckig, und sie rümpfte die Nase.

»Gleich zwei?«

»Das ist nicht lustig!«

»Kam jemand zu Schaden?«

»N-nein.«

»Dann ist es lustig!«

»Quatschkopf.« Trotzdem musste auch Mona kurz die Mundwinkel heben.

»Wer hat die Tattoos angefertigt? Das macht doch heute niemand mehr. Ist das nicht sogar verboten?«

»Im Vatikan hieß es … Hexen mit zu instabilen Kräften werden geläutert, also habe ich mich vor dem Studium überall erkundigt. Ich wollte weiter hexen können, auch wenn ich jetzt dadurch eingeschränkt bin. Ich hab dann in einem Forum einen Druiden gefunden, der einen Tattooshop in Bad Homburg hat.«

Er verzog den Mund und schaute sie tadelnd an. Auch Mona wusste, wie riskant das gewesen war, also zuckte sie wieder mit den Schultern und räusperte sich.

»Balthasar?«

»Ja, mein Schatz?«

»D-die Siegel würden reißen, wenn du und ich … wenn wir …«

»Das ist mir klar. Und mir ist auch klar, dass dir das Angst macht.«

»Und überhaupt ist das alles nicht so einfach. I-ich fange auch mit Siegeln an zu brennen beim … beim Sex«, gestand sie und schielte vorsichtig zu ihm, gespannt, wie er darauf wohl reagieren würde.

»Heiß«, zischte der Dämon und grinste.

»Wortwörtlich.«

»Das macht mir nichts aus, mein Arbeitsplatz ist in der Mitte eines Vulkans.«

Mona klappte kurz der Mund auf, dann wieder zu, und sie gab sich einen Moment der Vorstellung hin, wie Balthasar an seinem Schreibtisch inmitten von Magma saß und Akten von Dämonen sortierte.

»Zünd mich also ruhig an.«

»Tja, bei dir ist das wirklich kein Problem, aber …«

»Ja?« Er klang zunehmend ungeduldiger, und Mona konnte es ihm nicht verübeln, heute musste er ihr echt alles aus der Nase ziehen.

»Menschen finden so was nicht so toll und deshalb … weißt du, ich bin nie sonderlich weit gekommen, was Sex angeht, du weißt schon, nicht bis, so richtig halt«, beichtete sie ihm hastig, ehe sie wieder der Mut verließ.

»Oh.«

»Mhm, so schaut's aus«, nuschelte sie.

»Wie schade.«

»Ehh?«

»Also, vor allem für dich.«

»Schade«, wiederholte sie leise. Das war wohl die passendste Bezeichnung und etwas, worüber sie noch nie aus dieser Perspektive nachgedacht hatte. Mona schämte sich für ihre Unfähigkeit, ihre Kräfte zu kontrollieren, fühlte sich schuldig, dass sie nicht hatte tun können, was ihr Exfreund gewollt hatte – dabei ging es vor allem um sie selbst.

»Hexen leben lange, du wirst noch viel Zeit haben, alles zu tun, worauf du Lust hast, Mona.« Er zwinkerte ihr zu, und sie grinste verlegen. Wider Erwarten bezog er ihre vermeintliche

Jungfräulichkeit nicht auf sich, sondern teilte ihr Bedauern darüber. Sicher, vor allem ihre Hemmungen brachten sie zum Brennen, aber das änderte ja nichts an ihrem Wunsch nach Nähe und schon gar nichts an ihrem gelegentlich aufflammenden Sexualtrieb. Es war wirklich keine Hilfe gewesen, dass ihr Exfreund sie wegen ihrer Unfähigkeit zu lockerem körperlichem Vergnügen unter Druck gesetzt hatte, so sehr, dass sie Angst bekam. Und vielleicht würde sie die auch bei Balthasar haben, aber er würde es verstehen – und vor allem nicht anbrennen.

»Wenn du jemanden zum Nachholen suchst …«, begann er und wackelte mit den Augenbrauen.

»Welch edles Opfer!«

»Ich mein ja nur. Außerdem kenne ich mich mit Feuermagie aus, ich kann dir durchaus helfen. Früher hab ich Dämonen ausgebildet, jungen Göttern gezeigt, wie sie sich kontrollieren können. Ich bin für dich da, Moni. Aber«, er seufzte, »deine mächtigen Feuerkräfte erklären zumindest, wie du meine göttliche Macht aufnehmen konntest. Meine Magie basiert ja auch auf Flammen.«

»W-was?« Perplex rückte sie glatt ein Stück weg vom Tisch.

Balthasar schaute sie kurz ratlos an, fuhr sich dann mit einer Hand über das Gesicht. »Darüber haben wir noch gar nicht gesprochen, richtig.«

»Ich hab deine was aufgenommen?«.

Nachdem Balthasar ihr von seinem kleinen Ausflug ins Museum berichtet hatte und seiner Entdeckung hinsichtlich des Wunders, brauchte Mona erst mal einen Moment Ruhe. Deshalb also hatte Bärbel so geheimnisvoll getan, als es um ihr Aufeinandertreffen mit ihm und ihre Erkenntnisse gegangen war. Er hatte es

Mona selbst erzählen wollen, aber die Verhandlung war ihm in die Quere gekommen.

Spielball der Götter. Ein göttliches Wunder. Kräfte eines Mirakels. Ungläubig starrte Mona auf den Tisch und drehte Däumchen. Ihr Erzdämon stand wieder am Herd und kümmerte sich um die Gemüsepfanne. Sie hatte ihm erzählt, wie die goldene Kugel ihr einen statischen Schlag verpasst hatte, und das bewies Balthasars These – sie besaß einen Funken seiner Kräfte. Kein Wunder, dass sie ihn hatte beschwören können. Nein. Halt. Es *war* ein Wunder, dass es ihr gelungen war.

Das ganze Thema trübte schon wieder drastisch ihre gerade wiedergewonnene Laune. Sie hatte sich endlich mit ihrer Gabe ausgesöhnt, und nun hingen ihr göttliche Kräfte an. Erst in den letzten Monaten hatte sie gelernt, ihre Macht besser zu kontrollieren. Ja, sie fand mittlerweile sogar Gefallen an ihren Fähigkeiten, weil sie dadurch ungewöhnliche, einzigartige Personen hatte kennenlernen dürfen, Boris, Ben, Bärbel, Beniko – Freunde, wie Mona sie sich immer gewünscht hatte. Konnte sie nicht wenigstens eine normale Woche kriegen, vielleicht einen Monat? Einfach durchatmen und leben. Wieso hatte sie nur so viel Pech?

Vorsichtig hob sie den Kopf und beobachtete ihren Dämonenehemann beim Kochen, wie er zufrieden vor sich hin summte. Dieses Stadium der Verliebtheit war unangenehm. Gerade wollte sie Sicherheit und Halt um jeden Preis. Das Leben bröselte schon wieder, und sie war alles andere als bereit, sich auf eine lockere Beziehung einzulassen. Da half auch keine Pro- und Contraliste. Jetzt wünschte sie sich sogar, seine Ehefrau zu sein, so richtig, ohne Paktklauseln. Denn dann hätte er sich für sie entschieden, auf Augenhöhe. Für einen Menschen.

Sofort starrte sie auf ihre verkrampften Finger, die Serviette in ihren Händen war mittlerweile völlig zerknäult und angesengt.

»Die Siegel halten nicht ewig. Deine Zauberkräfte brechen irgendwann durch, und dann hast du nicht gelernt, sie zu kontrollieren … Das bisschen von meiner Magie könnte das schon beschleunigen«, nahm er ihr Gespräch wieder auf, offensichtlich hatte er eine Weile darüber nachgedacht.

»Kann schon sein …«

»Was bist du denn jetzt so?«

»Wieso?«

»Nun ja, maulig?«

»Kümmer dich lieber weiter um das Essen …«

Aber das tat er nicht, stattdessen setzte er sich ihr gegenüber, griff nach Monas Händen und streichelte ihre nervösen Fingerchen. Als sie ihn daraufhin mit zusammengekniffenen Lippen von unten ansah, fuhr er ihr das Kinn entlang. Wie sollte sie sich denn nicht in ihn verlieben, wenn er sich so verhielt?

»Wir finden schon einen Weg.«

In dem Wissen, dass er ihre Siegel meinte, wünschte sich Mona in Wahrheit eine Lösung für alles andere, und so war ihr Nicken nur halbherzig. Balthasar erhob sich wieder und kehrte an den Herd zurück. Allerdings hatte er recht. Sie sollte sich zuerst um ihre gefährlichen Hexenkräfte kümmern, statt einer unglücklichen Liebe nachzuschmachten.

Monas Zauberkräfte waren ein heikles Thema für sie. Die Konsequenzen ihrer mangelnden Kontrolle hatten viele kleine Traumata hinterlassen. Da gab es die Geschichte mit der Turnhalle, dem strengen Lehrer, die Mitschüler, die sie ausgelacht hatten. Es grenzte immer noch an ein Wunder, dass niemand zu Schaden gekommen war. Mona war so wütend geworden, es waren nicht nur Flammen gewesen, die sich entladen hatten, sondern ihr ganzer Zorn gegen den Sportunterricht. Ein Feuerball hatte sich durch die Decke der Turnhalle gebrannt und war über dem Dach explodiert. Aber welcher Naivling hielt es auch für eine gute Idee, Kinder zu zwingen, sich gegenseitig mit harten Plastikbällen abzuwerfen, bis nur noch einer übrig blieb? Brennball bekam nach Monas explosiver Reaktion eine völlig neue Bedeutung. Das war der Anfang vom Ende. Ohne Amelie hätte Mona wohl eine sehr einsame Schulzeit voller Ausgrenzung erleiden müssen. Wobei sie mit den Kindern auf dem Pausenhof eh nicht spielen wollte. Da zündete man das Schulgebäude an, entflammte unter Stress die eigene Kleidung, und trotzdem rannten sie ihr hinterher und brüllten »Verbrennt die Hexe«. Manche Kinder waren einfach unfassbar grob.

»Ich mach es mal nicht so scharf, ja? Wie ich sehe, benutzt du dein Chiligewürz eher selten«, kommentierte er die Staubschicht auf dem Streuer. Tatsächlich war dieser das letzte Mal zu ihrem Nudeln-mit-Sauce-Abend zum Einsatz gekommen.

»Das ist … lieb von dir …«

»Ich bin doch immer lieb zu dir«, säuselte er affektiert, untermalt von einem dreckigen Grinsen. Mona erwiderte es tapfer.

Er lachte ungerührt und rührte in der Pfanne. Der Duft nach Gewürzen und Kokosmilch machte ihr richtig Hunger.

»Magst du den Tisch decken?«

Sie nickte, erhob sich und ging zum Küchenschrank.

»Weißt du, Mona … so mächtige Zauberkräfte, die hast du doch sicher geerbt?«

»Meine Großmutter konnte wohl hellsehen!«, meinte sie schulterzuckend und platzierte zwei dunkelgraue Teller auf den Tisch.

»Niemand sonst beherrscht das Feuer?«

»Nö, glaube nicht. Wobei … meinen richtigen Vater kenne ich nicht, Mum hatte nur eine sehr kurze Beziehung zu ihm, er stellte sich als leicht paranoid und unzuverlässig heraus. Als sie schwanger wurde, hat sie ihn verlassen. Von ihm hab ich vielleicht meine Kräfte geerbt, neben roten Haaren, Sommersprossen und ein paar Allergien …« Sie knurrte leise bei dem Gedanken an Frühlingsblüher und Pollenflug. Balthasar stierte sie ausgesprochen verwirrt an.

»W-was?«

»Du bist rothaarig?«

»Ja, eigentlich …«

»Und du hast Sommersprossen?«

»Die hex ich mir weg.«

»Wieso?«

»Ich war sowieso schon die Hexe im Dorf …«

»Ich bin mir sicher, die sehen an dir entzückend aus.«

Da musste Mona glatt lächeln. Jedes Kompliment ließ sie auf Wolken schweben – und diese Feststellung erinnerte sie sofort an ihre Misere und reichte, um sie wieder zu Boden fallen zu lassen. Es war verhext. Mit einem Seufzen gab sie Balthasar eine große Schüssel aus dem Regal und ignorierte seinen irritierten Blick.

Es duftete nahrhaft, als er die Gemüsepfanne samt Reis in den Keramiktopf kippte und sich der heiße Dampf verteilte. Den satten Geruch nach Kräutern konnte man fast schmecken.

»Klassisches Familienchaos also, damit kenne ich mich aus«, erklärte er, stellte die Schüssel auf dem Tisch ab und setzte sich.

»I-ich hab gelesen, du bist der Sohn des Gottes El, ist das

richtig?«, nutzte Mona ihr bisschen Wissen über den Dämon, der sie nun kritisch ansah. Sie kippte ihm eine unnormal große Portion Reis mit Gemüse auf den Teller, den Rest tat sie sich selbst auf.

»Nein, wir haben keine Eltern. Und El nennt sich der Kerl, den viele Menschen zurzeit einfach nur Gott nennen, wobei er durchaus Kinder hat, die andere als Götter bezeichnen!« Er klang misstrauisch, beobachtete, wie sie ungeschickt mit dem Geschirr hantierte.

»Also«, holte Mona weiter aus, »woher kommt denn so ein Wissen? Woher weiß die Kirche das alles? Kommt da jemand an und erzählt den Menschen, wer und was ihr Götter seid? Eure Familiengeschichten sind ja – nun, abstrakt!« Ihr helles Lachen klang etwas zu falsch, und er blieb still, schien länger nachzudenken. Mona bemühte sich, möglichst selbstverständlich zu essen, starrte dabei auf ihren Teller. Auch er kaute erst mal. Es war die Gelegenheit für Mona, das Thema anzuschneiden, ohne mit der Tür ins Haus zu fallen, doch mit den Antworten ließ er sich reichlich Zeit. Ob sie die überhaupt hören wollte, wusste sie immer noch nicht. Sie hatte sich auf das Gespräch vorbereiten wollen, aber vielleicht war es besser so.

»Tatsächlich lebten wir damals, als wir aktiv Göttliche darstellten, Seite an Seite mit so einigen Menschen. Die haben vieles mitbekommen, ja. Aber … das ist ewig her. Es gibt nur wenige Aufzeichnungen, die ich als wahr betrachten würde. Ihr tut euch ja schon schwer, die jüngste Geschichte sachlich zu dokumentieren. Auch wenn einige Göttliche die Mythologie gerne aufgefrischt haben, oder manipuliert.«

Seinem langen Seufzen folgte ein leichtes Schmunzeln. Mona senkte rasch wieder den Blick, pickte mit dem Löffel im Essen herum und stierte angestrengt nachdenkend in ihr Gemüse. Es sah so gut aus, wie es roch, schmeckte sogar noch besser als aus einem Foodmagazin entsprungen.

»Ist das Curry gut so? Ich hab es etwas süßlich gemacht.«

»Was? Oh, ehh, ja!«, stammelte sie. Sie hörte ihn ächzen und für eine Weile nicht weiteressen, während sie mit dem nächsten Bissen kämpfte.

»Was brennt dir auf der Seele, Moni?«

»Nichts, nichts.« Verdammt, das klang viel zu eilig. Mona konnte nicht lügen, und Balthasar hatte ohnehin ein Händchen dafür, sie zu durchschauen.

»Du hast dich mit Mythologie beschäftigt, ja? Hast du mich gegoogelt?«

»Ehh … also … Amelie hat das …«

»Mhm, soso. Wikipedia?«

»Auch … Es gibt mehr Webseiten mit besseren Quellen über die Götter und was aus ihnen wurde.«

»Ah ja? Welche denn?«

»Ach, so Zeugs halt von Forschern, was weiß denn ich?«, haspelte sie.

»Man sollte seine Quellen aber kennen, sonst kannst du doch ihre Zuverlässigkeit gar nicht einschätzen.«

»Mhm.«

»Moni, ich war dabei. Wenn du Fragen hast?«

Sofort hob sie wieder den Kopf und schaute in sein amüsiertes Gesicht. Ja, sie hatte Fragen, eine ganz im Besonderen, sie brannte in ihren Gedanken wie Feuer und verursachte grauenvolles Herzklopfen. Fest presste sie die Zähne zusammen, denn die hatten sich gerade vorgenommen zu klappern.

Mona zwang sich zu einem weiteren Löffel Gemüse. Kochen

konnte Balthasar, so viel stand fest, es erinnerte an die Speisen des teuren Inders aus der Innenstadt. Eine Dose Kichererbsen aus ihrem Vorratsschrank gab der Pfanne einen angenehm nussigen Geschmack. Genießen konnte sie das spätnächtliche Abendessen aber nicht.

»Mona?«

»Eh?« Dieser Laut war viel zu kurz für ihre Verhältnisse.

»Frag doch einfach, wenn es dir so wichtig ist.«

»I-ich weiß nur nicht … Es ist schwierig. Darf ich das eigentlich alles wissen? Ich bin doch nur ein Mensch und so.« Aber auf ihr gespieltes Lachen hin zogen sich seine Augenbrauen wütend zusammen.

»Sag doch so was nicht.« Sein Löffel klimperte laut, als er auf das Holz des Küchentischs fiel. »Wir Göttlichen leben unter euch Menschen, weil wir euch gewählt haben. Natürlich darfst du mich alles fragen, was dir wichtig ist. Eure Sterblichkeit ist ein Geschenk, sie macht eure Existenz einzigartig, und sie hat uns inspiriert, euer Gesicht zu tragen!«

Mit jedem Wort war er lauter geworden, das ärgerliche Glühen in seinen Augen kannte Mona schon, doch dass sich die Farbe seiner Iris dabei grau verfärbte? Zeigten sich seine Emotionen im Feuer seines Blicks?

Sie schluckte hohl. »S-so meinte ich das nicht!«, stammelte sie hastig. Leichter Ärger reichte aus, und Balthasars ohnehin furchteinflößende Aura brachte Menschen zum Zittern. Jetzt, da er tatsächlich wütend war, erahnte sie erstmals wirklich den Dämon in ihm. Er bemerkte offenbar ihren ängstlichen Ausdruck und schloss die Augen, atmete tief durch.

»Glaub nicht alles, was in Wikipedia steht. Pah, Historik, Geschichtsbücher über die Legenden der Götter. Sie dichten uns

Grausamkeiten an, die einzig und allein der menschlichen Fantasie entstammen.« Er schnaubte verächtlich. »Zudem biegen sich viele Menschen ihre Wahrheit zurecht, weil es ihre winzigen Egos bedient. Weißt du, wer Geschichte schreibt?«

»D-der Gewinner?«

»Auch, ja. Vor allem aber der am längeren Hebel.«

»Mhm … wird lange dauern, bis das ausstirbt.«

»Jetzt frag schon!«

Erschrocken hob Mona wieder den Kopf. Bedauerlicherweise hatte ihr Dämon den roten Faden des Gespräches mühelos verfolgt und hielt ihr den Knoten unter die Nase.

»Zwing mich nicht zu schlussfolgern«, ermahnte er sie, hatte den Löffel drohend erhoben. Trotzdem, da war wieder ein Funken Humor in seiner Stimme, und Mona atmete tief durch.

»Also Amelie meinte, und sie hat das rausgesucht, nicht ich, also … Amelie ist halt immer sehr … sie will halt, dass es mir gut geht und so …«

»Stammel, stammel, stammel!«

Sie schob trotzig den Unterkiefer vor, aber er schmunzelte nur kauend, widmete sich dann wieder voll und ganz dem Teller vor seiner Nase.

»Sie hat mir nur zu bedenken gegeben, dass ich mich nicht in die Ehe von Göttern einmischen sollte!« Das kam ein bisschen spitz, und eigentlich wollte sie nicht vorwurfsvoll dabei klingen.

Balthasar hustete kurz.

»Ehe? Welche Ehe?«, raunte er heiser und brauchte wohl einen Moment, bis er verstand. »Mona!«

Sie brachte jedoch keinen Ton mehr heraus und spürte bereits, wie sie regelrecht erstarrte. Diese Art Konflikte hatte sie nie bewältigen können. Wenn man in der Schule über sie gelacht hatte, wenn man über sie falsche Behauptungen aufstellte, wenn sie ungerecht behandelt wurde, betrogen, verlassen – sie war wie gelähmt. Vielleicht fing sie deshalb an zu brennen, denn genau so fühlte sich dabei ihr Innerstes an: Etwas wollte hinaus und laut schreien.

»Mona, ich bin nur mit *dir* verheiratet!«, betonte er ernst.

»Mh.« Da sie weiter auf den Teller starrte, hörte sie nur, wie sich sein Stuhl über den Boden bewegte, als er aufstand, um zu ihr zu kommen. Sein Gesicht tauchte neben ihr auf, er hatte sich zu ihr gehockt und eine warme Hand legte sich auf ihren Rücken.

»Das meinte ich übrigens mit meiner Bitte, dass wir reden müssen. Wir müssen uns kennenlernen, Liebling, hm?«

Langsam wanderten zumindest ihre Augen zur Seite, und sie konnte ihn ansehen.

»Ich habe Exfreundinnen und wenn ich mich richtig entsinne, hast du auch einen Exfreund.«

Sie nickte.

»Es gibt da zwar Unterschiede, einfach weil ... du verstehst schon. Alles in allem sind Expartner aber doch genau das ... vergangen. Vorbei. Und wenn ich mit meiner Exfrau auch lange zusammen war, genug, dass Menschen damit Bücher gefüllt haben, so war es doch keine Beziehung, wie es sie heute gibt. Wir waren zusammen, weil es ging, weil es scheinbar funktionierte. Deshalb sind wir auch getrennt. Und eine Zeremonie hatten wir sowieso nie. Das ist ewig her, ewig schon vorbei.«

Mona bemühte sich sehr, ihren paralysierten Körper wieder unter Kontrolle zu bekommen, aber so erlösend seine Worte waren, ihren Ängsten reichte das noch nicht. Inzwischen war ihr klar, was sie hören wollte, wonach sie sich sehnte – sie wollte auf einer Stufe stehen mit einem Gott, und das erschien ihr völlig unmöglich.

»Ironisch eigentlich, dass ihr meine Ex als die Göttin der Liebe bezeichnet, eher der Hiebe, emotionale, meine ich … Wir haben immer nur gewetteifert. Astarte, auch bekannt als Isis … du würdest sie wohl Aphrodite nennen, sie wollte immer alles, was ich auch hatte. Ich wollte, dass die Menschen mich so anbeten, wie sie angebetet wurde. Peinlich, richtig peinlich. Wir haben damals alle nicht ganz verstanden, wie das mit dem Menschsein funktioniert. Gefühle waren für uns roh, neu und extrem.«

»Also, du meinst …«

»Ja, anfangs vor allem körperlich«, gab er zu, und seine Mundwinkel zuckten nur kurz nach oben. »Wir haben versucht, mehr daraus zu machen, auch dem Vorbild zu entsprechen, das die Menschen in den Göttlichen sehen wollten, aber es hat nicht funktioniert.«

»Wie lange wart ihr denn … du weißt schon?«

»Möchtest du die Antwort dazu wirklich hören?«

»Sch-schon.«

Balthasar erhob sich wieder, setzte sich zurück an seinen Platz und schien für einen Moment zu überlegen, suchte wohl nach den richtigen Worten, damit sie nicht doch noch anfing zu brennen.

»Ihr Menschen nennt das On-und-off-Beziehung. Das hat sich einige Jahrhunderte hingezogen.«

»Jahrhunderte?«, kiekste Mona leise und verspürte Panik bei diesen Dimensionen. Er hatte jahrhundertelang eine andere Frau geliebt.

Anscheinend war es offensichtlich, was in ihr vorging. »Klingt lang, ich weiß. Wir hielten es für Liebe, aber die war längst verschwunden. Wir waren mehr getrennt als zusammen. Später, nach unserer endgültigen Trennung habe ich sie mit Reschef verkuppelt, *das* hat dann gehalten, bis heute noch. Jahrtausende. Wir alle mussten erst reifen.«

»Kriegen wir Menschen ja schon nicht sonderlich gut… hin… da sind ein paar Jahrhunderte doch bemerkenswert…«, brachte Mona heraus, die meinte, an dem Knoten in ihrer Brust gleich zu ersticken.

»Nein, sind sie nicht. Du kennst doch die Leute, die es schaffen, viele Jahrzehnte nebeneinanderher zu leben, ohne sich richtig anzusehen? Wir haben uns manchmal ganze Epochen nicht gesehen oder für Jahre gestritten. Mona, mach dir wegen ihr bitte keinen Kopf, sie ist glücklich vom Markt. Und uns beiden war damit klar, dass es nie hätte funktionieren können. Wir mochten uns, doch das reicht nicht.« Er schaute Mona unglücklich an, so hatte sie ihn noch nie gesehen. Dieser Ausdruck untermauerte die Wichtigkeit seiner Worte, und sie glaubte ihm. Gerade machte sich Balthasar durchaus verletzlich. Aber Mona musste die Bilder erst verarbeiten, war unfähig zu sprechen, und so holte er wieder Luft.

»Nun, laut Facebook fahren sie und ihr Göttergatte ständig in den Urlaub, die kleben aneinander, bisschen unheimlich. Sie schreibt zu jeder Reise kitschige Gedichte, und sie twittern sich pausenlos an. Hab schon überlegt, die beiden zu blockieren… Aber die Katzenfotos von ihren drei Fellknäueln würden mir fehlen, und irgendwie ist es nett zu sehen, dass es ihnen gut geht. Sie sind meine… Freunde, denke ich.«

»Ehhh…«, löste sich Monas Blockade mit dem für sie typischen Klang, und sie atmete erst mal zittrig durch. Der schnelle Sprung zu den Haustieren seiner Exfreundin überforderte sie etwas, brach aber auch mit dem ganzen Götterchaos. *Katzen – Facebook – Twitter.*

»Du würdest sie mögen!« Balthasar zuckte mit den Schultern und schaute selbstverständlich drein.

»W-was?«

»Sie hat sich ziemlich gemacht, verändert eben. Ist ja auch Jahrtausende her. Heute würden wir sie als die Ökogöttin beschreiben. Bei ihr ist alles aus Leinen und Hanffasern. Ihr ist wohl noch früher als mir bewusst geworden, dass sie etwas ändern muss.«

Mona nickte erschlagen. Aus seinem Mund klang das Götterleben so simpel, so alltäglich – vor allem so menschlich.

»Sie feiern immer mal wieder ihre Hochzeit nach. Wenn man auf Klangschalen und Haferkekse steht … Na ja, du wirst es sehen, wenn sie wieder dazu einlädt!«

»Bitte?«, krächzte Mona, und er lachte vergnügt auf.

»Du bist meine Frau, natürlich bist du mein plus Eins!«

»Oh Gott …«

»Na na na, lass den da mal raus, ja? Der ist zwar immer eingeladen, kommt aber nie.«

Mona machte ein schwer einzuordnendes Geräusch und stopfte sich prompt einen großen Löffel Gemüse in den Mund. Die Hochzeitsfeier zweier Götter, die Ex von Balthasar, und sie sollte …

»Die Historie bezeichnet viele Götter als Ba'al«, fuhr Balthasar fort. »Das war auch einfach eine Bezeichnung für uns. Ich war es, der den Namen in Ägypten geprägt hat, als einzelne Gottheit. Und ja … es gibt da noch so einige andere Geschichten über Göttinnen in meinem Lebenslauf, die meisten davon waren allerdings … na ja, ich selbst.«

Mona setzte zu einem ihrer »Ehs« an, doch ihr Mund war zu voll, also riss sie nur verwundert die Augen auf.

»Manche von uns Göttlichen haben ein festes Geschlecht, ich jedoch … Ich war immer mal wieder eine Frau! Die Menschen haben das nur selten verstanden. Oh, und ich habe in der Zeit vor eurer Existenz überwiegend als Frosch gelebt.«

Hastig schluckte sie den Reis hinunter. »Wie?«

»Und unter den Ägyptern oft als Katze.«

»Katze.«

»Also, um deine Frage zu beantworten … du bist meine einzige Frau, Mona. Du brauchst nicht eifersüchtig zu sein, ich betrüge nicht. Das habe ich noch nie. Ich bin ein Gott«, ein Zwinkern, »das habe ich nicht nötig.« Sein mitfühlendes Lächeln taute Mona endgültig auf, und sie kratzte sich verlegen am Kopf.

Eifersüchtig. Es fühlte sich nach mehr als Eifersucht an. Mona bemühte sich, emotional unabhängig zu sein. Andere waren ihr selten so wichtig, dass ein Verlust sie wirklich schmerzte, im Leben kamen und gingen Menschen wie Gelegenheiten. Als Hexe musste man sich früh daran gewöhnen, denn wenn sie nicht irgendwann eine Treppe runterfiel und sich den Hals brach, würde sie viele Menschen überdauern. Und sie wollte Balthasar auch gar nicht besitzen oder für sich alleine – sich aber bewusst zu sein, was er war, woher er kam, mit wem er … Mona fühlte sich unangenehm klein neben all den göttlichen Kräften. Andererseits saß er hier in einer schwarzen Kochschürze mit dem Print eines beleidigt dreinblickenden Einhorns darauf und hatte für sie und sich gekocht.

»Und?«, meinte er fragend und hob wie so oft eine Braue.

»Und was?«

»Deine Exfreunde?«

»A-ach, nur ein Mensch und ein Flirt mit einem Großhexer.«

»Großhexer gleich?«

»Im Studium, in Ägypten. Ha-hab ihn beim Knutschen auf dem Rücksitz seines Autos angezündet, da wurd also nichts draus.«

Balthasar gluckste erst leise, und dann erklang wieder sein lautes Lachen, das so viel heller war, als seine tiefe Stimme vermuten ließ. »Klingt nach einem heißen Date!«

»Hatte auch sein Gutes, er hat mich immerhin für das Museum empfohlen«, erklärte sie und legte nun endgültig ihr Besteck beiseite.

»Mhh, dann musst du ihn ja ganz schön scharf gemacht haben, vielleicht sollte lieber ich eifersüchtig sein?«

»Quatschkopf!«, gab sie zurück, und er streckte ihr die Zunge raus.

»Und Boris …« Es klang beiläufig, aber er schenkte ihr einen misstrauischen Blick.

»Freunde. Wir haben das mal geklärt und ja … wir sind Freunde.«

»Aber ihr habt darüber gesprochen.«

»Es gab da diesen winzigen Flirt, das fühlte sich total schräg an, und dann waren wir erleichtert, dass es nicht passt.« Sie erinnerte sich an diesen befreienden Moment. Es hatte ihr den chaotischen Start in den Museumsjob gerettet.

»Aha.«

»Aha was?«

»Findest du ihn nicht attraktiv?«

»Ehh … das weiß ich nicht.«

»Du weißt es nicht?«

»Keine Ahnung! Viele Leute sehen gut aus, wenn man sie

kennt, und nett sind eigentlich alle, oder?« Sie fand nicht die richtigen Worte. Ihre Sexualität hatte sie noch nie ganz verstanden, die körperliche Anziehung Fremden gegenüber war ihr ein Rätsel. Überhaupt hatte sie diesen Wunsch nach erotischer Nähe nur zweimal verspürt. Und eine von diesen Personen starrte sie gerade neugierig an. »So was kommt bei mir wohl erst mit dem Verlieben. Also das mit dem Sex und all das Zeug. Deshalb war das mit dem Großhexer auch ein Reinfall … ich wollte eigentlich gar nicht, die Gelegenheit war nur, na ja, da halt …«

»Findest du mich denn sexy?«

»Mhhh …«, machte Mona, wurde sich bewusst, dass ihre Antwort ihm sagen würde, ob sie in ihn verliebt war oder nicht. Mehr als ein Nicken bekam er nicht, aber sein sattes Lächeln sprach für sich. Er hatte sehr wohl verstanden. Zu ihrem Glück überging er diese Feststellung elegant.

»Und was ist mit Ben?«

»Ben? Also … na ja … der ist wie ein großer Welpe!«

»Und …«

»Die Kellnerin im Burgerladen wollte mich nicht daten. Mehr gibt's da nicht«, versicherte sie hastig und merkte, dass sie gerade rot anlief, zumindest ihre Wangen fühlten sich ganz warm an.

»Vlad?«

»Steht doch eh auf Männer. Balthasar, jetzt hör aber auf – du willst mich nur ärgern.«

»Bisschen!« Er kicherte dreckig. »Aber du siehst, ich kann auch einiges aufzählen, worüber ich mir Gedanken machen könnte … vielleicht auch gemacht habe.«

»Hast du?«, hakte Mona verblüfft nach und sah zum ersten Mal einen Ausdruck von Verlegenheit in seinem Gesicht. Er blickte zur Seite und spielte mit dem Löffel, der in seinem inzwischen leeren Teller lag. Wann hatte er aufgegessen? Er kippte den Rest vom Eistee hinunter und seufzte dramatisch, was erschreckend gespielt klang und sehr an Boris erinnerte.

»Ich mag dich, also trifft es mich, wenn irgendetwas Nähe zu dir verhindern könnte. Ja, vielleicht würde ich dich teilen, wenn es dich glücklich macht, aber das ist der springende Punkt: was dich glücklich macht, Mona.«

»I-ich könnte dich nicht teilen«, stammelte sie ehrlich.

»Musst du nicht. Wie gesagt, ich bin geschieden, und das«, er deutete auf seine Brust und damit auch auf das grimmige Einhorn auf der Schürze, »gehört laut Pakt dir, klar? Aber um dich glücklich zu machen, musst du mir sagen, was dir wichtig ist, was du von mir willst.«

»U-und was willst du?«, stellte Mona schnell eine Gegenfrage. Für die Antwort auf ihre tiefsten Sorgen war sie noch nicht bereit, erst mal reichte es ihr völlig, dass er keine göttliche Ehefrau mitbrachte.

»Dich und … etwas *Nachtisch* vielleicht«, säuselte er. Der Unterton in dieser Frage verursachte Mona Gänsehaut, und prompt warf sie ihm einen tadelnden Blick zu.

»Ich weiß, was du damit meinst.«

»Mh, tust du das?«

Die Erleichterung brachte Mona zum Lachen. Wieso sie so verzweifelt versuchte, sich kleinzureden, wusste sie selbst nicht. Aber das musste aufhören. Seine Taten sprachen für sich. Sie teilten das Bedürfnis, mehr füreinander zu sein, das hatte er ihr deutlich gezeigt. Fürs Erste kümmerte es sie nicht länger, dass er ein Gott war und sie eine Sterbliche. Die tausend Schmetterlinge in ihrem Magen waren endlich frei, und sofort legte sich der rosarote Schleier der Verliebtheit wieder auf ihre Sinne. Wie schnell man doch von zu Tode betrübt hinauf auf Wolke sieben katapultiert werden konnte.

»Und?«, hakte er nach.

»W-was?«

»Nachtisch?«

»Ehhh.«

»Nur ein Scherz, Moni.«

»D-du kannst Nachtisch haben, wenn du magst.«

Irritiert runzelte er die Stirn. »Reden wir hier von der selben Sache?«

Mona zupfte an ihrem Bademantel und ließ den Stoff über ihre Schulter rutschen. »Vielleicht?«

Sie hatte nicht erwartet, dass er sofort aufspringen würde.

»A-aber denk an meine Siegel«, ermahnte sie ihn.

»Also Kekse und kein Kuchen?«

»Nur ein Keks.«

»Mona.«

»Okay, dann eben Kekse, aber nicht in die Milch tunken.«

Wieder brach der Dämon lauthals in Gelächter aus, das lange genug anhielt, um Mona innerlich verglühen zu lassen. Sie wusste nicht ganz, ob es ihr peinlich war oder der Subtext die plötzliche Hitze verschuldet hatte. »Kann ich nicht versprechen«, hustete Balthasar und musste sich eine Träne aus dem Augenwinkel wischen.

Sie grinste verlegen. Abgesehen davon, dass Wollust ohnehin als Todsünde galt, wie dramatisch waren wohl die Folgen, wenn man das mit einem Erzdämon verknüpfte? Sie seufzte nur kleinlaut gegen seine Lippen, die er ihr viel zu sanft für seine Verhältnisse aufdrückte. Zu Monas Überraschung löste er sich auch wieder von ihr und lächelte sie vielsagend an.

»Eines will ich vorher noch klarstellen, Hexe.«

Mona nickte fragend.

»Wenn ich sage, dass ich dich will, dann meine ich das ernst. Und nein, es geht mir nicht um deinen Körper. Ich will, dass du mit mir ausgehst, Händchen hältst, mir rührselige Nachrichten schickst … mir deine Sorgen erzählst, mich um Hilfe bittest, wir füreinander da sind … Wir können uns tote Pflanzen kaufen und kitschige Schokoherzen oder anderen Pärchenkram. Das ganze Programm. Ja? Ich will mit dir zusammen sein.«

»Mhm …«, schnurrte Mona und konnte sich nicht mehr daran erinnern, wann sie das letzte Mal so viel Freude auf ihren Wangen verspürt hatte. Ihre Mundwinkel drückten sich fast schmerzhaft hoch, konnten nicht genug vom Lächeln bekommen und er antwortete mit einem vielsagenden Blick.

»Und jetzt will ich meine Kekse«, raunte er heiser und hob Mona kurzerhand vom Stuhl. Sie quietschte kurz auf, vor allem, da ihr der Bademantel dabei noch weiter verrutschte.

Es brauchte nur wenige Schritte, da landete sie auch schon in den Kissen ihres Bettes. Gerade als sie den Frotteestoff wieder richten wollte, beugte sich Balthasar mit einem tadelnden »Tss, tss, tss« über sie. »Willst du mir Arbeit machen?«, flüsterte er und öffnete den Gürtel des Mantels, ließ seine Hände unter den Stoff gleiten, fuhr ihr über den Busen und entblößte Monas Brüste. Im warmen Licht der Deckenlampe vor ihm liegend fühlte sie sich verboten nackt, und als er dann auch noch den Bademantel von ihren Hüften zog, gab es gar nichts mehr, was sie bedeckte. Für eine Weile musterte Balthasar sie ausgiebig, zerrte sich nebenbei die Schürze vom Leib und griff nach dem verknoteten Handtuch um seine Taille. Im nächsten Moment waren sie beide splitternackt.

Seine schwarzen Locken fielen ihm über die Schulter und die braune Haut schien samtig im Deckenlicht. Ein paar Haare zierten seine Brust, zogen sich unordentlich bis über seinen Bauch hinunter. Vielleicht stand Mona nicht auf seine Anzüge, generell weniger auf Äußerlichkeiten, aber ein Teil von ihr sprach sich ganz stumpf dafür aus, wie gutaussehend dieser Mann doch war. Und dass er immer noch seine Ringe trug, machte sie sogar irgendwie an.

Langsam kniete er sich über sie.

»Nur Kekse«, ermahnte sie ihn mit ihrer nach wie vor brechenden Stimme und erwiderte sein Grinsen mit einem Zähneknirschen.

»Schon klar.«

»Sicher? Der sieht nämlich aus, als denke er an ein Kuchenbuffet«, kommentierte Mona das, was sich unter Balthasars Gürtellinie für ihren Geschmack ein wenig zu groß machte. Wobei, es ging. Sie hatte befürchtet, er hätte sich als ehemaliger Fruchtbarkeitsgott ein dafür passendes Statussymbol gegönnt – das sah jedoch nach Durchschnitt aus, und Monas Unterleib würde es ihm danken.

»Mach die Beine breit!«

»Balthasar!«

»Ich will mich nur dazwischenlegen.«

»Mhh …«

»Keine Sorge, ein bisschen Reibung wird dir deine Siegel nicht sprengen, noch nicht, vielleicht ein paar von meinen, doch das ist nichts, was deine Waschmaschine nicht hinkriegt.«

Aber als Mona dann wirklich ihre Beine spreizte, loderte das Feuer in seinen Augen so hell auf, dass sie sie sofort wieder schloss. Er knurrte, beugte sich hinunter und drückte sich auch so auf sie. Gierige Lippen und der klebrige Geschmack von Eistee brachten Mona zum Seufzen. Für seine Zunge öffnete sie sich nur zu gern und wie von selbst schlangen sich dabei ihre Beine um seine Hüften. Ihm entkam ein wohliges Stöhnen, als er sich fest an sie drückte.

Es blieb für eine ganze Weile bei diesem einen Kuss, bis Balthasar anfing, sich mehr und mehr gegen Mona zu reiben. Als sie aufgrund der daraus resultierenden Gefühle in ihrem Unterleib ein Stöhnen nicht unterdrücken konnte, erhob sich der Erzdämon wieder.

»B-Balthasar?«, flüsterte sie verwirrt. Sie konnte Druck zwischen ihren Beinen fühlen, aber er hatte offenbar nicht vor, in sie einzudringen. Vorsichtig schielte sie nach oben und wurde mit seinem erregten Gesichtsausdruck konfrontiert. Er hatte die Augen geschlossen und schien gefangen zwischen Anspannung und Genießen. Sie spürte seine Feuchtigkeit. Das Gefühl, wie er ihren Eingang immer wieder mit kontrolliertem Druck streifte, sich daran rieb und sie zunehmend weitete, war unendlich verlockend. Doch schon jetzt loderte das Siegel an ihrem Wurzelchakra sacht auf. Die Linien des Tattoos glühten am Ansatz und flackerten.

»Ist das okay für dich?«, fragte er mit belegter Stimme, und sie schluckte. »Ich will nicht, ich werde nicht, aber … nur für den Moment … und ich komme eh gleich«, erklärte er weiter und genoss es sichtlich, ihre Enge zu streifen. Erregt und unbeabsichtigt drückte sich Mona ihm entgegen. Es brannte ein bisschen, als sich Balthasars Glied ein ganzes Stück in sie schob. Ein leises Zischen erklang, denn der untere Teil ihres Siegels löste sich augenblicklich. Die Konturen der Chakratätowierung flogen auf wie ein heller weißer Faden und verglühten in der Luft.

»I-ich glaub, d-das ist hin«, stotterte Mona, und Balthasar ächzte.

»Noch nicht ganz, das war nur die Verzierung.«

»Wie tief kannst du, ehe es bricht?«

»Nicht weiter als bis hier. Und schon gar nicht ohne Kondom. Außerdem bist du noch viel zu eng.«

Mona knurrte unzufrieden.

»Ja, Liebling, ich weiß. Ich fühle mit dir. Aber ich bin mir sicher, dass es nicht mehr als das Wurzelchakra-Siegel betreffen wird, die anderen interessieren sich gar nicht für meinen Penis – hör auf zu kichern.«

»Du hast Penis gesagt.«

Er rollte mit den Augen, und das feuchte Geräusch, als er sich wieder aus ihr herauszog, brachte Mona nur noch mehr zum Kichern.

»Wie kann jemand so süß ein? Wie soll ich mich denn da zurückhalten?«

»Ich weiß nicht, ob du das musst«, murmelte sie, ehe sie sich der Bedeutung ihrer Worte wirklich bewusst wurde.

»Wieso?« Ein Klang zwischen Misstrauen und Gier, er beugte sich wieder über sie, und Mona biss sich auf die Unterlippe, an diesen Ausdruck in seinem Blick konnte sie sich gewöhnen.

»W-wenn es nur das Wurzelchakra ist? D-du hast doch gesagt, du kannst mich unterrichten, oder?«

»Hölle, hättest du das nicht vorhin sagen können?«

»Was?«

»Weil ich jetzt keine zwei Minuten mehr durchhalte.« Auf ihre zusammengepressten Lippen hin senkten sich seine Brauen, und er schaute ein wenig finster drein. »An diesem Punkt, Mona, da bin ich auch nur ein Mann. An ganz vielen Punkten im Leben bin ich das. Sonst wäre es kein Leben. Und du bist leider unendlich scharf, und ich hatte ewig keinen Sex mehr, weil der Gedanke, dass du mich jederzeit beschwören könntest – vergessen wir das. I-ich …«

»Du hast es dringend nötig«, stellte sie fest und verkniff sich nur mit Mühe ein erneutes Kichern. Stattdessen richtete sie sich etwas auf und ließ ihre Hand in seinen Schritt fahren.

»Mhhhwaswirddas?«, knurrte der Erzdämon unverständlich, als sich ihre Finger um ihn schlossen.

»Leg dich wieder hin und küss mich!« Zum Glück passte ihre heisere Stimme zu dem gespielten Befehlston. Prompt folgte er ihrer Aufforderung. Sein zunächst fragender Blick wandelte sich in einen wohligen Ausdruck, als sie ihn in einen Kuss verwickelte und gleichzeitig ihre warmen Finger nutzte, um ihn zu massieren.

»Du … kannst doch deine Hände brennen lassen, oder?«, säuselte er zwischen ihre Lippen.

»Mhh, soll ich?«

»Jaaah.«

Er keuchte, als Mona langsam ihren Feuerkräften freien Lauf ließ. Knisternde Flämmchen züngelten an ihrer Hand, und wenn sie es sonst auch nie zugegeben hätte, ihr selbst gefiel das mindestens genauso sehr wie dem nun zufrieden aufstöhnenden Erzdämon. Was das anging, hatte Mona es leicht. Hexenkräfte waren stimulierend, und sie wusste, wo sie selbst empfindlich reagierte. In Verbindung mit seinen erregten Lauten in ihren Kuss hinein, machte sie das bisschen Reibung mehr an als je zuvor. Es war ein sehr zufriedenstellendes Gefühl, ihn so unruhig auf sich zu erleben. Mona stöhnte ihm absichtlich ins Ohr, bemühte ihre

Stimme um möglichst erotische Klänge und das sowie ihre Finger zeigten deutlich Wirkung.

»Beim nächsten Mal …«, begann sie.

»Vögel ich dir das Hirn raus«, beendete er den Satz, woraufhin sie fester zupackte. Alles an ihm verspannte sich und er keuchte überrascht auf, gab ein heiseres Stöhnen von sich. Mona spürte heiße Feuchtigkeit an ihrem Oberschenkel und dann drückte sich wieder ganz viel Erzdämon auf sie.

»Besser?«, wollte sie wissen.

»Mhhhhh«, antwortete er leise und verbarg sein Gesicht an ihrem Hals. Sie hörte ihm beim Atmen zu und kuschelte sich glücklich an ihn. Jetzt war ihr Dämonengatte nicht mehr nur ein Paktunfall, sondern auch ihr Freund – ihr Ehemann –, und das seltsame Gefühl, ihm fern zu sein, war ebenfalls verschwunden. Konträr zu dieser Erkenntnis rutschte Balthasar aus ihrer Umarmung.

»Aber …«, setzte sie gerade an, da wurde ihr bewusst, wieso er sich von ihr löste. Seine Lippen wanderten ihr Schlüsselbein entlang, dann zu ihrem Busen und von dort noch tiefer.

27.11.2018

DIENSTAG

ICH KANN PRO- UND CONTRALISTEN
NICHT MEHR SEHEN . . .

NUR DIE GELIEBTE SEIN, OK?
JA ODER NEIN

~~KEIN BINDUNGSSTRESS~~
ICH BIN IHM NICHT SO WICHTIG,
DASS MEIN TÄGLICHES CHAOS IHN
WIRKLICH NERVEN KANN.
ALSO KANN ICH ICH SELBST SEIN.

KANN ICH AUCH ANDERE PARTNER
HABEN? ABER WILL ICH NICHT.

…ZBAR?
…FFÄREN?
…GÖTTIN?
…NICHT MAG
…H.
…SICH

FEST ZUSAMMEN!!

…DAMIT
…ERLICH AFFÄRE ZU SEIN?
ABER ICH BIN STERBLICH,
ER SOLL SICH NICHT AN EINE
STERBLICHE BINDEN MÜSSEN

unsterblichkeit
ist voll gruselig!

Kapitel 13

Ein wundervoller Nachmittag

04.12.2018

Als Gott war Balthasar so einige skurrile Gegenden gewohnt, aber der Raum Frankfurt schaffet es, sogar ihn zu überraschen. In Offenbach am Main gab es viele seltsame Gassen zwischen Neubauten und älter anmutenden Stadthäusern. Wohin sie einen brachten, war oft ungewiss, und im Laufe der letzten Jahrzehnte hatte sich das Stadtbild so oft geändert, da war es nicht verwunderlich, dass manche Durchgänge in Hinterhöfe führten, die eigentlich gar nicht existieren sollten. Dahinter steckte keine Magie, sondern ein löchriger Stadtplan. In diesem Fall wies sogar die Straße große Löcher auf, und Phillip stapfte zielgenau in die tiefste aller Pfützen.

»Pff, na toll. Dafür bin ich so früh aufgestanden«, jammerte er und besah sich den Schlamm an seinen Schuhen. Seit Tagen schon schüttete es. Nachts verwandelte sich das Nass teilweise in Schneegestöber, und die ganze Stadt versank im Dreck – kurzum ein bezaubernder deutscher Winter.

Mit einem Höllenportal waren Balthasar und sein Kollege direkt vor das Büro des Bezirkszauberers von Offenbach am Main getreten.

»Scheiße, das ist ein Pfarrhaus«, murmelte Balthasar, seinen immer noch zeternden Freund ignorierend. Das dunkelgraue

Stadthaus verschmolz mit dem trüben Wetter, und die hell erleuchteten Fenster hoben sich gespenstisch von der Fassade ab. Über der Tür empfingen alte Eisenlettern sie mit: *Kinder des Herrn, seid willkommen*.

»Wie ist dir das denn entgangen?« Phillip reckte seine Lampe, doch Balthasar schüttelte den Kopf.

»Ich hab die Portalkoordinaten beim Amt angefragt, und Herrn Flauns Akte ist sehr kurz.« Eilig zog er eine kleine Spraydose aus der Jacketttasche und malte damit ein umgedrehtes schwarzes Kreuz auf den Boden. Für eine Weile waren sie vor lästigen Blicken geschützt, egal ob von unten oder oben, es sei denn, Gott persönlich schaute ihnen zu.

»Das mit der Recherche üben wir noch mal!«

»Ist normalerweise nicht mein Job«, zischte Balthasar und fühlte sich ertappt.

»Deshalb überlässt man das Profis. Sicher, dass du dich da einmischen solltest? Denk an die Drohung von diesem Incubus.«

»Ich weiß nicht mehr, wem wir noch trauen können, aber Wunder sind gefährlich, wir müssen handeln! Und diese … Ermittlungen sind inoffiziell. Niemand weiß davon, ich hab den Tipp von meiner Hexe.«

Phillip griff sich an die Krawatte, lockerte sie unnötigerweise. »Na gut. Trotzdem, wir sind die Falschen für den Job. Wo steckt der Inspektor, wenn man ihn mal braucht?«

»Peter ermittelt an anderer Front, du weißt, Deutschland gehört nicht in sein Zuständigkeitsgebiet …«

»Weiß nicht, wieso ich mich von dir immer mit ins Chaos stürzen lasse.« Mit einem schnarrenden Seufzen ließ Phillip seine Lampe kreiseln und stupste Balthasar in die Seite, dieser brummte leise.

»Du wolltest mit und … ich brauche dich!«

»Das sind ja ganz neue Töne! Für die Liebe zu deiner Hexe tust du echt alles, hm?«, scherzte Phillip vergnügt, und Balthasar musste ihm recht geben. Für ihre Sicherheit hätte er auch einen Dämonenaufstand riskiert oder seinem Kollegen gar ein Kompliment gemacht.

»Gott verdammt«, nuschelte er, und es donnerte, als er im selben Moment die Tür zum Hausflur öffnete.

Nur wenige Minuten später saßen er und sein Dämonenkollege in einem wohnzimmerähnlichen Warteraum auf einem geblümten Sofa, vor ihnen eine Schüssel mit Keksen, und von der Wand gegenüber funkelte ein kritischer Holzjesus auf sie herunter. Es schien, als gelte sein unzufriedener Ausdruck den dreckigen Schlammspuren, die Phillip hinterlassen hatte.

»Kinder machen nur Ärger«, kommentierte Balthasar das christliche Symbol und wollte sich gerade zum Gebäck beugen, da ließ ihn ein seltsames Geräusch innehalten: Das Quietschen eines Lappens auf Glas. Phillip polierte sich seine Birne.

Genervt von einfach allem entschied sich Balthasar gegen unbekannte Plätzchen und griff stattdessen zu einer der aufgefächerten Broschüren. Sie waren hellblau, die Farbe eine Spur zu gesättigt, damit sie auffällig in die Augen stach. Auf dem Kopf des Flyers leuchtete in schwer leserlicher weißer Schrift das unheilvolle Wort: *Rettung*. Unheilvoll dahingehend, weil Versprechungen über Errettung und Heilung innerhalb einer magischen oder religiösen Gemeinschaft oft zum Gegenteil führten.

»Sing dich ins Glück«, las Balthasar vor. »Bei dem Anblick dieser in Word verbrochenen Designabnormität hilft auch kein Lied mehr.«

»Was ist denn das da?«, wollte Phillip wissen und tippte auf einen pixeligen hellen Fleck inmitten der grünen Wiese, die unscharf den Flyer zierte.

»Ich glaube, ein Name.«

»Eine Signatur vielleicht? Doch, das ist Schrift. Stock … Stockfoto? Was ist Stockfoto?«, wollte der Akephalos wissen. Balthasar lachte nur dunkel, das erklärte er ihm lieber nicht. Schulterzuckend beugte sich Phillip vor, griff jedoch nicht nach einem der anderen Flyer, sondern war tatsächlich so mutig, eines der Plätzchen zu versuchen. Marmorgebäck verschwand unter seinem Jackett, und es knackte laut.

»Soll ich danach mit dir zum Zahnarzt fahren?«, meinte Balthasar beiläufig und hörte es neben sich wimmern.

»Nicht nur, dass es hier nach Staub und Altbau müffelt, die Kekse sind aus Steinen, und Jesus schaut mich an, als wäre ich ein Sünder.«

»In seinen Augen bist du das.«

»Schnauze! Ich bin kein Ermittler, du auch nicht, was sollen wir hier? Das geht doch nur schief. Zwei Dämonen stellen Fragen? Wenn er klug ist, taucht er gar nicht auf.«

»Wir geben uns als Interessenten aus, fragen ein bisschen, ehe ich mich ausweise!«

»Deine Tarnzauber waren noch nie verlässlich, was, wenn er mich durchschaut?« Phillip klopfte gegen das Glas.

»Nie verlässlich? Hör mal, solange du nicht wieder einen Striptease abziehst, wird er nichts merken. Halt einfach dein Bauchgesicht zurück, ja?«

»Pff«, machte Phillip, verschränkte die Arme und schimpfte dadurch nur noch unverständlich vor sich hin. Balthasar sah durchaus ein, dass das hier nicht seine beste Idee war, allerdings wusste er nicht mehr, wem er alles trauen konnte. Seine Aufgabe als Höllenfürst war die Koordination, die Drecksarbeit erledigten für gewöhnlich andere. Aber die Abteilung für Strafverfolgung konnte kompromittiert sein. Dämonen wurden abtrünnig, für eben jene ausbrechenden Wesen Zuständige schienen ebenfalls verdächtig, und ehe Balthasar sich einen festen Kreis aus Vertrauten geschaffen hatte, musste er die Ermittlungen selbst in die Hand nehmen.

Uralt und doch wusste er wenig über Polizeiarbeit, und Krimis las er auch selten. Das war vielleicht wieder so ein Moment, in dem er sich seiner Göttlichkeit bedienen sollte, um sein Wissen zu erweitern. Andererseits büßte er damit jedes Mal ein Stück seiner erworbenen Persönlichkeit ein. Erschummelte er sich Informationen, erweiterte er sein Selbst um etwas Statisches, Kaltes. So hatte er es zumindest immer empfunden. Selten hatte sich Balthasar so unnütz gefühlt.

Die Zeit verging nur langsam, und lediglich Gepolter und leise Stimmen aus den oberen Stockwerken erfüllten die staubige Leere des Raums. Hin und wieder erklang ein Jammern. Entweder es handelte sich um ein kleines Kind, oder jemand litt Qualen. Dafür, dass dies ein Pfarrhaus war, erinnerte die Geräuschkulisse Balthasar eher an die Hölle.

»Sind wir hier auch wirklich richtig? Es ist schon spät«, wollte Phillip wissen, der noch immer an seinem Plätzchen herumknusperte.

»Ja, und einen Termin haben wir auch.«

»Echt? So, wie das da oben klingt … vielleicht spukt es hier?« Nervös schielte der Akephalosdämon zur Decke, was bedeutete, dass er seine Lampe aus dem Kragen pflückte und sie hochwarf. Mit einem Blick auf die Uhr rollte Balthasar mit den Augen.

»Hellichter Tag, mein Freund!«

»Das hält Poltergeister ja nicht auf! I-ich bin dafür, dass wir gehen!«, kiekste Phillip.

»Die sind super selten, du hast doch nicht etwa immer noch Angst vor Gespenstern?«

Der Akephalos ließ ein lachendes Grunzen verlauten, und sein affektiertes »Pff, nein?« klang nicht sehr überzeugend. »Es ist nur, seit mich meine Ex heimgesucht hat …«

»Das kommt davon, wenn man eine Banshee versetzt.«

»I-ich …«, begann der Dämon und verstummte wieder.

»Das hast du selbst verbockt. Man klärt doch nach zwanzig Jahren mal ab, ob da eine Hochzeit erwartet wird oder nicht!«

»Ah ja, Beziehungsratschläge grade von dir.«

»Bei mir läuft es gut«, verkündete Balthasar und merkte selbst, wie übertrieben angeberisch er dabei klang.

»Seit wann?« Phillips Birne reckte sich, als wolle er seine Brauen heben.

Verlegen kratzte sich Balthasar am Nacken. »Seit … seit ein paar Tagen«, gab er zu und kommentierte Phillips grölendes Lachen nicht weiter.

»Sag mal«, Balthasar räusperte sich, »hast du schon mal mit magischen Siegeltattoos zu tun gehabt?«

»Hä?«

»Solche, mit denen man mächtige Zauberkräfte versiegeln kann.«

Grübelnd dämmte Phillip sein Licht, und die Birne neigte sich zur Seite. »Ja, schon, hab mal welche gelöst!«

»Wirklich?«, hakte Balthasar hastig nach und griff seinen Freund bei den Schultern, dieser flackerte überrascht. »Was genau ist dann passiert?! Das wird nirgends beschrieben!«

»Pff, das ist ein paar Jahrhunderte her!« Phillip schob Balthasars Hände beiseite und strich seinen Anzug glatt. »Hab einem Kollegen in Südamerika geholfen. Ging um ein Kind, und die Ureinwohner waren zum Glück in der Lage, die Siegel zu lüften, gab aber 'nen ganz schönen Knall. Dem Jungen hatte man halt auch für einen Monat lang die Zauberkraft versiegelt, da staut sich was an. War hart für den Kleinen.«

»Wie ist das, wenn solche Siegel mehrere Jahre alt sind?«

Ein pfeifender Ton erklang aus Phillips Bauch heraus, und Balthasar schwante Übles.

»Magie ist nicht sehr begeistert, wenn man sie wegsperrt.«

»Scheiße.« Inzwischen war sich Balthasar beinahe sicher, dass Monas unkontrollierte Flammen einzig und alleine von den Siegeln herrührten. Vielleicht hatte sie mit ihnen als Jugendliche nicht gut umgehen können, aber mit der Zeit hätte sie normalerweise viel dazugelernt. Jetzt steckte seine Mona voller Macht, zu der sie keine Verbindung hatte aufbauen können.

»Pff, man muss sie dann halt anders binden«, murmelte Phillip und quietschte, als Balthasar ihn erneut bei den Schultern packte. »Hölle, was ist los mit dir?«

»Mir ist gerade ein Licht aufgegangen!«

»Kunststück?« Phillip flackerte vielsagend. »Aber gern geschehen, glaube ich! Worum geht's überhaupt?« Erneut schüttelte er Balthasar genervt ab.

»Du hältst dein Maul?«

»Meine Birne ist stets verschlossen, mein Freund.«

Unsicher, ob er ihm dieses Geheimnis auch noch anvertrauen sollte, überlegte Balthasar für eine Weile. Er konnte sich nicht um alles gleichzeitig kümmern, und je mehr Köpfe – oder eben Leuchtmittel – mitdachten, desto besser. Außerdem kannten er und Phillip sich schon ewig, sie hatten einander immer vertrauen können – auch bei illegalen Aktivitäten.

»Monas Feuerkräfte sind so viel mächtiger, als ich dachte. Sie hat sie versiegeln lassen und … wir haben Angst, dass ich ihre Siegel brechen könnte, du weißt, wie empfindlich die auf Dämonen reagieren.«

»Brechen? Das kann echt gefährlich werden, aber wieso überhaupt ihr*e* Siegel?«, betonte Phillip die Mehrzahl.

»Sie hat vier!«

»Vier?« Phillip keuchte erschrocken und rieb sich das Leuchtmittel. »Vier … wer braucht denn vier? Damit kann man ja fast einen Gott lahmlegen, deshalb konnte sie Nosdrof in seine Schranken weisen und …« Gerade wollte der Dämon wieder Luft holen, da knarzte die hintere Tür im Raum. Verwirrt blickte Balthasar auf und erinnerte sich, dass er ja aus einem guten Grund auf diesem unbequemen Blümchensofa saß.

Der Geruch von Altbau und Nikotin wehte ins Zimmer, vermischte sich mit dem Gestank alter Polstermöbel.

»Sind Sie noch da?«, murmelte eine gebrechliche Stimme.

»Ja, sind wir!«, meldete sich Phillip, und auch Balthasar räusperte sich.

»Sehr gut, sehr gut! Entschuldigen Sie die Wartezeit, aber mein Gebetskreis hat heute ein wenig länger gebraucht«, erklärte Herrn Flaun. Der Bezirkszauberer war klein, zierlich und klang wie ein Kettenraucher. Er hatte sonnengebräunte Haut, schüttere dunkelgraue Haare, streng zurückgebunden zu einem Zopf. Seine blaue Robe hätte sowohl christlich als auch magisch inspiriert sein können. Winzige Augen starrten durch eine dicke Brille, und er zuckte nicht einmal, als er an Phillip vorbeiging und sich vor den Dämonen auf einem Sessel sinken ließ, der ihn beinahe zu verschlucken schien. Der Illusionszauber hielt stand.

»Sie wollen also einen Kurs belegen, ja? Herr … ähm …« Herr Flaun hustete, Balthasar erwartete, eine Nikotinwolke aufsteigen zu sehen, aber der Bezirkszauberer zeigte lediglich seine gelben Zähne.

»Herr Hass und Herr …«

»Halogen!«, antwortete Phillip, und Balthasar ahnte, dass sein Freund unter dem Hemd breit grinste.

»Nun«, begann Balthasar sofort, »Wir haben einen Ihrer Flyer erhalten, und die Versprechen der Gebetsrunden sind sehr direkt. Erlösung von allem Übel, aber das haben schon viele behauptet.« Er holte noch einmal die Broschüre hervor.

»Ich verstehe Ihre Skepsis. Aber lassen Sie sich von mir versichern – ich als Zauberer kenne Mittel und Wege, ich kenne vor allem die Grenzen, und jene wollen wir besiegen. Dazu führen uns ganz besondere Gebete. Wir beschwören die Macht der Mächte, nicht mehr und nicht weniger.«

Ganz wie Mona gesagt hatte, nutzte der ältere Herr die klassischen Versprechen der Verschwörungserzählungen. Zentraler Bestandteil eines jeden Kultes waren die Macht und das Machtversprechen. Aus dem Munde eines Zauberers konnte das großen Eindruck schinden, und er hatte sicherlich Erfolg mit diesem Konzept.

»Und wenn Sie *wir* sagen, dann meinen Sie …?«

»Alle, die dem Gebetskreis angehören. Wir bilden mit unseren Stimmen eine kollektive Macht und erreichen ungeahnte magische Sphären jenseits dessen, was normale Zauberer erlernen. Sie erhalten hier eine erstklassige Ausbildung weit über alle anderen Möglichkeiten hinaus.«

»Für einen fairen Preis«, nuschelte Phillip zynisch, der inzwischen auch eine der Broschüren in der Hand hatte und näher beleuchtete.

»Um magische Gene zu aktivieren, braucht es spezielle Artefakte – die sind sehr selten und sehr wertvoll.« Herr Flaun kramte in seiner Robe und zog eine silberne Kette hervor, an der eine Murmel in einer schnörkeligen Fassung hing. Billiger Ramsch von magischem Trödel, das erkannte Balthasar sofort. Es gab genug mit Magie aufgeladenen Kleinkram, der jeden Normalo ein wenig Zauberkunst vollbringen ließ. Aber damit konnte man gerade mal eine Kerze anzünden, und das auch nur mit so viel Anstrengung und Mühe, dass ein Feuerzeug eine bessere Alternative darstellte. Anders als Hexenkräfte, die einer Person innewohnten, benötigten Zauberer fremde Magie, und das war teuer. Der Armreif an Herrn Flauns Arm zum Beispiel war deutlich interessanter, denn dieses Schmuckstück war es, das ihn zum Bezirkszauberer machte.

»Und dieses angesprochene Übel, von was können Sie uns befreien?«, fragte Balthasar nach und beobachtete, wie Herr Flaun die Kette vor ihnen auf den Tisch legte, demonstrativ, fast wie ein Lockangebot. Jeder andere hätte direkt danach gegriffen und spätestens bei dem prickelnden Gefühl von Flohmarktzauberei seine Kreditkarte gezückt.

»Seelisches Übel, Flecken auf dem Geist, Leid, Gebrechen und Armut. Die Leiden der Welt und …«

»Und die Erfolge bisher?«, fiel Balthasar ihm ins Wort.

Sie konnten sehen, wie der Zauberer ins Stocken geriet und ein paar Mal tonlos den Mund bewegte.

»Das wird Sie vielleicht verblüffen, doch die haben wir noch nicht errungen. Aber …«, er hatte wohl Erfahrung mit diesem

Gespräch, wusste, dass man ihm hier gerne ins Wort fiel. »Wir beschwören schließlich die Macht aller Mächte herbei. Das passiert nicht von heute auf morgen. Was wir hier erschaffen, dient einem hohen Zweck. Bei uns bekommen Sie keine Heilwässerchen für zu Hause, hier erwarten Sie wirkliche Wunder. Es ist ein Bund der *Wundermacht*.«

Alarmiert tauschten Balthasar und Phillip einen Blick aus, vielmehr ein Leuchten, das Balthasar in den Augen stach. Weiße Punkte tanzten in seinem Sichtfeld, und in diesem Moment wurde er sich bewusst, worum es sich hier handelte, was die Beweggründe dieses Mannes waren.

»Sie versprechen ein Wunder? Heilung und Macht? Ich gehe mal stark davon aus, dass dieses Wunder nicht allen Menschen zustehen wird, richtig?«

»Ich wähle sie aus, starke Seelen, die genug Kontrolle besitzen – der große Meister vertraut mir!«

Also doch, jemand zog im Hintergrund die Fäden, und Balthasar befürchtete, dass Herr Flaun selbst an dieses sogenannte Wunder glaubte. Seit Jahrtausenden bedienten sich verdorbene Geister der Verzweiflung anderer.

»Ein großer Meister, das klingt sehr nach Sekte. Wie sieht denn die Kirche diese Aktivität?«

Herr Flaun wurde blass und schluckte. »N-nein, nein. Es handelt sich um ein göttliches Wunder, ein echtes Wunder, so wie er und …«, der Zauberer schaute zum gekreuzigten Jesus. Dann wühlte er gestresst in seiner Robe. Zum Vorschein kam eine Zigarettenschachtel, aus der er einen der nikotinhaltigen Krebsstifte herauszog und ihn, ohne zu fragen, anschnippte.

»Wenn Sie nicht wollen«, nuschelte er zwischen zwei Zügen, »diese Macht ist nur für die Reinen, nicht für die Misstrauischen.«

»Wunder sind verboten!«, stellte Balthasar scharf in den Raum und lüftete seine Aura.

Herrn Flaun fiel die Zigarette aus der Hand. »Bei Jesus Christus …«

»Ausnahmsweise mal ja«, knurrte Balthasar, der hier durchaus auch im Interesse des Christentums handelte. Etwas, was er streng trennte: Die Kirche kümmerte ihn nicht, aber Gott selbst war leider gar kein so übler Geselle.

Ängstlich griff der Mann zu seinem Armreif.

»Nur keine Umstände, Herr Flaun. Wir sind nicht hier, um Ihnen zu schaden. Wir suchen nach dem, den Sie großen Meister nennen und der Sie belügt.«

»D-Dämonen sind hier nicht will-will-willkommen! Ha-habt ihr das Sch-Schild über dem T-Tor nicht ge-gelesen?«, krächzte Herr Flaun und machte sich in seinem Sessel ganz klein.

Inzwischen war Phillip aufgestanden, um sich die Zigarette zu schnappen, ehe sie ein Loch in den Teppich brannte.

»Hier!« Er hielt sie dem Mann hin, der erschrocken zusammenfuhr. »Ich glaub, die können Sie jetzt gebrauchen.«

»D-d-d-danke«, stammelte der Zauberer wie automatisch.

»Herr Flaun. Es mag sein, dass Menschen und auch andere Wesen begrenzte Wunder wirken können, niemals jedoch solche, die alles Übel heilen, Narben auflösen, Wunden verschwinden oder Beine wachsen lassen. Für einiges davon gibt es Zauberei, Wunder hingegen – gerade die schicksalsverändernden Mirakel sind verboten, und auch Gott selbst kann keine solchen mehr wirken. Was Sie sich erhoffen, kann nur natürlich geschehen, und niemand kann es erzwingen. Die Wunder von Mutter Natur unterliegen keiner Kontrolle. Sicher haben Sie davon in Ihrer Ausbildung gelesen, nicht wahr?«

»D-dunkel erinnere … ich erinnere mich … ich …«

»Wenn Sie mir nicht glauben, fragen Sie doch ihn!«

»Was?« Herr Flauns Verwirrung manifestierte sich in heftigem Zittern, und Balthasar wusste, dass er ein Stück zu weit gegangen war.

»Jesus. Der hängt direkt hinter Ihnen.«

»Jesus?« Die Stimme des alten Mannes war nur noch ein Quieken.

»Ja, genau der, verdammt noch eins.«

Bebend vor Nervosität drehte sich der Zauberer um und hob die Hände zum Gebet. Phillip ließ derweil seine Birne kreiseln und richtete zuckende Schultern gegen Balthasar. »Ich weiß, was ich tue«, zischte Balthasar, und Phillip ächzte leise.

»Lieber Jesus Christus im Himmel … Ist es wahr, was d-diese Herren mir erzählen? Stimmt es, dass i-ich niemals ein Wunder … dass ich … bitte, ein Zeichen … ich …«

Für das laute Gewitter wollte sich Balthasar selbst loben. Der Baum im Vorhof des Hauses eignete sich perfekt für die maximale Wirkung von brennendem Busch, gepaart mit dem liebsten Gotteszeichen der Menschen: Blitz und Donner.

Herr Flaun schrie auf und zeichnete fahrig mehrere Kreuze vor seiner Brust.

»Wer auch immer Ihnen das mit dem Wunder versprochen hat, er benutzt Sie. Und wir müssen alles wissen.«

»A-aber Sie sind …«

»Ein Erzdämon.«

Aus Herrn Flauns Mund bildete sich ein schmaler Strich, doch während die Haussirenen ansprangen, da eine große Eiche nur wenige Meter weit entfernt in Flammen aufging, nickte er bloß ergeben.

»I-ich habe jeden Abend gebetet, ich habe mir gewünscht, dass mir der Weg gewiesen wird … wir singen seit Wochen für den Meister, und noch ist nichts geschehen, was uns geholfen hat. Ich wusste, er würde mich nicht im Stich lassen und jemanden schicken! Mir den wahren Weg zeigen …«

Balthasar kämpfte mit dem Drang zu knurren, und Phillip gackerte vor sich hin, kicherte etwas von »Bote des Herrn«.

»Also? Wir hören?«, zischte Balthasar mit unterdrückter Wut. Alles an diesem Mittag ließ alten Zorn aufkochen. Sektenversprechungen an Menschen, die große Not litten, das waren Zeiten, die er lange hinter sich gelassen hatte.

»V-vor einem Monat kam eine junge Frau zu mir … sie berichtete von der Heilung ihres Rheumas und wollte das Wunder mit mir teilen. Sie hat mir geholfen, meine magischen Fähigkeiten auszubauen, m-mir diesen Armreif geschenkt. Er ist bei Weitem besser als der Stab, den ich von meinem Vater erbte und … und sie hat mir Wissen angeboten, wenn ich die Kunde ihrer Wunder verbreiten würde …«

»Wohin führt die Verbreitung eurer kleinen Wundersekte?«

»Wir bekommen Lieder …« Herr Flaun zuckte mit den Schultern und kramte schon wieder in seiner Robe. Zum Vorschein kam diesmal ein Blatt Papier, es war ein wenig angeknickt, und zu Balthasars Missfallen fühlte es sich feucht an, als er es entgegennahm.

»Scheiße.«

»Superscheiße«, fügte Phillip hinzu, der sich über seine Schulter gebeugt hatte.

»W-wie meinen?« Inzwischen hatte Herr Flaun seine Zigarette fast völlig aufgeraucht und suchte bereits nach einer zweiten.

»Damit beschwört man Kleindämonen. Hat sicher ganz schön Eindruck geschunden mit all dem Nebel und dem Höllenfeuer, nicht?«

»Wir haben Dämonen beschworen?«, schrie der Zauberer und sprang entsetzt auf.

»Das deckt sich mit den Problemen mit dem Dämonenrave im Park damals und auch mit dem Schleimer …«, nuschelte Phillip, und Balthasar nickte nachdenklich. Es handelte sich nicht einfach um ein paar Vampirbrüder, die zu alter Macht griffen. Sie mischten sich dabei in die Unterwelt ein, und offenbar gab es genügend Teufel, die ganz begierig darauf waren mitzuspielen. Unter dem Deckmantel solcher sektenähnlichen Gruppen fielen sie lange nicht auf, die Nosdrofs wurden vorsichtiger, aber zugleich umso dreister.

»Wir würden Sie bitten, über unser Hiersein Stillschweigen zu bewahren und … mit uns in Kontakt zu bleiben. Wäre das möglich, Herr Flaun?«

»I-ich?« Der Zauberer hatte sich gleich drei Zigaretten in den Mund geschoben und war gerade dabei, sie anzuschnippen.

»Als Spion sozusagen.«

Einmal mehr fielen die Glimmstängel zu Boden, und Phillip erhob sich seufzend.

»Gibt sicher gutes Karma, wenn man dem Göttlichen hilft«, merkte Balthasar an, woraufhin es erneut donnerte. Seltsam, diesmal war er nicht dafür verantwortlich gewesen und schaute sofort misstrauisch zum alten Holzjesus.

»Ja, natürlich Herr, ähm, Herr Dämon, das werde ich!«

»Phillip wird Sie instruieren, ein Verschwiegenheitsflu …, äh …zauber wird Sie schützen und … oh …« Balthasar sprang sofort auf. Ein Kribbeln in seinem Nacken breitete sich über seinen ganzen Körper aus. Er spürte Stress, Dringlichkeit und ein klein wenig Verzweiflung.

»Verfluchter Dreck!«

»Was?«, wollte Phillip wissen.

Doch ehe Balthasar »Meine Frau« sagen konnte, war er auch schon verschwunden.

Kapitel 14
Happy Birthday

»Was ist das denn für einer?«, kam es kritisch von Amelie, als sie Balthasar entdeckte. Sie war vermutlich die einzige Person auf der Welt, die diesen Mann mit »Was ist das denn für einer« betitelte. Entsprechend irritiert starrte er auf Monas beste Freundin hinab.

»Was ist das denn für eine?«, erwiderte er, flüsterte fast. Ja, sicher – sein Blick konnte Leute töten, aber das, was Amelie ihm nun entgegenwarf, war ein Ausdruck des Hasses, der sogar den Dämon etwas zurückweichen ließ.

»Ich hab zuerst gefragt, das ist meine Wohnung! Und Oger sind hier nicht willkommen«, zickte sie zurück, ging in Lauerhaltung wie bei einem Boxkampf.

»A-Amelie! Das ist Balthasar!« Mona griff nach den Schultern ihrer Freundin und versuchte, sie ein wenig von ihm wegzubewegen. Erstaunt wandte sich Amelie zu ihr um, ihr kritischer Blick traf nun Mona, die gern zurückgewichen wäre, doch die Wand war im Weg. Sie standen in dem winzigen Flur von Amelies beengter Zweizimmerwohnung, und seit dem Erscheinen des Erzdämons hatte Mona das Gefühl, gleich von dem schmalen Gang erdrückt zu werden.

»Das da? Sicher? Deiner Erzählung nach hatte ich mir etwas anderes vorgestellt. Und der war mal ein Gott? Mhh …« Amelies Blick wanderte einmal von seinen Füßen zu Balthasars Gesicht, sie schnalzte mit der Zunge und schüttelte den Kopf. »Naaaaja …«

Feuer loderte in seinen Augen auf, da half auch Monas diplomatisches Lächeln nichts, sie meinte sich zwischen zwei knurrenden Hunden und war sich nicht sicher, wer von beiden zubeißen würde. Amelie hatte ein tiefsitzendes Misstrauen gegen Balthasar entwickelt, und da diese Frau immer direkt, offen, ehrlich, vor allem aber schlecht gelaunt war, entlud sich gerade aufgestauter Ärger. Sie hatte zwar gemeint, Monas Gefühle für ihn zu respektieren, doch sie hatte ihr auch versichert, bis ans Ende der Zeit Wache zu halten, um ihn beim geringsten Anlass zu zerfleischen. Ihr traute Mona alles zu, sogar den Kampf mit einem Erzdämon. Wortwörtlich.

»Ich dachte, er kommt nicht«, maulte Amelie.

»Ehh … d-das war noch in der Schwebe!« Auf Monas Lüge hin knarzte der Fußboden, und Balthasar rollte sofort mit den Augen. Zum Glück sparte er sich den Kommentar, sondern bedachte sie lediglich mit einer hochgezogenen Augenbraue und griff lässig in seine Hemdtasche. Mona hoffte, dass er nicht nach seinen Zigarren suchte, denn dann konnte auch sie ihn nicht mehr vor Amelie beschützen.

»In der Schwebe? Mann, Moniii! Ich plane mit genauer Gästezahl, ist dir das klar? Das ist mein Geburtstag, wenn heute etwas schief …«, führte ihre Freundin gerade aus, da wurde ihr Blick auf ein plötzlich vor ihrer Nase erscheinendes Bündel Geldscheine gelenkt.

»Happy Birthday.« Balthasar klang eher, als wolle er sie ver- und nicht beglückwünschen, aber Amelie interessierte sich wohl nicht für die zynische Tonlage, sie schnappte sofort nach dem beachtlichen Geldbündel. Zwischen den Scheinen konnte Mona etwas Violettes erkennen, und auch Amelie entdeckte die entsprechende Note, kommentierte sie mit einem Pfeifen. Langsam zählte sie die restlichen Banknoten und leckte sich über die Lippen. Ihr Blick wanderte nach oben zu dem locker drei Köpfe größeren Balthasar. »Vielleicht ist dein Oger ja doch kein totaler Reinfall«, stellte sie fest. Seine Mundwinkel zuckten kurz hoch, es sah fast nach einem Lächeln aus, ehe sich zwischen dem Dämon und Monas bester Freundin wieder eine Wand aus Abneigung bildete. Für so viel dicke Luft hätte es eine Kettensäge gebraucht, und doch versuchte Mona einen beherzten Schnitt mit einem Räuspern.

»Ehhrm … Schön!«, kiekste sie. »D-dann habt ihr euch endlich kennengelernt. Das freut mich. I-ich bring ihn ins Wohnzimmer und du … deine Torte?«

Amelie nahm den Wink mit einem Schnauben an. Energisch drehte sie sich herum und stapfte in die Küche, um ihren Geburtstag weiter vorzubereiten, denn die Gäste konnten jeden Moment eintreffen. Das war auch der Grund, weshalb neben Mona nun ein knurrender, missgelaunter Erzdämon stand und sie anstarrte.

»Und? Was ist die Art deines emotionalen Notfalls?«, hakte er nach, doch sie schüttelte den Kopf. Vorsichtig zog sie ihn am Arm mit sich in das Wohnzimmer, falls man es so nennen wollte. Vier Wände, vollgestellt mit unter anderem einem noch ausgefahrenen Schrankbett, dazu ein schmaler Schreibtisch, überladen mit drei PC-Monitoren, daneben stand ein dickes Sofa, das niemals für so wenig Platz gedacht war, und trotzdem hatte sich ein passender, niedriger Tisch dazugesellt, auf dem tonnenweise Süßigkeiten auf die Gäste warteten. Zu allem Überfluss schmückten grüne Girlanden, Ballons und diverse andere billige

Partydeko den kleinen Raum. Das wäre gar nicht nötig gewesen, denn jeder Winkel in Amelies Wohnung war ohnehin schon in ihre Lieblingsfarbe getaucht. Neben dem winzigen Balkon hatte Amelie eine notdürftige Bar aus Kartons und einer Holzplatte mit Tischdecke errichtet, und Mona fühlte sich sehr an ihre Studienzeit zurückerinnert, fixierte sehnsüchtig die wartende Bowle.

»Sorry, ist etwas beengt, aber wir nehmen später den Raum ihrer Mitbewohnerin dazu und …«

»Soll ich diesen Kobold für dich verschwinden lassen? Hast du mich deshalb gerufen?«, fiel er ihr ins Wort.

»W-wen?«

»Amelie!«

»Ehhh nein, nein! Sie ist meine beste Freundin!«

»Hast du gesehen, wie sie mit mir geredet hat? Oger? Ich bin kein Oger!«

»Sorry.«

»Ach ja?« Den Ärger konnte sie nachempfinden, niemand mochte Respektlosigkeit, und Balthasar reagierte immer besonders empfindlich, wenn man in ihm etwas Schlechtes sehen wollte.

»Amelie meint das nicht böse. Es ist ihr Geburtstag, sie ist angespannt. Vor allem … sorgt sie sich um mich. Ihr werdet euch schon noch besser kennenlernen!« Mona hüstelte nervös. Zu welchem Gott sie wohl beten musste, damit sich Lieblingsmensch und Lieblingsdämon verstanden?

Starker Charakter war eine unzureichende Beschreibung für das Selbstvertrauen Amelies, das jeden Kino-Actionhelden wie einen Weichkeks aussehen ließ. Zudem waren sie und Balthasar sich erschreckend ähnlich. Beide teilten einen gewissen grummeligen Grundcharakter und verwandelten sich bei schlechter

Laune in einen Kleinstadtrentner, dem man auf den Rasen getreten war. Zur Schulzeit war Amelie der Erzdämon in Monas Leben gewesen, rettete sie seit der Grundschule. Zwar hatten sie sich durch das Studium etwas aus den Augen verloren, aber Mona bemühte sich zurzeit wieder sehr darum, ihre Freundschaft zu stärken. Nicht auszudenken, ihre beste Freundin und ihr Mann würden sich nicht verstehen.

Immer noch stierte Balthasar sie an, als erwarte er von ihr irgendein Wunder oder gar eine Entscheidung.

»Wieso bin ich hier, Schatz?«, zischte er.

»Ach, ich weiß auch nicht…« Die Lüge las sich aus Monas Augen sicher ab wie in einem Bilderbuch, da brauchte es nicht das verräterische Knarren der Dielen unter dem Teppich.

»Du weißt es nicht?« Seine Ungeduld nahm einen ärgerlichen Klang an, wie immer, wenn sich Mona so sperrte.

»Es ist… also die Feier…«

»Ja, ja, ja! Ich weiß… und ich erinnere mich, dass du ohne mich hierherwolltest!«

»Weil ich mir sicher bin, dass dir die Party nicht gefallen wird.«

»Dir ja offensichtlich auch nicht, oder?«, stellte er fest, und sie musste ihm da leider recht geben. Diesen Abend wollte sie ihm ersparen, da sich junge Spießer und Dämonen eher selten vertrugen, es sei denn, es handelte sich dabei um Jurastudenten. In Gedanken hörte sich ihr Notfall, weswegen sie ihn beschworen hatte, zudem ganz fürchterlich trivial an, es war ihr selbst peinlich.

»Sie hat Leute eingeladen«, erklärte sie.

»Das macht man so auf Partys, nicht?«

»Ja, schon.«

»Und?«

»E-es sind halt einige alte … Freunde.«

Frustriert schob er den Unterkiefer vor.

»S-Spieleabend!«, brach es aus Mona heraus, als handele es sich dabei um die Apokalypse persönlich, was auch gar nicht so fernlag, denn Tod, Pestilenz, Hunger und Krieg hatte Amelie in Form von ehemaligen Mitschülern tatsächlich eingeladen. »Ich hatte keine Ahnung! Sonst hocken wir nur rum und unterhalten uns. Sie hat das als Überraschung geplant und … Dreck, ich hasse Spieleabende!«, zischte sie so leise wie möglich, denn Amelie besaß nicht nur die Reflexe einer Raubkatze, sondern auch ihr Gehör. »Ich … bin ja echt gerne bei ihrem Geburtstag, aber ich kann die Leute aus meiner alten Klasse nicht leiden …«, führte sie weiter aus. »Und die mich auch nicht. Glaube ich.«

»Verstehe.«

Mona knirschte mit den Zähnen, ihre Finger waren eifrig damit beschäftigt, ihren schwarzen Nagellack zu zerstören.

»Mein Fehler, sorry. Ich hätte das ahnen müssen …«, murmelte sie verlegen. Balthasar griff behutsam nach ihren Händen, im Vergleich zu seinen waren sie eiskalt. Herumdrucksend, mit sich ringend suchte ihr Blick den Boden ab, ehe sie ihrem Erzdämon einen großen Augenaufschlag schenkte und überraschenderweise ein mildes Lächeln entdeckte.

»Wenn ich jemanden für dich in Asche verwandeln soll?«, bot er an. Er meinte es nicht ernst, den Sarkasmus hörte auch Mona heraus und musste schmunzeln. »Warn mich das nächste Mal vor, dann bin ich nicht so fürchterlich overdressed.« Er deutete auf sein rotes Jackett und den dunkelgrauen Kaschmirrollkragen.

»Och, eigentlich passt das ganz gut?«, meinte sie nur schulterzuckend.

Sein Blick wanderte über Monas kleines schwarzes Kleid, und er hob wie so oft eine Braue. »Hast du da wieder nichts drunter, Hexe?«

»Balthasar!«

Gerade lockerte sich die Stimmung, da klingelte es an der Tür, und der Druck seiner warmen Hände verstärkte sich. Mona und er sahen einander unglücklich an. Sie hörten Amelie über den Flur poltern und dann ein hochfrequentes Quietschen, das neue Gäste begrüßen sollte.

»Es tut mir so leid«, nuschelte Mona mehr zu sich als zu ihm. »H-hilfst du mir, das Bett noch hochzuklappen?«

Ein Stöhnen, doch Balthasar nickte. Der zwei Meter große Mann hatte keine Mühe, das kleine Bett in den Schrank zu befördern, und nun bot der Raum genug Platz, um sich darin so etwas Ähnliches wie eine Party vorstellen zu können. Eine sehr körpernahe Party. Hoffentlich fehlte die für solche Feiern übliche Menge an Gästen.

»Danke dir …«

»Mona … Sag mir, dass ihr Alkohol habt.«

»Nicht genug für dich!«

»Verdammt.« Balthasar fuhr sich mit der Hand über das Gesicht, und Mona beobachtete mit Unbehagen, wie Amelie sich in die Wohnungstür hängte und ihren Hals in den Flur reckte.

Geburtstagsfeier. Freunde. Gesellschaft. Ja – vor allem die Gesellschaft würde heute über Pest oder Cholera entscheiden.

»Weißt du, es ist so … Mein Exfreund ist auch eingeladen«, gab sie kleinlaut zu.

»Daher weht der Wind.«

»Amelie hat zwar gefragt, ob es okay ist, aber ich wollte nicht die Spielverderberin sein und nein sagen. Es kommen auch so viele von seinen Freunden. Es wäre komisch gewesen.« Wieso sie flüsterte, wusste Mona selbst nicht.

»Das darf doch einfach nicht wahr sein!«

»Er ist immer so komisch, weißt du?« Mona würgte leise.

»Super … Mit Exfreunden kenne ich mich aus, die landen haufenweise in der Hölle.« Balthasar lachte gehässig und erntete einen Ellbogenstoß in die Seite.

»Hilf mir lieber, damit du verschwinden kannst!«, tadelte sie ihn.

»Soll ich dich nicht lieber mitverschwinden lassen?«

»Nein, dann ist Amelie wütend! Und die willst du nicht wütend erleben! Glaub mir!« Ihre beste Freundin war einer der Gründe, weshalb Mona sich nicht vor gehirnsaugenden Zombies und blutsüchtigen Vampiren fürchtete. Einmal zu Fasching hatte sich Amelie als Clown verkleidet. Nachdem jemand seinen Drink auf ihrem Kostüm verschüttet hatte, erinnerte der Abend an die Liveperformance eines Stephen-King-Romans. Zugegeben, Balthasar hätte sich bestimmt köstlich amüsiert.

»Und jetzt? Wie soll ich dir helfen? Darf ich wenigstens deinen Ex verschwinden lassen?«, blaffte er genervt.

»Nein. Das ist doch keine Lösung.«

»Och, ich find sch … hey!« Wieder kassierte er einen Stoß in die Rippen.

»Weißt du … Torben und ich sind schon seit Jahren getrennt und trotzdem … ach, ich weiß nicht.« Mona seufzte. »Warum sind Menschen nur so anstrengend?«

»Das fragst du mich?« Balthasar hob eine Augenbraue und sie lachte, es klang wie ein Schnauben. So gesehen fühlte sie sich im Vergleich zu ihrer Schulzeit unter Menschen beim Unvolk deutlich wohler, in Anwesenheit eines Dämons sogar richtig normal.

Sie blickten beide hinüber zum Durchgang in den Flur. Mona konnte einen Haufen Schatten beobachten, junge Menschen, die sich gerade ihrer Jacken entledigten und von Amelie mit Hausschuhen eingedeckt wurden, die unangenehm rosafarben glitzerten und leuchteten. Sie schielte zu Balthasars teuren Lederschuhen, er war ihrem Blick gefolgt.

»Lass sie das lieber nicht sehen, Schuhe im Haus sind ihre Nemesis«, warnte Mona und überlegte, wie sie ihn dazu bringen konnte, Plüschhäschen-Pantoffeln zu tragen, und ob sich das nicht alleine für ein Foto schon lohnen würde.

»Ist er das?«

»Ehh?«

Ein junger Mann reckte auffällig unauffällig seinen Hals in ihre Richtung. Kurze braune Haare mit so übertrieben viel Haargel, dass sie im schwachen Flurlicht glänzten und mit Sicherheit furchtbar stachelten. Dünn war er geworden, schlaksiger, fiel es Mona auf. Der Dreitagebart stand ihm tatsächlich, aber sie durfte feststellen, dass sich kein Gefühl der Zuneigung mehr in ihr regte, und das ließ sie erleichtert aufatmen.

»Ja … das ist er.«

»Lass ihn mich wenigstens verfluchen. Dann grunzt er den ganzen Abend, wenn er lacht«, bot Balthasar mit einem Grinsen an.

»Das tut er ohnehin schon. Aber danke.« Sie fühlte die innere Anspannung sinken, immerhin war sie nicht alleine mit dem verflixten Spieleabend und ihrem Exfreund, den sie oft genug in die Hölle gewünscht hatte. Zumindest den dort regierenden Dämon würde er heute kennenlernen.

Einen Augenblick später standen fünf ehemalige Mitschüler von Mona in dem kleinen Zimmer, und im Gegensatz zu Amelie war ihr erster Eindruck von Balthasar mit der gewohnten Reaktion verbunden. Was vielleicht auch an dem schicken Jackett, seinem Rollkragenpullover und der teuren Hose lag.

Das erwartete Anstarren dauerte nicht lang, dazu gab es offene Kiefer, wandernde Blicke und erhöhten Puls. Mona sah ihnen an, dass sie fliehen wollten, aber nicht konnten. Der Mensch spürte den Dämon, war hin und her gerissen zwischen Angst, Ehrfurcht und Anziehung. Den Sinn für das Übernatürliche besaß jeder, nicht nur Hexende, dieser Instinkt war jedoch nicht ausgeprägt genug, um über das Unbewusste hinauszureichen. Es war meist der Geruch, der Dämonen auch an Menschen verriet.

Ja, der oftmals Unsinn sprechende Nachbar, der zweimal am Tag den Feueralarm betätigte, bildete sich das Aroma karamellisierter Orangen mit Osterfeuer vielleicht gar nicht ein. Eventuell roch er einfach nur seinen Vermieter bis über den Hausflur. Es war bekannt, dass Hausverwalter von renovierungsbedürftigen Stadthäusern in Frankfurt Mitte unmenschlich waren, kaum jemand ahnte jedoch, *wie* unmenschlich. Und all das erklärte zudem, wieso es in Stadtparks gerne nach verbrannter Mülltonne stank, obwohl nirgends ein Feuer zu sehen war. Nicht alle Dämonen rochen gut. Wer sich als Kreatur der Hölle bei Nacht in einer Parkanlage rumtrieb, gehörte nicht zu den oberen Stufen des Teuflischen. Niederrangige Teufel waren wie Kleinverbrecher. Und wenn Mensch dann morgens in der Grünanlage joggen ging, machte er gerne Bekanntschaft mit ihren Hinterlassenschaften, die man fälschlicherweise den armen Hunden zusprach.

»Scheiße …«, murmelte Mona leise, nachdem sie allen nett zugenickt hatte und Balthasars finsterer Blick die Begrüßung überspringen ließ. Nervös setzte Mona ein gezwungenes Lächeln auf und sah sich dann mit Torben konfrontiert, der leider nicht von der Dämonenaura aufgehalten wurde. Es gab Menschen, die trampelten über jede Schwingung hinweg, egal wie teuflisch sie war.

Demonstrativ legte er einen Arm um die Schultern seiner Begleitung, die ihm nur unwillig folgte und offensichtlich überall lieber gewesen wäre als in Balthasars Nähe. Mona kannte sie noch aus der Parallelklasse. Kastanienbraune Haare, dunkle Augen, ein hübsches rundes Gesicht. Stolz blitzten Torbens Zähne auf, und er führte seine Neue vor Mona wie einen Zuchtpudel zum Bewertungspult.

»Wie nett, dich mal wieder zu sehen, ist ein wenig her. Manuela kennst du ja sicher noch?« Er sprach mit Mona, doch sein Blick huschte zu Balthasar, der über ihr thronte wie ein Bär. Als sich ihre Blicke trafen, erstarrte Torben vorerst, und sein Lächeln bekam qualvolle Züge. Schnell blickte er sich zu seiner Freundin um. »Schatz, das hier ist Mona, ich hab dir von ihr erzählt!«

Mona beließ es bei ihrer liebsten Art zu kommunizieren, sie nickte nur, hob die Augenbrauen. Diesen Leuten war sie nichts schuldig, diesem Kerl schon gar nicht.

»Und das ist?«, fragte Torben spitz, als Mona keine Anstalten machte, ihn vorzustellen. Balthasars Hand fuhr über ihren Arm und fand zu ihren Fingern. Er drückte ihr einen Kuss auf den Scheitel und knurrte, während er sprach. »Balthasar Hass, Monas Ehemann, sehr erfreut.«

Erschrocken quiekte Torben ein »Bittewas?« heraus. Seine weit aufgerissenen Augen entlockten Mona ein Schmunzeln.

Den Partner vorzuführen war eine primitive Art des Wetteiferns, für die sie sich nie interessiert hatte, denn so etwas bedeutete Stress. Vor allem setzte es eine Partnerschaft mit Leistung gleich, und das war nicht nur ungesund, sondern auch unmöglich. Menschen waren keine Statussymbole. Und trotzdem – Schadenfreude tanzte koboldartig in ihr herum, vermutlich um ein selbst entzündetes Lagerfeuer, bestehend aus den Erinnerungen an ihren Exfreund. Dieses Etwas in ihr freute sich diebisch über Torbens entglittene Gesichtszüge.

Es war Manuela, die diese Gelegenheit nutzte und ihren eingefrorenen Freund mit sich zerrte, um Abstand zwischen sich, den Dämon und die Ex zu bringen. Zum Glück hatte Amelie die Tür zu ihrer Mitbewohnerin aufgeschoben, und die zwei offenen Zimmer ließen sich beinahe schon mit Worten wie *geräumig* und *Platz* beschreiben.

»Wie lange müssen wir das durchhalten?«, raunte Balthasar Mona ins Ohr, ehe er sie auf die Wange küsste.

»Zu lange.«

Kapitel 15

Vier gewinnt, einer raus!

Kaum füllte sich die Wohnung, wirbelte Amelie durch die Räume und verteilte Gläser mit Bowle. Ohne abzuwarten, kippte Mona das übertrieben süße Zeug hinunter. Damit entlockte sie sogar Balthasar ein Lachen. Er verzichtete auf den widerlich nach Waldmeister stinkenden Sirup und reichte seinen Becher an sie weiter. So schlecht ihr selbst von dem Geruch wurde, sie nahm dankbar an.

Insgesamt neun Personen standen nun versammelt um den niedrigen Sofatisch, alle trugen artig ihre grün glitzernden Partyhüte, bis auf Mona und Balthasar, deren Kopfbedeckungen aus unerfindlichen Gründen bei Kontakt mit den Händen des Dämons in Flammen aufgegangen waren. Im Hintergrund dudelte eine Partyplaylist und lockte mit Ohrwürmern aus den frühen 2000ern. Und dann gab es da neben der üblichen Schokoladentorte noch Chips, Luftschlangen, Sekt und ein übergroßes Whiteboard, das mit der verlockenden Überschrift *Maus und Käse* drohte. Eine deutlich harmlosere und zeitgemäßere Beschreibung für das alte Spiel *Galgenraten.*

»Es ist voll schön, dass ihr heute alle hier sein könnt. Meine besten Freunde«, Amelie drehte sich herum, »und der da«, sie starrte Balthasar kurz böse an. »Ich danke euch fürs Kommen! Heute würde ich mir wünschen, dass wir … wieder mal was von früher machen. Ich dachte an unsere alten Geburtstage.«

Mona unterdrückte ein genervtes Stöhnen.

»Wisst ihr noch? Spieleabend?« Amelie quietschte vor Freude, die anderen lachten, Mona kämpfte gegen eine innere Verwünschung an.

»Hilf mir!«, flüsterte sie Balthasar zu, doch der schien ähnlich verzweifelt bei dem Gedanken an Gesellschaftsspiele.

»Verfluch halt irgendjemanden!«, fauchte er.

»Mir fällt nur grauenvolles Zeug ein.«

»Mir auch!« Sie teilten einen leidvollen Blick.

»Dafür will ich Nudeln mit Sauce!«

»Kriegst du!«

»Und zwar beide Versionen!«

Maus und Käse. Dem konnte sich Mona vorerst entziehen. Einfach nicht mitraten. Amelie hatte diesen Abend bereits seit Monaten geplant, Mona hatte ihr das Whiteboard und andere Utensilien organisiert und bereute ihre Hilfe nun zutiefst. Vor allem, weil das Geburtstagskind plötzlich darauf bestand, dass jeder einmal eine Runde leiten musste. Glücklicherweise tat sich niemand mit dem kurzen Wort *Hölle* schwer, das sich alleine schon durch Balthasars flammenden Blick erraten ließ.

Auch das beliebte, aber überbewertete *»Wer bin ich?«* gestaltete sich erstaunlich einfach. Als es darum ging, Amelies Person herauszufinden, hielt Mona ihrem Dämon kurzerhand den Mund zu, was zwischen ihnen zu einem Gerangel führte, als er ihr über die Finger leckte. Dann brauchte Mona nur einen Versuch, um Balthasars Identität zu erraten: *Erzdämon*, und sie überlebten auch diese unangenehme Spielerunde.

Leider entwickelte sich dann Monopoly beinahe zu einer Schlacht, an der nach zwei Stunden nur einer als Sieger hervorgehen konnte, und Mona hatte nun eine vage Vorstellung, weshalb Balthasar sich maßgeschneiderte Anzüge leisten konnte. Am Ende gehörten ihm alle Straßen, die Halskette von Tanja, das Ausklappbett von Amelie und die Vormundschaft von Manuelas Erstgeborenem.

Als es dann endlich um Scharade ging, ein Spiel, das Mona jeden Tag mit einem Skelett üben musste, scheiterte ihr Sieg lediglich an Balthasars dämonischen Ratekünsten.

»Opfern«, riet er schon zum zweiten Mal.

»Nein!«

»Foltern!«

»Was? Nein!«

»Bei lebendigem Leib verbrennen!«

»Wie kommst du von dieser Bewegung auf *verbrennen*?«

»Aufspießen.«

»Ehhhh … ne, also … ehh …«

»Also entweder stichst du oder holst 'nem Unsichtbaren einen runter!«

»Nein! Verdammt, Balthasar, das ist das Horn eines Einhorns! Schau doch!« Sie gestikulierte wild mit ihrer Hand an ihrer eignen Stirn.

»Ich seh's nicht …«

Wenigstens wollte niemand, dass der zwei Meter große Mann mit dem Muskelgewicht von gut hundert Kilo bei *Twister* mitmachte. Mona verneinte mit einem ehrlichen »Nur über eure Leichen!« und kümmerte sich stattdessen um die Vorbereitungen für den späteren Partyverlauf. Denn gegen Abend ging es nur noch um Musik, Getränke, lockere Unterhaltung und Beisammensein. Dazu hatte Amelie Nachbarn, Freunde von

Freunden und Arbeitskollegen eingeladen. Innerhalb von einer Stunde war die viel zu winzige Wohnung brechend voll mit feiernden Menschen und die Bar mit Bowle und Cocktails endlich offiziell eröffnet. Mona stürzte sich auf die Waldmeistermischung, die sie sofort mit einer ordentlichen Dosis Wodka verfeinerte. Angewidert schob Balthasar sein Glas beiseite und beobachtete misstrauisch, wie sie sich gleich zwei volle Becher organisierte.

Unter einer Party stellte sich der Dämon ganz andere Feierlichkeiten vor. Diese beinhalteten auch eine gewisse lockere Stimmung und Musik, manchmal nackte Haut – Nervensägen hatten jedoch Hausverbot. Jemand wie Torben wäre maximal auf einem Foltertisch gelandet, damit man sich über sein Gejammer amüsieren konnte. Und so einen Tisch wünschte sich Balthasar sehnlichst herbei, denn der junge Mann schien aus irgendeinem Grund mit ihm sprechen zu wollen. Wieder und wieder hatte er das Haupt reckend nach seiner Ex Ausschau gehalten, aber da Mona es schaffte, in dem dunklen, kleinen Raum mit den Schatten zu verschmelzen, hatte sich Torben wohl in den Kopf gesetzt, wenigstens mit Balthasar zu reden. Denn die neugierigen Blicke des dünnen Mannes galten nun ihm, und leider konnte sich ein großer Erzdämon nicht einfach hinter einer Topfpflanze verstecken. Unzufrieden funkelte Balthasar seine Frau an, die es sich mit einem randvollen Glas Waldmeisterbowle im Schutze eines Ficus bequem gemacht hatte. Neben ihm räusperte sich schon der Exfreund, und Balthasar schickte ein inneres Stoßgebet an sich selbst, aber da konnte ihm nicht einmal die eigene Göttlichkeit weiterhelfen.

»Naaaa?«, schnurrte Torben wohl auf Smalltalk abzielend.

Langsam drehte sich Balthasar zu ihm herum und ärgerte sich, dass er auf den Kerl nicht herabsehen konnte. Denn leider war der Ex nur ein wenig kleiner als er.

»Du und Mona also«, stellte Torben fest, und Balthasar nickte mit seinem grimmigsten Grinsen, zumindest versuchte er sich daran, aber das konnte Torben auch nicht abschrecken.

»Tss, tss, tss. Da ist sie verheiratet, soso! Hätte ich nie gedacht!«

»Wieso?«, hakte Balthasar nach, ärgerte sich sofort über die Gegenfrage, ahnte, dass er damit die Pforten zu den Abgründen einer seichten Unterhaltung eröffnet hatte.

»Unsere süße Rebellin und die Ehe, hätte ich mir nie träumen lassen.«

Jetzt wusste Balthasar, warum dieser Kerl Mona zum Würgen brachte. Seine dreisten Worte waren die letzten nötigen Funken an diesem verkorksten Abend. Innerhalb von Sekundenbruchteilen stand Balthasar innerlich vor Zorn in Flammen – was ihm leider die Möglichkeit für eine Antwort nahm, denn alles, was er hätte sagen wollen, sprengte den Rahmen der menschlichen Sprache.

»Du und Moni, ihr kennt euch schon lange?« Torben zeigte sich unbeeindruckt von der durchbrechenden Dämonenaura. Selten traf man auf Menschen, die wirklich nur auf ihre körperlichen Sinne beschränkt waren, und Balthasar war für den Moment zu überrascht, um sich weiter zu ärgern. Offenbar war Torben völlig unternatürlich, wie man es in Fachkreisen gerne nannte. Neben Sehen, Hören, Fühlen, Riechen, Schmecken, Temperaturwahrnehmung, Schmerz und Gleichgewichtssinn gab es noch den Blick des inneren Auges, der sich nur durch vollständige Verweigerung von Kreativität trüben ließ. Es zeigte dem Menschen goldenes Glitzern an dunklen Orten, ein Flüstern in absoluter Stille und manchmal einen Regenbogen ohne Regen. Etwas, das Torben sich nicht einmal vorstellen konnte, und an diesem Punkt tat er Balthasar schon beinahe leid.

»Nicht?«, hakte Torben nach, dessen nächste Frage in Balthasars Nachdenken komplett untergegangen war.

»Ja«, antwortete er prompt, unsicher worauf, hoffte aber, dass die Taktik der knappen Antworten ihm einmal mehr nutzen würde.

»Interessant, na ja, mhh. Durchbrennen, das passt zu ihr. Das wäre ja nichts für mich, wie du ja sicher weißt. Sicher hat sie dir viel von mir erzählt, erste Liebe und so.«

»Nein.«

»Echt? Erstaunlich! Hätte ich nicht gedacht. Mh. Wirklich seltsam, findest du nicht?«

»Nein.«

Daraufhin glotzten Balthasar zwei große fragende Augen an, hinter denen ein Gehirn doch tatsächlich davon ausging, dass sich in Monas Leben noch sehnsüchtige Gedanken für ihren Exfreund fanden.

»Und? Läuft es gut? Ist ja immer noch so düster, die Süße. Dachte, das ist ’ne Phase! Du doch sicher auch, was?« Hohles Gelächter, untermalt mit einem Grunzen.

Monas Ex konnte von Glück reden, dass Dämonen sich unter Sterblichen zu benehmen hatten und Balthasar gerade vollends damit beschäftigt war, um seine Kontrolle zu ringen. Für *die Süße* und seine Unverfrorenheit hätte er ihn am liebsten sofort eingeäschert. Ein lautes Mantra in seinen Gedanken übertönte Torbens hohles Geplapper, das einfach nicht enden wollte, denn leider interpretierte der junge Mann Balthasars angestrengtes

Starren wohl als freundliche Aufmerksamkeit. Inzwischen tanzte das flimmernde Display eines halb kaputten Handys vor Balthasars Nase, und er starrte mit sich und der Situation überfordert auf das Foto einer Muschel.

»Mein ganzer Stolz! Zwar kein Bernstein, aber das wollen wir nächstes Jahr angehen, die Halbinsel läuft uns ja nicht weg!« Da war wieder dieses affektierte Lachen, und Balthasar ertappte sich bei einem irren Grinsen, so kurz stand er vor der Explosion.

»Fahrt ihr auch viel weg?«, fuhr Torben fort. »Habt ihr da so was schon gesehen? Schau mal; was für eine herrliche Aussicht! Oh, und da haben wir auch diese Führung mitgemacht, warte, ich hab hier noch ein Foto davon! Ahh schau, da hab ich mir den Zeh gestoßen, und wir mussten ins Krankenhaus.«

»Ist er dir abgefallen?«

»Was?«

Balthasar stöhnte genervt. »Ob er dir abgefallen ist.«

»Nein, natürlich nicht«, stammelte Torben verwirrt.

»Schade.«

»Was?«

»Ich muss jetzt… gehen…«, bemühte sich Balthasar und schaffte es tatsächlich, Torben damit zu verunsichern. Schnell brachte er so viel Abstand zwischen sich und die Klette von einem Ex, wie in dieser kleinen Wohnung möglich war. Er beschloss, es Mona gleichzutun, und suchte die Bar für einen Drink auf, verzichtete jedoch auf den Waldmeister in seinem Wodka und genehmigte sich die ganze Flasche.

»Das… hätte ich auch tun solln…«, nuschelte die Hexe, als er die leere Glasflasche neben ihr abstellte. Sie war wie eine Erscheinung aus dem Schatten heraus aufgetaucht und angelte nach der Kelle der Schüssel, um ihr Glas neu zu befüllen.

»Tja, nur reicht das nicht für einen Dämon!«

»Shhh …« Mühsam schaffte sie es, einen Finger vor ihren Mund zu halten.

»Glaubst du, jemand interessiert sich für mein wahres Wesen? Hm?«, murmelte Balthasar zynisch und rieb sich die Schläfen. Er bekam selten Kopfschmerzen, aber manche Menschen besaßen das Talent, ihn durch ihre bloße Anwesenheit krank zu machen. Vielleicht lag es auch an der x-ten Wiederholung von »*Mein Herz brennt*«, die sich in die Playlist geschlichen hatte.

»Mhhh …« Mona klang müde, ihr Blick war ganz glasig, und sie brauchte drei Anläufe, um sich von der Bowle nachzuschenken. Misstrauisch verfolgte er ihre unsicheren Bewegungen.

»Liebling, wann können wir gehen?«

»Ich hab Ameni verdochen … dass ich bis spät.«

»Ach, ich frag mich, wieso«, murmelte er.

Mona gab ein ausgedehntes Lachen von sich, das den süßen Klang von Waldmeister mit Wodka übernommen hatte. Aber sie schaute alles andere als glücklich drein, und die Bowle floss wohl auch nur durch ihre Adern, weil es den Abend erträglicher machte. Eine Verschwendung, Balthasars Meinung nach sollte man Rauschmittel zum Vergnügen einsetzen oder halt gegen Erkrankungen, nicht, um damit eine Party angenehmer zu gestalten. Doch was hatte er zu urteilen – sein Griff zur Wodkaflasche war zwar nicht der Absicht entsprungen, sich zu betrinken, hatte sich aber ähnlich verzweifelt angefühlt. Unangenehmen Situationen ging man aus dem Weg, Schwierigkeiten löste man. Ja, es wurde Zeit, Monas Problem zu lösen, dann würde sie aufhören, sich zuzuschütten, und er konnte endlich gehen, sie direkt mitnehmen. Seufzend kramte er nach seinem Autoschlüssel.

»Wenn das jetz so *plopp* einfach aufm Sofa erscheint«, kicherte Mona, die ihn dabei beobachtet hatte, wie er den Knopf an dem Schlüssel betätigte.

»Das ist ein Zerbercedes, der findet seinen Weg auf jeden Parkplatz – und räumt ihn frei, wenn es sein muss. Vielleicht erwischt er ja Torbens Auto.«

Anerkennend pfiff Mona durch die Zähne. »Hat doch Vorteile, so ’ne Protzkarre.«

»Ich protze damit nicht, sie ist, wie du richtig erkannt hast, sehr praktisch.«

»Na ja, bisschen protzig isse schon, hm? Aber brauchsu gar nicht, du hast doch nen Riiiiiesen-Penis!«

Balthasar fuhr sich mit der Hand über das Gesicht und knurrte. Es gab nur wenig, was niedlicher war als eine betrunkene Mona, die in diesem Zustand so gelassen klang wie nie zuvor – gleichermaßen entwickelte sie jedoch auch eine unnatürlich laute Stimme. Aber neben *Rammstein* und lärmenden, ebenfalls von Wodka getränkten Unterhaltungen war ihr Ruf wohl untergegangen, zumindest schienen die teilweise tanzenden, teilweise grölenden Partygäste keine Notiz von ihnen zu nehmen.

»Könntest du dich nüchtern hexen?«, bat er Mona, doch sie schüttelte energisch ihren Haarschopf, woraufhin ihr ein schwummriges »Ui, uff« entkam.

Vorsichtig hielt er sie an den Schultern fest. Inzwischen sah sie ein wenig zerrupft aus. Ihr kleines schwarzes Kleid war zwar vorne hochgeschlossen, der Rücken jedoch frei, und Balthasar bemühte sich, das leicht verrutschte Kleidungsstück zurechtzuzupfen.

»Du trägst ja wirklich nie Unterwäsche«, bemerkte er.

»Macht dich das scharf?« Mona leckte sich grinsend über die

Lippen, und er schluckte. So betrunken sie auch klang, so nüchtern sah sie aus. Besser, er ließ diese Frage unbeantwortet, denn der Umstand, dass er jedes Mal, wenn sie einander nähergekommen waren, auf bloße Haut traf, gefiel ihm mehr, als ihm lieb war. Falls die Hexe je herausfand, wie leicht sie ihn um den Finger wickeln konnte, war er geliefert.

»Tatschi-tasch?«, kicherte sie, und er ließ von ihrem zu knappen Kleid.

»Komm jetzt!« Er griff nach ihrer Hand und zog Mona durch den engen Raum, durch den angetrunkenen Haufen an Gästen bis in den Flur. Erstaunlicherweise stolperte sie nicht einmal, lediglich ihre Nase landete in seinem Pullover, als Balthasar stehen blieb und sie gegen ihn stieß.

»Du riechstsogut«, nuschelte sie und kuschelte sich an Balthasars Brust. Wenigstens hatten sie hier ein wenig Luft, vor allem aber Raum für sich. Dabei fiel jedoch noch deutlicher auf, dass Torben nach wie vor neugierig den Hals in ihre Richtung reckte.

»Ich werde dich jetzt abknutschen, ist das okay?«

»Ehhh?«, machte Mona und blinzelte verwirrt. Balthasar legte kurz den Kopf in den Nacken und schloss die Augen, seine Geduld war überstrapaziert. Die Vorstellung, sie einfach zu packen und via Feuersäule zu verschwinden war verlockend, aber Amelie hatte sicher etwas gegen Brandflecken an der Zimmerdecke.

»Ich biete Knutschen, damit lösen wir dein Problem, Mohnschneckchen.«

»Welches Problem?«

»Dein Ex, der dir immer noch wehzutun versucht. Wenn er einsieht, dass er verloren hat, dann …«

Aber die Hexe begann schallend zu lachen. Auch sie grunzte in dem Zustand leicht, was jedoch um Längen niedlicher klang, als alles, was Torben je von sich geben könnte.

»Wie will mir der denn wehtun?«, lallte sie und kicherte.

»Na, eure Trennung scheint … sie scheint ja Narben hinterlassen zu haben.«

Wieder gluckste Mona vergnügt, gab ein paar laute »Ha ha« zum Besten, bis sie schließlich den Kopf schüttelte. »Jahh … Brandnarbn.«

»Bitte was?«

»Also nein, aber fast … Als er und ich es tun wollten … na jaaaaa, du weisschon, mein Problem mitdn Flammen.«

»Moment. Verstehe ich das richtig? Du hast ihn beim Rummachen angezündet?«

»Jahhh … hat mir alles versaud, hatte so Panik davor und danach immer wieder Panik beim Gedankn dran. Und deshalb hab ich auch den Doktor Addah angesünded, denk ich … Ich wollte eigendlich nie … Kein Plan … Aber andere machns doch, dacht ich mir und so, also mach ich es auch einfach, aber das gehtsonich, nich für mich«, plapperte Mona vor sich hin, und Balthasar hatte große Mühe, ihr zu folgen. Er erinnerte sich an ihre Erzählung von dem feurigen Unglück auf dem Rücksitz eines Autos mit einem Großhexer, verstand aber nicht, was ihr Exfreund damit zu tun hatte.

»Was meinst du mit, du wolltest nie? Panik, Mona? Wieso Panik?«, fragte er alarmiert nach.

Seine Hexe blinzelte ihn unschlüssig an, vielleicht musste sie nachdenken oder ihr wurde übel, wobei magische Wesen ziemlich giftresistent waren. Ihr traute er jedoch alles zu.

»Na ja«, setzte sie von einem Schluckauf unterbrochen an.

»Torbn wollde es tun … also Sex und so … und ich noch nich, und dann wollde er Schluss machen, und dann hab ich es doch versuchd und war nervös und hatte Angst, und da hab ich ihn angesünded … da war er sauer … so sauer und … aaaaaber er hat ja trotzdem Schluss demacht, war alles für die Kads«, erklärte sie einigermaßen flüssig und nickte dann, wie um sich selbst zu bestätigen. »So war das, japp.«

»Ernsthaft?«

»Turns out«, sie erhob einen Finger, »sich su zwingn is für meine Feuerkräfte gans fatal!«

»Er hat dich gezwungen …«, flüsterte Balthasar zornig und ballte die Hände zu Fäusten.

»Na, ne, mehr überseugt, so mit Wortn …«

»Überzeugt? Nein, er hat dich erpresst! Sag es doch, wie es ist. Dieser Abschaum hat dich emotional erpresst!«

Daraufhin runzelte Mona die Stirn und starrte für einen Moment auf seine Brust. »Mhm …«, bejahte sie schließlich unangenehm gleichgültig klingend, und Balthasar spürte, wie etwas in ihm laut aufschrie. Diesmal war er es, der große Mühe hatte, nicht in Flammen zu stehen, und er unterdrückte mit aller Macht den Drang, einen Feuerball zu formen.

Nicht nur die Art, wie Mona davon berichtete, der ganze Inhalt und dazu der dreiste Dreckskerl, der es gewagt hatte, nach so einer Aktion auch noch den Geburtstag von Monas bester Freundin zu besuchen, mit ihr zu reden, mit Balthasar zu reden … Gleichzeitig entbrannte in ihm die fieberhafte Sorge, sie selbst unter Druck gesetzt zu haben.

Auf einmal war alles glasklar – wieso sie sich so sorgte, wieso sie diese Siegel trug, wieso sie ihn bei jeder Kleinigkeit vor Nervosität gleich beschwor. Natürlich war er sich bewusst gewesen, wie mächtig ihre Kräfte und zu welch enormem Schaden sie fähig waren. Aber er hatte keine Vorstellung gehabt, wie oft das schon geschehen war, wie traumatisiert sie das haben musste. Von Anfang an, seit ihrer Geburt. Alles in Monas Leben, was ihr Angst bereitete oder potenziell zu Angst führen konnte, bedeutete für sie großen Kummer, eine Hürde. Und er hatte sich beschwert, dass sie ihn wegen eines Regenschauers, eines verpassten Busses oder eines dunklen Parks beschworen hatte. Hatte gedrängelt, dass er ihr gerne nahekommen würde, sie anfassen, mit ihr schlafen.

»Scheiße! Es tut mir so leid …« Er schlang seiner Hexe einen Arm um die Schultern, drückte sie an sich. »Lass uns nach Hause fahren«, flüsterte er ihr ins Ohr, und sie hob mühsam den Kopf in der Umarmung und schaute ihn aus großen grünen Augen an.

»Aber Amenie …«

»Sag ihr, dass du dich nicht wohlfühlst.«

»Aber.«

»Sie ist deine Freundin, du musst sie nicht anlügen. Ich versteh sowieso nicht, wieso sie das Dreckschwein eingeladen hat.«

Monas schwarz geschminkte Lippen wurden ganz schmal, und dann versteckte sie ihren Kopf in seinem Hemd.

»O nein, sag nicht … sie weiß es nicht, oder?«, schlussfolgerte er und spürte Mona nicken. »Dann sag es ihr.«

»Das is ihr Geburtstag …«

»Ich wette, es gibt für sie kein schöneres Geschenk, als ein Arschgesicht aus ihrem Haus zu jagen.«

Plötzlich hob sich Monas Haarschopf, und sie blinzelte langsam. Dieser Gedanke hatte offenbar gezündet, und da war wieder dieses niedliche Stirnrunzeln. In ihrem betrunkenen Zustand brauchte sie noch länger als ohnehin schon, um eine Entscheidung zu fällen, und so beobachtete Balthasar sie eine Weile beim Nachdenken.

»Jemanden jagen …«, wiederholte sie langsam. »Da hassu recht!« Die Alkohollogik obsiegte offensichtlich, und ehe er noch etwas sagen konnte, löste sie sich von ihm und wankte durch den Flur in Richtung Wohnzimmer.

Diesen Moment wollte er ihr lassen, hoffte, dass sie sich nicht ablenken ließ. Betrunken hin oder her, vielleicht würde das etwas für sie ändern. Zumindest für Torben hätte es Konsequenzen, und darauf kam es am Ende an. Wobei – ganz am Ende, vielmehr dem Ende aller Enden – würde Torben in der Hölle stehen und durfte dann nachempfinden, was er ihr angetan hatte – und für ihn würde Balthasar den Schleudergang extra stark beantragen. Sicher war sicher. Nach dem Höllentrip würde sich zeigen, was die Seele aus ihrer Existenz machen wollte, und Balthasar würde genau hinsehen.

Es dauerte nicht lang, und das von ihm vorausgeahnte Spektakel brach aus. Nun verstand er Monas Respekt vor ihrer Freundin, gleichermaßen wunderte er sich über ihre Vorurteile gegen Dämonen – Amelie stand den Foltermeistern der Hölle in nichts nach. Der durch das Haus geschriene Hass, der zynische, vor Zorn triefende Vortrag, der überging in wüste Beschimpfungen und Drohungen, die von Satan persönlich hätten stammen können, Gebrüll, blanke Wut – es war Musik in Balthasars Ohren. Er stand noch im Flur an die Tür gelehnt und hatte nun das Vergnügen, dass Torben direkt in seine Arme rannte.

»Musst du schon los?«, flötete er ihm freundlich entgegen, und der junge Mann blieb abrupt vor ihm stehen. Balthasar verbarg nicht länger das Brennen seiner Augen und schenkte Torben einen intensiven Blick. Auf dem Gesicht des Menschen breitete sich blankes Entsetzen aus, und in den Augenwinkeln funkelten Tränen. Ein Keuchen, übergehend in ein Wimmern, entrang sich seiner Kehle.

»Du pisst dir gerade ein«, merkte Balthasar schulterzuckend an und sah dann lachend dem stolpernden, hinkenden, die Beine verkneifenden Torben nach, wie er aus dem Haus in die Dunkelheit flüchtete. Kurz darauf folgte Manuela, die ihm verwirrt nacheilte. Amelie hatte ihre wütenden Worte gut gewählt und, ohne ihre beste Freundin bloßzustellen, Torben deutlich gemacht, was sie wusste und was sie von ihm hielt. Vermutlich hatte dazu schon ihr Blick ausgereicht, in dem zwar kein Feuer loderte, dafür aber unbändige Entschlossenheit.

»Was für ein Stück Kot!«, fauchte Amelie erbost, die im Türrahmen erschienen war, dicht gefolgt von Mona, die ein wenig verwirrt dreinschaute. Gelbe, knisternde Sternchen schwebten um ihren Kopf, wortwörtlich, denn sie hatte sich nun wohl doch nüchtern gehext.

»D-das hätte nicht sein mü …«, setzte sie an, aber Amelie fuhr herum und stemmte die Hände in die Seiten.

»Oh, und wie das sein musste! Scheiße noch eins! Wieso lässt du mich so was einladen?«

»I-ich ich …«

»Ja, ja, ja. Weiß schon … Du bist Miss *Bloß niemals jemandem Probleme bereiten.* Ach Mensch, Moni! Du weißt doch: Nichts an dir war und wird jemals für mich ein Problem sein!«, erklärte Amelie laut.

Mona biss sich auf die Unterlippe und nickte tapfer.

»Das gilt übrigens auch für mich«, warf Balthasar ein, und zwei große grüne Augen sahen ihn verblüfft an. Von unten hörte er ein Räuspern. Amelie starrte zu ihm herauf und schenkte ihm einen kritischen Blick.

»Vielleicht bist du doch gar nicht so …«

»So was?«, hakte er nach.

»So ein … Mann.«

Daraufhin reagierte er mit einem Lachen und schüttelte den Kopf. Langsam beugte er sich zu der deutlich kleineren Frau herunter und senkte seine Stimme. »Weißt du was? Ich bin überhaupt kein Mann.«

»Krass.« Mehr hatte sie dazu nicht zu sagen. Mit einem Schnauben wirbelte sie herum und starrte in den erstaunlich ruhigen Raum voller verschämter Partygäste. Aus den uralten Boxen dröhnte blecherne Musik durch die Wohnung und gab der unangenehmen *Stille* Substanz. »Na dann …«, murmelte Amelie und holte Luft. »Hier gibt es nichts zu sehen! Nehmt Bowle, macht 'ne andere Playlist an!«, schrie sie ihren Freunden zu und stapfte zurück ins Wohnzimmer. Mona sah ihr betreten nach.

»Es war nicht deine Schuld«, erklärte Balthasar, und sie drehte sich mit verdutztem Ausdruck zu ihm um.

»Ehh?«

»Dass du ihn angezündet hast. Zumindest meiner Meinung nach. Du hast nur reagiert – oder vielmehr deine Magie.«

Ihre Lippen bildeten wieder die schmale Linie, aber dann nickte Mona und schenkte ihm sogar ein kleines Lächeln.

»Ich weiß. Aber es hat mir so furchtbare Angst gemacht. Da habe ich auch erkannt, dass ich mehr Hilfe brauchte. Mein Unterbewusstsein wusste längst, dass ich hatte *Nein* sagen wollen … in der Therapie hab ich viel darüber gelernt, trotzdem fällt es mir immer noch schwer, besonders, wenn ich nicht weiß, was ich will. Und sowieso … Sex ist schwierig.«

»Das klingt vielleicht seltsam, aber ich bin beeindruckt, wie schnell du dich entwickelt hast.«

»Ehh?«

»Ihr Menschen generell. Darin seid ihr echt einzigartig. Vor ein paar Jahren noch hat dich so eine Witzfigur unter Druck setzen können, und heute weist du sogar einen Gott in seine Schranken.«

Sie starrte ihn nachdenklich an. Vielleicht erinnerte sie sich gerade an die vielen kleinen Streits mit ihm und die dazu gehörenden *Neins*. Jedes Mal hatte sie ihm Kontra gegeben, und er hatte bis eben keine Vorstellung davon gehabt, wie viel Kraft sie das kostete.

»Ist schon enorm, wie unterschiedlich ihr seid«, murmelte Mona, es klang, als spreche sie eher zu sich selbst.

»Was meinst du?«

»Na, du und Torben! Du hast meine Grenzen akzeptiert, du warst nie wütend auf mich, immer nur auf die Situation. Deshalb …« Wieder verstummte sie, und ihr Blick sank nach unten, wanderte verlegen umher. Etwas an diesem Moment ließ Balthasars Herz aufgeregt poltern.

»Ich vertraue dir wirklich sehr«, flüsterte Mona, und der Klang ihrer Worte legte sich brennend heiß auf seine Brust. Sofort griff er nach ihren Schultern und schlang die Arme um seine zierliche Hexe.

»Ich dir auch«, erwiderte er. Zufrieden schmuste sie sich an ihn, und ihre Umarmung ließ ihn beinahe schweben, so leicht fühlte er sich.

»Danke, dass du immer da bist.«

»Nicht wegen dem Pakt, Mona.«

»Ich weiß.«

Sie glaubte ihm, sie vertraute seinen Gefühlen, sie hatte sich ihm geöffnet. Endlich. Wer hätte gedacht, dass ein verkorkster Spieleabend die fehlende intime Nähe zwischen ihm und Mona beheben würde? Bisher wurde ihre Beziehung von einem verkrampften Unterton begleitet, einer Blockade. Aber das hatten wohl die offenen Gespräche der letzten Tage endgültig beseitigt. Was war das doch für ein prickelndes, aufregendes Gefühl, sich einer anderen Seele so verbunden zu fühlen. Verständnis. Alles, was gefehlt hatte, war das richtige Verständnis. Erstmals meinte er tatsächlich Teil ihrer Realität zu werden – oder vielleicht war es genau umgekehrt.

»Sogar Amelie mag dich jetzt.«

»Ha, große Worte!«

»Das wird schon noch«, versicherte sie.

Balthasar löste sich von ihr und gab ihr einen Kuss auf die Nase. Verwundert wackelte sie mit ihrem Stupsnäschen, und er lachte vergnügt.

»Immerhin … bei mir hast du nicht gebrannt«, stellte er fest und hob auf ihren fragenden Blick vielsagend die Brauen.

»Stimmt … Aber wir haben ja auch nicht so richtig …«, stammelte sie.

»Doch.«

»Pfff, neee!« Herabspielend grinsend zuckte sie mit den Schultern.

»Sex bedeutet nicht, dass man irgendwas irgendwo reinschieben muss. Mal abgesehen davon, dass ich meine Zunge ganz schön tief …«

»Jajajajaja! Sch-schon klar! Aber … aber …« Sie stockte und legte den Kopf schief. Nachdenklich starrte sie für eine Weile gegen seine Brust, als handle es sich dabei um einen spannenden Film. »Oh …« Ihre Augen wurden groß, als sie den Umfang begriff. »Mann, so weit hab ich gar nicht gedacht.«

Das überraschte Balthasar nun doch. Manchmal war Mona selten naiv, aber von seiner *woken* Hexe hatte er dennoch eine andere Reaktion erwartet.

»Z-zählt das dann als … als erstes Mal?«, kiekste sie verunsichert.

»Jungfräulichkeit, das ist menschlicher Unfug!«

»Vor allem männlicher Unfug«, fügte sie hinzu und nickte. »Das meinte ich so auch gar nicht. Ich dachte nur, es würde etwas passieren, wenn wir zwei miteinander … also, weil im Studium …«

»Mona? Echt jetzt?«

»Ich weiß, ich weiß. Aber eine latente Angst, dass was dran sein könnte hatte ich schon … so eine Ausbildung im Vatikan ist da nicht gerade hilfreich. D-du bist halt ein Dämon und ich eine Hexe. In den Zauberbüchern steht … wenn ein Dämon eine Hexe entjungfert, also … ehh …«

Was man ihr da hatte alles weismachen wollen, konnte er sich gut vorstellen.

»Schwierig. Du hast durchaus recht. Es gibt Gründe für diese *Regeln* in der Kirche. Finger weg von Dämonen und allem, was nicht himmlisch ist. Aber dabei geht es nicht um das erste Mal, sondern generell um Sex. Vielmehr um Sex und Magie. Damit kann man magische Gene aktivieren, und du kannst dir vorstellen, dass die Kirche davon nicht sehr begeistert war. Mehr Magier. Denn ja, Verkehr mit einem Teufel hat magische Konsequenzen. So auch mit Elfen, Kobolden, Zauberern … Bei uns noch mehr als bei normalen Menschen, denn du bist voller Magie, ich bin voller Magie – Mann, schon beim Knutschen tauschen wir das aus. Ich könnte dir deine Siegel auch über die Jahre kaputtkuscheln.«

Monas Mund klappte auf, und sie schielte ihn an, verhedderte sich gerade wohl in einer lebhaften Vorstellung.

»Ich werde mich darum bemühen, mehr über deine Kräfte herauszufinden und wie du sie kontrollieren kannst, doch bis dahin habe ich dafür eine andere Lösung«, erklärte er mit einem satten Grinsen und sah zufrieden, wie sie ihn erwartungsfroh anstarrte. »Wir brauchen noch einen Pakt.« Diese Idee hatte er von Phillip, selten war er diesem alten Tunichtgut so dankbar gewesen.

»Ehhh?«

»Aber … darüber sollten wir in Ruhe sprechen. Jetzt wartet da eine Party auf uns, hm?«

Langsam drehte sich Mona herum und blickte in den inzwischen wieder munter feiernden Raum. Amelie hatte gerade das letzte Stück Schokoladentorte verteilt, und ein frisches Blech mit Zuckerkuchen glitzerte auf dem Sofatisch. Irgendjemand hatte eine erträgliche Playlist mit anständigem Alternative Sounds gefunden, und in dem Licht der schummrigen grünen LEDs wirkte das Zimmer seltsam gemütlich. Das konnte jedoch auch an Balthasars spontanem Hochgefühl liegen, gerade gab es nichts mehr, was ihn noch aufregen oder ärgern konnte. Endlich hatte er Zugang zu seiner Frau, und ehe sie Luft holen und etwas sagen konnte, nahm er Mona bei der Hand und führte sie zurück in die Wohnung.

Mit jemandem wie ihr tanzte ein Teufel auch auf einer verdächtig nach Studentenparty müffelnden Geburtstagsfete, zwischen Waldmeisterbowle, Partyhüten und einem Whiteboard.

Kapitel 16
Auf dem Rücksitz einer Limousine

Er hatte das mit dem zweiten Pakt nur nebenbei erklären wollen. Direkt nach dem Einsteigen in seinen Wagen erzählte er ihr von der Möglichkeit, ihre Hexenkräfte an ihn zu binden. Er hatte erwartet, das Angebot ausgiebig ausführen zu müssen: dass man so einen Pakt sehr sicher für sie formulieren konnte, damit sie alle Freiheiten behielt, ihn jederzeit beenden konnte und Balthasar überhaupt nur die Kontrolle besaß, um ihre Kräfte zu drosseln, sie dann Stück für Stück freizugeben, sodass sie lernen konnte, mit ihnen umzugehen – er wisse ja, wie viel Vertrauen er ihr abverlangte. Aber das hatte Mona offensichtlich bereits in ihn investiert, denn sie fragte sofort begierig, wie so ein Pakt geschmiedet werden würde.

»Ein Ritual«, hatte er schulterzuckend erwidert. »Etwas für dich Bedeutungsvolles. Das kann alles sein, ein Lied, ein Text, ein Gedicht oder …«

»Also etwas Symbolisches?«

»Ja, du kennst so was aus den Hexenbüchern. Es muss uns nur wichtig genug sein. Uns beiden.«

»Sex?«, gab sie direkt zurück, und auf sein verdutztes Nicken hin stieg sie ihm bereits auf den Schoß.

Dass ihm sein Zerbercedes mal zu klein sein würde, hätte er sich nie träumen lassen. Mit seinen zwei Metern fand er in der Limousine genügend Platz, zudem für Einkäufe und Koffer oder einen spontanen Topfpflanzenkauf. Doch trotz großzügigen Ledersitzen fühlte er sich ein bisschen eingekeilt in dem Wagen, denn Mona nahm deutlich mehr Raum ein als gedacht. Sie saß auf seinem Schoß und strahlte eine verlockende Wärme aus, während sie es diesmal war, die ihm die Lippen zerknutschte – und seine feuchtesten Träume erfüllte, seit er sich in sie verliebt hatte. Er wusste gar nicht, wo er sie zuerst anfassen sollte, und verlor sich fast in ihrer intimen Nähe, bis ein kurzes Hupen die Knutscherei auflöste. Nur mit Mühe und Not gelangte Balthasar an den kleinen Hebel neben dem Autositz und brachte somit etwas Abstand zwischen sich, Mona und das Lenkrad.

»Hatte irgendwie erwartet, dass so ein Höllengefährt andere Klänge von sich gibt«, nuschelte sie und grinste breit.

»Bitte entlock mir keinen Spruch über Hupen, ich will die Stimmung nicht…«, setzte er an, doch Mona lachte nur und holte ihn sich wieder zu einem Kuss heran. Dass sie ihn so selbstverständlich verführte, war ebenso heiß wie irritierend. Sie fummelte bereits an Balthasars Gürtel herum und öffnete ihm geschickt die Hose, ehe er es richtig begriff. Außer Atem löste er den viel zu langen Kuss mit ihr, und sie sahen sich nach Luft ringend an. Ihre Augen funkelten violett, ein Lächeln lag auf ihren Lippen und, ohne hinzusehen, glitten ihre Hände unter den Bund seiner Unterhose, befreiten ihn vom Druck der engen Trunks. Dann blickte sie hinunter und musterte gebannt das, was sie freigelegt hatte. Ihr freches »Mhhh« entlockte ihm ein »Was?«

»Da habe ich beim letzten Mal schon drüber nachgedacht – Balthasar? Du sagst, du wählst deine Gestalt unbewusst?«

Hitze stieg ihm in die Wangen. »Das ist mehr, als der Durchschnitt hat, und völlig ausreichend, alles andere ist albern und tut weh«, merkte er an.

»Du überraschst mich immer wieder«, flüsterte Mona und erhob sich etwas über ihn, was dazu führte, dass sie Balthasar ihre Brüste ins Gesicht drückte. »Doch 'n bisschen eng hier.«

»Reden wir über den Wagen oder …«, nuschelte er in ihre Oberweite, ehe Mona eine andere Position fand und seine Nase wieder freigab.

»Gibt Schlimmeres, als von denen erstickt zu werden«, neckte sie.

Er fuhr über ihre bloßen Oberschenkel und lenkte sie tiefer. Sie fühlte sich so was von bereit für ihn an. »Wenn ich es nicht besser wüsste, würde ich sagen, du bist eine Wasserhexe.«

Sie antwortete mit einem Kichern. »Ich wollte das immer in einem Auto machen«, gab sie zu und leckte sich verlegen über die Lippen. Ihr verwischtes Make-up und das kurze schwarze Kleid boten einen verruchten Anblick – Balthasar drückte sich ihr prompt etwas entgegen.

»Du hast ja keine Ahnung, wie scharf du mich gerade machst.«

»Doch, das kann ich fühlen.« Wie zur Bestätigung ließ sie sich wieder mehr auf ihn sinken, was ihnen beiden ein Stöhnen entlockte.

»Willst du wirklich schon?«, begann er.

»Ja, unbedingt!«

»Sicher?«

Sie nickte.

»Gut … dann … Mona … ich hab irgendwo … im Handschuhfach … Kondome.«

Dass dieser Satz so ein Chaos zur Folge haben würde, hatte

Balthasar nicht ahnen können, aber der Beifahrersitz entpuppte sich als erstaunlich fern, wenn sich alles hinter dem Lenkrad abspielte. Trotzdem war es beeindruckend, dass Mona das Handschuhfach mit ihren dicken Lederschuhen öffnen konnte, woraufhin sie sich der Stiefel gleich mal entledigte, während Zigaretten, Betriebsanleitung und Kaugummis aus dem Fach rollten. Eigentlich wollte sich Balthasar nur kurz vorbeugen, er hatte sich lediglich leicht erhoben, da war er auf einmal in ihr.

»I-ist das ein Problem?«, stammelte Mona.

Er schnurrte nur zur Antwort. Ihre Wärme fühlte sich verboten gut an, aber gerade das Verbotene daran rief ihn zur Besinnung.

Da halfen auch seine langen Arme nichts, die Packung mit den Kondomen war über die Monate wohl bis nach hinten ins Fach gerutscht, und nun drückte er Mona doch wieder gegen die Hupe. Sie kicherte dreckig, als er durch die unweigerliche Gegenbewegung von ihr zufrieden stöhnte.

»Verfluchte Mistgummis«, nuschelte er, gefolgt von mehreren Verwünschungen. Es donnerte.

»Ehh …«

»Hab's gleich!«

Erst nach einer weiteren Verrenkung und verdächtigem Knirschen seines Rückens bekam er die Schachtel endlich zu fassen. Jetzt musste er sich nur dazu überwinden, Mona wieder anzuheben, aber dabei half sie ihm prompt, was sehr an eine Yogaübung erinnerte. Das Kamasutra war vielleicht nur der Versuch, auf solche Situationen vorbereitet zu sein.

So schnell hatte er noch nie ein Kondom übergerollt, und er hatte nun auch keine Kontrolle mehr über seine Hüfte, die sich ihr gierig entgegendrückte. Ihr Gesichtsausdruck war unbezahlbar, als er erneut in sie eindrang. Ihre Zähne gruben sich in ihre Unterlippe, und die leicht bebenden Wimpern – sie starrte ihm auf die Brust und blinzelte angestrengt.

»Alles okay?«

Sie nickte rasch. »Ziept bisschen.«

»Ich hätte dir ja zu mehr Vorspiel und Geduld geraten, andererseits bist du weit wie 'ne Garage …«

»Entschuldige mal!« Sie lachte hell auf.

»Dann gewöhn dich daran, und ich kümmer mich so lange um den Rest!« Balthasar schob seine Hände unter den Saum ihres Kleides und genoss es, über ihre Haut zu fahren. Dem leisen Seufzen nach, als er ihren Busen streifte, beruhte das auf Gegenseitigkeit. Langsam rollte er den Stoff hoch, gerade so, dass er über ihre Oberweite sprang und das sündige Bild der Hexe vervollständigte. Es kostete Balthasar einiges an Kontrolle, zu verharren und sich nur mit dem Streicheln ihres Körpers zufriedenzugeben, aber der Anblick lohnte sich, denn Mona machte die Behandlung offensichtlich auch unruhig.

Sie wusste ganz genau, wie attraktiv sie war, sonst würde sie nicht so eine Figur machen, sie wollte ihn reizen. Und ihre warmen Hände, die unter seinen Pullover glitten, jagten gefährlich viel Spannung durch seine gleich reißenden Nerven.

»Wenn du nicht willst, dass das hier schnell geht …«

»Gefällt es dir?« Ihr Kichern klang dunkel, und sie fuhr weiter über seinen Bauch, hoch bis zu seiner Brust.

»Du bist aber ganz sicher nüchtern?«, fragte er argwöhnisch nach.

»Ich hab vielleicht, bevor wir gegangen sind, noch was getrunken, aber nur ein Glas. Hab ich denn so gehemmt auf dich gewirkt?«

Gehemmt war nicht das richtige Wort, eher schüchtern, doch da hatte er sich offensichtlich geirrt.

»Ich will nur sichergehen …«

»Ich vertraue dir, ich will das hier«, versicherte sie ihm, und er schlang sofort wieder beide Arme um seine Hexe für einen Kuss.

Für eine Weile verharrten Balthasar und Mona in ihrer Position, um sich einfach nur zu küssen und zu berühren. Monas Siegel zischten zwischen ihnen.

Ihren nackten Körper an seine Brust zu drücken, wieder und wieder nach ihren Lippen zu gieren, es fühlte sich viel zu gut an, als dass er auf ihre magischen Tattoos achten konnte. Auch Mona war das offenbar egal, denn sie bemühte sich, ihr Becken kreisen zu lassen, was ein deutliches Zeichen für *mehr* war. Vorsichtig griff er nach ihren Hüften und stieß ein erstes Mal zu. Ihr zufriedener Laut war Musik in seinen Ohren, und einmal angefangen, konnte er sich nicht wieder bremsen. Einziges Problem war, wie eingeschränkt er sich bewegen konnte bei so viel Nähe – wie sollte er da durchhalten? Mona ging es offenbar ähnlich, denn sie beugte sich vor und tastete nach der Rückenlehne. Schnell wurde sie fündig, und dann sackten beide plötzlich zurück. Helles Hexenquietschen, der Wagen knirschte. Er war froh, am Ende des Parkplatzes im Dunkeln zu stehen, die Scheiben mochten getönt sein, das Gefährt würde sich trotzdem verdächtig bewegen.

»Ich bin zu alt für Sex auf der Rückbank«, keuchte Balthasar, der Mühe hatte, sich in eine bequeme Lage zu bringen. Mona lachte dreckig. Es brauchte ein Bein am Armaturenbrett, um seine und ihre Position zu stabilisieren. Mona richtete sich mit einem zufriedenen Grinsen auf.

Seine Hexe thronte regelrecht auf ihm. Elegant zog sie sich ihr Kleid über den Kopf und fuhr noch einmal mit ihren Händen seinen Körper entlang. Ihre Finger glühten.

Das war dann doch zu viel. Er hatte sich ein wenig zusammenreißen wollen, aber der Anblick beraubte ihn seiner Selbstbeherrschung, und so umfasste er einmal mehr ihre Hüften, hob seine eigenen an und stieß fest zu.

Überrascht, wie laut sie deshalb aufstöhnte, hielt sich Mona eine Hand vor den Mund.

»Gut?«, fragte er nach, bemerkte, wie seine Stimme brach. Mona nickte nur. Als Balthasar erneut zustieß, stemmte sie sich dagegen und stützte sich sofort mit einem Arm an der Decke des Wagens ab. Er konnte in ihr hübsches Gesicht starren, das auf jeden weiteren Stoß reagierte. Da waren ihre bebenden Lippen, denen immer wieder ein zunehmend lauteres erregtes Stöhnen entglitt, die schimmernden Augen, die ihn verklärt anfunkelten und mehr noch – ein inneres Knistern. Das war ihre Magie, die durch dieses Ritual zu einem Teil von ihm wurde. Er spürte ihr Hexenfeuer, das nicht weniger leidenschaftlich brannte als Monas Gefühle.

Er wollte Mona aus so vielen Gründen, dass ihn diese Empfindungen beinahe selbst zum Glühen brachten. Er brauchte sie. Er vertraute ihr. Er liebte sie. Zum ersten Mal in Balthasars menschlicher Existenz verbanden sich Lust und Liebe miteinander, und zwar auf einer Ebene, die so tief ging, dass es ihn veränderte.

Sie mochte erst in einigen Jahrzehnten so weit sein, doch für ihn war sie bereits heute eine Göttin. Aber das dachte vermutlich jeder verliebte Kerl über seine Angebetete.

»Fester«, verlangte sie heiser, und er bemühte sich, den Rhythmus beizubehalten und ihrer Forderung nachzukommen. Das Auto ächzte leise, und Balthasar griff sich Mona kurzerhand, um die Position zu wechseln. Auf der Rückbank hatte er deutlich mehr Platz, also drückte er seine Hexe in die Ledersitze, um – zugegeben in etwas unbequemer Haltung – ihren Wunsch zu erfüllen. Sie wollte es hart, das konnte sie haben, zumindest für die nächsten Minuten, denn länger würde er nicht durchhalten, musste er wohl auch gar nicht.

Sie wand sich erregt unter ihm und stöhnte seinen Namen, und nicht irgendeinen Namen – keuchend gab sie ein »*Ba'ak*« von sich, als wüsste sie ganz genau, worauf er stand.

Vielleicht war es ein Fehler, jetzt wieder nach ihren Lippen zu schnappen, das verkürzte die wenigen verbleibenden Minuten, aber sie stöhnte erregt in den Kuss, und diese Art Laut kannte er. Er hatte den passenden Rhythmus gefunden, die richtige Tiefe, und so blieb er dabei, bis sie zunehmend unruhiger wurde.

Balthasar gab nun selbst ein Wimmern von sich, denn mit ihrer Anspannung wurde Mona deutlich enger. Ihr kamen die wohl entzückendsten Töne über die Lippen, die er je gehört hatte. Der Höhepunkt ließ sie aufglühen, es knisterte, ihre Magie kribbelte, und Balthasar erlaubte sich für einen Moment, in diesem Gefühl aufzugehen, ehe er es nicht mehr aushielt. In ihr zu kommen, dabei in ihre ihn musternden Augen zu sehen, er hatte ja keine Ahnung gehabt, wie sehr er das gebraucht hatte.

Und dann trat ein, was eintreten musste – es zischte zwischen ihnen, und Monas unterstes Siegel knackte, löste sich, und Magie zerplatzte in lauter kleine Funken. Sie schaute verklärt hinunter und leckte sich über die trockenen Lippen. »Doch nur eins«, nuschelte sie und räkelte sich etwas, für sie war es sicher nicht weniger unbequem als für ihn.

»Vor allem deshalb das Kondom …«, erklärte Balthasar und sah den verglühenden Konturen des Tattoos zu, wie sie langsam verschwanden. Zurück blieb nur die Tinte in ihrer Haut. Harmlos, aber immer noch furchtbar attraktiv, zumal sich die Linien bis in ihre Intimzone erstreckten.

»Mehr …?«, flüsterte Mona heiser.

Irritiert hob Balthasar den Kopf. Da war dieser Ausdruck in ihren Augen, und er schluckte. Gegen *mehr* hatte er nichts, aber er bekam plötzlich das Gefühl, die Büchse der Pandora geöffnet zu haben, denn in dem funkelnden Grün ihrer Iriden lag unstillbarer Hunger.

Sie sprachen auf der Fahrt über banale Alltagsdinge, wohlwissend, dass sie all das gleich vergessen würden, wenn sie erst bei Mona zu Hause ankamen. Solche Abende waren selten, und sie gehörten genutzt. Der zarte Beginn einer Beziehung brachte oft erhöhte körperliche Anziehung mit sich, doch zwischen Balthasar und seiner Hexe hatte sich die letzten Monate einiges angestaut, das offensichtlich endlich sein Ventil gefunden hatte. Mehr noch als der Sex freute ihn die damit verbundene Entwicklung – Mona vertraute ihm.

Halteverbot. Eine entsetzte Nachbarin im Hausflur. Aufhexen des Schlosses ihrer Wohnungstür, und dann fielen sie direkt ins Bett. Das war doch deutlich bequemer als zusammengedrückt auf einem Autorücksitz. Schwarze Bettwäsche und eine leicht glühende Hexe, die offenbar mit ihren Feuerkräften spielte. Er drosselte sie nicht, es war ihr eigenes Selbstvertrauen, das ihr diese Kontrolle verschaffte, und das war nicht weniger sexy als die vielen Tattoos, die mit der Magie aufleuchteten, ihre Arme umspielten und ihren bloßen Busen.

Gerade wollte sich Balthasar zu ihr beugen, da durchbrach der Schrei eines Sängers die Atmosphäre. Es klang wie ein Cover der Titelmelodie von *Der weiße Hai* – auf Crack und in einer U-Bahn aufgenommen.

»Ist das dein Handy?«, murmelte er zu ihrer unachtsam auf den Boden geworfenen Handtasche schielend.

»Mhhh … ja, schon«, nuschelte Mona und murrte unzufrieden. Im nächsten Moment saß sie plötzlich senkrecht, zerrte an ihrer dünnen Bettdecke, um sie sich auf die Brüste zu drücken.

»Moni?«

»Dreck, Dreck, Dreck!«

»Mohnschneckchen?«

»D-das ist der Klingelton für meine Mum …«

Es gab nur wenig effektivere Stimmungskiller, zumindest für Mona musste dieser ganz oben auf der Liste stehen, denn sie robbte aus dem Bett und angelte hastig nach der Handtasche.

»Wäre ich jetzt nicht schon hier, würdest du mich beschwören«, erklärte Balthasar und rieb sich über die Gänsehaut an seinem Arm.

Kapitel 17

Wenn deine Großmutter das wüsste!

Mona hatte ihm nur halb zugehört. Panisch wählte sie die Nummer ihrer Mutter, da diese bereits aufgelegt hatte. Wie befürchtet kam sie nicht durch, denn nun hatte ihre Frau Mama die Gelegenheit, sich über Monas Mailbox herzumachen. Das verschaffte ihr immerhin etwas Zeit. Inzwischen machte es sich Balthasar auf ihrem Bett bequem. Er schien verstanden zu haben, dass sie ihn vorläufig nicht wieder anspringen würde, was schade war – er sah verboten gut aus mit dem offenen Hemd und den langen schwarzen Haaren. Sie musste ihn unbedingt überreden, gelegentlich auf das Haargummi zu verzichten. Grinsend erwiderte er ihren Blick, und sie konnte nicht anders, als auch zu lächeln. Diesen Abend würde ihr nicht mal ihre Mutter versauen.

Balthasar begriff vermutlich gar nicht, was er ihr mit diesem Pakt eröffnet hatte – endlich die Freiheit, ein Mensch sein zu dürfen. Damit begann für Mona ein neues Leben. Natürlich konnte er nur wissentlich in Notsituationen durch Anwesenheit ihr Feuer zügeln, aber in solchen Momenten wurde er ohnehin an ihre Seite beschworen. Was ihr so viel Hoffnung gab, war die Chance, endlich effektiv üben zu können, um eines Tages selbst die Kontrolle zu erringen. Und dann konnte auch sie wieder studieren, diesmal richtig, mit einem echten Ziel. Vielleicht würde sie Boris sogar folgen können.

Wissend, dass sie gerade Luftschlösser errichtete, lauschte Mona ihrer Mailbox. Um den Vorwürfen ihrer Mutter standzuhalten, brauchte sie diese absurde Fantasie, denn ihre Frau Mama hatte die Sprechzeit vollständig genutzt und sie mit ein paar zusätzlichen Sprachnachrichten gekrönt.

Das brachte sogar die rosigsten Zukunftsfantasien ins Wanken.

»I-ich geh mal ins Bad … zieh mir was anderes an und so …«, nuschelte sie Balthasar zu, und er nickte.

Gut eine Viertelstunde später kam sie in ein Flanellnachthemd gehüllt wieder raus und freute sich über den Anblick eines dösenden Balthasars, der sich in ihre Bettdecke gekuschelt hatte. Schade, dass diese Ruhe gleich durch das Fegefeuer selbst gestört werden würde, aber damit hatte er ja Erfahrung.

Mona ließ sich aufs Bett sinken und fummelte genervt die winzigen Knöpfe des Flanellhemdes durch die engen Schlitze im Stoff. Mit ihren langen schwarzen Fingernägeln war das gar nicht so einfach. Ehe sie ihr Werk vollenden konnte, klingelte sie die Melodie vom weißen Hai erneut in den Alarmzustand. Sofort zitterten ihre Hände, und sie beugte sich hastig zu ihrem Handy.

Mama is calling leuchtete ihr entgegen, und der Klingelton wurde mit jeder Sekunde lauter. Die Mailbox hatte ihr offensichtlich nicht gereicht, oder sie hatte gesehen, dass Mona einen Rückruf versucht hatte. Mit tiefem Durchatmen unterdrückte Mona Herzklopfen und Panik, schob den grünen Telefonbutton zur Seite und hob das Gerät ans Ohr.

»Jaaaaaa?«

»Mona?«, krächzte es knacksend durch die Leitung.

»Jaaa? Hi Mama, was ka …«

»Bist du völlig des Wahnsinns, Kind?«

Sie hielt sich das Handy erst mal weg vom Ohr, so heftig schepperte es in schlechter Qualität durch den Hörer.

»Ich habe vorhin lange mit Amelies Mutter telefoniert. Du warst angeblich mit deinem … deinem *Ehemann* auf dem Geburtstag! Torben hat es wohl auf Facebook gepostet!«

»Ehh!« Das durfte nicht wahr sein, das war also die Rache dieses schleimbeuteligen Drecksacks von einem Arschgesicht. Mona knurrte.

»Erst meldest du dich nie, dann so was? Ist es wegen der Trennung? Ihr wart doch nur zwei Monate zusammen! Du musst doch niemandem was beweisen? Solche Lügen sind gefährlich!«, jammerte es theatralisch.

»Ehh …« Monas Gedanken wurden blank.

»Jetzt denkt jeder, du hast einen Mann! Mensch Mona, so viel pendeln kann ich gar nicht, damit es das Karma wieder ausgleicht, und …«

»Also … M-Mama … weißt d-d-du … a-a-also …«, warf Mona hastig ein, stammelte schlimmer als sonst. Durch all den Stress kehrte irgendwann noch ihre frühkindliche Sprachstörung zurück. Damals hatte Mona unter Angst keinen flüssigen Satz über die Lippen bekommen und manchmal gar nicht gesprochen. Die Option ließ ihr ihre Mutter am Telefon sicher nicht durchgehen.

»Jaaa? Was weiß ich denn, hm?« Vorwurfsvoll wäre eine Untertreibung für diesen Tonfall gewesen. Mona atmete tief durch, jetzt oder nie, es musste raus, sie hatte keine andere Wahl.

»I-ich … ich-ichbinwirklichverheiratet!« Endlich ausgesprochen. Immerhin führte sie inzwischen eine halbe Ehe, also war das auch nur eine halbe Lüge.

Mit ihrer Reaktion ließ Monas Mutter sich unangenehm lange Zeit. Im Telefon rauschte es, der Klang einer schlechten deutschen Leitung mit gelegentlichem Summen. Draußen auf der Straße quietschten laute Autoreifen, jemand brüllte unverständlich, aggressive hessische Mundart wehte durch das gekippte Fenster. Überall wäre sie jetzt lieber als hier. Sogar in der Schlange eines Supermarktes oder direkt zwischen den nun streitenden Autofahrern und ihrem Auffahrunfall.

»Mama?«, flüsterte Mona leise, traute sich kaum zu atmen. Doch sie konnte hören, wie am anderen Ende jemand Luft holte.

»Verheiratet!«, erklang es feststellend.

»Ja.«

»Du bist verheiratet.«

»D-d-das bin ich.«

»Und wir waren nicht eingeladen? Kennen wir ihn? Ich kann mich nicht erinnern … du … du stellst ihn uns nicht mal vor? Womit haben wir das verdient? Nicht mal mit deinem Vater hast du gesprochen, oder deiner Oma – Gott habe sie selig.«

»Ich … das … war … sehr … spontan!«, kiekste sie zurück.

»Oh, ich sag dir, die ganzen negativen Schwingungen der Elektronik in der Stadt! Hat dir das dieser Job angetan? Flüche, Mona, die verkriechen sich unter dein Bett.«

»Mama … so ist das nicht …«

Es raschelte. Mona hatte heimlich gehofft, ihn zu wecken, und sein verschlafenes Gesicht schaute ihr nun verwirrt blinzelnd entgegen.

»Dein Ernst, du telefoni …«, sofort hielt sie dem Erzdämon den Mund zu. Besser, ihre Mutter stürzte sich nur auf sie und nicht gleich noch auf ihn. Verständnisvoll die Brauen hebend lehnte sich Balthasar dicht an sie und drückte ihr einen Kuss in die Handinnenfläche.

»Sorry«, flüsterte Mona. Sie konnte sein Grinsen unter ihren Fingern fühlen. Wie lange das halten würde? Oder waren Dämonen schwiegermutterfest?

»Bleib besser still«, zischte sie mit einem Zwinkern.

»Bitte?«, kreischte es erbost durch das Smartphone.

»Nein, nein! Nicht du, Mama!« Wobei, das wäre Mona tatsächlich am liebsten gewesen.

»Verstehe! Du bist nicht alleine! Sicher lebt ihr zusammen! Ich erkenne mein Kind gar nicht wieder!«

»Mama … hör mir zu!«, begann sie, wusste jedoch selbst nicht, wie sie den Satz beenden wollte.

»Wer, frage ich dich, wer?«

»Ehh, sein Name ist Balthasar und …«

»Baltawas? So heißt doch niemand!«

»Ehh … e-eigentlich i-ist das ein ganz normal …«

»Und wie lange geht das nun schon, hm? Wie lange belügst du uns?«

Zum Aussprechen würde Mona so schnell nicht mehr kommen. Das wohl Unangenehmste am Stottern waren die anderen Menschen, die einfach über jede Bemühung, einen Satz zu formulieren, hinwegpolterten. Monas Mutter fiel ihr bei jeder Gelegenheit ins Wort, beachtete dabei nicht mal den möglichen Inhalt, und Mona spürte, wie sich eine richtige Blockade bildete. Für ihre Antwort brauchte sie gleich zwei Anläufe.

»S-seit ein pa-paar Monaten und …«

»Und dann habt ihr geheiratet? Wann? Wieso? Bist du etwa schwanger?«

»Nein!«, quiekte Mona und schüttelte sich. Wäre da nicht die warme Hand auf ihrem Rücken und der Kopf ihres Erzdämonen, der sich an ihre Schulter schmiegte, sie wäre geplatzt.

Das blecherne Seufzen ihrer Mutter ließ nichts Gutes vermuten.

»Daher all die Schwingungen! Ich wusste, etwas stimmt nicht, als vor ein paar Wochen der Toaster kaputtging! Ich wusste es! Und dann fiel ständig das Internet aus. Dazu noch der Rabe gestern auf dem Dach, er hat so komisch geguckt, das macht er sonst nie!«

Mona musste sich auf die Zunge beißen, um nicht etwas Unüberlegtes zu erwidern, sonst hatte sie gleich die nächste Diskussion am Hals.

»Ist das wieder so eine Phase?«, wollte ihre Mutter wissen, aber statt zu antworten, quietschte Mona laut auf, weil sie Balthasars Lippen an ihrem Hals fühlte.

»Mona?« Ihre Mutter klang nicht besorgt, vielmehr genervt.

»N-nur eine Spi-spi-spinne!«

Und was für ein Exemplar das doch war, Balthasar schien völlig unbeeindruckt von der Schwiegermutter am Telefon, vielmehr immer noch leicht angeregt durch die Nummer im Auto. Seine Hand ruhte auf ihrem Oberschenkel, streichelte ihre Innenseite, und Mona wusste nicht, ob sie dankbar für seine Gelassenheit oder wütend auf sein mangelndes Taktgefühl sein sollte.

»Wie soll ich das nur deiner Oma beibringen, wenn ich sie später anpendle? Wie nur? Nein, sag mir, wie?«

Mona wusste ja selbst nicht, was sie ihrer Mutter erzählen sollte. Eine Beziehung – ja, das hatten sie mittlerweile bewerkstelligt. Aber eine Ehe? Das Wörtchen *Liebe* stand bisher in weiter Ferne, auch wenn Mona die drei kleinen Worte ständig auf den Lippen lagen.

»L-lass uns doch bitte in Ruhe darüber sprechen, j-ja?«, bat sie in der Hoffnung, das Gespräch so weit hinauszuzögern wie nur möglich.

»Ihr kommt zu Weihnachten, nicht?«, krächzte die inzwischen heisere Stimme ihrer Mutter, und schlagartig war Mona zurück in der Realität.

»Weihnachten?«, keuchte sie erschrocken.

Sie wollten ihn kennenlernen. Natürlich wollten sie das. An ihrer freien Hand brannten mit einem Mal die Fingerspitzen vor Schreck, irritiert musterte sie die Flammen. Sie waren nicht so groß wie sonst, was wohl am Pakt lag, auch brauchte es nur einen inneren Befehl, und sofort gehorchten ihre Kräfte und zogen sich zurück.

»I-ich glaub, da k-kann ich nicht!« Dabei ging es Mona weniger um diesen Feiertag – aber wenn sie dieses Thema nun auch noch anriss …

»Dann nächsten Advent!« Das klang nicht nach einer Frage. »Wir wollten etwas feiern, kommst du denn dann wenigstens?«

»Ehh, klar, sicher, natürlich«, haspelte Mona, die das zeitlich kaum einordnen konnte, es war ja bereits Dezember, so schnell war das Jahr vergangen. Erst auf Balthasars nun doch leicht panischen Blick hin begriff sie, was sie damit gerade versprochen hatte. Nächstes Wochenende war schon der zweite Advent.

»Dreck!«

»Mona?«

»Ehh … Mama ich ruf dich … nee, ich schreib dir … wegen … du weißt schon, also machsgutbisbaldbisdannhabdichliebgrüßpapa!«

Sofort legte sie auf und atmete tief durch.

»Wir müssen deine Eltern besuchen?«, murmelte Balthasar erstaunlich gelassen, vielleicht auch resigniert. Mona brachte nur ein Nicken zustande und drückte dann ihren Kopf in seine Halsbeuge. Die Hand an ihrem Oberschenkel glitt höher, und sie knurrte.

»Wie kannst du jetzt noch an so was denken«, nuschelte sie.

»Na ja, du bist praktisch nackt und ich müde … das ist eine pikante Mischung.«

»Ehh?« Verwirrt richtete sich Mona wieder auf und schaute an sich herunter. Richtig, sie hatte das Flanellhemd nicht ganz zubekommen.

»Ständig ist wer nackt, als wäre das Absicht!«, fauchte sie und rieb sich mit den Händen über das Gesicht.

»Keine Ahnung. Vielleicht stecken wir in einer Erotikgeschichte fest!«

»Haha!«, gab Mona zurück, beobachtete dann irritiert, wie er nach ihrem Oberteil griff, um mit nur einem Finger die restlichen Knöpfe zu öffnen.

»W-willst du wirklich noch?«

»So was von, aber vor allem will ich die letzten zehn Minuten möglichst schnell vergessen – und das solltest du auch!«

Kapitel 18

Hello Mommy, Hello Dad

15.12.2018

Im Radio dröhnte der alte Hit »*Cherry Bomb*«, und lauter Regen trommelte gegen die Fensterscheiben des Wagens. Mona hatte darauf bestanden, zu ihren Eltern zu fahren und nicht mit einer verdächtigen Feuersäule zu reisen, und Balthasar hatte zähneknirschend nachgegeben.

Das Mittelgebirge und seine sonst so majestätische Landschaft wurden von einem Schneeschauer verwaschen. Modrig feuchte Luft, klirrende Kälte. Übrig gebliebenes Laub schmückte Schneereste am Straßenrand mit brauen Flecken. Das Wetter schrie nach Sessel, Decke und einem guten Buch. Stattdessen fuhren sie in Richtung Elend, ein Ort direkt neben Sorge, beides nicht weit weg von Braunlage, wo Monas Eltern wohnten. Zumindest heute ergaben die Dorfnamen erschreckend viel Sinn, denn Mona machte sich große Sorgen und fühlte sich elend.

Nach ihren Verfehlungen einen Urlaub zu erwirken war alles andere als leicht gewesen. Lediglich der Professor erlaubte es ihr, für ein paar Tage zu verreisen, denn er hatte ohnehin eine Überwachung der thaumaturgischen Schwingungen des Sarkophags geplant und musste dafür die ganze Nacht über vor einem Messgerät hocken. Hoffentlich ging das nicht schief.

»Ganz wichtig ist, dass du dich so freundlich und oberflächlich verhältst, wie du kannst. Gib ihnen keine schwierigen Themen …«

»Vorzeigeschwiegersohn, sicher, kriege ich hin.« Balthasars Blick ruhte fest auf der Fahrbahn, und die teure Luxuskarosse summte kaum hörbar über die regennassen Straßen. Nach einer kurzen Diskussion hatte der Erzdämon akzeptiert, möglichst langsam zu fahren, auch er war nicht scharf darauf, ein Bambi auf der Frontscheibe kleben zu haben.

»Der perfekte Schwiegersohn in der Vorstellung meiner Mutter ist vermutlich spezieller, als du ahnst. Weißt du … sie ist sehr … spirituell.«

»Sind das nicht alle Hexen?«

»Ehh … ja, schon, aber sie ist keine Hexe.«

»Ach, echt? Es klang so«, merkte er verwundert an.

»Meine Oma war die Hexe. Und das auch nur begrenzt. Tja … magisch. Das wäre meine Mama gerne …« Sie verdrehte die Augen.

»Verstehe.«

»Sie fürchtet sich vor schwarzer Magie und gruseligen Schatten und … hält alles, was sie nicht sofort begreift, für eine Erscheinung. Dämonen sind für sie tatsächlich etwas Unheimliches, Grauenvolles.«

»Ja, alles klar. Ich offenbare meine Natur normalerweise eh nicht, also alles gut.«

»Wenn etwas schiefläuft, ich schwöre dir, du möchtest nicht jedes Mal an meiner Seite auftauchen, nur weil ich mit Panik an die Enttäuschung meiner Mutter denken muss. Es ist so schon kritisch genug. Sie muss unbedingt davon überzeugt sein, dass wir gut füreinander sind.«

»Sind wir doch!«

»Ja schon, aber …«, murmelte sie und entlockte ihm damit ein Stirnrunzeln.

»Abgesehen von der ganzen Zuneigung, der Fürsorge, dem Sex«, er lachte nur, als Mona kurz schnaubte, »du würdest ohne Marmelade dasitzen, ständig zu spät zur Arbeit kommen und hättest hundert Erkältungen bekommen, so oft, wie du im Regen stehst, hm?«

Da gab sie ihm recht. Neben der Zuneigung, der Fürsorge, anderen Dingen … ergänzte er ihre tollpatschige Art mehr als perfekt, auch wenn sie nicht genau wusste, was an ihrem persönlichen Chaos ihn so reizte. Vielleicht war es ja das Gesamtpaket. Ein Gott und ein Mensch – diese Vorstellung gruselte sie noch immer. Dieses Thema hatten sie bisher nicht angesprochen. Er sah in ihr etwas Besonderes, meinte es ernst, aber wie würde er mit ihrer Sterblichkeit umgehen?

Sie hatte sich Zeit lassen wollen, gerade erst waren sie zusammengekommen und sollten sich nun näher kennenzulernen – natürlich musste das Schicksal, in diesem Fall ihre Mutter, ihr jegliche Chance dazu vermiesen.

»Alles okay?« Seine freie Hand griff nach Monas Fingern, die sich in ihr schwarzes Kleid verkrampft hatten.

»Mh …«

»Was ist los, Liebling?«

»Stress«, erklärte sie halb gelogen und war dankbar für die liebenswürdige Geste.

»Wir kriegen das hin. Und schlimmer kann es ja kau …«

»Sprich das ja nicht zu Ende, hörst du?«, rief sie alarmiert.

»Was?«

»Jedes Mal, wenn ich das auch nur denke, passiert irgendwas Beschissenes!«

»Mit mir passiert dir nichts, Mona. Glaub mir. Was soll denn schon …«

Prompt gab das Auto ein gurgelndes Geräusch von sich.

»Siehst du?«, kiekste sie und sah panisch nach links und rechts.

»Das ist nur der Ersatztank … hoffe ich! Die Anzeige muss defekt sein. Seltsam«, murmelte der Erzdämon und verzog das Gesicht. Sie befanden sich mitten auf der Landstraße, zwischen einem kleinen Fluss und tropfnassen Bäumen.

Er fuhr in den Beginn eines Forstwegs, parkte dort. Draußen donnerte es unnötig laut, es hörte sich an wie ein Zeichen des Herrn persönlich, und die Scheibenwischer quietschten unzufrieden, als Balthasar den Motor ausstellte. Nun prasselten dicke Tropfen auf die Frontscheibe und verschleierten die Sicht.

»Zehnfach verdammt und verdorben!«, fluchte Balthasar und musterte den sintflutartigen Regen, der ungehindert durch die kahlen Äste des Waldes rauschte.

»Mona?«

»Ja?«

»Du bist doch eine Hexe!«

»Ehh …«

»Du kannst dafür sorgen, dass es um uns herum nicht mehr regnet.« Er machte eine kreisende Bewegung über sich.

»Ich bin eine Feuerhexe, ich kann Wasser nicht beeinflussen.«

»Das ist mir bewusst. Und genau das ist es, was die Kirche nicht hinbekommt. Es geht mir nicht um Elementmanipulation. Du besitzt Feuerkräfte, du kannst Wasser verdunsten lassen, du kannst Wärme erzeugen, du kannst Löcher in Wolken reißen. Das reicht mir bis zum Kofferraum.«

»Nimm doch ’nen Schirm«, maulte sie zurück und verschränkte die Arme.

»Ich nehm lieber die Hexe!«

»Mach's doch selbst!«

»Wir wollten üben, Mona.«

»Wetterzauber sind verboten!«

»Du solltst nicht das Wetter beeinflussen, nur so eine Art Hitzeschild über uns erzeugen. Nichts Dramatisches. Sei kreativ!«

»I-ich hexe echt ungern.«

»Ja, das habe ich gemerkt. Denn sonst bräuchtest du meine Hilfe nicht für ein … Marmeladenglas.«

»Mhh …«

»Du wolltest, dass wir den Wagen nehmen, damit wir reden können, damit es normal aussieht«, führte er aus, und sie musste ihm leider recht geben.

»Der Pakt hilft mir, oder?« Hoffnungsvoll hob sie die Brauen, aber sein verzogener Mund war so gut wie ein *Nein*.

»Ich dachte …«, begann sie und sog scharf die Luft ein.

»Liebling, ich weiß, aber ich kann dir nicht die Macht über deine Kräfte schenken, das wäre ein Wunder, versteh doch.«

»Mhm.« Euphorisch hatte sich Mona in den zweiten Pakt gestürzt, gehofft, selbst dadurch zu wachsen, aber Balthasar drosselte ihre Feuerkräfte nur, es ging darum, Mona so zu schwächen, dass sie wirklich nur noch wie eine Hexe auf Stufe neun hexen konnte, eben das, was auch die Siegel bewirkt hatten. Es war zum Heulen.

»Pass auf! Das ist doch genau die Art Übung, von der wir gesprochen hatten, hm? Ich lass deinen Kräften freien Lauf, und dann sehen wir ja, wohin das führt. Du packst das! Ich kann dir nur helfen, deine Hexerei zu korrigieren, wenn ich die Fehler dabei sehe.« Immerhin das hatte sich geändert, die Siegel schränkten Mona dauerhaft ein, Balthasar konnte ihr jedoch jederzeit ihre Macht zurückgeben.

»Auf deine Verantwortung«, warnte sie ihn vor.

Mona atmete tief durch, fuhr sich einmal mit beiden Händen über das Gesicht. Sie richtete ihren Zeigefinger nach oben, räusperte sich. Langsam ließ sie ihren Arm kreisen, wie Balthasar vor ihr, als male sie einen Ring in die Luft.

»Der Dämon sich ungern einsaut, die Wolken dafür viel zu laut, der Regen muss verklingen, trocken zum Kofferraum das Ansinnen … Verhext!«

»Dein Deutschunterricht ist ein bisschen her, kann das sein? Und wieso das *Verhext*, Fräulein Blocksberg?«

»D-das war halt immer meine Lieblingsserie! Das hilft mir! Da hab ich mir so etwas Ähnliches ausgedacht und …«

Sie blickte ihn wütend an, doch das Prasseln der Tropfen verstummte urplötzlich. Jäh schien ein Kegel helles Sonnenlicht auf das Auto herab, glitzerte durch die Äste. Balthasar beugte sich erstaunt vor und schaute in den wolkenlosen Himmel über ihnen.

»Unheilige Scheiße!« Es dauerte nicht lange, da waren sämtliche Regenwolken verschwunden, wie vom Blau des Firmaments verschluckt. Strahlendes Licht flutete den feuchten Wald, und sogleich stieg ein feiner Nebel aus dem modrigen Laub auf.

Balthasar starrte sie an, sah wirklich entsetzt aus.

Schuldbewusst zuckte sie mit den Schultern. »H-hab doch g-gesagt, ich bin nicht gut …«

»Gut? Das war sehr wohl eine Wetterhexerei, Mona! Eine wirksame … ein richtiges Wunder!« Er klang beinahe wütend, und sie schrumpfte auf ihrem Autositz zusammen.

»Bullshit.«

»Führst du mich an der Nase herum? Wer bist du wirklich? Was soll denn das Theater? Glaubst du, mir fällt so was nicht auf?«

Irritiert schielte sie in seine brennenden Augen. Er wirkte nicht nur wütend, er war es auch.

»Ich weiß n-nicht, was du meinst«, nuschelte sie kleinlaut. Der Dämon schenkte ihr oft intensive Blicke, doch dieser ging ihr durch Mark und Bein, war mehr als ein kritisches Beäugen, und sie rutschte nervös auf ihrem Sitz hin und her.

»Nur Götter können das, wenn sie es dürften!«, erklärte er.

»Aber das war kein Wunder … ich wollte doch was ganz anderes … Wie soll denn das gehen? Wäre ich eine Göttin, hätte ich ja wohl nicht so viel Pech«, fasste Mona hastig zusammen, und zu ihrer Erleichterung sank Balthasar daraufhin wieder zurück in seinen Sitz.

»Pech«, wiederholte er leise.

»Ja, Pech halt!«, antwortete sie patzig.

Ein sattes, feuchtes Geräusch, das direkt auf dem Autodach erklang, wie ein fallender Lappen. Dann ein lautes: »*Quak!*«

Mona zog etwas den Kopf ein. Ein zweites nasses Geräusch, ein panisches »*Quaaak!*«. Da war ihnen eine Kröte auf die Motorhaube gesprungen, drehte sich um, stierte Hexe und Dämon mit ihren Glubschaugen entgegen und beschwerte sich aus voller Kehle.

»Das meinte ich mit Pech«, erklärte Mona. Genauer betrachtet war Krötenregen sicherlich wunderlich, aber in ihren Augen doch mehr als Unglück zu bezeichnen, vor allem für das Wirbeltier.

»*Quak!*«

Wieder schlug mit einem satten Klatschen eine Kröte auf der

Frontscheibe des Wagens auf, als wäre sie vom Himmel gefallen. Sie war deutlich kleiner, rutschte hinab, um sich zu ihrem Kollegen zu gesellen. Oder vielmehr Kollegin. Die zierliche Kreatur hüpfte nämlich einfach auf den Rücken der anderen Kröte.

»Ficken die jetzt auf unserem Auto?«, murmelte Balthasar dunkel.

»Sieht ganz so aus …«

»Könnt ich jetzt auch gebrauchen.«

»Was?«

»Ich kümmere mich um den Tank, hoffentlich reicht mein Reservekanister.«

»Kannst du nicht einfach zu einer Tankstelle porten und neues Benzin holen?«

»In einer Feuersäule?«, gab er zynisch zurück, hob eine Augenbraue.

»Oh …«

Gesagt, getan, der Dämon stieg aus und holte den kleinen Ersatzkanister aus dem Kofferraum. In der Zwischenzeit starrte Mona auf die zwei Kröten, die desinteressiert auf der Motorhaube hockten und den wohl langweiligsten Sex hatten, den es gab. Es brauchte auch nur Balthasars drohenden Schatten, und die dicke Kröte hüpfte mit der kleinen davon in das Gebüsch des Waldes. Sie hatten eine Schleimspur auf der Motorhaube hinterlassen. Der Dämon schüttelte seufzend den Kopf und stieg wieder in den warmen Wagen.

»Dass du es vögelnde Kröten regnen lassen kannst … schon beeindruckend. Ich befürchte fast, dass dein Pech nicht mit dem Zufall zu erklären ist. Deine Hexerei hätte funktionieren müssen. Okay, vielleicht fehlschlagen … aber das hier ist einfach unmöglich.«

»Wie bitte? Pech? Was meinst du? Ich bin einfach nur schlecht!«

»Nein, ein wenig ungeschickt, aber das ist in deinem Alter ganz normal. Hexerei ist kompliziert, erwarte nicht zu viel von dir, Schatz. Und wenn es nur darum ginge, das können wir üben, allerdings ... Pech ist das Gegenteil eines Wunders, ähnlich mächtig. Ein magisches fatales Versagen sozusagen. So was kommt jedoch meist nur als Fluch vor ... Was hast du angestellt, Hexe?«

»Was? Ich? Ich mach doch gar nichts«, quietschte sie und spürte wieder Wut aufkeimen. Das durfte nicht wahr sein, nach allem, was sie deshalb hatte durchleiden müssen, sollte sie auch noch schuld an ihrem Pech sein?

»Ich fürchte, ich verstehe nicht, was du genau meinst«, erklärte sie und hörte ihre Stimme vor plötzlicher Nervosität zittern.

Balthasar drehte sich ihr noch ein wenig mehr zu und sah ihr fest in die Augen. »Dein Spruch hätte funktionieren können, aber auch misslingen, dann wäre gar nichts passiert, oder es hätte über uns genieselt, etwas Harmloses eben. Doch stattdessen ist er aufs Wetter übergesprungen und hat es Tiere regnen lassen. Das ist ein so fataler Fehlschlag, eine Magie, die normalerweise nur ein Wunder vollbringen kann: das Wetter verändern.«

»Und so etwas kann Pech?«

»Das Meiste, was wir als Pech bezeichnen, ist einfach nur Zufall. Es gibt jedoch auch magisch ausgelöste Fehlschläge, durch einen Fluch, eine Verwünschung kann man einen Menschen ins Unglück stürzen.«

»I-ich weiß, aber i-ich dachte ... das wüsste ich doch? Merkt man das denn nicht? Vor dem Studium werden wir magisch entstört ...«

»Ja … die verlässliche Kirche!«

Sofort spürte Mona das bekannte Brennen von Stress in ihrem Kopf. »Dreck! Nein! M-meine ganzen Katastrophen könnten von einem Fluch stammen!«, brach es laut aus ihr heraus, und sie richtete sich so abrupt auf, dass der Anschnallgurt sie zurückdrückte. Wie sie sich selbst stets aufs Neue bewiesen hatte: Schlimmer ging immer. Der Leitsatz, vielmehr das Motto ihres Lebens. Und Balthasars Ausführung ergab Sinn, passte leider auch zu ihrem allgemeinen Unglück, wobei sie bisher gedacht hatte, dass sie das ihrer mangelnden Konzentration zu verdanken hatte.

Mit einem Schnurren sprang das Auto an, und Mona stellte mit Erschrecken fest, dass es nicht mehr weit war bis zum Haus ihrer Eltern.

»Was es auch ist, wir finden eine Lösung«, versicherte Balthasar ihr, doch sie schüttelte vehement den Kopf. »Wir üben einfach, fehlende Kontrolle könnte in Pech umschlagen, vielleicht ist es das. Ansonsten könnte ich deine Seelendaten beantragen, nachschauen, ob es ein Fluch ist, etwas aus deinem Vorleben?«

»Wie gruselig!« So laut hatte sie gar nicht werden wollen, aber alleine der Gedanke, zu erfahren, wer sie einst gewesen war, entfesselte ein ganz merkwürdiges Gefühl von Angst. Am Ende stellte sich heraus, dass sie wirklich selbst Schuld an ihrem Pech trug, vielleicht aus Boshaftigkeit, vielleicht verdient – das würde sie nicht verkraften.

»Verstehe. Aber bedenke, wir haben Zeit, Mona. Kontrolle kommt nicht von heute auf morgen!«

»Ich übe schon mein Leben lang. Früher bis tief in die Nacht … ich hatte gehofft, der zweite Pakt …«

»Ich weiß, mein Schatz. Aber das kannst du nur selber lösen.

Ich kann dich lediglich vor Schaden bewahren, deine Kräfte bei einem Übergriff drosseln.«

»Ich kann das nicht.«

»Mona.«

»Ich will das nicht.« Sie wusste selbst, wie bockig sie gerade reagierte, aber dieses Thema begleitete sie schon ihr ganzes Leben, sie hatte die Nase voll von Versprechungen, angeblichen Lösungen. Von Guru zu Guru, Hexer, Heiler, Priester und Therapeut war sie gelaufen, sogar zu Ärzten, hatte sich unter ein dröhnendes MRT gelegt, das ihrem Hirn beste Gesundheit bescheinigt und ihr mit seinem Lärm einen Tinnitus verpasst hatte. Und jetzt wusste nicht einmal ein Gott, was mit ihr nicht stimmte.

Murrend sank sie tief in den kuscheligen Autositz und drehte das Radio ein bisschen lauter. Balthasars Hand fand wieder ihre, streichelte ihren Handrücken. Selbst wenn er einen neuen Gang einlegen musste, griff er erneut nach ihren kalten Fingern, und zumindest für den Moment beruhigte das Monas flatternde Nerven. Eigentlich hatte sie sich fest vorgenommen, ihn nicht mehr so mit ihren Sorgen und Problemen zu belasten, aber das ließ sich wohl nicht vermeiden – leider vertrug sich das so gar nicht mit ihrer Persönlichkeit.

»Sorry …«, nuschelte sie.

»Wofür?«

»Ich bin es noch nicht gewohnt, meine Probleme lösen zu können.«

»Manchmal braucht es eben göttliche Hilfe!« Ein breites Grinsen zierte sein hübsches Gesicht, aber in den Augen funkelte Wärme, die Mona sofort neue Kraft schenkte.

Doch es war nicht der Gott alleine, vor allem Monas übernatürliche Freunde ermöglichten ihr ungeahnte Möglichkeiten.

Im Studium hatte sie sich abgekapselt – sich sogar ihrer besten Freundin nie richtig geöffnet –, und ausgerechnet ein Dämon hatte all das losgetreten. Das musste wohl dieses »Glück im Unglück« sein, von dem immer alle sprachen.

»Kann es wirklich am Pech liegen?«, traute sie sich nachzufragen.

»Was genau meinst du?«

»Mein … alles?«

Balthasar stieß Luft durch die Zähne aus, es pfiff leise. »Ich könnte mir deine Hexenkräfte ansehen, ich hab Kontakte, das lässt sich machen.«

»Mhh …«

»Denk darüber nach. Wenn du es mir erlaubst, dann werde ich diesmal derjenige sein, der dich googelt!« Ein heiseres Lachen.

»Nur dass in diesen Akten die Wahrheit steht.« Auch das störte Mona an dieser Recherche, er würde ihr bis in den Kern blicken, mehr über ihre Seele erfahren, als Mona jemals selbst begreifen konnte. Jeder schwarze Fleck, jede Sünde.

»Für mich zählt, wer du jetzt bist, und nicht, wer du mal warst.«

»Und wer bin ich?«

»Meine großartige Frau, die mir jetzt die gebrannten Mandeln aus dem Handschuhfach reicht, bitte?« Ein für seine Verhältnisse äußerst großer Augenaufschlag entlockte Mona ein Lachen, und sie griff mit Vergnügen nach der halbleeren Tüte, erleichtert, dass er das Thema nicht weiter verfolgte.

»Und wer bist du? Herr Erzdämon?«

»Nur ein alter Mann.« Er langte beherzt nach einer ganzen Handvoll Mandeln, was Mona einen Moment mit ihrer nächsten Frage warten ließ.

»Aber auch manchmal eine Frau?«

Mit geschürzten Lippen beobachtete er sie kauend aus den Augenwinkeln. Sie war ja so neugierig, mehr über das wahre Wesen der Göttlichen zu erfahren, und wusste zugleich, dass sie es kaum begreifen würde – doch die Ablenkung kam ihr gelegen.

»Kann ich mir nicht aussuchen, kann passieren. Meine Gestalt, das Geschlecht, alles, das orientiert sich an dem, was mich inspiriert. Schwer zu erklären. Aber … aber das wäre … wäre das okay für dich?« Er klang unsicher, und Mona brauchte einen Moment, ehe sie aufrichtig nickte. Darüber hatte er sich den Kopf zerbrochen?

»Ich fand zwar Männer immer anziehender, aber das hat mein Verlieben nie interessiert.«

Balthasar atmete hörbar durch. Die Erleichterung war ihm anzusehen, und für eine ganze Weile starrte er nachdenklich zurück auf die Straße. Wie gerne hätte sie ihm jetzt in den Kopf gucken können, aber sogar Wesen, die Gedanken lesen konnten, hörten nur das, was gedanklich an sie gerichtet war. In Monas Schädel war es manchmal so laut, dass sie keine Chance hatte, sich zu konzentrieren, das konnte sie sich bei ihm gar nicht vorstellen. Er hingegen wirkte wie die Ruhe selbst, sah immer wie aus dem Ei gepellt aus. Sein Luxus, seine Lebensweise – eigentlich konträr zu allem, worauf Mona stand.

»In einem Batikhemd mit Sandalen hättest du mich sofort rumgekriegt«, schloss sie ihre springenden Gedanken und konnte ihm sein verwirrtes Stirnrunzeln nicht verdenken. »Na, ich mein … wegen Aussehen und worauf ich stehe.«

»Trotzdem magst du deinen protzigen Hedgefonds-Manager mit seinen Maßanzügen? Sicher?« Er klang amüsiert.

»Ich glaube, ich bin noch nicht bereit, mir klarzumachen, dass du unser patriarchisches Machtsystem ausnutzt.«

»Ich bescheiße meine Kunden.«

»Ehh?«

»Ich bin ein Dämon, ich bestrafe Sünder«, erklärte er und fügte ein dunkles, dreckiges Lachen hinzu, das kein Filmbösewicht hätte übertreffen können. Augenblicklich setzte sich das Puzzle zu ihrem Ehemann in Monas Kopf zusammen. Das passte viel besser zu ihm als der privilegierte reiche Mann, den sie erst vermutet hatte. Entgegen ihrer Annahmen spielte er das Spiel des Lebens nicht mit, um sich zu bereichern, er wütete darin.

»Was lächelst du denn so, Hexe?«

»Ich finde, du bist ein guter Mensch.« Das letzte Mal hatte sie ihn einen guten Dämon genannt, doch er war so viel mehr als das. Das Grinsen auf seinen Lippen wurde breiter, und er zwinkerte ihr zu, entlockte ihr ein verlegenes Kichern.

»Gleich Montag kaufe ich mir ein Batikhemd, aber in kurzen Hosen wirst du mich nie erleben!« Über diese Aussage musste er selbst lachen, und Mona schenkte ihm einen gespielten Schmollmund.

»Wie war das, als du ein Frosch warst?«, meinte sie amüsiert, da sie sich an seine Anmerkung erinnerte.

»Da war ich hosenlos, Liebling. Aber wenn dir das gefällt … ich kann dich gerne mit verwandeln, und dann musst du mich huckepack tragen!«

»Hättest du wohl gerne!« Das helle Lachen erwiderte er nur mit einem dunklen »Pah!« und nickte zum Fenster, Mona reckte fragend den Kopf.

»Wir sind gleich da!«

Kapitel 19

Was wohl die Nachbarn sagen?

Braunlage war ein beliebter Urlaubsort für Wanderer, und in ganz seltenen Fällen auch für Skifahrer. Dank des Klimawandels schmolz der Schnee so schnell wie das Interesse der Touristen. Zum Glück gab es die ausgebauten Wanderwege durch Wald und Flur. Gewaltmärsche boten die ultimative Flucht vor der Realität, hier konnte man laufen und laufen und laufen – weg von allem, es sei denn, man machte Familienurlaub.

Ferienhäuser lockten mit Isolation und Natur pur, für den perfekten Detoxurlaub. Entgiftung von Stadt und Job. Auch war man vor dem lästigen Internet, Handynetz und Konsum geschützt, denn alles, was man hier empfangen konnte, war das laute Vogelgezwitscher, beginnend gegen vier Uhr in der Früh.

Ein Paradies für Aluhutträger. Die gesunde Kraft echter deutscher Waldluft bot keinen Platz für giftige Strahlung und gehirnmanipulierende Wellen. So fielen sie in Scharen zur Urlaubszeit in den sogenannten Kurorten ein, um der Stadt zu entkommen. Und das trotz des gigantischen, unübersehbaren Sendemasts auf dem höchsten Berg im Harz, dem Brocken. Geschickte Landhausbesitzer hatten verbreitet, dass es sich dabei lediglich um die größte Akasha-Säule der Welt handelte. Auf dem Rückweg vom Gipfel warteten Andenkenläden noch mit den passenden Heilsteinen und Klangschalen auf, bereit, den lästigen Schmutz des Kapitalismus aus der Geldbörse zu entfernen.

Wem all der schwurbelige Lifestyle mit seiner Mottofitness nicht zusagte, der fand seine Heimat vielleicht an Stammtischen und konnte eine wahre Zeitreise erleben. Gespräche wie jene zwischen Eiche rustikal, Blutwurst und Schmalzbrot meinte man seit 1945 nicht mehr gehört zu haben. Für manche Menschen, besonders für einige Zombies aus früheren Zeiten, war das die einzige Gelegenheit, mal wieder die Faust zu erheben und selbst erschaffene Probleme anderen in die Schuhe zu schieben.

Natürlich fanden sich hier auch normale, liebenswürdige Leute, sehr viele sogar, doch die machten einen Bogen um die ganze Narretei. Wie ein scheues Reh verschwand der Durchschnittsmensch im Wald und traute sich erst heraus, wenn die Luft wieder rein war.

Wer sich vom Stress des Tourismus und vom Gruppenzwang mancher Dorfkulturen fernhielt, erlebte die Schönheit des Lebens in einem Gebirge: Waldlichtungen so bezaubernd, dass man glaubte, in einem Gemälde zu stehen. Seen und Flüsse, so klar und rein; den murmelnden Bächen zuzuhören war besser als jeder ASMR-Stream. Interessanterweise war alles am Harz sehenswert, was kein Preisschild trug, und diese kostenlosen Attraktionen liebte Mona. Echte Natur konnte man nicht verkaufen. Mit dem Blick in die Berge den Tag zu beginnen schuf ein Gefühl von Freiheit und Grenzenlosigkeit. Bis man wieder gegen die Barrikaden der Menschlichkeit stieß und sich am Dorfleben die Zähne ausbiss. Ihre Nachbarn in Offenbach meinten, den Tratsch gemeistert zu haben? Die würden keine zwei Tage in einem der idyllischen Dörfer überleben – hier war üble Nachrede ein Volkssport, den die Ortsansässigen bereits mit der Muttermilch aufsogen.

Mona und ihre Mutter verdankten es Monas Stiefvater, dass

sie genug Ansehen besaßen, um mit ihrem eher unüblichen Auftreten als geschätzte Besonderheit zu gelten. Der erfolgreiche Sohn des Inhabers von Nosferatuh-Bräu genoss einen guten Ruf. Das tiefschwarze Bier war beliebt und im Harz schon verwurzelt und verankert gewesen, als Hexen noch auf Besen geflogen waren und Satan auf dem Hexentanzplatz persönlich vorbeigeschaut hatte. Vor allem war Nosferatuh-Bräu eines: Alkohol. Und ohne diese Droge funktionierte im Vereinsleben gar nichts. Monas Stiefvater war Erbe und Teilverwalter. Damit gewann man an jedem Stammtischabend. Da waren auch die skurrile Steinheilefrau und ihre Hexentochter nicht so wichtig. Nun – jemand wie Balthasar, sicher würde es Gerede geben. Aber er war, nach veralteten Standards bewertet, ein erfolgreicher Mann. Und wenn eines im Sexismus als wertig galt, dann das. Mona wünschte sich, sie hätte ihn in abgewrackte Hippieklamotten gezwungen und Bens VW-Bus geliehen. Das Getuschel über Mona und dass sie es endlich doch zu was gebracht hatte – ein reicher Ehemann, nein, das gönnte sie den Tratschweibern am Nachbarszaun nicht. Jetzt, mit ihrem Lifestyle, ihren Tattoos, der Entscheidung zu leben als das, was sie wirklich war, da wollte Mona sich nicht mehr anpassen – sie wollte auffallen.

Trotzdem, es war seltsam, irgendwie bedrückend, nach so vielen Jahren wieder das bekannte Bild der Kleinstadt zu sehen, mit denselben alten Häusern und Straßen, als hätte sich nichts verändert. Zwar war Mona in der Großstadt geboren und teils aufgewachsen, ihre Teenagerzeit hatte sie jedoch abgeschottet vom Rest der Welt zwischen Moos, Pilzen und Forstwirtschaft verbracht. Eine Entscheidung ihrer Mutter, denn eine Hexe im Trubel von Frankfurt großzuziehen hatte sich sehr schwierig gestaltet. Im Harz hatte man schon lange vor dem Outing der übernatürlichen Gesellschaft mit Hexerei und Mystik geworben, und so verdiente sich Monas Mutter eine goldene Nase mit Glitzersteinen und Tarot-Raterei. Immerhin, ihre Tochter war ja eine echte Hexe. Das heizte das Geschäft an, obwohl sie trotz der guten Einkünfte noch immer an einer kleinen Gesamtschule als Lehrerin arbeitete.

Währenddessen ging Herr Nosferatuh mit seinen Versicherungen ähnlichen Schwindelgeschäften nach und wartete nur darauf, eines Tages die Brauerei seines Vaters zu übernehmen. Dank Arbeit, Erbe und ordentlicher Vetternwirtschaft hatten die Nosferatuhs ein Häuschen am Wald kaufen können, abseits neugieriger Blicke, fern von direkten Nachbarn und doch nah genug an einer Schule. Wobei Haus kein treffender Begriff war. Es war … spezieller.

Vor dem schweren Eisentor des großen Grundstücks hielt Balthasar vorerst an, und Mona musterte ihn gespannt von der Seite, wartete auf seine Reaktion. Für eine Weile schaute er einfach nur hinaus, runzelte die Stirn, drehte sich kurz zu ihr, erwiderte Monas starren Blick, nur um dann wieder verwundert durch die Frontscheibe zu sehen, als sei die kleine viktorianische Villa eine Erscheinung.

Spitze Giebel verschwanden im Schatten dichter Tannen, die hinter dem Gebäude in die Höhe ragten. Man hatte das Haus auf felsigem Grund erbaut, doch der Wald eroberte sich Teile des Landes zurück, kuschelte die Villa ein mit Gestrüpp und vielen Büschen. Die Fassade war vermutlich einst bunt gewesen, inzwischen jedoch völlig verwaschen, das alte Schieferdach wirkte renovierungsbedürftig, so auch der Schornstein. Auf einem Giebel drehte sich eine Wetterfahne, es war eine gebuckelte Katze mit erhobenem Schwanz. Verzierte Fensterrahmen, geschwungene Zäune aus Eisen mit Ornamenten auf den Spitzen – das Haus war *creepy and kooky, mysterious and spooky*. Der Anblick brachte Balthasar zum Schmunzeln.

»Hast du als Kind schwarze Zöpfe getragen und Monster gezüchtet?«, fragte er mit hochgezogener Augenbraue.

»Ich weiß … es ist das totale Klischee. Aber … aber Mama wollte immer schon so wohnen …«

»Das Haus ist mehr Gothic als du.« Er schüttelte lachend den Kopf.

Die Eisentore vor ihnen knirschten einmal laut auf, quietschten qualvoll, als ein uralter Mechanismus die Pforten öffnete und den Weg hinauf zu der Villa freigab.

Das Titellied der *Addams Family* summend fuhr der Dämon im Schritttempo in die Einfahrt. Er parkte direkt neben dem schwarzen Volvo von Monas Stiefvater, auf dem eine riesige Trauerweide ihr letztes Laub verteilt hatte. Gurgelnd gab der Motor zu verstehen, dass er keinen weiteren Meter mehr gefahren wäre, und Mona sank noch einmal seufzend in den Ledersitz.

»Das wird schon …«, murmelte Balthasar und zwinkerte ihr zu. Sie zupfte an ihrem schwarzen Strickkleid, strich sich über die Wollleggins, fuhr sich durch ihre Haare. »Schatz, du siehst perfekt aus, hör auf, dich nervös zu machen!«

»Du hast ja recht.«

Sie stiegen zeitgleich aus, und einen Moment später ging auch schon die Tür auf der Terrasse auf, und Monas Mutter wuselte heraus. Unter ihren Schritten knarzte das alte Holz der Dielen, sie hüpfte vergnügt die Treppe herunter, und Mona eilte ihr entgegen.

Wie immer trug ihre Mutter eine große runde Brille. Wild zerzauste blonde Haare waren mehr schlecht als recht hochgesteckt worden. Um ihren Hals hing ein buntgemusterter Wollschal, und ihr weites Kleid in einem nicht weniger auffälligen Muster flatterte im Wind. Mindestens fünf Ketten klapperten bei jeder Bewegung. Es war unklar, ob sie eher Zauberin oder Hippie verkörpern wollte.

Mona und ihre Mutter nahmen sich in den Arm, sie waren beinahe gleich groß. Hinter Mama Nosferatuh schielte Monas Stiefvater aus der Tür. Er war hoch wie die Tür, aber schmal, hatte einige Falten auf der Stirn und um die Augen, doch die ungezähmten schwarzen Haare und sein hübsches Gesicht ließen ihn jugendlich wirken.

»Ohhhhh, dünn bist du geworden!«, quietschte Monas Mutter, griff ihre Tochter an den Schultern und besah sie sich ganz genau.

»Mama, ich wiege seit gut zehn Jahren immer dasselbe …« Das wurde großzügig überhört. Einen Moment später huschte der Blick der blauen Augen Frau Nosferatuhs auch schon nach oben, fixierte etwas hinter Mona, und so drehte sie sich seufzend zu ihrem Dämon um. Balthasar legte ihr einen Arm um die Schulter, setzte ein unerwartet süßes Lächeln auf und bot seine Hand zum Gruß an.

»Mama … das, ehhhh … ist Balthasar, mein … mein Mann und … und das ist Ulrike, meine Mutter. Und … und das …« Sie deutete zu ihrem Vater, der langsam die Terrassentreppe herunterkam. »Das ist mein Stiefvater Jakob.«

»Freut mich sehr, Sie endlich kennenzulernen!« Der honigsüße Klang seiner Stimme hätte Mona beinahe ein Augenrollen entlockt. Aber er schien zu wirken, denn ihre Mutter griff selbstbewusst nach der dargebotenen Hand und zuckte mit den Schultern.

»Ach, doch nicht so förmlich. Wie ich hörte, sind wir ja jetzt eine Familie. Nenn mich Ulrike oder Rike, wie alle sagen«, bot sie an, und aus Balthasars freundlichem Lächeln wurde ein so unfassbar gut geschauspielter, liebevoller Ausdruck, Mona musste sich wegdrehen, um ihn nicht völlig verdattert anzustarren.

»Gerne, hab ich doch von Mona schon so viel über euch gehört!«

»Ich wünschte, wir könnten das Gleiche sagen!« Den Seitenhieb kommentierte Mona mit einem schuldbewussten Grinsen. Balthasar schüttelte nun auch die Hand ihres Stiefvaters, sie tauschten ein schlichtes »Angenehm« aus und dann ging es zum Glück ins Haus, die Reisetasche auspacken und sich etwas frisch machen. Eine Nacht, nur eine Nacht, und es würde erst einmal überstanden sein. Mona eilte die knarzenden Treppen zum ersten Stock hinauf, hatte das dringende Bedürfnis, in die Dunkelheit ihres alten Zimmers einzutauchen, um wenigstens kurz zu verschnaufen.

Balthasar folgte ihr, wenn auch langsam, denn das innen völlig *übereingerichtete* Haus überforderte vermutlich seine Sehnerven. Wie ein edler Flohmarkt oder ein stilsicher eingerichteter Laden für Antiquitäten, bei den Nosferatuhs konnte man stundenlang auf Entdeckungstour gehen und verlief sich eventuell einige Male.

»Oh … zum Glück«, murmelte der Dämon, als er in Monas altes Jugendzimmer schritt und sofort in der Dunkelheit der Möbel, der Wände und des Fußbodens zu verschwinden schien.

Schwarze Tapete, nur aufgelockert durch Metal und Poster von Rockbands und deren Logos. Ihren alten Schrank und den antiken Schreibtisch hatte Mona auch schwarz gestrichen. Den runden flauschigen Teppich auf dem Parkett zierte eine Totenkopffratze.

Das Zimmer schrie Gothic, abgerundet von Kerzenleuchtern und einer Skeletthand für Schmuck auf einem Schminktisch. Die Samtvorhänge glänzten düster im Nachmittagslicht.

»Gefällt es dir?«, nuschelte Mona, die sich erst mal zwischen ihre vielen Kuscheltiere auf ihrem alten Bett fallen ließ und nur widerwillig nach der Nachttischlampe angelte. Am liebsten hätte sie sich hier für die nächsten Stunden unter der Bettdecke versteckt. Balthasar musterte einen dicken Teddybären, auf den Knochen aus Filz genäht waren. Ein Schmunzeln huschte über seinen Mund, bis er das Bett näher betrachtete.

»Das … ist ziemlich klein.«

»Was?«, erkundigte sich Mona verwirrt. Sie hatte endlich für etwas Licht gesorgt und stand wieder auf, um ihm die Reisetasche abzunehmen.

»Das Bett.«

»Oh … eh … ja, für dich sicher etwas kurz. Aber … ich kann den Sessel ranschieben.«

»Ach, das geht schon. Ich liege gerne die ganze Nacht auf dir drauf.«

»Ehhh …«, entkam es ihr. Darüber hatte sie überhaupt nicht nachgedacht, und nun, beim Betrachten der kleinen Matratze mit der seidenen Bettwäsche, schien das Möbelstück auch noch zu schrumpfen. Kurz kam ihr die Idee, das Bett zu verhexen, damit es etwas wuchs – doch was dabei alles schiefgehen konnte …

»Wir haben sicher irgendwo ’ne extra Matratze für dich.«

»Keine Angst, Liebling. So schwer bin ich nicht.« Er zwinkerte ihr zu.

»Als ob du es beim Draufliegen belassen würdest … K-kein Sex im Haus meiner Eltern!« Sie traute ihm nicht zu, es nicht wenigstens zu versuchen.

Balthasar ließ sich nur lachend auf der Matratze nieder, klopfte neben sich. Mit einem misstrauischen Knurren setzte sie sich dazu und knuffte ihn in die Seite.

»Meinst du, es würde quietschen?«, murmelte er dunkel und grinste.

»Ganz fürchterlich!«

Als wäre es eine Aufforderung, beugte er sich zu ihr, um sie zu küssen. Kaum fanden sich ihre Lippen, wurde er so fordernd, dass er die überrumpelte Mona in die Kissen drückte. Tatsächlich ächzte das Bettgestell ein wenig, und aus Spaß gab Balthasar ihr einen kleinen Schubs, woraufhin das typische Quietschen einer schlechten Federung erklang, wie frisch aus einem Klischeefilmchen entsprungen.

»Balthasar …«

»Das würden sie durch das ganze Haus hören!«

»Denk nicht mal dran.«

»Dann wüssten sie wenigstens, dass wir uns lieben!«

Bei seiner Wortwahl verschluckte sich Mona beinahe und brachte so nur ein Keuchen zustande. Völlig ohne Gegenwehr ließ sie sich wieder auf seine Lippen ein und blinzelte irritiert seinen bernsteinfarbenen Augen entgegen. Damit hatte er nur ihre Scharade gemeint, oder? Der Kuss fühlte sich jedoch tatsächlich sehr liebevoll an, und Mona schlang glücklich ihre Arme um Balthasars Hals. Ein bisschen Nähe war ja ganz in Ordnung und brachte sie wenigstens auf andere Gedanken. Allerdings war da eine Hand an ihrem Hintern. Ihr Erzdämon war wie gewohnt von 0 auf 100 in Fahrt gekommen, und die Hand wanderte nun unter Monas Strickkleid.

»Schon wieder kein BH«, raunte er, und sie kicherte.

»U-unbequem.«

»Mh, verständlich. Und wie sieht es mit dem Kleid aus? Ist das auch unbequem?«

Mona quietschte, als er einmal sanft ihren linken Busen drückte und dann mit der Hand weiter ihren Körper entlangwanderte.

»Geht so«, nuschelte sie zurück.

»Und die Unterhose?«

»Balthasar!« Auf ihren gezischten Einwand hin lachte er nur und küsste sie wieder. Seine Finger behielt er bei sich, seine Hand lag an ihrer Hüfte, und das löste in Mona ein Kribbeln aus.

Ein Räuspern. Balthasar hielt sofort inne. Verhaltenes Klopfen gegen den Türrahmen. Monas Mutter hatte ihren Hals in das Zimmer gereckt, und ihre Augen wirkten hinter der dicken Brille unheimlich groß. Sie war einer der Menschen, die ihre Lesebrille auf der Nase vergaßen, danach suchten und sich über die schlechte Sicht wunderten.

Der Dämon erhob sich, und Mona sprang auf wie ein Gummiball, zupfte nervös an ihrem Strickkleid.

»Wenn ihr fertig mit … Auspacken seid«, Ulrike machte eine unangenehm vielsagende Pause und musterte die beiden einen Moment lang, »dann kommt gerne runter zu Kaffee und Kuchen. Ja?«

»Klar, Mama!«, kiekste Mona und lief beim Brechen ihrer Stimme rot an. Der blonde Wuschelkopf verschwand aus der Tür, und Mona griff sofort zur Reisetasche. Schnell zerrte sie ihren Kosmetikbeutel heraus.

»Hier! D-du hast da … Lippenstift …«, stammelte sie, hielt Balthasar ein Abschminktuch vor die Nase und wuselte über den Flur in das Badezimmer des Stockwerks.

Kapitel 20
Unangenehm

»Wo habt ihr euch denn kennengelernt?«

Die Neugierde sprang fast aus Ulrikes Gesicht. Weit vorgebeugt saß sie auf dem Sofa, und ihre Augen wurden drastisch von ihrer Brille vergrößert, während sie wie automatisch in ihrer Kaffeetasse rührte. Im ganzen Haus duftete es nach frischem Gebäck. Ein selbstgemachter Kuchen mit dickem Wasserstreifen und klebrig süßer Zuckergussglasur stand auf dem Tisch, und beim Kauen fühlte Mona ein seltsames Ziehen in der Speiseröhre. Nicht mal reiner Puderzucker war so süß wie das hier. Sie rutschte schon die ganze Zeit nervös auf dem weißen Landhaussofa hin und her, eigentlich waren Kuchen und Koffein gar keine gute Idee, weshalb sie sich panisch an einen Lavendeltee klammerte. Angeblich hatte das Zeug eine beruhigende Wirkung.

Sie hatten sich eine Geschichte für Monas Eltern zurechtgelegt, aber irgendwie klang alles daran furchtbar falsch.

»Balthasar und ich haben uns das erste Mal im Museum getroffen.« Und damit endete leider jegliche Wahrheit an ihrer Erzählung, weshalb Mona nun zu ihrem Erzdämon sah. Er musste weitersprechen, die Lügen waren Mona so unangenehm und das Haus voller alter Balken, die sich biegen konnten, am Ende sprengte sie noch die halbe Villa.

»Ein *zauberhafter* Moment, nicht?«, warf er ihr wieder den Ball zu, und sie bemühte sich um ein breites Lächeln, nickte hastig und duckte sich hinter ihre Teetasse. »Es ist, als wäre es gestern gewesen. Als ich sie das erste Mal sah, sprühten die *Funken* und entzündeten ein *Feuer*, das nichts und niemand hätte verhindern können. Ein wahres *Wunder*.« Nun, eine Feuersäule hatte tatsächlich zu ihrem Kennenlernen geführt, und Mona versuchte sich zu erinnern, was sie eigentlich bei ihrem ersten Treffen empfunden hatte. Immerhin war er wirklich ihr ganz persönliches Wunder. Leider verband sie diese Begegnung nur mit dem Schrecken des Überfalls.

Balthasar erzählte derweil vergnügt weiter, und sein Gefallen am Ausschmücken ihrer *Lüge* machte Boris' Hang zur Dramatik ernsthafte Konkurrenz. »An jenem *schicksalhaften* Abend besuchte ich eigentlich den Direktor des Museums, es ging um ein paar Spenden ... aber als ich sie danach bei ihrer Wache traf, so pflichtbewusst ihren neuen Beruf verfolgend – eine Hexe ... Wir hatten ... gleich so eine Art *Verbindung*.« Sein Arm schlang sich um ihre Schultern, und Mona mühte sich ab, seinen liebevollen Blick zu erwidern. Normalerweise war sie es, die ihn so ansah, aber gerade war sie für derlei Gefühle zu verwirrt. »Und danach liefen wir uns ganz *zufällig* immer wieder über den Weg. Es war ... beinahe *magisch*.« Balthasar konnte es nicht lassen, der Sarkasmus in seiner Stimme war leise und fein, doch im Kontext ihres eigentlichen Kennenlernens machte er Mona nervös. Hastig stopfte sie sich einen besonders großen Bissen Kuchen in den Mund. Das gab ihr für einige Minuten genug zu tun, der klebrige Zucker erstickte sie fast.

»Wir fingen kurz darauf an, miteinander auszugehen. Das war gar nicht so einfach, bei unseren unterschiedlichen Arbeitszeiten! Aber das kriegen wir ganz gut hin, oder, *Mohnschneckchen*?«

Sie brauchte einen Moment, ehe sie auf sein Kosewort reagierte und kauend geradeso ein »Mhm« zustande brachte.

»Von der Liebe auf den ersten Blick direkt in eine feste Beziehung, ich könnte nicht glücklicher sein«, versicherte Balthasar mit einem perfekten Lächeln. Zu ihrem eigenen Erstaunen musste Mona bemerken, dass sie seine grummelige Art deutlich attraktiver fand – vor allem sein dreckiges Lachen. Aber nach einem Prinzen hatte sie ja auch nie gesucht. Gerade in ihrer Zeit beim Vatikan hatte sie sich eine rebellische Seele gewünscht – sie sollte wohl ihre Wünsche vorsichtiger formulieren. Ein Erzdämon, unchristlicher war praktisch nicht möglich.

»Faszinierend.« Ulrike klang spitz, und auf ihren Lippen lag ebenfalls ein falsches Lächeln. Das schenkte sie sonst nur den Nachbarn. »Und wie kam es dann zu dieser Ehe?« Sie rührte immer noch wie auf Autopilot in ihrer Kaffeetasse. Die Spannung im Raum machte aus dem leise nölenden Radio am Ende des Zimmers ein unangenehmes Brüllen.

Jakob räusperte sich. »Braucht jemand frischen Kaffee?« Ohne auf eine Antwort zu warten, schenkte er allen nach, bis auf Mona, denn die umklammerte ihren Tee, als hinge ihr Leben davon ab.

»Nun, die Hochzeit … das war ein Spaß auf einem Museumsjahrmarkt. Wir … haben uns dort vor einem Priester trauen lassen, ganz unernst. Ich wollte meine Mona einfach zu gern in dem altertümlichen Brautkleid sehen. Wir hätten Fotos machen sollen, aber lange hatte sie es eh nicht an.«

Jakobs plötzlicher Hustenanfall wurde nur noch übertroffen von dem energischen Kaffeerühren, das Ulrikes Gefühle besser widerspiegelte als ihr Gesicht. Ohne jegliche Regung starrte sie Balthasar an, der sich verlegen räusperte. Offenbar brach der dreiste Humor des Dämons langsam durch seine perfekte Schwiegersohnfassade.

»Weil … es … es war geliehen. Es war vom Fest geliehen. Das Kleid«, fügte er hinzu, und schon erklangen zwei künstliche »Ahahaha« am Tisch, während Mona sich nur zu einem Lächeln zusammenreißen konnte, irgendwas in ihr war gestorben.

»Jedenfalls gab es Dokumente, mit denen wir zum Standesamt gehen konnten, sollten wir ernsthaft heiraten wollen … das kam zwar überraschend, aber der Gedanke gefiel uns … es hatte sich richtig angefühlt. Also haben wir uns dafür entschieden, den *Pakt* zu besiegeln und das Standesamt zu besuchen. Es war überstürzt, das gebe ich zu, aber … wir haben den *Teufel* bei den Hörnern gepackt und es gewagt.« Ein vielsagendes Schmunzeln wanderte über seine Lippen. Da war wieder dieser verliebte Blick, und sie schmolz augenblicklich in seinen Lügen dahin. Eine harmlose Liebesgeschichte, wie frisch aus dem Märchen, die der Dämon mit einem Kuss auf Monas Wange beendete.

»Ach, sag bloß, so was geht?«, entkam es Jakob, und er klatschte in die Hände.

»Was?«, erkundigte sich Ulrike verwirrt.

»Na, das mit der Gültigkeit. Einfach so als Spaß heiraten, eine Verlockung, geradezu Versuchung, und dann, wenn man quasi schon ja gesagt hat, kommen die Papiere. Wer sagt denn da wieder nein? So was … Geniales!«, quietschte er erstaunlich hoch für eine Männerstimme. »Rike!« Er drehte sich zu seiner Frau um. »Du verkaufst doch immer auf den Mittelaltermärkten hier deinen Schmuck!«

»Meine Heilketten!«, korrigierte sie ihn, ihre Augen verengten sich misstrauisch, und sie schob das Kinn etwas vor.

»Stell dir vor, ich … auf einem Thron. Am Stand. Mit Krone

und allem drum und dran. Dann verkünde ich Versicherungsmodelle, auf Pergament. So als Andenken! Und eine Woche später klingel ich bei den Leuten und halte ihnen einen echten Vertrag vor die Nase! Und der Deutsche sagt nie nein an der Tür! Ohhh, was für eine Gelegenheit.« In seinen Augen glitzerte keine Freude, sondern Banknotensymbole.

»Jakob! Also wirklich!« Monas Mutter schüttelte seufzend den Kopf.

»Aber …«

»Das reicht!«

Sofort verstummte er, räusperte sich und lenkte seine Aufmerksamkeit wieder auf das Hauptthema. »Tja, ehhhh … also … ehrhm! Aber ihr lebt nicht zusammen?«, erkundigte er sich. Zwar hatte er Mona mit großgezogen, er wagte es jedoch nicht, sich allzu sehr wie ein Vater aufzuspielen. Immer hatten sie einander wie Freunde behandelt, und dieses Verhältnis schätzte Mona außerordentlich, denn Ulrike reichte locker aus, um einen fehlenden Papa, ein Dutzend Großeltern und fünfunddreißig Cousins und Cousinen zu ersetzen.

»Wir wollen damit noch warten. Wir haben ja Zeit, nicht wahr, Mona?«

Sie nickte sofort, ließ ihre Mundwinkel nach oben zucken.

»Ach, der Kaffee ist alle!«, kam es laut von Ulrike, und sie stand ruckartig auf. »Mona, Kind, sei so gut, hilf mir, ja?«

»Ehhh, eh, eh … okay!« Stirnrunzelnd beobachtete Mona, wie ihre Mutter eine noch immer gut gefüllte Kaffeekanne vom Tisch hob, um damit in die Küche zu eilen. Diesem Tonfall konnte sie nicht widersprechen, etwas verwirrt und durchaus ängstlich erhob sie sich. Unsicher warf sie Balthasar einen Blick zu, der erkannte wohl auch den Hilferuf in ihren Augen, konnte jedoch nur mit den Schultern zucken und ihr zunicken. Also folgte Mona ihrer Mutter durch den Flur in die große Landhausküche, die wahrlich schon bessere Tage gesehen hatte, aber die abgewetzte Farbe verlieh dem kunterbunten Chaos aus Kräutern, Steinen, Schüsseln und Töpfen einen gewissen Charme. Hier standen bereits alle Zutaten für ein ausgiebiges Abendessen, und auf dem Herd brodelte ein Eintopf vor sich hin.

Ulrike trat an die Kaffeemaschine, hantierte kurz mit all den Knöpfen und Hebeln herum. Das Gerät besaßen sie schon ewig, trotzdem schaffte Monas Mutter es immer wieder, neue Wege zu entdecken, wie man Kaffee aufbrühen konnte – keiner davon stand in der Gebrauchsanweisung.

»Siehst du irgendwo das Dingsi?«, fragte Ulrike, und Mona griff nach dem Deckel für den Filteraufsatz. »Danke. Und hol schon mal die Milch zum Aufschäumen.«

Ein gewohnter Prozess und Mona steckte sofort die Nase in den Kühlschrank, der wie immer viel zu kalt eingestellt war. Frost manifestierte sich in Form einer kleinen Wolke, doch die plötzliche Frische half ihren Nerven. Überhaupt überstand sie den Nachmittag bisher erstaunlich gut, für gewöhnlich glühten ihre Hände im Haus ihrer Eltern fast dauerhaft, aber noch schien ihre Mutter recht zufrieden.

»Er ist ja schon … ganz nett, dieser Balthasar!«, merkte Ulrike an und klang leicht abfällig, als bewerte sie eine neue Backmischung. Also doch. Mona spürte ihre Feuerkräfte auflodern, dank des zweiten Pakts verendeten sie jedoch direkt in einer Fehlzündung, leider bewahrte das ihre Nerven nicht vor dem Durchbrennen.

»Ehhh jaa … das … das ist er, nicht?«, brachte sie heraus.

Ihre Mutter drehte sich herum und schenkte ihr jenen kritischen Blick, den nur Eltern beherrschten. Prüfend fixierten ihre Augen Mona über die Brillengläser hinweg, und die Sorgenfalte zwischen ihren Augenbrauen trat deutlich hervor.

»Er ist reich, nicht wahr? Diese Schwingungen. Ich fühle es. So eine niedere Frequenz von dekadentem Luxus … richtig … nein, nein, so richtig reich.«

Ob sie diese Schwingungen wohl von den Diamantringen an seinen Fingern, den Maßanzügen oder dem Zerbercedes in der Einfahrt empfangen hatte?

»Ehh … Mama, also …«, begann Mona.

»Habt ihr einen Ehevertrag?«

»N-nein?«, kiekste sie zurück und schloss vor Schreck den Kühlschrank so heftig, dass der Schlag einmal durch die Küche hallte. Schnell stellte sie die Milchflasche auf den Tresen.

»Wie bitte? Wirklich nicht?« Die eben noch besorgten Brauen hoben sich bis zum Haaransatz, und es sah aus, als glaube sie Mona kein Wort.

»Nein! D-das kam auch gar nicht zur Sprache«, stammelte sie, fragte sich jedoch im selben Moment, weshalb eigentlich nicht. Wobei, richtig, sie konnten sich ja nicht scheiden lassen. Andererseits, falls sie je eine Klausel fanden oder sich die Regelung änderte – sollte er die Scheidung wollen, würde Mona mit einem Mal ziemlich wohlhabend sein. Merkwürdig, dass er daran nicht gedacht hatte. Aber er erwähnte öfters, dass ihm Geld nicht viel bedeutete, er hatte es eben.

»Unglaublich. Vielleicht ist er gar nicht so reich. Könnte doch sein, oder er hat Dreck am Stecken. Muss sich eventuell eine gute Geschichte verschaffen … ohhh, es könnte sein wie in den Krimis, er kriegt nur verheiratet sein Erbe! Ja! Genau, daher diese niederen Schwingungen! Hach, nein, nein nein, wo ist das

Pendel …« Fahrig wühlte sie in den riesigen Taschen ihres kunterbunten Hausmantels.

»Ehh … das … das glaube ich eher … weniger«, stammelte Mona, deren Gedanken sich gerade verknoteten.

»Und was sagt seine Familie dazu!«

»Die … die gibt's nicht.« Mona machte eine kurze Pause und überlegte, wie sie es erklären sollte, fügte dann ein »mehr« hinzu. Das entsprach immerhin der Wahrheit. Es sei denn, eines Tages stand der Urknall vor ihrer Tür und wollte unbedingt mit der Schwiegertochter reden. So wie Monas Leben zurzeit verlief, erschien ihr das durchaus möglich.

»Keine Familie also … höchst merkwürdig, höchst verdächtig.«

»Mama! Du kennst ihn doch gar nicht, e-er u-und i-ich …« Mona geriet ins Stottern und schaffte Raum für ein Zungenschnalzen ihrer Mutter.

»Mein liebes Kind, du erwartest doch nicht etwa, dass ich auf eure kleine Geschichte hereinfalle, hm?« Ulrike ging einen Schritt auf sie zu, und Mona stolperte rückwärts, stieß gegen den Kühlschrank.

»D-das ist k-keine – keine Geschichte …«

»Es gibt keine Liebe auf den ersten Blick. Das nennt man körperliche Anziehungskraft, und das taugt nicht für eine Ehe, glaub mir. Dein leiblicher Vater ist dafür der beste Beweis.«

Mona schickte ein Stoßgebet an alle existierenden Götter, dass sie von der farbigen Erzählung ihrer Mutter hinsichtlich ihrer Zeugung heute verschont blieb. Den heutigen Tag wollte sie nur ungern aus ihrem Gedächtnis hexen.

»Mir kannst du es doch sagen, Kind. Ich versteh dich nicht. Wenn du schwanger sein solltest …«

»Bin ich nicht!«

Wieder starrte Ulrike sie mit geweiteten Augen an, ihre Pupillen zuckten hin und her, als suche sie etwas Bestimmtes. Völliges Unverständnis blickte Mona entgegen und weckte in ihr ein seltsames Gefühl von Trotz.

»Wieso glaubst du, dass wir dir was vormachen?«, brach es aus ihr heraus, und diesmal hüpften ihr die Silben nicht davon.

Ihre Mutter atmete tief durch und zuckte dann mit den Schultern.

»Also kommt da einfach ein reicher, attraktiver Mann daher, mit Luxuswagen, Maßanzügen, vermutlich mit viel Geld aus dem Ausland und heiratet, ohne nachzudenken, so mir nichts dir nichts …« Ulrike deutete mit ihrer Hand locker einmal von oben bis unten, was Mona sofort dazu veranlasste, an sich herabzusehen. Irgendwas in ihr verkrampfte sich heftig, fast schon schmerzhaft.

»Mich?«, fragte sie leise.

»Ja, dich. Schau dich doch an. Tätowiert von Kopf bis Fuß. Billige, zerrissene Kleidung, dein Umgang … Und er … Der kommt aus einer anderen Welt, ach, was sag ich, das sind Dimensionen! Völlig andere Aura. Solche Männer wie er – Kind, hast du in deinen vielen Büchern nichts gelernt? Für die sind Frauen Spielzeug.«

Daraufhin fiel Mona keine Erwiderung ein. Die Parallele zu einem gelangweilten Gott, der nur auf eine Gelegenheit wie diese gewartet hatte, um sich endlich wieder zu vergnügen, war nicht zu leugnen. Aber das hatten sie geklärt. Oh, wie sie es hasste, dass ihre Mutter wie gezielt in diese Wunde stach.

»Du weißt, wie viele Lügen dir Männer erzählen, allein für den Nervenkitzel. Was bleibt einem auch, wenn man schon alles hat?«

»Er würde mich nie anlügen …«, nuschelte Mona trotzig. Gerne hätte sie ihrer Mutter gezeigt, wie ernst sie es meinte, sich ihre Worte damit selbst bewiesen. Ihr neu gewonnenes Vertrauen in Balthasar wollte sie sich so leicht nicht nehmen lassen.

»Du bist 25 …«, setzte Ulrike an, doch Mona ging mit einem »Fast 26« dazwischen.

»Ja, gut, Kind, dann fast 26. Du arbeitest als bessere Putzhilfe in einem Museum.«

»Ich hab dafür studiert und einen Abschluss …«

»Sicher, sicher. Aber ist es das, was ihn interessiert? Oder steht er vielleicht einfach auf den Kick, mit einer Hexe zusammen zu sein? Ich bin mir sicher, er weiß von deinem kleinen Feuerproblem?«

Mona schaffte es kaum, den Mund zu öffnen, nickte nur. Unsicherheit, spontan mangelndes Selbstvertrauen – egal, wie hoch sie auch flog, wie viel sie von sich hielt, immer wieder zerrte es Mona zurück in den Sumpf der Zweifel. Und keine Person konnte sie so leicht bis ganz nach unten befördern wie ihre Mutter.

Das gurgelnde Geräusch der Kaffeemaschine beendete den furchtbaren Moment in der Küche, und der eigentlich angenehme Duft gerösteter, aufgebrühter Bohnen verursachte Mona Übelkeit.

»Ich bin ihm wichtig«, flüsterte sie, mehr zu sich selbst als zu ihrer Mutter, und ja – sie glaubte diesen Worten. Die Wut über die Zweifel ihrer Eltern machte Mona deutlich, wie sehr sie Balthasar vertraute, wie viel er ihr bedeutete. Ihm und seinem zynischen Charakter hatte sie sich anvertraut wie noch niemandem zuvor. Sie meinte, gar für sich selbst verschlossen gewesen zu sein, ehe er ihr mit dem Paktunfall die Türen zur Welt geöffnet hatte, die sie so sorgsam versiegelt hatte.

Mit einem Schmunzeln hatte er Monas katastrophale Seiten kommentiert, hatte sie unbeschönigt kennen- und lieben gelernt – und nicht nur er. Boris, Ben, sogar Bärbel. Vielleicht konnte Mona nicht immer mithalten, aber diese Freundschaften waren real. Mona war ihnen wichtig, und das beruhte auf Gegenseitigkeit. Keiner von ihnen hatte sie jemals kleingeredet, im Gegensatz zu ihrer Mutter.

Gemeinsam mit der Hilfe ihrer Freunde würde Mona es schon schaffen, den Anschluss zu halten, völlig gleich, wie oft sie dabei auf die Nase fiel. Freunde waren doch dazu da, einem wieder aufzuhelfen, nicht wahr? Sie vertraute ihnen – und sie vertraute Balthasar.

Mit einem Mal klärten sich ihre sonst von Ängsten verschleierten Gedanken, und ihr wurde bewusst, wonach sie sich sehnte. Sie wollte dieses Leben mit ihm, an seiner Seite – an der Seite eines Gottes. Vielleicht war es zu früh für dieses Gespräch, Mona hätte sich gerne etwas mehr Zeit gelassen, aber bevor sie sich völlig auf ihn einließ, musste sie wissen, wohin sie dieser Pfad führen würde. In die Ewigkeit? Oder bis an das Ende ihrer Tage?

Nur wenn sich ihre Vorstellungen vereinen ließen, konnte sie voranschreiten und endlich eigenen Zielen nachjagen.

Ulrike sagte noch irgendwas, doch Mona hörte ihr nicht mehr zu. Als sie die Küche wieder verließen, starrte sie ihrer Mutter lediglich auf den Rücken und unterdrückte den Drang, laut zu knurren.

Balthasar verstand nicht, wie sich innerhalb weniger Minuten ein solches Chaos hatte entwickeln können, und er fragte sich, ob Versicherungsvertreter nicht eine Art magisches Wesen waren, so schnell, wie Jakob alle Unterlagen herbeigezaubert hatte.

»Solltest du also jemals einen Garten besitzen, dann kannst du Frostschäden an deinen Pflanzen geltend machen!«, erklärte Jakob aufgeregt. Auf Balthasars Schoß lagen einige geöffnete Akten voller Verträge mit enorm winziger Schrift, und als Mona mit ihrer Mutter aus der Küche kam, starrte sie ihn erschrocken an. Nervös grinste er und winkte mit dem Füller in seiner Hand. Ganz sicher, was er da gerade unterschrieben hatte, war er sich nicht.

»Oh, wir haben auch neulich eine Versicherung für all unsere Schlüssel abgeschlossen«, plapperte Ulrike los und stellte den Kaffee auf den Tisch. »Und das nicht nur für die Haustür, sondern auch für alle innerhalb des Hauses. Unglaublich, dass das immer wieder vergessen wird. Tja, was ist denn, wenn der Schlüssel zum Keller mal verloren geht?«

»Klingt schlüssig …«, nuschelte Balthasar, dessen Blick an den verworrenen Zeilen der Papiere in seinen Händen klebte.

»Ahhhhh … ich verstehe! Schlüssig, Schlüsselversicherung!« Jakob lachte einmal herzhaft und knuffte mit dem Arm über den niedrigen Sofatisch reichend Balthasar in die Seite, der ihn sofort irritiert anstarrte. Monas Stiefvater ging voll und ganz auf in seinem Vertretermodus, als ob seine Dadjokes nicht so schon schlimm genug waren.

»Also, wie sieht es aus? Frostschutz?«

»Aber ich habe doch gar keinen Rasen …«, erklärte Balthasar.

»Ach, du hast kein Haus?«

»Nein. Ich wohne in einem Apartment …«

»Nun … wie sieht das in Zukunft aus? Ich meine, jemand mit … Mitteln, der will sich doch irgendwann ein großes Anwesen leisten?« Jakob zwinkerte vielsagend, bewegte sich fast wie eine Zeichentrickfigur. Mehr und mehr meinte sich Balthasar in einer Parodie gefangen und konnte sich nicht vorstellen, dass Mona das Kind dieser Eltern sein sollte.

»V-vielleicht …«, antwortete er ausweichend. Auf ein größeres Haus hatte er eigentlich gar keine Lust, das klang nach furchtbar viel Arbeit oder Haushaltshilfe – und er hasste Fremde in seinem Wohnraum. Nur um mehr Freiraum für sich zu haben, hatte er die Häuser neben seinem aufgekauft und an kontaktscheue Kunstschaffende vermietet, fast verschenkt. Wie herrlich still Menschen sein konnten, wenn ihnen das eine spottbillige Wohnung im besten Wohnviertel Frankfurts verschaffte.

»Im Fall, dass du jetzt schon Frostschutz hinzubuchst und ihr nächstes Jahr in ein Haus investiert, dann rechnet sich das durch den Rabatt!«, verkündete Jakob triumphierend.

»Nächstes Jahr … ich bin mir nicht sicher, ob …«

»Mach dir da mal keine Sorgen. Immobilien sind quasi mein Hobby, könnte man sagen. Manuel macht das. Er hat hier einige Grundstücke zum Bebauen. Wenn euch etwas gefällt, könntet ihr es sofort anzahlen, und ich regele dann alles.«

»Ehhhh … Papa … also … ich … glaub, das ist etwas früh, über … Häuser nachzudenken«, beschwichtigte Mona ihren Vater.

»Es ist nie zu früh, darüber zu sprechen! Man muss doch vorplanen. Wie viele Zimmer sollte es haben, will man einen Pool? Wie sicher muss das Grundstück sein? Man bedenke ja auch die Kinder.«

Mona packte mit einem Mal ein ganz heftiger Husten,

offenbar war etwas von ihrem Tee gerade in ihren Atemwegen gelandet. Behutsam klopfte Balthasar ihr auf den Rücken und kämpfte darum, sein Lächeln aufrechtzuerhalten. Kinder. Das wäre möglich, nur würden solche Monstrositäten, wie Götter und Hexen sie zeugen konnten, ganz sicher mehr als eine Frostschutzversicherung für den Rasen benötigen. Als das letzte Mal Titanen auf der Erde gewandelt waren, hatten sie dabei einen Kontinent vernichtet – und Zeus war seit Jahren im Ruhestand.

»Für uns war das ja alles schon zu spät, nicht, Rike?«, säuselte Jakob, und Monas Mutter lachte hell. Sie griff nach den Händen ihres Mannes und beide schenkten sich einen träumerischen Blick.

»Unsere Extrazimmer dienen der Arbeit. Ein Büro und ein Raum der inneren Klarheit. Doch in so einem Haus hätten gut noch zwei Kinder mehr Platz gehabt«, stimmte Ulrike zu und nickte langsam.

»Ist schon wichtig zu wissen, wie viele und in welchem Abstand.«

»Kann … ich … noch mehr Kaffee haben?«, knurrte Balthasar heiser und spürte, wie ihm das Lächeln abhandenkam.

»Mit Zucker?«, fragte Ulrike beim Nachschenken.

Er schüttelte den Kopf. »Danke, das reicht so.«

»Milch?«

»Nein, ich trinke ihn immer schwarz.«

»Ah, das pure Aroma, was?«

»Ja, durchaus.«

»Gibt sicher guten Kaffee, dort, wo du herkommst? Ja?«

»Wie meinen?«

»Na ja, unserer ist natürlich etwas günstiger.«

»Ich lege eigentlich nur Wert auf fairen Handel …« Er bemühte sich um einen höflichen Tonfall, hoffte aber, dass sein Blick ihr zu verstehen gab, auf welches Glatteis Ulrike gerade zusteuerte.

»Den südländischen Kaffee kriegt man ja auch hier bei uns im Regal!« Sie lachte und schlitterte mit Vollgas auf ganz dünnes Eis, was sie offensichtlich gar nicht bemerkte, sie dachte nicht im Entferntesten daran, dass die unterschwellige Unterhaltung gerade gewaltig schieflief.

»Südländisch …«, wiederholte Balthasar langsam und schloss die Akte in seinen Händen, legte sie zurück auf den Tisch.

»Mum?«, kam es wütend von Mona, sie holte bereits wieder Luft, da mischte sich ihr Stiefvater ein.

»Ehhh! Will noch jemand Kuchen?«, trillerte er enthusiastisch. »Frisch gebacken! Vorhin erst auf der Terrasse abgekühlt! Als Manuel vorbeikam, Mann, der hat vielleicht neidisch geguckt. Aber da sagte ich ihm, Manuel, Mensch, endlich kommt mal wieder die Familie zu Besuch! Ehhm, ehm, ehm … Grüße übrigens!«

Das schnelle Geschwätz und das überforderte »ehh« hatte Mona also von ihrem Stiefvater übernommen. Leider schaffte Jakob es lediglich, das Thema zu verlagern, nicht unbedingt die Spannung zu durchbrechen.

»Hach, Familie – Mona hat mir gerade in der Küche erzählt, dass du keine Familie mehr hast. Das tut mir aufrichtig leid. Sieht aus, als hättest du ein großes Erbe zu erfüllen, ich sehe eine hohe Verantwortung um deine Aura schweben.« Jetzt schenkte Ulrike Balthasar einen besorgten Blick. Also doch, das Gespräch blieb ihm nicht erspart. Die vermeintliche Herkunft einer Person war für manche Menschen die perfekte Brechstange zum Einstieg in das Innerste.

Aura – von wegen. An seiner Aura würde sie sich ihre Netzhaut verbrennen, könnte sie sie wirklich sehen.

»Meine Schöpf …erischen Eltern sind … für mich noch immer … allgegenwärtig. Doch von ihnen habe ich lediglich Talente geerbt. Alles, was ich besitze, habe ich mir selber erarbeitet.«

»Ach!« Ulrikes Tonfall klang erneut so spitz, dass sich Monas Hände in ihr Strickkleid verkrampften. Sofort griff er nach ihren Fingern und drückte ihre kalte Hand.

»Noch etwas Tee, Liebling?«, versuchte er es, doch sie schüttelte mit einem gequälten Lächeln den Kopf. »Alles okay?« Seine Hexe sah ganz bleich aus, aber sie nickte tapfer. Mit oder ohne Gänsehaut auf seinen Armen, er wusste, dass sie sich alles andere als okay fühlte. Selten hatte er so einen intensiven Beschwörungswunsch von ihr vernommen, doch er war ja bereits an ihrer Seite.

»Es ist schön, wenn man sich sein Leben finanzieren kann. Daran hatte Mona ja auch hart gearbeitet, nicht?«, plauderte Ulrike und schnitt sich ein neues Stück Kuchen ab.

»Oh, darüber sprachen wir gerade, während ihr Kaffee gemacht habt. Balthasar arbeitet als Hedgefonds-Manager«, warf Jakob ein.

Ulrikes Kuchengabel klirrte laut, als sie auf den Teller fiel. Sofort setzte Balthasar ein unschuldiges Lächeln auf und erwiderte den irritierten Blick mit seiner gespielten Freundlichkeit, fühlte sich aber wie einer von diesen ertappten Hunden, deren klägliche Vertuschungsversuche man in diversen YouTube-Videos belachte.

»Erfolgreich, wie ich annehme?« Ihre Stimme war flüsterleise.

»Sagen wir es so: Ihr müsst euch über unsere finanzielle Zukunft keine Sorgen machen«, versuchte Balthasar konkretere Nachfragen zu umschiffen. Doch im Gesicht von Monas Mutter konnte er klar ablesen, dass das nicht ausreichte.

»Natürlich, eine Arbeit mit Risiko, aber ich versichere euch, daran habe ich selbstverständlich gedacht. Ich habe keine Familie, keine Kinder, vielleicht zu wenig Zeit für mein Privatleben, doch alles in allem sehe ich das Potenzial für eine entspannte Zukunft …«, sein Arm schlang sich um Monas schmale Schultern, »mit ihr.«

»Mehr können sich Eltern ja auch für ihr Kind nicht wünschen. Wo die Liebe hinfällt, nicht wahr?« Ulrike klang nach wie vor misstrauisch.

Balthasar lachte leise und holte sich Mona dichter heran, damit er ihr in die Augen sehen konnte. Dafür musste er kein falsches Grinsen aufsetzen oder lügen – und das tat an diesem seltsamen Nachmittag besonders gut. »Ja, ganz richtig, wo die Liebe hinfällt …«

»Das war unangenehm …«, murrte Balthasar heiser, als er sich auf Monas Jugendbett sinken ließ. Wann er das letzte Mal so angestrengt Smalltalk hatte aufrechterhalten müssen wie bei diesem Abendessen, er wusste es nicht, aber auf eine Wiederholung konnte er verzichten. Mit einem Ächzen rieb er sich über die Stirn, massierte kurz seine Schläfen und starrte wieder nach oben, vorerst ins Leere. Dann entdeckte er die in die Decke geritzten Sternbilder. Die schwarze Farbe war weggekratzt worden, und ein schrecklich inkorrekter Sternenhimmel füllte den Raum über dem Bett aus. Dieses Zimmer war so anders, wirkte fehl am Platz im Elternhaus, genau wie Mona an der Seite ihrer Mutter.

Sie hatte den ganzen Abend nur in den Teller mit Gemüseeintopf gestarrt und kaum einen Bissen hinuntergebracht. Erst hatte es ihn wütend gemacht, dass sie ihn einfach so mit der Oberflächlichkeit am Esstisch alleinließ, doch es war offensichtlich, dass sie etwas beschäftigte, was ihre volle Aufmerksamkeit in Beschlag nahm. Also richtete er sich wieder auf und musterte die kleine Hexe kritisch.

Mona wühlte in der Reisetasche, holte die Wechselkleidung heraus und hängte alles auf Bügel, diese dann an den Stuhl vor ihrem Schreibtisch. Vorsichtig strich sie den Stoff von einem seiner Hemden glatt. Wie weckte er sie möglichst sanft aus dem, was auch immer ihren Blick so fern wirken ließ? Mit einem Ächzen erhob er sich und schritt langsam hinter seine Frau. Sie blickte nur kurz über ihre Schulter und akzeptierte seine Umarmung mit einem zufriedenen Seufzen.

»Sorry …«, nuschelte sie.

»Alles gut. Ich war ja vorgewarnt. Hätte nicht gedacht, dass es ganz so klischeehaft ablaufen würde, aber wir haben es überlebt. Zumindest den heutigen Tag.«

»Noch ist der Tag nicht vorbei.«

»Nach deinem Motto: Schlimmer geht immer?« Balthasar drückte ihr einen Kuss auf den Scheitel. Bei genauerer Betrachtung war da wirklich ein kleiner rötlicher Schimmer an ihren Haarwurzeln. Sommersprossen und rotes Haar – ob er morgen mal nach Kinderfotos fragte?

»Optimismus hat mir das Leben echt abgewöhnt.« Mona ließ ein Gähnen verlauten und schmuste sich enger an ihn.

»So früh schon so müde?«

»Du warst ja nicht alleine mit ihr in der Küche.«

»Klingt hässlich. Was hat sie gesagt, dass du den restlichen Abend so still geblieben bist?« Seine Hand ließ er auf ihrer Schulter. Nähe konnte emotionalen Halt geben, hoffte er zumindest. Ihr angespannter Körper verriet ihre Unruhe, und so fuhr er sanft über ihre Arme.

»Sie hat gefragt, nein, vielmehr geschlussfolgert, wieso ein reicher Mann wie du ausgerechnet jemanden wie mich heiraten sollte …« So trocken wie von Mona betont klang es fast harmlos, und Balthasar musste sich die Worte erst durch den Kopf gehen lassen, das mögliche Gespräch dahinter rekonstruieren.

»Ernsthaft?«

»Es ging ihr weniger um unsere rasche Hochzeit, einfach die Vorstellung, dass jemand wie du mich mögen könnte. Das hat … wehgetan, es so zu hören.«

»Du bist doch ihre Tochter, sie sollte doch wissen, wieso man gerade dich … gerade ausgerechnet dich heiraten möchte! Hab ich so fürchterlich gewirkt? Ist das wieder dieser *Mann*-Effekt?«

»Mhm … schon, auch.«

»Auch?« Er wurde deutlich lauter, räusperte sich sofort, denn sein Ärger galt nicht Mona, sondern ihrer Mutter, und Balthasar musste sich zusammenzureißen. Seit Wochen rang er um Monas Vertrauen, und diese Frau trampelte darauf herum, als sei es wertlos, schlimmer noch, als sei ihre Tochter es nicht wert. Am liebsten wäre er jetzt direkt mit seiner Hexe in einer Feuersäule verschwunden.

»Ich fürchte, ich muss eine Entscheidung fällen«, murmelte Mona, und Balthasar horchte alarmiert auf.

»Entscheidung?«, wiederholte er verwundert.

»Ob ich mir das gefallen lasse. Mir war gar nicht bewusst, wie viel Angst ich vor dieser Frau hatte, bis vorhin. Da hab ich mich zum ersten Mal nicht ihrer Kontrolle hingegeben.«

»Wir können jederzeit gehen, Mona.«

»Nein, schon gut. Es klingt dramatischer, als es ist. Ich liebe meine Familie, sie haben viel Gutes für mich getan. Es sind ihre Sorgen, die machen sie übergriffig. Vielleicht ändert es sich von alleine, wenn Mum nicht mehr denkt, dass sie mich vor allem und jedem beschützen muss. Wenn ich vor allem endlich mal aufhöre … ziellos gegen Wände zu laufen.«

»Und das alles hat deinen Kopf beim Abendessen verstopft?«

»Sorry, dass ich so still war.« Gerade wollte er etwas erwidern, da drehte sich Mona um und schmiegte sich an seine Halsbeuge. Fliederduft stieg ihm in die Nase, eine Note, die er immer mit ihr verbinden würde. Da war so ein seltsames Bedürfnis, sie nie wieder loszulassen. »Für wichtige Gespräche brauche ich leider Vorbereitungszeit, das ist bei mir einfach so«, sprach sie weiter. »Und ich konnte nicht aufhören, darüber nachzudenken, vor allem wollte ich gleich mit dir darüber reden. Mann, ich war ganz schön weit weg, nicht wahr?« Ihr darauf folgendes Lachen klang so bitter, dass es Balthasar die Kehle zuschnürte. Tatsächlich verspürte er eine leichte Angst vor ihren Worten, denn offenbar ging dieses Thema an die Substanz ihrer Beziehung.

Als sie erneut sprach, hörte er deutlich, wie schwer es ihr fiel. »Ich bin vor meiner Mutter nicht eingeknickt, weil ich mich für dich entschieden habe, weil ich dir vertraue. Aber dadurch ist mir auch klar geworden, was diese Gefühle wirklich bedeuten.«

Langsam hob Mona ihren Kopf, in ihrem Blick lagen Fragen und eine Unsicherheit, die ihn beinahe zum Platzen brachte. Wie aus Reflex griff Balthasar nach ihrer Hand, um sie zu seinem Mund zu führen. Vorsichtig drückte er seine Lippen auf ihre Finger.

»Der Gedanke, wohin mich ein Leben mit dir führt, macht mir Angst.«

»Mona. Ich werde mich immer darum bemühen, dass es dir gut geht.«

»Kannst du das denn?«

»Worum geht es dir?«

»Du bist ein Gott.« Balthasar öffnete direkt den Mund, um etwas zu sagen, verstummte jedoch wieder. »Und ich bin ein Mensch«, fuhr sie fort. »Sterblich, vergänglich. Und vielleicht möchte ich das auch bleiben.«

Unverwandt starrte sie ihn an, ohne ihm auszuweichen, ohne ein Zeichen von Furcht. Ein feines Lächeln zierte ihren hübschen Mund, aber ihre Augen verrieten die Schwere ihrer Worte, zeigten die Last, die sie mit sich herumtrug, womöglich seit Monaten. Als sie wieder Luft zum Sprechen holte, zitterten ihre Lippen leicht. »Trotzdem möchte ich gerne mehr als eine vergängliche Beziehung sein. Ich möchte eine Zukunft mit dir. Aber hat eine Sterbliche eine Zukunft mit einem Gott?«

Er schluckte. Dieses Thema hatte ihn selbst mehrfach beschäftigt, und er konnte sich ihre Befürchtungen lebhaft vorstellen. Besonders seit ihrem Gespräch über seine Ex und ihre viele Jahrhunderte andauernde On-off-Beziehung.

Ihr sehnsüchtiger Blick mit den schwimmenden grünen Augen zu ihm herauf verlangte nach einer Antwort. Und das Einzige, was ihm einfiel, das über alles erhaben war, jenseits göttlicher Sphären, reizte ihn schon so lange, wollte so dringend heraus, dass er eine gewisse Erleichterung verspürte, sich dem endlich hinzugeben: »Mona, ich liebe dich.«

Er spürte, wie sie leicht zusammenzuckte. Sie antwortete mit etwas, das nach einem verwirrten Winseln klang. Behutsam strich er ihr eine verirrte Haarsträhne aus dem Gesicht und fuhr fort: »Gott, Mensch, im Kern der Seele sind wir alle gleich. Es gibt viele Formen der Existenz. Sie endet nie, sie wandelt sich nur. Erinnerungen sind es, die uns glauben machen, dass es ein Ende gäbe. Aber vergessen können wir auch im Hier und Jetzt. Sonst wäre ich längst dem Wahnsinn verfallen, Mona. Auch ich habe schon vergessen, auch ich bin schon gestorben. Ich werde es akzeptieren, wenn du dich für die Sterblichkeit entscheidest. Ich will mit dir zusammen sein, wie lange es auch halten mag, und wenn es uns in die Ewigkeit führt. Ich habe dir versprochen, dass du das Tempo bestimmen darfst, ich stehe zu meinem Wort.«

In Monas großen Augen lag ein Schimmern, und nun zitterten ihre Lippen nicht mehr, sie bebten.

»Vielleicht hast du furchtbar oft Pech, aber alles und jedem um dich herum verhilfst du zum Glück. Vor allem mir! Du bist für mich weit mehr als ein Mensch, so viel mehr als das.« Es tat so gut auszusprechen, was er fühlte, dabei hatten sich diese Worte in seinem Kopf nie formen wollen, egal wie oft er darüber nachgedacht hatte. Erst jetzt setzte sich alles zusammen wie ein Puzzle. Aus Monas glasigen Augen lösten sich zwei Tränen, und sie drückte sich sogleich fest an ihn. Ihre Arme umklammerten Balthasar mit aller Kraft, als drohte sie zu ertrinken, und er erwiderte ihre Umarmung, indem er sie eng umschlungen hin und her wiegte.

»Deshalb liebe ich dich, Mona.«

»Hör auf, ich heul gleich richtig«, kiekste es an seiner Brust, und er lachte leise.

»Weißt du eigentlich, wie lange ich schon in dich verknallt bin?«

Nun drückte sich Mona doch wieder etwas von ihm weg und schien neugierig aufzuhorchen.

»Erinnerst du dich an unsere erste Fahrt in meinem Wagen? Als du dich mit den gerösteten Mandeln vollgestopft hast?«

»Bitte? Das?«, quiekte sie.

»Das war so unendlich süß.«

»Ich hab mich vollgekrümelt.«

»Ja, auch … vollgekrümelt im Auto eines Dämons. Ich weiß auch nicht, das war so absurd, wie du in Gedanken Zuckerreste aus dem Ausschnitt gefischt hast, die dir reingefallen waren, und sie dann einfach gegessen hast.« Er konnte beobachten, wie ihre Wangen sich mit jedem Wort stärker röteten.

»U-und das war's? Das? Ausgerechnet das?«

»Mhhh … da war noch der Abend vor unserem Termin beim Standesamt. Da wurde mir bewusst, was unser Pakt bedeutet und wie sehr ich die Veränderung eigentlich genoss und … Mohnschneckchen, ist dir das etwa peinlich?«

Mona hielt sich die Hände vor das Gesicht. »Kunststück«, zischte sie.

»Ich liebe dich!«, säuselte er, so gekünstelt es ihm möglich war. Vorsichtig schielte sie durch einen Spalt zwischen ihren Fingern und knurrte.

»Ich sag es auch noch mal …«, neckte er sie breit grinsend.

»Ich dich auch.«

Mit dem plötzlichen Hüpfen seines Herzens hatte er nicht gerechnet. Vorsichtig senkte sie ihre zitternden Hände und schaute ihn prüfend an. Offensichtlich war das Selbstvertrauen zurückgekehrt, denn dieses feine Lächeln auf ihren Lippen gehörte zu ihrer frechen Seite.

»Ich liebe dich«, formulierte sie es noch einmal aus, sprach dabei ganz bedacht.

»Ich will dich zerdrücken.« Das war nicht unbedingt die romantischste Antwort, die ihm auf der Zunge lag, aber die ehrlichste, und seinen Worten folgten prompt Taten, er packte seine Hexe kurzerhand, hob sie hoch und warf sie aufs Bett.

Der Lattenrost ächzte, Mona quietschte, oder umgekehrt, es war ihm egal, gerade musste er sie küssen und in seinen Armen halten, andernfalls würde es heute der Erzdämon sein, der brannte.

»B-Balthasar …«, setzte sie an.

»Ist mir gleich, ob das das Haus deiner Eltern ist, ich werd dich jetzt so lange lieben, bis deine anderen Siegel platzen.« Trotzig drückte er ihr immer wieder seine Küsse auf Wangen und Hals. Mona wand sich lachend unter ihm.

»Aufhören, das kitzelt«, beschwerte sie sich und zerrte an seinem Hemd, bis sie endlich unter die Knopfleiste auf seine bloße Haut traf. Ihre sonst sanften, warmen Finger setzten zu einem Gegenangriff an, und Balthasar keuchte überrascht, stammelte ein gequältes »N-nicht!« Sie antwortete mit einem dreckigen Kichern. Das konnte nichts Gutes bedeuten.

»Nein wirklich, sag bloß«, entkam es ihr glücklich klingend. Der Triumph in ihrer Stimme war nicht zu überhören.

Er war kitzelig – der Erzdämon mit dem düsteren Blick, nach süßer Hölle riechend und viele tausende Jahre auf Erden wandelnd, war kitzelig. Kitzelig und nun völlig wehrlos. Monas neckenden Fingern ausgeliefert lag Balthasar fünfzehn Minuten später keuchend auf dem Bett, zusammengekrümmt, und versuchte, seine empfindlichen Stellen zu schützen.

»Das ist unfair, ich gestehe dir meine Liebe, und du folterst mich«, beschwerte er sich mit gespieltem Schmollmund, während sie über ihm thronte und ihre Handgelenke knacken ließ.

»Endlich Rache!«, verkündigte sie lachend.

»Wofür denn?«

»Hab keine Liste geführt! Verdient hast du es so oder so!«

Er schob unzufrieden seinen Unterkiefer vor, aber dann drückte sie ihm einen Kuss auf die Wange.

»Und das hab ich auch verdient?«

Sie kicherte nur zur Antwort, und keine zwei Sekunden später war es wieder Mona, die auf der Matratze lag, weil Balthasar sich einfach auf sie gerollt hatte. Das Bett ließ ein drohendes Ächzen verlauten, irgendwas tief im Holz des Lattenrostes knackte verdächtig.

»Das hier bricht lange vor meinen Siegeln«, gab sie zu bedenken.

»Du bist doch eine Hexe …«

»Fang nicht schon wieder damit an! Du weißt doch, was passiert, wenn ich versuche, etwas zu verhexen! Mach du doch. Du hast doch auch magische Kräfte!«

»Dämonenkräfte.«

»Sind Götter nicht omnipotent oder so?«

Er lachte lauter und dreckiger, als ihr lieb war. »Hab ich das nicht schon bewiesen?«

»Ich meinte magisch!«

»Diese Kräfte darf ich nicht nutzen. Zumindest nicht hier auf der Erde.«

»Dreck!«

»Na, das Leben behält so seine Spannung. Wenn's mir nicht gefallen würde, würd ich mir mein eigenes Universum basteln. Das haben einige andere so gemacht.«

»Das … das kannst du?«

»Omnipotent!« Er grinste schon wieder so breit, löste sich aber etwas von Mona und richtete sich auf, wobei das Bett erneut hölzern knarzte. »Also …«, begann er.

»Kein Sex im Haus meiner Eltern.«

Er gab sich nicht einmal Mühe, sein Missfallen zu verstecken, zuckte jedoch akzeptierend mit den Schultern. »Fein, dann eben auf dem nächstbesten Parkplatz, wenn wir von hier verschwinden.«

Mona rollte mit den Augen, musste aber lachen. All der Ärger, die Sorgen, der Stress, verflogen und verpufft. Völlig gleich, was ihre Mutter für den nächsten Tag vorbereitet hatte, es würde an ihr abprallen. Alles würde an ihr abprallen. Gerade fühlte sich Mona unbesiegbar, fast schon göttlich. Wenn nicht heute, wann dann? Schließlich hatte ein Gott ihr die drei kleinen Worte zugeflüstert, mehrfach.

»Aber abseits der Bettgymnastik, ich glaub, das überlebt keine Nacht einfachen Schlafs«, bemerkte Balthasar und drückte noch einmal auf die Matratze.

»Ehhh …«

»Dann muss ich mich wohl klein machen«, erklärte er, und im selben Moment war er verschwunden. Mona riss kurz verwundert die Augen auf, ehe ein Maunzen ihre Aufmerksamkeit nach unten lenkte. Zwischen Hemd, Anzug, Hose, Shorts und Socken, neben den Kissen und der Bettdecke, schwarz in schwarz, glühten sie zwei orangefarbene Katzenaugen an. Vier Pfoten stapften über den Stoff, direkt auf Mona zu, und sie streckte irritiert ihre Hand nach dem unnatürlich großen, dunklen Kater aus, der nun seinen Kopf gegen ihre Finger rieb und ein Schnurren verlauten ließ.

»Das … ist … kreativ …«, stammelte sie und kraulte ihrem Ehemann das Kinn.

Kapitel 21

Der Kräutergarten

16.12.2018

Mona war erstaunlich früh für ihre Verhältnisse entschlummert, was sie vermutlich dem laut schnurrenden Kater an ihrer Seite zu verdanken hatte.

Als sie an diesem Morgen jedoch erwachte, fehlte das Fellbündel auf ihrem Bauch, stattdessen lag Mona gegen die nackte Brust eines sehr warmen Körpers geschmiegt. Sofort schreckte sie mit einem Quietschen auf und rollte wegen Mangels an Platz von der Matratze. Wie ein Gummiband schnellte sie wieder hoch und starrte auf den unbekleideten Erzdämon, der mehr schlecht als recht von ihrer Bettdecke verhüllt war. Verschlafen blinzelte Balthasar zu ihr auf, geweckt durch ihren kleinen Schrei.

»Morgen, Liebling«, raunte er mit belegter Stimme. Mona starrte ihn für eine Weile an, weshalb er ihr neckisch zuzwinkerte. Rasch griff sie nach einem der Plüschtiere, erwischte eine violette Rübe mit niedlichem Gesicht, groß wie ein Sofakissen, und warf sie ihm in den Schritt. Er wimmerte kurz.

»Ich geh ins Bad! W-wir sind spät dran, beeil dich bitte auch, Frühstück und so, wir fahren danach gleich los in den Kräuterpark«, erklärte sie hölzern, wartete sein Nicken ab und stapfte dann durchs Zimmer, griff sich einen Morgenmantel und huschte zur Tür hinaus.

An diese Art gemeinsames Aufwachen musste sie sich erst gewöhnen. Eine derartige Nähe hatten sie und ihr Exfreund nie erreicht, falls man die paar Monate überhaupt eine Beziehung nennen konnte. Gedanklich hatte Mona schon einige Male mit dem Thema Liebe abgeschlossen, aber nun war sie verliebt, verlobt, verheiratet – auch wenn die Reihenfolge in ihrem speziellen Fall umgekehrt abgelaufen war. Doch das passte perfekt zu Monas Art des Verliebens.

Von unten duftete es bereits nach Kaffee und frischen Brötchen, als Mona aus dem Bad kam. Sie hatte sich mit Katzenwäsche begnügt und hüpfte eilig die Treppen in Richtung Küche.

Dort am alten Esstisch saß fertig angezogen und wie aus dem Ei gepellt Jakob und las Zeitung. Er murmelte ein »Morgen«, als Mona durch die offene Tür stürmte, und vertiefte sich dann wieder in die Aktienkurse. Ulrike wirbelte an der Theke hin und her, kümmerte sich um Pfannkuchen und einen Obstsalat. Sie steckte bereits in einem wilden Batikkleid mit einem Gürtel aus Schnüren, und dicke Ketten aus Holzperlen klapperten um ihren Hals.

Es war ungewohnt still in der Küche, und Mona stammelte: »G-guten Morgen!«

»Es ist schon nach neun!« Ulrike klang jedoch nicht vorwurfsvoll.

»Ehhhhh ja, tut uns leid! Aber … aber reicht ja noch …«

»Ist wohl spät bei euch geworden?« Mit dem Blick über die Schulter erzielte ihre Mutter die richtige Mischung aus unterschwelligem Vorwurf und peinlicher Unterstellung. Mona grinste nur verlegen.

»Hier, nimm mir das ab, Liebes! Die hab ich extra ohne Eier

gemacht!«, verkündete Ulrike stolz und drückte ihr sofort einen Teller mit drei dicken Pancakes in die Hand.

»Danke!«, erwiderte Mona lächelnd, musste gähnen und setzte sich erst mal erschöpft. Es war ein seltenes Bild, die Familie wie früher vereint am Frühstückstisch zu sehen, und Mona genoss für einen Moment die Ruhe.

Zehn Minuten später schlurfte auch Balthasar in die Küche und ließ sich müde auf einen Stuhl sinken, der verdächtig unter seinem Gewicht knirschte. Jakob schenkte ihm ebenfalls ein gemurmeltes »Morgen« und bot einen Teil seiner Zeitung an, aber der Dämon schüttelte den Kopf. Allem Anschein nach war er wohl kein Morgenteufel. Mona stand auf und holte ein paar frische Pancakes vom Tresen, während ihre Mutter den Obstsalat fertigstellte. Balthasars Lebensgeister erwachten erst, als sie ihm die heißen Pfannkuchen unter die Nase hielt. Feuer flammte in seinen Augen auf, wenn auch gedämpft – er durfte schließlich nicht auffallen.

»Danke, mein Schatz …«, säuselte er ihr leise zu, nahm ihr den Teller ab und zog sich Mona dann auf den Schoß. Obwohl das Holz vom Küchenstuhl wieder warnend knarzte, hielt das uralte Möbelstück dem Gewicht von Hexe und Erzdämon stand. Sie traute sich trotzdem nicht, auch nur einen Mucks von sich zu geben. Balthasar bediente sich solange ungehindert an Marmelade und Reissprühsahne für seine Pancakes. Von Ulrike gab es nun für jeden eine kleine Schale Obstsalat und dann saßen sie endlich alle am Tisch.

»Es ist ja schon … recht spät. Wir wollen nach dem Frühstück gleich los, ich möchte noch vor den ganzen Familien mit ihren Kindern im Park sein. Um die Mittagszeit ist dort immer die Hölle los. Schafft ihr's vor zehn, ja?«, fragte sie mit hochgezogenen Brauen.

Mona kaute an ihrem Matsch aus Kiwi, Orangen, Apfel, Zimt und Zucker und nickte langsam.

»Oh, und der Boiler ist defekt, der hält nur für fünf Minuten heißes Wasser … Na ja, ihr müsst euch eh beeilen. Kurze Dusche und dann gleich los! Ja?«

»Fünf Minuten?«, nuschelte Mona entsetzt und verschluckte sich fast an einem Stück Kiwi.

»Länger ist schlecht für die Umwelt, nicht? Teilt euch halt das Wasser! Du meine Güte …« Ulrike verdrehte nur die Augen.

Mona fühlte plötzlich ganz viel Druck von Balthasars Hand auf ihrem Oberschenkel und die beiden tauschten einen kurzen Blick aus.

»Balthasar … deine Augen …«, flüsterte Mona ihm zu, doch die flammende Korona um seine Pupille konnte er nicht mehr zügeln. Er brannte sichtlich darauf, sich mit ihr den schwindenden Rest heißen Wassers zu teilen.

»Was ist denn das für eine völlig veraltete Anlage? Und das hat dein Vater versichert gekriegt?«, motzte der Dämon, sich die offenen Rohre besehend. Er war bereits nackt, hatte gar kein Problem damit gehabt, sich vor Mona zu entkleiden, und stand etwas fröstelnd im Bad, während sich der seltsame kleine Dämonenschwanz um seinen Po legte und zitterte. Eine gute Gelegenheit, sich an den Anblick zu gewöhnen. Ganz leger, ohne jegliche Hintergedanken eine Dusche teilen, das taten doch viele Paare, oder nicht? Mona biss sich auf die Unterlippe. Alleine die Vorstellung steigerte die Raumtemperatur gefühlt um mehrere

Grad. Das durfte einfach nicht wahr sein – sie war erwachsen, längst aus dem Teenageralter raus, und trotzdem trieb ihr der Anblick die Röte auf die Wangen. Er war der hochgewachsene Typ, schlaksig, sportlich, die Muskeln wirkten natürlich, dezent, vielleicht nicht ausreichend für ein erotisches Buchcover. Doch im Fitnessstudio nickte man ihm sicher anerkennend zu. Kopfschüttelnd drehte Mona ihm schnell den Rücken zu und nestelte nervös an ihrem Morgenmantel herum. Sie merkte, dass Balthasar einen Schritt auf sie zu machte und vertiefte sich ganz darin, den Frotteegürtelknoten möglichst langsam zu lösen.

»Ehh, was?«, quietschte sie laut, als Balthasar ihr plötzlich den Bademantel von den Schultern zog.

»Wir sollten uns beeilen. Komm schon. In fünf Minuten passiert hier eh nichts. Glaub mir.«

»Mh … das … daran … dachte ich jetzt auch gar nicht.«

»Ja, schon klar. Kein Sex im Haus deiner Eltern! Na los jetzt, mir ist kalt.«

»Dämonen frieren?«

»Wenn ich meine Magie nutze, erweitert sich meine Aura, und die halte ich für deine Familie so sehr zurück, dass es schon schmerzt …«

Erstaunt drehte sich Mona um, wollte ihm eigentlich danken, aber der Anblick des großen nackten Mannes fegte ihre Worte davon. Sie musste schlucken, und wenn sie seinen überraschten Blick richtig deutete, verstand er sofort, wieso ihr Blick einmal von oben nach unten geglitten war. Schnell wandte sie sich wieder um.

»Mhhh … sieh mal einer an, ich gefalle der Hexe«, flüsterte er ihr ins Ohr, trat ein wenig dichter heran. Geschickt fanden seine Finger die Knöpfe ihres Nachthemds. Natürlich streifte er dabei ganz *zufällig* ihren Busen. Die warmen Hände fühlten sich verlockend an, das musste Mona zugeben.

»Du stehst auf mich«, flötete er in einem zufriedenen Tonfall.

»D-das ist voll übertrieben.«

»Und die hier auch!« Dunkles Lachen entkam ihm, als er noch einmal über ihre Brüste fuhr.

»W-weil es … hier so k-kalt ist!«

Aber seine Finger blieben bei ihrer Oberweite und packten etwas fester zu.

»Für mich fühlst du dich ganz heiß an, Hexe.«

»Du sagtest w-was von … nur duschen!«

»Ja, richtig. Kann es kaum abwarten zu erfahren, wie sich die ganze nackte Haut mit Wasser und Seife anfühlt.«

Mona verlor nun ihr Nachthemd und auch ein wenig von ihrer geistigen Klarheit. Diesen Körper in ihrem Rücken zu fühlen und seine gierigen Finger, die einfach nicht von ihren Brüsten lassen wollten – dazu diese sanften, kaum spürbaren Küsse auf ihren Schultern, in den empfindlichen Nacken. Ihr entkam ein Seufzen. Als hätte er nur auf dieses Stichwort gewartet, glitt eine Hand ihren Körper herab, über den Bauch, bis zu ihrem Höschen. »D-die Dusche«, versuchte sie es ein letztes Mal.

»Hoffentlich ist das Bad gut versichert!«

Das Restwasser hielt genau sieben Minuten. In keiner davon hatten sie sich um Seife oder Haarewaschen bemüht. Sieben Minuten – und nun prasselte der pure Frost auf sie herab und trieb sie auseinander. Mona schnappte nach Luft, konnte unter der

Kälte nicht mehr atmen, und Balthasar trat einen Schritt zurück. Er fluchte in einer Sprache, die sie nicht verstand, doch Mona nutzte den Moment und entkam der Dusche. Tropfnass tapste sie auf den weichen Frotteeteppich vor dem Waschbecken. Bibbernd vor Kälte japste sie erst mal nach Luft. Wobei ihre wackeligen Beine ganz andere Ursachen hatten als spontanes Eiswasser.

Ein Klopfen an der Badezimmertür holte sie zurück in die Realität.

»Braucht ihr noch lange?«, erklang es dumpf durch das Holz.

»N-nein, Mama! Wir sind gleich fertig!«, antwortete Mona laut.

»Sind wir nicht«, knurrte eine tiefe Stimme, jedoch leise genug, dass nur Mona das hören konnte. Zögernd warf sie einen Blick über ihre Schulter. Der Erzdämon glühte sie aus lodernden Augen an, lehnte mit einem Arm an der Duschwand, seine Brust hob und senkte sich, als warte er nur darauf, sich gleich mit Anlauf auf sie zu stürzen.

»I-ich … trockne dann schon mal meine Haare«, brachte Mona mit dünner Stimme hervor. Hastig bückte sie sich nach ihrem Bademantel.

»Ich bleib noch eine Weile hier drunter.«

»Sicher? Das ist doch eiskalt.«

»Ja … deshalb bleibe ich ja hier.«

»S-Soll ich dir helfen?«

Eine Frage, die sie erst bereute, als sie mit deutlicher Verspätung in den Hausflur traten, wo sie von Ulrikes düsterer Miene begrüßt wurden.

Jakob hatte Balthasars Wagen betankt und bestand darauf, mit dem Zerbercedes zu fahren, der sich brav als eine weniger unnatürliche Automarke getarnt hatte. Sogar das Höllengefährt schien sich vor ihren Eltern zu fürchten.

Der Kräuterpark lag in Altenau. Das bedeutete zwanzig Minuten Autofahrt mit Ulrike und Jakob auf dem Rücksitz. Obwohl es nur eine Straße in Richtung Altenau gab, schaffte es Monas Stiefvater, eine halbstündige Diskussion über die beste Fahrtroute loszutreten, weshalb sich der ohnehin frustrierte Dämon eine Sonnenbrille aufsetzen musste. Seine brennenden Augen glühten sogar noch hinter dem Schwarz der Gläser. Die restliche Fahrt lang wurden die Vor- und Nachteile einer solchen Benzin schluckenden Luxuskarosse besprochen, wobei Balthasar gar nicht am Gespräch teilnahm. Er starrte nur hinaus in die heute weiß strahlende Landschaft, die sich in seinen Brillengläsern spiegelte. Er fuhr jedoch ein wenig schneller als gestern.

Altenau war ein heilklimatischer Kurort im Oberharz, gelegen im Zentrum von fünf Tälern. Die Landschaft hier war einmalig, die Luft würzig und frisch, die Lage des Parks ideal. Ringsherum ein Wald, hohe Tannen, auf dem Grundstück selbst jedoch genug Platz, sogar für eine große Wiese mit einem riesigen japanischen Pavillon. Doch die sonst so üppige Vegetation war dem Winter gewichen, wurde von matschigem Schnee abgelöst, und lediglich die Tannen retteten mit ihren immergrünen Zweigen das triste Bild.

Darüber hinaus waren die Parkplätze eine einzige Katastrophe. Balthasar musste mitten an der Durchfahrtsstraße halten, mit der Schnauze des Wagens halb im Hang, und es wunderte Mona, dass der Dämon sich nicht mehr beschwerte als durch seinen unzufriedenen Gesichtsausdruck, der zugegebenermaßen seiner normalen Miene ähnlich war. Beinahe elf Uhr. Ulrike nach viel zu spät und nun wurde Mona auch klar, wieso.

Ihre Mutter und Jakob gingen vor, hatten es ominöserweise sehr eilig. Kaum hatten Mona und Balthasar den Eingang erreicht, da tönte schon der vertraute Klang krächzender Frauenstimmen an ihre Ohren, dazu dumpfes Lachen, verdächtig nach schlechten Begrüßungswitzen klingend. Freunde. Zwei Ehepaare, um genau zu sein: Eine kleine, dünne Frau, deutlich älter als Ulrike, und eine große, kräftige Frau schnatterten wild aufeinander ein; es schien unmöglich, dass sie sich so gegenseitig verstanden. Jakob tauschte nur ein paar »Hohohos« mit den Ehemännern aus.

Die Bockshorns und die Mänzels. Mit niemandem sonst wetteiferten Monas Eltern so gerne wie mit diesen gutbürgerlichen Halbzombies, die auch früher schon zu jedem Geburtstag, jeder Feier und Gelegenheit eingeladen wurden – völlig egal, ob Mona ihre Torte lieber alleine mit der Familie hatte essen wollen.

Ja, sie sprachen, sie dachten sicherlich gelegentlich nach, manchmal sogar, bevor sie den Mund öffneten, aber Mona war der festen Überzeugung, dass sie eine weitere Stufe der untoten Entwicklung sein mussten, quasi die Zukunft der Apokalypse – Halbzombies eben. Innerlich tot, emotional erkaltet, trotzdem lebendig genug für einen viel zu festen Kniff in die Wange und das Verdauen von Bier.

»Ohhhh, Moooniiii! Ewig nicht mehr gesehen! Schau dich an duuu … duuu …« Frau Bockshorn, die alte, kleinere mit der strengen Frisur, breitete ihre Arme weit aus, als sie Mona erblickte, fror jedoch ein, nun, da sie nahe genug war, dass sie sie durch ihre vier Zentimeter dicke Brille erkennen konnte. »S-schön!«, hauchte sie, schüttelte die Hand mit den schwarzen Fingernägeln, Totenkopfringen und dem Armband aus Pentagrammen, stierte Mona dabei krampfhaft in die Augen.

»Das hier ist Monas Ehemann, Balthasar Hass.« Der schnurrende Unterton in Ulrikes Stimme verriet, dass sie ihn zumindest für diese Art des Vorführens als tauglich erachtete. Nun wünschte sich wohl auch der Dämon schmuddelige Hippieklamotten, besonders bei den leuchtenden Augen der beiden älteren Frauen, die ihm nacheinander die Hand gaben.

»Oha! Das ist Ihr Wagen? Ja?«, knödelte die Stimme des dicken Herrn Mänzels, der in die Richtung von Balthasars Zerbercedes nickte. Auch das hätte sicherlich anders geklungen, hätte es sich dabei um Bens alten VW gehandelt.

»Sollten wir nicht reingehen?«, übertönte Mona die Vorstellung eilig, denn auf einen Rundgang um die Luxuskarre hatte sie so überhaupt keine Lust. Das kannte sie zur Genüge. Wann immer ihr Vater sich einen neuen Wagen geleistet hatte, standen alle drum herum und begafften das Gerät, als handele es sich dabei um die Bundeslade.

Ulrike winkte mit den Tickets und tatsächlich, durch den kleinen Eingang ging es endlich hinein in den Park. Dafür passierte man ein Gebäude, welches auch ein Kräuterladen war, dessen würzige Note Mona glatt zum Husten brachte. Von Dekoration hielt man drinnen nicht viel, draußen sprachen die Pflanzen für sich, zumindest, wenn andere Jahreszeiten präsent waren. Am Berghang waren hübsche Beete angelegt, die nun teilweise unter Schnee begraben waren. Ein Rundweg führte über das Gelände. Immerhin konnten sie hier später außer Sichtweite spazieren. Hoffentlich. Es sei denn, alle machten sich gemeinsam auf. Davor graute es Mona.

Auf dem Hof vor dem Haus am Eingang standen viele Kaffeetische und Stühlen, dazu große Heizstrahler, sogar Decken lagen bereit, und als hätte das Frühstück nicht schon gereicht, ließ man sich sofort dort nieder und bestellte eine Brotzeit mit Kräutern und Käseplatte. Nicht unüblich in dieser Gegend. Die Menschen kannten nur Schlafen, Arbeiten und Essen. Mancher kombinierte die ersten beiden Tätigkeiten auch gerne mit der dritten.

Mona und ihr Erzdämon durften die Kennenlern-Geschichte erneut vortragen. Diesmal mussten sie zwar den Part mit dem Mittelaltermarkt mehr ausschmücken, aber immerhin wollte niemand allzu viel über den düsteren Ehemann wissen. Denn im Gegensatz zu Monas Eltern, die durch die thaumaturgische Strahlung ihrer Tochter abgehärtet waren, zeigte die dämonische Aura bei den Bockshorns und Mänzels ihre Wirkung.

Der Brunch war die berühmte Hölle auf Erden. Eine ganz besondere Folter, die sich vor allem durch das Verlangsamen der Zeit auszeichnete. Belangloses Gerede über die Arbeit, Kollegen, Nachbarn, Familien und dazu ausreichend viele »Hast du das schon gehört?«. Und der Sport durfte nicht fehlen, sowohl der des Vereins *Erdverwachsene Männer Kleelingens*, als auch der ganz große des VfL Wolfsburg. Diesmal regte man sich über das Spiel gegen Hertha auf, und irgendwie ging es dabei um Betrug, Verrat, Ausländer und Windräder.

»Was?«, stammelte Mona verdutzt, die inzwischen in eine Art Foltertrance gefallen war.

»Die Windräder auf dem großen Acker beim alten Sönnerde. Die nehmen uns jetzt den ganzen Wind weg!« Herr Bockshorns dünne Stimme klang albern, kaum ernst zu nehmen, obwohl er sich seiner Gesichtsfarbe nach gerade sehr aufregte. Irgendwie hatte Mona die Transition von Fußball zu windstehlenden Maschinen verpasst.

»Das geht nur an Dienstagen«, knurrte Balthasar heiser und starrte den nun zusammenzuckenden Mann über die Sonnenbrille hinweg an.

»W-wie bitte, wie meinen?«

»Dienstags. Wenn man jemandem Wind stehlen will, geht das nur am Dienstag, an allen anderen Tagen ist das illegal.«

»Ach, das ist ja ein Ding. Das … wusste ich nicht!«, stammelte Herr Bockshorn völlig aus dem Konzept. Mona kämpfte mit einem unterdrückten Lachen, und der pikierten Miene ihrer Mutter nach fand die diesen Witz gar nicht lustig. Doch für ein »Herbert, mach dich nicht lächerlich« war es zu spät, Balthasar hatte die Unterhaltung erfolgreich abgewürgt.

»K-kühl schon. Nicht? Von wegen Klimawandel, schaut doch all den Frost an«, hüstelte Frau Mänzel und schlürfte mit spitzen Lippen ihren längst kalten Kräutertee. Er roch verdächtig nach Rum, und die Tasse war hin und wieder unter dem Tisch verschwunden, während Frau Mänzel nach etwas in ihrer Handtasche kramte, was sie nie zu finden schien.

»Die Sonne ist ja auch weg. Kein Wunder. Sicher diese verdammten Chemtrails! Vorhin gab es schon wieder lauter Streifen am Himmel!« Frau Bockshorn wedelte mit ihrem langen dünnen Finger herum, als tadele sie die Luft selbst. Mona kämpfte mit dem Drang, etwas zu erwidern, tauschte ständig Blicke mit Balthasar aus, aber keiner von beiden wollte diese Art von Gespräch in Gang bringen. Nach den letzten zwei Stunden war ihnen schwammiges Gelaber über Temperaturen allemal lieber.

Außerdem zeigte der Himmel ein verdächtiges Muster, Wolken drohten womöglich mit Schnee.

»Du liebe Güte, wo kam das denn jetzt so schnell her?« Herr Mänzel drehte sich in seinem Stuhl etwas um und glotzte hinaus in Richtung des Waldes, wo Schwärze über den Bäumen hing. Dass er daraufhin umkippte, hatte jedoch niemand kommen sehen,

»Walter!«, kreischte seine Frau.

»Da-da-da-da-da-da am Wald!«, keuchte der Mann, zeigte mit einem Wurstfinger zu den Bäumen und ignorierte seinen Sturz.

Mona und Balthasar standen beide gleichzeitig auf.

Oben am Hang, am Ende der Bepflanzung, direkt beim Tannenwald, glühte die Luft. Wie an einem heißen Sommertag flimmerte Hitze und verzerrte die Sicht. Dampf erhob sich hinter den Baumstämmen und vermischte sich mit aufkeimendem Nebel, der aus dem Wald zu rollen schien. Ein Umriss stach aus dem milchigen Dunst heraus. Gut vierhundert Meter von ihnen entfernt, aber groß genug, um die Silhouette zu erkennen, stand ein riesiger Schatten, dessen Konturen leuchteten. Flammendes Fell glühte zwischen Nebel und Gebüsch. Zwei geschwungene Hörner erhoben sich spitz auf dem Haupt der drallen Kreatur, dazu blitzen rote Augen auf. Für den Moment blieb die Zeit stehen, und Mona blickte einem höllischen Ungetüm entgegen, ehe ein Ruck durch das Wesen ging und es mit einem markerschütternden Schrei zurück in den Wald stürmte. Das fremdartige Brüllen hallte über das offene Gelände, und Frau Bockshorn kreischte auf.

Es war der Beginn eines typischen Kettenkreischens. Damit verlagerte sich die Aufmerksamkeit der anderen Besucher ebenfalls auf den Wald, und mehreren Kehlen entkam nun ein Schrei des Entsetzens. Zudem führte es zu spontanen, olympiaverdächtigen Sprints einiger Familien ins Eingangsgebäude hinein.

Mona drehte sich zu Balthasar um, der seine Sonnenbrille abgenommen hatte und mit finsterem Blick den Wald musterte.

Schnell halfen Ulrike und Jakob dem armen Herrn Mänzel auf, alle schauten panisch zur rettenden Tür des kleinen Ladens, durch die sich gerade ein Dutzend Menschen drängelte.

»Mama, Papa … ihr geht mit den anderen rein, ja? Wir kümmern uns um die Kreatur!« Mona nutzte ihren sachlichen Tonfall, hoffend, dass ihre Mutter einmal auf sie hören würde.

»Was? Ihr tut was?«, quietschte Ulrike und packte ihre Tochter am Arm.

»Mach dir keine Sorgen … so was gehört zu meinem Job. Alles gut!« Mona tätschelte ihrer Mutter die Hand und befreite sich dann von den klammernden Fingern.

»Liebling, ich glaube, das überlässt du lieber mir!« Balthasar setzte die Sonnenbrille ab und krempelte sich die Ärmel seines Hemdes hoch.

»Ich will nicht, dass hier am Ende alles in Flammen steht!«, ermahnte sie ihn, er reagierte mit einem Schmunzeln.

»Vielleicht lässt sich das nicht vermeiden. Das war ein Yōkai.« Er nickte in Richtung des Waldes. Überfordert schnappte Mona nach Luft, so spontan erinnerte sie sich nicht an die Mythen über diese Dämonen, ihr kamen nur ein Kinderspiel und eine Fernsehserie in den Sinn. Da sahen diese Unterweltmonster allerdings eher drollig aus. Die glühenden Augen im Wald, die Hörner, das war ein ausgewachsenes Grauen.

Kapitel 22

Lebendiges Feuer

»Jokey was?«, wollte Ulrike wissen, die fahrig wieder nach Monas Arm griff.

»Ein Yōkai ist ein japanisches magisches Wesen«, erklärte Balthasar ruhig. »Es wird zwar als Dämon bezeichnet, doch das ist aus westlicher Sicht sehr … ach, nicht so wichtig.« Er seufzte. »Sah nach einem Wildschweinmischling aus. Früher haben die zwar in solchen Wäldern gelebt, aber nicht hier … nicht in Deutschland.«

»D-Dämon«, stammelte Ulrike mit bebender Stimme, und vor lauter Gewackel lösten sich die blonden Haare aus dem Knoten und fielen ihr ins Gesicht.

»Mama, mach dir keine Sorgen. Weißt du … Balthasar ist … er ist … er kennt sich damit aus. Aber ich muss ihm jetzt helfen. Bitte bringt euch drinnen in Sicherheit und beruhigt die Leute ein wenig, ja?«

Außer Jakob, der nun an den Schultern seiner Frau zerrte und sie nur mit Mühe mit sich zog, hatten sich alle anderen bereits in das Gebäude verzogen oder waren gar aus dem Park hinausgestürmt.

»Ich muss das jetzt melden!« Mona zückte ihr Smartphone und suchte nach der passenden Bezeichnung für diesen Fall. Eindeutig ein Q3. Vielleicht sogar ein Q2. Bald würde der thaumaturgische Notdienst eintreffen, aber Balthasar machte sich bereits auf den Weg zum Waldrand.

»Warte!« Mona hechtete ihm nach.

»Ich weiß nicht, ob das so eine gute Idee ist, Mona!«

»Ach? Und ich soll hier stehen bleiben? Woher wissen wir denn, ob das Ding alleine ist?«

»Guter Punkt … aber … komm her! Gib mir deine Hand!«

Sofort klammerte sie sich an den Arm ihres Ehemanns, und sie eilten gemeinsam durch den Kräutergarten den Hang hinauf, hinter dem sie vielleicht die Hölle erwartete. Witzig, hatte sie heute Morgen nicht genau ein solches Szenario vorhergesagt? War das dieses *Pech*, von dem Balthasar gesprochen hatte?

Es ging vorbei an verblühtem Lavendel und den letzten grünen Blättern diverser später Kräuter, die dem milden Winter trotzten. Darunter erkannte Mona Vogelmiere, Löffelkraut, Felsenblümchen, Nadelkerbel. Sie konnte sie alle aufzählen, schon am Geruch erkennen, so sehr hatte sie Kräuterkunde in ihrer Ausbildung büffeln müssen. Doch in der Luft lag noch eine andere Note. Als hätte gerade jemand frischen Pfefferminztee aufgesetzt. Der Duft kam aus dem Wald, in dem der riesige Schatten eines gewaltigen Schweins mit Hauern gestanden hatte.

»Bleib einfach bei mir und halt dich an mich …«, flüsterte Balthasar, drückte nun Monas Finger ganz fest. Sie spürte magische Energie durch seinen Körper fließen, als berühre sie eine Stromleitung, deren schwache Spannung die Haut zum Kribbeln brachte. Er war bereit, sie gegen alles, was da kommen mochte, zu verteidigen.

Sie verließen das Gelände mit den hübschen Kieswegen. Büsche, gepflegte Gärtchen und Parkbänke verschwanden hinter ihnen, nun befanden sie sich direkt vor dem finsteren Rand des Waldes. Vorsichtig betrat der Dämon den von Tannennadeln bedeckten Boden, und Mona tapste unsicher hinterher. Die getrübte Sonne des wolkenverhangenen Himmels reichte nicht aus, um das Dunkel der Tannenbäume zu durchdringen. Der Nebel gewann an Dichte.

»D-das ist doch nicht normal, oder?«, wisperte Mona nervös und spürte, wie sich ihre Feuermagie ausbreitete. Balthasar drosselte sie nicht länger, auch wenn sie noch immer drei Siegel beschränkten, die würden wenig ausrichten, drohten bereits zu versagen. Es waren nun mal alle vier nötig gewesen. Mona war geneigt, diese Entwicklung unter Glück zu verbuchen, das kam selten vor. Denn gerade jetzt brauchte sie vielleicht den vollen Umfang ihrer magischen Kräfte.

»Das ist nicht einfach nur Nebel«, merkte Balthasar an, und Mona wusste sofort, was er meinte. Beim Einatmen stach ein seltsamer Geruch ihre Lungen.

»Magischer Rauch …«

Nach nur wenigen Schritten standen sie vermeintlich tief im Wald, auch wenn Mona sich unsicher war, wie weit sie bereits gelaufen waren. Hinter ihnen türmte sich Nebel auf, ringsherum verschwanden hohe Tannen im Weiß, schienen keine Wipfel mehr zu besitzen, und so waren sie umzingelt von schwarzen Stämmen. Balthasar hatte einen Arm so fest um Mona geschlungen und sie an sich gedrückt, dass sie sich tatsächlich gut beschützt fühlte. Und seine Vorsicht sollte sich bezahlt machen.

Ein Zischen. Erst dicht an ihnen vorbei, dann direkt auf sie zu. Feuer prallte an Balthasar ab, der sich schützend über Mona duckte. Die Magie zerplatzte, hatte keine Chance, den Dämon zu verletzen, aber dieser Energieball war nicht der letzte. Der nächste schlug neben Mona ein, und bläuliche Flammen verschlangen übrig gebliebenes Laub, nur um mit einem unzufriedenen Seufzen wieder zu verschwinden.

»Lebendiges Feuer«, quietschte sie. Balthasar schirmte Mona mit seinem ganzen Körper ab, sie konnte ihn erbost knurren hören. Jemand oder etwas feuerte eine der gefährlichsten Feuerarten aus dem Nebel heraus auf Hexe und Dämon. Lebendiges Feuer heftete sich an das angedachte Ziel und brannte sich durch das Fleisch bis auf die Seele durch.

»Ich bring uns hier weg!«

»N-nein! Die Menschen! M-meine Eltern«, kiekste Mona, und er ächzte wütend. Frustriert fluchte er in einer fremden Sprache, schien mit sich zu ringen.

»Der Notdienst kann …«, setzte er an, da sauste der nächste Feuerball auf sie zu. Diesmal schlug er in einen Baum ein. Flammen stoben kurz auf und griffen in Balthasars Richtung, schienen sich dann jedoch an ihm selbst zu verbrennen, und verglommen mit einem frustrierten »*Manno*!«.

»Niemals! Zu gefährlich!«, brüllte Mona und klammerte sich panisch an ihn. Sie traute dem thaumaturgischen Einsatzkommando einiges zu, aber sie hatte einen Q3 gemeldet, nicht einen Magier mit der Macht, lebendiges Feuer zu wirken.

»Verfickter Dreckmist«, flüsterte Balthasar. Und dann waren es nicht mehr nur einzelne Feuerbälle, sondern ein wahrer Regen aus Flammen, sodass er mit Mona langsam in die Knie ging. »Mir bleibt keine Wahl! Liebling! Lauf!«

Plötzlich veränderte sich der Körper, an den sie sich zitternd gedrückt hatte. Hemd und Jackett fühlten sich anders an, fast wie Fell. Ehe Mona begriff, was geschah, wurde sie auch schon zurückgestoßen und stolperte mit den Armen rudernd einen Schritt nach hinten. Ihr Ehemann war verschwunden, und wo er eben noch gestanden hatte, erhob sich ein Schatten, der ohne Mühe sämtliche Feuerbälle abfangen konnte. Erstmals ergab der

Dämonenschwanz Sinn, denn das Wesen hatte Ähnlichkeit mit einem Panther auf zwei Beinen. Dazu Hörner, Flügel – an seinen Pranken funkelten spitze Krallen, und bei Balthasars Größe verschwand der katzenartige Kopf beinahe im Nebel.

»Lauf!«, befahl ihr eine raue, heisere Stimme, die sie nur grob ihrem Erzdämon zuordnen konnte. Dann ging die monströse Katze in die Knie und sprang mit einem Satz in Richtung der noch immer feuernden Energiebälle.

Orientierungslos und mit aufkeimender Panik drehte sich Mona erst herum und blinzelte in den Nebel, ehe ein weiterer Knall sie aufscheuchte. Verängstigt sprintete sie los in den Dunst hinein und weg von dem, was auch immer sich hinter ihr abspielte. Rennen war gar nicht so einfach, wenn man den Boden kaum sah. Zahllose Wurzeln, Steine, Gestrüpp und Schneereste luden zum Stolpern und Fallen ein.

Mona hatte gehofft, in die Richtung des Kräutergartens zu laufen, den hatten sie schließlich eben erst hinter sich zurückgelassen, aber bei ihrem Orientierungssinn, der schon mit zwei verschiedenen U-Bahn-Einstiegen überfordert war, hatte sie keine Chance. Sie rannte viel zu lange. Als sie sich ihres Fehlers bewusst wurde, blieb sie keuchend und mit zitternden Beinen stehen. Lauter Donner rollte aus der Ferne durch den Wald, und der Boden erbebte leicht. Sie warf einen nervösen Blick zurück.

Er hatte ihr nicht gesagt, wohin sie laufen sollte, wie weit und was dann. Vielleicht verließ sich Balthasar auf den Pakt, andererseits fühlte sich Mona so hilflos, dass er längst wieder an ihrer Seite hätte stehen müssen. Erstmals spürte sie Sorge um ihren mächtigen Exgott, wollte sich sogar umdrehen, um Ausschau zu halten, da sprang ein Schatten über ihren Kopf. Kreischend duckte sich Mona. Was auch immer über sie hinweggefegt war, hatte klein gewirkt, aber der Aufprall klang dafür zu gewaltig. Direkt neben ihr spritzte Matsch auf, kalte Nässe traf Mona am Bein. Panisch wirbelte sie herum. Lautes Knirschen und Knacken hallte durch den Wald.

Das wildschweinähnliche Wesen war zurückgekehrt. Aus den Augenwinkeln beobachtete Mona, wie die Kreatur sich aufrappelte, während der Stamm einer dicken Tanne in die entgegengesetzte Richtung von Mona fiel und dabei einige kleinere Bäume mit sich riss. Das Poltern im Gehölz verdoppelte noch einmal Monas Herzschlag. Sie war allein mit einem riesigen Dämon – Kräften, die den ganzen Wald zerstören konnten.

Kaum war der höllische Lärm wieder verklungen, vernahm sie röchelnden Atem. Das monströse Wesen zeichnete sich im Nebel ab, und der breite Schädel mit dem kurzen Hals zuckte ruckartig hin und her.

Suchte es nach ihr? Schwankend, begleitet von einem gespenstischen Wimmern, drehte sich der Dämon herum. Glühende Augen, gefletschte Zähne, spitze Hauer. Die Tatzen scharrten über den verschneiten Boden und hinterließen schlammige Furchen. Aber die ersten Schritte führten das Wesen weg von ihr, es schien zu taumeln und irrte für einen Moment im Kreis, was Mona genug Zeit gab, wieder auf die Füße zu kommen.

Ihre Knie waren schmutzig vom Waldboden, das Herz pochte ihr bis in den Hals. Instinktiv formte Mona zwei Feuerbälle in den Händen, über deren Größe sie erschrocken aufkeuchte, woraufhin eine der Kugeln wieder erlosch. Damit weckte sie offenbar die Aufmerksamkeit des Yōkai. Der glühende Blick im Nebel richtete sich auf sie. Sie konnte das Wesen schnüffeln hören, ein Schnauben, das immer näher kam.

Es handelte sich tatsächlich um ein riesiges Wildschwein

mit dem Körper eines drallen Löwen. Zwei Hörner strebten empor, ähnlich denen eines Stiers. Eine Schweinechimäre mit Fell, Großkatzentatzen, einem geringelten Löwenschwanz. Ein Röcheln begleitete jeden der schweren Atemzüge. Der beigefarbene Pelz hatte überall rote Flecken, die an Blut erinnerten. Drohend legte der Dämon die Ohren an, zog sich zusammen, duckte sich zitternd, den Blick fest auf Mona gerichtet. Das Monster wirkte verhalten, wie eine in die Ecke gedrängte Katze. Große braune Augen huschten hin und her, die Anspannung in dem massigen Körper war deutlich sichtbar.

Hastig formte Mona einen weiteren Feuerball, offenbar ein Fehler, denn der Yōkai schrie nun alarmiert auf. Mona stimmte mit ein, und beide hechteten in entgegengesetzte Richtungen. Wobei Mona bei ihrem spontanen Sprint nach nur drei großen Sätzen ausrutschte und im Schmodder des Waldbodens landete, direkt in einem Schneehaufen, sich gerade so mit den Armen auffangend. Schmerz zuckte durch ihre Ellenbogen, und durch ihr Knie fuhr ein Stechen. Monas Kräfte drohten zu versagen. Nur mit viel Mühe rappelte sie sich wieder auf.

Ein Blick zurück verriet, dass es dem Schweinedämon ähnlich ergangen war. Das große Wesen war offenbar gegen eine der dickeren Tannen geprallt, und diesmal hatte der Stamm ihm wohl standgehalten, denn in der Rinde glänzte eine blutige Delle.

Ein jämmerliches Klagen hallte durch den Wald, und das Gebrüll klang schmerzerfüllt. Und nichts war gefährlicher als Verzweiflung.

Die Kreatur schaffte es diesmal nicht mehr auf die Beine. Mona wusste nicht, weshalb sie nach dem Aufrichten nicht gleich wieder die Flucht ergriff, aber irgendetwas an diesem Wesen machte sie stutzig. Feuerbälle hätten einem solch gewaltigen

Biest keine Angst bereiten sollen, und doch hatte der Dämon sie panisch angesehen. Weitere Flammen formend wagte Mona sich einen Schritt vor. War sie eventuell mächtig genug?

Sie nahm sich die Zeit, den Wald genauer zu begutachten. Das Monster hatte große Zerstörung verursacht, und im ersten Moment sah es so aus, als sei überall dunkler Schlamm verteilt, doch das, was da im Schnee so rostrot glänzte, war keine feuchte Erde.

»Blut…«, flüsterte Mona entsetzt und blieb stehen. Vor ihr kämpfte der Dämon damit, wieder auf die Beine zu kommen. Sie waren kürzer als die eines Schweins, die Pfoten fanden keinen Halt, der dralle Körper machte es dem verwundeten Wesen schwer, sich zu bewegen. Wie ein Käfer auf dem Rücken. Verzweifelte Laute entkamen der Kehle des Dämons und jagten Mona einen Schauer durch die Knochen. Er litt Qualen.

Mit letzter Kraft drehte sich der kurze Hals des Wildschweins zu ihr, und blanke Panik starrte ihr entgegen. Mona ließ überrascht ihre Hände sinken, doch als die Kreatur die Flammen entdeckte, schrie sie, bäumte sich auf und sprang los. Aus Reflex hatte Mona ihre Augen geschlossen, sich erneut geduckt, beinahe das Gleichgewicht verloren. Aber anders als erwartet stürzte sich der Dämon nicht auf sie. Stattdessen erklang ein leiser Aufprall direkt neben ihr im Gebüsch, und es raschelte auffällig. Mona blickte völlig verwirrt über ihre Schulter. Das Knistern wurde leiser, das Gestrüpp war deutlich zu klein für so ein großes Wesen.

Für den Moment waren das zu viele Schrecksekunden gewesen, und überfordert versuchte sich Mona erst mal nur an ruhigem, gleichmäßigem Atmen. Balthasar war noch immer verschwunden, kämpfte ja offenbar nicht mit dem Wildschwein-Yōkai und hatte andere Probleme. Probleme, die so groß waren, dass er Mona seit mehreren Minuten alleine im Wald ließ, und beschwören konnte sie ihn wohl auch nicht.

Verdammt, der Nebel, kam es ihr in den Sinn. Mächtiger magischer Rauch war durchaus in der Lage, zumindest für eine Weile Beschwörungen und ähnliche Formeln zu verhindern. Wie gut, dass Monas Hexenkräfte auf reinem Instinkt basierten, an einem Zauberspruch würde sie jedoch scheitern. Das bedeutete aber auch, dass sie lange genug durchhalten musste, bis ihr Pakt durch den thaumaturgischen Nebel brach.

Das Wesen – halb Wildschwein, halb Löwe – hockte noch immer in dem Gebüsch hinter ihr, und Mona musste sich wohl alleine darum kümmern.

Behutsam drehte sie sich herum, blieb dabei in der Hocke und hörte ihre Knie unzufrieden knirschen. Windstill und im Nebel versunken hätte der Wald wie erstarrt wirken müssen, aber die Äste und das vertrocknete Laub wackelten, als zittere etwas direkt in dem Gestrüpp.

»Du warst doch eben noch so riesig?«, flüsterte Mona verwirrt. Auch hier zeichnete Blut den Boden. Es sah frisch aus und gehört ganz sicher zu der Kreatur. Ein paar rote Tropfen glitzerten an den Ästen, und bei der bereits verlorenen Menge konnte dem Dämon nicht mehr viel bleiben.

»Mama?«

Erschrocken horchte Mona auf. Die Stimme war so hell und hoch wie die eines kleinen Kindes und erinnerte sie sehr an Mandy. Das vom Stress verursachte Rauschen in Monas Ohren legte sich dumpf auf ihre Sinne, und sie meinte für einen Moment, sich verhört zu haben.

»Mama?«, wiederholte sie leise.

Aus dem Gebüsch erklang aufgeregtes Quieken.

»Du suchst deine … Mama?« Ihre Stimme schwankte. Wieso hockte sie noch hier? Sie hätte rennen sollen, dabei hinter sich den Wald abfackeln.

Doch ein neuer Gedanke hatte sich entzündet, der sogar einen Teil ihrer Angst vertrieb. Was, wenn das Wesen gar nicht auf Mona losgegangen war, sondern ebenfalls vor dem geflohen, was sie und Balthasar angegriffen hatte?

»I-ich hab nichts da, aber ich hab … ich kann hexen«, versuchte sie es behutsam. Was blieb ihr auch für eine Wahl? Wenn sie nicht kämpfen wollte, war der verständnisvolle Weg ihre einzige Option, um Zeit zu schinden.

Erneut bebte der Boden. Das gehörte dann wohl wieder nicht zu dem Dämon im Gebüsch, ebenso wenig wie das daraufhin folgende, markerschütternde Brüllen. Ähnliches kannte Mona aus Kinofilmen, aber in echt klang der Urschrei deutlich substanzieller, vor allem, wenn sich die Gefahr nicht weit von einem selbst befand. Nervös starrte sie in den Nebel hinter sich, doch durch den Dunst verloren schon die Stämme in nächster Nähe ihre Konturen.

Aus dem Gebüsch erklang ein aufgeregtes Quieken.

»Geht mir auch so …«, murmelte Mona und wandte sich wieder ihrem Problem zu.

Eine Schnauze schaute aus Schneeresten hervor. Sie hatte nicht vermutet, dass der Dämon so klein geworden war, und blickte nun verwirrt einer winzigen Schweineschnute entgegen, die aufgeregt schnüffelte. Sie hatte offenbar etwas gewittert.

»Wenn das eine Falle ist … ich hab zurzeit echt instabile Feuerkräfte, und ich kann nicht empfehlen, sie auf die Probe zu stellen, schon gar nicht in einem brennbaren Wald«, drohte sie leise, klang aber nicht halb so überzeugend, wie sie es sich gewünscht hatte.

Es blieb nicht bei der Schnauze. Ein Köpfchen schob sich aus dem Schnee, und im ersten Moment meinte Mona, dass es sich vielleicht nur um ein verirrtes Ferkel handelte und die Kreatur selbst längst auf und davon war.

Das konnte niemals der Dämon von eben sein. Es war winzig. Eine rosafarbene Schweinenase, Miniaturöhrchen, zwei kleine Hauer, rehbraune Knopfaugen, und erst, als eine Pfote dazukam und sich das pelzige Mischwesen aus dem Schnee kämpfte, erkannte Mona die Ähnlichkeit zur Monstrosität von eben. Wenn das wirklich eine Falle war, dann eine ganz besonders miese. Das beigefarbene Ferkel war von Schnittwunden übersät, Tränen rannen aus den Augen – Mona sah sich nicht imstande, davonzulaufen, auch wenn es klüger gewesen wäre. Zitternd kroch das Wesen aus den Schneeresten und wollte gerade einen weiten Schritt machen, da fiel es der Länge nach in den Dreck und blieb winselnd liegen.

»Mama …«

Mona sprang auf, kniete sich zu dem bebenden Körper.

»Shhh … alles gut … alles gut …«, wisperte sie nervös und zog sich wie von selbst ihre Winterjacke aus. Zu geschwächt von den Verletzungen hatte der Dämon offenbar kein Interesse daran, sich zu wehren, und Mona konnte das Ferkel ohne Mühe in die Jacke hüllen. Sie hob es jedoch nur widerwillig in ihre Arme, wissend, dass sie vermutlich den größten Fehler ihres Lebens – eventuell Ablebens – tätigte.

Aber als sich eine der fitzelkleinen Pfoten aus dem Stoff zu ihr hinaufreckte, meinte sie, ein Baby zu halten, kein Monster. Sämtliche Angst fiel von ihr ab, als sie das Bündel an ihre Brust drückte und sich erhob. Hätte es sie töten wollen oder verletzen – gerade hatten sich viele Möglichkeiten geboten.

»Ich weiß nicht, wie ich dir helfen kann«, flüsterte sie und spürte, wie ihr bei dem glasigen Blick des Katzenschweinchens selbst die Tränen in die Augen stiegen. Es handelte sich um Leid, das war mehr als Schmerzen und ein paar Wunden. Das Wesen zitterte heftig und war erschöpft. Nun fürchtete sich Mona aus anderen Gründen, sorgte sich um das Dämonenbaby. Obendrein lichtete sich mit einem Mal der Nebel.

Viel zu schnell für das Ende eines diesigen Morgens wichen die Schwaden einem unsichtbaren Wind, der Bäume und Geäst unberührt ließ. Und dann wurde es so plötzlich dunkel, Mona kämpfte gegen einen Schrei an und duckte sich. Der drohende Schatten verschwand so schnell, wie er gekommen war.

»Mona?«

Sie keuchte erleichtert auf, als sie Balthasars Stimme erkannte.

»Hier!«, rief sie aufgeregt. Durch das zerstörte Stück Wald lief ihr Mann auf sie zu, zum Glück wieder in Form eines Menschen, und dann schlangen sich auch schon seine Arme um sie.

»Tut mir leid! Ich konnte nicht gleichzeitig kämpfen und dich beschützen«, nuschelte er an ihrem Haarschopf und wiegte Mona so fest in der Umarmung, dass sie kaum noch Luft bekam. Ein Quieken brachte ihn jedoch sofort dazu, sie etwas von sich wegzudrücken.

»Was zum …?«, begann er und starrte entsetzt auf das zitternde Bündel an Monas Brust.

»Der Dämon vom Waldrand! Es blutet! I-ich … Was ist denn nur passiert?« Sie hörte, wie ihre Stimme brach, hatte gar nicht bemerkt, dass sie längst angefangen hatte zu weinen.

Vorsichtig schob Balthasar den Stoff ihrer Jacke etwas zurück und besah sich das kleine Ferkel. Der Blick rehbrauner in Tränen schwimmender Schweinsäuglein bohrte sich nun auch in Balthasars Seele, denn Mona beobachtete, wie seine sonst immer kritische Miene ganz weich wurde. Ein Schniefen brachte die Nase des angeblichen Monsters zum Wackeln.

»Wie passt denn das in den Plan …«, murmelte er.

»Ehh?«

»Nosdrof!«

»Aber der ist doch tot?«, kiekste Mona entsetzt.

»Es war einer seiner Brüder, oder es laufen noch mehr Vampire mit geschmacklosem Nachspeisegestank herum, die dich umbringen wollen. Er war es auch, der uns mit Magie angegriffen hat. Ich hab mich auf ihn gestürzt, aber dieser dreckige Zauberer hat *mystischen Nebel* genutzt.«

»Dreck!«

In der Tat gab es gute Gründe für den Normalsterblichen, sich unwohl im aufkeimenden Nebel zu fühlen, denn manche Sorten bestanden nicht einfach aus verdunstetem Wasser.

»Und dieses Yōkaimädchen war nicht alleine«, erklärte er auf das Ferkel deutend. Verwirrt folgte sie seiner Geste mit dem Blick. Prompt quiekte das Dämonenbaby auf und angelte mit seiner Pfote wieder nach Mona.

»W-wie meinst du das?«

»Vermutlich die Eltern. Keine Ahnung, was passierte und wieso, aber … sie haben Nosdrof nicht überstanden.«

»Sie sind tot?«, flüsterte Mona und spürte die brennende Hitze von weiteren Tränen in ihren Augen. Natürlich war ihr klar gewesen, wozu Nosdrof in der Lage war. Der Einbruch, der Missbrauch schwarzer Magie, die Entführung eines Kindes – sie keuchte.

»Was, wenn er das schon wieder gemacht hat?«

»Was gemacht?«, hakte Balthasar nach, der Mona zwar immer noch festhielt, sich aber wachsam umsah.

»Ein Kind entführt?« Sie nickte in Richtung des Ferkels.

»Kann sein. Das war sicher die nächste Warnung, er wollte vielleicht gar nicht selbst aktiv werden, uns nur … uns angreifen lassen. Das galt mehr mir als dir, da er weiß, dass ich dich beschützen kann … er wollte zeigen, wozu er fähig ist, dass er Dämonen kontrolliert. Ich frag mich nur, was schiefgelaufen ist.«

»Kinder sind unberechenbar.«

»Scheiße«, entkam es Balthasar, und er knurrte. »Ich versteh das nicht. Yōkai sind keine Dämonen wie die, die Nosdrof folgen … sie würden sich ihm nie anschließen. Yōkai sind eigentlich recht friedlich, nur auch sehr mächtig … mächtig genug für Hexen wie dich … Wenn sie einen Grund hätten … Außerdem unterstehen sie nicht der Kontrolle der Hölle. Es sind die Geister Japans, und die organisieren sich selbst. Mh …« Er rieb sich nachdenklich das Kinn. »Sie haben gegen ihn gekämpft. Aber wir haben jetzt keine Zeit für Vermutungen! Sollte er Yōkai auf seine Seite bringen … Verdammt, dreifach verdammt.« Frustriert ließ er seinen Nacken knacken und sah sich erneut um. »Der Notdienst wird gleich hier sein, ich muss vorher die Spuren sichern, kommst du klar?«

»Ehhh …?«

»Das Baby ist keine Gefahr für dich.«

»Sicher, was ist …«, setzte Mona an, doch da erklang plötzlich ein leises Schmatzen. Eine warme Schweineschnauze hatte sich Monas kleinen Finger geschnappt, und das Fellknäuel nuckelte daran wie an einem Schnuller. Irritiert musterte sie die wackelnden Öhrchen. Dem Yōkaibaby fielen die Augen zu, und nun war sich auch Mona sicher, dass von diesem Wesen keine Gefahr für sie ausging.

Katzen waren süß, Welpen ebenso, aber ein Ferkelchen, dessen runde Pranken nun in der Jacke tretelten – sie hatte noch nie etwas so Niedliches gesehen.

»Sie hatte nur Angst«, versicherte ihr Balthasar.

»Ob sie … ob sie erlebt hat … wie ihre Eltern …«

»Mach dir jetzt keinen Kopf darüber. Uns bleibt kaum noch Zeit, bis …«

Das kleine Bündel und Mona selbst zuckten heftig zusammen, als plötzlich eine Sirene ertönte.

»Wenn man vom Teufel spricht! Der Notdienst darf weder die Spuren noch dich und schon gar nicht das Baby in die Finger kriegen!«, erklärte Balthasar hastig.

»W-was, wieso?«

»Ich weiß nicht mehr, wem wir trauen können.«

»Und was nun?« Ihre Arme schlangen sich etwas fester um das immer noch am Finger saugende Dämonenbaby.

»Ich bring dich hier weg … kümmere mich um alles.«

»Kannst du mich nicht zu meinen Eltern bringen? Ich kann das Baby gut verstecken und …« Mona machte Anstalten, das kleine Ding in ihrer Jacke zu verbergen.

»Nein! Auf keinen Fall! Wer weiß, vielleicht lauern hier noch mehr Gefahren und ja – auch das Baby hätte eine werden können, würdest du nach Hexe und nicht nach Hölle riechen. Bedank dich bei der defekten Dusche.«

»Ehhhh …«

»Solche Monsterchen verteidigen sich aus Instinkt.«

»Und jetzt nicht mehr?«, fragte Mona mit wackeliger Stimme und schielte nach unten zum Bündel in ihren Armen, aber Balthasar schüttelte nur den Kopf, deutete auf die rosafarbene Schweineschnauze und das zufrieden schmatzende Ferkelchen.

»Es dachte, du bist eine von uns … Könnte eher schwierig werden, das Baby wieder von dir zu trennen.«

»Meine Eltern …« Inzwischen war Monas Stimme nah am Rande des Versagens.

»Das lass mal meine Sorge sein!«

»Und wohin?«

»Zu mir nach Hause.«

Sofort keimte ein wenig Panik in ihr auf. Sollte sich heute doch noch die Unterwelt im Kräuterpark für sie öffnen? Aber zum Glück schüttelte Balthasar erneut den Kopf.

»Meine Wohnung, nicht die Hölle. Dort seid ihr mehr als sicher.«

»Mach aber nicht zu lange, ja?«

»Versprochen.«

Er gab ihr einen zarten Kuss auf den Mund, woraufhin es von unten fragend quiekte.

»Bringst du … Babysachen mit?«, flüsterte sie.

»Wie bitte?«

»D-dämonische Babysachen?«

»Ja … ich … schau mal, was ich machen kann.«

»Auch etwas für ihre Wunden.« Mona bemerkte erst jetzt, dass ihr Pullover inzwischen voller Dämonenblut war. Zwar blutete die Kreatur nicht mehr so heftig wie in ihrer wahren Gestalt, doch die warme Flüssigkeit war überall auf dem Stoff verschmiert worden.

»Ein dreifacher Heilzauber für Kinder reicht.«

»Bei einem Dämon?«

»Es ist ein Heilzauber für Kinder, egal für welche Art von Kindern.«

»Ahhh.«

Kapitel 23

Vater, Mutter, Schwein

Da saß sie nun, mit der Situation überfordert, das Schweinchen in ihren Armen, auf dem großen, bequemen Ledersofa in der Wohnung ihres Erzdämonenehemannes.

»Heile, heile Gänsespeck. Schmerz ist weg, Schmerz ist weg…«, flüsterte sie und gab dem winzigen Yōkaibaby einen Kuss auf die Nase. Klitzekleine Tatzen streckten sich nach ihr aus, samtweiche Pfoten streiften ihr Gesicht, und das Monsterchen grunzte leise. Es war ein uralter Zauber, simpelste Magie, und ganz offensichtlich tatsächlich auch wirksam für dämonische Säuglinge. Langsam schlossen sich die Wunden, und Mona machte sich sofort daran, mit einem verwunschenen Waschlappen das Blut vom Fell des Babys zu reiben. Diese Art Zauber konnte sie immerhin wirken, bestimmte Putzzauber waren unerlässlich, wenn man in seiner Arbeit oft mit Zombies zu tun hatte.

»Schon viel besser!«

»Quiek!« Das Kleine roch zart nach Minze, ein wenig herb, wie Schokoladenplätzchen. Sofort musste Mona an den Duft ihres Ehemanns denken, der wohl dazu passen würde.

»Hoffentlich kriegt Balthasar alles geregelt…«

Wie aufs Stichwort klingelte Monas Handy, und sie angelte nach dem Gerät, das sich tief in ihrer Pullovertasche versteckte. Leider handelte es sich um die Stimme ihrer Mutter, die ihr nun aufgeregt entgegenquäkte.

»Mona? Was soll das heißen, du bist weg?«

»Ich … musste etwas erleidigen. Balthasar hat mich … weggebracht.«

»Weggebracht?«

»Er … kann mich teleportieren. Die … dieser feurige Blitz am Waldrand? Ha-habt ihr das …«

»Haben wir gesehen! Ich hab mir solche Sorgen gemacht!«

»Alles gut. Es ist alles in Ordnung. Ich bin zu Hause.«

»Die Leute vom Amt sind hier! Er hat mit ihnen geredet und dann deinem Vater den Autoschlüssel gegeben! Wir sollen heimfahren!… Wie heimfahren? Mona! Was ist los? Was passiert denn jetzt?« Immerhin überstrahlte die Verzweiflung über diese Situation jegliche Entrüstung oder gar Vorwürfe.

»Ich weiß, ich weiß, Mama. Das ging jetzt nicht anders, ich muss erst mal hierbleiben und mich um etwas kümmern. Balthasar übernimmt den Fall vor Ort. Ich hab … mit der Arbeit zu tun. Du weißt doch. Mein Job. Bewährungshexe.«

»Und wir sollen ihm trauen?«, kreischte es Mona entgegen, woraufhin das Bündel auf ihrem Schoß ebenfalls laut quiekte.

»Ja, sollt ihr!«

»Aber Mona …«

»Er regelt das schon!«

»Bist du dir da sicher, woher soll denn ein Bankenfuzzi das können?«

»Dreck, Mama, ja, verdammt. Hör doch einmal auf mich, ist denn das so schwer? Er ist kein Bankenfuzzi, und selbst wenn, ich hab … ich hab so die Schnauze voll«, fauchte Mona zurück. Angestaute Wut hatte sich durch den Schock der letzten Stunden gelockert, und endlich einmal traf sie Monas Mutter.

»Er ist ein Exgott! Er hat mir oft das Leben gerettet, und er liebt mich! Mir egal, ob du uns das glauben willst! Jetzt hör auf das, was er sagt, und fahrt heim!«

»Ein was? Exgott?«

»Ja … hat ein paar Tempel … und so.« Mona versuchte, es so selbstverständlich klingen zu lassen, als handele es sich um die Jobbeschreibung eines Handwerkers. Die Stille am anderen Ende der Leitung sprach Bände. Mona war so sauer, dass ihre Gedanken rotierten. Wie viele Jahre sie die Herabwürdigung ihrer Eltern und die darin oft versteckten Diskriminierungen toleriert hatte, nur aus Angst, von ihnen fallen gelassen zu werden – es waren zu viele Jahre. Sie hatte genug. Sicher, das war nicht der richtige Moment für eine längst fällige Aussprache, gefolgt von einem Streit, vielleicht einem Bruch, aber Mona wollte sich nicht mehr vor ihrer Mutter ducken. Nicht heute.

»Exgott …«, erklang es nachdenklich durch die Leitung.

»Bitte googel ihn nicht, da steht nur Quatsch«, fügte Mona hinzu und rieb sich die Schläfen, wie ihr Mann es so oft tat, leider hatte das keinen sonderlich lösenden Effekt. Inzwischen schmatzte es schon wieder leise, weil das Schweinchen erneut an Monas kleinem Finger hing. Ihre Wut verpuffte bei dem Anblick der wackelnden Öhrchen. Es gab jetzt Wichtigeres als ihre Elternkonflikte. Gerne hätte sie dem Ding etwas anderes als Wasser angeboten. Doch Tee wollte das Baby nicht, und die Cola im Kühlschrank von Balthasar war sonst das einzig harmlose Getränk, das sie hatte finden können. Hoffentlich kam er bald nach Hause.

»Er ist also ein … ehemaliger Gott?«

»I-ich hab ihn beschworen, als es Ärger im Museum gab und wir dort Hilfe brauchten.«

»Bittewiewas?«

»Hört auf das, was Balthasar sagt. Ich melde mich bald. Versprochen!« Sie schaffte es tatsächlich, ruhig und bestimmend zu klingen, so wie sie es sich immer vorstellte. Das zeigte auch auf ihre Mutter Wirkung, und es kam ein gehüsteltes »Na gut!«.

»Bis dann, Mama.«

»Wir haben dich lieb, Sternchen! Pass auf dich auf!«

»Mach ich!«

»Quiek!«, meldete sich das Yōkaibaby auf ihrem Schoß zu Wort, und Mona legte mit einem Seufzen auf. Zwei dunkle Knopfaugen schauten sie fragend an, die winzigen Pfötchen tippelten auf ihren Oberschenkeln herum. Das Schweinchen war gerade mal so groß wie ein junges Ferkel, nur ein wenig draller. Lag vermutlich an dem Anteil Löwe, der zu dem Schwanz mit der Quaste und den Pranken führte. Vielleicht war sie auch etwas dick, Mona kannte sich mit diesen Monstern nicht aus. Ähnliche Wesen hatte sie bisher nur vor ihrem liebsten chinesischen Restaurant als Wächterstatuen gesehen, doch diese Skulpturen waren nicht mal annähernd so niedlich wie das Yōkaibaby und eigentlich an Hunde angelehnt.

»Wie heißt du denn, hm?«, flüsterte sie, aber von der Kleinen gab es nur ein Blinzeln, dann schnappte das Baby wieder nach ihrem Finger, um daran zu nuckeln.

»Ich hab leider nichts anderes für dich … hier gibt's nichts für Kinder …«, nuschelte Mona, mehr zu sich selbst als zu der Kreatur, die sie wohl nicht verstehen konnte.

Dabei war Balthasars Wohnung überraschend gemütlich. Frankfurter Altbau, ein Loft, vermutlich irgendwo in den guten, reichen Vierteln der Stadt. Ein Apartment zwischen vielen anderen. Den Türschildern nach hatte er jedoch keine Nachbarn. Diesem Dämon traute sie zu, das ganze Haus gekauft zu haben, nur um hier ungestört leben zu können.

Neugierig erhob sich Mona, um sich weiter umzusehen. Dem Baby gefiel es offenbar, hin und her gewiegt zu werden, und so war ein kleiner Spaziergang durch die privaten Räumlichkeiten Balthasars die beste Lösung, um die Wartezeit zu überbrücken.

Vom Wohnzimmer aus konnte Mona hoch bis zum sanierten Glasdach blicken, denn die offene Wohnung besaß nur wenige Wände und Türen. Eine Wendeltreppe führte zu einem zweiten Stockwerk, über dessen Geländer man hinunter auf Wohn- und Essbereich gucken konnte. Ein Traum von einem Loft, mit dunkelroten Backsteinwänden und Stützpfeilern aus Metall. Alte, hölzerne Bücherregale, die bis zum zweiten Stock reichten, gaben dem Wohnzimmer die nötige Wärme. Sie waren gefüllt mit abertausenden Büchern, und Mona entdeckte auf den Buchrücken Sprachen, die ihr gänzlich unbekannt waren. Einige der Symbole verrieten ihr, dass es sich um Zauberbücher handelte, die sie lieber nicht einfach so herausziehen sollte.

Mona stakste, das Baby in den Armen balancierend, um das braune Ledersofa mit den zwei dazu passenden Sesseln herum und schaute neugierig zum zweiten Stock hinauf. Vermutlich ging es dort in sein Schlafzimmer, denn die einzig andere Tür, vielmehr ein Torbogen, führte in die Küche, in der sie vorhin all seine Schränke durcheinandergebracht hatte.

Tatsächlich besaß er unzählige Kräuter, unter anderem für Tee, alle sorgfältig in Gläsern aufbewahrt, darunter Fenchel, den das Schweinchen abgelehnt hatte. Die vielen Mischungen aus fernen Ländern, deren Beschriftung Mona nicht hatte lesen können, wollte sie lieber nicht versuchen. Die Vorstellung, ihr Erzdämon würde an einem Hexenkessel unsägliche Tränke brauen, war amüsant. Auch wenn er in echt vermutlich nicht bösartig kicherte, sobald grüner Dampf aufstieg oder der Kessel leuchtete.

Sowieso hatte sie sich die Wohnung des Dämons anders vorgestellt. Teppiche, Fotografien, Pflanzen ohne Ende, dazu überall tiefdunkle Holzmöbel und cremefarbener Stoff. Mona bekam den Eindruck, dass er hier wirklich lebte. Die Möbel waren gebraucht, das Sofa wies Spuren von langen Mittagsschläfchen auf, wie eine Delle im Polster und die Risse im Leder. Und im Gegensatz zu Monas Wohnung gediehen die großen Topfpflanzen außerordentlich gut. Neugierig schritt sie hinaus in den Wintergarten, der seinem Namen alle Ehre machte.

Gewächse zu verzaubern war ausgesprochen schwierig, denn entweder besaß man den grünen Daumen, eine magische Fähigkeit, die sogar manchen Sterblichen in die Wiege gelegt wurde, oder es galt, sich dieses Talent hart zu erarbeiten. Durch ausgiebige Unterhaltungen mit dem Ficus konnte ein Mensch eine besondere Aurafrequenz erwerben und so fantastisch das auch klang, Mona kam sich reichlich seltsam vor, wenn sie versuchte, mit ihren Sukkulenten ein eloquentes Gespräch zu führen.

Neidisch streichelte sie die gesunden Blätter einer großen Monstera.

»Uhhh, das kitzelt!«, erklang es. Sofort zog sie ihre Hand wieder zurück.

»Psst!«, zischte es aus einer anderen Ecke.

»Aber sieh doch nur, Fred. Eine Frau, wann haben wir hier mal eine Frau gesehen?«, flötete es vergnügt aus den Blättern der Monstera und nun machte Mona gleich einen ganzen Schritt weg von dem Gewächs.

»Du verschreckst sie und das Baby nur … oh schau, das Kleine …«

»Also die letzte Frau hier war Balthasar selbst!« Diese Stimme kam von dem Bonsai, der nahe der Monstera auf einem kleinen Tisch direkt neben einem Plattenspieler thronte.

»Das war lange vor unserer Zeit«, rauschten die Blätter eines Ficus.

»Hach, ihr Jungspunde … wie viele von euch hab ich schon überlebt.« Der Bonsai klang wurzelig, und bei genauerer Betrachtung entdeckte Mona tatsächlich ein Gesicht in seiner Rinde.

»Quiek!« Das Dämonenkind streckte neugierig seine Pfoten aus.

»Ja … frag ich mich auch«, nuschelte Mona völlig überfordert und entschloss sich, den Wintergarten vorerst wieder zu verlassen. Das war doch ein bisschen zu viel für einen Tag, aber gerade, als sie zwei vorsichtige Schritte rückwärts in Richtung Tür gemacht hatte, begann das Schweinebaby zu zappeln. Mona hatte alle Mühe, das Bündel in ihren Armen zu behalten. Wildes, unglückliches Quieken, dazu ganz viel Strampeln.

»Ja ich weiß, ich weiß … ich hab aber … ich hab nichts zu trinken für dich«, flüsterte Mona verzweifelt. Gerade so konnte sie das Monsterchen festhalten und drückte es an ihre Brust. Als dann auch noch der Ast des Bonsais zu dem Plattenspieler langte, meinte sie nun doch, ihren Verstand zu verlieren.

Die Pflanze brachte die liegende Platte wieder zum Laufen, und eine Orchesterversion von *»What Kind of Fool Am I«* erklang leise, leierte ein wenig. Es war ein Song aus der Zeit des Broadways. Sehr melancholisch und vor allem getragen vom tiefen Bass des Baritons, der all sein Gefühl in das Lied gelegt hatte. Die Ohren des Monsterschweins stellten sich auf, und die rosafarbene Schnauze schnüffelte neugierig.

»Das magst du, hm?« Mona seufzte erleichtert. Sie meinte, das knautschige Gesicht des Bonsais zwinkern zu sehen, und reagierte mit einem erschöpften Lächeln.

Nun, da sie Balthasar besser kannte, empfand sie Wohnung

und Musikgeschmack als ausgesprochen passend. Das Lied half auch ihr durchzuatmen.

Hier waren sie und das Kind sicherer als überall sonst. Wie von selbst wiegte Mona sich im Takt, was das Bündel in ihren Armen sogar zum Schnurren brachte.

Das hier war die Antihölle – Balthasars Ausgleich zum Alltag als Dämon in der Unterwelt. Nun bereute sie es sehr, sein Angebot ausgeschlagen zu haben, in der Zeit ihres Kräfteverlustes hier zu wohnen. Vermutlich wären sie dann viel früher im Bett gelandet. Dieser Atmosphäre hätte sie mit nichts widerstehen können.

»Quiek?«, meldete sich das Dämonenbaby fragend und unterbrach Monas Wanderung durch die Wohnung.

»Ich hoffe auch, dass er bald kommt.«

Inzwischen kaute die kleine Schweineschnauze auf Monas Pulli herum. Es war definitiv auf der Suche nach Milch, falls Dämonenbabys Milch tranken. Und das Näschen kam Monas Busen verdächtig nahe.

»Da wirst du aber nichts finden.«

»Quiek …«

Sie kraulte das Schweinchen unter dem Kinn, woraufhin es genüsslich die Augen schloss.

»Du brauchst noch einen Namen. Zumindest, bis wir erfahren, wie du wirklich heißt. Das macht es viel einfacher. Deinen kannst du mir ja schlecht verraten … mhh … weißt du, woran du mich erinnert hast? An das *Balrog* aus *Herr der Ringe*!«

»Gibt das nicht Copyrightprobleme?«

Balthasar stand mit einem Mal in der offenen Tür zum Wintergarten, war wohl gerade von der Terrasse gekommen. Er stellte die Reisetasche von Mona ab, ging zum Sofa und reichte ihr eine große Stofftüte. Die Ärmel seines Hemdes waren angesengt, auch seine Schuhe wiesen Brandspuren auf, er sah ein wenig zerzaust aus.

»Geht es dir gut?« Mona klang wohl so besorgt, dass es ihm glatt ein Lachen entlockte, kopfschüttelnd lächelte er sie nur an. Erleichtert griff sie zu dem Leinenbeutel und fischte dann eine Packung mit Babyfläschchen heraus.

»Ehhh … Hast du auch was zu trinken gekauft?« Sie wühlte sich durch den Inhalt, fand jedoch nur noch zwei Schnuller und einen seltsam dreinschauenden Teddybären, den sie verdattert anstarrte.

»Ich dachte, der könnte dem Ding gefallen.«

»Dem Baby.«

»Meinetwegen dem Baby.«

Mona schmunzelte und legte das Plüschtier beiseite, tatsächlich reckte das Schweinchen neugierig den Hals nach dem flauschigen Gesellen.

»Und Nahrung haben wir hier.« Balthasar deutete auf einen Schrank zwischen den ganzen Bücherregalen, die sämtliche Wände verdeckten. Dort standen hinter zwei großen Glasflügeltüren, die bis zur Decke im zweiten Stock reichten, diverse Flaschen mit Hochprozentigem. Diese erlesene Sammlung hatte sich Mona vorhin schon angesehen, unsicher, um was es sich genau handelte. Kein Gefäß glich einem anderen. Die Etiketten waren teilweise völlig vergilbt oder verblasst. Flüssigkeiten mit den unterschiedlichsten Farben glitzerten durch indirekte Beleuchtung in dem Schrank und erinnerten eher an Zaubertränke als an Alkohol.

»Ist nicht dein Ernst …«, nuschelte Mona und beobachtete, wie Balthasar eine Flasche mit Scotch herausholte.

»Das ist ein Dämonenbaby, was hast du denn gedacht?«

»Ehhhhhh …«

»Ich wasch eins der Babyfläschchen aus und befüll es damit.«

»Danke.« Mona folgte mit dem Yōkai in den Armen ihrem Ehemann in die Landhausküche. Die warme Deckenlampe ging an, der Nachmittag drückte auch hier mit dunklen Wolken und leichtem Donnergrollen auf das Tageslicht.

»Was konntest du rausfinden?«

»Tja, nun …« Wenn sogar Balthasar schwer seufzte, dann war es für Mona Zeit, sich zu setzen, und sie ließ sich prompt auf einem Küchenstuhl nieder.

Balthasar packte die Babyflaschen aus und drehte das heiße Wasser auf. Auf die hohen Temperaturen wartend wandte er sich wieder zu ihr und musterte das Schweinchen auf ihren Armen mit kritischem, fast sorgenvollem Blick.

»Ich konnte Nosdrofs Portal erneut öffnen, es führte direkt in die Hölle und zu einer Botschaft.« Balthasar griff in seine Hosentasche und zog einen Armreif hervor. Die Edelsteine des Schmuckstücks waren teilweise zerschmettert, und an einer Stelle war das Metall leicht verbogen, als hätte jemand mit einer Zange versucht, den Reif zu lösen.

»Was ist das?«

»Das gehörte dem Bezirkszauberer … Es war sein Artefakt zum Magiewirken.«

Mona stockte der Atem, sie traute sich nicht zu fragen, und auf ihren Blick hin seufzte Balthasar.

»Willst du das wirklich hören?«

»Alles!«, kiekste sie leise.

»Ich bin sofort zum Pfarrhaus, aber das war leer, völlig leer … und … Herr Flaun ist … *verschwunden.*«

»Weg?«

»Wenn du diese Bezeichnung bevorzugst?«

Mona gab ein langgezogenes Wimmern von sich, natürlich verstand sie, was er damit sagen wollte. »Wieso tut Nosdrof das? Erst die … die Eltern … von … von dem Baby und jetzt das … alles wegen mir? Das ist alles wegen mir?« Sie spürte ihre Innereien verkrampfen. Was auch immer sie tat, ihre ganze verfluchte Existenz stürzte andere mit ins Unglück. Erst war sie das problematische Hexenkind gewesen, dann die schlechte Studentin, ein Fall für das Amt, für die Läuterung, Balthasars Last und nun verantwortlich für den Tod eines Zauberers und vermutlich für den der Eltern des Babys. In den letzten Monaten hatte sie viel Mut dazugewonnen, aber die alten Selbstzweifel brachen jetzt mit Gewalt hervor, als hätten sie nur darauf gewartet. Übelkeit kämpfte sich empor. Das Ferkelchen in ihren Armen quiekte nervös, es spürte wohl Monas nun deutlich schnelleren Herzschlag.

»Shhh … alles gut. Tut mir leid. Tut mir so, so, so leid …«, flüsterte sie. Brennende Tränen schossen ihr in die Augen. Fest drückte sie das Baby an ihre Brust, dessen kleine weiche Pfoten sich nach ihrem Kinn ausstreckten. Vorsichtig hob sie das Kind an, und dann bettete sich der Schweinekopf an ihre Schulter, schmiegte sich leicht an ihren Hals.

»Wenn jemand Schuld trägt, ist es Nosdrof«, erklärte Balthasar mit fester Stimme.

»I-ich hab seinen Einbruch vertuscht …«

»Mona, glaubst du ernsthaft, dein Wasserzauber hat alle Spuren verwischen lassen? Vielleicht die Brandflecke, ja, aber Portalmagie, dunkle Magie, die Spuren an der Vitrine … nein, mein Schatz. Du hast dem Amt zwar Arbeit gemacht, aber Nosdrof damit nicht geholfen. Die haben selbst entschieden, den Fall nur halbherzig zu behandeln.«

Nun trommelte Monas Herz heftig in ihrer Brust, wurde begleitet von einem seltsamen Schmerz, der an ihren Rippen zerrte, als wolle ihr Innerstes herausbrechen. Sie schluckte zittrig und bemerkte, wie sehr ihr inzwischen der Hals wehtat. Wäre ihr zweiter Pakt mit Balthasar nicht gewesen, sie hätte sich in Flammen aufgelöst. Unwissenheit, Naivität, ihre mangelnde Konzentration – wenn dieser Tag kein Weckruf war, wann dann? Sie hatte sich gegen ihre aufgezwungene Rolle als Berufshexe gesträubt, aber erstmals wollte sie noch viel mehr sein als das.

»Wir müssen, wir müssen es … es schaffen«, brachte sie umständlich hervor, doch Balthasar verstand wohl und schenkte ihr ein Lächeln.

»Das werden wir, aber … ich habe seine letzte Drohung ignoriert und sieh, was geschehen ist.«

»Es geht um mehr als um mich und dich. U-und wir haben doch auch Beweise.«

»Ja … leider haben wir die.« Er wies auf das Dämonenkind. »Ich kann endlich Luzifer kontaktieren und den inneren Kreis, ihnen vertraue ich.«

»U-und ich kann auf mich aufpassen. Boris und Ben helfen ganz bestimmt!«

»Aber wir müssen sehr vorsichtig sein. Nosdrof wusste, dass ich bei Herrn Flaun war, obwohl wir extra Auraspray genutzt haben, obwohl dem Bezirkszauberer ein Schweigefluch auferlegt war. Die Vampirbrüder haben mehr Einfluss, als ich annahm. Wenn es jemandes Schuld war, dann meine. Ich hab die Drohung nicht ernst genommen, dabei ging es dabei um dich. Es tut mir leid, Mona.«

»Zwar weiß ich wenig über solche … Fälle, aber in den Krimis lassen sich die Polizisten auch nie von so was einschüchtern, weil es nichts bringt. Nosdrof will noch etwas von uns, richtig?«

»Ja, vielleicht hast du recht, und er hätte dich so oder so angegriffen, er hat wohl nur versucht, mir Angst zu machen. Und ich muss zugeben … die habe ich. Eventuell solltest du hier bei mir untertauchen.«

»Bringt das was? Nosdrof hat mich immer aufspüren können.«

»Verdammt, ja, das Wunder. So hat er das von Sonotep gefunden, Wünschelruten eichen sich auf ein Ding und … und das bist halt du.« Fahrig rieb sich Balthasar mit den Händen über das Gesicht. »Verflucht, ich hasse Kriminalfälle, ich kann das nicht, ich bin ein Bürodämon.«

»Aber du setzt doch jetzt ohnehin den Kreis darauf an, nicht? W-wer ist das eigentlich?«

»Zurzeit Min, Reschef und Aphrodite. Wir haben zwar nicht das beste Verhältnis, aber wir vertrauen einander. Sie werden das inoffiziell verfolgen. Wir müssen vorsichtig sein, Nosdrof macht keine halben Sachen.«

»Und deine Ex ist damit … damit dann cool?«

»So, wie ich sie kenne, wird sie sich … wie sagt ihr Menschen? Sie wird sich für dich Arme und Beine ausreißen. Du kannst dir nicht vorstellen, wie oft sie versucht hat, mich zu verkuppeln.« Ein grimmiges Grinsen schlich sich auf sein Gesicht, und Mona ahnte, dass er nicht scharf auf ein Gespräch mit Aphrodite war, die alles über seine Ehefrau erfahren wollte. Ohne sie zu kennen, hatte Mona eine vage Ahnung, um welche Art Ex es sich handelte, und das beruhigte sie. Eifersucht war so ein bescheidenes Gefühl, und sie wollte lieber darauf verzichten.

Balthasar hauchte ihr einen Kuss auf den Scheitel und reichte

Mona dann die Babyflasche befüllt mit Scotch. Obendrauf befand sich ein dicker gelblicher Nuckel. Der Duft alleine lockte das Kleine, es drückte sich neugierig von ihrer Schulter weg, und die Schweineschnauze schnüffelte aufgeregt. Für einen Moment war Mona versucht, ebenfalls einen Schluck zu nehmen, hielt das hochprozentige Getränk aber doch dem Yōkai vor die Nase. Es dauerte einen Augenblick, ehe die rosa Schnute nach dem Babynuckel schnappte, dann war das kleine Ding nicht mehr zu halten. Die Äuglein fielen zu, und die winzigen Öhrchen wackelten, während sich zwei Pfoten zufrieden in Monas Pulli krallten.

»Und … und jetzt?«, flüsterte Mona.

»Bis wir die Eltern wieder zusammengesetzt haben und sie aus der Unterhölle dürfen … das wird dauern.«

»Ehh? Zusammenge-was?« Sie fletschte die Zähne.

»Yōkai sterben nicht. Aber anders als intakte, normale Seelen … mh. Wie erkläre ich dir das? Sagen wir es so: Yōkai werden ohne Seele erschaffen, die entwickelt sich im Laufe der Zeit. Ein einfacher Dämon, den zersprengt es geradezu. Seelisch. Ihre Astralkörper sind halt fragil, besonders bei so einem Tod. Die Fragmente muss man suchen, zusammensetzen …«

»Und wie lange dauert das?«

»Ich fürchte, dann wird das Kleine seine Eltern gar nicht mehr brauchen. Zumindest nicht zum Überleben. Es gibt nur wenige Seelenlampen, ich kann die Genehmigung beschleunigen, aber es dauert.«

Mona hob den zufrieden schmatzenden Yōkai höher und zog einen Schmollmund.

»Die Nosdrofs sammeln Dämonen, setzen sie gezielt ein. Wenn ich mich darum kümmere, kann es sein, dass ich nicht mehr so viel Zeit für dich haben werde.«

Da war sofort so ein Ziehen in ihrer Brust bei dem Gedanken, ihn weniger zu sehen.

»D-du bist der Höllenfürst, ich weiß ... das ... das kriegen wir schon hin.«

»Ich könnte bei dir schlafen, hm?«, bot er an und, ohne nachzudenken, nickte sie sofort. »Gut, dann hätten wir das ja geklärt. Ich werde vorerst nur meine engeren Kontakte mobilmachen, ehe ich den inneren Kreis der Dämonen einberufe.« Grübelnd rieb er sich das Kinn. Sein Bart war über die letzten Wochen dichter geworden, seine Haare deutlich länger. Sogar Dämonen hatten Haarwuchs und bekamen dunkle Schatten unter den Augen – er sah unendlich müde aus.

»Wenn ich irgendetwas tun kann ...«, nuschelte Mona.

Balthasar schnappte sich den Stuhl neben ihr und kuschelte sich an sie, legte ihr einen Arm um die Schultern.

»Ich lass es dich wissen.«

Dankbar nickte Mona und atmete zittrig durch, es würde dauern, bis sie den Schock der letzten Stunden verdaut hatte. Auf ihrem Schoß schmatzte das Dämonenbaby zufrieden an dem wohlriechenden Scotch und wirkte wieder gesund und munter – immerhin hatten sie die Kleine retten können.

»Wer will so einem süßen Ding etwas antun?«

»Das wird unter Dämonen hohe Wellen schlagen, ein unschuldiges Kind zu nutzen, zu verletzen, gerade einen Yōkai ... Ich werde mich mit Japan in Verbindung setzen, und dann wollen wir doch mal sehen, wie lange sich die Nosdrofs noch halten können.«

Mona blinzelte ihre Tränen weg und starrte auf das knuffige Ferkelchen in ihren Armen. Die Pfoten klammerten sich nun an die Flasche, da es sich halb auf den Rücken gelegt hatte. Schmatzend an der Pulle hängend, die hübschen brauen Augen halb geschlossen. Es sah so friedlich aus.

Sie konnten beobachten, wie der Scotch zügig in dem Dämonenbaby verschwand. Bei diesem Anblick musste Mona unweigerlich kichern. »Gesunder Hunger.«

»Die trinkt gerade zweitausend Euro weg – und davon gibt's nur noch ein paar wenige Flaschen. Ich muss unbedingt was Geeigneteres organisieren«, beschwerte sich Balthasar und seufzte.

»Tiffy.«

»Was?«

»Ich finde, sie sieht aus wie eine Tiffy!«

»War das nicht so ein großer rosa Vogel aus der Sesamstraße?« Balthasar lachte und schüttelte den Kopf.

»Du kennst die Sesamstraße?«

»Kann man gut bei einschlafen.« Sein Schmunzeln wirkte verlegen.

»Also Tiffy?«

»Ja, dann eben Tiffy!«

Die Kulleraugen des Babys blickten Mona an, waren nicht mehr genussvoll auf das Fläschchen konzentriert. Ganz so, als wolle sie ihr etwas damit sagen.

»Ich glaube, das gefällt ihr!«

»Mona. Das ist ein echtes Kind!« Balthasar schlug einen ersten Tonfall an.

»Ich weiß! Aber wir müssen auf sie aufpassen, oder? Bis wir jemanden finden, Familie vielleicht«, gab sie sofort verteidigend zurück. Der Gedanke, dieses Bündel einem Unbekannten zu überlassen, löste in ihr unerwartet viel Stress aus. Sie spürte schon jetzt eine starke Bindung, vermutlich aufgrund der Rettung.

»Bist du dir sicher, Mona?«

»Ich meine … sie fühlt sich hier doch sicher. Ich möchte sie ungerne weggeben. Sie wäre sicher traurig.«

»Du meinst, du wärst traurig.«

Sie schob die Unterlippe vor. »Sch-schon?«

»Mona. Das ist viel Verantwortung. Dein Alltag wird sich verändern. Junge magische Wesen wie dieses schlafen zwar die meiste Zeit, um zu reifen, aber einmal wach sind sie sehr aktiv und sehr anhänglich. Sie brauchen ihre Bezugsperson.«

»Das klingt schon sehr nach einer Katze.«

»Eine Katze, die irgendwann sprechen lernt. Die anfängt uns nachzuahmen, bis zur Gestalt, und dann eines Tages in den Kindergarten muss.«

»Ehhh …«

Prompt musste Balthasar lachen. »Tja … ist vielleicht auch besser so.« Er klang auf einmal fast ein bisschen erleichtert.

Mona runzelte die Stirn, erntete von ihm ein verschmitztes Schmunzeln.

»Seht euch doch an. Wer soll das wieder trennen? Sie hat sich ja sowieso schon mit deiner Magie vollgesogen.«

»Sie hat was?«, kiekste Mona und starrte ihn perplex an.

Er deutete mit einem Nicken zu ihrer Hand. »Na, es hing ja lange genug an deinem Finger.«

»Ich dachte, es will nur nuckeln?! Wieso hast du das nicht gesagt?«

»Sorry … ich … manchmal nehme ich Dinge für selbstverständlich. Aber das hat ihr vermutlich das Leben gerettet, also alles gut. Du lädst dich nach einer Runde Matratzengymnastik schon wieder auf.« Vielsagend wackelte er mit den Brauen und Mona schnaubte.

»Das hat … das hat ihr das Leben … bitte was?«

»Ich erklär es dir später genauer. Jetzt kümmer dich erst mal um dein … Baby, Schatz. Aber Mona: Nur, bis wir die Familie gefunden haben. Ja?«

Das klang in ihren Ohren ausreichend, obwohl sie noch an seiner Aussage von vorher zu knabbern hatte. Da hatte das Ferkelchen sich doch einfach an ihrer Magie bedient, offenbar auch an Balthasars, die Mona aus gewissen *Gründen* inzwischen besaß.

»Sei's drum«, nuschelte sie und zuckte mit den Schultern. »Hast du gehört? Du bleibst jetzt bei mir!« Von Tiffy kam ein leises Grunzen, dann schmatzte sie nur wieder an ihrer Flasche.

»Wie machen wir das mit deinem Job? Ich meine, du wurdest jetzt schon oft genug vertreten.«

»Ohh … ehh … also … mh. Sie schläft viel, sagtest du? Mhhhh. Na ja, Vlad und Boris sind ja da und Bärbel … das kriegen wir schon hin, irgendwie.«

Vor ihr quiekte es unzufrieden, die Flasche war leer. Wie automatisch hob Mona das Baby auf ihre Schulter und klopfte ein paarmal auf den flauschigen Fellrücken. Weder sie noch Balthasar waren überrascht, dass Tiffy eine helle Stichflamme ausrülpste.

»Nun, wenn es mal nicht klappt, ich kann sie auch mitnehmen. Ich … pack mir einfach einen Korb auf meinen Schreibtisch und …« Weiter kam Balthasar nicht, denn Mona hatte sich etwas gereckt, um ihm einen dicken Kuss auf die Lippen zu drücken. Dieses Angebot war gleich nach dem Liebesgeständnis wohl das Schönste, was sie seit langem gehört hatte.

16.12.2018

SONNTAG

EINKAUFSLISTE FÜR MORGEN!

LÄTZCHEN! AUCH FEUERFEST
SCHNULLER, UNBEDINGT
SPUCKTÜCHER, FEUERFEST
BEIẞSPIELZEUG, SICHER IST SICHER!

WAS BRAUCHEN YŌKAI?!
MAL IM VOODOOLADEN FRAGEN!
DIE HABEN ALLES!!

Kapitel 24
Babyboom

22.12.2018

An diesem Samstagnachmittag wurde Mona nicht von dem Geschrei eines Rockers geweckt, stattdessen holte das aufgeregte Quieken eines Dämonenbabys sie aus dem Land der Träume. Wobei dieser Klang erschreckende Ähnlichkeit mit Monas aktuellem Lieblingshit aufwies. Tiffys winzige Pfoten zupften an der schwarzen Bettdecke, und weil Mona nicht schnell genug reagierte, drückte sich eine nasse Schweineschnauze gegen ihre Wange.

»Nur fünf Minuten …«

»Quiek!«

Tiffy und Mona hatten nach wenigen Tagen bereits eine ganz eigene Routine aufgebaut. Beginnend mit Hunger. Mächtigem Hunger. Wenn sie nicht gleich aufstand, suchte das Dämonenbaby selbstständig nach Futter. Inzwischen waren das nicht mehr der kleine Finger oder der Pullover, Tiffy wusste, was ein Kühlschrank war.

Mona erhob sich aus den Kissenbergen und zuckte nicht mal, als sie im Spiegel neben ihrem Bett einen zerzausten Hexenkopf mit wirren schwarzen Haaren und verschmiertem Kajal erblickte, den Boris wohl wieder liebevoll mit einem Zombie verglichen hätte.

»Kaffee. Schnell … verhext«, nuschelte sie und schnippte unmotiviert mit den Fingern. Aus der Küche ertönte Geklapper und ließ erahnen, dass die Dose mit dem Kaffeepulver und die Filter gerade aus dem Schrank gehüpft waren, um den Wünschen der Verhexung zu entsprechen. Monas Abneigung dem Hexen gegenüber hatte keine Chance gegen ein forderndes Kleinkind, außerdem half ihr der Pakt tatsächlich bei Kleinigkeiten, denn größere Auswirkungen waren gedrosselt nicht möglich. So schlugen ihre Hexereien maximal fehl, beschworen aber keine Katastrophen mehr herauf. Erst unzufrieden mit dem Arrangement, war Mona mit jedem Tag dankbarer für diese Lösung. Das hatte sie sich von ihren Siegeln erhofft gehabt, doch die hatten die Hexerei unterdrückt – Balthasar konnte jedoch Monas Kräfte anpassen und justieren, wie sie es brauchte. Und in der Tat konnte sie deutlich mehr Magie kontrollieren und verkraften als gedacht, je nach Tagesform und Gemütszustand. Trotzdem musste sie sich daran gewöhnen – wie an so vieles.

»Quiiiiiek!« Ein schweres, rundes Babyschwein sprang auf Monas Bettdecke herum und wackelte aufgeregt mit dem ringeligen Löwenschwänzchen.

»Gleich geht's los, gleeeich …« Mona gähnte ausgiebig. Ein wenig schwankend auf den Beinen stand sie auf und schlurfte in die Küche. Dabei tänzelte das kleine Dämonenschwein um ihre Füße und quiekte überglücklich. Ehe Mona dazu kam, eine Flasche Alkohol zu holen, kratzten die Pfoten bereits an der Kühlschranktür, und irgendwie erinnerte Tiffy doch sehr an eine Katze. Ja, sie würde irgendwann sprechen, zaubern, sogar ihre Gestalt wandeln können, aber im Moment war sie genauso verfressen und dreist wie ein verwöhnter Stubentiger.

»Ganz ruhig, ganz ruhig. Du musst mich schon an den Kühlschrank lassen. Mh? Dann gibt's auch dein Fläschchen.« Mona nahm das zappelnde Baby auf den Arm und angelte nach dem Wodka mit der angeblich reinen Seele. Inzwischen füllte sie die giftige Flüssigkeit nicht mal mehr um, sie setzte einfach einen passenden Nuckel auf die Glasflasche und hielt sie Tiffy vor die Schnauze. Die überlegte nicht lange, sie schnappte sofort zu.

Dafür stand Mona gerne so abrupt auf, dafür saß sie gerne übermüdet und völlig zerrupft auf den nackten Kacheln ihrer Küche. Winzige Öhrchen wackelten, und der glückliche Gesichtsausdruck des Babys entlockte ihr ein zufriedenes Seufzen. Tiffy lag in ihrem Schoß und sog den Alkohol in sich auf, als wäre es Wasser. Wenigstens war das Dämonenkind danach vorerst lahmgelegt.

Aus Sicherheitsgründen setzte Mona das Baby in die Badewanne, bis es sein Bäuerchen machte. Die Stichflamme hatte letztens ihre Wohnzimmervorhänge in Flammen aufgehen lassen. Da Mona ähnliche Missgeschicke von sich selbst kannte, störte es sie nicht. Und während ein vollgefressenes Baby in der Wanne herumrollte, saß sie auf dem Fensterbrett, schaute in den trüben Nachmittag und weckte ihre eigenen Lebensgeister mit einer anderen Droge: Koffein.

Ein helles Klingeln erklang, und die Fensterbank vibrierte kurz. Mona blickte müde blinzelnd auf ihr Smartphone hinab. Wie die letzten Tage schon erkundigte sich Balthasar nach Hexe und Dämonenkind. Es waren drei einfache Emojis: ein Schweinchen, eine mit spitzem Hut versehene Frau und ein Fragezeichen. Mona beschränkte sich auf ihr typisches schwarzes Herz, was er mit einem zwinkernden Teufel beantwortete.

Mit jedem Tag wurde Monas fixe Idee, bei Balthasar einzuziehen, hartnäckiger. Sie hatte sogar bereits Vlad und Boris darauf angesprochen, ob es möglich wäre, dass der Altvampir vielleicht die Haftpflicht für den Hippie übernahm. Dem edlen Herrn von Hohnenzollern fehlte nur noch ein Test, und er war rehabilitiert. Während Mona im Kräutergarten der Hölle nur knapp entkommen war, hatte Boris seine theoretische Prüfung bestanden. Im Rahmen dessen kamen auch wieder seine Zukunftspläne zur Sprache und brachten Monas Verlustängste zum Rotieren. Bald würde sie Tiffy abgeben müssen, Boris wollte studieren, Bärbels Antrag auf eine eigene Wohnung stand an – da sah ein Einzug bei Balthasar auf einmal wie der sichere Hafen aus.

Sie hatte keine Ahnung, ob sie und er schon bereit waren für so viel Nähe und Verantwortung. Geschweige denn, ob es überhaupt passte. Liebe alleine reichte nicht aus für die Basis einer gesunden Beziehung. Keinen der vergangenen Tage ihrer unfreiwilligen Ehe hatte man als alltäglich beschreiben können. Wie würde das ablaufen? Wenn Mona nach Mitternacht heimkam, aßen sie dann zusammen? Wer machte den Haushalt? Führten sie irgendwann ein ganz normales Familienleben?

Nein. Sicher nicht. Es würde so chaotisch und andersartig bleiben wie bisher. Schon alleine aufgrund von Monas enorm schlechtem Karma. Und ja, genau das war es, was sie so reizte. Sie war sterblich, die Zeit an seiner Seite wollte sie so lange genießen wie nur irgend möglich.

In der Badewanne leuchtete eine helle Stichflamme auf.

»Quiek!«

»Sehr schön, dann lass ich doch mal das Wasser ein.«

Inzwischen zog sich Mona nicht mal mehr selbst an, und viele andere Arbeiten wurden auch magisch gelöst. Der teure Staubsauger verstaubte, das Bügeleisen war irgendwo unter dem Bett verschwunden, Töpfe und Teller wuschen sich alleine sauber – mit einem Baby im Haushalt war es deutlich einfacher, alles mit Hexenkräften zu lösen, und Mona bekam langsam Übung.

»Warm und gemütlich und bequem und schick und stilsicher und schwarz – verhext«, forderte sie von ihrem Spiegelbild, schnippte mit den Fingern und schon im nächsten Augenblick sah sich die vorher noch im Schlafanzug steckende Mona in einem schwarzen Strickkleid. Allerdings wurde sie mit einem unerwartet knuffigen Muster voller Herzchen, Schleifchen und Kirschen überrascht, das nicht so ganz zu den Totenköpfen auf ihrer Leggings passen wollte. Die vielen kitschigen Gedanken in Verbindung mit dem Dämonenbaby vernebelten ihre Hexereien. Erst gestern hatte sie mit einer regenbogenfarbigen Strumpfhose aus dem Haus gehen müssen, weil sie sich zuvor mit Tiffy *My Little Pony* angesehen hatte. Immerhin passte Monas heutiges deutlich zu niedliches Outfit zu dem bevorstehenden Besuch.

Auf die Minute genau klingelte es an der Tür. Beniko und Ben hatten sich angekündigt, die Elfe wollte unbedingt das Baby kennenlernen.

Kaum hatte Mona ihren Freunden geöffnet, fiel ihr auch schon ein glitzernder rosafarbener Ball mit Flügeln in die Arme.

»Hiiii! Mona!«, quietschte es aufgekratzt aus dem übergroßen Mantel aus pinkem Flausch. Benikos winterfestes Outfit war ein hartes Statement gegen sämtliche Grautöne. Das neonfarbene Kunstfell strahlte beinahe wie eine Lichtquelle, und die Umgebung rund um die Zuckerelfe herum färbte sich rosa. Zu Monas freudigem Entsetzen hinterließ sie wie immer eine Spur aus Glitzer auf dem Fußboden und leider auch auf dem schwarzen Teppich. Die schillernden Partikel aus Elfenstaub und Magie würde kein Staubsauger und keine Verhexung mehr beseitigen können.

Ehe sie ihre Gäste richtig begrüßen konnte, erklang ein lautes Quieken aus der Ecke von Monas kleiner Wohnung. Tiffy schaute misstrauisch hinter einem Sitzkissen hervor und zuckte heftig zusammen, als auch Beniko ein Quieken von sich gab. Dem Ausruf des Entzückens folgend, stürmte die Elfe ins Zimmer und beugte sich sofort tief zum Boden, um einen weiteren Blick auf das Dämonenbaby zu erhaschen.

»Hey, Ben!« Mona nickte währenddessen dem Werwolf zu, der die ganze Zeit von seiner Freundin überschattet worden war und nun neben Mona in den Raum trat. Er drückte ihr einen Beutel in die Hand. Neugierig griff sie in den pinken Stoffsack und erblickte ein paar Spielsachen, die sich allerdings eher für einen Hund eigneten.

»Sind das deine?«, fragte sie verblüfft.

»Jahh, schon. Wir misten gerade ein bisschen aus, damit Beniko mehr Zeug bei mir unterkriegt.«

»Wohnst du nicht bei deinen Eltern?«

»Eben drum, hab da nur ein Zimmer.« Er zuckte mit den Schultern.

So wie sie Tiffy inzwischen kannte, war das genau das Richtige für das Dämonenbaby. Bens traurigem Blick nach, als sie eine Quietschebanane herausholte und in den Raum warf, fiel es ihm schwer, sich von den vielen bunten Utensilien zu trennen. Den kurzen Reflex, dem Spielzeug nachzuspringen bemerkte Mona sehr wohl. Sie drückte ihm einen kleinen Ball in die Hand.

»Aber nur – nur kurz«, gluckste er.

»Klar. Oh, und danke! Es ist so lieb von dir, dass du an Tiffy denkst.«

»Hab noch was.« Die ganze Zeit über hatte er einen Arm hinter dem Rücken gehalten und brachte nun mit einer schwungvollen Bewegung eine tief burgunderrote Flasche zum Vorschein. Verwundert blinzelte Mona dem goldenen Etikett entgegen, ehe sie ihm das Gefäß abnahm.

»Dachte, der könnte Tiffy schmecken. Aus der Brennerei meiner Eltern. Pfirsich!« Ein wenig Stolz schwang in Bens Stimme mit, passte zu seiner geschwellten Brust.

»Wow, danke schön! Ja, das wird sie lieben. U-und ich muss sie eh gleich füttern, also«, stammelte Mona und stellte sich sofort auf die Zehenspitzen, um Ben einen dicken Kuss auf die Wange zu geben.

Beniko lag inzwischen auf dem Boden, hatte sich ihres Mantels entledigt und machte verdächtige Lockgeräusche, die man sonst nur von Katzenbesitzern kannte. »*Kawaiiiiii*«, fiepste die Elfe bemüht leise. Noch immer beäugte Tiffy den Besuch argwöhnisch. Sie versteckte sich dabei jedoch ausgesprochen schlecht hinter dem Sitzkissen, und ihr dicker Po schaute auffällig heraus.

»Gib ihr etwas Zeit, sie brauchte auch eine Stunde, um sich an Boris und Vlad zu gewöhnen. Ehhhhh, warte.« Mona eilte kurz in die Küche, holte eine Packung Würstchen für Ben, zwei Limonaden für sich und Beniko und einen Nuckel für die mitgebrachte Flasche. Wieder zurück im Wohnzimmer setzte sie sich neben ihre Freunde auf das Bett und drückte der Elfe den Obstschnaps in die Hand. Für einen Moment starrte Beniko irritiert auf den Babynuckel, verstand dann aber sofort und beugte sich etwas hinunter, hielt den verlockenden Leckerbissen auf Augenhöhe zum Schweinedämon, und tatsächlich, die Augen des Babys glühten neugierig.

Mit Ben war das deutlich einfacher, er kaute schon auf der Mini-Würstchenkette herum und grinste dabei zufrieden. »Ich kann dir noch mehr von meinen Eltern mitbringen, die Ernte war dieses Jahr richtig gut. Wir haben ganz schön Auswahl!«

»Danke, das wäre großartig. Ich bin mir, was die Qualität aus dem Supermarkt angeht, so unsicher, und Balthasars Sammlung wollte ich sie nicht leer trinken lassen.« Mona seufzte leise und beobachtete ihr Baby, wie es die Nase in die Luft reckte und neugierig schnupperte. Der Obstschnaps roch auch für sie verlockend. »Bin mir noch nicht so sicher, wie ich mit ihr richtig umgehen soll. Die Angel mit dem Glöckchen gefällt ihr, aber so was ist doch eigentlich nichts für Kinder, oder?«

Beniko richtete sich wieder auf und schaute Mona für einen Moment nachdenklich an. »Sie ist ein Yōkai, richtig?«

»Ja, ein Mischwesen, meinte Balthasar. Wildschwein und Löwe und … nun, den Rest konnten wir aufgrund ihrer Größe nicht identifizieren. Sie gehört wohl zu den Nachtgeistern.«

»Die sind eigentlich als Kinder recht pflegeleicht.«

»Waaas?« Mona musste sich zusammenreißen, Beniko nicht an den Schultern zu packen. Alle Informationen über Yōkai-Dämonen in Büchern, im Internet, sogar von Balthasar waren schwammig, und was die Kindesbetreuung anging, fand sich absolut nichts Brauchbares. Es gab so viele unterschiedliche Arten, alleine in Japan, aber ja – Beniko stammte ja schließlich aus der asiatischen Inselnation.

»Mit denen hatte ich gelegentlich zu tun. Zumal in Japan Elfen ja auch zu den Yōkai zählen, wir ja aber was anderes sind. Wirklich lästig, wenn alles als Geistwesen bezeichnet wird, na ja.«

»Und die Babys?«, hakte Mona direkt nach. Die Dringlichkeit in ihrem Blick entging auch Beniko nicht.

»Gibt echt voll selten Babys bei den Yōkai. Ist ja eher so, dass

Tiere, wenn sie sehr alt werden, zu Geistwesen werden. Tiffy ist da wirklich so richtig schon was Besonderes, denn ihre Mama und ihr Papa müssen ja dann alte Yōkai gewesen sein.«

»Meint ihr, ich mache das richtig? Balthasar sagte, sie wäre halt ein Kleinkind mit etwas anderem Hunger. Aber manchmal erinnert sie mich eher an ein Katzenbaby.«

Benikos helles Lachen ließ ihre pinken Locken wackeln. Sie trug heute goldene Glitzersterne in den Haaren, die Mona nervös beobachtete, hoffend, dass sie nächste Nacht nicht einige davon zwischen ihren Kissen wiederfand.

»Ich glaub, das ist einfach ein Baby mit bisschen Tierchen drin?«

Leider beantwortete das Monas Frage nicht. Wie erzog man denn bitte eine Mischung aus Löwe, Wildsau und Kleinkind?

Plötzlich grunzte es leise vor ihnen, und als sich alle drei dem Geräusch zuwandten, erblickten sie eine neugierige Tiffy, die vor Benikos Beinen herumtippelte und die Schnapsflasche fest mit ihrem Blick fixierte.

Das Eis war gebrochen. Nur einen Moment später saß Beniko mit mütterlichen Freudentränen in den Augen auf Monas Bett und hatte ein Dämonenferkelchen auf dem Schoß, das zügig die Flasche leer trank und dabei vergnügt mit dem Ringelschwänzchen wackelte. Begleitet von Benikos glücklichen »Awws« und diversen Quietschern holte Mona ihren Wintermantel aus dem Schrank. Sie warf auch einen Schal neben Beniko, und natürlich war der japanischen Zuckerelfe das Umwickeln eines Dämonenbabys die größte Freude.

»Sie ist so unendlich niedlich! Ich will auch ein Baby!«

Ben, der gerade aufgestanden war und sich wieder seine Jacke gegriffen hatte, war in der Bewegung eingefroren. Noch nie hatte Mona so viele unterschiedliche Emotionen in einem Gesicht erlebt. Die Nerven seiner Augen zuckten zwischen Freude, Panik und Überforderung, so auch die Mundwinkel, vor allem aber die sich abwechselnd krausende und glättende Stirn war faszinierend. Nun, die sicherlich später folgende Unterhaltung mit Beniko konnte Mona ihm nicht ersparen, höchstens hinauszögern.

»Ehhh, wisst ihr … ehh, wir müssen gleich los. Mögt ihr helfen, die Fenster alle zu schließen? Vorhänge und so?«

Es dauerte glücklicherweise auch nicht lang, da klopfte es schon an die Wohnungstür, und ein enorm hölzern laufender Ben mit inzwischen ausdruckslosem Gesicht öffnete Boris.

»Huch? Durch welchen Geist bist du denn gestiegen, mein Freund?«

Doch der Werwolf zuckte nur mit den Mundwinkeln und stiefelte an seinem Kumpel vorbei in den Flur, dicht gefolgt von Beniko. Leider wollte Tiffy ohne Alkohol wieder zurück in Monas Arme, und so gaben Ben und Zuckerelfe beide ein etwas schmollendes Bild der Überforderung ab.

»Was habe ich denn hier verpasst?«, wollte Boris wissen, aber Mona lächelte nur schief und verdrehte vielsagend die Augen.

»Also dann … Ben-Ben, die Dame und die kleine Dame«, verkündete der Vampir und ging allen voran die Treppe hinunter. Immerhin war die Anreise zum Museum dank Boris' Auto kein Problem mehr. Mit einem Schweinedämon in der S-Bahn – nicht auszudenken, was passieren konnte. Wobei, in Anbetracht der anderen Kreaturen in den wackeligen Waggons voller Gestank und Kotze – aufgefallen wären sie wohl nicht.

»Ein Vampir, ein Werwolf, eine Elfe, eine Hexe und ein Dämonenbaby fahren gemeinsam in einem Unvolkswagen in ein Museum, um auf eine verfluchte Mumie aufzupassen. Dort treffen sie eine lebendige singende Skelettin«, erzählte Mona mit sanfter Stimme und schaffte es tatsächlich, die kleine Tiffy zur Ruhe zu bringen. Vielleicht war es auch das ruhige Summen des Motors, doch endlich schien das Baby wieder müde und rollte sich sofort auf Monas Schoß zusammen.

»Entzückend«, flüsterte Boris. Sogar der Vampir bekam bei Tiffys Anblick leuchtende Augen, dabei hatte er sich oft genug gegen Familienpläne ausgesprochen.

»Schon gut, sowie sie schläft, weckt sie nichts mehr«, erklärte Mona und kraulte Tiffy hinter den Ohren. Ein katzenschnurrenähnliches Schnarchen erklang, ganz leise und sich mit dem Atem des Babys abwechselnd. Einmal so schnell entschlummern wie die kleine Flauschkugel, Mona seufzte neidisch.

»Nun denn, nun denn. Wie war die Nacht? Läuft inzwischen alles?«, fragte Boris mit gedämpfter Stimme und schielte sie von der Seite an. Seine Augen glänzten durch die Reflexion der vielen Straßenlichter. Zum Glück sah der Vampir zu dieser Uhrzeit besser als der Normalsterbliche zur besten Mittagszeit. Nach Sonnenuntergang glich die Fahrt durch Offenbach einem Slalom. Feierlaunige und Zombies hielten sich selten an die Gehwege, seltener noch an rote und grüne Menschen auf Ampeln. Doch Boris war ein exzellenter Autofahrer, wenn auch ein wenig übervorsichtig. Blutsauger sahen nicht nur mehr als alle anderen Kreaturen, Boris erblickte gerne Schatten, die wirklich niemand außer ihm wahrnehmen konnte. Für eine Weile starrte Mona auf die glitzernden Stadtlichter, ehe sie nach einem tiefen Seufzen mit einem »Schwierig« antwortete. »Ich gewöhn mich langsam an das Baby, Balthasar ist aber an ihrer Verwandtschaft dran, dauert sicher nicht mehr lange, bis wir jemanden haben, der sie kennt.«

»Schaffst du das?«, hakte Boris nach, wohl an ihrem Gesicht ablesend, wie sehr Mona inzwischen an Tiffy hing.

»Ich muss. Niemand ist besser für ein Baby als eine Familie, oder?«

»Durchaus, durchaus.«

»Außerdem ist da noch Nosdrof. Es ist einfach zu gefährlich bei mir.«

»Vielleicht gibt er ja auf?«, bellte es vom Rücksitz.

Boris verdrehte die Augen. »Nach dieser Eskalation im – was war das noch gleich? Kräuterpark? Wohl kaum!« Der Vampir schnalzte mit der Zunge, und Mona musste ihm zustimmen. Sosehr sie sich auch Ruhe, vor allem einen Aufschub vor dem nächsten Drama wünschte, Nosdrof hatte seine Drohung wahr gemacht, und das war sicherlich erst der Anfang gewesen.

»Wir haben kaum etwas, die Ermittlungen stehen praktisch still. Balthasar will die Hölle mobilmachen, mal sehen …«

»Letzter Stand?«, wollte Boris wissen und wich geschickt einem auf die Straße gerollten Ball aus. Es sah verboten aus, wie der Vampir um Hindernisse kurvte und sich durch den Ort schlängelte.

»Seit dem Vorfall an Halloween haben sie aufgehört, im Club vom Butzemann zu rekrutieren. Die konzentrieren sich jetzt ganz auf Esoteriker und Magiebegeisterte. Aber es ist so schwer, auseinanderzuhalten, was von den Nosdrofs kommt und was einfach nur realitätsfernes Geschwurbel von Esos ist, dass Balthasar bisher nichts Neues hat.«

»Stimmt, das ganze Internet ist voll mit angeblichen Erleuchtungsversprechen.«

»Ihr habt den Butzemann immer noch nicht gefunden?«, meldete sich Beniko von der Rückbank und beugte sich etwas vor. Ihre pinken Haarsträhnen verteilten Glitzerstaub zwischen den Frontsitzen, und Boris wimmerte leidig, als er den goldenen Staub aus den Augenwinkeln aufwirbeln sah. Dazwischen, gefangen in der heißen Luft der Klimaanlage: ein Hundehaar.

»Balthasar meinte, es wäre da so sauber, als hätte jemand den Laden extra exorziert.« Mona seufzte unglücklich.

»Soll ich mal meinen Vati nachforschen lassen? Mit solchen Lokalen kennt er sich aus. Im neuen Jahr sind meine Eltern wieder in Deutschland für eine Weile, da wollten Schmusi und ich eh einen Besuch machen«, nuschelte Beniko nachdenklich. Neben ihr winselte es leise. »Och Schatzi, das wird wirklich ganz einfach. Die werden sicher ja sagen!«

»Zu einem Werwolf?« Bens eigentlich tiefe Stimme klang hell und brüchig, der Gedanke an Benikos Familie machte ihn offenbar ordentlich nervös. Die Zuckerelfe lehnte sich wieder zurück und gab ihrem Freund einen dicken Kuss. Nun war es an Mona, sich in ihrem Sitz umzudrehen. Irritiert starrte sie Beniko an.

»W-was meint ihr mit Ja-sagen?«, hakte sie vorsichtig nach.

»So doch nicht, Moni!«, kiekste Beniko und lief prompt rot an, vielmehr rosafarben, sogar ihre Augen begannen zu glitzern. Ihr helles Kichern erzählte von den wahren Gedanken der Elfe, die gegen ein Jawort in nächster Zeit wohl nichts einzuwenden gehabt hätte. Von Ben bekam Mona jedoch einen Blick, der nach »Geht's noch?« aussah.

»Sie will zu mir ziehen!«, bellte er laut.

»Ah.« Mehr traute sich Mona nicht zu sagen, sie selbst dachte an ein Leben mit Balthasar, dabei waren er und sie erst seit einigen Wochen zusammen, da standen ihr die besorgten Gedanken gar nicht zu, drängten sich jedoch förmlich auf. Ben-Ben befanden sich noch immer im Stadium der gnadenlosen Verliebtheit, Wolke »Weit über sieben« – die Brille war so rosa, damit konnten sie direkt in die Sonne starren. Das bot reichlich Stoff für Probleme.

»Mama schafft das mit dem Hof nicht mehr alleine«, erklärte Ben in die kurze Stille hinein, hatte vielleicht erraten, was Mona dachte. »Meine Schwestern werden alle flügge, die Drillinge sind schon ausgezogen, ich arbeite viel – und sie will nicht, dass Papa das Schreiben vernachlässigt.«

»Und ich liebe Wein!«, quietschte Beniko begeistert. »Ich bin zwischen Obstbäumen aufgewachsen! Ich kann richtig helfen!«

»Wenn dein Vater es erlaubt.« Ben klang überraschend ernst und versetzte der Euphorie seiner Freundin sofort einen Dämpfer.

»Och Schmusi, das ist mein Vati, der tut alles für mich«, nuschelte sie, und Mona brauchte nicht hinzusehen, konnte sich den fülligen Schmollmund gut vorstellen. Es sah ganz so aus, als wäre es nur eine Frage der Zeit, bis auch Ben sich mit Änderungen konfrontiert sehen würde. Da war wieder diese egoistische Angst in Mona – was würde das für sie bedeuten?

Schlimmer noch, sie verspürte eine gewisse Eifersucht, weil das frisch verliebte Paar auf der Rückbank so selbstverständlich über all das sprechen konnte – sie wussten, was sie wollten. Mona konnte erst konkrete Pläne fassen, wenn sich der Knoten in ihren Gedanken löste. Dafür galt es, an allen möglichen Schlaufen zu ziehen, bis sie ein lockeres Ende fand, um ihre Sorgen zu entwirren. Vorher brauchte sie nicht mal daran zu denken, mit Balthasar zu sprechen.

»Vati weiß sicher, wo der Butzemann abgetaucht ist«, holte Benikos Stimme Mona aus ihrer kurzen Trance. In letzter Zeit drückten sie ihre Sorgen wieder erschreckend häufig nach innen, und sie brauchte einen Moment, ehe sie den Faden des Gesprächs erneut aufnehmen konnte.

»Ehh … das, das wäre toll«, erwiderte sie.

»Bestimmt hat er mit ihm Geschäfte gemacht, gibt wirklich kein Unvolk aus der Branche, das nicht schon bei Vati war«, erzählte Beniko munter weiter. »Aber er war halt lange nicht in Deutschland. Na ja … Das wird richtig gut, so richtig! Die Familie kann uns helfen!« Sie klang ausgesprochen zuversichtlich.

»Wie meinst du das?«

»Was?«

»Familie? Geschäfte? Ihr … ihr seid doch Elfen? Ist das nicht auch euer Job?«, fragte Mona verwirrt nach, die sich dunkel an die Ausführungen über diese magischen Wesen erinnerte. Elfen verdienten vor allem mit ihren Gaben Geld, hatte es geheißen. Was das für Gaben waren, hatte Mona damals nicht hinterfragt.

»Ja, aber klaro! Wir sind Elfen, die helfen! Gefälligkeiten eben«, erklärte Beniko strahlend, und Mona teilte aus dem Augenwinkel einen fragenden Blick mit Boris, dessen Brauen sich weit erhoben hatten. Wenn man von Elfenpaten sprach, wie genau war das wohl zu verstehen?

»Danke … das ist nett«, nuschelte Mona leicht verunsichert und holte sofort wieder Luft. »Und? Boris? Wie läuft's bei dir so?« Ihre Stimme erreichte eine schneidende Höhe.

»Och … ich verspüre ein wenig Nervosität. Gerade erst erhielt ich meinen Termin zur Zulassungsprüfung für Ende Januar nächsten Jahres und …«

»Wuas?«, tönte es von der Rückbank, und diesmal lehnte sich Ben nach vorne. »Das hast du gar nicht erzählt!« Er klang beleidigt.

»Ich hatte den Brief gerade erst geöffnet…«

»Und dann rufst du nicht sofort an?«

»Nun, da diese Fahrt geplant war, dachte ich…«

»Nicht mal eine SMS«, maulte Ben und lehnte sich wieder zurück.

»Gute Güte, mein Freund. Du bist es doch, der seine Freizeit inzwischen überwiegend mit seiner Herzdame verbringt, was ich vollkommen verstehe – da wird es mir doch erlaubt sein…«

»Ich schreib dir jeden Tag bei Sonnenaufgang gute Nacht und schick dir alle *TikToks*, und überhaupt…«

»Ja, und ich bin dir wahrlich dankbar für die gar entzückenden Pärchenfotos, und trotzdem… ich habe vor allem selbst noch meine Aufregung bezüglich meines Termins zu verarbeiten.« Boris beendete das Thema mit einem langen Seufzen. »Wie dem auch sei, ich werde natürlich weiterhin üben für die Prüfung, würde mich aber über etwas Ablenkung freuen.«

»Uiii! Wie wäre eine zweite Wintersonnenwende? Ihr habt das gar nicht richtig gefeiert, oder?«, schlug Beniko vor. Mona nickte langsam, Zeit für eine Party war ihr nicht geblieben. Vor nicht mal einer Woche hatte sie plötzlich die Aufgabe erhalten, sich um ein Baby zu kümmern, sämtliche Pläne waren damit ins Wasser gefallen oder in den Schnaps, wenn es nach Tiffy ging.

»Wäre schön, wenn wir im Museum was über die Feiertage organisieren, auch damit Bärbel sich nicht so alleine fühlt. Ich mag sie ungern rausschmuggeln. Außerdem will sie unbedingt dort aufpassen«, erklärte Mona, die sich ohnehin noch um die Absicherung des Museums während des Urlaubs kümmern musste. Es mochte kein Wunder mehr zum Stehlen geben, aber ein Haufen unbewachter Relikte mit Eigenleben konnte unheimlich viel Chaos veranstalten. »I-ich kann aber erst wieder am 26.«

»Wieso?«, erkundigte sich Boris zwischen zwei gewagten Schlenkern um eine Zombiefrau mit mehreren Tüten voller Gliedmaßen herum. Mona sah ihr irritiert nach und hoffte, dass es sich bei den aus den Taschen hängenden Armen auch um Teile von Untoten handelte.

»Ehh …«, machte sie leise. »Ich verbring den ersten Feiertag mit Balthasar und …«

»Ja, ja, ja. Verstehe schon. Ihr alle habt einen gar liebreizenden Grund für lauschige Urlaubstage ohne mich.« Boris klang zwar leicht dramatisch, zwinkerte ihr aber zu. Sein Blick galt vor allem dem Schweinebaby auf Monas Schoß, und er seufzte resigniert. Vlad hatte seinen Sven, Ben-Ben waren unzertrennlich, und Mona meinte beinahe schon in einer Familie zu stecken, sie wollte auf keinen Fall, dass sich Boris wie das fünfte Rad am Wagen fühlte.

»Wir wollten doch eh noch die praktischen Übungen für deine Prüfung mit dir durchgehen, da bieten sich die Urlaubstage an«, schlug sie ihm sofort vor. Seinem Lächeln nach verstand er, was sie vorhatte. Aber ehe Boris etwas sagen konnte, bellte Ben »So was von«, und Beniko klatschte freudig in die Hände. »Das wird lustig!«, erklärte sie laut.

Boris lachte hell auf. »Ihr wollt euch nur an meinem Gewinsel ergötzen, wenn ihr mich ausgehungert mit einer Dose Blut zum Hüpfen bringt!«

»Ich weiß, was du alles für einen Biss machst, wenn du leer bist«, murmelte Ben mit einem dunklen Unterton, und Boris lief prompt rot an.

»Einmal! Einmal hab ich dich angebettelt! Du liebe Güte, da war ich erst frisch auf Ambrosia gewechselt.«

»Ich hab ihn Männchen machen lassen, dann Sitz …«

»Ben!«

Doch der Werwolf ließ sich nicht beirren und zählte weiter auf. »Er musste meine Pantoffeln apportieren, und dann hab ich ihm Rolle beigebracht!« Beniko kicherte so laut, sie klang beinahe wie eines von Bens Quietschespielzeugen.

»Und? Hab ich dich gebissen?«, gab Boris patzig zurück.

»Nein. Und deshalb weiß ich auch, dass du das schaffst! Und dann kannst du endlich tun, was du willst«, verkündete Ben, fügte ein satt zufriedenes »Jawoll« dazu und war offensichtlich sehr stolz auf seinen Freund.

»Willst du denn jetzt studieren? Und was? Das klang nämlich wirklich cool, dass du schon so oft studiert hast«, mischte sich Beniko ein. Damit brachte sie Boris' Brust zum Anschwellen, und was gleich folgte, kannte Mona schon in- und auswendig. Boris hatte Musik studiert, wieder und wieder, alle paar Jahrhunderte in anderen Schulen, bei anderen Meistern, an anderen Universitäten, aber diesmal wollte er mehr.

»Ich dachte da eventuell an England! Es wäre das erste Mal, es würde zu mir passen, nicht?«

Das war jedoch neu und versetzte Mona sofort einen kleinen Schrecken. Er wollte das Land verlassen. Sie hatte sich gerade so damit abgefunden, es vor allem die letzten vier Wochen über erfolgreich verdrängt, dass er vielleicht nicht mehr im Museum arbeiten würde, aber gleich ein ganzes Land entfernt?

»Uiii! Du bist so was von Typ Brighton, weißt du? Oder London!« Beniko quietschte freudig. Pinkfarbener Glitzer verteilte sich im Auto, sie hatte mit den Flügeln geschlagen, und Boris musste prompt bremsen, da ihm der Staub die Sicht nahm. »Hupsi!«

»Hupsi, sagt sie! Ich wette, Elfen im Auto sind gegen das Gesetz«, beschwerte sich der Vampir mit einem Lachen.

Mona beobachtete die Szene wie aus einem Traum heraus, versuchte, das gerade Gehörte zu verarbeiten. Es fühlte sich an, als zerfalle ihr Kopf mit jeder neuen Nachricht mehr in seine Einzelteile. Anders konnte sie es nicht beschreiben. Veränderungen hatte Mona nie gut verkraftet und Bindungen aus guten Gründen vermieden. Vielleicht hätte sie das nie aufgeben dürfen.

Tiffy auf ihren Armen reckte mit einem Gähnen ihre Pfötchen in die Luft und angelte nach dem Glitzer.

»Na, munter, mein Schatz?«, flüsterte Mona.

»Quiek!«

Der kleine Fellball warf sich auf ihrem Schoß auf den Rücken und ließ sich den Bauch kraulen.

Nein, alleine das hier war alle Ängste dieser Welt wert. Und wenn sie Tiffy wieder gehen lassen musste, Rotz und Wasser heulen würde, für kein Wunder würde Mona diese Momente eintauschen wollen. Trotzdem, der Gedanke schmerzte mehr, als ihr lieb war.

So glücklich Mona sich auch wähnte, mit ihrem Job, ihren Freunden, ihrem Ehemann – sie hatte das Gefühl, dass ihr Leben unter ihren Füßen wie von selbst zerbröselte, und die Angst zu fallen saß tief. Mithalten gehörte nicht zu ihren Stärken; Stolpern, darin war sie gut. Und wenn sie diesmal strauchelte, könnte sie mehr als den Anschluss verlieren. Mona wollte ihre Freunde behalten, sich mit ihnen entwickeln, sie wollte bei ihrem Mann bleiben, sie wollte auch das Baby in ihren Armen, aber zurzeit schien nichts davon wirklich sicher, und sie hatte keine Ahnung, wie sie damit umgehen sollte.

Mona fuhr sich rasch über die Augen. Feuchtigkeit benetzte ihren Handrücken. Was für panische Gedanken kamen denn da wieder hoch? Nichts davon bedeutete das Ende ihrer Welt. Ja, diese möglichen Verluste brachten vermutlich Tränen und Kummer mit sich, aber Mona hatte schon vieles durchgestanden.

Vielleicht waren es ihre eigenen Träume, die sie innerlich brennen ließen. Auch sie wollte mehr. Es ging nicht darum mitzuhalten, um ihre Freunde zu halten, sie wollte sich mit ihnen entfalten. Im Gegensatz zu ihren früheren Luftschlössern stand hinter diesem Wunsch ein treibendes Gefühl. Diese Art Entwicklung hatte sie sich nie zugetraut, wegen ihrer Kräfte, ihres konfusen Gehirns – aber das hatte sich geändert. Denn mit all diesen Hindernissen hatte sie in den letzten Monaten so viel erreicht, und sie wollte noch so viel mehr.

Sven hatte es ausgesprochen: Bezirkshexe. Sicher undenkbar im Moment, aber vielleicht als Langzeitziel?

Passend dazu gab es einige abgedroschene Phrasen, die wohl bekannteste traf Monas rotierende Gedanken wie ein Geistesblitz: *Wo ein Wille ist, ist auch ein Weg.* Und für Mona formte sich erstmals so etwas wie ein Ziel in ihrem Leben. Die damit verbundenen chaotischen Gefühle überforderten sie für den Moment, aber eine seltsam befreiende Empfindung schwang mit und fühlte sich verdächtig nach Mut an.

22.12.2018

SAMSTAG

FLUCHRELIKTE UND RECHTE, FLUCHWESEN UND RECHTE — MIT FRAU SABINSEN TELEFONIEREN

ANDERES STUDIUM

FLUCHKUNDE STUDIUM WEITER MACHEN?

DOCH IN DIE FORSCHUNG?

ZUKUNFT

BEZIRKSHEXE??

WAS BRAUCHT ES DAFÜR?

AUSBILDUNG?

WER ÜBERNIMMT DEN POSTEN VON HERRN FLAUN?

HEXENRANG?

UFF

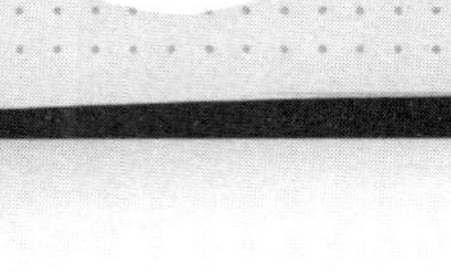

Kapitel 25

Selbst ist die Hexe

23.12.2018

Am nächsten Tag hatte es tatsächlich geschneit. Zu Puderzucker auf den Dächern gesellte sich sofort der übliche braune Matsch auf den Straßen, wahlweise fand sich der ein oder andere gelbe Haufen, je nachdem, an welcher Ecke man sich befand. Es war die Zeit der roten Nasen, an Mensch, Rentier und Zombie. Aber Monas Näschen war aus anderen Gründen gerötet, denn auch Tränen führten zu unangenehm viel Rotz und diesen hatte sie gerade in ein Taschentuch befördert.

Der Abschied sollte nur für wenige Stunden sein, und doch schmerzte es Mona, ihr Baby bei Balthasar zu lassen. Aber er brauchte Tiffys Pfotenabdrücke, ein Gutachten ihrer Zauberkräfte und Blutproben, um ihre Familie zu finden, hatte endlich einen Termin beim Prüfer, und dafür musste das Dämonenschweinchen mit ihm in die Hölle. Die damit verbundenen Konsequenzen hatten Mona an die Grenze ihrer Belastbarkeit getrieben, und die nicht geweinten Tränen der letzten Wochen hatten sich ihren Weg hinausgebahnt. Es hatte gutgetan, sich nicht länger dagegen zu wehren. Prompt sah die Welt nicht mehr so düster aus, Mona hatte die Schatten auf ihrem Gemüt regelrecht hinausgeschwemmt. Leider gehörten zu befreienden Tränen ein leichter Kopfschmerz und ein leeres Gefühl in der Brust dazu.

Mona saß auf ihrem Stuhl vor der Ausstellung und rieb sich ihre verweinten Augen. Das war lediglich das Resultat von sieben Tagen Bindung, wie sollte das erst in einem Monat aussehen? Wieso klammerte sie sich an das kleine Wesen, als sei es ihr eigenes Kind? Ahnend, dass sie ihre anderen Ängste mit Tiffy kompensierte, versuchte Mona sich abzulenken. Ihr energisches Aufstehen brachte ihr zwar Energie, aber in einem leeren Gang verpuffte die Wirkung ganz schnell wieder. Genervt über sich selbst starrte Mona auf ihre Hände. Sie hatte ohnehin vorgehabt, aktiv mit ihren Hexenkräften zu üben, warum also länger warten? Wie war das noch? *Wo ein Wille ist, ist auch ein Weg.*

Zischend raste die Skelettin samt Feuerlöscher durch die Luft und nur haarscharf an Mona vorbei. Die konnte sich gerade so ducken, weshalb sie auch der Horde klappernder, meckernder Ritterhelme entging, die wie eine drohende Wolke im Saal ihre Kreise zog.

»Das nützt nichts!«, schrie Mona der laut lachenden Bärbel hinterher, die trotz Löschunfall offensichtlich den Spaß ihres Ablebens hatte. Unfähig, mit ihren Händen den Feuerlöscher zu öffnen, hatte sie das Ventil abgetreten. Weißer Schaum klatschte gegen Wände, Vitrinen und Bilder.

»Achtung!«, tönte Boris' Stimme durch die Ausstellungshalle und trieb damit die verängstigten Statuen auseinander. Sie hatten sich als Grüppchen neben einer Säule versteckt und hüpften, krochen, humpelten und liefen der im nächsten Gang verschwindenden Bärbel hinterher.

Die gesamte Etage war in Aufruhr.

Mona hielt sich ihre hellviolett glühenden Hände vom Leib, streckte ihre Arme aus, so weit es ihr möglich war. Zwei Paar Topflappen hatte sie schon durch, sogar die angeblich feuerfesten Ofenhandschuhe, mehr Vorkehrungen hatte sie nicht getroffen gehabt. Wie Schwarzlicht erleuchteten ihre Hexenkräfte den Ausstellungsraum, und die Strahlung mochte an den ein oder anderen Rave erinnern, ließ weiße T-Shirts, den Marmorboden und den bleichen Boris glühen, doch leider drang dieses thaumaturgische Licht viel weiter vor als unter die erste Hautschicht.

Ein übergewichtiges Untier hockte in der Mitte des Saals, starrte Mona wie hypnotisiert an, und das Einzige, was das Wesen davon abhielt, noch einen weiteren der satanischen Wandteppiche anzuknabbern, war die Faszination für Monas Hände. Diese waren es auch, die das zuvor tote Monster geweckt hatten. Jenes eingestaubte Präparat war eine kürzliche Leihgabe des deutschen Jagd- und Fischereimuseums gewesen. Genauer mythologischer Wahrheitsgehalt ungewiss – nun, zumindest das hatte sich hiermit geklärt. Das Wesen war eindeutig übernatürlich.

Weiße lange Ohren waren neugierig in die Luft erhoben, die rosa Nase wackelte aufgeregt, während kräftige Flügel, viel zu klein für den Rest des Körpers, flatterten, als versuche es abzuheben.

Die stumpfen Hörner machten Mona weniger Sorgen als die spitzen Zähne, dazu noch die rotglühenden Augen des weißen Hasenmonsters. Mischwesen dieser Art gab es immer wieder, doch ein mit Vampirismus infizierter Wolpertinger?

»O'zapft is!«, ließ das Wesen mit einem Knurren verlauten, und die Hinterläufe gingen in Sprungposition. Just als Mona drohend die Hände erhob, sich zum Leuchten auch noch Flammen an ihren Fingern bildeten, verharrte das Untier mitten im Satz. Der bereits aufgebaute Schwung seines Sprungs brachte den Mutantenhasen zum Stolpern, er purzelte auf den Rücken, ruderte mit den Läufen, flatterte mit den Flügeln, kam gerade so auf die Beine und drehte sich hektisch weg von ihr. »Himmiherrschaftzaggramentzefixhalleluja!« Rutschend hoppelte das Vieh davon, weg von Mona, die ihm irritiert nachsah. Ein anderes Knurren erklang, direkt hinter ihr. Hatte sie etwa noch ein Ungeheuer aufgeweckt? Sie wirbelte erschrocken herum und konnte gerade so beobachten, wie ein riesiger Werwolf über ihren Kopf hinwegsprang.

»Ben! Oh, was ein Glück!«, keuchte sie, hätte sich fast mit den Händen auf ihre Knie gestützt vor Erleichterung, leider glühten die immer noch wie Knicklichter auf einem Konzert.

Der Werwolf besaß drei Formen, die eines Mannes, die eines weißen hundeähnlichen Wolfs und dann eben jene Mischung daraus, die zu Horrorfilmen und Albträumen geführt hatten. Fähig, auf zwei Beinen zu wandeln, ähnelte Ben sehr den in Fachbüchern beschriebenen Wer-Monstrositäten. Und als er dem panisch davoneilenden Wolpertinger nachsprang, erklang ein durchaus furchteinflößendes Heulen.

»Gut so, mein Großer!«, bestärkte Boris ihn, der sich inzwischen zwar mit einem Kescher bewaffnet hatte, diesen aber erleichtert sinken ließ. »Schnapp dir die alte Ratte! Weit kommt er mit den Flügeln nicht!«

»Boris!«, rief Mona, die nach wie vor mit ihren glühenden Händen überfordert in der Mitte des Saals hockte. Er stürmte sofort zu ihr.

»Du liebe Güte! Die brennen ja immer noch!«

Ben war derweil drauf und dran, den Wolpertinger die Wand am anderen Ende der Halle hochzujagen.

»Mileckstamarsch, du Pfannakuacha, du windiga«, schrie der Wolpertinger, schlug Haken von Ecke zu Ecke, doch der riesige Werwolf bekam ihn mühelos mit einer Pranke zu fassen. Nun sauste ein fluchender Mutantenhase einmal quer durch den Saal. Mit dem Kinn voran rutschte das Wesen über den Marmor, direkt auf Mona zu. Aber ehe sie reagieren konnte, zielte Boris mit seinem Kescher und traf.

»Ha! Habe ich dich erwischt!«, tönte er triumphierend.

»Griffel weg, du Pubertätsbinkel!« Der Wolpertinger zappelte hektisch in dem Netz. Sich windend und flügelschlagend brachte er den Kescher gefährlich zum Wackeln, doch ein dicker Werwolfshintern machte dem Gezeter schnell ein Ende. Nur dumpf erklangen weitere Flüche. Ben kommentierte die Situation mit einem Bellen und gähnte dann herzhaft. Auf allen vieren ähnelte er zum Glück wieder mehr einem Wolf, trotz der ungewöhnlich langen Gliedmaßen.

»Du machst vielleicht Sachen, Mona!«

»Ich hab keine Ahnung, wie das passieren konnte«, beteuerte sie ehrlich und starrte auf ihre glühenden Finger. »Dreck!«

Ihre Hexenkräfte waren förmlich durchgebrannt, mit ihnen eines ihrer Siegel, und leider hatte die damit verbundene Panik keinen Erzdämon, sondern einen Wolpertinger beschworen.

»Ganz schön dreist für das Bastelexperiment eines Schankwirts«, merkte Boris an, meinte das bayrische Mischwesen und schritt nachdenklich dreinschauend um Mona herum. »Tut dir was weh?« Er deutete auf ihre Hände.

Sie schüttelte den Kopf. »Kommst du an mein Handy? Du musst Balthasar anrufen!«

»Wo steckt der Gute denn?« Er reckte vorsichtig einen Arm, dehnte ihn dabei lang, so auch seinen Hals, damit er bloß nicht in die Nähe ihrer Hände kam, und traf ungelenk erst ihren Hintern – »Verzeihung« –, dann den Bauch – »Hoppala« –, bis er endlich ihre Jackentasche fand. Unsicher fischte er Monas Smartphone heraus.

»Balthasar ist in der Unterhölle, wegen Tiffy. Da kann ich ihn nicht beschwören.«

»Was hat er mit einem Baby an einem so fürchterlichen Ort vor? Oh, deine Pin bitte.«

»6669 – sie – sie suchen nach ihrer Familie«, erklärte Mona hastig und schüttelte vorsichtig ihre Arme, doch leider flackerten ihre Hände nur auf, statt zu erlöschen, und einen unangenehmen Moment lang ähnelte der Effekt einem Stroboskop, ehe sie wieder dauerhaft aufglühten. Ben versteckte sofort winselnd seinen Kopf unter seinen Pranken, das verlagerte Gewicht gab dem Wolpertinger genug Luft, um sich erneut lauthals zu beschweren.

»Verjag di, du stinkende Schoaßdromme!«

»An deiner Stelle würde ich mich zurückhalten, du kennst vielleicht Hundefürze, aber hast du schon mal einen Werwolf erlebt?«, neckte Boris den Mutanten. Sofort wurde es wieder still. »Sei so gut, bring ihn bitte in die Isolation zum Professor, ja?«, meinte er an Ben gerichtet, und der Werwolf erhob sich sogleich, schnappte sich den Wolpertinger mit dem Maul und trug ihn samt Kescher davon.

»Ich bin wahrhaft beeindruckt von deinen Künsten.« Boris klang richtig erheitert, überhaupt nicht gestresst oder gar vorwurfsvoll. Zu so viel Galgenhumor war nicht einmal Mona fähig, dabei hatte sie darin gewaltig Erfahrung gesammelt. Sie konnte sich einfach keinen Reim auf das vergangene Durcheinander machen, schon gar nicht auf den dadurch auferstandenen Mutantenhasen.

Ihr Freund hing derweil weiter am Handy und musterte seine Fingernägel, als sei es das Normalste auf der Welt, nach einer verhexten Beinahe-Katastrophe mit einem Erzdämon zu telefonieren.

In der Ferne erklang ein Heulen, hallte durch die Gänge ihrer Etage, und Mona ertappte sich bei einem Stoßgebet, hoffte, dass Ben mit der Kreatur fertigwurde.

»Verflixt, die Mailbox!« Boris hüstelte, räusperte sich und holte tief Luft. »Sehr geehrter Herr Erzdämon, es wäre uns sehr gelegen wenn …«

»Balthasar, mach, dass du zum Museum kommst!«, brüllte Mona dazwischen und erntete ein entrüstetes »Tss, entschuldige bitte« von Boris, der ein wenig beleidigt wirkend wieder auflegte.

»Sorry, aber wir brauchen ihn gleich!«

»Unhöflich, aber durchaus richtig. Nun … magst du mir jetzt vielleicht mitteilen, wie das passieren konnte?«

Wenn sie das nur gewusst hätte. Unsicher biss sich Mona auf ihre Unterlippe. Die Situation war binnen Sekundenbruchteilen eskaliert, vor zehn Minuten noch hatten die Statuen geschlafen, einer der Ritterhelme sogar laut geschnarcht. Chaos und Zerstörung waren so plötzlich entstanden – oder viel mehr Pech und Unglück, denn genau das war es, was Mona mal wieder in Schwierigkeiten gebracht hatte.

»I-ich wollte üben, Hexen üben«, gab sie kleinlaut zu. »Balthasar meinte, ich soll etwas üben, also hab ich das gemacht, was ich schon als Kind in einem Feriencamp für Leute wie mich gelernt habe …«

»Aha?«

»Schnipsen halt. Flamme an, Flamme aus. Ich bin meine Runden gegangen, aber dann plötzlich … als ich vor der Vitrine mit dem Wolpertinger stand – ich hab geschnipst, und dann gab's eine Stichflamme. M-mein Sakralsiegel ist gebrochen«, fuhr sie fort, sank dabei gänzlich auf den Boden, da ihre Knie so sehr zitterten, dass sie unmöglich länger in der Hocke verweilen konnte.

»Einfach so?«, fragt er auf ihre Hände deutend, und Mona nickte betreten.

»Davon ist das Glas der Vitrine geplatzt, Magie hat den Wolpertinger getroffen, und dann stand das Vieh im Raum. Die anderen Relikte haben so einen Radau gemacht, er ist durchgedreht, den Rest kennst du ja.« Sie sparte sich eine detaillierte Aufzählung. Gerade hoffte sie ohnehin auf ein spontanes Höllenportal, nicht um ihren Ehemann zu sehen, sondern um selbst zu verschwinden, zumindest für eine Weile.

Was hatte sie nur wieder falsch gemacht? Sie hexte doch mittlerweile tagtäglich, und dabei setzte sie weit mehr Magie frei als bei dieser simplen Kinderübung. Sogar Säuglinge lernten spätestens nach der dritten explodierten Windel, die Hexerei nicht ungezielt entkommen zu lassen. Aber Mona hatte Magie in Reinform auf ein missglücktes thaumaturgisches Experiment verteilt – ein waschechter Zombieunfall, wie er im Buche stand.

Mona Hass, nun beinahe 26 Jahre alt, und hätte es Windeln für magische Kräfte gegeben, sie hätte sie gebraucht.

»Und der Grund, weshalb sie immer noch so leuchten, ist welcher?« Misstrauisch trat Boris einen Schritt näher, als fürchte er, sie könne jederzeit in Flammen aufgehen. Gar nicht mal so abwegig.

»Das dauert. Ist nicht das erste Mal. Was glaubst du, wieso ich diese Siegel habe?« Sie grinste schief.

»So langsam begreife ich das Ausmaß deiner Macht, wirklich erstaunlich.«

»Erstaunlich? Das ist furchtbar«, jammerte Mona und ächzte, fertig mit sich und der Welt. »Schau dir das Chaos doch an! Und das Loch im Wandteppich? Wie kriegen wir das wieder hin?«

Aber statt der erwarteten unzufriedenen Anteilnahme an ihrem Drama lachte Boris nur hell auf und schüttelte seine weißblonden Locken.

»Liebste Mona, dazu fällt uns schon etwas ein. Wie schon zu Beginn unserer entzückenden Freundschaft besprochen – wir haben hier Vasen, die könnten für all das verantwortlich sein! Wäre wirklich nicht das erste Mal! Die Statue des Julius Claudius Bambusus besaß noch beide Arme, als ich hier anfing!«

»Echt?«, gab Mona staunend von sich, konnte zwar durchaus so etwas wie leichte Scham in Boris' feixendem Gesicht ablesen, doch er räusperte sich sofort.

»Hab ich dir je von der Bastetkatzenstatue erzählt? Die hat den Sandkasten vom Spielplatz nebenan als Katzenklo benutzt.«

»Klingt weniger dramatisch.«

»Bei Tage.«

»Oh.«

Auf seinem Gesicht breitete sich der zufriedene Ausdruck einer melancholischen Erinnerung aus, verklärt starrte er zur Decke. »Ben musste sie wieder einfangen, das war unser erstes gemeinsames Abenteuer. Die gute alte Zeit!« Sein Seufzen hatte etwas von einer betagten Frau, die in der Vergangenheit schwelgte, und Mona spürte, wie vor all diesem Unfug sogar ihre Nervosität kapitulierte. Der Vampir besaß das einzigartige Talent, ihr die Sorgen zu nehmen und das übernatürliche Chaos wie Alltag aussehen zu lassen. Nicht auszudenken, wenn sie im

Museum auf sich gestellt gewesen wäre. Sowohl seine zweitausendjährige Unlebenserfahrung als auch seine Fähigkeit anzupacken, wenn es nötig wurde – Mona wusste nicht, wie sie ohne ihn hätte zurechtkommen sollen. Ohne sein Lächeln, seinen Humor – Balthasar hin oder her, das hier war ihr bester Freund, und sie liebte ihn auf eine ganz eigene Art und Weise.

»Abgesehen von kreischenden Eltern, die wild mit Sandkastenförmchen um sich geworfen haben, waren die Zeitungsartikel dazu ein Publikumsmagnet«, schloss Boris seinen Vortrag, dem Mona nur halb gelauscht hatte. In ihr kämpfte sich schon wieder das Brennen drohender Tränen empor, und sie zog geräuschvoll die Nase hoch.

»Jedenfalls … was glaubst du, liebe Hexe, wird der Direktor sagen, wenn wir einen untoten Wolpertinger bieten können, hm? Eine Attraktion.«

»Solange Ben ihn nicht frisst«, beteiligte sie sich leise an seiner Ausführung, Boris lachte prompt auf.

»Unwahrscheinlich, aber …« Ehe er den Satz beenden konnte, leuchtete der Gang hellstrahlend auf, verschluckte das Violett von Monas glühenden Händen. Vampir und Hexe wurden vom grellen Schein einer Feuersäule überdeckt. Noch ehe die Flammen zu Boden fallen konnten, trat Balthasar aus dem Höllenfeuer.

»Mona? Was ist passiert?« Er klang ungehalten, und als sie mit einem unsicheren »Ehh« ihre strahlenden Hände hob, schritt er sofort beherzt auf sie zu. Sein schwarzer Baumwollmantel hing lediglich auf seinen Schultern und trug ein paar letzte Flammen davon.

»Vorsicht!«, warnte sie, doch Balthasar griff nach ihrem rechten Handgelenk und zog Mona regelrecht an sich.

»Verflucht«, kommentierte er ihre glühenden Arme.

»T-tut mir leid!«

»Schon gut. Alles gut. Das kann ich nicht einfach so drosseln, das gibt einen Kurzschluss! Gib mir einen Moment. Ach … Verflucht und verdammt, Mona, wie?«

»H-hab ein bisschen üben wollen … wie ich es gelernt habe … das ha-ha-hab ich auch schon im Studium so gemacht, aber … mein Siegel ist gebrochen.« Ihre Stimme leierte wie eine kaputte Spieluhr. Wieder musste sie die Nase hochziehen und spürte gefährlich viel Wasser in ihren Augen stehen. Der schwimmende Blick war wohl auch Balthasar nicht entgangen, sofort wandelte sich sein gestresster Ausdruck in Mitleid, und er fuhr ihr mit einer Hand sanft über den Kopf.

»Shh … alles gut, mein Schatz«, murmelte er.

Mona entkam prompt ein überfordertes Schluchzen. »Wieso? W-wieso ist das passiert?«

»Meine Schuld. Ich hätte auf mein Bauchgefühl hören sollen. Nach heute Mittag dachte ich noch, es könnte langsam zu viel sein.«

»Ehhh?«

Balthasar schenkte Boris einen kurzen Blick über die Schulter, der Vampir hob fragend die Brauen, aber offensichtlich ging es weniger um ihn, vielmehr um das Thema an sich. Nun setzte Balthasar selbst zu einem langsamen »Ähm« an, während er Mona vorsichtig über die Hände strich.

»Darling, weißt du noch, was wir heute auf dem Küchentisch getrieben …«

»Oh! Oh, das! Oh! Aber …«, unterbrach ihn Mona. Da war er wieder, der Wunsch, im Boden zu versinken oder gleich mit ihren Armen in Flammen aufzugehen. Auf Boris' nun gespitzte

Lippen hätte sie verzichten können, seinem Blick nach wusste er ganz genau, was zu Monas Siegelschmelze geführt hatte. Dämonen, Hexen und Sex, sie hatte ja gewusst, war gewarnt worden, dass solche Intimitäten Konsequenzen mit sich brachten. Aber doch nicht so schnell! Zu ihrer Erleichterung dämpfte sich das grelle Glühen ihrer Hände langsam, es nahm mit jedem sanften Streicheln Balthasars an Intensität ab.

»Tut mir leid, tut mir so leid«, stammelte Mona schuldbewusst, richtete ihren Blick auch auf Boris. »Das war leichtsinnig, aber ich … ich hab nur geschnipst, nur geschnipst …« Sie gab einen Laut der Frustration von sich, gleichzeitig erloschen ihre Hände.

»Liebling, das ist nicht deine Schuld, das wäre vermutlich bei der nächstgrößeren Hexerei passiert.«

»Echt jetzt?«

Balthasar half ihr auf, und dann drückte sich Mona erst mal fest in seine Arme. Tief atmete sie ein, sog seinen Duft nach gebrannten Mandeln in sich auf, ein Geruch, den sie mittlerweile mit Rettung und Hilfe verband. Sie würde wohl keinen Weihnachtsmarkt mehr betreten können, ohne sich geborgen zu fühlen. »Wo ist Tiffy?«, fragte sie dumpf gegen seine Brust.

»Bei Frau Tetete, schläft noch in ihrem Körbchen. Aber ich sollte lieber gleich zurück! Wir haben einen Termin beim Prüfer.«

»Wegen ihrem magischen … was war das? Pfotenabdruck?«

»Genau. Wenn wir ihre Art genau bestimmen, gelingt es uns vielleicht, Verwandte zu finden, denn bisher hat sich auf das Suchschreiben niemand gemeldet, und vermisst werden weder Tiffy noch ihre Eltern.«

»Wie lange dauert das?« Das auf diese Worte folgende Wimmern war Mona ein wenig peinlich, Balthasar schenkte ihr jedoch ein warmes Lächeln und fuhr ihr wieder verständnisvoll durchs Haar.

»Ich hol dich direkt nach deiner Schicht ab, ja? Boris passt so lange auf, nehme ich an?«

»Selbstverständlich«, flötete der Vampir, und die Männer tauschten doch tatsächlich ein wohlwollendes Zwinkern aus. Am liebsten wäre sie mit Balthasar gegangen, aber für diesen Tag hatte Mona genug, die Fahrt zur Hölle sparte sie sich für ein anderes Desaster auf. In Anbetracht ihres unendlichen Pechs blieb sie dort unten noch stecken. Auch die heutige Nacht roch schon wieder verdächtig nach Unglück. Dunkel erinnerte sich Mona an ihr erstes Gespräch über Pechflüche und deren Ursachen. Wenn sie wirklich ein normales Leben wollte, so normal, wie für sie möglich, dann kam sie um eine Diagnose nicht herum. Sicher nicht der ideale Begriff, aber etwas Passenderes fiel Mona in diesem Zusammenhang nicht ein.

Gerade, als Balthasar sich zum Gehen wenden wollte, hielt sie ihn am Mantel fest.

»Ja, Liebling?«

»M-meine Seelenakten. Du kannst doch Einsicht kriegen, nicht? O-ob ich verflucht bin oder so was.«

»Nun, ganz so einfach ist das nicht, aber ich kenne jemanden, der sich darum kümmern könnte. Ich dachte nur, du wolltest nicht?«

»Ich hab es satt, auf der Stelle zu treten. Auch wenn ich vielleicht nicht hören will, was die Ursache für das ganze Chaos ist, ohne das komm ich nie vorwärts.« Sollte sich herausstellen, dass sie selbst die Verantwortung für ihr Unglück trug, hätte sie wenigstens Gewissheit.

»Dann kümmere ich mich darum. Und du mach dir keine Sorgen, ich hab deine Kräfte im Griff, alles ist wie vorher.«

»Ja … gedrosselt.« So mäßig zu hexen wie eine Hexe auf Stufe neun war das eine, tatsächlich auf diese Fähigkeiten beschränkt zu sein noch einmal ein völlig anderes Gefühl von Versagen.

Ihr damit unzufriedenes Seufzen ging unter in einem sanften Abschiedskuss, und nach einer weiteren Umarmung trat der Erzdämon ein paar Schritte zurück.

»Bis später, mein Schatz!«

»Bis dann!«

Er straffte die Schultern, um mit einer erneuten Feuersäule im Boden zu verschwinden.

»Ich wusste nicht, dass es so schlimm ist«, erklärte Boris, der missgelaunt den verkohlten Fleck auf dem Marmorboden betrachtete. »Und zwei Siegel sind noch übrig, nicht wahr?«

Mona fletschte die Zähne und sparte sich das Nicken.

»Aber Balthasar hat das im Griff. Wir haben einen Pakt über meine Magie abgeschlossen.«

»Wahrhaftig? Ich dachte, ich hätte mich verhört.« Boris hatte sich erstaunt zu ihr umgedreht. Kurz darauf drang erneut ein Bellen an ihre Ohren.

»Wir sollten zu Ben. Ich wage zu bezweifeln, dass der gute Herr Professor einen passenden Käfig für das gruselige Biest besitzt«, nuschelte Boris durch zusammengebissene Zähne.

»Würde ich nicht drauf wetten! Bei dem Kram, der darumsteht?«

»Jetzt, wo du es sagst!«

Ein Glück, auf Boris' Lachen hin musste auch Mona schmunzeln und spürte, wie sich ein Teil ihrer Anspannung löste.

»Von Stress hab ich aktuell echt die Nase gestrichen voll«, maulte sie.

»Absolut verständlich, du liebe Güte, wenn man bedenkt, was du Arme bei deinen Eltern hast durchleiden müssen. So viel Pech reicht für ein ganzes Dutzend Menschen.«

Wenn er gewusst hätte, wie goldrichtig er damit lag. Mona konnte mit ihrem persönlichen Unglück locker sämtliche Wahrscheinlichkeitsrechnungen zunichtemachen und die Wissenschaft der Mathematik in eine tiefe Krise stürzen. Niemand würfelte so viele Einsen hintereinander wie sie. Der Albtraum einer jeden Pen-and-Paper-Runde.

»Ich bestehe darauf, beim nächsten Abenteuer dabei zu sein. Sosehr ich deinen Dämonenmann auch schätze, denk immer daran, Vampir und Werwolf sind für dich da.«

»Immer?«

»Selbstredend.«

»Und wenn du in London bist?«

»Nun, das war doch nur so eine Idee. Ein wildes Luftschloss. Bevor die Nosdrofs nicht in einer tiefen Grube schmoren, werde ich doch nicht von der Seite meiner liebsten Hexe weichen.«

»Wegen mir musst du nicht …«

»Ich hab ein ganzes Unleben vor mir, Mona. Ich hab die Zeit für dich und für meine Träume. Ich kann mir beides leisten, verstehst du?«

Dass Mona ihm daraufhin in die Arme springen würde, hatte er wohl nicht geahnt und erwiderte die Umarmung erst ein wenig verhalten.

»Ich brauche dich«, nuschelte Mona an seine Schulter und kicherte vor Freude, als er sich an sie schmiegte.

»Wir dich doch auch, Moni! Wir sind immer füreinander da«,

flüsterte er ihr ins Ohr. Sie lösten die Umarmung nur langsam, und Mona drückte ihrem Vampirfreund noch einen dicken Kuss auf die Wange.

»Ich hatte ja keine Ahnung, dass dich meine Pläne so in Sorge versetzt haben«, meinte er betroffen.

Mona schüttelte mit einem Lächeln den Kopf.

»Normalerweise klammere ich nicht so«, erklärte sie, und auf seine gehobenen Augenbrauen hin streckte sie ihm die Zunge raus. In der Tat hing sie regelrecht in seinen Armen. »Ich wollte da sowieso mit dir drüber reden, aber eigentlich hatte ich nur Angst, weil gerade alles so chaotisch ist. Ich kam ja früher auch alleine zurecht.«

»Da gab es aber keinen Pakt, keine kaputten Siegel, keinen Nosdrof. Mona, alles verändert sich. Du musst das doch gar nicht alleine bewältigen. Wer sagt denn so was, die Gesellschaft? Wenn das nicht wieder so ein neumodischer Schnickschnack ist.«

Sie unterbrach ihn mit einem herzlichen Lachen, löste sich dann ganz von ihm. »Eigentlich weiß ich das, ich bin es nur noch nicht gewohnt. Vor dem Museum, vor allem vor Balthasar war es für mich undenkbar, jemand anderem Schwierigkeiten zu bereiten, um Hilfe zu bitten. Aber das gehört dazu!«

»So ist es, so und nicht anders. Und nun bitte ich dich, mir deinen Arm zu reichen, wir müssen zu Ben, und das in der mir möglichen Geschwindigkeit, du verstehst?«

»Wieso?«, hakte Mona misstrauisch nach, konnte es sich bei seinem schiefen Grinsen beinahe denken.

»Mein vampirisches Gehör sagt mir, dass Ben und der Wolpertinger …«

»Dreck!«

Kapitel 26

Im Kreis der Hölle

24.12.2018

»Zur Seite, zur Seite! Los! Nun macht schon! Ach, das ist doch unmöglich!«

Der für das Tunnelsystem des Höllenkomplexes viel zu große Ziegendämon rollte regelrecht durch die Gänge in Richtung des satanischen Saals.

»Weg da! Mach Platz«, donnerte er und schleuderte mit seiner dicken Pranke einen Beelzebub in einen anderen Flur. Vor dem Hünen liefen inzwischen ein gutes Dutzend Teufel panisch davon. Er scheuchte sie bereits seit Betreten des Komplexes durch die Tunnel. Sicher hatte er so manchen schon mit den Hufen erwischt, aber glücklicherweise waren Dämonen in der Unterwelt unsterblich – lediglich auf Erden konnte man ihre Seelen sprengen. Zermatscht werden wollten sie trotzdem nicht, das führte immer zu lästigem Papierkram – und dann dieser Aufwand einer Wiederbelebung!

Unzählige schmale Flure durchzogen den gigantischen Berg und trafen sich alle in einer Halle, deren gewaltige Flügeltüren zum Thron des amtierenden Höllenfürsten führte. Sechsmal hatten sechs der düsteren Hörner der Hölle geblasen, und das bedeutete: Versammlung der Legionsführer.

Es machte ein verdächtig cartoonartiges *Plop*-Geräusch, als sich der dralle Dämon mit der grünen Haut und den geschwungenen Bockshörnern aus dem Tunnel quetschte und endlich in der Vorhalle ankam. Von einigen der gejagten Kollegen fing er sich böse Blicke ein, wer eine Lunge besaß, japste angestrengt nach Luft.

»Entschuldigt, aber ich bin Schriftführer, ich muss … ich muss …«, stammelte der Gehörnte, da tippte ihm jemand auf die Schulter.

»Das wurde aber auch Zeit«, ertönte es von Phillip, der zu seiner Rechten erschienen war. Er deutete mahnend auf seine Armbanduhr, deren sieben Zeiger alle auf die Sechs zeigten.

»Dreifach verdammt sei ich«, rief der gestresste Ziegenbockdämon, seine Stimme dröhnte durch die Halle. Nervös zupfte er an seinem verrutschten Tanktopträger.

»Aber Baphomet, das bist du doch schon!«

»Phillip … also wirklich.«

Der Akephalosdämon kicherte vergnügt, sodass seine Lampe unter den Glucksern flackerte. Sein Kollege knurrte ihn verärgert an.

»Statt dich hier zu beömmeln, sag mir lieber: Hat es schon angefangen?«

»Nein, du kommst gerade rechtzeitig. Und lass dir doch bei Gelegenheit wieder eine Beschwörungsleitung legen, dann bräuchte ich dich nur zu rufen.«

»Ja, wir wissen, wie das beim letzten Mal geendet ist«, maulte Baphomet zurück.

»Eine Einverständnisbeschwörung!« Phillip breitete die Arme versöhnlich aus, doch sein Dämonenfreund rollte nur mit den Augen und machte sich auf in Richtung des großen Kuppelsaals, der hinter zwei gigantischen Türen aus verziertem Eisen lag. Die Vorhalle war verdächtig leer, vermutlich saßen bereits alle versammelt.

»Einverständnisbeschwörung … Das sind ja völlig neue Töne!«

»Pff! Ich mache mir eben Sorgen.« Phillips lockere Stimme nahm einen ernsten Klang an, und Baphomet runzelte perplex die Stirn. Dutzende Falten bildeten sich, und sein Gesicht sah aus wie ein Knautschsack.

»Sorgen? Du und Sorgen? Pah!«

»Wirst du gleich hören. Lord Ba'al beruft sogar den Zirkel ein.«

»Das klingt unterirdisch.«

»Sind wir ja auch.«

»Phillip … also wirklich.« Baphomet trat sich eilig seine Hufe sauber, klopfte höllischen Dreck aus den Ritzen der Hufeisen. In den hässlichen Tunneln fiel der nicht auf, doch der Saal des Höllenfürsten machte diesem hohen Amt alle Ehre. Episch, majestätisch, eindrucksvoll – blitzblank. Schon die Vorhalle war beeindruckend, mit ihren unendlich vielen Säulen und der vernebelten Decke aus Qualen, Tod, Staub und Mikroplastik. Die vier wohl zerstörerischsten Gewalten des menschlichen Lebens.

Monströse Ketten aus glänzendem Metall ächzten laut auf und öffneten die Flügeltüren zum Saal des Fürsten. Tatsächlich saßen bereits die obersten Ratsmitglieder links und rechts auf Bänken versammelt und warfen nun Phillip und Baphomet strenge Blicke zu. 66 Köpfe drehten sich zu ihnen um – wobei, nicht jede der Kreaturen besaß ein Haupt. Manche hatte nie eines besessen, andere hatten einst neben ihrem Kopf gleich mehrere Körperteile in vergangenen Schlachten verloren. Die Anführenden der 66 Legionen hatten nicht nur einiges hinter sich, sie repräsentierten zudem alle Völker der Hölle. Diversität war Balthasar bei seiner Auswahl der Führenden sehr wichtig gewesen.

Auch der Thronsaal wurde von Säulen dominiert, er glich jedoch einer riesigen Kuppel. Er sah aus, wie sich Mensch einen himmlischen Dom vorstellen mochte, nur in Schwarz, mit dezent glühendem Rot und voller unheiliger Symbole statt hübscher Marmorschleifen. An der Decke befanden sich zwischen vielen halbrunden Fenstern dreizehn beeindruckende Gemälde, die einen mit ihren Leiden, Qualen und tadelnden Gruselmärchen verfolgten. Alle Todsünden waren in einem gigantischen Deckengemälde vereint. Als Bonus gab es noch die sechs Sünden plus, die mit der Erfindung von Autos, Druckern, Nippeln (die beim Durch-die-Lasche-ziehen abrissen) begannen und durch Social Media ergänzt wurden.

Durch die Fenster glühten die Flammen der Hölle und warfen rotes Licht in den sonst recht neutral beleuchteten Saal. Am Kopf der Halle, wo man einen Altar erwartet hätte, stand ein Thron vor dem kreisrunden Tisch des Rates. Der pompöse Stuhl aus Granit, Leder und Rubinen war jedoch leer, und für einen Moment blickte sich Baphomet irritiert um. Nur langsam gewöhnten sich seine Augen an die Dunkelheit, und er erkannte die Menschengestalt des Ba'al erst, als er direkt vor ihm stand.

»Ihr kommt zu spät.« Doch Balthasar sparte sich einen ärgerlichen Tonfall, wies nur auf den Platz zu seiner Rechten und die beiden Dämonen setzten sich hastig. Die unheilige Tafelrunde begann mit einem lauten Donnerschlag.

Wer nun auf die packende Diskussion eines Rates mit 66 führenden Satanen, zwei Protokollteufeln und einem Erzdämon hoffte, wurde bitterlich enttäuscht. Schon seit Jahrtausenden wirkte die Verbeamtung der Dämonen ihr Wunder. Protokolle, Regeln, langweilige Tagesordnungspunkte – alles lief geregelt und in beinahe deutscher Perfektion. Jedes Rathaus wäre neidisch gewesen.

Balthasar war der oberste Höllenfürst des Ostens, seine Legionen gehorchten ihm, ohne Fragen zu stellen – zumindest meistens. Denn offenbar gab es Abtrünnige, sowohl in der Hölle als auch auf Erden. Um diese aufzuspüren, musste Balthasar nur eines erzwingen: einen verfrühten Jahresabschluss mit aktuellen Bilanzen und genauer Aufschlüsselung des verbrauchten Etats. Die Reaktionen auf diese Forderungen waren nickende Köpfe, deren finstere Mienen deutliche Panik aufwiesen. Genauso gut hätte er Weltfrieden verlangen können. Es ging auch überhaupt nicht darum, dass sie ihm alle nötigen Unterlagen lieferten – Balthasars eigentliches Ziel war das damit verbundene Prozedere.

»Mir sind einige Ungereimtheiten aufgefallen. Da ich für unsere Onlineaktivität gerne mehr Etat einplanen würde, und zwar möglichst bald, verlange ich die erforderlichen Dokumente bis Ende Januar. Viele Veränderungen auf der Erde zwingen uns zu Anpassungen.« Balthasar klang sachlich und ruhig, wie es sich für einen Vorstand gehörte, ignorierte man den Hall seiner tiefen Stimme, der von der Kuppel verstärkt wurde.

»Och nee, der Tag ist doch sowieso schon richtig beschissen …«, jammerte es aus einer der Reihen, die Führenden hatten das Tuscheln begonnen.

»Ich hatte gerade Urlaub eingereicht.«

»Ich bin ab dem 22. mit meiner Frau und den Kindern auf Hawaii, wie steht es denn damit?«

»Ist das wegen dem Böllerverbot an Silvester? Wenn die uns zur Jahreswende nicht mehr von der Erde vertreiben können, wie sieht denn das mit den Schichten aus?«

»Wir hatten seit fünfhundert Jahren keine Jahresbilanz mehr …«

»Du arbeitest in der Unterhölle, da vergeht die Zeit doch ganz anders.«

»War das alles? Ich muss mal!«

»Müssen wir etwa über Weihnachten arbeiten?«

»Du feierst das?«

»Was, nein! Nein, nein, nein! I-ich … e-es … m-meine, meine Schwester …«

Balthasar ließ seine Augen aufflammen. Er rieb sich einmal mit der Hand über das Gesicht und stand dann langsam auf.

»Ruhe«, zischte er leise und eindringlich. Das war effizienter als jedes Brüllen. Augenblicklich verstummten die 66 Legionsführenden, und alles, was einen Kopf hatte, zog ihn schuldbewusst ein.

»Ich werde mich gleich mit dem Zirkel beraten! Jeder, der bis zur Frist nicht abliefert, wird sich mir und ihm erklären müssen, ist das klar?«

66 Stimmen gaben ein artiges »Ja, mein Lord« von sich, klangen wie ein Chor Kinder, der etwas angestellt hatte und nun vor dem Lehrer stand.

»Luzifer wünscht sich mehr Aktivität in den neuen Medien und Ländern des Irdischen. Ihr müsst euch mehr einfallen lassen, als Versuchungen via Spam-Mails zu verschicken, die sind längst out. Die Kräfte der Kirche schwinden langsam, der Einfluss des Glaubens wird durch Halbwissenschaften abgelöst. Wenn wir im Geschäft bleiben wollen, müssen wir liefern. Stellt euch vor, der Glauben verändert sich, wisst ihr noch, wie lange wir an diesem Ort hier gebastelt haben? Ihn den Vorstellungen der Seelen angepasst? An Dutzende Glaubensrichtungen?« Er konnte die Legionen schlottern sehen. »Es lastet viel Druck auf der östlichen Hölle, auf mir. Sämtliche Abweichungen und Ungereimtheiten in unserer Arbeit müssen mir vorgetragen werden, damit ich sie finde und nicht *er*! Verstanden?«

»Ja, mein Lord!«

Die Furcht vor dem obersten Satan selbst war so groß und mächtig, keiner der Legionsführer wollte sich auch nur vorstellen, was mit einem Dämon passierte, der von Luzifer persönlich bestraft wurde.

Balthasar hatte seinen Untergebenen gerade angeboten, ihre Verfehlungen unter den Tisch zu kehren, und hoffte, dabei auf die Spuren der Nosdrofs zu stoßen. Wankelmütige Geister würden diesen Ausweg, ihre Versäumnisse allein durch Balthasar sühnen zu müssen, dankbar annehmen. Eine letzte Chance.

»Sir?«, meldete sich eine leise Stimme aus den Reihen.

»Sprich.«

»Ich frage mich … frage mich nur … was ist mit einer Inventur? Wenn wir …« Doch weiter kam der kleine Legionsführer mit den riesigen Fledermausohren und dem seltsamen Überbiss nicht, es ging ein genervtes Raunen durch den Saal, und böse Blicke durchbohrten die winzige Gestalt regelrecht.

»Du hast recht, daran hatte ich nicht gedacht. Sehr gut, sehr umsichtig«, lobte Balthasar und machte sich sofort einen Vermerk.

»Danke, mein Lord!«

»Bis Silvester wünsche ich eine vollständige Inventur«, verkündete Balthasar deutlich lauter.

»Danke dafür, Anekdron!« Die Legionen waren in entrüsteter Aufregung.

»Petze!«

»Safttüte!«

»Lappen!«

»Was ist jetzt mit meinem Urlaub?«

»Ruhe!«, zischte Balthasar. Phillip zu seiner Rechten ließ ein helles Lachen verlauten und zwinkerte ihm mit einem Flackern zu. Genervt rieb sich Balthasar wie so oft mit der Hand über das Gesicht.

»Ihr … seid nun entlassen«, murmelte er, und trotz dieses eher leisen Satzes sprangen die Legionsführenden sofort auf, verbeugten sich und flüchteten unter aufgeregtem Geschnatter aus dem Saal. Nur einige wenige brauchten etwas länger, es gab immer welche, die als Letzte das Klassenzimmer verließen und dabei trotzdem die Hälfte ihrer Bücher vergaßen.

»Hast du schon die neue Sauce zu den Mozzarella Sticks probiert?«

»Was? Wo?«

»McDiabolos!«

»Welche denn?«

»Na, die Antisauce.«

»Mhhhh … klingt mir zu neu, weiß nicht. Ich bleib lieber beim einfachen Fiesburger.«

»Bah … der hat Gurken.«

»Kannst du ja ohne bestellen.«

»Wir waren neulich bei BurgerLord, da hat's mir besser gefallen.«

»Ey, wollen wir nicht zu mir und uns was bestellen?«, schaltete sich ein anderer ein.

»Klar, aber wo denn? Die haben doch überall Lieferengpässe.«

»Bei Call a Devil gibt's jetzt Leerdenker mit extra Käsefüllung.«

»Boah, geil. Klingt ungenießbar, bin dabei!«

Balthasar hatte das Bedürfnis, seinen Kopf in einen der Höllenkrater zu stecken, und es wäre ihm fast ein Amen entkommen, als sich endlich die Flügeltüren hinter den letzten Legionsleitenden schlossen.

Jahresabschluss. Bilanz. Etat. Inventur. Das zwang die Legionen, zusammenzuarbeiten, denn ihre Zuständigkeitsbereiche überschnitten sich drastisch. Fehltritte konnte man bei so einer gemeinsamen Großinventur kaum verbergen. Jeder würde mit den Schultern zucken, so tun, als wüsste er von nichts, und dann hoffen, dass Balthasar den Schmutz vor Luzifer geheim halten konnte.

Glücklicherweise hatte Satan dem Plan des Erzdämons zugestimmt, und jetzt musste er lediglich den Kreis davon überzeugen, auch in den anderen Höllenbezirken ähnliche Maßnahmen zu ergreifen. Einfacher gesagt als getan. Reschef, der zurzeit den Kopf des Zirkels bildete, war nicht nur ein gerissener Altgott, sondern zudem der Ehemann von Aphrodite, Balthasars Exfrau. Der stets neidische Nebenbuhler, obwohl Balthasar eine alles andere als glückliche Ehe geführt hatte – seiner Ansicht nach gab es da wenig, worauf man hätte neidisch sein können. Das Verhältnis der beiden Götter war angespannt, und mit jeder abgesagten Einladung zu Geschöpfungsfeiern, Hochzeitstagen und Pen-and-Paper-Runden von Aphrodite hatte sich mehr Druck zwischen ihnen angestaut.

Nachdem sich der Saal endlich völlig geleert hatte, bis auf Baphomet und Phillip natürlich, starrte Balthasar nachdenklich auf den Ehering an seinem Finger. Ob sie wohl mit zu einem Rollenspielabend kommen würde? Zu denen hatte er stets nein gesagt, aber es wäre eine gute Gelegenheit, seine Frau den anderen vorzustellen. Damit würden sich Eifersüchteleien hoffentlich erledigen. Immerhin hatte er auch mit zu ihren Eltern gemusst, dabei war ihre Beziehung damals noch recht locker gewesen. Jetzt hatten sie sogar ein Baby und …

»Eure Lordschaft?«, flüsterte Baphomet, und der riesige Ziegendämon beugte sich tief zu Balthasar herunter, sodass der BH seine zwei dicken Brüste kaum noch halten konnte und sie nun vor der Nase des Erzdämons hingen. Irritiert blinzelte er dem Pünktchenmuster entgegen. »Verzeihung!« Hastig nestelte Baphomet an seinen Trägern.

»Ehh … ja …«, nuschelte Balthasar, der nur langsam aus seinen springenden Gedanken fand und sich kurz am Kopf kratzte. Monas Ausdrucksweise und ihre Verpeiltheit schienen ansteckend.

»Der Kreis?«

»Sicher, sicher … einberufen … genau!«

Baphomet zog die Brauen hoch, strich sich über den Ziegenbart, tauschte mit Phillip ein Schulterzucken aus und stakste dann auf seinen Hufen zum Saaleingang, um die Glocke zur Kreisbeschwörung zu läuten. Dass er dabei ein Hohlkreuz machte, seinen Oberkörper kräftig hin und her bewegte und seine eigenen Brüste aneinanderschlagen ließ, entlockte Phillip ein anerkennendes Pfeifen. Nun – die »Glocken« läuteten, und sofort flammten die drei großen Leuchtfeuer im Süden, Norden und Westen des Saals auf. Der runde Tisch verschwand langsam im Boden, wurde mit einem Schmatzen verschluckt, und ein deutlich kleinerer erhob sich an seiner Stelle. Mit dekorativen Löchern und einem wilden Muster erinnerte er an ein experimentelles schwedisches Möbelstück und war für Dämonen in menschlicher Form geeignet.

Es entzündeten sich drei Säulen aus Flammen, und nach wenigen Augenblicken traten drei Gestalten aus dem Feuer, das hinter ihnen sofort wieder erlosch. Eine der erschienenen Personen stach heraus, denn sie, vielmehr er, war gar keine Person. Hünenhaft groß, drall und mit zwei spitzen, langen, goldenen Hörnern bestückt, bebte der Boden unter seinen gewaltigen Hufen.

»Muuuhhh …«, kam es laut von dem weißen Stier, und Balthasar nickte ihm zu.

»Min, schön, dass du es doch einrichten konntest.« Auf ein Hufeschütteln verzichtete man, stierte sich nur kurz in die Augen. Und dem nächsten Erzdämon brauchte Balthasar auch nicht die Hand zu reichen, denn die kurvige Frau mit einem atemberaubend perfekten Gesicht schlang ihre Arme um seinen Hals und drückte ihm einen dicken Kuss auf die Wange. Sie hinterließ die Ränder von rosafarbenem Lippenstift.

»Oh, là là«, ließ sie verlauten und pfiff leise. Ihre braunen Augen musterten ihn von oben bis unten. »Du bist verheiratet?« Es klang nicht abwertend, vielmehr völlig erstaunt, und sie kreiste sofort einmal prüfend um ihn herum, als erwarte sie, eine andere Antwort zu finden. Ihr Goldschmuck klapperte, sie trug sowohl an Armen, Handgelenken, dem Hals, ihren Ohren, sogar an den Füßen dünne Ringe aus edlen Metallen. Ihre langen schwarzen Haare schwangen mit jeder Bewegung mit. Offenbar hatte sie bis eben an einem Pool gesessen und sich gesonnt. Eine weiße Toga verhüllte teilweise einen bunten Badeanzug mit einem auffällig kindlichen Entchenmuster. Wassertropfen glänzten auf ihren Füßen und ein Hauch von Meeresbrise haftete ihr an.

Balthasar stemmte genervt die Hände in die Hüften und räusperte sich deutlich.

»Dite, bitte! Darum geht es jetzt nicht.«

Doch die ehemalige Göttin der Liebe schnalzte nur laut mit der Zunge. »Sieh an, sieh an. Ein heiliger Bund, und das aus Liebe. Ich konnte sogar ein Kribbeln fühlen … Was für eine Aura! So was aber auch, und das an dir.« Sie rollte mit den Augen und tauschte mit dem Stier namens Min ein vielsagendes Zwinkern aus. »Dass du zu so etwas fähig bist? Niemand ist so leidenschaftlich leidenschaftslos wie du.«

»Das ist ewig her«, zischte Balthasar rasch und spürte einen eiskalten Blick im Nacken, der von seinem alten Freund und Rivalen Reschef stammte. Dieser war nur langsam um den Tisch herum geschritten, dabei die dort erschienenen Dokumente begutachtend, die Balthasar vorbereitet hatte. Er hatte den Schneid eines motivierten Bankdirektors, der seine besten Jahre jedoch schon hinter sich hatte. Seine Haut war um einiges dunkler als die von Balthasar, hatte einen deutlich wärmeren Ton. Nach heutigen Schönheitsidealen war er der Attraktivere von ihnen beiden. Die gerade Nase, die fülligen Lippen, auch waren seine Wangenknochen perfekt geformt, schmiegten sich an die ebenmäßige Form seines Gesichts. Er passte zu Aphrodite wie kein anderer.

»Ba'al, war das nötig? Von Angesicht zu Angesicht, wie lange ist das her? Seit einem Jahrhundert hast du uns, den Kreis, nicht mehr einberufen. Was ist so wichtig, dass ein Videocall nicht ausreicht?«

»Reschef, ich versichere dir, die Lage ist wirklich ernst.«

»So, so? Das gilt es zu beweisen, nicht? Wie ich sehe, hat sich hier sonst nicht viel verändert. Guten Abend, Phillip, dir auch,

Baphomet. Wobei … Baphomet, du und menschliche Kleidung? Das ist nun wirklich eine Neuigkeit.« Reschef beäugte den kitschigen Büstenhalter des Ziegendämons und die schicke Krawatte mit dem dazu passenden Anzug von Phillip. »Menschlich, sehr menschlich.«

Sichtlich unschlüssig, ob das gut oder schlecht war, klopfte sich der Akephalosdämon sofort die Falten auf seiner Hose glatt, und Baphomet zog an seinem rechten BH-Träger.

Reschefs ölige Stimme klang stets arrogant, auch sprach er getragen und selbstgefällig. Humor, Vorwurf oder Ernst auseinanderzuhalten war unmöglich, und seine Witze erkannte man erst, wenn er selbst lachte.

»Danke, dass du es einrichten konntest.« Zumindest ihm hielt Balthasar die Hand hin, und sie schüttelten einander mit unnötig viel Druck die Finger, bis es langsam unangenehm wurde.

»Was macht die Familie?«, würgte Balthasar bemüht freundlich heraus.

»Kann nicht klagen. Samira, Seraphine und Zoe sind endlich stubenrein …«

Er brauchte einen Moment, ehe er begriff, dass Reschef von seinen und Aphrodites Katzen sprach. Richtig, von den drei gestreiften Fellknäueln hatte er neulich erst einige Instagramstorys gesehen.

»Und *deine* Familie, Ba'al?« Reschef wies auf den Ehering. Inzwischen war Aphrodite an seine Seite getreten und lehnte sich an seine Schulter. Auch sie schenkte Balthasar einen fragenden Augenaufschlag.

»Gut«, versuchte sich Balthasar wieder an möglichst wenig Worten. Er meinte zwar, seinen göttlichen Mitstreitenden vertrauen zu können, über Mona wollte er jedoch erst im Rahmen von Nosdrofs Taten berichten, sonst warfen sie ihm gleich Befangenheit vor.

Das leise Lachen seitens Reschef hinterließ wieder die Frage, ob er damit wohl Arroganz, tatsächliche Freude oder gar Missgunst ausdrücken wollte. Wie so oft an diesem Tag fuhr sich Balthasar mit einer Hand über das Gesicht und wies dann auf die drei nun erscheinenden Stühle am Tisch.

»Bitte, setzt euch doch … also nicht du Min, du … du verstehst!«

Der weiße Stier grunzte und trottete näher an den Tisch heran. Er musste seinen Kopf schräg neigen, um mit einem Auge die Papiere lesen zu können, die sich vor seinem Platz stapelten. »Muuuuuhmenmuuuuhr?«

»Ja, ganz richtig, eine Inventur!«

Die drei Erzdämonen setzen sich endlich, und jeder griff zu den ausgebreiteten Akten.

»Am 11. Juli diesen Jahres brach ein Team aus Zauberern unter dem Kommando eines Vampires in das Museum von Frankfurt ein, sie wollten gezielt eine Kugel mit magischer Energie stehlen …«, begann Balthasar ganz von vorne und verwies dabei auf die vorbereiteten Dokumente.

»Hast du keine Angst um deine Frau?«, hakte Reschef nach. Seine buschigen Augenbrauen hatten sich tief gesenkt, und er fläzte auf seinem Stuhl, während er sich die Akten besah. Aphrodite war an seine Seite gerückt und machte sich schon die ganze Besprechung über Notizen.

»Meine Frau, die einen gefährlichen Yōkai voller Teufels- und Hexenmagie in ihrem Tragetuch herumschleppt? Meine Frau, deren Kräfte so instabil sind, dass sie jede Gefahr in Hexenfeuer aufgehen lässt? Nein, besser schützen kann selbst ich sie nicht. Außerdem sind da noch ihre Freunde. Sie schaffen das, wir schaffen das. Wir müssen«, erklärte Balthasar und sprach zum Teil sich selbst Mut zu.

»Dann versuchen wir, so heimlich wie möglich die Überprüfung der Höllenbezirke zu überwachen und jede Auffälligkeit zu verfolgen, vor allem die in unseren eigenen Reihen.« Reschef klang zwar wenig begeistert, aber dieser Altgott liebte nichts mehr als Bürokratie und Ordnung. Balthasar wusste sehr wohl, dass sein Kollege sich als Einziger auf diesen Verwaltungsakt freute.

»Muuuuhhhhh, muhhh!«

»Ja sicher, Min, tritt allen auf die Füße, wie es dir beliebt. Jemand muss den Markt für Relikte im Auge behalten, und ich fürchte, Plumbombo ist damit überlastet. Das Amt macht ja leider nichts.« Auf den Stier konnte er sich stets verlassen, und Balthasar schenkte Min ein Lächeln, das dieser mit seinem Kuhgesicht erwiderte. So sah das also aus, wenn ein Rind einen Schlaganfall erlitt.

»Hör mal, ich weiß, es war nicht immer leicht, aber wir sind für dich da, ja?«, flüsterte Aphrodite mehr, als dass sie sprach. Dichte Wimpern klimperten, und sogar Reschef nickte, obwohl er den Mund verzog, als hätte er auf eine Zitrone gebissen.

»Ich danke euch. Das … bedeutet mir mehr, als ihr ahnt.«

»Glaub mir, ich kenne dich. Wenn du dich auf etwas einlässt, dann ist es wichtig, und dann sollte man es ernst nehmen. So wie damals, als du dich als einer der Ersten um das Wohl der Ernten gekümmert hast.«

»Es war unsere Schuld, dass das Wetter verrückt gespielt hat.«

»Du warst schon immer bereit, die Verantwortung zu übernehmen!«

»Ihr doch auch!«

»Deshalb sind wir ja der Kreis«, erklärte Aphrodite lächelnd und wies auf den Tisch. In den letzten Jahrtausenden hatten mehr und mehr Mitglieder des Göttlichen diese Runde verlassen, und jetzt über die leeren Plätze zu blicken rief Balthasar erstmals in Erinnerung, wie viel sich doch verändert hatte.

»Dite?«

»Ja?«

»Ich muss dich um einen persönlichen Gefallen bitten. Es geht um Mona.«

»Sicher doch, alles, was du brauchst«, säuselte sie und legte den hübschen Kopf auf ihren gefalteten Händen ab.

»Meine Frau besitzt Hexenkräfte, die völlig grundlos fehlschlagen. Ich dachte, es läge an mangelnder Kontrolle, doch sie hat mir mehrfach bewiesen, dass es das nicht sein kann. Sie redet sich zwar immer noch ein, es wäre ihre Schuld, aber ich glaube, dass sie vom Pech verfolgt ist.«

»Bittest du mich gerade wirklich um Akteneinsicht?« In ihrer Stimme schwang leichtes Erstaunen mit. Balthasar bat nie um etwas Illegales, so dämonisch er manchmal tat, er spielte meistens nach den Regeln. Nun starrte auch Reschef ihn stirnrunzelnd an, sein Arm schlang sich sofort schützend um die Schultern seiner Frau.

»Ich weiß, ich verlange viel, aber es geht hier um Monas Leben.«

»Du liebst sie, ja?«, verlangte Reschef mit strenger Stimme zu wissen.

»Ja, verdammt!«, antwortete Balthasar bestimmt.

Die zwei Göttlichen vor ihm schenkten einander einen langen Blick. Sie nickten abwechselnd, vermutlich hatten sie sich über die Jahrtausende der Beziehung Zugang zu den Gedanken des anderen erlaubt. Balthasar blieb jedoch nichts weiter übrig, als ihnen zuzusehen, wie sie auf einer Ebene jenseits seiner Wahrnehmung kommunizierten – und vielleicht über das Schicksal seiner Frau entschieden. Endlich ließen sie voneinander ab, Reschefs Gesichtsausdruck blieb bei säuerlicher Unzufriedenheit, doch Aphrodite strahlte.

»Einverstanden, aber an die Zugangsdaten zu gelangen wird schwierig, du musst Geduld haben«, erklärte sie.

Balthasar nickte hastig, merkte erst jetzt, wie sehr ihn diese Sorgen wirklich belastet hatten. Erleichterung breitete sich aus, einhergehend mit sofortiger gelöster Müdigkeit. Er sollte sich an Mona ein Beispiel nehmen, seine Freundschaften besser pflegen, Hilfe annehmen, denn selbst ein Gott war mal überfordert – vor allem, wenn er versuchte, ein Mensch zu sein. Mona brachte Werwölfe, Vampire, Elfen, Skelette zusammen, dann würde er sich auch mit seiner Exfrau und ihrem grummeligen Ehemann arrangieren können.

»Wir wollen noch etwas essen gehen, magst du uns begleiten?«, begann Reschef. Das waren wohl die versöhnlichsten Worte, die Balthasar jemals von ihm hören würde, und es tat ihm leid, den Kopf schütteln zu müssen. Gerade jetzt.

»Ich muss zu Mona …«

»Was? Ihr feiert doch nicht etwa Weihnachten?«

»Scheiße, nein, aber sie hat nur selten Urlaub und ist mit dem Baby sowieso zu viel allein.«

»So, so, das Baby, ja?« Reschef schnaubte vergnügt.

»Ich weiß, was du denkst. Früher habe ich mich auch nie mit Kind gesehen, aber … die Welt ändert sich, die Realität mit ihr und …« Verdutzt brach er ab, denn in den Augen seiner Exfrau standen Freudentränen, und sie arbeitete gerade an einem dramatischen Schluchzer, das konnte er sehen. Das war zwar nicht so schlimm wie die unterkühlten Gespräche der letzten Jahrhunderte, aber Balthasar würde wohl ebenso lange brauchen, sich an diese neue Offenheit zwischen ihm und den zwei alten Freunden zu gewöhnen.

»Ich freu mich so für dich!«, quietschte Aphrodite überglücklich. Ehe er die Chance hatte zu fliehen, drückte sie ihn und murmelte weitere eher unverständliche Worte der Freude. Diesmal dankte er Reschefs Eifersucht, die ihn Aphrodite wieder von ihm wegzerren ließ.

Montag

24.12.2018

Peter soll sich weiter nach geschmuggelten magischen Relikten umhören, die mit Wundern in Verbindung stehen. Suchen die Nosdroß nach neuen?

Thema Wünschelrute weiter beobachten.

Der Zirkel geht intern recherchieren.

Hoffentlich kann Min weiterhelfen.

Wir brauchen Einsatzteams für solchen Fälle. Neue Strukturen anstreben.

Termin mit Luzifer und Hades vereinbaren.

Wegen Gott nachfragen – vielleicht mischt er sich doch mal ein.

Ein paar Blumen an Michael, Uriel und diesen Griesgram Gabriel schicken.

Hilft ja nichts.

Kapitel 27
Feiertag

Schneechaos, Blitzeis und übertriebene Kälte hatten Offenbach am Main lahmgelegt. Mona war froh, dass sie die nächsten Tage vorerst zu Hause verbringen würde; es war so kalt geworden, dass sogar Ben in seiner Werwolfsgestalt Schuhe getragen hatte.

Bis Neujahr hatte Mona tatsächlich Urlaub, doch dafür musste sie einige Sicherungsketten an Sonoteps Sarkophag anlegen, damit er auch ohne Hexe auskam. Entsprechend motiviert wickelte sie die fluchresistenten Seile und Ketten um den goldenen Sarg, dabei tatkräftig unterstützt von der Nachbildung einer Tempelstatue, die ihr neugierig über die Schulter schaute.

»Ist denn das überhaupt notwendig? Mit Totenflüchen kenne ich mich aus, und der junge Prinz scheint mir ziemlich … tot«, erklärte die drei Meter hohe Figur aus Ton, Holz und Stein. Der Dekorationsgegenstand war aufwendig verziert, hatte das Gesicht eines Falken und sollte an Horus erinnern.

»Ich glaube nicht, aber bitte verpetz mich nicht. Sonst bin ich meinen Job los.«

»Oh, Ra bewahre mich, ich hab auch kein Interesse daran, wieder in einer staubigen Lagerhalle rumzustehen.«

Das Vogelgesicht der grob geschnitzten Statue war durchaus gelungen, ließ das Fluchrelikt aber stets ärgerlich dreinschauen. Auf dem Kopf thronte ein hoher, runder Hut wie ein Kegel, und der schmale Körper endete recht spitz in zwei stelzenähnlichen Beinen. Die verfluchte Dekoration war der Statue des Horus im Tempel von *Edfu* nachempfunden. Ihre Stimme klang tief und hohl, wie man es von einer teils hölzernen Statue ohne Innenauskleidung erwartete.

Mona tauschte mit dem Relikt einen langen mitfühlenden Blick. Die Augen des Falkengesichts hatte man aus Glas und Kristallen geformt, und eigentlich gehörten sie in die Büste einer altägyptischen Königin. Wie so oft bei glänzenden Schätzen wurden sie gestohlen. Ihre Existenz hatte die Statue also einem Grabfluch und verzweifelten Räubern zu verdanken, die jene alles verfolgenden Augen schließlich erneut in ein altes Relikt einsetzten, um sich des Fluches zu entledigen. Sie brachen deshalb in ein Lagerhaus ein, erwischten jedoch eine Replik, woraufhin der Fluch – unschlüssig, wie er zu funktionieren hatte – ein Eigenleben entwickelte. Genau dafür liebte Mona ihren Job. Hier war sie umgeben von Alltagswundern. Wobei – noch lieber wäre sie wirklich in die Forschung gegangen. Greifbar war das Fach der Fluchkunde um so vieles spannender, und sie ärgerte sich über ihr verschlafenes Studium.

»Wird langweilig über die Feiertage«, meinte die Statue, und es ächzte verdächtig, als sie sich aufrichtete. Ein wenig Kalkstein rieselte auf Monas Schultern und erinnerte sie an den draußen auf sie wartenden Schneesturm. Seufzend wischte sie sich das Weiß von ihrem schwarzen Pullover.

»Boris hat mit der A-cappella-Band der Römer etwas geplant, du bist herzlich eingeladen. Ich sag Bärbel, sie soll dich abholen, ja? Wird keine Weihnachtsfeier, vielmehr ein Fest der Traditionen rund um die Welt, jede Kultur hatte ja zu dieser Jahreszeit ihre Eigenheiten.«

»Faszinierend. Liebend gerne. Wird … wird auch getanzt?«, erkundigte sich das Monument, und Mona stierte es für einen Moment erschrocken an. Sie mochte sich kaum ausmalen, was dabei alles zu Bruch gehen konnte, ob Museum oder Relikt.

»Ehhh … sicher, aber … seid bitte vorsichtig.«

»Ich habe die letzten Jahrzehnte auch überstanden, mach dir keine Sorgen, Hexe!«

»Na dann!«

Eigentlich war die Horusstatue die wahre Attraktion dieser ägyptischen Ausstellung, ihre Erfahrung, ihre Geschichte – aber Mona konnte es ihr nicht verübeln, dass sie sich für die Öffnungszeiten einfach wieder in Stein verwandelte, um ihre Ruhe zu haben. Außer Mona, Boris, Ben und Bärbel wusste niemand von ihrer Existenz. Fluchrelikte besaßen keine eigenen Rechte – noch nicht. Im neuen Jahr planten Mona und ihre Freunde eine erste Demo gegen diese Diskriminierung, und sie arbeitete bereits an einer Studie basierend auf ihrer Arbeit im Museum, um diese Ungerechtigkeit effektiver zu bekämpfen.

»Dieser Knoten sieht mir falsch aus«, gab die Statue zu bedenken, und Mona fluchte genervt. Magische Knotentechniken hätten sogar gestandenen Seeleuten die Tränen in die Augen getrieben, so komplex waren ihre Muster. Eilig bemühte sie sich, die abstrakte Verschlingung zu reparieren.

An ihrer Brust grunzte es leise. Tiffy war offensichtlich wach und drehte sich in ihrem schwarzen Tragetuch herum, um herausgucken zu können.

»Na, mein Schatz?«

»Quiek!«

»Du kriegst gleich was zu essen. Ich muss aber vorher zum Professor, und dann holt uns Papa ab, ja?«

Das Schnurren verriet Mona, dass ihr Baby noch nicht richtig wach war und sie eine Gnadenfrist hatte, ehe ihr das Schweinchen eventuell davonhüpfte, um sich wieder im Mülleimer das Abendessen zu suchen. Neben Alkohol gehörten vor allem Glasscherben zu ihren Leibspeisen, was Mona immerhin das Entsorgen von Altglas ersparte. Trotzdem machte sie sich Sorgen, ob das wirklich eine ausgewogene Ernährung für einen Säugling im Wachstum war. Balthasar hatte nichts von der Glassache gewusst, und nun hoffte Mona, dass sie vielleicht bei Professor Koprolith ein paar Informationen bezüglich Yōkai-Kost finden würde, denn Tiffy hing viel zu oft noch an ihrem Finger, sog sich mit Hexenmagie voll, und darauf hätte Mona doch gerne verzichtet. Besonders, wenn sie davon geweckt wurde, dass Tiffy mal wieder unter ihrem Nachthemd auf Nahrungssuche unterwegs war.

»So, das muss reichen. Ich muss mich jetzt beeilen, aber wie gesagt, ich gebe Bärbel Bescheid, ja?«, wandte sich Mona an die Statue und richtete sich auf.

»Freut mich, ich danke. Wir sehen uns erst im neuen Jahr wieder?«

»Genau!«

»Dann guten Rutsch, wie ihr Sterblichen sagt!«

Mona grinste schief, dachte an den Beinbruch des heutigen Besuchers und ging darum wie auf Eiern hinaus, beachtete vor allem die *Frisch-geputzt*-Schilder und hielt sich unnötig intensiv am Geländer in den Keller hinunter fest. Hoffentlich hatte der Professor noch Zeit, mit dem schwindenden Mittag rückte Heiligabend immer näher.

»Handelt es sich um einen Besen?«

»Was?« Völlig perplex vergaß Mona ihre Frage und schaute dem durch die Werkstatt wuselnden Professor Koprolith hinterher. Heute trug er tatsächlich Schuhe, vielmehr Hausschuhe, die definitiv in die Jahre gekommen waren und beim Herumschlittern auf dem glatten Boden unangenehm quietschten. Auf seinem großen Holztisch stapelten sich mehrere Kisten mit alten Bildern, die er gerade verpackte.

Ihren fragenden Blick deutete der schrullige Mann wie gewohnt auf seine Weise. »Schöne Gemälde, finde ich auch! Die kommen alle zum Restaurator, Doktor Faucheuse hatte endlich einen Termin frei! Er ist der Beste auf dem Gebiet!«

»Mhm«, erwiderte sie stirnrunzelnd.

»Und was ist jetzt mit deinem Besen?«

»Was?«

Der Professor glubschte ihr mit großen Augen entgegen, die Brille auf seiner Nase vergrößerte sie noch um ein Vielfaches.

»Ich hab keinen Besen!«

»Sagtest du nicht etwas über einen Besen?«

»N-nein. Ich wollte wissen, ob Sie mehr über Yōkai wissen!«

»Ahhh! Yōkai. Ja, ja. Japanische Geister. Davon hatten wir sogar mal einen hier. Könnte noch irgendwo hier rumstehen.«

Erschrocken sah sich Mona um. »Wie bitte?«

»Hab ihn von den anderen nicht mehr unterscheiden können.« Nachdenklich die Stirn krausend wanderte der Blick seiner trüben Augen durch den Raum. Koprolith kratzte sich am Hinterkopf, woraufhin die bauschigen, weißen Haare wild wackelten. Als aus dem Haarschopf jedoch ein empörtes Zwitschern erklang, entschuldigte er sich prompt.

»Professor?«, hakte Mona ungehalten nach. Jeder Besuch bei

dem angeblichen Fachkundigen für alte magische Relikte erinnerte eher an einen Ausflug in einen Fiebertraum.

»Also, wenn du keinen *Hahaki-gami* brauchst, was ist denn dann dein Problem?«

»*Hahaki* … ehhhhhh …«

»Besengötter sind selten!«

»Sicher … Besengötter. Vielleicht auch eine Fußmatte!« Mona war mit ihrem Latein am Ende.

»Oh, eine Fußmatte hätte ich für dich!« Er klang verzückt und klatschte aufgeregt in die Hände. Ehe Mona noch etwas sagen konnte, war er in den Lagerraum nebenan gehuscht und es rumpelte laut.

Eventuell sollte sie einfach gehen. Es wäre nicht das erste Mal, dass er sie vergaß und erst nach Stunden zurückkehrte. Wie gelähmt blieb sie jedoch stehen und kraulte der inzwischen wieder schlummernden Tiffy das Köpfchen. Sie hatte sich an Monas Pullover festgenuckelt und feuchter Dämonensabber drang langsam durch den Stoff. Ihren letzten Schnuller hatte die Kleine leider gefressen.

Mona vernahm ein dumpfes Fluchen, dann ein Lachen, und überraschenderweise polterte Professor Koprolith zurück in den Raum. Unter seinem dürren Arm trug er eine zusammengerollte Strohmatte. Sofort baute er sich vor Mona auf und rollte das gute Stück aus, weshalb sie einen erschrockenen Satz nach hinten machte. Staub wirbelte ihr entgegen. Jemand hustete.

»Ahhh, ein wahres Prachtexemplar, trotz der Mäuselöcher!«

Doch während der Professor sprach, erklang noch immer das Husten. Erst jetzt wurde Mona bewusst, dass das staubige Gehüstel von dem Tatami selbst stammte.

»Wenn ich vorstellen darf – *Boro Boro Ton*«, verkündete er

stolz und deutete auf die sich nun kurz windende Fußmatte. Es knackte in ihren verknoteten Strohbündeln.

»Lass mich schlafen, alter Mann!« Die Stimme eines Tatami, einer japanischen Reisstrohmatte, zu beschreiben war mit Worten kaum möglich. Es klang genau so, wie man sich Reisstroh vorstellte. Eine Stimmfarbe, die Sinn ergab, wenn man sie das erste Mal hörte. Mona war so überfordert, dass ihr übliches fragendes *Ehh* nur zu einem unverständlichen Laut verkümmerte.

»Hast du den Besen gesehen, alter Freund?«, erkundigte sich der Professor.

»Lass mich mit dem stinkenden Bündel Reisig in Ruhe. Der hat immer alles unter mich drunter gekehrt, elender Mistkerl, der dreckige!«

»Das habe ich gehört!«, tönte es laut aus der Ecke des Raumes.

Der Irrwitz war ausgebrochen. Mit einem Mal stand Mona zwischen dem weißhaarigen Professor mit seinen Diddl-Hausschuhen, einer sich windenden, besessenen Reismatte und einem klassischen Besen, der mit lautem Getöse aus dem Ständer mit Kehrschaufeln, Wischmobs und anderen Putzmitteln gesprungen war. Im Gegensatz zu Professor Koprolith besaßen Fußmatte und Besen jeweils aber nur ein Auge. Ein Wortgefecht auf Japanisch war zwischen ihnen entbrannt, und die beiden Haushaltsgegenstände wären einander sicherlich an die Gurgel gegangen, hätten sie so etwas wie einen Hals oder gar Arme gehabt.

»Weißt du, Mona. Jeder Gegenstand kann die Heimat für einen Yōkai werden«, begann Professor Koprolith, der sich zu Mona gesellt hatte und den Streithähnen amüsiert zusah.

»I-ich … ja, ich erinnere mich, das gelesen zu haben, aber …«

Sie ergab sich der Situation und wandte den Blick ab von *Boro Boro Ton* und *Hahaki-gami*.

»Professor, ich rede von einem Nacht-Yōkai. Einem Geistwesen in Form eines Tieres. Ein Kind.«

Plötzlich wurde es still. Besen und Fußmatte erweckten den Anschein, sich ihr zuzudrehen.

»Nein, wirklich?«, bröselte der Tatamidämon.

»So was, so was, so was«, staubte der dämonische Besen.

»Ehhhhh … es … es ist ein Baby. Ein Schweine-Berglöwen-Baby.« Sie nestelte an ihrem Tragetuch und beugte sich etwas vor. An ihrer Brust schlummernd lag Tiffy, atmete gleichmäßig, und die Fußmatte ließ ein langes »Awwww« verlauten.

»Sie trinkt brav ihren Alkohol und schläft und spielt viel, aber … ich weiß nicht, ob ich nicht vielleicht etwas Wichtiges übersehe oder nicht beachte.« Wieso sie sich mit zwei Küchengegenständen über die Erziehung eines Kleinkindes unterhielt – Mona fühlte sich überfordert. Allerdings war Yōkai nur ein Sammelbegriff, keinesfalls die Bezeichnung einer miteinander verwandten Monsterart. Geistwesen, die Gegenstände besetzten, waren jedoch meist sehr alt und hatten viel gesehen. Der Besen schnappte nach Luft, zumindest sah es so aus – ein wenig Staub wirbelte auf ihn zu, und er machte dieses aufgeregte Geräusch, genau wie Boris, wenn er atmen musste, um zu sprechen.

»Füttern, Schlafen, Spielen. Klingt für mich stimmig. Sie sieht gesund aus!«

»Ehhh … s-sonst nichts?«

»Erst das Sprechen beibringen, dann die Lebensweisheiten und danach erst das Zaubern.«

»Sicher, klar. I-ich …«, stammelte Mona, doch die Matte unterbrach sie.

»In ein paar Jahren wird sie auch zwei Beine haben wollen, da wird sie schon sprechen können, und dann kannst du ihr beibringen, wie sie zu solchen Füßen kommt, wie du sie hast.«

»Habt ihr Menschen denn nicht solche Bücher? Wie war das? Erziehungsratgeber? Erinnere mich, welche im Hause meiner letzten Herrin gesehen zu haben«, erklärte der Besen nachdenklich.

»Können nicht viel taugen, so oft, wie mir deren Kind auf den Stroh gekotzt hat!« Der Tatami-Dämon machte ein Würgegeräusch.

»Ach, und was glaubst du, wer das hat wegwischen müssen? Hmmm?«

»Tu mal nicht so, auf dir hat nicht den halben Tag ein dicker Hintern gesessen!«

»Kotze! Mein Gesicht war voller Kotze!«

»Danke«, brachte Mona hastig heraus, wurde durch den erneut ausgebrochenen Streit jedoch überhört. Da auch der Professor wieder mit seinen Gedanken bei den Bildern auf seinem Tisch war, entwischte sie schnell hinaus in den Flur, ohne sich zu verabschieden.

Ihr Smartphone klingelte leise, und sie angelte wie in Trance nach dem Handy in ihrer Tasche. Balthasar stand wohl schon vor dem Museum.

Vorsichtig stapfte Mona über dicke Schneereste aus dem Hinterausgang, und da sie ihren Blick so konzentriert auf den Boden gerichtet hatte, dabei Tiffy fest an sich drückend, fiel ihr der Blumenstrauß in Balthasars Händen erst auf, als sie direkt vor ihm stand.

»Ehhh …«

»Alles Gute zum Geburtstag, Liebling!«

Mona schnappte überrascht nach Luft. »W-woher weißt du …?«, stammelte sie und schnupperte sofort an den ihr hingehaltenen schwarzen Rosen. Sie rochen leicht nach Schokolade, und erst auf den zweiten Blick bemerkte sie, dass es sich wirklich um Blumen aus Kakao handelte.

»Steht alles in unseren Heiratsdokumenten.«

»Ohh …«

»Keine Sorge, ich hab es niemandem verraten und dachte mir schon, dass, wenn du es nicht erwähnst … na ja.«

»Danke dir«, nuschelte Mona und lächelte verlegen. Er beugte sich vor, um ihr einen zarten Kuss aufzuhauchen, und sofort machte sich Tiffy bemerkbar.

»Quiek?«

»Und für dich hab ich Schnapspralinen. Aber nicht wieder die Packung mitfressen, ja?« Er drückte auch Tiffy einen Kuss auf die Stirn, und sie ruderte sofort freudig mit den Vorderbeinchen.

»Wie lief's?«, fragte Mona leise, und er brauchte wohl einen Moment, ehe er verstand, worum es ging. Sie wollte das Thema so schnell wie möglich von ihrem unleidigen Heiligabendgeburtstag weglenken.

»Der Höllenzirkel hilft uns, Dite ist Feuer und Flamme, sogar Reschef hängt sich ins Zeug, und Min ist ebenfalls mit von der Partie. Sie werden sich in den höheren Reihen umhören, denn Nosdrof hatte vielleicht mächtige Helfer.«

»Das klingt furchtbar.« Sie nahm ihren Schokostrauß entgegen und ließ sich Tiffy von Balthasar abnehmen. Sein tiefschwarzer Wagen hatte ein wenig von der düsteren Aura verloren, seit auf dem Rücksitz des Zerbercedes ein pinkfarbener Babysitz angeschnallt war und das teuflische Gefährt mit seinen diversen

Schleifen und glitzernden Bärchenanhängern in eine Familienkutsche verwandelt hatte. Überglücklich ließ sich Tiffy zwischen dem ganzen Kitsch festgurten, und es erklang direkt das Gedudel der Spieluhr, die sie von Bärbel geschenkt bekommen hatten.

Balthasar und Mona stiegen ein, und kaum startete der Wagen, quiekte es von der Rückbank aufgeregt. Nichts liebte Tiffy mehr als Autofahren.

»Wenn du sagst, dass Nosdrof mächtige Helfer hatte …«, nahm Mona das Gespräch wieder auf.

»Einige göttliche Wesen fühlen sich ungerecht beschränkt. Dass sie keine Wunder mehr wirken können, engt sie ein. Die haben durchaus Interesse an einem persönlichen Wunder.«

»Und ihr könnt das wegen der Moiren nicht mehr? Wie war das?«, versuchte sich Mona zu erinnern.

»Leider. Die Älteste Atropos hat die Akasha-Chronik geklaut und schloss sich mit ihren Schwestern im Rat des Schicksals ein. Ohne die omniszienten Schriften haben wir die Kenntnis über die Bestimmung des Kosmos verloren. Wunder können zu Katastrophen werden, wenn man ihre Resultate nicht recherchieren kann.«

»Aber sollten wir dann nicht vielleicht auch Gott oder so Bescheid geben wegen Nosdrof?«

Balthasar ächzte genervt.

»Das muss Luzifer entscheiden, das ist nicht meine Aufgabe.« Sein Knurren klang verächtlich, auf den angeblichen Herrn im Himmel war er nie gut zu sprechen. »Ich gehe aber davon aus, dass die Nosdrofs die Macht für sich wollen. Sie klingen wie eine rebellierende, sich für unterdrückt haltende Gruppierung, die eigentlich nur alle anderen unterdrücken will.«

»Anstrengend.«

Er griff mit seiner freien Hand nach ihrer, und sie schenkten einander ein warmes Lächeln. »Wir gönnen uns jetzt erst mal ein paar Tage ohne die stressigen Überlegungen zu Nosdrof, ja?«

»Und was ist mit Tiffy?«

»Noch immer nichts. Ich fürchte, wir werden eine Pflegefamilie suchen müssen, vermutlich hatte sie nur ihre Eltern.«

»Pflegefamilie … geht das denn?«

»Alles ist möglich, das wird schon! Jetzt geht es ihr gut und wir finden passende Dämonen, da bin ich mir sicher.«

Sofort nickte Mona und beschloss ihre Sorgen mit einem tiefen Durchatmen. Ein wenig Ruhe hatten sie alle drei dringend nötig, vor allem das Baby, auch wenn Tiffy von Tag zu Tag entspannter wirkte. Ein Blick über den Sitz zurück verriet, dass die Kleine inzwischen eingeschlafen war, und Mona musste einmal mehr daran denken, wie schwierig es werden würde, dieses Wesen wieder gehen zu lassen.

Das Duell der Jahrtausende. David gegen Goliath. Monsterbrut wider die Mächte des Göttlichen. Das winzige magische Wesen gab einen fordernden Laut von sich. Die tiefbraunen Augen glänzten im Licht der Deckenlampe, funkelten wie Edelsteine, aus denen heraus der junge Geist die Welt beobachtete. Im Kontrast dazu flackerte in den Iriden ihres Gegenübers die Flamme der Schöpfung selbst. Blickduell mit einem Teufel.

Kein Zucken, keine Regung – die Giganten waren erstarrt und wachsam. Ließen sich auch nicht für einen kurzen Atemzug aus den Augen. Nur ein Sieger würde das Schlachtfeld verlassen, der andere war verloren. Das nächste Blinzeln würde entscheiden. Noch stierten sie einander an, konzentriert und bereit für einen endlosen Krieg, unerbittlich den Blick aufrechterhaltend.

Irgendwo, entfernt, aus einer Ecke klang das Ticken einer Uhr. Mit jeder weiteren Sekunde versanken die Augen des Göttlichen in der Unschuld des Kindes, das ohne Scham und Makel zu ihm aufblickte. Prompt musste Balthasar blinzeln.

»Quiek!«, erklang es triumphierend.

»Tiffy … Tu doch nur einmal, was ich dir sage! Du schläfst doch sonst für Stunden«, flüsterte Balthasar bemüht leise. Das Ferkelchen neigte den Kopf und tippelte mit seinen Pfoten auf der Decke herum. Dieses *Starr-mich-an*-Spiel gefiel ihr. Freudiges Quieken und aufgeregtes Getrappel bedeuteten so viel wie »*Mach das noch mal*«, doch der *große* Erzdämon seufzte resigniert.

Seine Hexe befand sich im Bad, um die dort defekte LED-Beleuchtung auszutauschen. Die gesamte Wohnung wurde von Geisterlichterketten erhellt, ein Überbleibsel der Wintersonnenwende, und sie machten Balthasar schwummerig mit ihrem abwechselnden Geblinke. Aus der Nasszelle erklang ein leises Klappern, vermutlich stieg Mona gerade die Leiter herunter, es blieb Balthasar also nicht mehr viel Zeit.

»Ich stell dir dein Körbchen in die Küche, da kannst du dich einrollen und dann … lässt du Mama und Papa ein paar Stunden in Ruhe, ja? Ich kipp dir auch wieder heißen Sake in den Napf!«

Tiffys Glubschaugen verengten sich nachdenklich. Sie trank nur ungern den günstigeren Alkohol, billigen Fusel verschmähte sie völlig. Die hochprozentigen Flaschen aus Balthasars Sammlung klangen sicherlich verlockend, und vor allem sein Sake war importiert, rein – und heiß besonders schmackhaft. Unglücklicherweise verstand sie kein Wort von dem, was ihr Ziehvater da von sich gab, und so krauste sich ihre kleine Schweinestirn wohl nur deshalb abwägend, weil sie seinen Blick nachahmte.

Das Yōkaibaby und Mona waren innerhalb der letzten zwei Wochen unzertrennlich geworden – ihre Wohnung glich mittlerweile einem Horrorfilmkinderzimmer. Zwischen Bettwäsche mit gruseligen Skelett-Prints lagen niedliche Teddybären verstreut, und alle zwei Schritte trat man auf etwas, das quietschte. Tiffy hatte sich eingelebt und teilte jede Minute mit ihrer – »Mama!«, quiekte das Dämonenbaby und hüpfte öhrchenwackelnd von der Matratze, als Mona wieder aus dem Bad kam.

»Na, ihr zwei? Habt ihr euch für einen Film entschieden?«

»Es wird doch eh wieder dieser Vampirkinderfilm.«

»Tiffy hat eben Geschmack.«

Aus der Küche schwebte bereits der Duft von frischem Popcorn mit extra viel Zucker. Mona ging gleich zum Tresen und füllte die klassische Kinosüßigkeit in eine große Schüssel, dabei tanzte ihr Tiffy aufgedreht um die Beine. Kichernd warf sie dem Baby ein paar Popcornstückchen zu, die das Ferkel geschickt auffing. Wieder im Wohnzimmer stellte Mona alles neben das Bett, zählte noch mal die Getränke ab und nickte zustimmend. »Sollte passen«, nuschelte sie zu sich selbst und setzte sich endlich zu Balthasar auf die Matratze.

»Ich glaube, es wäre gut, wenn sie auch mal bei Onkel Vlad und Onkel Boris bleiben würde«, versuchte Balthasar es wieder einmal.

»Pff … Onkel?«, prustete Mona, und er verdrehte die Augen. »Lass sie das bloß nicht hören!«

»Ich mein ja nur!«

»Wieso denn?« Sie angelte nach der Fernbedienung und dem

PS4-Kontroller, scrollte schon durch die Serien- und Filmauswahl.

»Nun, Tiffy braucht mehr Bezugspersonen und sollte auch lernen, ohne dich zurechtzukommen.«

»Es sind zwei Wochen, ich glaube, das ist noch ein wenig verfrüht, hm?«

Tiffy war zu ihrer Ziehmama gehüpft und hatte sich sofort in deren Schoß zusammengerollt. Zufrieden streckten sich vier Pfoten in die Luft, und ein leises Grunzen ertönte. Mona starrte nun jedoch fragend zu Balthasar, der zweimal den Mund öffnete, um einen neuen Ansatz für seinen Plan zu beginnen.

»Glaubst du, ich verhätschle sie?«, setzte sie nach und wartete gespannt auf seine Reaktion.

»Nein …« Gerne hätte er Ja gesagt, aber der Ton ihrer Frage ließ keine andere Antwort zu. Und sie hatte völlig recht. Tiffy war wirklich noch zu klein, um mit zwei Vampiren alleingelassen zu werden. Am Ende fraß sie den halben Teppich, kotzte ihnen in den Sarg, verstopfte das Klo und zündete die Vorhänge an. Ähnliches war vor einigen Tagen passiert, als Mona zu lange den Raum verlassen hatte.

»Quiek!«

»Oh, das hier, ja?« Mona kicherte, als der kleine Schweinepopo freudig wackelnd herumtanzte. Sie hatte gerade die Liste mit den Filmen angewählt und war bei dem Vorschaubild von *Hotel Transsilvanien* angekommen. In der letzten Woche hatten sie sich diesen ulkig-gruseligen Streifen sicher ein gutes Dutzend Mal angesehen. Balthasar stimmte sich seelisch schon auf das Mitquieken bei jedem Witz und das Mitsprechen von Monas Lieblingsszenen ein.

Schlimmer als die sich wiederholende Folter war nur, dass

er zunehmend Gefallen daran fand. Nichts war niedlicher als seine Hexe und das Dämonenbaby, wenn sie aufgeregt wie zwei kleine Kinder diesen Film wieder und wieder und wieder durchlebten.

Um möglichst gute Sicht auf den Fernseher zu haben, stapfte Tiffy zur Bettkante, und große Kulleraugen leuchteten freudig, als die ersten Logos der Produktionsfirmen erschienen. Balthasar nutzte die Gelegenheit, zog Mona in seine Arme und kuschelte sie an sich. Wenigstens ein Kuss musste heute mal drin sein, das Intro sah sie doch jeden Tag, aber eine Möglichkeit, sich über seine Zudringlichkeiten zu beschweren, hatte in den letzten Wochen gefehlt. Und er brauchte auch einen Moment, ehe er ihre Aufmerksamkeit bekam, seine warmen Lippen auf ihren Mund lenkten Monas irritierten Blick jedoch schnell zu ihm. Das musste er auskosten. Er wusste, was gleich passierte. Der Ablauf war immer derselbe, und lediglich der Beginn des Films machte ihm Hoffnung. Während ein zufriedener Ausdruck auf Monas Gesicht erschien und sie seinen Kuss erwiderte, raschelte es bereits am Bettende.

Keine drei Sekunden später tapsten kleine Pfoten über die Bettdecke, eroberten den höchsten Punkt, und Mona und Balthasar wurden von kritischen Schweineaugen beobachtet.

»Quiek?«

Schmusen war ein super Spiel, besonders, wenn man erst wenige Wochen alt war. Sie konnte noch nicht viel, aber darin war sie gut. Und nach dem fragenden Quieken drängte sich sofort ein dicker Schweinehintern zwischen Hexe und Dämon. Tiffy wusste, dass es hier warm und maximal kuschelig war.

»Möchtest du deinen Schnuller?« Mona wedelte mit dem violetten Plastikding vor der Nase des Babys herum, und es schnappte sofort zu. Ein glückliches Schmatzen erklang, dann drehte sich der runde Kopf wieder dem Fernseher zu, und zwei wackelnde Öhrchen lenkten ihre volle Aufmerksamkeit auf die Vampirkinderkomödie.

Balthasar seufzte erneut und kapitulierte vor so viel Wonne. Überraschenderweise strich Mona ihm eine Haarsträhne aus der Stirn und lächelte ihn an. Fragend hob er eine Augenbraue.

»Ich werd auch wieder mehr Zeit für dich haben, versprochen. Aber gerade …«

»Ja, verstehe schon. Ich … beschwere mich auch gar nicht.«

»Ich weiß, sonst wärst du ja nicht jeden Abend hier.«

»Jemand muss doch auf euch achtgeben.«

Mona kicherte leise und schüttelte den Kopf.

»Wir können sie ja nachher wieder auf der Waschmaschine schlafen lassen, du weißt, sie mag den Schleudergang so gern«, begann sie mit einem harmlos klingenden Tonfall, als würde sie ihn damit nicht gerade in ihr Bett einladen.

»Dann stellen wir das Gerät aber besser auf extra sorgfältig.«

»Balthasar«, zischte sie und zwinkerte. Er lehnte sich tiefer zurück in die Kissen, und Monas Kopf ruhte an seiner Brust, während das Yōkaibaby freudig quiekend die nächste Szene im Film feierte.

Wenn es nach ihm ging, durfte sein Leben gerne so bleiben.

Kapitel 28

Beißfest

Beinahe einen Monat später – 23.01.2019

Der Tag von Boris' Prüfung war mit raschen Schritten näher gerückt. Heute, an diesem nieselig-kalten 23. Januar, wäre Mona überall lieber gewesen als im ehemaligen Polizeipräsidium Frankfurts. Dieser Ort war seit drei Jahren Hauptsitz des mythischen Bundeskriminalamts, leider war das die einzige Modernisierung.

Hexe, Werwolf und Vampir standen mitsamt Dämonenbaby in dem langen, tristen Gang vor den Räumlichkeiten im Keller des Gebäudes, und Boris wartete darauf, endlich aufgerufen zu werden. Staubige Backsteinwände, ein eiskalter Fußboden und flackernde Neonröhren erinnerten an einen Kerker, und Mona ahnte Furchtbares. Zwar wurden die Tests immer vom thaumaturgischen Dienst überwacht, nie jedoch geleitet, das war etwas für Schwerverbrecher.

»Ich hätte mein Testament erneuern sollen«, wimmerte Boris, der völlig neben der Spur schien. Noch nie hatte Mona ihn so zittern sehen. Dazu das heftige Klappern seiner Beißer. Ohne seinen üblichen Schmuck und das Make-up, in einen schlichten grauen Pullover und Jeans gekleidet, sah er richtig elend aus.

»Alles wird gut«, versuchte Mona ihn zu beruhigen. Vor Nervosität hatte sich Boris auf die Unterlippe gebissen, sie regelrecht eingesogen und seine Eckzähne ragten ulkig hervor wie bei einer Fledermaus mit Überbiss.

»Gestern hast du zwei Stunden vor 'ner frischen Blutsuppe gehockt, du schaffst das«, meinte Ben und legte seine Hand auf Boris' Schulter, aber der stieß Bens Arm weg.

»Pah! Kleinigkeit! Die hatte viel zu viel Cholesterin! Ach, ihr versteht das nicht, darum geht es nicht«, zischte der Vampir erregt. Fest umklammerte er seine Prüfungsunterlagen. »Mein Prüfer!«

Vorsichtig griff Mona nach dem zerknitterten Zettel und zog ihn aus Boris' bebenden Fingern. Tiffy schnüffelte interessiert daran, während Mona den Anweisungsbogen entfaltete. Neugierig schaute Ben ihr über die Schulter. Die blass kopierten Zeilen ließen sich nur schwer entziffern. Neben einer Tabelle mit bisher absolvierten Tests fanden sich die Informationen seiner letzten, praktischen Prüfung. Ehe sie jedoch dazu kam, sich alles durchzulesen, schnappte das Baby nach dem Papier und schlang es innerhalb eines Augenblicks hinunter.

»Tiffy! Och nein, nicht schon wieder!«, rief Mona und hob sich den Dämon aus dem Tragetuch. »Boris? Was machen wir jetzt?«

»Quiek!«

»Darauf kommt es nun eh nicht mehr an!« Er schluchzte.

»Was ist denn jetzt mit dem Prüfer?«, wollte Ben wissen.

»E-er«, setzte Boris an, doch im selben Moment hustete Tiffy und spuckte Mona einen vollgesabberten Klumpen Papier auf die Brust, gefolgt von einem zerkauten Quietscheentchen, und dann würgte sie noch eine Socke heraus.

»Die hab ich schon vermisst!« Verwundert hielt Mona einen

von ihren Lieblingsstrümpfen hoch, während Ben die kaputte Ente mit einem Winseln bedachte. Das war eines seiner Kauspielzeuge gewesen.

»Sorry.« Mona schenkte ihm ein schiefes Grinsen, das er erwiderte. Neckend kraulte Ben Tiffy hinter dem rechten Ohr, was das Ferkel sofort mit einem Schnurren beantwortete.

»Frechdachs«, brummte er. Es war nicht ihr erster Spielzeugdiebstahl, aber wer konnte den braunen Rehaugen schon böse sein?

Nach Tiffys Hunger auf Glasflaschen war zurzeit Plastik an der Reihe, und das kleine Müllschluckerchen ersetzte inzwischen Monas gelbe Tonne.

»Halt mal«, nuschelte sie und überreichte Ben ein nun freudig strampelndes Baby.

»Boah, wie ich aussehe …« Mona ächzte unzufrieden und griff zu dem Klumpen auf ihrer schwarzen Bluse. Der Stoff war völlig durchnässt, von den Gummientchen-Überresten mal ganz abgesehen.

»Am besten lasse ich mich auch fressen!« Theatralisch hielt sich Boris seine Hand an die Stirn, fuhr sich danach über das Gesicht. Tiefe Schatten unter den Augen, seine blonden Locken saßen nicht mehr richtig, und er sah aus, als würde er jeden Moment anfangen zu weinen. Überfordert mit der Situation blieb Mona mit der Pampe in den Händen stehen und stupste ihn mit dem Ellenbogen liebevoll in die Seite.

»Hey, so schlimm wird es schon nicht sein. Was stand denn auf dem Wisch?«

»Es geht um meinen Prüfer. Er weiß, wie er uns bricht, wo unsere Schwachstellen liegen und er …« Doch nun wurde Boris vom schneidenden Scharren einer sich öffnenden Metalltür unterbrochen. Sogar Ben zuckte zusammen und drückte Tiffy schützend an seine Brust.

In dem kargen Gang voller Betonmauern gab es einige solcher Türen, gesichert gegen Feuer oder vielleicht Schlimmeres. Die am Eingang hatte Mona nicht ohne Hilfe aufbekommen. Verwundert starrte sie auf die vielen sich offenbarenden Schlösser am Metall und dann auf den muskulösen Arm, der die Tür geöffnet hatte.

Groß, durchtrainiert, das hellblaue Hemd saß gefährlich knapp an dem Kleiderschrank von einem Mann, die Ärmel waren hochgekrempelt und die Knöpfe würden sich über der athletischen Brust spannen, wenn er nur zu tief Luft holte, vielleicht auch über den Speck am Bauch. Ein Bär mit Pflock und Dienstmarke am Gürtel. Im Holster um seine breiten Schultern eine antik wirkende Pistole. Der dicke, schwarze Schnurrbart passte zum Armeeschnitt seiner Haare und der Fliegersonnenbrille, die ihn zum Inbegriff eines Cops machten.

Boris' Wimmern erstarb, nervös schielte Mona ihn aus dem Augenwinkel heraus an, meinte eine geschockte Wachsfigur zu betrachten.

»Von Hohnenzollern, nehme ich an.« Der Beamte griff zur Sonnenbrille und nahm sie ab. Seine Stimme klang müde, beinahe gelangweilt, offenbar freute er sich nicht auf diesen Termin. Wer konnte es ihm verdenken? Boris blinzelte mechanisch, während er den Mann von unten bis oben genau musterte. Steif wie eine Holzpuppe nickte er schließlich. »Dann müssen Sie die Bewährungshexe sein, richtig?«

»Ehh ... ja ... Mona Hass, sehr angenehm!«, stammelte sie wie aus der Pistole geschossen und streckte dem Kleiderschrank ihre Hand entgegen.

»Kriminalkommissar Martin Van Helsing, freut mich se…« Gerade, als er zugriff, erklang ein seltsames Geräusch, das ihn innehalten ließ. Ohne nachzudenken, hatte Mona ihm ihre verklebte Hand entgegengestreckt. Nun drückte sich feuchter Papiermatsch zwischen ihren Fingern hindurch, was Tiffy mit einem »Quiek« kommentierte.

»Ohh … nein, das tut mir … tut mir leid … das ist … das ist nur Babykotze!«, kiekste Mona. Sofort zog sie ihren Arm zurück. Großartig, wenn es nicht die brennenden Hände waren …

Der Kommissar musterte mit einem undefinierbaren Blick das freudig mit den Ohren wackelnde Dämonenkind in Bens Armen.

»Sorry …«, versuchte Mona es erneut. Neben sich meinte sie Boris röcheln zu hören.

Deshalb also seine Panik – ein *Van Helsing*, nun obendrein sicherlich verärgert. Es fanden sich wohl kaum fähigere Vampirjäger, niemand hatte so viel Forschung betrieben wie diese Blutlinie. Und natürlich hatten Mona und Boris ausgerechnet die hünenhafte Polizeiversion erwischt. Kritisch musterte Van Helsing seine Hand.

»Sie gehen bitte hinein. Ich … muss das kurz desinfizieren. Der Werwolf und das da«, er deutete auf Tiffy, »bleiben draußen!« Dann stapfte er an ihnen vorbei den Gang hinunter.

»Dreck, Dreck, Dreck«, fluchte Mona leise, schüttelte dabei ihre Finger, um so viele Papierreste wie möglich zu beseitigen.

»Das macht auch nichts … das ist … das ist mein Ende …« Boris' Stimme schwankte, und ohne ein weiteres Wort schlurfte er in die noch immer offenstehende Tür. Eilig drückte Mona ihrem Baby einen Kuss auf die Schweinenase, Ben bekam einen mitleidigen Blick, den er erwiderte, und dann folgte Mona dem Vampir.

»Viel Glück! Ich drück euch die Pfoten!«, rief Ben ihnen nach.

Drinnen erwarteten sie graue Betonwände. Ein quietschendes Geräusch ließ Mona den Kopf heben, und sie konnte eine schwankende Deckenlampe beobachten, die mit ihrer summenden Fadenbirne geradezu nach Horrorfilm schrie. Im Kegel des schwachen Lichtscheins tanzten die Schatten dunkler Streben an den Wänden. Sie stammten von dem eisernen Gitter, das den Raum teilte. Rost hatte sich angesammelt, der bei näherer Betrachtung sehr an Blut erinnerte.

Mona schluckte beim Anblick der trostlosen Zelle. Hinter der Vergitterung standen zwei Stühle samt Tisch, einer der Stühle war an den Boden geschraubt, und an ihm hingen Ketten herab, auf denen schwache Runen leuchteten. Sie knisterten deutlich hörbar für Monas magische Ohren und wären wohl mächtig genug, sogar sie zu fesseln.

»Beißtest … ich dachte, du musst nur vor einer Blutkonserve ausharren und …«, begann sie, bemerkte dann jedoch die Gestalt in der Ecke neben der Tür. Boris zuckte erschrocken zusammen, als ein hagerer Mann auf sie zutrat. Er hielt ein Tablett mit einer einzelnen roten Kapsel hoch, die verdächtig nach einem Medikament aussah. An seinem Gürtel steckten ebenfalls ein Pflock, dazu eine Spraydose mit Weihwasser und ein Reisigbündel.

»Nehmen Sie das bitte schon einmal ein, die Wirkung braucht ihre Zeit«, erklärte er und deutete mit dem Tablett auf Boris.

Es gab nur wenige Mittel, um einem Vampir sein Blut zu entziehen, neben offenen Wunden waren das Brechmittel oder Blutgerinner. Letzteres hielt nicht lange, machte einen Vampir nur kurz anämisch, und Mona wusste, dass dies zum Test gehörte, hatte jedoch keine solche Zelle in Verbindung mit Boris'

Prüfung erwartet. Sie behandelten ihn wie einen blutsüchtigen Mörder. So langsam konnte sie seine Nervosität nachempfinden.

»Moni?«, quiekte er und wich ein wenig vor dem Mann mit den dünnen grauen Haaren zurück. Mona meinte in dem Beamten einen Kobold zu erkennen, war sich aber unsicher. Spitze Ohren besaßen so einige Unwesen, und seit einer kleinen Operation in Rumänien auch Monas Nachbar aus dem Untergeschoss.

»Moni, ich kann nicht!« Tränen standen in Boris' Augen.

Behutsam streichelte sie ihm über die Wange. Er war eiskalt, kälter als sonst.

»Du packst das!«, bestimmte sie, auch wenn die Zweifel an ihr nagten.

»Wie? Er wird mich zum Ausrasten bringen …«

»Ja … dann verlierst du eben die Kontrolle, beißt eine arme Blutkonserve, kriegst keinen Bescheid, und alles bleibt beim Alten!«, malte sie ihm das schlimmstmögliche Szenario aus. Er brauchte jetzt dringend einen Realitätscheck, in seinen Augen stand eine Mona bekannte Panik, die in der Lage war, alle Sinne zu täuschen.

Aber Boris trat zitternd zurück und drückte sich an die Wand. »Dann geb ich lieber gleich auf«, flüsterte er.

»Es wird dir hier nichts Schlimmes widerfahren.«

»Hast du seine Pistole gesehen?«

»Das tragen hier viele.«

»Weil dieser Ort für Verbrecher gebaut wurde«, platzte es beinahe wütend aus ihm heraus, und er schüttelte den Kopf.

»Ich bin hier, ehe jemand handeln kann, hab ich schon gehext, hm? Notfalls halte ich dir einfach mein ekliges Chiliblut unter die Nase, dann kommst du schon wieder zur Besinnung!«

Ein Schmunzeln wanderte über Boris' Gesicht, bitter und zittrig, doch in seinen Augen schimmerte ein Funken Hoffnung. »Na, komm!« Mona strich ihm eine Haarsträhne hinter die aschfahlen Ohren. Er war bereits blutarm, der Test könnte ihn wirklich an seine Grenzen bringen. Haltsuchend schmiegte er sich an ihre warme Hand, da fiel Mona ein goldenes Funkeln am Rand seines Pullovers auf. Sich an seine Kette erinnernd griff sie nach dem feinen Schmuckstück und zog den Ambrosia-Anhänger heraus. Die zierlichen Zweige der Pflanze glitzerten im Licht der Deckenlampe. Boris folgte ihren Bewegungen stirnrunzelnd. Sie brauchte einen Moment, ehe sie den Verschluss lösen konnte, dann hielt sie ihm das funkelnde Ding demonstrativ vor die Nase. Ambrosia, noch immer illegal, aber die einzige Pflanze, mit der sich ein Vampir vegan ernähren konnte – und Boris hatte sich tapfer dem Blutentzug gestellt.

»Damit hast du mir bewiesen, worum es dir geht. Das ist nicht nur eine lebensspendende Pflanze, sie ist eine Entscheidung, das hast du mir beigebracht … erinnerst du dich? Gleich an unserem ersten Tag! Deshalb habe ich dir vertraut«, flüsterte sie.

Ein langsames Nicken. Mona griff nach Boris' Arm und wickelte ihm die Kette um sein Gelenk, legte den Anhänger in seine offene Hand und schloss die Finger darüber. Behutsam hielt sie ihn fest und spürte, wie er sofort eine energische Faust bildete. »Erinnere dich daran! Versprich es mir! Drück zu, wenn du nicht mehr kannst, und denk an deinen Vorsatz!«

Boris nahm Mona kurz in den Arm, wisperte ihr ein »Danke« zu, ehe er sich endlich ganz von der Wand trennte. Sein nun wieder gefestigter Blick fand zu dem Beamten mit seinem Pillentablett. Beherzt ging Boris auf ihn zu und schnappte sich die Kapsel mit dem überdosierten Blutgerinner.

»Das Gegenmittel?«, fragte er knapp. Kichernd deutete der vermeintliche Kobold auf seinen Gürtel, dort hing auch eine kleine Tasche mit einem roten Kreuz.

»Nur keine Sorge, ein Piks, und Sie sind ganz der Alte.«

»Mhm!« Anscheinend hatte sich Boris wieder richtig gefangen, denn er schritt hocherhobenen Hauptes in den Käfig und setzte sich auf den für ihn gedachten Stuhl. Metall knirschte auf Beton, das Klappern und Rasseln der Vorrichtung hallte von den kahlen Wänden wider.

Die Tablette würgte er zwar nur zähneknirschend hinunter, aber er blieb still sitzen, als der Beamte ihm die Ketten anlegte.

Sie machten es den Vampiren wirklich nicht leicht. Allein der Gedanke, dass Vlad eines Tages einen ähnlichen Test absolvieren müsste – Mona war schleierhaft, wie sie jemanden wie ihn beißfest bekommen sollten, andererseits war das hier nicht die beschriebene Prüfung. Oh, sie würde eine saftige Beschwerde einreichen, vielleicht mit Hilfe von Frau Sabinsen.

Während Boris stocksteif seinem Test entgegensah, wich zunehmend die Farbe aus dem ohnehin bleichen Körper. Sogar für einen Vampir war er ungewöhnlich hellhäutig, wie auch seine Haare samt seiner beinahe weißen Wimpern, und nun, ohne Blut, verschwand zudem der violette Schimmer aus seinen Augen, sie wurden seltsam grau. Dünn war er geworden, seit er die Ambrosiadosis stetig erhöht hatte. Ihm langsam beim Erbleichen zuzusehen kostete Mona einiges an Überwindung. Als sein flehender Blick sie traf, spürte sie einen harten Kloß in ihrem Hals. Wenn sie ihm auch nur ein Haar krümmten, Balthasar war lediglich ein Quäntchen Verzweiflung entfernt, und sie würde ihn mit Freuden rufen.

»Gleich ist es so weit«, schnurrte die Stimme des Beamten,

der ungeduldig auf das Glas vor dem Ziffernblatt seiner Armbanduhr tippte.

»Ich kann mir vorstellen, dass ein Kriminalkommissar eigentlich andere Verpflichtungen als solche Prüfungen hat, oder?«, traute sich Mona nachzuforschen.

»Durchaus, aber er ist unsere einzige vampirische Fachkraft für schwierige Fälle«, meinte der Beamte schulterzuckend und nickte zu Boris, der auf diese Bemerkung hin seine Lippen fest zusammenpresste.

»Boris ist doch kein schwieriger Fall!«

Ein Knirschen. Mona duckte sich instinktiv, Van Helsing hatte den Raum betreten und schloss die Eisentür hinter sich. Sie hatte schon wieder vergessen gehabt, um was für einen Bären von einem Mann es sich bei dem Vampirjäger handelte.

»Zweitausend Jahre alt, es ist ein schwieriger Fall«, betonte Van Helsing ruhig. »Ruprecht, hättest du die Schlüssel für mich?« Der andere Beamte nickte eifrig und überreichte dem Kommissar einen Schlüsselbund mit verdächtig vielen Kreuzen als Anhängern. Mona stand an der Wand nahe dem Gitter und fühlte sich unangenehm hilflos. Gegen den Ruf an ihren Erzdämon musste sie inzwischen regelrecht ankämpfen. Was ihre Nerven besonders reizte, war das fehlende Blut. In dem kahlen Raum gab es weder Schränke noch Behälter.

Boris' schlimmste Befürchtungen schienen sich zu bewahrheiten: Diese Prüfung verlief nach anderen Regeln, denn nun betrat Van Helsing alleine die Zelle und baute sich vor ihm auf.

»Bleich wie Kalk. Sieht gut aus, wann hat er das Ding geschluckt?«

»Vor zehn Minuten, Herr.«

»Das ist ausreichend. Fühlen Sie sich blutarm?«

Boris' glasiger Blick hinauf zu Van Helsing bestätigte die Vermutung des Kommissars wohl, denn er nickte nachdenklich beim Anblick des leicht bebenden Vampirs. Eingefallen, zitternd, sich wieder und wieder über die Lippen leckend, ähnelte Boris immer mehr dem Bild eines hungrigen Vampirs aus den Horrornachrichten. In aller Ruhe setzte sich Van Helsing vor ihn hin und hielt ihm sein Handgelenk vor die Nase. Erschrocken griff Mona zu dem Kerkergitter und reckte den Hals. Er hatte doch nicht wirklich vor …

»Mund auf. Weit auf. Zwei Minuten, nicht mehr und nicht weniger«, erklärte er wieder mit seiner seltsamen Gelassenheit, fast beiläufig.

Sie konnte beobachten, wie Boris' Hand sich noch fester um seinen Anhänger schloss. Seine nun völlig grauen Augen starrten wie hypnotisiert in die Van Helsings. Als der Kommissar seine Brauen auffordernd hob und ihm zunickte, öffnete Boris zaghaft den Mund. Ohne zu zögern, schob Van Helsing ihm sein Handgelenk zwischen die Lippen. Durch den Körper des Vampirs wanderte ein Schauer, er kniff fest die Augen zusammen, nur um sie sofort wieder aufzureißen.

Einem ausgehungerten, blutleeren Vampir pulsierende Venen voller Blut in den Mund zu legen – eine katastrophale Idee, und ein Versagen war vorprogrammiert. Monas Griff um die Gitterstäbe verstärkte sich, jetzt galt es schneller zu reagieren als der Prüfer. Sollte sich Boris verbeißen, musste sie ihren Freund vielleicht retten, ob vor Pflock oder Pistole. Aber sie war fest entschlossen. Wie gerne wäre sie direkt dazwischengegangen, damit hätte sie jedoch seine Chancen auf Freiheit zunichtegemacht. Jeder Zwischenruf konnte ihn seine Konzentration kosten.

Allein Körperwärme brachte vampirische Untote bei Hunger

schon durcheinander. Boris mochte beißfest sein, doch an den frühen Abenden verzichteten sie nicht ohne Grund auf Umarmungen.

»Halbzeit …«, murmelte der Kommissar. Er hatte sich lässig über den Tisch gelehnt, stützte sich mit einem Arm auf und beobachtete seine Uhr. Zumindest konnte er so weder schießen noch schnell genug den Pflock ergreifen, sollte Boris zubeißen. Mona war gleichermaßen irritiert wie verärgert. Sie wusste nicht, was sie wütender machte – diese furchtbar unfaire Prüfung oder Van Helsings völlig teilnahmsloser Ausdruck. Als fertige er hier irgendeinen Verbrecher ab. Routine, mit vielleicht schrecklichen Konsequenzen für ihren besten Freund, aber ihm war das anscheinend egal.

Mit sich ringend, ob sie eingreifen sollte, gar Balthasar rufen, hibbelte sie am Gitter auf ihren Füßen hin und her. Sie konnte sehen, wie fest Boris inzwischen seinen Anhänger umklammerte. Die Sehnen an seinen Händen waren hervorgetreten, und sein Arm zitterte bedenklich, so viel Kraft lenkte er in seinen Griff.

»Mhh … die Zeit ist um«, nuschelte Van Helsing, und endlich zog er behutsam sein Handgelenk aus den Fängen des Vampirs. Boris hatte jedoch Mühe, ihn gehen zu lassen und wimmerte. Mit einem Seufzen lehnte sich Van Helsing wieder vor. Ein Schütteln – es half nicht, Boris blieb an seinem Handgelenk hängen, er presste fest die Augen zusammen, Mona konnte ihn einatmen sehen. Wenn er jetzt den Geruch nach Leben in sich aufnahm? Der freie Arm des Beamten erhob sich, und in Mona spannte sich alles an. Hatte Boris schon zugebissen? Wohin zielte der Kommissar? Griff er nach seiner Waffe? Innerlich eine Hexerei formulierend, stellte sie sich auf die Zehenspitzen, aber mehr als Boris' nun erstaunt aufgerissene Augen konnte sie nicht erkennen. Sie folgte seinem Blick. Van Helsing hatte die Hand erhoben und murmelte: »Hab deine Nase!«

Sofort ließ Boris los. Der Vampirjäger hatte ihm doch tatsächlich in die Nase gekniffen, und Boris war wohl ähnlich überrascht und verstört wie Mona, die wieder auf ihre Schuhe sank und die schon bereit zum Schnipsen gehobenen Finger sinken ließ.

»Bitte was?«, beschwerte sich Boris mit einem Keuchen. Aber Van Helsing stand ohne einen Kommentar auf, rieb sich den Arm an seinem Hemd ab.

Tausend Steine fielen von Monas Schultern, und wie paralysiert beobachtete sie Ruprecht beim Öffnen der Gitter, er holte eine Spritze aus seiner Tasche, und zumindest jetzt wurde Boris deutlich unruhig. Kaum hatte Ruprecht den Arm des Vampirs freigelegt und die Nadel angesetzt, zuckte Boris heftig zusammen. Van Helsing verließ derweil den Käfig und griff nach dem Stift in seiner Hemdtasche.

»Sie … Sie«, brachte Mona mit einem Knurren heraus, endlich wieder des Sprechens fähig. »Für wen halten Sie sich? Kein Vampir kann dem widerstehen! Wie denn auch? Was soll denn das für ein Test sein? So steht das nicht in den Unterlagen, so wurde mir das nicht vorgetragen!«

»Ich weiß«, gab Van Helsing nur lässig von sich. Er hatte inzwischen einen Zettel aus einer seiner Hosentaschen hervorgekramt und notierte sich etwas.

»Das hier ist ein – ein Verfahren für Verbrecher! Und Boris ist kein Verbrecher!« Mona trat einen Schritt auf den Beamten zu. Viel zu klein gab sie sich trotzdem große Mühe, sich vor ihm möglichst überzeugend wirkend aufzubauen.

Van Helsing zuckte mit den Schultern. Offenbar war er fertig mit seinen Notizen, er überreichte ihr den Zettel, und Mona starrte verwirrt auf die handschriftliche Bewilligung. »Frau Hass, dieser Vampir ist über zweitausend Jahre alt und war aufgrund eines Verbrechens im Strafdienst. Zweitausend Jahre und nie hat er einen modernen Eignungstest absolviert. Sie werden verstehen, wenn wir für so einen Sonderfall anders vorgehen müssen!«

»Boris ist harmlos! Ihn so zu reizen, wenn er zugebissen hätte …«

»Der?« Van Helsing warf einen Blick zurück.

»Ehh?«

»Randvoll mit Ambrosia, hm?«

Mona schloss sofort ihren noch vor Entrüstung geöffneten Mund, presste fest die Lippen zusammen. Ihren Blick bedachte der Kommissar nur mit Stille. Er wusste Bescheid, woher? Dabei hatte Boris doch extra die letzten zwei Tage verzichtet. Andererseits – nichts sonst schwächte einen Vampir so sehr wie Ambrosia. Er hatte wohl eins und eins zusammengezählt.

»Normalerweise kann ich diese Zelle gar nicht erst betreten, nachdem die Tablette wirkt. Bei dem Test geht es eigentlich darum zu sehen, ob Vampire die angelernten Verhaltensweisen versuchen, um sich zu beruhigen. Und wie sie emotional dabei drauf sind … gierig, hungrig oder verzweifelt … so was halt«, nuschelte er erklärend und hatte wieder diese unangenehme lässige Art ausgepackt.

»A-also, Sie hätten gar nicht …«

»Was?«

»Na-na ja …« Mona deutete zittrig auf die Pistole.

Nun hob Van Helsing doch seine dicken Augenbrauen. Für einen Moment musterte er sie fragend. »Wir sind hier nicht in den USA!«

»U-und Sie halten dafür immer Ihren Arm hin?« Misstrauisch beäugte sie die makellose Haut an seinem Handgelenk. Es sah nicht so aus, als hätte sich dort je ein Vampir verbissen. Ein verlegenes Schmunzeln huschte über seine Lippen, sie konnte sehen, wie sich der dunkle Schnurrbart mit ihnen zusammenzog, dann hatte sich der Kommissar wieder gefasst. Wie gerne sie ihm jetzt eine verpasst hätte, Mona stand so gar nicht auf Gewalt, aber der Wunsch nach einer Ohrfeige kribbelte in ihren Fingern.

Er hatte ihn brechen wollen, wieso sonst sollte er sich einer solchen Gefahr aussetzen? Vampirjäger kannten für gewöhnlich keine Gnade, wenn es um die nachtaktiven Untoten ging.

Ähnlich wie Mona bei ihrem Gerichtstermin war ihr bester Freund in die Fänge der veralteten Sitten und Maßnahmen geraten. Van Helsing hatte mit ihm gespielt. Das war ihr eine Lehre, noch einmal würde sie ihren inneren Erzdämon nicht zurückhalten – sie war sich selbst nicht sicher, ob sie Balthasar oder ihre Magie meinte. Mona hatte endgültig die Nase voll von der Schikane und den Hindernissen der Behörden.

»Moni?« Boris' krächzende Stimme holte sie aus ihrer wütenden Starre. Sie hatte Van Helsing hasserfüllt angesehen, obwohl sich dieser schon von ihr abgewandt hatte. Nun eilte sie hastig zu ihrem besten Freund, in dessen bleiches Gesicht langsam die Farbe zurückkehrte.

»Geht es dir gut?«, flüsterte sie.

»Ich hab's geschafft!« Er keuchte und hielt triumphierend seinen Arm hoch, die Faust immer noch fest um den Anhänger geschlossen, während Ruprecht ihn von den letzten Ketten an seinen Beinen befreite.

»Ja, das hast du! Ich bin so stolz auf dich!«

Endlich frei schloss er die Arme um Mona, drückte sie, nur um sie sofort wieder von sich zu stoßen. Sie ahnte schon, wieso, zwinkerte dem verlegen grinsenden Vampir zu. Für solche Nähe brauchte es erst mal eine ordentliche Portion Dosenblut, Chilihexe hin oder her, gerade war ihm wohl alles und jeder recht.

»Ich nehme an, Sie finden raus?« Van Helsing stand in der Tür zum Flur. Seine lässige Pose, der schnoddrige unbeteiligte Tonfall, sofort ballte Mona erbost die Fäuste.

»Sicher!«, zischte sie zurück.

Boris und sie warteten einen Moment, ehe sie den fürchterlichen Kerker verließen. Mona ignorierte den sich um die Ketten kümmernden Ruprecht und stapfte wütend in den Flur.

»Mama!«

Ein Glück empfing sie sofort das freudige Quieken ihres Babys, Ben hatte alle Mühe, sie zu halten, und Mona nahm ihr Kind mit einem erleichterten Seufzen in die Arme.

»Geschafft!«, verkündete Boris derweil und hielt einen Daumen nach oben. Ben holte nur breit grinsend eine Dose aus einer seiner unzähligen Hosentaschen. Dankbar biss Boris sofort in *Caprimond Extra Large*, und seinem erregten Stöhnen nach hatte er es schon lange nicht mehr so nötig gehabt.

Mona verpackte derweil ihr Schweinchen wieder im Tragetuch, und weil es sie selbst beruhigte, durfte Tiffy sogar ihren kleinen Finger schnappen, um daran zu nuckeln.

»I-ich bin zu alt für so was …«, stammelte Boris, atmete röchelnd durch.

»Aber du hast es geschafft! Du bist unglaublich!« Erlösende Freudentränen standen Mona in den Augen. Nachdem sie sich so lange mit der Angst vor Verlusten herumgequält hatte, hallte der Schock der Prüfung unangenehm nach. Wenn er sich verbissen hätte, wenn sie nicht schnell genug reagiert hätte, wäre Balthasar in der Lage gewesen, es mit Van Helsing aufzunehmen?

»Nein, sie hier ist unglaublich! Ihr gebührt mein unendlicher Dank«, meinte Boris mit einem Kopfnicken zu Tiffy, die ihn mit großen Augen anstarrte.

»Ehh?«

»Ganz ehrlich? Die Verlockung, der Geruch seiner Haut. Lange habe ich nicht mehr solchen Hunger verspürt, aber da war dieser unangenehme Geschmack von frischem Desinfektionsmittel …« Er lachte laut auf, und Tiffy antwortete mit einem vergnügten Quieken. »Du kleines kotzendes Wunder, du!« Brav ließ sie sich von dem Vampir auf das Schweineköpfchen küssen, tatschte mit den Samtpfoten nach seinem Gesicht.

»Nicht dein Ernst, oder?« Mona keuchte und konnte es kaum glauben.

»Dein Pech, Hexe, ist unser aller Glück!«

»Stimmt schon irgendwie«, vermeldete auch Ben mit nachdenklichem Blick.

So hatte Mona das noch nie betrachtet, ihr Chaos natürlich nur aus ihrer Perspektive heraus analysiert. Hatte nicht sogar Balthasar sie als sein Glück bezeichnet?

»Jedenfalls ist es mit dem Unfug genug!«, erklärte Boris plötzlich, drehte sich zum Gehen und stemmte enthusiastisch die Hände in die Hüften. »Ich werde mich zügig um eine Ausbildung zum Gesetzeshüter bemühen!«

»Was?«, kam es von Ben und Mona wie aus einem Mund, die versuchten, mit ihm Schritt zu halten.

»Diese Sterblichen dürfen in unseren Reihen wüten, uns kontrollieren, genug ist genug! Lange ließ ich mich vorführen, beurteilen, verurteilen. Ich werde es diesem Van Helsing beweisen, jawohl. Ich werde ihm zeigen, dass wir Vampire keine Monster sind.« Seine schrille Stimme hallte von den Wänden wider, begleitet von Tiffys aufgeregtem Quieken.

»Kommissar Boris«, murmelte Mona überfordert. Ihr entging nicht, dass sein plötzlich gefasster Traum eine große Ähnlichkeit mit ihren eigenen Wünschen aufwies, obgleich Boris sich gerne in spontane neue Hobbys und Projekte verrannte. Immerhin: Er ließ seinen Worten stets Taten folgen. Auch seine Band war eine fixe Idee gewesen, zumindest laut Ben. Mona hingegen baute seit Wochen Luftschlösser, und das Problemen gegenüber, die zu lösen waren. Sie schwärmte von Bärbels Unabhängigkeit, doch was hatte sie dafür bisher getan? Gedacht. Nicht mehr als geträumt.

Bezirkshexe – dieser Gedanke hatte sich festgebissen. Sogar der damit verbundene Papierkram schreckte sie nicht ab, im Gegenteil, da sie den Sinn hinter all dem nötigen Aufwand verstand, kribbelte es ihr regelrecht in den Fingern – wer die Welt verändern wollte, dem war keine Arbeit zu viel. Ein Wille, ein Wunsch, ein Ziel, das gab ihr mehr Kraft, als Mona jemals zu träumen gewagt hatte. Mit dem Pakt und vielleicht bald neuen Erkenntnissen über ihre Magie und wie sie sie kontrollieren konnte, da durfte sie doch endlich selbst einmal Luftschlösser bauen, nicht?

»Moni?« Ben rüttelte an Mona, die für einen Moment lang wieder in ihren Überlegungen festgesteckt hatte. Verwirrt blinzelte sie zu ihm hoch. Boris zeterte noch immer vor sich hin, schimpfte über den Vampirjäger, die Justiz, das Amt selbst. Seine Arme erhoben gestikulierte er wild, während er voranging. Inzwischen hatten sie den Treppenaufgang erreicht.

»Mhh?«

»War's so schlimm?«

»Oh, sorry … ich …«, stammelte Mona, die Ben vor lauter Überforderung doch glatt ignoriert hatte. »Das war gerade etwas viel. Van Helsing hat Boris wirklich an seine Grenzen gebracht. Es war unfair.«

Schnell fasste sie für ihn die Prozedur zusammen. Zwar hatte sie Ben schon schlecht gelaunt, vielmehr grummelig erlebt, aber sein bedrohliches Knurren klang so ernst, dass sich ihre Nackenhaare aufrichteten.

»So ein mieser Sack«, wetterte er leise. In seinen Handgelenken knackte es.

»Aber immerhin ist Boris nun frei. Auch wenn ich auf den Schreck hätte verzichten können …«

»Schade, dass die mit der Prüfung nicht bis übermorgen gewartet haben.«

»Ehhh?« Mona überlegte fieberhaft, was an dem 25. Januar so besonders sein sollte.

»Na ja, Gegenteiltag. Da hätte Van Helsing aber Augen gemacht!« Die Anspannung des Werwolfs löste sich wieder, er gab ein überlegenes »Ha« von sich. »Das Gesicht hätte ich gerne gesehen!«

»Ben … so was gibt es nicht. Das ist nur so ein Mediengag.«

»Sag das ihm. Du weißt doch, wie abergläubisch er ist.« Er nickte in Richtung Boris, der gerade mit weit ausgebreiteten Armen durch die Türen aus dem Gebäude trat und ein dramatisches »Freiheit!« brüllte.

»Ehh … Gut, da magst du recht haben. Aber was passiert denn da? Will er sich selbst beißen lassen oder wie?« Bei der Vorstellung musste sie glatt schmunzeln.

»Keine Ahnung, wieso, aber er meint dann atmen zu müssen,

hat keinen Hunger auf Blut und, na ja, er wird dann sogar warm.« Ben zuckte mit den Schultern und folgte seinem vampirischen Freund. Mal wieder mit der magischen Welt und ihren Wirrungen überfordert wankte Mona mehr aus dem Gebäude, als dass sie lief. Jetzt brauchte sie dringend einen starken Kaffee. Tiffys Quieken nach war es ohnehin Zeit für einen Snack.

»Magisches Zeug und Placebo, das macht mich echt fertig. Und Boris' Aberglaube auch.«

»Sagt die Hexe, die ständig dreimal auf Holz klopft, ja?«, tönte Boris, der natürlich alles gehört hatte, vampirischen Ohren entging selten Tratsch.

»Hey, das funktioniert wirklich!«

Boris konnte sich das Lachen nicht verkneifen, er prustete durch die Lippen, und Mona schenkte ihm ein Augenrollen. Er hatte ja recht, sich die Fingerrücken an Holzbrettern wundzuklopfen hatte zumindest Mona noch nie vor ihrem Pech bewahrt, obwohl es laut Zauberbuch helfen sollte – aber vielleicht würde sich das Blatt bald wenden. In zwei Tagen würde sich Balthasar wieder mit dem Zirkel treffen und neben neuen Informationen bezüglich Nosdrof ging es auch um Monas Hexenkräfte. Nach dem heutigen Abend kribbelte es sie in den Fingern, aus ihren Luftschlössern ernste Ziele zu formen.

Kapitel 29

Die Katastrophen der Frau Mona Hass

25.01.2019

»Ein Fall dieser Art ist mir noch nicht untergekommen bisher«, verkündete Aphrodite, während sie ihren Laptop auf dem Schreibtisch aufbaute.

»Könntest du das präzisieren?« Balthasar hatte nicht so genervt klingen wollen, aber nach sieben geschlagenen Stunden Inventurdurchsicht sowie einem ersten Bilanzfazit reizte ihn alles, da brachten die Probleme seiner Hexe ihn beinahe zum Überlaufen.

»Hey, ganz locker, ja?«, gab Reschef warnend zurück. Er schenkte gerade frischen Tee ein und hatte zuvor noch dampfenden Kuchen aufgetischt.

Kaffeekränzchen im Büro. Tiefschwarze Brownies, die Balthasar lieber nicht anrühren wollte, und das andere Gebäck roch sogar für seine mittlerweile sensibilisierten Geruchsnerven zu hanflastig. Übertroffen wurde der Duft nur noch von der Optik. Diesen Anblick war er zwar gewohnt, doch für gewöhnlich entsorgte er solche nach Möhrenkotze aussehenden Häufchen im Klo. Tierähnlich hin oder her, Tiffy war ein echtes Baby, und mochte hinten auch nichts weiter entweichen als Stichflammen, so kam vorne dafür mittlerweile doppelt so viel wieder raus.

Missmutig musterte er einen Fleck an seinem Ärmel. Der unter dem zerknitterten Jackett sitzende Pullover sah jedoch deutlich schlimmer aus. Seit über einem Monat war Balthasar mehr Papa als Erzdämon, und der Armani-Anzug hing nur noch im Schrank. Schmunzelnd kratzte er an dem verkrusteten Fleck – hätte ihm jemand diese Entwicklung vorausgesagt, vor allem, wie sehr ihm dieses Leben gefallen würde, den Wahrsager hätte er wohl direkt in die Hölle geschickt.

»Dauert das noch lange?« Er bemühte sich um einen freundlichen Tonfall, aber Aphrodite schüttelte den hübschen Kopf und drehte sofort ihren Laptop in seine Richtung.

»Ich kam nicht sonderlich weit. Ja, Mona besitzt Feuerkräfte, aber so stark sind sie eigentlich gar nicht. Dann habe ich mir mal ihre aktuellen Aufzeichnungen angesehen, also ihren magischen Tracker. Dass ich der Kirche für ihre paranoide Hexenüberwachung mal dankbar sein würde … Na ja. Siehst du diese Kurve hier?«

Verwirrt beugte er sich über ihre Schulter. Tortendiagramme und Balken, simple Grafiken, die die Essenz seiner Hexe widerspiegelten.

»Scheiße, diese Spitzen, die sind …«

»Mächtig, kräftig, fast wunderverdächtig«, reimte sie und schnalzte mit der Zunge. Balthasar griff zum Laptop. Ungläubig zoomte er in das vergangene Jahr, und tatsächlich deckten sich die Spitzen des Graphen teilweise mit Monas verunglückten Hexereien.

»Aber sie ist sterblich?«

»Das sind keine Mirakel, das sind Katastrophen. Und neben dem ganzen Pech, das sie immer hat, ist das einzige Wunder, dass sie noch lebt. Aber genau dieser Ansatz brachte mich auf eine Idee, und ich habe mich an eine alte Freundin von uns gewandt, vielmehr Reschef hat das, nicht, Schatz?«

Von dem Gott auf dem Sofa erhielten sie nur ein unzufriedenes Knurren.

»Danke dir!«, versuchte Balthasar sich diesmal an ein wenig mehr Höflichkeit, aber Reschef schob sich ein Stück Kuchen in den Mund und ignorierte ihn.

»Und deshalb besitze ich jetzt Maats Passwort!«, flötete Aphrodite. Maat, die altägyptische Göttin der Gerechtigkeit und Strafverfolgung. Sie verhörte jede Seele nach dem Tod, die guten wie die bösen, und ihre Protokolle nahmen es mit der Korrektheit sehr genau.

»Dein Ernst?« Auf so etwas hatte er gehofft. Im Gegensatz zu ihm waren die zwei Gottheiten voll in das Leben zwischen Himmel und Hölle eingespannt, hatten Kontakte, Beziehungen, Erfahrung, Fotoalben.

»Das könnte dauern, besser, du setzt dich und gönnst dir einen Tee. Frische Kräuter aus unserem Garten, ungespritzt! Vielleicht hat mal eine Katze gedüngt … aber ich hab die Teeblätter gut abgewaschen.« Mit einem Zwinkern erhob sie sich, griff Balthasar am Arm und zog ihn mit sich zum Couchtisch. Zu seinem Missfallen nahm sie an der Seite ihres Ehemanns Platz und zerrte ihn direkt neben sich. Dafür war das Sofa definitiv zu klein, und Reschef schenkte ihm prompt einen giftigen Blick, als sei es Balthasars Schuld, dass er nun Schulter an Schulter mit seiner Ex vor Kuchen und Tee hockte.

In solchen Momenten wünschte er sich Mona an seine Seite, sie mussten sich unbedingt kennenlernen, alle Eifersüchteleien wären passé. Balthasar hielt diese krampfige Stimmung nicht mehr lange aus – Reschef war ein durchaus liebenswürdiger

Freund gewesen, bevor er dem Neid verfallen war, und Balthasar ertappte sich in den letzten Wochen Zusammenarbeit mit den zwei Göttlichen häufiger bei melancholischen Gedanken an die alte Zeit. Monas Freundeskreis war großartig, aber sterblich. Er sehnte sich nach Beistand und Nähe von Wesen, die seine Dimensionen begriffen, gerade in Zeiten wie diesen.

»Hab ich was im Gesicht?«, meldete sich Reschef, und Balthasar blinzelte überrascht. So entstand also Monas typisches Starren in Gedanken.

»Nein.«

»Gut.«

Heute war auch Balthasar alles zu viel. Direkte Hinweise auf die lebenden Nosdrofs fehlten nach wie vor. Einzig neuer Anhaltspunkt der Inventur war das Verschwinden dreier Seelen von verstorbenen Nekromanten. Das war zu auffällig für einen Zufall, warf jedoch weitere Fragen auf. Langsam wurde die Liste immer länger.

Der dahingeschiedene Kasper Erwin Vincent Ivan van Nosdrof war noch nicht geläutert, leider benötigten solche Seelen gut und gerne hundert Jahre an Höllenschleife. Die Schuld brodelte in Nosdrof, aber sie brachte aktuell nur irrelevante Verbrechen aus seiner frühen Kindheit zutage, und Balthasar hatte sich mehrere Stunden lang einen Jungen ansehen müssen, der Ameisen mit einer Lupe jagte. Manchmal fing das schlechte Gewissen erst mit den harmlosen Sünden an.

»Du brauchst den Kuchen nicht so verächtlich zu mustern, der ist wirklich gut«, meldete sich Reschef. Wieder hatte Balthasar in Gedanken seinen Blick wandern lassen. Mit einem Seufzen holte er Luft und schüttelte den Kopf.

»Das ist es nicht. Ich mache mir Sorgen und kriege gerade

mein Hirn nicht beruhigt. Es fühlt sich so an, als kämen wir nicht voran, das macht mich fertig. Die Nosdrofs führen uns an der Nase herum …«

»Deshalb nimm dir etwas von dem Kuchen! Los!« So bestimmt, wie Reschef ihn zum Essen drängte, war er es wohl gewesen, der gebacken hatte. Dann würde der Brocken Möhrenkotze vermutlich genau wie optisch wahrgenommen munden. Ihre früheren Kochduelle waren Balthasar in guter Erinnerung geblieben, bei einem solchem Abend hatte er ihn und Aphrodite auch zusammengebracht. Nun, Reschef erzählte die Geschichte sicher anders, aber das kümmerte Balthasar nicht. Das Ergebnis zählte.

Widerwillig beugte er sich vor und langte nach einem verdächtig vegan riechenden Klumpen Backwerk, bei dem es sich genauso gut auch um einen gebackenen Haarballen ihrer Katzen handeln konnte. Zumindest roch es so.

»Ich bin im System!«, verkündete Aphrodite, und er ließ den Kuchen sofort wieder los. *Gott sei Dank* – sich einredend, dass er damit sich gemeint hatte, räusperte Balthasar sich und schaute der Göttin über die Schulter. Auf dem Laptop leuchtete endlich die Unterseite mit dem Loginfenster zur Seelendatenbank. »Nicht schmulen!«

Balthasar und Reschef drehten sich mit einem Augenrollen ab. »Wir doch nicht …«, knurrte ihr Ehemann, und erstmals tauschten er und Balthasar ein Grinsen.

»Bin drin! Du liebe Güte, ich muss Maat unbedingt ein Briefing in Sachen Sicherheit geben.«

»Benutzername *Admin* und dann *12345*?«, scherzte Balthasar, aber seine Mundwinkel sanken bei Aphrodites erschrockenem Augenaufschlag direkt wieder. »Mann, kein Wunder, dass Leute wie Nosdrof so leichtes Spiel mit uns haben.«

»Ja, die ganze Inventur bereitet mir Bauchschmerzen, es muss sich hier dringend etwas ändern. Deine Rede zur Digitalisierung«, begann Reschef.

»Das war doch nur ein Vorwand«, gab Balthasar zurück.

»Mag sein, aber du hast doch recht: Wir hinken hinterher!«

»Vor allem unsere Programme. Und das Netz hier unten ist auch ganz scheußlich!« Aphrodite tippte auf einen sich nur langsam füllenden Ladebalken, sie hatte gerade Monas Daten eingegeben, suchte nach einer Hexe, lebend, mit Feuermagie, und davon gab es nur eine Handvoll. Ihre glitzernden Fingernägel tappten ungeduldig am Laptopgehäuse, und auch Balthasar erwischte sich bei einem nervösen Händekneten.

Viele Informationen durften Himmel und Hölle nicht über Seelen sammeln. Vielmehr wurde nach jedem Tod ein stumpfes Protokoll erstellt, um die Reife einer Seele festzuhalten und eventuelle höllische Schleifen zu veranlassen. Dazu zeichnete man ein letztes Geständnis der verstorbenen Person auf, sofern sie willig war, über ihren Tod zu sprechen. Freiwillige Informationen durften erfasst werden. Hoffentlich war Mona in ihrem letzten Leben etwas kommunikativer gewesen. Auf eben jene Daten hatte Maat, die Hüterin des unterirdischen Totengerichts, Zugang. Das pinke Häschen, das sie als Avatar verwendete, schaute Balthasar aus großen roten Augen an, und er glaubte sich selbst unter dem prüfenden Blick der ehemaligen Wahrheitsgöttin.

Dann, mit einem Ruck, sprang der Ladebalken der Suche von 71 direkt auf 100 Prozent.

»Da haben wir sie ja. Kürzel B-446-Persemon. Und hier ist auch ihre Schicksalstabelle. Lass mal sehen … die ausführlichen Einträge sind natürlich alle gesperrt, dafür müssten wir schon die Moiren bestechen, aber… da unten müssten irgendwo ihre Zusammenfassungen sein.« Aphrodite beugte sich vor, als bräuchte sie eine Lesebrille. Mit großen Augen starrte sie auf das Display.

»Und?«, hakte Balthasar ungeduldig nach. Ihr Kopf versperrte ihm die Sicht.

»Nun…«

»Ja?«

»Schwierig!« Er kannte seine Exfrau gut genug, um ihr tiefes Durchatmen, die plötzlich sinkenden Schultern als ein Alarmsignal zu deuten.

»Dite… Bitte mach es nicht noch schlimmer!«

»Versprich mir, dass du nicht ausrasten wirst.« Sie wurde ganz leise, richtete sich nur langsam auf, um ihm einen intensiven Blick zu schenken.

»Ich bin kein Kind! Könntest du bitte zum Punkt kommen? Denn sonst raste ich aus, das verspreche ich dir«, platzte es aus ihm heraus. Aphrodites mitleidiger Ausdruck machte ihn wahnsinnig.

»Lies es dir selbst durch, aber ehe du etwas tust, rede mit uns.« Auf einmal ruhte ihre Hand auf seiner Schulter, und ihm wurde ganz flau in der Magengegend.

»Sicher«, brachte er gerade so heraus, als er den Laptop entgegennahm. Im Ordner seiner Hexe fanden sich nur drei Dokumente. Ihr aktuelles Leben war gesperrt, aber Aphrodite hatte schon die Abschrift von Monas Vorleben geöffnet. Zwei Textfenster mit jeweils einem kurzen Absatz. Nur zweimal hatte sie also bisher gelebt, und die Dateigrößen dieser Leben waren verdächtig klein, die Zusammenfassungen enthielten sogar nur wenige Zeilen.

»Vielen Hexenden erging es so …«, flüsterte Aphrodite behutsam, und er war dankbar, dass ihre Hand zu seinem Nacken fand, als wolle sie ihm Halt geben. Beide Einträge lasen sich beinahe identisch. Zwei Leben, zweimal als Hexe unter unaufgeklärten Menschen geboren in einer Zeit, die Europa nicht nur seine Errungenschaften, sondern auch die Seele gekostet hatte. Das finstere Mittelalter hatte Kulturen zerstört, und der Schatten dieser Ereignisse reichte bis in die Neuzeit – es hatte die Hexenverbrennungen nach sich gezogen, und die wichtigsten magischen Schnittstellen zwischen Menschen und Unvolk in Europa beinahe ausgelöscht. Nicht alles war so düster, wie Schreibende es gerne in ihren Romanen ausschmückten, doch einzelne Flecken verdunkelten die Geschichtsaufzeichnungen nicht ohne Grund.

Einmal ertränkt im See, mit nicht mal fünfzehn Jahren – und einmal verbrannt in den Flammen eines Scheiterhaufens nach ihrem siebzehnten Geburtstag. Verflucht, angeklagt und verurteilt von Priestern der Kirche. Eine Läuterung durch den Tod.

»Das hinterlässt Spuren auf der Seele, auf der Magie. Das ist kein Pechfluch, das ist ein …«

»Magisches Trauma. Schon klar«, beendete Balthasar ihren Satz und vergrub sein Gesicht in den Händen. Pech hätte er mit Glück ausgleichen können, zu mächtige Kräfte drosseln und mit ihr die Kontrolle üben. Was Mona jedoch brauchte, war ein Leben Zeit zur Heilung. Und sie hatte bereits in ihrem jetzigen wieder Narben davongetragen. Kein Wunder, dass sie als Kind Kirchen zum Brennen gebracht hatte, ihr Verstand mochte sich nicht erinnern, doch ihre Magie vergaß nie.

Selten hatte Balthasar so einen Hass auf die irdische Paranoia und ihre Auswüchse verspürt. Da sprach Jesus von Nazaret von Nächstenliebe und Mitgefühl, opferte sich am Ende für die Sünden der Welt, aber nicht einmal ein göttlicher Sohn schaffte es, den Kreislauf von Machtgier und Unterdrückung zu durchbrechen. Wie ertrug die Instanz im Himmel nur den Blick auf die Erde?

»Wie soll ich ihr nur sagen, dass es keine Lösung gibt?«

»Sie wird heilen, lernen zu leben, als das, was sie ist.«

»Dite … sie ist jetzt schon verzweifelt.«

»Aber ihr wisst nun endlich, woran ihr seid. Dann vergesst eben die üblichen magischen Regeln. Für sie gelten andere Normen. Mh?«

»Das zu hören wird ihr nicht helfen.«

»Meinst du? Sagtest du nicht, sie schämt sich für ihre mangelnde Kontrolle? Gibt sich die Schuld? Es kann befreiend sein zu wissen, dass sie nicht die Verantwortung trägt. Wichtig ist nur, dass sie sich so akzeptiert, wie sie ist. Hexerei ist und war schon immer divers. Was ihr widerfahren ist, ist kein Einzelfall. Es gibt mehr Hexende, Zaubernde, ja sogar Göttliche wie sie. Sucht euch Hilfe«, riet Aphrodite, deren kraulende Finger in Balthasars Nacken gerade das Einzige waren, was ihn ruhig hielt. Reschef beugte sich vor, und seine Hand griff nach Balthasars Arm. Verwundert schaute der in das ernste Gesicht des Gottes.

»Wir lassen uns was einfallen, ja?«, versprach Reschef.

»Danke.« Balthasar spürte einen Kloß in seinem Hals. Wie würde Mona reagieren, wenn er mit diesen Neuigkeiten nach Hause kam? Sie schmiedete Pläne, arbeitete an ihrer Zukunft, hoffte, bald nicht mehr in Furcht vor ihren ausbrechenden Kräften zu leben – aber da war ihr Pakt, und er war ein Gott, eigentlich gab es nun sogar drei Götter, die sich um sie sorgten. Wieso fühlte er sich dann nur so verdammt hilflos?

»Ehh …«

Er brauchte einen Moment, ehe er diesen Klang richtig zuordnete, und so drehte er sich etwas später als Aphrodite und Reschef um, schaute hinter das Sofa. Vor der Fensterwand mit Höllenblick stand seine Hexe. Ganz in Schwarz gekleidet, mit einem gemütlichen Pullover und kitschig-pinkem Totenkopfprint, hielt einen Löffel in der Hand, als habe sie gerade noch einen Teller vor sich gehabt.

»Liebling?« Balthasar erhob sich sofort, reichte den Laptop an Aphrodite weiter.

»Ha-hallo!«, gab sie von sich, starrte dabei die zwei Götter auf Balthasars Sofa an, ehe ihr Blick zu ihm fand.

»Wie?«, fragte er aus Reflex, obwohl er wusste, dass sie vermutlich auch keine Ahnung hatte. Seine behutsame Umarmung erwiderte Mona nur zögerlich, und der erwartete Moment ihrer Gedankenpause trat ein. Es brauchte einen gedehnten Augenblick, bis sie wieder ein leises »Ehh« von sich gab, gefolgt von: »Wo bin ich hier?«

»Das ist mein Büro!« Gleich mit der Tür ins Haus, vielmehr in die Hölle fallen wollte er nicht. Sie sah mehr als verunsichert aus. Unschlüssig musterte sie den Löffel in ihrer Hand. »Was genau ist passiert, Liebling?«

»I-ich hab grad meine Suppe umgerührt und dann … Mann, ich hatte noch nie so eine Gänsehaut«, beschrieb sie, erinnerte sich wohl lebhaft, denn den Schauer, der durch ihren Rücken lief, konnte er spüren. »Richtig unheimlich. Als würde gleich die Welt untergehen, und dann … war ich hier. Einfach so *blubb*.«

»Einfach so *blubb*?«

»Oh nein!« Sie sog scharf die Luft ein. Balthasar ließ Mona vorerst wieder los, um sie genauer zu mustern. Sie sah aus wie immer, eigentlich noch besser, denn leicht strapaziert vom Alltag war das Geheimnis für perfekte Smokey Eyes. Ihre grünen Augen funkelten ihn verwirrt an.

»Du meinst, du hast dich so gefühlt wie ich, wenn du mich beschwörst?«, hakte er ungläubig nach.

»W-wie wie ist denn das jetzt schon wieder kaputtgegangen?« Ihre Stimme bebte, aber sie stampfte mit dem Fuß auf wie ein trotziges Kind – offenbar war sie eher verärgert, nicht verzweifelt. Es war ja auch Balthasar gewesen, der sich hilflos gefühlt hatte.

»Na, heute ist der 25. Januar«, kam es von der Couch. Reschef lehnte mit einem Arm über dem Sofarücken und blickte zu ihnen, als wäre seine Antwort selbsterklärend.

»Und was soll das sein?«, blaffte Balthasar zurück.

Aber anscheinend verstand Mona, denn sie flüsterte geschockt: »Gegenteiltag!«

»Gegenteil was? So ein Unsinn!« Nur dunkel erinnerte sich Balthasar an eine US-amerikanische Show zu diesem Thema, nichts, was er sich lange ansehen oder merken wollte. Schon gar nicht, wenn es dabei um einen nervtötend laut lachenden Schwamm ging.

»Ein Gegenteiltag ist einfach nur das Gegenteil eines Tages. Eben weil der Tag so wenig Relevanz hatte, ist er sehr relevant. Aber das gilt auch nur an dem heutigen Tag. Im Gegenteil einer jeden Behauptung liegt die Wahrheit verborgen, es sei denn, es handelt sich um eine Lüge, dann ist die Lüge die Wahrheit und das Gegenteil die List.«

»Reschef, bitte, ich kriege Kopfschmerzen.«

»Die Amis haben das erfunden, irgendwann im 18. Jahrhundert. Ein klassisches menschgemachtes Chaos, genau wie Flüche,

Paktschwüre und Aberglaube. Aber keine Sorge, das funktioniert nur in deren Dimension.«

»Ben hatte mich noch gewarnt«, murmelte Mona, die sich offenbar nachdenklich umdrehte, gerade weitersprechen wollte – nur um nach einem Blick hinter sich sofort mit einem kleinen Schrei in Balthasars Arme zu springen. Bis eben hatte sie mit dem Rücken zum Fenster gestanden und die romantische Aussicht auf Tod und Verderben nicht bemerkt.

»Ich sagte ja … mein Büro …«

»Ich bin in der Hölle!«, erklang es dumpf an seiner Brust, an die sich Monas Gesicht presste, als ginge es um ihr Leben.

»Nur wer vom Gegenteiltag weiß, kann überhaupt das Gegenteil erkennen und gegenteilig handeln«, erklärte Reschef fortführend, klang dabei unangenehm gelassen.

»Schon verstanden, danke!«

Monas Haarschopf regte sich wieder, und ihre Umklammerung lockerte sich. Mit einem leisen »Ehh …« blickte sie an ihm vorbei zu der ihr nun zuwinkenden Aphrodite und einem schief grinsenden Reschef, dessen Gesicht einfach nicht zu Freundlichkeit passen wollte. Mit zitternder Unterlippe sah sie wieder zu Balthasar, und ihm wurde bewusst, dass er um die Vorstellungsrunde nicht herumkam, also räusperte er sich trocken.

»Liebling, das sind Aphrodite und Reschef, ich hatte dir von ihnen erzählt.«

»Es freut uns außerordentlich, dich kennenlernen zu dürfen. Ba'al kann ja gar nicht aufhören, von dir zu schwärmen«, säuselte Aphrodite mit ihrer honigsüßen Stimme. Die Unsicherheit in Monas Mimik entging ihr sicher nicht, als sie sich erhob, um sich zu ihnen zu gesellen.

»Freut mich auch«, brachte Mona heraus.

»Etwas Tee? Kuchen? Brownies?«

»Keinen von den Brownies, Dite!«

»Die sind harmlos!« Sie klimperte mit den Wimpern.

»Ganz bestimmt nicht! Und ich glaube … ich glaube, es wäre jetzt besser, wenn ihr geht, ja?«

Reschef erhob sich mit einem Ächzen, schnappte sich noch ein großes Stück Kuchen mit einer Serviette, wohingegen Aphrodite einen dicken Schmollmund vorschob. »Aber«, setzte sie an, da wurde sie von ihrem Mann mit einem »Dite« unterbrochen. Nur widerwillig hakte sie sich bei ihm unter und schenkte Mona noch mal einen langen Blick, untermalt mit einem glücklichen Seufzen.

»Eine schöne Nacht euch zweien, ich hoffe, wir sehen uns bald wieder? Ja? Zur chinesischen Jahreswende? Ihr kommt doch, oder?«

Aber ehe Balthasar auf ihr Angebot eingehen konnte, hatte Reschef sie auch schon zur Tür gezogen und sich mit einem simplen Nicken verabschiedet.

Als das Schloss zuschnappte, atmete Mona deutlich hörbar durch.

»Ich hatte schon mal so einen abstrakten Traum, aber wenigstens habe ich in diesem etwas an …«, nuschelte sie.

»Das ist kein Traum, Schatz.«

»Dreck! Bitte sag mir, dass das auch an meinem Pech liegt.«

Balthasar öffnete kurz den Mund, nur um ihn sofort wieder zu schließen. Dieses Thema direkt nach dem kleinen Schock anzuschneiden erschien ihm unklug. Ihre Schicksale hatten sogar ihn erschüttert, und er hatte keine Ahnung, wie Mona darauf reagieren würde. Zumal es bedeutete, dass ihr Alltagspech eben genau das war: Pech.

»Vielleicht sollten wir jetzt erst mal zurück …«, begann er.

»Du hast mich echt beschworen?«

»Anscheinend.«

»U-und was … was ist die Art deines emotionalen Notfalls?« Ein wenig Humor hatte sich in ihre brüchige Stimme geschlichen. Aber statt zu antworten, zog er Mona wieder in seine Arme, um sie küssen. Zwar erwiderte sie seinen Kuss nur verhalten, schielte mit einem Auge in die Kraterlandschaft mit den Seelenflüssen aus Leid und Pein, doch er brauchte gerade ihre Nähe. Und als sich ihre Lider endlich schlossen, ihre Finger sich in sein Jackett krallten und sie ihm Zugang gewährte, machte es neben ihnen laut und deutlich: »Quiek!«

Dienstag

25.12.2018

Mit 14 durch die Wasserprobe geläutert und ermordet, weil sie eine schwarze Katze rettete.
Im zweiten Leben hellsichtig, verraten von ihren Schwestern, mit 17 auf dem Scheiterhaufen verbrannt, nachdem die Wasserprobe scheiterte und sie als Hexe offenbarte.

Dite meinte, wenn Mona versucht zu hexen und sich unsicher ist oder die Magie selbst unsicher ist, geraten ihre Kräfte in Panik und Magie schlägt unkontrolliert aus. Aber es fehlt die Recherche zu solchen Leiden. Wie kann ich ihr helfen?

Kapitel 30
Familie

Ihre Beine angewinkelt, die Arme um die Knie geschlungen, saß sie auf ihrem Bett, erschüttert durch gelegentliches Aufschluchzen – Balthasar durfte die leidige Erfahrung machen, einem geliebten Menschen beim Weinen zuzusehen, und durchlitt die damit verbundene Hilflosigkeit.

In der Wohnung duftete es nach Tee, und der Raum wurde dank eines knackenden Heizkörpers ausreichend gewärmt – es war das einzige Geräusch neben Monas Wimmern. Die schwarzen Wände ließen die vielen kleinen LED-Lämpchen ihrer Zimmerdekoration erscheinen wie Glühwürmchen vor einem Nachthimmel, und die Szene strahlte eine seltsame Ruhe aus. Aller Fokus lag auf Mona, und Balthasar spürte die Zerbrechlichkeit ihrer Realität stärker als je zuvor. Sie wirkte furchtbar verloren auf ihrer blutroten Bettwäsche, Balthasar konnte nichts weiter tun, als ihr den Rücken zu streicheln.

Tiffy schlief inzwischen in ihrem Körbchen auf der Waschmaschine, und kein Lärm der Welt würde das Baby wieder wecken, aber Monas Tränen blieben erstaunlich leise.

Bis ins Detail hatte er ihr die Hintergründe für ihre instabilen Kräfte erklärt. Dass Hexendenmagie mit jedem Leben resistenter gegen die Gewalten wurde, die den letzten Tod verschuldet hatten. Dass sie deshalb so viel Macht besaß, vor allem über das Feuer. Dass ihre Seele Leid erfahren hatte, gewaltsam geläutert worden war – und all das Narben hinterlassen hatte, die bis in ihr jetziges Leben hinein schmerzten. Mona war nicht vom Pech verfolgt oder gar verflucht, ihre Magie unterlag zufälligen Schwankungen. Und ein Zufall konnte sowohl Glück als auch Unglück bedeuten.

»D-das macht nichts«, stieß Mona zwischen zwei zittrigen Atemzügen hervor. »Dann ändert sich eben nichts. A-alles wie immer.« Ihre verweinte Stimme leierte, und Mona schnappte wiederholt ruckartig nach Luft, was ihren ganzen Körper zum Zusammenzucken brachte.

»Schatz, das ist keine Endstation …«

»Nein, schon gut! I-ich bin auch gar nicht … so ist es nicht«, stammelte sie. »I-ich hab mir nur Hoffnungen gemacht, mir erlaubt … wieder zu träumen.«

»Damit müssen deine Träume nicht enden, Mona.«

»Aber es tut weh. Jetzt brauch ich wieder … wieder so viel Kraft … so viel Kraft wie immer eben. U-und das ist hart. Ich hatte so gehofft, ich würde endlich einmal … Aber das ist jetzt egal … I-ich will trotzdem weitermachen.« Fest presste sie die Lippen zusammen. Entschlossenheit und Trotz trafen auf Frustration und Enttäuschung. Doch gerade Monas trotzige Seite war es, mit der sie Balthasar um den Finger gewickelt hatte, mit ihren energischen Widerworten, wenn er sich mal wieder verhalten hatte wie – was hatte Amelie gesagt? – ein Oger. Er wusste, dass sie auch vor diesem Rückschlag nicht klein beigeben würde. Vorsichtig drückte er ihr einen Kuss auf den Scheitel und streichelte ihr dann weiter über Schultern und Rücken.

»Du hast mich, du hast deine Freunde, deine Tiffy, zusammen haben wir viel mehr Kraft«, versuchte er ihr zu erklären, wohlwissend, dass er nur einen Bruchteil ihrer Sorgen tragen konnte. »Klar, es geht dir um Selbstständigkeit, aber ihr Menschen werdet nicht geboren, um allein zu sein. Und schau, was du ohne uns schon geschafft hast! Es kann nur besser werden.«

Ihr Kopf hob sich, und sie blickte ihn direkt an. Normalerweise blinzelte sie unter Stress viel, aber ihr kullerten nur ein paar dicke Tränen aus den Augenwinkeln.

»Dank dir und den anderen habe ich mich die letzten Monate weniger hilflos gefühlt … viel weniger«, bestätigte sie.

»Du hast mich ja auch nur noch selten beschworen. Du siehst, du machst Fortschritte!«

»Aber wenn ihr weg seid?«

»Wohin sollten wir denn verschwinden?«

»B-Boris will studieren. E-er war jetzt 70 Jahre Nachtwächter … i-ich würde auch, aber … aber ich bin noch nicht so weit. U-und Ben? Wenn Beniko zu ihm, zu seinen Eltern zieht, auf ihr Weingut … irgendwann bleibt er dort, oder? Sie gründen eine Familie und … und dann …« Brüchig schwankte ihre Stimme zwischen Heiserkeit und unterdrücktem Schluchzen. »Bärbel wird als Fluchwesen endlich frei sein, endlich reisen können, und … wir werden uns alle freuen für sie … und wenn Tiffy neue Eltern findet … werden wir uns auch alle so freuen.« Entgegen ihrer Worte flossen nun wieder die Tränen in Strömen über ihr Gesicht. »Ich will nicht zurückbleiben! Immer verliere ich den Anschluss, und dann bin ich alleine«, wimmerte sie verzweifelt.

»Mona.«

»Tut mir leid … es fühlt sich nur gerade so an. M-morgen ist das nicht mehr so … so schlimm alles. Aber jetzt.« Mittlerweile bekam sie nur noch Luft durch den Mund, und Balthasar lehnte sich zum Koffer an ihrem Bettende, angelte nach den Taschentüchern.

»Es ist nicht falsch, sich auszuweinen.« Er reichte ihr gleich eine ganze Handvoll Tempos.

»Ja? Keine Ahnung. Ist noch neu für mich.«

»Wieso?«

»S-seit dem zweiten Pakt?«, erklärte sie mit einem lauten Hicksen, hielt eine Hand hoch, und Balthasar verstand. Gezwungen Verzweiflung zu umgehen, hatte sie sich kein Scheitern erlauben können, und was er zunächst für Pragmatismus gehalten hatte, war nichts anderes als Schadensbegrenzung. Wenn seine Hexe ihrem Kummer freien Lauf lassen wollte, dann konnte sie das nur in einem feuerfesten Raum.

»Das ist doch der Beweis. Es hat sich etwas geändert. Und es wird sich mehr ändern, und du wirst dich mit entwickeln. Außerdem hast du jetzt ein Ziel.«

»Bezirkshexe!« Da war wieder der ernste Klang in ihrer Stimme. Aufmüpfig klatschte sie dabei ihre Hände auf die Bettdecke, entfaltete ihre verschlungenen Beine. »Das ist nicht unsinnig, oder?« Sie reckte ihr Kinn, und er musste beim Anblick ihrer Rotznase lächeln.

»Nein, finde ich ganz und gar nicht. Kann mir niemand Besseres vorstellen als dich! Danach zu streben wird dir den Weg offenbaren. Und wir gehen ihn gemeinsam. Du bist nicht die Einzige, die mehr will. Der Fall Nosdrof hat mir gezeigt, wie veraltet unser System ist. Das muss sich dringend ändern. Davor hab ich wie viele Jahrzehnte die Augen verschlossen?« Er seufzte. »Du hattest recht, ich bin wirklich ein Erzpantoffel.«

Auf sein leises Lachen hin zeigte Mona ihm sogar ein kurzes Schmunzeln.

»Ich liebe dich«, murmelte sie, begleitet von einem Schniefen.

»Ich dich auch, Mohnschneckchen.«

»B-bleibst du noch hier?«

Wie konnte er zu diesem Blick nein sagen? Niemand hatte

ihn vorgewarnt, wie elendig und gleichermaßen süß ein verweintes Gesicht aussehen konnte. Das rote Näschen wackelte, als sie wieder leise schniefte, und ihre Lippen waren angeschwollen, so viel hatte sie darauf herumgekaut. Vorsichtig fuhr er mit einem Finger über ihren Mund, sofort hörte ihr angespannter Kiefer auf zu klappern.

»Natürlich, mein Schatz. Ich bleibe, ich gehe nirgendwohin. Ich muss nur rasch ins Bad. Nach über sieben Stunden Besprechung brauche ich dringend eine heiße Dusche.«

»Dann schlaf ich sicher schon, ist das okay? Mir tut … mir tut der Kopf ganz furchtbar weh …«

»Natürlich, ich werde mich still und leise neben dich legen, versprochen.«

Balthasar suchte sich Wechselkleidung aus dem Schrank und verschwand erst mal im Bad. Wenigstens das stimmte an dieser Wohnung: Zugige Fenster, laute Heizkörper, aber die Dusche hatte ordentlich Druck und wurde heiß genug, dass jeder außer ihm darunter Verbrennungen dritten Grades erlitt. Balthasar liebte kochendes Wasser und genoss zudem den Fliederduft von Monas Duschgel. Eine Dampfwolke erfüllte das Bad mit Feuchtigkeit und Blütenaroma, während in der hintersten Ecke die Waschmaschine vor sich hin rumpelte. Tiffy lag glücklich schnurrend in ihrem Körbchen und ließ sich durchrütteln.

Sie hatten es schon mit einem selbst wiegenden Kinderbett versucht, ihr eine Massagematte gekauft, die ihr zwar gefiel, aber wohl hauptsächlich wegen des Geschmacks – Reste der Matte fanden sich immer noch unter dem Bett. Einzig und alleine das Wackeln und Klappern der Waschmaschine schien Tiffy zu genügen. So sorgte eine verhexte Auflage unter der Maschine für

Ruhe, damit im Notfall die ganze Nacht der Schleudergang laufen konnte, ohne die Nachbarn zu erzürnen.

Vielleicht sollte Balthasar Mona endlich fragen, ob sie zu ihm ziehen wollte. Oder besser, er suchte eine Wohnung hier in der Nähe, denn dann wären ihre Freunde, ihre Lieblingsbar nur einen Fußmarsch entfernt. Ihn kümmerte es nicht, wo er wohnte. Ausbauen ließ sich jedes Haus, und in die Unterwelt gelangte er eh nur mit einer Feuersäule, eventuell sollte er auch auf sein Auto verzichten, seinen Oberweltjob konnte er ebenfalls mit einer Teleportation – nein, besser, er trennte sich gleich von der ganzen Firma. Die Umstrukturierung der Hölle würde ihn beanspruchen, und wenn er genug Zeit für seine Mona haben wollte … Seiner weltlichen Arbeit war er doch ohnehin nur aus Langeweile nachgegangen. Sie sprach von Zielen – ohne es zu merken, hatte er selbst neue Wünsche entwickelt.

Tropfnass aus der Dusche wankend blieb er erst mal vor dem Waschbecken stehen, um sich die Haare zu kämmen. Im Spiegel grinste er seinem eigenen Gesicht entgegen und schüttelte amüsiert den Kopf über ein paar Falten, die sich seit Jahrtausenden nicht verändert hatten. Allerdings war da ein graues Haar, das er noch nicht kannte. Misstrauisch zog er sich die Strähne heran und beäugte den weißen Ausreißer.

»Unverschämtheit … ich fühl mich neben ihr nicht alt. Ganz bestimmt nicht«, nuschelte er und griff nach seinem Shirt.

Gerade war er in eine Schlafanzughose geschlüpft, da raschelte es hinter ihm leise.

»Dada?«

Verwundert drehte er sich herum und musterte Tiffy, die sich in ihrem Körbchen etwas aufgerichtet hatte und eine Pfote nach ihm ausstreckte. Überfordert mit der Situation machte er zwei

Schritte auf die Waschmaschine zu und blickte in die großen Kulleraugen des Ferkels.

»Dada?«

Sie hatte es schon wieder gesagt. Die kleinen Ohren wackelten, sie öffnete ihre Schweineschnute zu einem unendlich putzigen Gähnen, begleitet von dem süßesten Schmatzen seit der Erfindung von Katzenvideos. Vorsichtig hob er das Baby aus dem dicken Kissen hoch an seine Brust, und sie schmiegte sich sofort an ihn, kniff zufrieden die Äuglein zu. Wie von selbst schnappte sie nach seinem kleinen Finger. Es schmatzte leise, und er starrte für eine Weile auf den nuckelnden Babydämon und die wackelnden Öhrchen. Tiffy war schnell wieder eingeschlafen, ließ ihr tiefes Schnurren verlauten.

»Dada …«, wiederholte er flüsternd.

Plötzlich formte sich der vergangene wirre Tag – nein, die ganzen letzten kuriosen Monate zu einem klaren Punkt. Es war, als würden die vielen verschiedenen Gedanken in seinem Kopf sich einig und seine göttliche Wahrnehmung fixierte sich einzig und alleine auf das Hier und Jetzt. Das Kind, seine Frau. Diese brüchige sterbliche Realität fühlte sich so echt an. Sie war schnelllebig, ständig im Wandel – erstmals nahm er wirklich teil an der Welt. Andere seiner Art erschufen ihr eigenes Universum, ihm offenbarte sich ein neuer Kosmos durch die Augen der Liebe.

Wie kitschig. Hatte er sich nicht einmal gewünscht, die Liebeslieder im Radio endlich zu verstehen? Das also war es. Darüber hinaus wurde ihm die Dringlichkeit hinter Monas Wünschen bewusst – und so leid es ihm auch tat: Er bettete Tiffy an ihre Seite, griff sich seinen Mantel und musste doch noch vor Sonnenaufgang das Haus verlassen, entgegen seines Versprechens.

Der Tag entschied sich für dicke Wolken, teilweise so schwarz, Mona rätselte eine Weile, ob ihre Handyanzeige wohl stimmte. Dreizehn Uhr, um diese Zeit wachte sie immer auf, so blieben ihr genügend Stunden für ihr Leben, ehe sie sich auf den Weg zum Museum begeben musste.

Vor den dreckigen Scheiben ihrer Wohnung lag ein erstaunlich stilles Offenbach am Main, das völlig vereist in gelegentlich aufblitzenden Autoscheinwerfern glänzte. Einige wenige Schneeflocken hatten sich aus den Wolken verirrt und tänzelten im Licht der Stadthäuser suchend umher, nur um schlussendlich mit dem Asphalt zu verschmelzen. Seit Tagen häufte sich der Dreck in den Abwasserrinnen.

Mona saß auf der Fensterbank in ihrem Wohn- und Schlafzimmer, schaute hinaus in den Winter und inhalierte den Duft ihrer Teemischung. Zwei der Kräuter hatte sie verhext, eines, um ihren Magen zu beruhigen, das andere, um ihre Kopfschmerzen zu bekämpfen. Es war ihr deutlich leichter gefallen, nun, da sie sich gar keinen Druck mehr zu machen brauchte. Der würde nichts ändern – es war nicht ihr Fehler gewesen, dass ihre Hexenkräfte über das Ziel hinausschossen. 26 Jahre lang hatte sie sich geschämt, sich Vorwürfe gemacht, teilweise für ihre Unfähigkeit gehasst.

Ihre Mitstudierenden schwärmten regelrecht von diesem engen Band zu den Kräften, der besonderen Tiefe, die eben nur eine Hexe erfahren konnte. Das alles hatte für Mona nie gegolten – hätte sie das nur früher gewusst. Sie fühlte sich durchaus mit ihrer Magie verbunden, aber sie sprachen wohl beide eine andere Sprache als das, was man sie hatte in der Schule lehren wollen.

Das war mal wieder typisch. In der Welt existierten tausende zahme Schmusekatzen, die unkompliziert ein Heim in jedem Zuhause finden würden – und dann waren da noch die traumatisierten, leidenden Samtpfoten, für die man nicht nur Handschuhe, sondern auch Monate Pflege und Liebe brauchte, bis sie nicht mehr nur beim bloßen Anblick eines Menschen fauchten. Aber genau so ein Exemplar hätte sich Mona im Tierheim ausgesucht. Wenn sie für ein solches Tier Geduld aufbringen würde, dann auch für sich selbst.

Balthasar hatte recht gehabt, mit dem Wissen über die Hintergründe ihrer magischen Ausbrüche hatte sich alles verändert.

»Ich bin nicht das Problem, es ist nicht meine Schuld«, flüsterte sie sich selbst zu. Das befreite sie nicht davon, für ihre Magie Verantwortung zu übernehmen, aber erstmals würde sie zielgerichtet damit umgehen können. Und sie konnte nicht die Einzige sein, der es so ging.

Nichtsdestotrotz fühlte sie sich gerade furchtbar einsam. Nach dem Erwachen war sie extra liegen geblieben, in der Hoffnung, dass Balthasar nur kurz im Bad war oder in der Küche, aber auch nach einer weiteren halben Stunde tauchte er nicht auf. Wieso sie hier aus dem Fenster schauend auf ihn wartete, wusste sie nicht. Die Kraft, ihm zu schreiben, brachte sie gerade nicht auf. Zu ihrem Glück zeigte sich Tiffy heute von ihrer besten Seite. Kein Betteln, kein lautes Quieken, sie hatte sich schmusend in die Küche tragen lassen und hing nun über ihrem Napf. Aus dem anderen Raum konnte Mona es noch immer schmatzen hören. Vielleicht futterte sie auch wieder die Handtücher oder versuchte sich diesmal am Geschirr, aber das war Mona gerade völlig egal. So gesehen war sie wirklich entspannter geworden, hatte gelernt, mit ihren Katastrophen umzugehen, Verantwortung zu übernehmen, und mit diesen Erfahrungen wuchs der Charakter. Also hatte sie sich längst entwickelt. Der Gedanke ließ sie glatt lächeln, aber der kurze Moment innerer Ruhe wurde jäh vom Türschloss unterbrochen.

Wie ein Flummi sprang Mona auf, als Balthasar eintrat.

»Entschuldige, Schatz, das war ein Höllenverkehr und damit meine ich nicht nur den überirdischen«, erklärte ihr Erzdämon mit einem Seufzen. Auf seinem Haupt, den Schultern und Armen funkelte deutlich mehr Schnee, als aus den Offenbacher Wolken stammen konnte.

Sie sparte sich ihr irritiertes »Ehh« und hob nur die Brauen, er antwortete mit einem Grinsen.

»Japan … da sind sie aktuell ganz schön zugeschneit.«

»Du warst in Japan?«, fragte sie heiser nach, ihre Stimme war von der tränenreichen Nacht noch belegt.

»Ja. Dafür!« Er hielt triumphierend eine Akte hoch, warf sie aufs Bett, um sich Schuhe und Mantel ausziehen zu können. Neugierig stellte Mona ihren Tee ab und stakste um ihre Bücher herum auf ihn zu.

»Nur zu«, meinte er auf die Kladde verweisend.

Zögerlich griff sich Mona den dünnen Hefter und schlug die erste Seite auf.

»Ehh … das ist?« Japanische Schriftzeichen glänzten auf einem Feld, das man mit *Vor- und Nachname* bezeichnet hatte. Auf dem Dokumentenkopf prangte ein hübsches Logo, das Mona erst auf den zweiten Blick als ein Siegel identifizierte. Hier waren diverse Daten erfasst worden, und ganz unten verlangte ein roter Kringel nach einer Unterschrift. Direkt daneben standen Balthasars Name und das heutige Datum.

»Nun ja, inzwischen war klar, wer Tiffy ist, woher sie stammt. Das sind ihre Dokumente für die Adoption.« Er ächzte leise, als er sich seiner Socken entledigte, und dann ließ er sich aufs Bett sinken. Mona kniete sich neben ihm auf die Matratze. Fahrig fuhren ihr Blick über die teils auf Englisch, teils auf Japanisch verfassten Informationen.

»U-und du hast eine Familie gefunden?«

»Ja!«

Sofort hob sie den Blick, wurde mit seinem warmen Lächeln konfrontiert. Balthasar beugte sich zu ihr und drückte ihr erst einen Kuss auf die Wange, ehe er seine Stirn gegen die ihre legte.

»Uns.«

Ihr Blick wanderte für einen Moment verwundert über sein Gesicht. In der schwach glühenden Iris des Erzdämons leuchteten vereinzelte Funken, und seinen verengten Augen nach lächelte er noch immer.

»Uns«, wiederholte sie ungläubig.

»Wenn du willst … es fehlt nur deine Unterschrift. Und dann ist sie unser Baby.«

Dass ihr nach der vergangenen Nacht noch Tränen geblieben waren, hätte sie nicht gedacht, aber sie schossen ihr so schnell in die Augen, als hätten sie nur darauf gewartet. Mit einem geschluchzten »Ja« warf sie sich Balthasar in die Arme und genoss es, an seine warme Brust gedrückt zu werden.

»Tut mir leid, dass ich nicht da war, als du aufgewacht bist. Aber ich dachte auch nicht, dass es so lange dauern würde. Ich wollte dich eigentlich zum Frühstück damit überraschen.«

»D-du hättest mir schreiben sollen«, kiekste sie heiser, verspürte jedoch keinen Funken Wut.

»Ich hab dir eine Nachricht neben das Bett gelegt.«

Verdutzt hob Mona den Kopf und musterte aus seiner Umarmung heraus ihren Nachtschrank.

»Ehhh … meinst du diesen halb angebissenen Notizblock?«

Sein tiefes, herzliches Lachen erklang, Mona konnte nicht anders, sie stimmte mit ein. Überglücklich drückte sie sich so fest an ihn, dass sogar der Erzdämon ein leises »Uff« von sich gab.

»Ich werde Mama!«, rief sie und löste sich von ihm für einen Kuss, den er kichernd erwiderte.

»Mama, Bezirkshexe, meine Göttin«, nuschelte er. Letzteres war ein Gedankenspiel, dem sich Mona erst noch hingeben musste, aber das hatte ausnahmsweise Zeit. Anscheinend gab sie sich gerade ohnehin etwas ganz anderem hin, denn Balthasar drückte sie mit dem Kuss langsam auf die Matratze.

»Nicht, wenn Tiffy wach ist«, versuchte Mona es, aber seine Lippen hatten schon zu ihrem Hals gefunden, damit gezielt ihre Schwachstelle ausnutzend.

»Machen wir noch ein Baby!«

»Balthasar!«

»Wie sich das in einer guten Ehe gehört!«

Lachend wand sie sich etwas weg von ihm und nutzte gleichermaßen seinen empfindlichen Hals, wusste, dass ihn das ebenfalls erregte, wenn auch auf eine andere Weise. Sofort schob er ihre Finger beiseite.

»N-nicht kitzeln hatten wir gesagt, nicht kitzeln! Geht man so mit seinem liebenden, schwer arbeitenden Ehemann um, hm?«, wetterte der Dämon unernst. Mit einer Hand den Nacken reibend, hatte er sich auf den anderen Arm gestützt und Mona somit wieder freigegeben. Grinsend sahen sie sich an.

»Ich liebe dich, du Erzpantoffel.«

»Ich dich auch, Hexe«, erwiderte er und reckte das Kinn. Diesen selbstgefälligen Ausdruck hatte er inzwischen perfektioniert. Früher noch schlecht gelaunt und grummelig, stand ihm die fröhliche, freche Seite deutlich besser. Sie hatten sich doch tatsächlich beide entwickelt. Mona hatte befürchtet zurückzubleiben, dabei war ihr gar nicht aufgefallen, wie weit sie schon gemeinsam gereist waren – und das innerhalb weniger Monate.

»Und?«

»Und was?«, hakte sie nach.

»Na ja … Ich dachte, du könntest Tiffy vielleicht rüber zu Boris bringen?«, schlug er mit gespitzten Lippen vor, hob unschuldig die Augenbrauen. »Ich würde unseren Adoptionspakt gerne ordentlich mit dir … besiegeln. So als Mama und Papa.«

Mit ihrem schallenden Lachen hatte er offenbar nicht gerechnet, aber in Mona platzten gerade alle Gefühle auf einmal.

»Können wir machen, aber ist das nicht etwas sehr auffällig?«

»Wenn sich der Blutsauger das bildlich vorstellen mag, ist das sein Problem!«

Wieder konnte sie ein Lachen nicht unterdrücken.

»Damit Mama und Papa mal Zeit für sich haben? Sagt man das nicht so?«, schlug er vor.

»Zumindest klingst du jetzt wie so ein Dad!«

»Früh übt sich! Es ist fast schade, dass wir nur so eine verdrehte Paktbesiegelung im Standesamt hatten. Ich finde, wir sind ein tolles Ehepaar.« Vor Monas Augen tauchte das seltsame Bild einer schwarzen Hochzeit mit einer Busladung voll Untoter als die geladene Gesellschaft auf. Passend dazu eine mit Spinnenweben und Särgen geschmückte Villa, in deren Ecken und Winkeln die unterschiedlichsten Monster auf die Gäste lauerten. Sie hätten wie die *Addams Family* feiern können. Jetzt, da Mona zu gerne ihrer beider Leben zusammenführen wollte, klang Heirat gar nicht so gruselig, zumal sie damit ihre sterbliche Normalo-Verwandtschaft ordentlich schocken konnte. Kein Versteckspielen mehr, um den anderen zu gefallen. Sie war nicht falsch. Sie war goldrichtig.

Mona war eine Hexe.

Und das klang erstmals spannend in ihren Ohren. Wie der Beginn einer packenden Geschichte voller Abenteuer und Wunder. Von nun an war das nicht mehr ihr Job, sondern ihr Leben, ihr Schicksal. Genau wie der Erzdämon über ihr, mit dem dreckigen Grinsen im Gesicht.

»Balthasar?«

»Mhh?«, schnurrte er und näherte sich bereits wieder ihren Lippen.

»Magst du … magst du mich vielleicht … noch einmal heiraten?«

Feuer flammte um seine Iris auf, und er starrte Mona für einen Moment nachdenklich an. Das Grinsen wandelte sich zu einem warmen Lächeln, und statt zu antworten, ließ er sich erneut auf sie sinken, um sich ausgiebig ihren Lippen zu widmen. Sie verbuchte es als ein gutes Zeichen, dass ihn diese Frage so scharf gemacht hatte. Gierig zog er an ihrer Kleidung. Es war ihm ein Leichtes, sie zu entblößen, und da er wieder zu ihrem Hals gefunden hatte, verspürte sie kein bisschen Motivation für Protest. Sein heißer Atem kitzelte sie an ihrem Ohr.

»Ich will«, raunte er heiser, und erst nach einer kurzen Denkpause wurde Mona bewusst, dass er damit nicht nur diesen Moment gemeint hatte.

ENDE

WIE ES WOHL WEITER GEHT ?

Bis Band 3

I. B. Zimmermann, geboren 1989, gehörte schon immer zu den Träumenden. Deshalb begann sie früh ihre eigenen Geschichten zu kreieren – erst in Bildern, dann mit Comics, später mit geschriebenen Kurzgeschichten und letztlich in ganzen Büchern. Damit begeistert sie eine große Community auf Twitch und Youtube.

Zusätzlich betreibt sie als Kritzelpixel einen kreativen Kunstkanal und arbeitet als freiberufliche Künstlerin. Bei YUNA erschienen die Spiegel-Bestseller »Zeichnen lernen in 5 Wochen« und »Zeichnen lernen Tag für Tag«.